김해강시전집

최명표편

국학자료원

김해강의 호적(본명: 金大駿)

김해강의 20대 사진

김해강(좌)과 김창술(우)

1953년의 김해강
(앞줄 중앙 이병기, 그 왼쪽 김해강, 오른쪽 신석정)

김해강·김남인 시집 『靑色馬』(1940)

김해강시집 『東方曙曲』(1968)

김해강 시집 『祈禱하는 마음으로』(1983)

해강시집·1 『魂의 精華』(미출판)

해강시집 ·2『昇天하는 목숨』(미출판)

해강시집·3『旭日昇天』(미출판)

시집『아름다운 太陽』(미출판)

전주 덕진공원의 김해강시비

소설 「어엽븐 두 男妹」 초고

김해강의 일기

김해강 시전집을 내면서

한국문학을 공부하다 보면, 나라와 민족의 가난한 형편 때문에 존귀한 자신의 삶과 꿈을 펴지 못한 사람들을 만나게 된다. 이 때의 당혹스러움과 안타까움은 이루 말할 수 없지만, 연구자보다 더 상심하면서도 겉으로 드러내지 못하고 속만 다독거렸을 당자와 유족의 입장을 생각하면, 공부하는 사람의 처지가 도리어 복에 겹다는 생각이 든다. 더욱이 뜬 구름 같은 근대성을 찾아내기 위하여 굴곡 많은 역사를 써야 했던 우리 민족처럼 개인과 역사의 모습이 유사한 사례도 드물 터이다.

김해강 시인은 한때 번성하였다가 외세에 의해 기세가 수그러진 한 민족종교를 신봉하는 가문에서 태어났으며, 여드름 나는 소년으로 3·1 독립만세운동에 참여하였다. 일제의 의해 우리 주권이 늑탈되었던 시대에 시작 활동을 시작한 뒤로는, 평생 동안 세속적인 명리나 허욕을 물리치면서 오직 묵묵히 시인이자 교육자의 길을 걸었다. 그는 생전에 시집조차 뜻대로 발간할 수 없을 정도로 가난하였다. 그로 인해 비록 통속적인 문명을 날리거나 자리를 차지하지는 못했지만, 그의 생애는 진애가 난무하는 세상에서 허명에 집착하는 오늘날의 시인들에게 커다란 울림으로 다가설 것이다. 이 전집을 내기 위하여 도서관과 신문사를 찾아다니며 제빛을 잃고 누런 가루로 변해 가는 신문과 잡지를 읽어가면서, 무릇 한 시인의 시작품을 온전히 복원하는 일이 얼마나 의미롭고 지난한 일인지 새삼 깨닫게 되었다.

또한 암울하였던 시대에 눈을 크게 뜨고 앞을 보면서 살아간다는 것이 얼마나 고통스럽고 신산스러운 삶인지를 헤아릴 수 있었다. 그것은 동시대의 삶이 갖는 편안한 처지를 돌아보게 하였으며, 공부하는 사람의 게으름이 낳게 될 학문적 왜곡을 반추하는 계기로 작용하였다. 그리고 문학의 힘을 빌려 민족의 해방전선에 복무하는 일의 엄숙함을 곰곰이 생각하게 해주었으며, 시대적 책무로부터 한 치의 물러섬도 허용하지 않는 글쓰기의 본질적인 모습이 눈에 선하게 다가왔다.

그럼에도 불구하고 이 전집이 갖는 완전함으로부터 자유롭지 못하다. 나름대로 최선을 다하고자 노력하였으나, 아직도 찾아내지 못한 작품이 남아 있어서 아쉬움과 함께 자신의 나태를 시인하지 않을 수 없다. 특히 소설작품을 발굴하지 못한 것이 마음에 걸린다. 그러므로 이 전집은 나중에 증보되어야 할 필요성을 가진 채 발간되는 것이다. 이 전집이 널리 읽혀서 김해강 시인에 대한 정당한 문학사적 평가가 수반되기를 기원하며, 60년간의 문학생활 동안 한번도 제대로 조명받지 못한 채 눈을 감으신 그분이 명부에서나마 학처럼 웃기를 기대한다. 그리고 유족들의 가슴에 맺혔던 한이 조금이라도 풀리기를 바란다.

끝으로 번연히 이문없는 줄 알면서도 흔쾌히 출판해준 국학자료원의 정찬용 사장님과 편집상의 번잡한 일들을 꼼꼼하게 챙겨준 편집부 여러분께 사의를 표하지 않을 수 없다. 그분들의 배려는 한국문학

연구의 기반을 더욱 튼튼하게 다지는 데 기여할 것이다. 아울러 두 차례에 걸쳐 출판을 주선해준 한국교원대학교 유성호 교수님의 우정에 거듭하여 고마움을 표백하면서, 읽어준 분들에게도 동일한 무게의 감사를 드린다.

2006년 봄

편저자

차 례

제1부 시

- 일러두기 -

이 전집은 **海剛 金大駿** 시인의 전작품을 2부로 나누어 묶은 것이다.

1. 제1부

그가 남긴 342편의 시작품을 모두 실었다. 그는 생전에 김남인과
의 공동시집 『靑色馬』(서울: 명성출판사, 1940)에 12편, 시선집 『東
方曙曲』(서울: 교육평론사, 1968)에 102편 그리고 『祈禱하는 마음으
로』(전주: 합동인쇄소, 1984)에 58편 등, 172편의 작품을 시집에 수
록했다. 이 전집에서는 제1시집과 제2시집의 중복 수록작을 제외한
전작품과 새롭게 발굴한 170편을 수록하였다.

2. 제2부

산문(시론, 수필) 25편과 기타(작사, 명문) 28편을 묶었다. 윤곤강
의 「序」는 시인이 일제시대에 발간하려다가 제지당한 시집 『아름다
운 太陽』의 서문이며, 백철의 「序文」은 시선집 『東方曙曲』에 수록
된 글이다.

3. 부록

김해강 시의 텍스트를 검토한 글과 해설, 연보, 작품 목록, 연구
목록을 실었다.

작품의 수록 원칙은 다음과 같다.

o 발표작은 발표 순서대로 싣고, 그 끝에 발표 지면과 발표 일자를 나

타내었다.

o 미발표작은 창작연월일 대로 싣고, 그조차 불분명한 경우에는 일기와 창작 원고 등을 토대로 추정하였다.

o 발표작 중에서 시인이 나중에 수정하여 시집에 수록한 경우에는, 크게 수정하지 않았다면 시인이 의도를 존중하여 나중 작품을 결정본으로 삼아서 실었다. 그러나 원래의 발표작과 많이 차이가 날 경우에는 발표 순서를 좇아 중복 수록하였다.

o 발표작 중에서 지면상의 이유로 생략되었던 부분은 창작 원고를 토대로 복원하였다. 또 발표 당시 삭제된 부분도 복원하였으나, 그렇지 못한 경우에는 ( ) 안에 삭제 분량을 밝혔다.

o 시인이 시집에 수록하면서 제목을 바꾼 경우에는 새로운 제목을 취하고, 그 내용을 부록의 작품 목록에 밝혔다.

o 부제 표시는 모두 '—'으로 통일하였으며, 부제 아래에 쓴 말은 " "로 표기하여 부제와 구분하였다.

o 제목 다음의 '……'는 부제와 동일하게 취급하였다.

o 시인이 단순하게 작품의 연을 구분하기 위해 표시한 기호(*, ×, ××, ○, ○○, ◇, 一, 二, ☆ 등)는 모두 삭제하였으며, 연 속에서 연을 나눈 경우와 같이 필요한 경우에는 아라비아 숫자로 나타내었다.

o 시인이 작품의 끝에 표기한 창작 장소를 비롯한 관련 정보는 ( )로 묶었다.

4. 시작품

발표 당시의 원문대로 표기함을 원칙으로 하였고, 산문의 띄어쓰기는 현대식으로 표기하였다.

o 시집에 수록한 작품 중에서 인쇄상의 명백한 실수로 보이는 연과 행의 가름, 철자의 오식, 띄어쓰기 등은 바로잡았다.

o 시집에 수록되지 않은 작품은 발표 당시 혹은 창작 당시의 표기대로 실었다.

ㅇ 한자와 외래어는 원문대로 표기하였다.

ㅇ 말줄임표는 '……'로 통일하였다. 단, 시인이 작품의 의미 효과를 노리고 표기한 경우에는 예외를 인정하여 '…'로 표기하였다.

5. 본문 중에서 검열에 의해 삭제된 글자는 ×표로, 본문의 인쇄 상태가 나빠서 판독이 불가능한 경우에는 창작원고를 토대로 가능한 한 복원하되, 그조차 불가능한 경우에는 ○표로 표시하였다.

6. 본문 중에 나오는 강조는 ' '로 표기하였다.

7. 작품의 발표지 및 수록 시집은 『 』로 표시하였다.

제1부　시

天國의 鍾소리

西天애붉게물드려젓던노—ㄹ도사라지고마럿서라!
검푸른엷은옷에오즉黃昏만이소리업시고요히
　　삶의압흠!삶의부르지즘!
　　삶의싸흠!凶獰한소리!殘虐한殺伐……
　　이러한것들이 서로얼키고석긴……
修羅場의大地우로삽분삽분거러들어온다
大地는죽은듯沈黙에싸혀들엇다
아—들리나니 멀리서부러오는
天國의福音을傳하는神嚴한鍾소리쑨이어라!
동무여!오—쏫기여가는者여!
듯느냐?天國의鍾소리를?
그대의憧憬의나라!
사랑의나라!自由의나라!平和의나라!
幸福의樂園인天國의거록한鍾소리를듯느냐?
오—그대여!쏫기여가는者여!
한거름두거름그대의向하는길이鍾소리나는天國을차짐이아닌가?
天國의鍾소리들리는아—憧憬의나라!
—『조선일보』, 1925. 7. 24

한낫(正午)

눈이부시게 해빗은强하다!
풀닙사귀 나무닙 그림가티 가만히잇다
한울엔
탐스럽게 피여올은 棉花송이와가티
뭉텅이뭉텅이 흰구름이
뭉게뭉게 피여올으다가
가만히퍼저 소르르업서지고만다!
울타리에 감긴호박년출의 닙사귀는
싸홈에지처쓰러진 녀편네의느러진 머리털처럼 시드러저잇다!
더위의威力은 모든소리조차 葬事하고마럿다
아모소리도나지안는다!
바람조차죽엇다!
다만 맴맴거리는 매암이소리만이 亦是더위를 쏨어내는듯!
무겁게들닐쑨이며
째째거리는 참새소리만이 오즉生氣가잇는듯하다
녀름의한낫(正午)은더위의 무덤인가?
—『조선일보』, 1925. 8. 21

朝露

아츰날!
白灰色의구름장막을
고요히열며
해님이强한光線을쏘아보낸다
풀스테매친이슬방울!
방울방울이곱게곱게
아롱거리며반작인다!
그러나이것은瞬間의幻夢!!
얼마못잇서 그자최조차사라지고마러라!
아!朝露를누가비웃으랴?!
人生의榮華, 이朝露의한幻夢인저―.
―『조선일보』, 1925. 9. 1

님생각

님이여!곱고도그리운님이여!
지금은달밝은서늘한밤이외다
달고도달큰한달나라색씨의
꿀과도가티달큰한젓이슬내리는
고흔숨소리들리는고요한밤이외다

님이여!기리운나의님이여!
쌔긋한仙女의살빗과가튼
서늘한달빗치흐르는곳에
이몸의님생각엔꼿이만발하엿건만
그곳에香氣를줄님은아니오시어라

님이여!맘씨고흔나의님이여!
달이슬곱게저즌사랑나래에
오색의꼿봉오리닷북실코셔
달밝은서늘한고요한이밤에
가만히나려와이몸을안아주소
—1925. 9. 4

오―붉덕물아!

주룩주룩
天地를뒤덥는듯
두어날을連하야
큰비가오더니만
붉덕물큰물결
용소슴처흘너갑니다

오―붉덕물아
사나운물결아
죽이고할퀴고씻고씻는
검은惡魔가밤낮으로날쒸는
피냄새나는
이修羅場의大地를
오―휩쓰러버려라
삼켜버려라

오―붉덕물아
사나운물결이여!
오―그래야만비로소비로소
새天地새人間이誕生되리라

오―붉덕물아
사나운물결이여!
오―그째야말노비로소
햇님이만족의웃음을씌우시고
첩첩히도험하게
덥히고덥힌
검은구룸장막을고요히헷치며
새쌍의새主人새사람들에게
쏙가티사랑의참福音을
金輪에갓득이실어보내리라
―1925. 9. 4

天眞夫人의게보내는편지中에서

실솔아우지를마러라우지를마러
외로운客의마음더욱산란하라!
적막한가을밤한쎄의바람에
우수수나무닙써러지는소리
굴너가는나무닙이客의마음이라
달밝은가을밤깁흔三更에
달알애기럭이는울고가는대
하염업시눈을들어西天을바라보니
山넘어山이오구룸쑨이라
그립고그리운나의님게신
情깁흔故鄕집이이곳으로부터
千山萬山이겹겹으로싸히고싸힌
萬里의구룸밧저편이라한들
아!니즐소냐나의님生覺!
아!못갈소냐나의生覺이여!
이제로부턴밤은漸漸깁허가는데
아!누구로부터의이긴긴밤을?
아!이긴긴밤을누구로더부러!?
지낼거냐지내여이긴긴밤을?
나느니나느니님생각쑨이라
잘여고잘여고니불속에셔
이리둥굴저리둥굴애를태우나
아니오는잠이어니엇지하겟소

처량한가을밤실솔소리는
더욱이客의잠을쌔치고맘니다

가을밤적막한客의회포는
잠자리니불속에도가득합니다
찬니불찬자리에허둥대다가
엇저다엇저다잠이들면은
님생각에짓치고짓친찬꿈쑨이외다
가을아달밤아가을밤이여!
엇지하야이다지도客의마음을
어즈럽게하느냐?산란케하냐?
생각이여!이내生覺님生覺이여!
서늘한바람날개를가만히타고셔
그리운님게신곳을차저가
쌋듯한님의품에폭신들어셔
쉬고올거나쉬고와?!이내生覺이여!
님이여!나의그린님이여!
가을밤길고긴밤밤마다
이몸은님생각에꼿이만발함니다
이몸은님생각에꼿이만발하여요
님이여!건강하사이다나의님이여!
길이길이건강하사이다나의님이여!
그리하야幸福의꼿다운將來를
기다려주사이다기다려주사이다
지금도처량한실솔의곡조는
끗치지안코客의회포를자아냄니다
실솔아우지를마러라우지를마러!
외로운客의마음더욱산란타
—1925. 9. 12

달나라

차저갈거나 달나라를
아름다운꽃웃음 사랑가득한
仙女들사는 저달나라를
님이여 나의님이여!
당신이 그곳에게신다면
十萬里 百萬里 된다고해도
마다하릿가
그리워라! 나는그리워
그린님게신 저달나라가
自由롭고平和로운 저달나라가
그리고기리워라
―『조선문단』, 1925. 11.

屠獸場

나는보앗지요
죽엄을向하야屠獸場으로
슬려가는소들을

엇던놈은
제가죽으러가는줄을
미리알엇는지
『엄마—』를連呼합듸다
悲鳴의그소리로!

樂園에차저가는드시
발을가볍게쎄여노흐며
졸졸싸러가는
順良한놈도잇습듸다

그러나그러나
悲鳴하든놈도
順良하게싸러가든놈도
마츰내는
모질고무지한독긔ㅅ등에마저
無慘히도쓰러저죽고맙듸다

아—無智한무리들이여!
힘업는弱者들이여!

죽엄이迫頭함을悲鳴하는가?
天民의마음으로服從하는가?
아—째로짓밟히고시달리는
그대들의『生』을보고나는운다

이쌍!이쌍은벌서
모진가시손이쌔더잇거니
버틔고슬힘조차업서진
아—고달픈生靈들이여!
그래도쓰거운염통에는
붉은피가쒸고잇나니—
염통에불을질러
가시손이쌔더잇는이쌍
이屠獸場을불살으라
태워버려라이屠獸場을!

오—그곳그째에야
시들든넉들은다시
活氣에날개를썰처춤출것이며
비로소光明한새生路가
열려잇스리라
두활개를크게펼치고!
—『조선일보』, 1926. 1. 22

아츰날

아츰날!
동편한울에
붉은날빗치샛질을째
압시내에나가세수를하노라면
둥실둥실써오르는해ㅅ님은
燦爛한金빗물결을
흘려보냅니다

찬물로묵은날의倦怠를
모도씨서버리고
물결이촬촬거리는
바위우에올라서서
아츰날大氣를길게마실째
新鮮한긔운에확근거리는
나의얼골엔
希望의날빗치샛질음니다
아름다운깃붐이날씸니다

아츰날한울에샛질은날빗!
내얼골에빗나는希望의曙光!
넘치는깃붐의衝動!
누가그누가
나의아츰날幸福을쌔아스랴?!

나의가슴속에날쒸는깃붐!
아!나는아츰날을讚美하련다
노래하련다 아츰날을!
아츰날幸福의첫所有者인나는……
—『조선일보』, 1926. 1. 31

蜘蛛網

어두어가는夕陽에
거미는쉬지안코
여긔저긔줄을느려놋는다

오—제의生命을延長하랴는
齷齪한너의計策이여!
弱한벌레의生命을쌔아서
너의生命을이으려는惡魔여!
毒蟲이여!
언제까지너는
그殘忍性을所有하려느냐?

오—强壓에눌리고
暴惡에몰리는弱者들이여!
배가주리고피가마른
비틀거리는너의다리로
오—그갈곳이어데이냐?

여긔저긔벌려잇는
强者의蜘蛛網?!
나는목메여운다
거긔걸려죽은怨魂이여!
方今걸려呻吟하는者여!

쏘버서나려고헐덕어리는者여!
오—너희들은다—가티
불상한弱者들의身勢로고나!

듯거라!나는부르짓는다
남의生命을잇는모이(餌)를免하랴거든
맘과맘을한아로합치거라
단단히붓잡어맬기둥(柱)을세우라

오—그러면너희들의魂들은
다시살어
銳利한칼날도?!
쓰거운火焰도되여
너희들의魂을얽어맨
괴악한蜘蛛의網을
단번에쓴을수도잇스리라
消滅을식힐수도잇스리라

蜘蛛網에걸렷든잠자리!
다시大氣를呼吸하며
大空을날게될쌔
오—그깃붐이엇더하랴!
—『조선일보』, 1926. 2. 11

넷들

당신과내가어렷슬째에
봄날의싸뜻한해빗아래에
부러진쇠토막칼을가지고
오손도손속살거리며
흙을홉여나물을캐던
그러케도조튼넓은들이
아이제는퍽도변하엿소그려

당신과내가天眞스럽게
이리쒸고저리쒸며
맘대로노래부르고춤추든
그러케도조튼넷들엔
아!왜그리쓸쓸한가요
씃업시흰눈만덥히고
찬바람만가득하야내몸썰리네

당신과나의한아인노리터요
당신과나의한아인복음자리든
그러케도조튼넓은들이
아!찍찍하게드러슨포푸라숩
여긔저긔흐터진함석집웅……
아!흐르든내물조차말러버리고

가티놀든당신조차
山넘고물건너멀리가고업스니
아!긔막히는이어린가슴은
고요히어두어가는황혼길에
한갓눈물을쌜려
말업시大地를적시우고잇네
넷들을생각하면서……
—『조선일보』, 1926. 2. 19

님이오기를!

님이여!그리운나의님이여!
당신이가실쌔約束하기는
이듬해싸쯧한봄이되면은
반가히도라와이몸을안어주신다더니
벌서스무해가갓가워도
온다는소식영영업스니
아—해가너무길어니젓슴닛가?

님이여!나는당신이오기를
밤으로낫으로기달리기에
피는마르고창자는쏘들려
이제는니러슬긔운조차업구려!
당신은엇지면그리도無情하오
온다든당신이안오기쌔문에
헐버슨이몸은無慘하게도
필경은쫏겨날身勢가되엿구려!

님이여!그러나지금이라도
쑥!당신이 오기만한다면
넘어지고 잡바저 코쌔저도
두활개 크게벌려 소리치며
반갑게 당신을 맛겟소이다
님이여!그리운 나의님이여!

힘업서 굼주려쫏겨나는 나의身勢를
엇더케가만히보고잇단말요?
더욱이갓난것들불상치안소?
—『조선일보』, 1926. 2. 21

僞善者

『善하라!오—그러면天堂門이열리
리라』
　그러나웨치는그대여!
　그대의가슴밋바닥에는
　벌서부터僞善의쑤리가
　굿게백히지안햇는가?

『富를버리라!善하라!』』웨치는그대여!
　그대의웨치는소리는
　講壇우에서만神聖하니라
　그대의마음은
　富와虛榮으로만차지아니하엿는가?

오—僞善者여!
　그대는經典을가지고
　人生을愚弄하는
　가장착한체하는甚한僞善者니라
　聖者의피를더럽힌者니라

오—그대여!
　그대의손에든經典을불살으라
　그리고罪惡의쑤리를캐는광이를들어
　가슴속에깁히박힌

惡의쑤리를파내라
그리하야참經典의씨를색리라
오—그러면그째에는
그대의말을밋게되리라
—『조선일보』, 1926. 2. 24

겨울달

맑은한울에
환하게걸린겨울달은
피비린내가얼어부튼
꼴사나운大地를
가만히비치고잇다
소리업시비치고잇다

모든倦怠와陰酸한긔운이
써흘으는잠자는大地!
白骨들이毒한긔운을내쏩는
墓地와가튼이大地를
겨을달은비치고잇다
푸르고찬빗을던저

나는말업시놉흔곳에섯스니
繁雜하던거리의모양은
보기에도소름이끼치는
戰場의자최와도가티보히며
여긔저긔흐터진녁들의
怨恨에저즌悲鳴을듯는것도갓다

死灰!

겨을달이비친
겨을밤의거리는
쓸쓸한한개의찬무덤이아닌거나!
大地의큰넉은올라가
저겨울달의비치되고……
—『조선일보』, 1926. 3. 1

저무러가는 山路에서

찬바람가득찬
쓸쓸한겨을날夕陽이러라
黃昏의엷은푸른빗이
이골작저골작이에
가만히퍼지기始作하는대
煙氣에잠긴먼山村에
불이써젓다반짝어렷다함은
가난한집의밥스리는
솔방울의불이나아닌거나!

검푸른찬한울에
별들은한아식둘식
깜박거리기始作하는대
소를모라가든
牧童의한가한노래소리는
가늘게저편산모롱이로사라저가고
찬바람만쓸쓸하게도
벌거버슨야윈나무ㅅ가지들
울릴쓴이다

어둠은점점지터가는대
왼終日疲勞와싸우든
樵軍들의담배불은

쌕금쌕금갓가워오고
길일흔벍어숭이어린아이는
목이잠긴우는소리로
『엄마』『엄마』連呼하며
덜덜썰면서
어둠속을터벅거린다

아—어둠속찬별빗아래에
지향업는이몸의쏘각마음을
그무엇에부칠것인가?!
이밤의모든光景은
다—내心事를
그려노흔것이아닌거나!
—『조선일보』, 1926. 3. 11

生의 躍動

보느냐?
저긔눈이녹아흐르는산긔슭에
엷게써도는푸른아즈랑이를!

그속에
아즈랑이가써도는그속에
무엇이무엇이?
불끈옴츠러진大地를짜개고
툭―소스려는큰힘을!
오―보느냐?사람들아

그힘!오―그힘은
大地를툭터쯰리고소스려는
大生命이쒸는
無限大한『生』의躍動이다
『生』의活躍이다

오―나는듯는다
大地를쌔트리고소스려는
大宇에써쯸을큰힘의소리를!
터지는새로운
『生』의첫소리를!

오―魂이가튼나의동모들이여!
오래동안얼어썰든
우리의生命가온대에도
將次한울을쌔칠듯한큰소리로
염통을쌔치고뛰여소슬
쌜간피ㅅ덩이가쒸고날쮜는
가슴가온대울끈불끈굼틀거리는
『生』의소리를듯는가?
『生』의躍動을보는가?

오―우리의『生』은
期必코새날을지으려한다
새天地를만들고야말련다
『生』의소리!
『生』의躍動!
오―새롭게빗날
즐거움이여!
―『조선일보』, 1926. 3. 11

斷末魔

곰의돗바눌가튼혀바닥!
이리의송굿가튼날카로운잇발!
　無智한者의피를샐고弱한者의살을
씨저먹든
凶獰하게생긴저惡毒한입술!
오—보느냐?
저斷末魔를?!
혀를쌔무러느러트리고
흰잇발을들어내노흔채
컥컥—넘어가는마지막숨을내쏨으며
각가지로부댁기며괴로워하는
저橫暴한者의斷末魔의꼴?!
오—弱한무리들이여!
다—가티팔을크게벌려
놉흔소리로凱旋歌를부르자

斷末魔!
橫暴도이제는다하엿다
無智하고弱한무리들을
이리저리속이고달래고업눌러
가진橫暴를다부리든
저强暴한무리들은
이젠殞命할쌔가臨迫하엿다

넘어저허덕이며버르적거리는
저强暴한者의斷末魔를보라
그의末路의慘酷함을뉘吊喪하랴!

모희라쏘들리든무리들이여!
짓밟히든弱한生靈들이여!
地下에우는怨魂들을爲하야
넘어진저齷齪한큰몸동이를
祭物로바처매친寃을씨서주자
그리고勝利塔을놉히쌋차
빗나는『生』의祝杯를들자
　　　—『조선일보』, 1926. 3. 14

물방아

싯업시고요한
깁흔겨을밤이러라
어두운들가운대
한낫힘업는燈불이
희미하게깜박이는대
씰구덩쿵—씰구덩쿵—
쌀씻는물방아소리만이
잠들은밤한울空氣를
무겁게흔들어놋는다

촬촬거리는물줄기를싸라
가만히가서물방아집을엿보니
젊은男便은밧부게쌀을푸고
안해는쉴새업시비질을하는대
燈불에빗치는
그두젊은內外의붉은얼골!
쌈방울이굴러써러지고
쓰거운김이써오르는그얼골!
오!『生』의聖光이번득이며
참神健한큰힘이움즉임을
分明히볼수가잇고나!

물방아소리쑥근치며—
담배를부처물고안즌남편!
치마압자락으로얼골을씻는안해!

『석섬(三石)은찌엿지?』
『아직도두섬이나남엇소』
『이밤에마자찌어버려야지』
못처럼어든安息도暫間!
씰—구덩쿵 씰—구덩쿵
쏘다시물방아는도라가기始作한다

번개가티노는그의손들!
燈불은쏘다시
김나는붉은두얼골을빗최인다
오—거룩한두나의동모여!
그대들의압헤바치노니
내가슴속에쎌거케달은
붉은마음을바드소서
感激에넘치는눈물!
나의머리는제절로
푹—숙으러진다

지나가는한썰기찬바람!
퍼지기始作하는먼山村의닭의울음!
싯업시고요한겨울밤이
다—새도록
오즉그침업시도라가는물방아소리만이
밤한울을울린다
싸—쿵 싸—쿵……
—『조선일보』, 1926. 3. 16

봄비

부슬부슬나린다
山에도들에도거리에도
싸뜻한어머니의단젓과가튼
봄비는나린다
부슬부슬나린다

겨울이란치위의威脅에
굿게어러부텃든大地를
부드럽게푸러녹여주고
말럿든나무가지와풀쑤리에
生命의단젓을적서주는
봄비는나린다
부슬부슬나린다

깁흔森林속복음자리에
가처잇든새들은나와
깃분목청으로노래할것이며
오래동안쌍속에잠자든벌레들
다시움즉이기를始作하여
生命의自由로움을
맘대로펼것이다
나무가지에옷봉지맷고
풀쑤리에새움이도다날것이다

오!萬有의『生』을다시살리는봄비여!
이나라숚土에도봄비가나린다
우리의녁들우에도봄비가나린다
오!나는노래하노라
이나라숚土!골작이골작이에
빈틈업시봄비가나리나니!
쏘봄비나리는이쌍에사는
시들든우리의녁들우에도
『生』의希望을주고
『生』의氣運을길러내라는
봄비가나리고잇나니!

期必코멸지안흔이압날에
이나라들과동산에는
푸른빗새로히빗날것이며
아름다운옷들이滿發한우에
새노래하고나뷔춤출째
金빗燦爛한햇님은
둥실둥실가득한웃음을보낼지니―
大生命의힘을주어
우리의『生』을새롭게빗내여줄
이봄비를
내엇지아니노래하랴!

봄비나리는우리의동산에
꼿피고새노래할새
맘것즐기자
우리의靈魂을빗내자
그새가?우리의靈魂이
춤추며다시
살어나는날일것이다.
　　　(2월13일 봄비나리는날에)
—『조선일보』, 1926. 3. 28

흙

이몸이샘물이될수잇다면
오래동안목마른
우리님의목을축여주련만!
이몸이불덩이가될수잇다면
오래동안언
우리님의몸을녹여주련만!
이몸이빗치될수잇다면
오래동안어두엇던
우리님의집안을밝혀주련만!
이몸이香氣가될수잇다면
오래동안시드른
우리님의花園을香氣롭게하련만!
오!님이여!슯허마르소서
이몸은길이길이흙이되여
샘물도불덩이도빗도香氣되여
님의고흔靈을길으오리다
짓밟힌靈을다시살니오리다
　　―『조선문단』, 1926. 3.

나의 宣言

世上사람들아
나는宣言하노라

살인광선 독와사를
發明하여내는
惡魔의頭腦를깨치자

대포 폭탄의터지는소리
푸로페라의도라가는소리
총창을만드는機械소리
이러한모든흉녕한
惡魔의소리를무더버리자

들엇든총검을버리고
흙파는광이와호미를들라

들로나가풀꼿의香氣를맛트라
햇빗을바드라

발벗고붉은얼골도쌍팔째
굴러써러지는쌈방울에
太陽의金빗이빗날지니
거긔서참人間을볼수잇다

참眞理의光이빗날것이다

모든生靈이고루幸福을갈러가질것이다

다―가티발벗고
붉은몸동이가되여
흙으로도라가자
손목잡고쌈방울로탑을싸차

햇빗으로살빗을빗내고
흙덩이로肺腑를굿세게하고
풀꼿香氣로靈魂을길루자

오즉한아인즐거운노래를부르고살자
　　　　(『나의宣言』에서)
　　　―『조선일보』, 1926. 4. 7

쪼각달

찬바람나무가지를울리는
깁흔겨을밤이러라
쪼각달은西天에걸려
말업시찬빗을나려보내는데
가난한집어린아기보채는울음소리!
괴로운世上을우는것갓다

가난에쪼들린어머니의情狀!
어린것에게무슨罪이런가?
피는말러짜도졋은아니나오니
짜르나안나오는졋을엇지하랴!
배곱하보채며우는어린아기!
어머니의두눈으론
굵은눈물써러진다

아—이긴긴밤을어이새이랴!
보채다힘업서써러저서
잠들엇다시보채는어린아기!
배곱하우는어린자식에게
단젓을못먹이는어머니의心事
아—몰라라얼마나쓰릴것이냐?
이밤!이나라숲土에는
이러한고달픔이가득하리라

아—『生』이란그무엇인고?
저西山에너머가는쪼각달이여!
슯흔빗가득한
어머니의눈물진眼光과가티
쪼보채는어린아기의
가엽슨울음소리가티
쪼각달은푸른찬빗을더지며
눈물을먹음고뉘엿뉘엿넘어가는고나!
—『조선일보』, 1926. 4. 19

불타버린村落

『불이야!불이야!』
늙은이 젊은이 어린이
모도다 미친듯이날뛰며
소리치며울며발버둥친다
아─慘酷한光景이다
山間의가난한八十戶村落은
猛烈한불길에다타는고나!

눈이뒤집혀날뛰는젊은壯丁들
번개가티날뛰나엇지하리오
한집두집 열집스무집
파지직파지직─타쓰러지니
『하늘이여!맙소사』
바람조차猛烈한데
동리어구움물조차말러젓고나!

넉을닐코밧두덩에쓰러저
헛소리치는늙은할머니!
속옷바람으로흐터진머리에
젓먹이어린것도
우는채싸우에바려두고
가슴치며몸부림하는젊은안악네!
한울까지흐리고
山川草木이다─精彩를닐흔것갓고나!

모진불길이다
야속한하늘이다
男便은산에올라거친흙을파며
안해는草原에나가나물을쓰더다가
그날그날을延命하여가는
이가난한村民들을?
아─이무슨災殃인지나!

悽慘하다저가난한村落이여!
한두집남겨노콘다타버렷거나
불탄자리해매이며
울며불며흐터진
저불상한生靈들이여!
그나마옷도집도밥도죄─
無慘한火鬼의삼킨바되엿스니
아─저들의生道가
어느곳에다시열릴거나!

늙은父母는밤冷氣에쩔며
어린子女는주림에우는고나!
넘우도慘酷함에
숨이런가?天地도아득하거늘
아─등에업힌어린아기
젓달라고우는고나!

불타버린재우에눈물써러지고
목매처우는소리
가삼속에서리치는대—
無心한저누른개야
무엇을쇼리치느냐?
저문날바람은아즉도쓸쓸한데
째아닌닭의울음조차구슯흐고나!
(龍潭火災의悲報를듯고 4월21일作)
—『조선일보』, 1926. 5. 1

조선의거리

煙氣에쓰실른굴둑속가티
갑갑症에걸려窒息하려는
心臟의鼓動이弱하여가는
오늘의조선—
조선의짜—
팔둑의脈을집허보라
거리의얼골은엇지그리蒼白하냐?

거친모래밧헤죽어썩어가는
빗업는물고기의
말러비트러진비눌처럼
조선의거리야
빗나든녯얼골엇다두고
오늘엔얼골의쓸이
어이도그리흉하게變하엿느냐?

빗나든녯얼골을그리우고
오늘의흉한네얼골볼째
나는못내더운눈물쌜리노라
네얼골에빗이오꼿인
어린生靈들의목숨까지
풀이죽음을볼째
나는너무나설어목메여우노라

그러나거리여!조선의거리여!
비록거칠고蒼白한얼골일지나
숨은지지아니하엿거니—
微弱하게나마염통에피는쒸고잇거
니—
分明히네몸둥이가다시살어
光明한날빗이네얼골에빗날째
깃분우슴이넘침을볼지니
오—조선의거리야!피만식지마러라
—『조선일보』, 1926. 5. 30

낡은어머니와새어머니

오늘은넷날이아니어니—
꼴틀리고낡어째진
검정吊服을닙은
傳統의늙은어머니는무더버리자
그가살든꼴흉한
낡은집도무너버리자
그러타—낡은傳統의一切를
길이葬事하여버리자

그리고
오늘은새로온새날이어니—
새날의새로운事業을創建하실
새로운經綸이만하여보히는
저씩씩한새날의젊은어머니를마저
들이자
그가居할집을작만키위하야
광이도들자독기도들자
팔을부르것고나스자
그리하야그에게祝盃를올리자
祈禱를하자

이것이이째人間이할일이다
人類의쪽가튼幸福을위하야—
새살림을하기위하야—
世界의將來를위하야—
　　　　—『조선일보』, 1926. 5. 31

祝福할날

地球ㅅ덩이속에
굴러댕기는큰불덩어리!
산과바다를들엇다놋코노앗다드는
쌍속큰불덩어리의힘!
그큰덩어리의한갈래불길이
地球의한구통이를
툭—터씌리고소슬째
아!壯할세라
이싸우엔큰變動이생기고야만다

오—동모야그와가티그와가티
惡魔와가티强暴한힘에
눌리고눌리든우리의몸둥이!
불길이확확달어올으는
우리의全身을싸고도는
가슴가온대굼틀거리는피ㅅ덩이가
將次가슴을터씌리고튀어소슬째
오—우리가각가지로부댁기며
발듸듸고사는
이쌍!이쌍우엔
期必코큰變動이생기고야말것이다

곳터지려고힘이뭉키고뭉킨
붉은피ㅅ덩어리!

오—그러타그러타
이피ㅅ덩이가힘차게터지는날이
힘업는우리의『生』에
元氣를주는날이다
긔운차게 발듸듸고니러스는
오래 無光하엿든우리의『生』을
빗내는날이다

보라東天에샛질은曙光을!
써올으는太陽은
우리의넉을빗최이지안는가!
오—우리는다—가티 祝福하자
피ㅅ덩이가터저
우리의압헤光明이올
그거룩한날을祝福하자
오—祝福할그날이여!
—『신여성』, 1926. 5.

첫녀름의들빗

흰구름點點한푸른한울아래
오르락나리락
종달새는노래하는대
新綠이욱어진
저보리밧푸른언덕에
배불리가만히누어
『움머』—하며풀쯧는송아지한머리

들가온대촬촬거리며
째씃이흘르는시내물가
푸른버들가지는
가는바람에너울거리는대
고흔목청을자랑하야노래하는
누른쐬소리!
서늘한맑은물에
째씃히도헴치는적은고기쎄!

소타고피리불고가던牧童의노래는
煙霞에잠긴저편산모롱이로사라저가는대
시내물모래우에조개를줍는
두셋의少女
잇다금바람결에들리는
부드러운속살거림이여!
—『조선일보』, 1926. 6. 1

무서운힘

나는본다
부드럽고弱한풀샏리가
큰바위미테눌려잇스면서도
슨어지거나익개여지지도안코
도로혀큰바위를
써바처넘겨트리고
쌍우의大氣中에
싹을터내려고
이리저리괴운차게쌔더나감을!
그리하야엇더한큰作用을니르키려는
偉大한『힘』이움즉이고잇슴을!
오―나는보노라

쏘나는보노라
집채덩이가튼큰바위에
샏리를박은소나무를!
누가그샏리를弱하다할가?
마츰내바위는싸개지고부서지고만다
굿세고큰바위거늘!
한개軟弱한샏리거늘!
아―그무슨싸닭일거나!

가슴가온대피가쒸는사람들아
오―젊은이들아듯거라

死塊!바위가아모리크고
굿세다한들
피가식고심줄이슨어진
한개死物이어니―
한낫적은샏리라할지언정
『生』의偉大한힘을?
大氣와融和가되어움직이는
血管에피가쒸는生命의힘을?
오―엇지조곰인들抵抗할수잇스랴!
抑壓을하고能히견듸랴!

가만히가슴에손을대보라
우리의心臟엔피가쒸지안는가?
우리의『生』을빗낼
『힘』의움즉임이여!
누르는魔障을터씌리고
튀여소슬
무서운『生』의힘이여!
―『조선일보』, 1926. 6. 22

님이그리워!

내아즉철몰랏슬
겨우열살넘은어린째러라
칠판아래한숨지여가며
이나라!이쌍주인닐헛슴을
쑥쑥써러지는더운눈물을
주먹으로씨서가며
痛嘆하던그님이여!
아!지금은어대게신거나!

이쌍을다시차저
自由롭게활개치며
光明한太陽아래
즐겁게살려면은
『잘배워라!』
『쏫을굿게가지라!』
『눈을크게쓰라!』
주먹을쥐고바르르썰며
목이맛치는强한소리로
책상을치며
내어린靈을쌔우처주든
아—그님이여!
지금은어데게신거나!
생각스록더욱그리워!

이쌍을다시새롭게빗내려면
暗黑한險路에서헤매이며우는
불상한生靈들!
同族의生命을다시살리려면
『懦弱한者가되지마러라』
불로도쒸여들고
물로도쒸여들어가는
『쓰거운精神을길우워라!』
『산氣像을가저라!』
山으로가서나들로가서나
틈만잇스면밤에나낫에나
熱情에타는眼光으로
늘—우리를指導하여주시던
아—그님이여!
지금은어대게신거나!
간절히도그리운그님이여!

지금은들으니
밤낫으로그리워하든그님은
恨만흔이쌍을버리시고
먼北國눈날리는찬나라로
써나가신지가
벌서數年이라하니
아!님이여!각가지로닥치는

그苦生이엇더하리!
긴한숨으로南天을바라고
더운눈물로언쌍을
눅이신적은그몃번이시랴!
아!얼골은얼마나야위엿스며
몸은얼마나늙으섯스랴!
송긋으로씰리는듯한이마음!
쑥쑥써러지는더운눈물!
아!님이여!平安하신가?!
―『조선일보』, 1926. 6. 24

어린죽엄을눈압헤그리고

어린죽엄을눈압헤그리고
나는가만히눈감고
눈물을흘리노라
목에차오르는압흔서름과
쓸른분긔못내억제하여
터지련적은가슴에손을대고—

쌔긋하고어린그눈동자에
얼마나자유의턴디를憧憬함이만헛스랴!
弱하고어린적은가슴에
얼마나참스러운붉은피가
쒸엿스랴!
미친듯날쒸는뭇사람의歡呼聲에석겨
적은입으로
『자유의깃붐』을찾고저
부르지즐새
오!全身에도는피가
얼마나쒸엿스랴!
오!오래뭉첫든 피는터진것이다
그소리는確實히『피』의소리엿스리라

그러나흉악한말굽소리!
번적이는악마의칼빗에
군중은몰리고쏠릴새

오!弱하고적은어린몸이
넘어저밟히고거더채일째
무참히도어린生命은슨허지고말엇고나!
오!그째(刹那)에
어린靈魂이얼마나놀래엿스랴!

악마의번적이는칼씃헤놀래여
스러진어린靈魂아
가튼피를간직한
우리의가슴가온대에들어
길이길이고달품을쉬어라
그리하야새날의밝은빗치
우리의靈魂우에빗날째
그째!깃버하라날개를치라
불상한어린靈魂이여!
오—깃붐을주리라

오—어린죽엄을눈압헤그리고
나는가만히눈을감고눈물을흘리노라
『어린靈魂아』하고부르는
나의압흔心曲이여!
썰리는목소리여!
—『조선일보』, 1926. 6. 24

나는우노라

『眞實한靈』을나는우노라
몸동이채집어삼키랴고
푸른毒氣를내쏘으며
사나운발톱을움크리고
한울나직이빙빙써도는
소리개의압헤
그런줄저런줄아모종모르고
먹을것만차즈며
이리저리쒸여노는병아리와가티
오―純眞한조선의어린靈들이여!
무서운惡魔의푸른눈毒아래에
天眞스럽게웃고
쒸며노는것을볼재
오―그『純眞한靈』!
『純眞한靈』을나는우노라

그어리고純眞한靈이
自由의날개를퍼칠재―
그純眞한靈우에
燦爛한햇빗이빗칠재―
오!그러타면
터질듯우슴이얼골에빗나리라마는
배암의우슴가튼毒한

그늘진우슴을품고
가만히毒手를내미러
純眞한靈의어린『순』을
모질게비트러썩그럼이거니―
醒醒하게도검은발로짓밟어
윽개여버리렴이거니―
오!그『純眞한靈』!
『純眞한靈』을
내엇지아니울수잇스랴!

아모것도몰르는어린靈이어니
조선의불상한어린靈이어니―
더이마음이압허라
―『조선일보』, 1926. 6. 27

愚婦의설음

××를調査하려나왓다는
툭명스런口實아래—
비록날거써러진갈자리房일지나
혹시貴여운어린아들딸이
엇저다맨발로들어오게되면
나무라며짜리며
아츰저녁으로씻고또씻고하든
씀찍이도녁이는안방이어늘—
진흙투성이된구두발로
村民에게주린배암가티뵈이는
심술구진×××出張員이
거침업시쑥들어와
두리번두리번눈알을굴리니
오—불상한愚婦여!
무엇이무서우냐?……
手足을썰며 房한편구석에
옹크리고섯는데
철몰으는 어린아들딸은
쑹글한눈으로
어머니치마자락을쥐여잡고
그의몸뒤로숨어섯고나!

비록빗이낡어지고니가버러진
오래된흔衣籠이다마는
華婚의째를記念하는
貴한세간의重要한것이어늘—
쏘그속에사랑하는

男便아들딸의
貴여운衣服을너허두어
아모도맘대로열어볼수업는
앳기고貴重히녁이는세간이어늘—
『째어져라』구두발길로차며열어
함부로衣服가지를뒤적이니
오—어리석어말못하는
젊은어머니!불상한愚婦여!
싸는듯가슴속의설음이얼마나할거나
말업시옹크리고
눈물만써러트리니
철몰으는어린아들딸
어머니의얼골쳐다보는
天眞한두눈이
더욱이더욱이
알수업는놀램과疑心에
휘둥그러질쑌이로구나!

아—無智하야말못하는
愚婦의설음!
이나라僻村農土에얼마나만흐랴!!
오—저들의純實한靈을
힘잇게하여줄이누구이랴!
저들의시달린고닯흔靈에
산光明의빗을
더저줄이누구이랴!
—『조선일보』, 1926. 6. 28

나븨의 亂舞

1.
노라케얽흐러저핀 공자리밧우에
흰구름의그림자가 쌔업시얼신거리난대
흰나븨검은나븨가 뒤석겨어우러저란무를한다

쌔쯧한봄바람에 밋친 저흰나븨검은나븨야
이시절을즐기는것도 지금이한창이다만
밋친듯노라나지마러라 방분(放奔)에날쎠서

쏫우에 서리ㅅ발치고 매운바람몰려올쌔
오—고히분칠하엿던 네날개부서지리니
오—공자리쏫단쑬에 취햇던네마음이여!

가시덩쿨에너머저 네몸이쎳길쌔
피식은심장을쥐여쌰며 허덕이면서
애처롭게마지막숨을긋치리니

2.
나는본다 왼갓번열에타는 이회색(灰色)의거리우에
백골들이 방울을흔드는 피비린내 저진이쌍우에
오—허비적거리는인간들을 저흰나븨검은나븨와가튼

『인간이란무어냐?육(肉)을향긔롭게하사 즐거히마시고놀자』
백골잔을드러마시는 저향락주의자들아
홍등아래 빗나는너의얼골들은 피에주린귀신과갓고나!

『내쌀간고기ㅅ덩어리를 먹어맛보시랴오?』
『얼마라도!그러나몸이차다피가식엇나?키―쓰를다오정열의잔에갓득부어』
『입술을더지오 그달른듯한쓰거운입술을』

아―추악한이거리의모양이여!
말러쌔진개고리의등껍질가튼
아―숨이갑버하는 이피식은 독갑이의 란무쟝(亂舞場)이여!

3.
밋바닥에곰팡이실은쭉으러든저심장에담긴썩은피
태양의금화살을 바드라 향락에숨쑤는무리들아
감히두팔을벌려쥐여나올용감성(勇敢性)을가젓느냐?

오―음산한긔운이 가득찬 희미한 등ㅅ불아래 쓰러진 네의해슭한얼골
목이비트러저죽은닭의눈갈과가튼 희고빗업는네의눈갈
목에쓸어나오는 붉은피ㅅ덩이

오―가슴을쥐고괴로워하는가련한네의신상이여!

향락만을일삼든 네신상의비참한말로여!
독기를들어 향락에취햇던 네두뇌를짜개라
불을들어 추악한거리를 쌔끗이불살으라
오―흰나븨검은나븨가 째업시란무하는이쌍을
―『신여성』, 1926. 7.

故園의녀름ㅅ빗

괴로운삶에쫏겨
바람을싸라이리로저리로헤매이며
내얼마나그리운녯동산을그리워하엿든가.

새로운가지연약한가지에
어린꼿입설
싸뜻한봄ㅅ바람에방긋이열릴째
가슴ㅅ속에솟아올으는사랑의싹을보고
내얼마나그리운녯동산을憧憬하엿든가.

서리ㅅ바람북역ㅅ바람에야윈나무ㅅ가지울고
쩌러진닙사귀정한곳업시쩨굴쩨굴굴러갈째
가슴ㅅ속에서리ㅅ발치고
도다나든삶의움이무참히도썩기움을보고
내얼마나얼마나그리운녯동산을 憧憬하엿든가.

그러나오늘—
밤으로낫으로그리고그리던녯동산을차즈니
綠陰은욱어저녜보든녀름ㅅ빗이나
내어려동모로쮜여놀든곳은
아—어이저리도변하엿나!
한갓녯記憶만창연할쑌이로구나!

내새노래듯든씩씩하던숩은
불탄재우에가시덩쿨만얽흐러지고
내쒸놀든부드러운잔디밧은
흥한발ㅅ자최웬일이냐?

쏫기는동모들이여!
그대들은지금어느곳에게시는가?
지나는사람녜보든사람아니며
낫닉은사람풀ㅅ긔가업스니
아—이녀름ㅅ동산에부는바람은
쏫긴이들의한숨인거나!
쑥쑥듯는비ㅅ발은
쏫긴이들의눈물인거나!

隕命을슯허하는마지막애슷는소리인가?
매암아울지나말어주렴으나!
—1926. 8. 21

아츰날의 讚美者

아츰날!
한울엔아직도두어낫별이
조을고잇는일흔새벽에
팔것고 다리것고 억개에광이메고
풀숯헤잠자는이슬방울을차며
들로나가한손에광이를집고
놉흔언덕에가슴을헤치고서서
타오르는듯새벽놀이붉어오는
동녘한울을向하야
길게아츰날大氣를마실째
아―新鮮한긔운에확근거리는 나의얼골
터지는듯상쾌한나의가슴
아름다운希望에타는
돌올한나의두눈瞳子
아―누가알랴!누가알랴!
넘치는깃붐의衝動을
타오르는希望의불꼿을

가벼운몸에맨발로
긔운차게버틔고서서
첫광이를번적들어올릴째
그째그광이에빗나는太陽의金빗
쾅!하고흙덩이를깨트릴째
붉은얼골로부터굴러써러지는해빗담긴쌈방울!

광이를들엇다노앗다노앗다들엇다할째
太陽의金화살은내全身을쏘나니
오—내붉은몸동이에서써오르는쓰거운김!
내全身을高速度로다름박질하야팔팔도는피!
얼마나아름다우냐거룩하냐?
불덩어리가티쓰거운
흙투성이의몸동이로
쾅쾅소사올으는샘물을차자
째여진박쪽아리로갓득써
한목음마시고나서
배를어로만지며
햇빗새롭게빗나는
아츰들을바라보면서
길이쏘大氣를마실째
오!산속깁흔속에서
울어나오는산새의노래소리!
우수수나무닙을스치고
지나가는한쩔기서늘한바람!
아!大自然의깃붐!
大自然의노래!
누가아니아츰날大自然을讚美하랴!
아!나의거룩한아츰날깃붐이여!
나는아츰날의讚美者로다
　　—『조선일보』, 1926. 8. 30

農村으로

1.
솔한포기서지안흔
벍어버슨저황토백이붉은산―
운명을諷허하는듯한 쓰니락말락
돌틈을돌고돌아 쏠쏠거리는마른시내―
여긔저긔웅게웅게흐터저잇는
곳쓰러저가는가난한인가―
그속에서쏨지락거리는
광대쎄툭소슨쏘골쏘골한늙은얼골―
쎄가앙상한말라광이벍어숭이―
아―이무슨참혹한광경이냐?

산아물아령이잇거든말을하라
우리의조상을얼마나저주할것이냐?
다―가티가련한신세거니
쏘엇지근들불상히녁이는눈물이업스랴!

2.
오―나는보앗노라
팔둑에굵은힘줄이툭니러선
건장한젊은이한분!
아츰마다아츰마다
밧가운대광이를집고서서
동편에소사올르는태양의금ㅅ빗이왼몸을쏠째
한울을울어러기리탄식하는것을

그리고굵은눈물이짜우에쑥쑥써러지는것을

쏘나는 보앗노라
고요한밤푸른찬별빗아래
마을안넓은마당에
늙은이 젊은이 어린이 산아희 녀편네 모도뫼여노코
혹은『가갸거겨』
쏘혹은『우리도 남과가티 잘살어보려면……』하고가르치고부르지짐을—

그뒤에나는쏘보앗노라
그마을에서좀크다는집싸리ㅅ문한편기동에
『농민로동야학회』란 문패가
서투른글자로써달려잇슴을

3.
오—도시로닷는동모들이여!
농촌으로나오라 그리하야광이를메라
농민들과손목잡고가슴을헤치라
햇빗아래흙을파라
젊은동지를도와쌈ㅅ방울로『生』의탑을 싸올리라
우리의압길, 광명의길을열라
오—배우려고 알려고 살려고헐덕이는
불상한생령들이여!
—『신여성』, 1926. 8.

露宿하는무리들

아츰해쓰기전부터
저녁해써러진뒤싸지
산으로들로쏘는거리로
각각헤여저몸을수고롭게하든
저불상한무리들—
늙은이젊은이어린이들이여!
편히쉬일安息의밤이어늘……
오즉한간의찬구들이나마
모긔빈대벼룩에게쫏겨
新作路左右便풀밧우에
어즈러히누어露宿을하니
마음잇는이여!
저들의『生』을뉘아니슱허하랴!

咀呪할세상이로다
악착한목숨이로다
싸소린냄새에저진무거운몬지가
가만히싸러안진저들의얼골—
모든시달림의고닲흠이써도는
저들의얼골에찬별빗이빗칠째
길ㅅ가에매여둔
짐실은쇠방울ㅅ소리가

녀름ㅅ밤
들의적막을짝하야아뢰이난대
잇다금이리로저리로둥굴며
잠ㅅ고대하는소리는
괴로운이세상을咀呪함이냐?
목숨의악착함을訟허함이냐?

『아가우지마라엄마젓여긔잇다』
아모것도모르는갓난이는
어머니의젓을차즈려
배로허리로긔여넘는대
주림과고닯흠에안나는젓퉁이
아기의보채는우름ㅅ소리!
고요한밤한울의애닯은波動이여!
아―저들의가슴ㅅ속에서
쉬여나오는애끗는소리는
언제까지나
이나라녀름ㅅ밤거리우에
들릴것인가?
　　　　(녀름ㅅ밤C邑에서C都市까지거러오든途中에)
　　―『조선일보』, 1926. 9. 1

가을바람

내눈은배부르나이다
가을ㅅ들을바라보는내눈은

한썰기서늘한가을바람이
멀고넓은들저편으로서
백곡이익은논밧을거처
내얼골을스처지나갈째
내마음은바람을타고
멀리멀리넓은뒤ㅅ들로
다름질을처가나이다
저넓은뒤ㅅ들로

쏘한썰기서늘한가을ㅅ바람이
염울어가는나락의이삭우를거러
콩수수서속의닙사귀들을건드리고
내얼골을입맛출째
내코를찌르는거룩한香氣
이것이저들
쌈ㅅ방울의精華런가할째
나의머리는숙어지나이다
가만히무겁게

오—가을ㅅ바람을타고
다라나는나의마음이여
고히쉬는저들의靈魂우에
感謝의더운 눈물을주려
가는것이아니런거냐아니런거냐
—『조선일보』, 1926. 9. 11

호박꼿

아츰날농사ㅅ집울타리에
얽흐러진넌출에핀호박꼿아
太陽의金화살을왼몸에바들째
마치네모양은
王者의존귀한黃金의면류관과갓고나

해쓰자피는너의재바름이여
거짓업는순박한네마음이여!
아츰날을노래하는참새소리와가티
農夫들은광이메고들로나갈째
제일먼저깃붐으로餞送하는이는
너하나쑌이로구나오즉너하나

철모르는순박한農村아희들은
쏘네꼿을즐겨하나니—
너로말미암아아츰해를친하여노는
農村아희들의깃붐에자라는
쌔끗한령……
오—호박꼿아나는너를본밧고십다
그純實을純實을自然한큰힘을

호박꼿아너는어이단장함이업거늘
그리도탐스러우냐탐스러워

너를멍청한꼿곱지못한꼿이라함은
다—네참쯧을모르는
어리석은이들의말—
아—너의순박하고탐스러움이여
『農土의風情』『民의마음』을
은연히말하고잇슴이나아니런거나
—『조선일보』, 1926. 9. 29

한줄기 光明

보느냐?
디평선(地平線)저—쪽 저—먼곳에
환—하게 빗나는 한줄기광명(光明)을
오—흰옷입은 동모들이여!

그빗츤
삶의빗 목숨의빗치어니
오—그빗치
구리의 령혼우에 빗칠째
우리들은 노래하리라 춤추리라
자유의깃발을 펄펄날리면서

오—씩씩한장정(壯丁)들 늙은이 젊은이 할것업시
팔 다리 것고 피 쮸는 알몸동이로
그빗츨 향하야
용장(勇壯)한거름으로 내다름을
오—보고잇다 나는 나는……

그러나 내닷는 거름을 막으며
압길을 잘르는
험악한 마장이 잇서
눈알을 굴리며 가로막고 잇스니
오—그바위에 부다처
발이 깨지며 너머즌이 몟몟치랴?

압서가든자 걱구러지고
뒤에가든자 쏘너머지니
그리하야
터진머리 부러진팔 쌔어진발에
너머저 가슴치며 호통을하니
동모야 엇지하련다?!
가든길을 멈추랴!
그대로 나아가 걱구러지랴!

오—저마장 저바위미텐
우리를 살릴
목숨의 물이
콸콸……
룡소슴을 치고잇나니
용장(勇壯)한자야 압서거라
나아가 폭탄을 무드라
마장을 쌔트려
솟는목숨의 물을 마시지 안으려
느냐?

오—그마장을 쌔트려
넘어스는째 그째
디평선(地平線) 저—쪽 저—먼곳에

빗나는
한줄기 光明이
우리의 령혼우에 춤추리라
깃붐의 종소래 들려오리라

보느냐?
디평선(地平線)저—쪽 저—먼곳에
환—하게 빗나는
한줄기 光明을
오—흰옷입은 무리들이여!
—『신여성』, 1926. 10.

都市의겨을달

살을어이는듯찬바람은
都市의밤거리에해매이는
불상한무리를위협하는데
서편한울에기우러진
이즈러진겨을달은
눈물을먹음은듯
찬빗은 쩌는령우에
고요히흐르고잇서라

거리의한모통이 약한숫불에
어린군밤장사의쩔리는가는목소리—
골목골목이도라다니는
만두장사의웨치는소리—
오—목숨의악착함이여!
늙은어머니어린동생은
찬구들에주림을안고
쩔고잇다이제나이제나기다리며—

바람찬거리우를것는
안마장이의쇠피리소리—
두터운벽돌담알에쪼구리고안저
『추어라』! 덜덜쩌는거지의울음소리—
아—얼마나구슯흔소리이냐?

겨을달알에都市의모양은
저쓸쓸한墓地보다더하여라

오—겨을밤 都市의참혹한光景이여!
긴밤이다—새이도록
오즉흐르는찬달빗알에
고닯흔령의구슯흔소리만이
밤한울공긔를흔드러노흘쑨이로구나!
　　　(11월18일夜 C都市에서)
—『조선일보』, 1926. 11. 28

都市의자랑

燦爛한都市의거리에해ㅅ빗은빗치고잇다.
그러나한울놉히펄펄날리는旗ㅅ발에
文明을자랑하는都市여!
약한무리의피와기름을싸내여
거짓을裝飾하여노흔네얼골에
해ㅅ빗이빗첫다고자랑을마라
이대ㅅ사람의가슴엔성난물ㅅ결이놉히치나니.

華麗한방안에울리는樂隊의長短에
단술을마시는독갑이의무리들……
한울을쓸을듯굼틀굼틀검은연긔를배앗는
저—괴악한굴ㅅ둑미테움직이는蒼白한얼골들을보라.
날러오는『불』화살이都市의염통을쏘을째
칵!붉은피ㅅ덩이를배아틀것이니
그러면이것이都市의자랑이란말이냐?

오—都市의자랑!都市의자랑이여!
머리우를날르는무서운독수리의발톱과가튼발톱
발미틀기는능글한이묵이의눈ㅅ갈과가튼눈ㅅ갈
약한자의기름을싸내고고기를할른저—무서운혀ㅅ바닥을
일홈몰을寶石들로裝飾하여노흔것이
오—네의자랑이로구나!
오늘都市의자랑이로구나!
오—이대ㅅ사람들의가슴엔성난물ㅅ결이놉히치고잇다.
이都市의자랑을불살러버려라.
太陽의가슴을쏩아
이都市우에불을더지라.
—1926. 11. 30

都市의斷末魔

늙은이리의흔득이는니ㅅ발처럼
약한무리의피와쌈이배여저진
저―都市의羅列은흔들리고잇다.
찬긔운숨여드는저녁, 이저녁에.

오―저都市의밋層을보아라.
좀은먹어간다. 곰팡은실엇다.
안넘어가려고악을쓰며허덕인다마는
지탱을하야밧처노흔장ㅅ대조차썩지안햇느냐?

엑쓰光線을빗처보는것처럼
저쌔ㅅ속에찬골음이보히지안느냐?
눌으딩딩한 都市의얼골을보아라.
내쑴는입김엔찬긔운이돌지안는가?

폭폭썩어가는저괴악한냄새
코를어듸로둘을거나?!이코를
마지막으로미처날쒸려는저붉은눈갈
오―火葬터엔 장작까지싸하놋치안햇느냐?

바람은분다. 바람은분다.
사호나온비까지오련다.
저녁ㅅ된이都市에―
오―隕命할째는닥처온것이다.

아니넘어지련들몰려오는勢力을어이막을것이냐?

저꼴사나운큰몸ㅅ둥이가불붓는장작우에가로노힐째
손ㅅ벽을처라. 누가눈이나흙여볼것이냐?
오―벌벌썰고잇는都市의羅列이여!
降服을하라!火葬터의準備를못보느냐?
―1926. 11. 30

落葉진廢墟에서

쌔어진기와ㅅ장이여긔저긔흐터진녯집터
든든히섯든알암들이기둥은썩어넘어젓느냐?
깁히백힌주초쏠그우에덥힌부서진흙우에
오―칼날가튼흰서리가덥혀잇고나!

꼿은피고닙흔푸르러아름답던녯뒤안은
엇지하야이다지도것츠르냐?어지러운가시덤풀……
들리나니, 내가슴만압흐게할싸름이로구나!
매운바람에불려굴르는落葉의썰리는소리―.

저―늙은이찬바람에흰털을날려가면서
무엇하러써러진닙흘긁어모흐는가?
저―할머니서리ㅅ발에덜덜썰어가면서
엇지려고쌔여진기와ㅅ장을주서싸아놋는가?

오―무엇을하느냐?저어린것들, 아들쌀―
막대를 쏫고싸우에그려놋는건무어냐?그쏫
굿게잡고흔드는저피ㅅ대, 팔ㅅ둑의피ㅅ대,
오―불ㅅ근불ㅅ근움즉인다. 깁히뭇친주초ㅅ돌―.

오―落葉우에印처진설흔발ㅅ자최를쓸어버리라.
탕난몬지우에마음약한눈물을써러트릴쌔가아니다.
덩쿨을쓴흐라!저가시덩굴에불을질러라.
地心은움직이지안느냐?쌕애지려는이짜의금을보아라.

염통에이는붉은불ㅅ길을쏘들대로쏘드라.
맹렬한긔세로 地心이폭발이되는날—
오—이廢墟의한복판에굿센기둥을세울지니
하나, 둘, 셋, 번쩍처들자. 오—내다러라붉은몸둥이로!
—1926. 11. 30

따에무친柱礎도썩는것인가

따에무친柱礎도
　　　썩는것인가
지나는이여 눈물을
　　　쑤리지말라

피ㅅ대가 푸르른
　　　기왓장은
째여진 가슴을
　　　쥐여싸도다

따에무친柱礎도
　　　썩는것인가
바람아 락엽을
　　　굴리지마라

허트러진 돌멍이
　　　더운염통엔
붉은피가 긔운차게
　　　쒸고잇도다

따에무친柱礎도
　　　썩는것인가
해야 엷은빗츨
　　　더지지마라

柱礎는 움즉인다
　　　地心은 터지련다
맹렬한 불ㅅ길은
　　　짱을 째개고
　　　소스려하도다

오—해야
　　　光明한 날빗츠로써
　　　祝福하라
오—바람아
　　　힘차게불어
　　　旗ㅅ발을 펄펄날리라

오—지나는이여
　　　버슨몸동이로
　　　내다르라
맹렬한 불ㅅ길이
　　　地心을 터씌리고
　　　솟는날

소사안진
　　　柱礎우에
굿센 새기둥이
　　　세워지리니
—『조선일보』, 1926. 12. 5

새벽은왓도다

새벽은왓도다
　　새벽은왓도다
오래잠든 이싸엔
　　새벽왓도다
그러나 엇지하야
　　이거리엔
아직도 깁흔안개는
　　버서지지 안는가

안개속에 헤매이는
　　무리들이여
령혼의 눈을쓰라
　　날개를 펼치라
地心은 움즉인다
　　東天은 밝으련다
鍾소리 요란하게
　　들려오지 안는가

먼저쌔인 동모의
　　웨치는소리
光明한날빗치
　　샛질럿다고
소리치지안는가

놉흔소리로
이러날쌔로다
　　잘쌔는 지낫도다

내다러라 주먹쥐고
　　알몸동이로
地平線저쓰테 빗나는
　　빗을향하야
안개를헤치고
　　내다를지로다
염통엔 붉은피가
　　쬘대로쒸리로다

오―새벽은왓도다
　　새벽은왓도다
오래잠자든 이싸엔
　　새벽이왓도다
령혼의날개를
　　펼째는 온것이로다
빗나는광명
　　웨치는소리
　　밝안몸동이
―『조선일보』, 1926. 12. 11

熱砂의우로

해는저무러흰눈은날리는데
사호나운北風을마지하야터벅터벅가는곳은어데런가?
쫏겨가는저누덕이흰봇다리들이여!

등에업힌어린것의간엷은울음ㅅ소리
七八十늙은이의썰리는집팡막대
가도가도씃업는눈벌판으로
바람찬쌍설은북녁나라로
그리운내쌍에서쫏겨가는가슴아,
오―가업시먼아득한압ㅅ길에
소리업시나리는눈만싸힐쑨이로구나.

오―그대들을울음으로읍조리는나의몸도
언제러나그대들의가는길을뒤쌀을지누가아냐?
그러나―
가면가면永永가버리고마는마지막ㅅ길―
오―敗者에겐편히쉴福樂地도업는것이다.
쓰거운모래우를내닷는戰士의압헤
삶이콸콸솟는『오아시쓰』가열리는것이다.
오―쫏겨가는가슴!싸홈마당의넋흔敗北者들이여!

흰옷자락을날리며눈ㅅ길을터벅거리는동무여!
피쮜는가슴을안ㅅ고熱砂의우로내닷는목숨들을보라.
勇者의가슴엔 붉은피ㅅ덩이가움직이나니

더운바람에펄펄나붓기는기ㅅ발알에로熱砂의우로
젊은太陽을앓으려는씩씩한걸음을보라.
이짜에서쫏기여가는무리—
이짜에서삶을어드려싸호는무리—
오—이대의이짜우엔두矛盾의숨ㅅ결을안ㅅ고
달은진다. 해는쓴다.
矛盾은커갈샌이다.

오—들복는熱砂의가슴이여!
—1926. 12. 13

눈나리는 大地

눈은 나린다 나린다
산봉오리 골작이 들
마을 都市……
한갈가티 눈은 덥혀간다

나는 굽어본다
큰 눈방울을 굴려
눈이 덥혀가는 이大地를

골작이에 쓰러저가는
앙상한 집들―
들에깔린 싹지버레가튼
납작한 집들―
힘업시 써오르는
엷은 연긔―
주림과 치위에 써는
구슯흔 소리―
오―움즉이는 얼골들은
웨 저리蒼白하냐?

콩크리트로 놉히 싸올린
都市의집들―
한울을 찔을듯 놉히소슨

굴둑―
긔운차게 굼틀거리는
검은 연긔―
새여나오는 류량한 음악소리―
스치는 비단자락―
번득이는 붉은얼골―
아―싸소린 알콜의남새는
엇지이리 코를 찔으느냐?

하나는 죽어가고
하나는 살어가느냐?
콸콸 소스려는 샘의血脈―
목덜미를 눌은 바위ㅅ장을 처들자
血管이 시들기前에 피가 쉬기前에……
한둘이안되거든
千萬이 힘을 모아

오―눈은 나린다 나린다
소리업시 간단업시
산봉오리 골작이 들
마을 都市에
大地를 무더버리려는것처럼……
　　　―『조선일보』, 1926. 12. 16

黙禱

해골들이 데굴데굴 굴르는
都市의 밋바닥을 보라
보히지안는 큰힘은 흐르고 잇나니

흔들흔들 흔들리는
都市의공중을 보라
보히지안는 무거운힘은 눌으고잇나니

都市의 城壁이 얼마나 强하냐?

밋바닥에
숨어흐르는 큰힘이
한구통이를 터트리고 솟는날—
공중에 움즉이는 무거운 긔운이
집웅을 날리고
몸채를 쓰러트리는날—
맹렬한긔세로 삶의波濤가 룡소슴치며
大地를들엇다 노앗다하리니
오—그째 그째엔
산산히 부서진 都市의
쏘각 그림자인들
멈춤이 잇슬것이냐?

오—바닥에 흐르는 흐름이여!
공중에 움직이는 긔운이여!
피는 쒸일대로 쒸라
혼은 빗날대로 빗나라
그리하야 다시
大地에 安定이 오는날
光明한 새터전을 베풀라
—『조선일보』, 1926. 12. 17

雪月情景

산도 들도 길도 마을도
한갈가티 흰눈은 덥혀잇는데
한울한복판에 달린 밝은달은
고요히 찬빗을 더저
누리를 잠재운다

산 쌍 사람 새 즘생
벌레들의 령은
흐르는 달빗에안겨
고요히 숨쉬며잔다
그가온대 쉰힘업시
속살거리는 쏠물만은
달빗을 실고
흘러간다 어대로인지……

내령은 달빗을실고 흐르는
물줄기를쌀하
멀리멀리
쏫업는나라로 흘러갈째
쇠방울소리 들리며
눈길에 터벅거리는
짐실은 수레의
썰리는등불이 보혓노라

오―저등불의주인이여!
눈싸힌이밤을―?
어듸서 쉬려는가?
고닯흔령혼을!
달빗에 환한
저, 두줄 수레박휘의자최―
비탈로, 골작이로
그처음은 어듸며
쏫장은 어델터인가?

내령은 그쏫장을 차즈려
멀리멀리
산넘고 골지나 다라날째
긔에울리는 고닯흔어린령의
보채는우름소리!
굵은눈물 써러지는
어머니의 압흔가슴!
오―나의령은 다시
찬달빗에 어려잇는고닯흠이
쏫업시쏫업시 눈덥힌
大地의우에 퍼짐을보노라

내령은 다시 끗업시끗업시 펴지는
고닯흠을 어루만저
멀리멀리 가업시 흘러갈째
오―이나라숯土를
한박휘 돌고돌아
눈덥힌 이밤!
이나라숯土에
가득히 써도는
고닯흠을안고 울엇노라
목메여 울엇노라

오―이밤에
이나라숯土에 헤매이는
저 고닯흔령들……
이 령은 달빗을타고 올라가
저 달이되여
저고닯흔령들우에
고흔빗을 더저
고히고히 재우고십허라
재우고십허라
         (12월15밤 月浪鍾臺에서)
―『조선일보』, 1926. 12. 23

貧妻

침싯가튼 바람이 새여들어
추어잘수업다고
추이타는 나의안해는
날거쌔진 신문지쪽을오려
다써러진 문구멍을
언손으로 바릅니다

젓안나면 어린것이
배곱하 보챈다고
두어덩이 찬비지를
어더다가 쯰림니다

날은저물어 바람은찬데
버리도못하고 들어와서
『사는자미가 무어냐?』고
성을내면
『뒷날에 즐거움이 도라오지오
이애보시오 압바라고 벙긋거리오』
안해는 이러케 말을하며
파리한얼골에 우슴짓고
아이를더듬어 얼웁니다
그러면 나는 힘을어더
다시 버리를 나가지오
—『조선일보』, 1926. 12. 26

陣頭에서

곱비를 잡어다리거니—
목줄기 써러질가보아
쓸려감이냐?
神經이 마취가 되엿거니—
이런종 저런종 모르고
쓸려감이냐?
저 무서운악아리로
쓸려들어가는
灰色옷입은 무리들이여!

가면 福地가 열릴줄 아느냐?
칼날을 밟고섯는마음이여!
가시손에 꼿봉오리
무참히도 썩기임을 볼째
오—엇지하련다?!
그대들의 눈에서는
불틔가 날르리라
보라 덩쿨가시엔
毒藥이 발려잇지안는가?
엇지하야 피ㅅ줄이 말러감을못보는가?
곱비를 쓴흐라
덩쿨을 불살으라
혼까지 永永썩어 버리려느냐?

오—灰色옷입은 그대들이여!
그옷을 버서버리라
이러도 저러도 못하겟거든
차라리 혼을
고히 불살러버리라
　　　(1926년12월)
—『조선일보』, 1926. 12. 26

斷腸曲

문풍지는 바람에썰리는데
어름ㅅ장가튼 찬구들에
병든안해의 해쓱한얼골
어린것은 어이 저리도보채는고!

살을어이는듯 사나온바람은
大地를 휩쓰를듯 모라닷는데
그리운녯터에 눈물쑤리고
가는곳은어대런가 흰보ㅅ다리들이여!

대낫에사람만흔 큰길우에서
사람의손ㅅ고락질을 바드면서도
엇짐이냐? 말은못하고 주저를하니
흰옷입은 동모야 가슴은쓸른가?

順從은順從대로하면서도
모진주먹알에 발길까지 채이면서
몸을 펴지못하고 『녜』『녜』하는
農村의 무고한生靈들아 脈은죽엇나?

만흔사람이 모힌자리에서
어리석다는 소리에 순이 쩍길째
어린生靈들아 웨그리썰기만하는가?
오―누구의罪이냐? 누구의罪이냐?

징글징글한우슴엔 웨저리 毒氣가만흔고?
검은손의 채쑥알에 매질밧는령혼들아
쫏겨가니 엇더리……목숨이악착한……탓인가?
창자는싇허지로나! 령은쎨리노나!

집에 잇기도실타 거리에 나스기도실타
넉우에 빗치는해ㅅ빗조차 쓸쓸한것갓고나!
가슴을 쥐여짜고 주먹을부르르쎠니
창자만 싇허지노나! 령만쎨리노나!
—『조선일보』, 1926. 12. 31

새날의 祈願

새날은오도다 새날은오도다
오래잠든이따에 조선의따에
검은안개하로아츰거더버리고
새날은오도다 조선의따에

동모들아듯느냐 울리는종소리
동모들아보느냐 빗나는아츰
니러나 내다르라 알몸동이로
새날의새목숨을 맛기위하야

붉은피씰른다 나의염통에
밝은빗빗난다 우리머리에
내다러라새날의 새터전으로
쎄앗긴깃븜을 찻기위하야

바람만흔새날의 새터전우에
굿세인새기둥을 세울지로다
승리의기ㅅ발 아래놉흔소래로
새날의깃붐을 웨칠지로다

쎄앗긴깃븜을 다시찻는날
시달리든령혼이 빗나는날
오—나와서마즈라 거룩한이날
오—나와서마즈라 거룩한이날
　　　　—『동아일보』, 1927. 1. 1

魂
―나의詩

바위ㅅ돌에 눌려
머리를 들지못하고 우는
고닲흔령혼들은
내가슴을 울리나니
그가슴을 쏩아
눈물로 써노흔것이
나의詩란다 압흔詩란다

都市에서 몰리고
農村에서 쫏기는
그들의 애닯음은
내가슴을 쒸게하나니
염통에 니는불ㅅ길을
쏘다노흔것이
나의詩란다 불타는詩란다

귀를기우리면
地心의鼓動이 들리우고
눈을 쓰면
넉들우에 빗치보히나니
이것을 소리치며 노래하는것이
나의산詩란다 빗나는詩란다

쌍미테 흐르는 흐름
쌍우에 움즉이는 힘
염통에 쓸는피
일어슨 힘줄
이것들은 나로하야
詩를 쓰게하는
힘이란다 미천이란다 량식이란다

詩를쓰는 나의魂아
빗날대로 빗나라
거룩한詩는
빗나는魂이 나흘것이니
―『조선일보』, 1927. 1. 4

斷崖

여긔는 씬허진 낭써러지
자칫하야 한발을 잘못드듸면
천길이나 만길이나
험한 굴엉으로 써러지는
씬허진 낭써러지
위태한 말랑이

저 미테 구비치는 물결
오─원혼들은 구슯히우는고나
모진 채쑥에 우루루몰려
헤매이는 발자최
얼마나 써러젓든가?

지금섯는 이자리
날카로운 바위슷
오─저들의 쌔여진
발등에서 흘러나와
무든피는 아직도 붉고나!
가시지 안햇고나!
바람은 얼마나 불엇스며
비는 얼마나 쑤렷던가?

오─이저녁에 헤매이는
무리들이여!
뒤에서는 아우성소리가
더욱 놉하지지안는가?

뒤로 도리킬거나?
압흐로 내드딜거나?
엇지하련다?
모라닷는 敗北者!
씬허진 낭써러지!

눈물을 쌕리며
굴엉으로 써러지려느냐?
이곳은 쏫기는 무리의
마지막 말랑이─
도리키라 싸홈터로
발길을 도리키라
하나가되여 내질르는곳에
삶의빗이 빗나리니

가슴을 쌉아
이斷崖를 부시라
그리하야 걱구러저도
싸홈터로 나가 걱구러지라
걱구러지고 쏘걱구러지는
그씃장─
오─거긔에 다시
살 피ㅅ줄기는
이러스는 것이다
          (눈보라치는저녁에)
        ─『조선일보』, 1927. 1. 5

『오아시쓰』

거츠른 모래벌판을 내닷는
나그내의 압길엔
맑은샘 룡소슴치는
『오아시쓰』가 열려잇건만
쫏기고 쫏기는
이나라 백성들의 압길엔
어느째까지나
찬바람 구진비가
저들의 찬녁을 쩔리우며
적시울 것인가?

거츤물결 구비치는 밤바다를
저어가는 배들이여!
길을 닐헛다고
暗礁에 부다치며
험한물결에 부서질것인가?
구름은 끼엇스나
北極星은 빗을내며
바람은 부나
燈臺는 반작이지 안는가?
어두움에 헤매이는 무리들아
저―쪽에 빗나는光明을보라
이터는 싸홈터로다

이째는 싸홈할째로다
어느째까지나 눈물을쌕리며
쫏기는 敗北者의길을 터벅거릴것인가?
그대들의 염통엔
쓰거운피가 쒸지안는가?
저쪽에 벌려잇는
『오아시쓰』로 내다르라
光明은 빗나고잇나니
살쌍은 벌려잇나니

염통에 쒸는피는
쌔앗긴 목숨을찻는
거룩한 미천이다
활활 불ㅅ길이 타올을째
령혼은 빗을내리니
오―빗나는목숨의
거룩한탑을 싸흘지로다
쉬지안코 쒸며 타올으는 피로써
『오아시쓰』를 채우라
목숨의 빗을 차즈라
        (새해를마즈며)
―『조선일보』, 1927. 1. 23

눈나리는산ㅅ길

눈은 나린다. 나린다.
끗업시 고요한밤 산ㅅ길을 걷는 이마음이여!
눈은 나리는데 나리는데
나의령은 썰리운다. 썰리운다.

어린아이 울음ㅅ소리, 구슮흔울음ㅅ소리.
놀라울일이로다. 벍어벗은 알엣두리
엄마는 저를 버리고 다러낫다고
아─눈나리는산ㅅ길에 이어린것을……

눈나리는산ㅅ길에 어린것을 내여버리고
발ㅅ길을 돌릴쌔 마음인들 어이나어이엇스랴!
아─아귀의쇠사슬에 얽혀우는목숨들……
가난의손아귀엔 피ㅅ줄기도 몰으는가?

오─내피ㅅ줄기, 짜쏫한내피ㅅ줄기
허둥지둥 달려오는 어미의情狀─
『오! 이년이 죽일년이다. 내아들을 내아들을……』
아─눈우에 얼사안ㅅ고우는 두불상한령이여!

발ㅅ길은 다시 빗탈ㅅ길을 올을쌔러라
앙상한집들은 소리업시 눈에 덥혀가는데
솔ㅅ방울ㅅ불이나마 다─사우고 말엇는가?
새여나오는시름은 어이도 창자를싣허노하

집웅은 썰린다. 고닯흠에 둘러싸혀
나의령도 썰리운다. 저 파리한 얼골들의숨ㅅ결도
오―숨은 저버리려는가 저버리려는가.
아모도 몰으는 깁흔밤 눈나리는산ㅅ길ㅅ속에

아―눈감ㅅ고 팔ㅅ장끼고 말업시 말랑이에섯스니
두줄눈물은 힘업시 굴러 쑥쑥써러지는데,
더운가슴은 터지련다. 터지련다.
소리업시 눈에 덥혀가는 이짜의령들이여!

오―나의령은 본다. 曉空에 쌔찔른 한줄기光明을
그것을 붓잡으려 얼마나 낭에써러젓든가?
밤은 새여가나니, 이밤은 새여가나니,
목숨들을 안ㅅ고 나와 불가슴을 배아트라. 불가슴을 배아트라.
―1927. 2. 5

太陽의가슴을쏘아

밤ㅅ중에 날쮜는 독갑이처럼
짓닉여노흔 大地의얼골……
어이 그리도 꼴이 사나우냐?
오—보기실타. 보기실타.

얼마나 길고긴동안이런가?
쉬실린잠ㅅ고대여!
쫏기든가슴아 피는 식엇느냐?
헐덕이든염통을 집허보라.

내가슴엔 불ㅅ길이 일른다.
내눈에선 불쏫이 날른다.
오—소사올으는 太陽의가슴을쏘아
그 벍어케달른염통을 쌥아먹고십다.

그리하야
불ㅅ길을 쏘다 이地球ㅅ덩이를 불살우고십다.
쫏기든가슴에 불ㅅ김을 부러너허주고십다.

彗星가티 쏘여질으는 내몸둥이의피ㅅ줄기
火星가티 타는내눈ㅅ瞳子의불쏫

오—太陽의가슴을쏘아
염통을 쌥아먹고십다.
—1927. 2. 5

職工의노래

쎙, 쎙, 쎙, 쎙쎙……
安息日의鍾소리는 울려온다
새벽의공긔를 고요히 울리며
쎙쎙 鍾소리는 울려온다

그러나 鍾소리는 나에게 安息을 주는가?
찬밥을 싸가지고 工場을향하는몸!
몬지가 자옥한 어둠침침한 工場속에 무처
機械를 돌릴 나에겐 鍾소리도 거짓이다

기름무든 옷자락에 긔계와 싸우지 안흐면
나에겐 팡이 돌아오지안는다 배는 곱흐다
『이날은 하나님이 주신날이니 편히 쉬이라』
그러나 일을 안하면 굼게 되나니 하나님말슴도 거짓이다

고ㅅ간이 가득한 그네들은 큰소리한다
하나님말슴은 眞理라고
그러나 배곱흔자에겐 미들수업는말―
하나님말을 뎐하는자는 우리를 소이는 魔法師이다

핑핑핑핑돌아가는 긔계ㅅ소리
쎙쎙쎙쎙울리는鍾소리
보라 어느소리가 참이냐?
쿵컹쑥탁싹 쿵컹쿵컹쑥탁싹

쌩쌩쌩쌩쌩쌩쌩쌩쌩……

놉히소슨 검정굴둑을 툭! 부러트리고
김나는 붉은몸동이 그리로 쏘다저 튀여나올째
그리하야 아우성치며 해방의 길로 내다를째
오—울리라 쑤다려라 그째에 그째에—
　　(1927년1월)
—『조선일보』, 1927. 2. 6

세가슴

사흘채나째지못한찬구둘에
눈보라치는이저녁맹렬한바람ㅅ소리
더구나주린몸이어늘, 아―이밤을어이새일거나!

찬재만남은화로를뒤적이면무엇하나?
이즈러진사지등잔의간엷은불빗에
덜덜써는세식구의파리한얼골……

써러진쏘각헌깁을모아쒜매는젊은안해
누덕이를둘으고안저몸을긁적이는어린아들
말업시머리를숙이고잇는나의타는가슴.

더덕더덕터지고갈러진안해의손ㅅ등
가만히만지며슬른가슴을부어줄째
힘업시내손ㅅ등에써러지는안해의굵은눈물.

내가슴에얼골을뭇고훌적이는안해
들먹거리는둥을안ㅅ고텬정을바랄째
오―소사흘으는더운눈물더운눈물.

영문을몰으는어린아들의휘둥글어지는눈
아―등잔ㅅ불은썰린다. 등잔ㅅ불은썰린다.
한테엉키운세가슴이여! 오―썰리는피ㅅ줄기.

얼마뒤러라. 피ㅅ대일어슨주먹을쥐인나.
『오! 안해여! 아들이여! 이팔둑을보라.
내염통에 피쒸는소리를들으라.』

『새목숨의기둥! 오―이피ㅅ대와염통을미드라!』
안해의머리는고요히숙으러진다. 어린눈ㅅ동자는빗난다.
오―세가슴 세가슴 새목숨의물ㅅ결이놉히치는세가슴……
―1927. 2. 9

惡魔

죽고말려느냐? 살어나려느냐?
써러진누덕이를덥고누은파리한얼골……
치마로둘러첫건만바람은어이새여들어

숨ㅅ긔는아직잇다만무엇을놀램인가?
깜싹깜싹몸을썰며눈을흽쓰니—
아—깁히쉬여나오는더운한숨이여!

工場에서잘못하야다리를부러트렷다고
들것에담ㅅ겨오는남편을볼째에
아—얼마나썰렷든가? 칵! 네려안젓든나의가슴!

이것이쑴이러냐? 아득한눈압
가기실타고,가기실타고, 내얼골을바라보면서
압흔몸에주림을안ㅅ고, 工場에를가더니만……

남편의머리는어이이리싸늘하냐?
더운눈물소사나와입술에써러질째
힘업시썻다가감어버리는남편의눈……

저—고동ㅅ소리는여전히힘차게내질르는고나!
남편의피를먹은그게, 오늘도돌지안는가?
惡魔다. 惡魔다. 惡魔의소리. 남편의피를먹은저—원수의惡魔!

저惡魔의목통을처부서야—악아리를바수어노아야—
저피먹은惡魔—
숨은갑버진다. 가슴은들먹어린다. 눈엔불꽃이일른다.

오—마지막이다. 남편의입술에불붓는『키—쓰』를줄째,
오—다시썻다감는남편의눈, 안온한웃음을씌는얼골……
오—빗친다. 빗친다. 활활불붓는工場—
내눈에, 내눈에—.
—1927. 2. 10

大地巡禮

눈을놉히들어 大地를굽어보니
괴상하다 陳列된 허수아비들은
웨그리 보기에
눈쎌이 사나우냐?
썩어가는 문둥病患者와가티
상파닥은 완연한
斷末魔로구나!

여긔는 어듸냐? 都市냐?
紅燈알에 번득이는
저 얼골들—
피를마시는 독갑이쎄의
亂舞場이로구나!
배앗는 입김엔
웨? 서리가 치엿느냐?

저것은 무엇?
놉히소슨 검정굴둑—
파리한 얼골들의
기름을 짜먹는
귀신이로구나! 흉한검정귀신
배앗는 연긔엔
뭇원한이 엉키우지안햇냐?

쏘저것은 무엇?

놉흔 벽돌담—
해ㅅ빗도 못쐬는
흰 얼골들아
네 팔목에선 무슨쇠ㅅ내냐?
오—가슴에 손을대고
머리를 굽히는쑷은……?

쏘 저건무엇?
요란한소리—
무엇을 씻느냐?
저 고리ㅅ한냄새—
너희들 눈ㅅ갈은
웨 그리붉으냐?
오—너희들은
사람잡는 白丁들이로구나!

쏘 저건무엇?
쌧쪽한十字架—
것흐로보기엔
제일인가십다만……!
그러나 天堂을팔어
무리를 愚弄하는자들—
오—너희들은
한껍질 더쓴 人形들이로구나!

이젠 都市를 다 지낫나……?
오—여긔는 어데냐?
貧民窟—
웨 저리 눈알들만
톡! 붉어젓노?
일헤굶은 강아지처럼
다—죽어가는구나!
오—너희들은
쎠만남은餓鬼이냐?

都市의꼴은 보기실타
들로가자—
오—여긔는 속이좀
툭! 터지는구나!
코에 배여올으는 흙의냄새—
번쩍쳐드는 빗나는광이—
오—여긔는
참말로 거룩하고나!

산골! 여긔도 조흔곳
精神이 번쩍 드는구나!
새소리 물소리 쌔긋한바람
산ㅅ비탈에 움즉이는
붉은몸동이—
오—여긔도 참말거룩하고나!

그러나 가만잇자이게웬일?
저 地殼의미텐
좀이 먹어들어오지안나?
오—여긔 쏘 저긔
浮腫까지 낫구나?!
그러면 여긔도썩어가는가?

쓸어저가는집에
파리한 얼골들—
검정손아귀에 쥐인
저목줄기—
배앗는건 무어냐?
붉은 피ㅅ덩이—
오—여긔도 이러케
破滅하여가는가?

아—大地의 상파닥이
웨 이모양인가?
오—오고야 말지로다
사호나온 비바람—
오—터지고야 말지로다
地心의 불ㅅ길—
　　(해저므는저녁에)
—『조선일보』, 1927. 2. 12

母校의봄빗

내어린령이자라던 그리운母校
내어린령이자라던 그리운母校
써올으는 붉은해는
새로운봄빗을 실어보냅니다.

天眞하게 쒸놀든 나의복음자리
노래불으고 춤추든 싸쏫한동산
新興의푸른뒤안은
이령이 자라던 어머니의품이엇소이다.

이몸이 멀리 써나온들 니즈오리까
해가가고 달이기운들 니즈오리까
그리운 녯뒤안은
어느째나 이마음우에 꼿이피여잇소이다.

오—새로운봄빗을 마지하는 나의母校여!
사랑만흔 어머니의싸쏫한가슴—
단이슬에 고히고히 길려나는어린령들—
오—써올으는 붉은해는
새로운봄빗을 실어보냅니다.

내어린령이자라던 그리운母校
내어린령이자라던 그리운母校
어머니여! 동모여!
형이여! 동생이여!
다—가티 깃붐으로
아름다운새벽의봄빗을마지하사이다.
—1927. 2. 27

문어진 옛城ㅅ터에서

옛날의 영화를 조상함이냐?
애닯은 운명을 반주함이냐?
해는 서산에 걸려
이날의 마지막 빛을 더지는데
한떨기 음산한 저녁바람은
문어진 옛성터에
외로히 한숨지고 섯는
나의 옷자락을 날릴때
한마리 가마귀는
한울을 가로질러 날러간다

뭇노라 문어진 옛성이여!
옛날의 빛나던 영화는
한때의 뜬 꿈이런가?
오늘의 처참한 네광경이여!
웨 말이없시
옛빛만 창연할뿐이냐?

오—꼭 여긔다 이땅이다.
이 성터에서
펄펄 날리는 긔ㅅ발아레
앞날을비는 나팔소리
한울과땅을 움즉일때

오—너는 보았으리라
날빛에 빛나는 얼굴들을

그러나 무지한칼날 독한 화살에
긔ㅅ발은 갈갈이 찢어지고
긔ㅅ대는 툭불어질때
피를 흘리고 걱굴어지는
저들의 참혹한 꼴도
오—너는 또 보았으리라

말을 하여라 문어진 옛성이여!
이곳을 지날때
눈물을 뿌리고 한숨 지우더니
그 몇이나 되던고?!
쓸쓸한 고목가지에 바람이울고
가로 누은 깨어진 비ㅅ돌우에
엷은 저녁의해ㅅ빛이 말없이 빛어
지난때의 영화를 조상할뿐이로구나!

아—나의염통엔 웨이리 피가뛰는가?
하염업시 떨어지는 나의눈물이여!
      (1926년 5월)
—『조선문단』, 1927. 2.

불붓는地平線

이날의 거친길을것든 太陽의짓친걸음은
저녁의고개바다넘어로째지니
地平線우에 불은붓는다. 불은붓는다.

짐싸게 불붓는 저地平線을 보라.
벍어케 한울은 타올으기 始作한다.
활활 타올으는 맹렬한불ㅅ길
한울도 地殼도 오로지 태워버리려는
불꼿은춤춘다. 놉히춤춘다.

오—보아라! 놉히춤추는 저—불꼿속에
우리의 精靈도 뒤싸혀 날쒸는것을
오—동무여! 내쏘드라. 그불ㅅ길ㅅ속에
타는가슴을 붉은목숨을.

한울도 쌍도
벍어케 한덩이 불꼿바다를일울째
새목숨을 안ㅅ고 太陽은 다시
동녘한울에 소사올으리니—

오—불붓는地平線을 보라.
한울도탄다. 쌍도탄다.
우리의 가슴도……피도
탄다. 탄다. 목숨을 안ㅅ고
불꼿은 놉히 춤추며—
—1927. 3. 5

昇天하는旭日을마지할새날의陣容

밤ㅅ공중을 휩쓸던바람, 사나운바람!
밤ㅅ거리에 퍼붓던비, 사나운비!

묵어운하품, 닥한공긔는 쓸려가느냐?
새빗츤 새벽의고개를 넘어슨다.

느리ㅅ한기지개, 그늘썬얼골은 살아지느냐?
새빗츤 새벽의고개를 넘어슨다.
―멀리멀리 쓸려가거라.
―길이길이 살아지거라.

피ㅅ대와피ㅅ대, 마음과 음
새벽ㅅ바람에 펄펄 날리는기ㅅ발
오―한테 엉키어 움직인다. 움직인다.

밋처 날쒸는 흉한물ㅅ결에
얼마나 시닭히고 삼기웟느냐?
파리한 피ㅅ대에 쥐숨을 안ㅅ고
거친 모래ㅅ벌에흐터진 수많은작알들이여!

가슴과가슴에 흘으는 숨ㅅ결―
매듭은 더욱 더욱 굿어젓나니
오―昇天하는旭日을마지할 새날의陣容에 들라.
매듭과 매듭, 큰매듭의 하나가 되여.

새벽ㅅ바람에 펄펄 날리는기ㅅ발!
昇天하는旭日을마지할 새날의陣容!
오—새벽ㅅ빗츤 새로운창법을 휘둘은다.
새빗츨 실흔 새벽ㅅ바람은 몰아간다.
우렁찬소리로, 우렁찬소리로.

오—새벽ㅅ빗츨 마시는 우리의가슴은쮠다.

昇天하는旭日을 가슴에안흐려는
우리의 가슴은 쮠다.
얼골은 확근거린다.
—1927. 3. 5

山村夜景

한울에는 집채가튼 검은구름이
동으로 동으로 무섭게 불려갑니다
휘—ㄱ 휘—ㄱ 쇄—쇄—大地우에는 바람이 가득합니다

나는 마을밧 흘으는 쏠물 적은언덕 놉흔곳에
더운가슴을 안고
홀로 섯습니다

아—山村의 적막한
正月ㅅ밤이외다
반이나 이즈러진 달은
구름ㅅ사이로 나타날쌔
옹개옹개 부튼
마을의 가난한 집웅들은
아—어이 저리도
해쓱하게 보히는가?
씐이락씐이락 쏠물소리는
약하게 쮜는脈搏이런가?……
어이는가슴을 더욱 어이어놋습니다

아—바람은 어이 이리도부는가?
쇄—쇄—
솔밧을 거처 지나가는바람은마을에서 흘러나오는
가난한령들의

썰리는 가는숨결—
어린아이의
간엷은 우름ㅅ소리—
싸가지고 휩싸가지고
자최업시 가버립니다

달은 구름ㅅ속에 숨습니다
바람은 쏘 불어옵니다
바람에 불려가는 구름—
구름ㅅ사이에
나타낫다 숨엇다
숨엇다 나타낫다하는달—
빗첫다 어두엇다
어두엇다 빗첫다하는
마을의 가난한집웅—
싯첫다 들리다
들리다 싯첫다하는
썰리는 숨결—
간엷은 우름소리—
아—언제나 이밤이 새이려는가……?
더운가슴을부둥켜안고섯스니
굵은눈물만 것침업시
쑥 쑥 쑥 쑥……

이를 악물고 주먹을불끈쥐고머리를 번썩들고
두팔을벌려동편 한울을 울어러
가슴을 헤치고 부르르썰째
아—구름ㅅ사이로
다시 나타나는달……
나를보고 눈물을 겨우는듯 하다가
그대로 구름ㅅ속에 숨으니
또 바람은 붑니다
구름 달 바람 마을 나 눈물……
　　　(정월18일밤　月浪村에서)
—『조선일보』, 1927. 3. 14

밤ㅅ길을것는마음

밤이외다 깁흔밤이외다
나는지금 이험한밤ㅅ길을것는
외로운 한나그네의몸이외다.

저—쪽 저—언덕넘어에
한줄기 환한빗치 빗나고잇슴을
나는보고 이약한걸음을 그리로 옴겨놋습니다

오—나는봅니다 곳곳에서 나보다 먼저 이길을 것던이의 발ㅅ자최를
얼마나 돌ㅅ부리에 채엇스며낭에 써러졋스리잇가

이약한발ㅅ길이 가다가는 쏘한돌ㅅ부리에 채일지 몰읍니다.
잘못하야 깁흔낭에 써러질지도 몰읍니다
그러나 나는 긔여코 빗나는저쪽을 가고야 말렴니다

나의뒤에는 쏘한 나를 쌀어
이밤ㅅ길을 헤매이는 발ㅅ자최 얼마나 만흐오릿가
긔어코나는 이길을 빗나는곳까지 열어놋코야 말렴니다

만일에 만일에열어노치 못한다하오면
차라리 이령을 고히태워길이라도 밝혀주렴니다.
오—밤ㅅ길을 것는 나의이마음이여!
　　(이詩를赤華君에게올림니다.)
—『조선일보』, 1927. 3. 15

주린者의『설』노래

오늘은『설』이란다. 『설』이란다.
사람들은 새옷 새음식을 작만하여 노코
이날이 오기를 얼마나 기달엿던가.

그러나 주린者에겐『설』도 업는가 보다.
밤새도록 찬구들에 썰고난 몸엔
아츰 끌일것이나 어데 잇는가?

병든 안해는 찬구들에 누어잇고
어린것은 담밋 양디쪽에 쪽으리고 안저
해ㅅ빗츨 밧고잇다. 해ㅅ빗츨 밧고잇다.

주림과 치위에 써는 이몸에겐
『설』이라고 차저와 세배할 사람은 누구이냐?
차저가 세배를 들일곳도 업지 안흔가?

『놈아 썰고잇서 무엇하느냐?
산에나 가서 솔ㅅ방울이나 주어다가
너의어미 다습게 불이나 피어주라』

『나는 나가 거리로 일ㅅ거리나 차저보련다.
『설』이라고 남들은 즐거이들 쉬는데
일ㅅ거리나 잇슬가 십지도 안코나!』

오—주린者에겐 『설』도 업다.
『설』은 잇는者의『설』—
업는者에겐 돌이어 모진날이다.

보라. 어제ㅅ저녁의 참혹한光景을!
『설』이라고 옷가지나 전당하여 온것을
그리고 애탄갈탄 한푼두푼 모하둔것을

저—무서운 빗장이령감이 와서
억지로 쌔아서 가지 안햇느냐?
그째에 병든안해의 바르르 썰든 파리한얼골……

오—주린者에겐 『설』도 업다.
돌이어 이날은 모진날이다.
거리로 나스려니 가슴은 더욱 터지려는구나!

해ㅅ빗도 보기실타. 해ㅅ빗도 보기실타.
터지려는 이가슴을 어이 할거나!
오—이가슴이 터질째 그째 그째……

오—이쌍에 『설』을 마지하야 우는者 얼마이냐?
터지려는 가슴을 안ㅅ고 거리로 나오라.
그리하야 주린者의 명절ㅅ날을 하나 지어노차.
—『조선일보』, 1927. 3. 18

밤ㅅ都市의交響樂

한울엔 푸른별이 반짝어리고
짱우엔 훈훈한 바람이 불어간다.

지금 都市는 煩熱에 타는 더운가슴을 안ㅅ고
째로 痙攣을 닐으킨다. 쩔으르 神經은 쩔고잇다.

오―들으라. 밤ㅅ都市의奏樂을……
電車의 굴러가는 쿵쿵 소리―
劇場의 樂隊ㅅ소리―
××演奏會의『피아노』치는 소리―
×送別宴×歡迎宴의 술ㅅ잔 쌔지는소리―
救世軍路上傳道隊의 讚美樂ㅅ소리―
독통 부은 싸구려ㅅ소리―
뒤석겨 어울어저 닐어나는 어지러운리―듬―
오―이것이
밤ㅅ都市의交響樂이냐?

파리한얼골, 기름무든 손에 돌아가는機械ㅅ소리―
분칠한얼골, 부드러운 손ㅅ길에 울리는 거문고, 장고ㅅ소리―
아―얼마나 矛盾ㅅ된 리―듬이냐?

붉은얼골 불붓는가슴에 불ㅅ길을 배앗는 쯧잇는젊은이의雄辯―
모진 주먹알에 그래도 살ㅅ길을 哀乞하는 氣―죽은 소리―
아―밤ㅅ都市 모통이모통이에 닐어나는 矛盾ㅅ된리―듬이여!!

비단ㅅ자락을 날리며
알콜에 저진 갑업는 살덤이를 실ㅅ고 내닷는 自働車의威風―

그러나
어미, 아비, 아들놈, 짤년 서로 부둥켜 안ㅅ고
찬구들에 썰며 우는꼴을 보라.

아―밤ㅅ都市의 큰길을 세로 걸어가는 안마장이의 쇠ㅅ피리ㅅ소리는
밤ㅅ都市에 닐어나는 흐터분한 交響樂의 씃장을 弔喪하는 소리이냐?

소리와소리, 리―듬과리―듬
서로 쇠리를 치고 씨름한다. 날뛴다.
오―都市의 밤은
이 모든 소리를 싸안ㅅ고 부댁기고 잇다. 부댁기고 잇다.

오―都市의 밤ㅅ공중은
새날이 올것을 기다린다.

이날의 都市에 닐어나는 리―듬이여!
흐터분한 바람에 실려 멀리멀리 불려가라.
푸른별 반싹어리는 밤ㅅ공중은
새날이 오기를 기다리고 잇다.

새생명이 굴르는 소리―
새빗츨 전하는 曉空에 움직일째
오―나의령은 날개를 펼처 춤추며
새목숨에 슬른
새ㅅ빨간 피로써 伴奏하리라.
새ㅅ빨간 피로써 伴奏하리라.
―1927. 3. 21

목숨

탄다 탄다
활활활활 太陽은 탄다
이글이글한 太陽의 불ㅅ길—
永恒에서 永恒으로
탄다 탄다 탄다 탄다

불붓는太陽의 불ㅅ가슴—
불을 배앗는太陽—
太陽의목숨은 탈수록 빗난다
쓰거웁다 쓰거웁다

地球! 地球는 작고식어만간다.
식어만가는地球……
차듸찬形骸를실ㅅ고
굴러가는地球!
밤이다 밤이다
캄캄한밤ㅅ벌판에 헐덕어리는地球!
地球는 작고 식어만간다

내마음은 달어간다
어둠을 갈러
쐬어질으는 彗星가티
눈 눈 마음의눈 마음의눈
火星가튼 내마음의눈—
불을배앗는 내마음의눈……

이글이글타는太陽의 불ㅅ가슴—
한줌 덤석 쥐여
식어가는地球의 숨통에 부어주고저

달어간다 내마음은 彗星가티
오―내눈 눈 火星가튼 마음의눈……

太陽의가슴을 관역하야 달어가는
내눈은 본다 본다
불꼿을 날리며 캄캄한벌판을긔운차게 내질르는地球를
불ㅅ덩어리된地球를……
오―얼마나밨하고 痛快하냐?

내눈에 빗치는地球!
불ㅅ덩어리의地球!
캄캄한벌판을 내질으는
불ㅅ덩어리의地球!
오―그것은 그것은
산地球다 산地球다

오―불을배앗는
火星가튼 내마음의눈―
쐬여질으는彗星가티
내질르는 걸음!

탈수록빗나는 太陽의목숨!
불ㅅ길을안ㅅ고굴르는地球!
불을 배앗는 내마음의눈!
불, 불, 불이다 불이다
불은 목숨을 낫는다.
오―불은 목숨의精華다
　　　(1927년2월22일)
―『조선일보』, 1927. 3. 30

春陽曲

붉은해는 짜쯧한 봄ㅅ볏을 쏘아보낸다.

산도 물도 들도 마을도
짜쯧한 봄ㅅ볏에 안ㅅ겨
고요한 숨ㅅ결에 고히 속살인다.

짜쯧한 봄ㅅ볏을 실ㅅ고—
산괴슭에 쪄도는 아즈랑이 봄아즈랑이
들에서 들로 불어가는 바람, 봄ㅅ바람
출렁출렁 흘으는물, 봄물
오—짜쯧한 봄ㅅ볏이다.
봄ㅅ볏은 짜쯧한 숨ㅅ결을 풀어 짜우에 고이 입맞춘다.

봄ㅅ빗을 실은 들ㅅ바람을 마시고 섯는 나의가슴은
新房에 들어가려는 新婦의 가슴처럼
쮠다. 두근거린다.

오—나의 血管을 내질으는 數億萬個의 血球들은
지금 봄ㅅ볏을 실ㅅ고 올으나린다.
맛치 大空을 터삼어 노는 流星들처럼—

봄ㅅ볏은 굵은줄을 타고
타는 나의 心琴을 울리운다.
오—부드러운 律動에 쪄는 나의神經—
펄펄 쮜는 靑春은 불쏫을 휘날린다.

오—나의 염통은 썰썰 쓸른다. 놉히 쮠다.
봄ㅅ볏을 퍼트리는 붉은해를 안흐려
나의 靑春은 昇天을 한다.
　　　—1927. 4. 5.

聚軍의노래

地心은 움직이려하거늘
한울은 문허지러하거늘
잔잔한 적은 못우에
주먹만한 돌을 더지고는
무엇이 장차다. 손ㅅ벽을 치느냐?

工場으로 몰리는 파리한 얼골들이여!
들로 다름질치는 호미잡은 손들이여!
거리로 내맛는 지게ㅅ발들이여!
홋터진 죄악돌엔 힘이 갈래나니
오—다가티 모히라 이곳으로
그리하여 하나가 되여 내달으라
압흐로 압흐로……

굿게 니러슨 피ㅅ대들이 서로 맛잡을째
가슴에 엉킨 피ㅅ덩이들이 한덩어리가 될째
오—그째에 새로운 經綸은 誕生이 되리라.

世紀의 이저녁, 잠든 바다우에
산ㅅ덩어리 큰바위를 내더질째
물ㅅ결은 쌔여지며 바다는 용소슴치리니
오—그째에 한갈가티 내다르라
한울을 문흘듯한 아우성ㅅ소리로!
—『조선일보』, 1927. 4. 29

봄을맞는廢墟에서

어제까지 나리든 봄ㅅ비는
지리하던 밤과가티
새벽ㅅ바람에 고요히깃을겻는다.

산ㅅ긔슭엔 아즈랑이 써돌고
축축하게 저진 쌍우엔 샘이 돗것만
발자최 어지러운 넷뒤안은
어이도 이리 쓸쓸하여……

볏 엷은陽地ㅅ쪽에
쪽으리고 안저
쌔여진 새검파리로 城을싸코 노는
두셋의 어린아이
문허진城터로 새여가는
한썰기 바람에
한숨지고 섯는 늙은이의
흰수염은 날린다.

이廢墟에도 봄은 쏘다시차저왓것만
불어가는바람에
쯧을 실어보낼것인가?
오─두근거리는 나의가슴이여!
솟는 눈물이여!

그러나 나는
새벽ㅅ바람에 다름질치는
동무를 보앗나니
鐵壁을 쌔트리고
새빗츨 실어오기까지
오─그 걸음이 튼튼하기만 비노라
이가슴을 바처─
　　　(넷詩集『廢墟』에서)
─『조선일보』, 1927. 5. 10

白日歌

오늘도 太陽은
푸른한울을 내달린다
빗츨 구을리며
熱을 퍼트리며

눈을부시게하는
어지러운 色彩—
調를 일흔
싯그러운音響—
오—들쓸른 이世紀의心臟이여!
쌍우의 怪常한羅列은
불ㅅ볏 모래우에 쓸어진숨찬 수레ㅅ말처럼
헛김을 내쑴으며 허덕인다

쫏기는 령들이여!
大氣를 마시며 푸른한울을
날으는 나는새처럼
굴러가는 빗츨타고 올라가
쓰거운 太陽을 안흐려
얼마나 눌리는 가슴을 어루만졋든가?

푸른한울을 내달리는太陽은
오늘도 새빗츨구을러보낸다
熱을 퍼트린다

새빗은
이世紀의 썩은心臟을 쏘아 불질으지안는가?
오—우리의血球는
새빗츨 실ㅅ고 올으나린다
새빗츨 마시는 우리의가슴은
쓰거운숨ㅅ결을드내고잇다
가슴에서 가슴으로—

쏘여질으는 彗星처럼
드내는 우리의 숨ㅅ결은
急迫하여간다

오白日을노래할
우리의압날이여!
　　(1927년4월)
—『조선일보』, 1927. 5. 19

첫녀름

靑玉色한울엔
太陽의金수레 걸음이 느리고
산과들에 푸른빗 새로운데
훈훈한바람만 살랑살랑……

물괴인논엔
흰저고리農夫들의 장긔질이 한창인데
가는물ㅅ결 니는
보리밧 푸른언덕엔
나물캐는 두셋의少女
부드러운속삭임이 바람을타고 지나간다

먼숩에선 쇠꼴이의 아름다운 노래ㅅ소리 들려오고
맑은물 흘으는 푸른언덕엔
풀을쯧는 송아지 누어잇다

마을밧 울타리ㅅ길로
나븨를 잡으러 쒸어가는
어린아들—
그뒤를 쌀으는 젊은어머니의 흰모시치마 저고리는
싸쯧한바람에 해ㅅ빗을 바더더욱 시원하여 보힌다

아―짜쯧한 해ㅅ빗알에
푸른빗에 안ㅅ겨
산은 조은다 들도 마을도
疲勞한사람의마음도
오―그러나 훈훈한바람에
나의가슴은 쮜인다
지금 저―움직이는가슴들엔
더운血球들이 해ㅅ빗을실고 올으나린다.

속삭임과 숨ㅅ결은
해ㅅ빗알에 바람을 타고
서로엉켜 소리업시
이누리에 퍼저간다퍼저간다
―『조선일보』, 1927. 5. 22

기다림

밤깁흔空山에
두견의소리 처량한데
으스름달빗알에
흰모래우를 헤매이는 나의마음이여!

차저올이 잇지안흠을
몰으는바 아니엇마는
행여나 행여나하야
기다리는마음이 죄이기만하네

흘으는 물ㅅ소리에
귀는 멧번이나 기울엿스며
바람에놀랜 밤ㅅ새의 깃치는소리에
죄이는마음을 얼마나두군거렷던가

더운가슴을 안ㅅ고
깁흔생각에 잠착햇던 나의마음이여!
번쯧 고개를들어 눈을써보니
먼―산은 어렴푸시
달빗에안ㅅ겨 조으는데
싯몰을 흰모래벌에
외로운 나의그림자만이
지나가는바람에
말업시 썰리울쑨이네
아―기다리는이어!

그는 이세상에업슬것인가?
두팔을벌려 안흐려하니
虛空만 나의몸을
말업시 안허줄쑨이네
그러면 내가찻든것이
한갓 虛空이엇든가?

아―나는 이밤을
흰모래ㅅ벌에서 虛空에안겨
헤매이고만말것인가?
긴―한숨을쉬이며
『아―그대여!』하고
길이 소리치니
멀리 모래ㅅ벌 저―싯까지
전하여가든소리는
『아―그대여!』하고
다시虛空을거처 내귀에反響을하네
아―그러면 내가슴이
쏘한虛空이런가?

오―기다리는이어!
나는 그대를기다리는 한마음으로
길이 이흰모래우를 헤매이려네
　　(이詩를全州詩會同志들에게준다)
―『조선일보』, 1927. 5. 30

녯벗생각
― 午山CK에게

내나희 열넷에 그대를 만나
녀름낫 겨을ㅅ밤을 어려움업시
세해를 異鄕에서 함께 지내든 그대여!
그대는 지금 어느짱에 게시는가?

가슴ㅅ속에 품은 뜻을 펼곳이 업서
이나라 골작이 골작이에 말ㅅ굽ㅅ소리 요란하던뒤
羅南짱에 兵營을 세우던 해 가을에
役軍들 틈에 석겨 쓴맛으로 쓸개를 절이며
넘어가는 저녁ㅅ빗에 한숨을 지우든
오―그대여! 그대는 지금 어느곳에 게시는가?

한쌔는 安邊이란 적은고을에 무처
봄ㅅ바람 가을ㅅ비에 紅塵의 쓴쑴을 니즈려다
一九一九年三月一日!
업들엿든 우뢰는 터지자
그대의 아버지는 놉흔 벽돌담알에
흰털을 헤이게 되니
씰른 가슴을 안고 다시 쒸처나오든
그대여! 아―지금은 어대 게시는가?
그쌔에 손ㅅ길을 南北으로 나뉘이든 그대와나
벌서 해는 아홉을 더하엿거늘

아—그대의 게시는곳 알ㅅ길이 바이 업스니
아—속타는 이마음이여!
애긋는情을 쏘각구름에 씌워보낼 것인가?

오—나의 사랑턴 넷벗아
나는 그대를 불으노라.
세상을 니즈려 다시 샘솟는 깁흔골에 숨엇는가?
매운 바람에 더운가슴을 식히며
異域에 헤매이는가?
타는 가슴 어루만저줄이 업스니
그대 생각만 더하여지네.
—『조선일보』, 1927. 5. 31

太陽의입술에입맞추는령혼

선득한 칼날가튼 새벽ㅅ바람이 잠ㅅ고대를 휘몰아쓸어가니
동녁 한울에 붉은해는 억을억을한 얼골로 쑥─소사올으네.

골작이 골작이에 푸른안개는 방울방울 이해ㅅ살을 실코 풀어저 살아지니
쇠쓸이의 맑은노래 아츰 한울에 퍼지며 붉은뫼ㅅ봉오리 웃둑웃둑 니러
스네.

마을의 지붕우에 짜뜻한해ㅅ빗 입술이 가만히 입맞춰주니
남편, 안해, 아들, 딸의 숨ㅅ결우에 피든쑴은 고히 눈을 쓰기 시작하네.

치마를 썰고 나오는 안해, 아욱닙을 뜻는 손엔 아직도 잠이 들풀린듯
풀을 베러 나오는 사내의 몽친장ㅅ단지 물우에 척벌일쌔 시원키도 하네.

지금 저들의 염통은 해ㅅ빗 실은 血球의 방아를 찟코잇나니
해ㅅ빗과 흙내는 저들의녁을 고히 길으는 거룩한 선물이라네.

오─해ㅅ쏘각이 부서저 넘노는 맑은물을쎠 밥을 지으며
맨발로 흙을발버 쌈ㅅ방울로 목숨을 가는 저들의압헤 쓸어안저 나는 가슴
을 밧치네.
   ─1927. 6. 1

鎔鑛爐

풀이 무성한 청기와ㅅ장우엔나는새가 짓을들이고
丹靑이 가시어가는 아람들이기둥미텐
좀이 긁어먹은가루가 다북히 싸히지 안햇나?
―집은다―기울어가거늘
―집은다―기울어가거늘
귀돗치고 탕건쓴 千年묵은 구렁이는
그래도 넷썹질만 쓰고안저
밤나무 등걸만 슬어ㅅ안고 잇고나!

썩어버린 조상의 썍다귀를 팔어
쌔낀망건에 玉관자를 부치면무슨榮光이냐?
쌍에 무친 질그릇조각을 차저내며
몬지가 길로안진 넷책장을 뒤적인들
쫓기는 막단골목에 자랑될것이 무엇일것이냐?

차라리福德房도령님이 될지언정―
넘우나櫓를 거슬러 저어올라가기에
피는말러 神經은 구더짐이냐?
瞳子에錯覺이생겨
둥근것을 모나게봄이냐?
오―빗두러짐도分數가잇지
귀먹은四八눈들이여!

비틀거리는걸음에
뒤ㅅ걸음질을 칠것은 무엇인가?
눈은 압흐로 박혓나니
살ㅅ길을 압헤서 차즈라
九尾狐의작란은
이날의鐘路에서 벌서멀어젓나니
오—거리로 쒸어나와
새벽바람을마시라
그리고 탕내나는 묵어운곰팡일랑
모조리 썰어버리라

오—이사람들아! 그대들은
지금 칼날을 밟고섯나니
기울어저가는 넷집일랑
쾌히불살으라—
쑤드려부스라—
—벌서부터 鎔鑛爐엔
붉은쇠ㅅ물이 쓸코잇나니
—쑤다려
—부시어
鎔鑛爐에 부서너흐라
오—새벽ㅅ바람에
鎔鑛爐의불ㅅ길은 더욱猛烈하여진다

바위인들 안녹으랴?
물인들 쓸수잇스랴?
鎔鑛爐에 이는불ㅅ길은
아모것도 두려워함이 업다
오―이불ㅅ길은
새로운宇宙를創造할힘이다
―녯날이여!
―녯날의얼골이여!
―……마음이여!
썩! 물러가라
휘둘으는칼날은
털억ㅅ까지도容恕치안는다
　　　(이詩를『頹廢詩人』의가슴에던지노라)
―『조선일보』, 1927. 6. 2

端陽叙懷

해는 푸른한울 한복판을내달리고
종달새는 보리밧우에 놉히써노래를하네

處女의가슴처럼 울안에 숨어피는柘榴꼿은
가만히 붉은입술을열어 젊은가슴을 울령거려놋네

푸른그늘이 들이온 휘여진가지 흔들릴째마다
바람에 날려 나붓기는 붉은치마ㅅ자락은 靑春의가슴에 시원한 씨를 쌕
려주네

쏘대든몸을 바위우에쉬여흘으는물에 발을담그니
한울에 사라지는흰구름이물ㅅ속에도 사라지고 내맘속에도 사라지네

까치동저고리에 붉은씩씩고 노랑나븨를 잡으려 쒸어노는天眞한 어린이를
보니
내어린손목에 五色실 감아주시며 머리를빗겨주시던 어머니생각 간절히도 일
어나네

아버지는 활터로 활쏘러가시고 어머니는 물터로 물마즈러가시고—
나는 누의로더부러柘榴나무알에서 오손도손 놀든생각 어제와도 가티 새로
웁네

아! 그째에 가티놀고배우든 동무들은 지금어대서 무엇을하는 거나!
생각을 마자 마자하면서도 생각을하며는 긋칠줄을 몰으네

새를 쪼츠며놀든 아름다운숩은 자최도업시 불타버리고
흐터진 돌무덕만이 녯꿈을 말하여줄째 창자만 더욱 어혀놋누나!

오! 생각을 그치자 모도가 어린째의 한쪼각꿈이어니
녯생각일랑 멀리멀리 써나가는 흰구름에 씌워보내자

지금 붉은해는 푸른한울을 내달리나니
타는 젊은가슴을안ㅅ고내달리는해를 쪼차가자
    (5월5일 端陽에울며)
—『조선일보』, 1927. 6. 8

花瓶을쌔트리며

괴로운가슴을 안ㅅ고
싯그러운 거리를 지나—
맑은물 흘으는 바위ㅅ사이에 한송이 百合꼿이
고히 피엇기에
두말업시 썩거다 花瓶에쏘자두엇섯네

한번도 꼿을 사랑하여보지 못한나는
아츰으로 저녁으로
물을 갈어주며
고흔입술에 얼마나 쓰거운사랑을 부어주엇든가
엉키운 괴로움도
그를 대할째면 봄눈이 되고말엇섯네

그러나 하루ㅅ날엔
일ㅅ자리에서 돌아와보니
그는 쌔어진입술에
머리를 숙으린채
참회의굵은눈물을
쑥쑥 썰어트리고 섯섯네
그째에 나의가슴엔
번개ㅅ불처럼 불ㅅ덩어리가 굴럿섯네

아—놀라지말게! 약한것은 곳의마음이라네
그는 오즉하나라는
나의친구의유혹에 썰어진것이라네
오—불상한곳이여!
香氣를 닐흔 너의넉이여!
나는 괴로운가슴을 안ㅅ고 눈물을 섂려
花瓶을 쌔트리노라
       (1927년5월)
—『조선일보』, 1927. 6. 11

昇天하는목숨

萬丈이나 싸히고싸힌 안개를 씨저허트리고
쑥—소사올으는 붉은해를안흐려는 이마음이어늘
압ㅅ길이 험난함을 두려워 굴어업드릴것인가?

새벽ㅅ바람에 가슴에 이는
불ㅅ길은 더욱놉하지지안는가?
불ㅅ길을 드내는 나의숨ㅅ결이어늘
붉은해를 안흐려 다름질치든 걸음을 어이 멈출것이냐?

쇠사슬로 몸ㅅ둥이는 얽을수야 잇스리라마는
泰山을들어눌러도 피ㅅ줄기는소사올으리니
빗과가튼 산혼이야 어이 잡어매기나 할것이냐?

가슴을 벌려주리니 쏘아는 보라
활촉에 마저 염통은 쮀쭐린다할지언정
콸콸—소수치는 피는 永遠히 붉고쓰거우리니

오—昇天하는 붉은목숨을 안흐려 이걸음은 내닷노라
急迫한나의숨ㅅ결은 불ㅅ길을 드내나니
압ㅅ길에 닥치는것이 바위어든 쇠어든 녹이리라
　　　(5월24일 나의詩『목숨』篇에서)
　—『조선일보』, 1927. 6. 19

祈雨

불볏을 배아트며 해는 푸른한울을 내달리니
파지직 파지직 싸우의 말은 목숨들은
불꽃이 활활거리는 염통의 바닥을 끌어안ㅅ고
목통을 긁기 시작하네

百萬大兵의 陣營처럼
으르렁으르렁 웅얼거리는 솔밧은
푸르른 실구름에 싸혀 숨차는 더운김에 헐떡어리고
물말은 江邊에 업혀진 수만흔 모래알들은
일어서 불룩어리는 푸른심ㅅ줄에 바르르 썰며
마지막 소리로 씨약을 질으네

보라! 해ㅅ빗알에 쌍을 파먹고 사는 이나라 백성들을
푸른한울에 반짝이는 별들을 바라고
몟밤이나 한숨을 시엇든가?
서ㅅ녁한울에 구름한점이 나타날쌔
못처럼 움돗든 바람(希望)의 싹이
아—그대로 붉새(赤霞)만 남기고 해가 西山에 싸지니
타는 가슴에 失望의 씨만 쑤려주엇네

말은 흙덩이 데굴데굴 구을르는 목매친 가슴우에
불ㅅ볏 피ㅅ방울이 썰어지니 불꽃이 휘날리네
움물ㅅ바닥까지 말럿스니 어이 할거나!
맛츰내 가슴들은 뒤집혀 미친 물ㅅ결이 날쒸네

젓쏙지 물고 보채는 어린아기의 단젓조차 말러버렷는가?
이리몰리며 저리몰리며 수군덕수군덕
한울에 주먹질하던 마을백성들은
산말웅이에 장작을 싸올려 불을 질으네
징을 치며 아우성치며 가슴을 우알에로 쓰다듬으며—

불꼿은 한울을 태울듯 활활 타올으니
불꼿에 번득이는 붉은몸둥이들의 가슴에도 불꼿이 날쒸네
아—주먹질하던 두팔을 벌려
한울을 울어러 哀願하는 마음이여!
두팔은 썰린다 썰린다—
불꼿ㅅ속에 나타나는 굼주려 쓸어지는 불상한얼골들……

오—오사이다 비여! 단비여! 목말은 이쌍우에—
불ㅅ길을 안ㅅ고 각가지로 시달리던
령들의 가슴에도 오사이다
주루룩 주루룩 좍— 좍—
한업시 쏘다저지이다
오—말은 목숨우에
불엇던 어머니의 젓이 지는것처럼—
　　　　　—『조선일보』, 1927. 6. 21

初夏夕咏

서ㅅ녁한울에 타올으든붉은놀은 사라저가는데
엷은저녁빗은 한겹두겹소리업시 누리를 싸기시작하네

세치나 자라난모는 바람에 고히 살랑거리니
풀우에 안저 담배를부처문 農夫의얼골엔 깃붐의구름이 피어올으네

소를 몰아가는 한가한 노래ㅅ소리 멀리숩속에 살아지는데
강변모래우에 혼자안저 속은거리는 어린아이 무엇에 잠착함인거나!

먼—마을 움물터에 움직이는너대ㅅ물ㅅ동의
오—그가슴엔 무엇을 숨겨두엇는가 등에는 졋먹이가 매달려잇네

해ㅅ빗에 피를걸고 흙내로 목숨을 적시는저들은
붉은가슴우에 깃붐의씨를쑤리는 永遠한使徒들일세

오—아름다운自然이여! 거즛업는숨ㅅ결이여!
부드러운나래로 저들의고흔령을 싸안허쉬여주소
—『조선일보』, 1927. 6. 25

巨人은쏘가다

더운가슴을 어루만지며 남몰을 눈물을 삼키면서
짓닉여진 싸우에 어지러운 발ㅅ자최를 쓸어버리고저
그속에 움돗는새 어린싹을 붓돗고저 칼마룽이ㅅ길로 내닷든
오―巨人이여! 그는 가도다

쫏기며 채이며 싸우에 업허저
일만 매듸에 엉키운 애처러운 울음을 들을째
얼마나 쎄는 절엿스랴! 가슴은 찌저젓스랴!
부르르 쩌는 주먹을쥐고 몸을 눈날니는 벌판에 더저
쯧을 성난말처럼 놉히쮜는 血潮에 맛겨
관역을 향하야 急히 내닷는 걸음은
오―썩기우도다 가슴을치고 넘어지도다

녀름한울에 슬어지는 구름처럼
鐵窓알에 슬어지는 한방울이슬이 될지라도
새의 깃만치나 앗가움을 두엇스랴마는
병들어 몸은 너머지니 쯧은 永遠히 무더지고 말것인가?
더운 가슴에서 슬어나오는
오―恨많은 숨ㅅ결이여! 쩔리는 숨카락이여!

아홉해만에야 병든몸으로 늙은안해의 무릅우에 누어
일만정성이 엉킨 쮜는 피ㅅ방울…
사랑하는 안해의 부서진 손ㅅ가락에서 튀는 붉은피ㅅ방울을
오―마지막으로 밧고는

고요히 눈을 감도다 숨을 모아 거두도다
오—恨많은 이생에 永遠히 쯧을 무더버리고 긴잠에 들도다

날은 어이 이리도 구진거나!
巨人은 가도다 이싸엔 巨人을 쏘하나 일토다
永遠한나라로 도라가는령이여!
편히 쉬소서
당신의 심어두고가신 거룩하온 쯧은
한울에서 나리는 비가티도 우리의 가슴우에 나려
심차게 자라오리다 고히 열매를 매즈오리다
—1927. 7. 13

噴火口(一)

마을안 넓은사랑엔 低氣壓이 써돌고잇다
憤怒에 넘치는 검붉은 얼골들 썰리는 굵은쎄대들—
斥候兵의回報를 기다리는듯 컹기는 가슴을 부드안ㅅ고

무서운 바람은 일어나려느냐? 사나운 비는 쏘다지려느냐?
오—씹흐렷든 한울에 번개ㅅ불이 번썩하자 우뢰는 터지게 되엿다
기다리든消息은 쯔태나 저들의염통에 불쏭을 썰어트린것이다

『여보게들 마츰내 그는피ㅅ투성이 송장이되여 들것에 담겨오자
 쌀은 쌔앗기고 아들은 볼모로 잡혀가게되니 그의안해는 혀를 쌔물고 죽고
말엇네
 엇지들 하려나? 일어나세 자—쌔는 이째네 걱구러저도 나아가 걱구러지세』

오—불꼿이 날르는 저 눈ㅅ방울들을 보아라
굵은 피ㅅ대가 불쓴불쓴쮜는 팔쑥과팔쑥—
걸음을 내닷는 성난염통엔
불ㅅ덩어리 데굴데굴 굴러날쮠다

오—폭발하려는 噴火口를 막을자 누구이냐?
쌍ㅅ덩어리를 불살우고야말 터지는 가슴이어니
드내는 숨ㅅ결 내닷는걸음은
바위라도 녹이고 산이라도 거더차리라

보아라! 휘둘으는 칼날엔
억센남아라도 용납을못하리니
업허저 허덕이는 상파닥 숨을 말어가는 斷末魔의몰골!
오―장할세라 웅얼거리는 血球들은 勝利의봉오리에 다름질처 올은다

그러나 이것은 우리들의 나아가는 첫걸음의 한序幕이다
압헨 더넓은 曠野가 벌려잇나니
오―닥처올戰線에 나아갈 차림차림을 더알심잇게 아니하면……?

오―우뢰도 그첫다 구름도 것는다
그러나 아직도 噴火口는 연긔를내쏨는다
가슴과가슴은 뒤밋처닥처올 戰線의차림에 울렁거린다
血球는 씨약을 질은다
　　(舊稿―지난날의初試作)
―『조선일보』, 1927. 7. 31

苦悶

산도 들도 숩도 바다도죽은듯 바람한점 업는데
납ㅅ덩이처럼 무거운 한울은 단번에 숨통을 죄여노흘듯 덥허 눌으네

불ㅅ덩어리 데굴데굴 구을르는 나의 가슴은
무더운 여름날 火藥ㅅ庫처럼 터질듯 더운김을 내쑴으며 부댁기고잇네

숨통을 잠가노흔듯 하도갑갑하길래 나는 가슴을치고
한울의 맑은별을 짜먹으려 묵어운 구름을 찌즈려 하엿네

구름을 찌저 허트리면 시원한바람이 새여 흘을것갓것마는
한울을 씰으는 장ㅅ대가잇섯든들 한울을 흔들어별들을 짜먹을것을

큰돌덩이를 들어 잠든호수나시원히 갈러볼가하고 던지니
슬적! 삼키워버리고는 나몰라라고입을담으러버리네

미친놈 처럼 허공을내저으며 고함을처 내질으니
울려가든 소리조차 갈곳이 막힌듯 虛空을 거처다시내귀에 쫏겨드네

언제나 이대로 이世紀의밤은 싀처버리려는가?
불ㅅ길이 이는 가슴을쥐여 안ㅅ고 그대로 업들여눌리워 버릴것인가?

언제나 큰바람이 불어 저 구름을 허처놋나
언제나 굵은 비방울이 되어 쑥쑥떨어지려나

오―숨통은 죄여든다 죄여든다 복기우는 이가슴이여!
날카로운 비수를 들어 갑갑한 이가슴을 푹! 쩔으고 십고나!

오―나는 더운가슴을 안ㅅ고 어둠을 내갈으는 彗星처럼 한업시 달음질을
치려네
새벽의 시원한 빗츨 마저 들이고저 속을 틔우고저
        (『새벽詩人의노래』가온대)
―『조선일보』, 1927. 8. 19

목숨의노래

적은새라도 籠에 갓치우면 한울을 그리워 울고
한낫 개아미라도 건드리면 몸을 옥으려 쏘거늘
어이함이냐? 이마음이여! 숨까지 크게 못쉬이니

가슴엔 피ㅅ덩이 불씬불씬 소사구을르고
혼은 빗속에 춤추려 날개를 치거늘
오—침침한 골방에 들이가처 복기우는 이마음이여!

찬비 나리운다고 타든불ㅅ길이 쩌지기야 하랴마는
오—『쌍』 두어쪽에 목통을 졸릴 이마음이여!
파리한얼골에 풀ㅅ긔는 죽엇는가? 어이 숨ㅅ결은 약하여—

바위에 눌렷다고 쌔드려는 쑤리 으개여질것인가?
쏘여질으는 물ㅅ줄기 언덕을 문허트려 바다에 안기우리니
새목숨 빗내려거던 피를 내쑴으라! 저—붉은해를 향하야

몃번이나 바람은 새빗츨 실ㅅ고 불어갓던가?
그쌔마다 가슴에 이는 불ㅅ길은 얼마나 날쮜엇던고
오—졸라맨 검은사슬을 한날에 씬허 버리리라

혼은 빗나는날개를 펼처 빗속에 춤을추며
한울을 소사올으는 붉은해는 이가슴에 안기우리니
오—졸라맨 검은사슬을 한날에 씬허버리리라
　　　(나의詩『목숨』篇에서)
　　—『조선일보』, 1927. 8. 20

旭日昇天

닭은 홰를 치며 운다.

창날가튼 새벽ㅅ바람은
바다로 들로 마을로 都市로
밤을 휘몰아 멀리멀리 쓸어간다.

여긔서 쏘 저긔서
눈쓰기 始作한 血球들은
새벽ㅅ바람에 새로운 運轉을 試驗한다.

새벽ㅅ바람은 부러간다.

새벽ㅅ바람은 새벽ㅅ비츨 실ㅅ고
지금 이 地球우를 한창 내달린다.
모라닥치는 千兵萬馬처럼……

오―그것은 한울에 올라
새날에 登極하려는 붉은해의 압잡이다.

지금 피ㅅ대와 피ㅅ대는 서로 엉키여쒼다.
가슴에서가슴으로 더운김은 전하여간다.
오―놉히 물ㅅ결치는 우리의 가슴의 바다
오―짐싸게 내닷는 急行列車의 火桶처럼 타는 우리의 가슴의 불ㅅ길
새벽ㅅ바람에 북을 울리며
우리의 걸음은 나아간다.

새벽ㅅ빗츤 구을러간다.

염통과 염통우에 노힌 레―루우로
수많은 염통우에 노힌 레―루우로
새벽ㅅ빗츤 구을러간다. 구을러간다.
한울을 문흘듯한 우렁찬소리로 우렁찬소리로.

붉은해는 써올은다.
오―붉은해는 써올은다.
어글어글한 얼골로, 어글어글한 얼골로
둥실 둥실 둥실 둥실……
빗츨 퍼트리며, 불을 배아트며,
새로히 寶位에 올으는 빗나는얼골처럼……

우리의 가슴ㅅ속에도 붉은해는 써올은다.
수많은 가슴과 가슴ㅅ속에도.

수많은 가슴과가슴은
가슴ㅅ속에 써올으는 해를 안고,
새날의 아츰 한울에 登極하는
한덩어리의 큰해를 마즈려
팔과팔을 결워 한걸음으로 나아간다.
용장한 行進曲을 울리며,
둥 둥 둥 둥 둥 둥……

오―우리는 昇天하는 旭日을 마즈려는
새벽의 굿센 軍卒이다.
―『조선일보』, 1927. 8. 24

都市의녀름날

검은구름은 무거웁게 움직인다 바람업는 밤한울에
아직도 熱氣를 내쑴는地球의 숨통을 눌러막으려는듯
별ㅅ빗한줄기 샐틈업시 東北으로 東北으로 무거웁게 무거웁게

都市를 쒜여흘으는 한줄기 물 더럽혀진 물은
防築우에 쩌저가는 모긔ㅅ불빗츨 실ㅅ고 소리업시 흘은다 흘은다
東에서 南으로 南에서 다시 西로 가난한무리의 마을을 거처서 거처서

오—여긔저긔 길우에서 江邊에서 露宿하는 무리
젊은어미 썰어진 베ㅅ치마ㅅ자락으로 어린것의 몸을 가려줄째
앵앵거리며 달려드는 모긔쎄들 어미는 한잠을 잘수가 업고나

天國의鍾ㅅ소리는 울려온다 멀리 퍼진다
그러나 이무리들은 그소리를 쌀아가 붓잡고올으기엔
넘우나 距離가 멀다 쌍우에서만 긔기에도 힘은 쌀웁지 안흔가?

요란히 싸려치는 鍾ㅅ대 미테 쪽으려우는 病身의거지
鍾ㅅ소리 신음하는소리 밤空中을 흘으는 두소리의餘韻이여!
하나는 한울로 하나는 다시쌍우로 아주 갈러지고마는구나!

喇叭한樂隊소리 어지러히울리며 劇場으론 觀衆이쏘다저나온다
발ㅅ길이 움직이는곳에 늘어선 카—페의電燈ㅅ불이 금시로 환하여
지는구나!
오—쎌딍밋 으슭한골목ㅅ길에배를쥐고 쓸어진 무리를 보라

젓벅젓벅 밤ㅅ거리를 巡行하는 구두ㅅ소리 들려온다
오―으슥한곳에서 밤을 새이려는 무리들의 가슴은두군거린다
그러나 紅燈은 더욱 밝어진다 길게샯는 노래ㅅ가락 쏭쏭거리는 장고ㅅ소
리 이것들은 그칠줄을 몰으지안는가?

오―쌍우의熱氣는 저들의숨ㅅ결에 저진채 아직도 식지안는다
바람업는 밤한울엔 검은구름이 무거웁게 움직일쑨이다
오―비여! 쏘다지라 쏘다지라 쏘다저 이거리의矛盾을 휩쓸거라
        (1927년8월17일 全州에서)
―『조선일보』, 1927. 8. 27

가을물ㅅ소리

한울은 놉히 푸르러
물ㅅ속도 푸르러
구슬이 구을르는듯 맑은 물ㅅ소리는
한울 소린가 가을 소린가
내가슴에도 가을은 와서 맑은 소리 들리네
—『조선일보』, 1927. 9. 7

가을색시

저녁한울에서 새여흘으는 한썰기 가을ㅅ바람은
푸른 들우를 가만히 걸어들어
보드러운 치마ㅅ자락가티 선선히 스처지나가니
키큰 수수ㅅ대는 흔들리네
시악시 허리가티—
닙흔 춤을 추네
팔랑거리는 옷ㅅ골음가티—
보라! 수수ㅅ대 춤추는 속에
가을香氣에 醉한 해ㅅ빗헤 걸은 가을색시의 묽은 얼골을
—『조선일보』, 1927. 9. 7

가을ㅅ밤

어지러히 어울려 울든 실솔의 소리도 슨허져 가는째
멀리들리는 다듬이소리—
고향안해의 그리움이 더욱 새롭네
나는—
씨져지는 가슴을 안ㅅ고눈을 감고서 뒤둥글엇네
　　(鎭安에서)
—『조선일보』, 1927. 9. 11

旅愁

밤은깁허 고된몸은 자려고 자리를 펴고 누으니
잠은아니오고 故鄕이그리워 정신만 새로워지네

故鄕에부치는 글월이나 쓸가하고
일어나 붓대를 들으니
마음만 어지러워 두어자적다가
담배를 피워들엇네

깁흔회포를 풀어
피어올으는 담배연긔에 쎄어보낼째
두견의 처량한소리는
가업는마음을 더욱 씨저만놋네

맘대로된다면 제비의몸이되어날러라도 보렷마는
맘대로 안되는몸이어니
百里는 千里나萬里보다도먼것만갓네

故鄕을 그리다그리다 만자진 나의가슴은
한데 어울려 어지러이 우는압논의개고리들이불어윗네

하도마음은 답답하여
속이나 틔우랴고 뒤ㅅ창을 열어제트리니
힘업시 깜박이는 별ㅅ빗알에 먼산만 어렴푸시 조을고잇고―

잔잔히 흘으는 개울물 간흔물ㅅ결엔
어스름달ㅅ빗이 쌔어저 넘놀쑨인데
아! 이시름을 어이할거나!
처량한 두견의울음ㅅ소리는 또들려오네그려

오—고요히 잠든 이밤의고흔숨ㅅ결을 안ㅅ고
이넉은 헤매이노라
달은 너머 가도 별은숨어도
두견아 너하나만 울어다고
네소리들으며 밤을 새이려느니—
　　　(丁卯5월9일)
—『조선일보』, 1927. 10. 16

어머님墓前에서

오―길이 잠들으신 어머님이여!
당신의墓前에 무릅쑬코 안저
『어머님이여!』불으는 아들의 눈물저진 마음의 소리를
오―들으시는가! 들으시는가!!

몸과 마음을 바처 사랑하든 당신의 남편은
지금 당신의엽헤 안저 담배를 피우고 잇소이다
한번도 당신을 뵈옵지 못한 이마음은
지금 당신의 生前에지나시든 쓰라인 녯이야기를듯고 잇소이다

오―弱하고 굼주리는몸이
어리고 가날한남편을 섬겨올째
기우러가는집에 실치못한柱礎의몸됨을
얼마나 한하엿스리이짜
압흔가슴을 어루만젓스리이짜

산ㅅ골ㅇ ㅇㅇㅇ 하엿슬째
깁흔겨울 눈날리는 치운밤
쓸쓸한濁酒나마 싸쯧이 밧들이고저
맨발로 눈우를 걸어 싸리ㅅ문압헤 서서
『아버지』『아버지』불으든썰리는 목소리!
오―눈감ㅅ고 무릅쑬코 안진 이몸의 귀ㅅ가에
지금도 도는듯하외다

甲午年東學亂에 집은 불타버리고
남편은 東學ㅅ軍으로 몰려 붓들려갈째
오—당신의 좁은女人의가슴이 얼마나 찌저젓스리이까
아츰으로 저녁으로 눈물담은 밥ㅅ그릇을 안ㅅ고 獄○○하여이다

『오늘三十名 래일 五十名』하고 목버히기를 草芥가티 하든째
다시 멀리獄을 옮겨갓던 남편이 살어나왓단 말을 듯고
千里라 멀손가 八十里를 한달음에 내걸든
허트러진머리에 펄펄 나붓기든 치마ㅅ자락
오—지금도 내눈ㅅ속에 나붓기나이다

無男獨女 남달은 외쌀로서 波濤만흔 生을 이으시다
애닯은人生의 한쪼각靑春을 남기시고 길이 잠들으신
바람불고 눈보라치든 동지ㅅ달 열나흔날ㅅ저녁—
　　(1행 판독 불가)
『그날에……』하시며 눈물얼인눈에 당신의남편은 담배를 다시 피우며 이야
기를 계속하나이다

오—어머님이여! 어머님을 길이 이마음ㅅ속에 모시겟소이다
누가 型에서 박어내인 착한안해 어진지어미라 하겟나이까
어머님속에 고히 빗나는마음 펄펄 쒸는 젊음의가슴을 길이 밧들겟소이다
오—어머님의魂靈이여! 길이 아들의 가슴ㅅ속에 쉬시소서
　　　(11월14일에나섯다11월14일에돌아가신나의어머님靈前에)
　—『조선일보』, 1927. 10. 29

첫汽笛

동력은 터진다
한울은 벍어케 타올으며 해는 솟는다

들쓸른 機關車의火桶을 보라
푸욱 푸욱—내쏨는 숨ㅅ결은 急迫하여간다
지금 汽車는 젊은 가슴들을 실ㅅ고 出發하련다

레—루는 압흐로 압흐로 멀리 쌧실러번쩍인다 눈이 부시게 번쩍인다
아츰空氣를 내갈르며 出發할汽車
獅子의 호통인가?
쑤—
써르릉—써르릉 멀리 空間을 헤치며 울려가는 强한音響—
이것은 出發의信號다
첫汽笛ㅅ소리다

汽車는 움즉인다
젊은血球들이躍進?!
퐁 퐁 퐁 퐁—黑煙을吐하며 進行은熱火가티 쌜러진다

太陽의强한光線은大地우에퍼붓는다
—『조선일보』, 1927. 11. 18

가을의 香氣

　가을의 엷은 해ㅅ빗치 고요히 大地우에 퍼저 잇슬째 넓은 들 가운대 가슴
을 열고 섯스니,
　일만 穀食의 香氣를 실은 가을ㅅ바람은 나의呼吸을 배 불으게 하네.

　黃金 물ㅅ결이 굼실굼실 니는 이삭우에 가을 볏이 조을고,
　콩, 수수, 서속, 지장 이 얽흐러저 춤추는 속에 알알이 염으러 가네.

　길 가든 손 香氣에 醉하야 물엇든 담배ㅅ대 툭툭 털째,
　『우여— 우—으여』소리 나니 후르륵 흐르륵 너 댓 참새 쎄 한울을 날으네.

　저 산에 가서 나무를 썩는 붉은 얼골들을 보소,
　이 거룩한 香氣가 저들 짬 방울의 精華이라네.

　지금 나의 몸을 돌고 도는 血球들은,
　가을ㅅ볏 알에 香氣를 실ㅅ고 올으나리네.

　아—가을 바람을 마시는 나의 가슴은 시원하네 香氣가 찻네,
　산ㅅ골을 차저 드니 千인가 萬인가 붉은 감들은 주먹 가티 한울에 매달렷네.

　울타리 집웅 우에 턱 턱 누은 박 호박을 보소,
　이째 만은 우리農家에 깃븐 얼골들을 볼수 잇슬 것이네.

　다래넌출 머루넌출 얽흐러진 미테 누어,
　머루 다래 한알 두알 입에 구을리는 맛이라니……

도라지 캐여 맑은 물에 싯처 고초장 찍어 씹는,
우리 兄弟의 純實한 靈은 이러케 가을을 깨끗이 맛 보는 것이라네.

바다에 나가 보소 투—웅 퉁 투—웅 퉁 玉가루를 부시는 곳에,
들어 메인 구럭들엔 소라 생합 海物들이 그득 차지 안는가?

오—바다에서 드을로 들에서 산ㅅ골로 다시 산ㅅ골에서 드을로 바다로,
가을 볏츨 타고 가을 香氣 퍼지네 퍼저서 우리의 목숨을 적시우네.

오—祈禱하옵내다 가을의 香氣여!
길이 길이 이 짜 百姓의 靈 우에서 써나지 마사이다.
    (1927년9월28일作)
—『조선지광』, 1927. 11.

廢都이八景

麒麟峰에 달써올으네 뚜렷한 님의 얼골이런가
아기ㅅ님네 달보라고 城안 婦人들 놉흔데 올으네

千年이라 석을것이냐 寒碧의 돌기둥이야
高達峰 넘어오는 맑은바람 젊은이의더운가슴 시켜주네

甑簞의 문허진城터에 夕陽이 가로 노힐째
南固寺 쇠북ㅅ소리는 지나는 이의 脹子를 싣허놋누나

多佳山늙은솔은 알리라 壯士들의 말달리고 활약허든곳
지금엔 풀을날리는落葉에한숨만이 뷔인다락에 가득찻네

德津에 蓮캐는兒孩들은 尋常히 불으는 노래엿만
쯧업는 낙대에 늙은선비의 굴근눈물은구슬되어 蓮입헤구을르네

飛飛亭 안ㅅ고 흘르는 한내물은 千古에 變함업시흘르것만
가업시 넓은 기름진들에쏫기는 그림자만이 넷빗 아닐러냐

한울서 썰어지는 물ㅅ기둥이런가 山이 문허지는듯 바위가 튀든 威鳳瀑布야
싣이락 말락 돌돌돌 오날의 가늘은숨ㅅ긔가 웬일이냐

東浦에 배돌아간다 눈물실ㅅ고 배돌아간다
夕陽ㅅ바람을 멍에하여 쏫기는 한숨실ㅅ고 배돌아간다
       (完山古都에서)
—『조선일보』, 1928. 1. 21

出帆의노래

여보소들— 해는 한울을 올으네,
둥실 둥실 둥실 둥실‥‥
어— 내 젊은 가슴에도 해가 올으네,
둥실 둥실 둥실 둥실‥‥

바다는 춤추네, 금ㅅ빗을 실고,

추을렁—출렁 추을렁—출렁‥‥
어— 내 젊은 가슴에도 금 물ㅅ결 니르네 추을렁—출렁 추을렁—출렁‥‥
바다ㅅ바람에 아츰 해ㅅ발을 쪼각 쪼각번득이며,
돛대 우에 놉히 매달린 긔ㅅ발은 펄럭인다 퍼얼럭—펄럭 퍼얼럭—펄럭‥‥

바다라도 陸地라도 드쉬려는 큼 숨 쉬는젊은가슴들엔,
불ㅅ덩어리 활활 거린다, 해ㅅ덩어리 녹아 구을른다.

오—젊은이를 그득 실은 배는 써난다 陸地를 써난다,
북ㅅ소리—둥 둥 북ㅅ소리—둥 둥 배는 써난다.

바다를 두 쪽에 내 갈르며
새날을 가저 올 젊은이를 그득 실은 배는써난다.

陸地에 남은 수만흔 사람의 祝福하는 소리를마시며,
불 붓는 얼골에 구리 북채를 들어 북을 둥둥 울리며 배는 써난다.
　　　(1927년을보내며)
—『조선지광』, 1928. 1.

168 김해강 전집

正月의노래

새해라 正月은 푸른빗타고 이짜에도 차저와
해는 둥실 扶桑에 놉히써 새빗을 퍼트리네
오래도록 밤ㅅ길을 걸어올째 우리의생각 한울에 빗나시던가.
소리—괴운찬 새소리 들으려 나는
무릅을 꿀코 祈禱들이네

千里라三千里에 흐르는 물ㅅ줄긔는더욱 세차지안는가?
우리젊은이의 가슴엔 東海西海가티 쒸는波濤 놉흘세라
이짜 복판에 ××××××! ×××××××××!
쏘한번 ×고야 말걸! ××××! 오소서—
나는 祈禱들이네.

한울을 니고 쌍들을 밟으나 활개침이 적은새만한가?
세상은 넓다하나 죄여드는 숨통만은 답답한것이어니
가슴을치고 활개를결워 鍾路로 달음질치소
그도 안되겟거든 ×××집어삼키소 젊은이 아니런가?
—『조선일보』, 1928. 2. 24

省墓우길에서

내 일곱 여덜 엇렷슬째
省墓가노라면
省墓軍 만히 지나는 룡모리ㅅ고개에는
積善을 비는 늙은안진방이와눈째진 할머니
갈째 올째 보앗건만
그들은 인제는 죽엇스리라
스무해 지낸 오날에 보니
탄탄히 열린新作路가엔팔업고 다리부러진 새거지늘어잇네
그째에지나든이보면 알만도 하건만은
지나는사람 모도 다— 녜보든사람 아니며
알만한 사람 나히늙어파리한 얼골이여라
        (그째 어릴째 보아도 어엽버보이든 素服한젊은 女人도 볼수업고—
         힘세여보이든 머리 길게싸내린 젊은總角도 볼수업고—)
세상은 이러케도 변하는것인가?
그째보면
        푸른저고리에 붉은치마—
        남 좃기에 붉은허리찌—
그러케 만히보이든 天眞한 어린이들이
아—웨 이제는 풀ㅅ긔가업시 보혀—?
내靈은 스무해前으로 달음질치며 목을 노아울엇네

오! 해는가네다름질하야가네
人生도가네 그러나 변함은 어이 그리도無常하여……

오! 오날의新作路우에서
나는 젊은이를보지못하엿네
거지—
늙은이—
어린이—
오! 省墓길 新作路우에서
哀乞하는사람—
嘆息하는사람—
욱살리는사람—
—그사람만을 보앗네

여보게! 이쌍은 젊음에주린지 오래이로세
숨은 젊은이들이여!
오날의新作路우흐로 쒸어나오라
펄펄쒸는 젊음은 식지안햇슬것이니
—『조선일보』, 1928. 4. 13

天下의詩人이여!

방안에 들어 갓치워 복기우는 가슴을 태우고 잇노라니
天井과 방ㅅ바닥 그리고 네壁이 작고만 죄여드는듯 하여
나는 그만 門을 박차고 한업시 넓은들노 내달어 보앗네
　그리하야 가슴을 헷치고 들 한복판에 반드시 누어 한울을 크게 숨 쉬여
보앗네.

그러나 나의 가슴이 한울보다도 더크고 넓음이 인지
한울은 빙—빙 돌며 머—ㄴ山은 압흐로 압흐로 기여 드는것 갓타여,
두 주먹을 부르쥐고 다시 니러나 달음질처 놉흔 산 봉우리에 쮜여 올랏네
그리하야 가슴을 벌럭어리며 두 다리벗틔고 서서 大地를 굽어 보앗네.

아—壯快할세라 나의 위대한 氣宇여!
山과山 들과들 바다와바다 마을과마을 都市와都市……
××가튼 號令을 기다리는 百萬士卒처럼 나의 발 미테 업허저 잇네
목을 노아 소리 치니 쩌르릉 쩌르릉 소리 虛空으로 虛空으로 퍼지네 멀리
퍼지네.

오— 내 어제ㅅ날에 좁은 방에 들어갓치워 얼마나 속을 태워든가?
소리를 치려하나 잠기운 목통이라 가슴을 그러안ㅅ고 목을 긁으며
주먹을 들어 壁을 칠째 적은 주먹임을 얼마나 슯허 하엿든가?
오—天下의詩人이여! 잠ㅅ고대를 부스고 나와 大氣를 마시라.

한울을 드쉬는 나의 呼吸을 막을者 누구이냐.

東가력 한울에 솟아 올으는 해ㅅ덩어리처럼 나의 가슴은 鎔鑛爐처럼 불덩
어리 데굴거리나니

바다라도 삼키리라 大氣를 씹어먹긴들 못할것이냐?

오—天下의詩人이여! 가슴을 치고 나오라! 나와 大氣를 마시라.

　　(새世紀를바라보며)

—『조선지광』, 1928. 4.

그대여

그대 계신곳이 東海런가西海런가
제비는 와도기럭이는 가도消息은슷혀알수업네
갑갑한마음에 꽃닙흘 훌타흘으는물에씌워나보네
그대 향여 바러보거든꼿닙흐로보지말소 염통의 쪼각일세

아모리 期約업시 써난그대라지만
벌서 스무번 봄을마저도消息업스니
그대 가신후론 봄이와도봄갓지안허라
無心한 구름ㅅ장만 이江山우를써돌쑨이네

그대여! 언제나 오려나!
산은 붉고물은 말럿네
비마저 靑山되고 물흘러 長江되여
白頭山에 눈이 녹고黃海水ㅣ 맑어지면 오려는가

보라! 칼바람에 휘날리는 붉은씨슬을안ㅅ고
허덕이는가슴을 치며 몸통을 긁는
무리와무리! 얼마나 불을배앗나
배앗는곳에 불 니러나는것을 보는가—그대여!
오! 그대여! 千萬겹 싸히고 싸힌 구름ㅅ장을 쪽애고
동력은 터지려하네 큰소리터지려하네
赤道알에 長槍들고 내닷는젊은검둥이들처럼
동력을 향하야 내닷는붉은몸둥이들을보라
—『중외일보』, 1928. 5. 16

農民禮讚

새벽안개가 아즉도 풀스테 잠을 매젓슬째
흙을파는 健壯한 붉은 몸스덩이―그의 툭붉어진쌔대와힘스줄 해스빗에 탄 얼굴―
오! 아츰날 太陽은 맨먼저 그대의 머리우에 웃음을쑤리노나!

김나는그쌈스방울이 흙우에 썰어질째
呼吸을潤나게하는强烈한 흙의
香氣―血管을 오르나리는 數億萬個의 더운血球―
오! 그대外에 굿세고 깨끗한人間이 쏘잇드뇨?

얼굴에 쌈스방울을 흙무든 주먹으로 疲困하면 아모대나 밧두덩풀우에누어 쉬는 그대
오! 굿센주먹의主人公이여! 맑은魂이여!
푸른한울 흐르는물 맑은바람 새소리 풀꼿香氣가 그대의벗일네

넓은들 한복판에 씨를쑤리는 고흔숨스결
싸쑷한 해스볏헤 나날이염으러가는 이삭을 보는 그대의눈
고요히 그대의얼굴에 깃븜이 써올음을 볼지니
깃븜에 찬 가슴! 오! 太陽을 안스고黙禱하는 거룩한雄姿여!

썩어가는 都市人의 염통바닥―
黃金馬車―ㄴ들 불어우랴?! 百萬장紙幣쪽인들 갑잇스랴?! 쌈스방울과 주먹 그리고 해스빗과 흙의香氣
여긔서 엇는 거룩한깃븜은 天下를 더진들 가질수 잇슬것이냐?
―『동아일보』, 1928. 6. 2

海邊暮影

東浦에 배 돌아간다 夕陽ㅅ바람에 돗을 놉히 달고
두리둥둥 북을 울리며 소곰ㅅ섬 실흔배 돌아간다.

붉은 해ㅅ쪼각 쪼각 넘노는 바다 우로
수을렁 수을렁 배 돌아간다.

개쌍 우으로 달음질치는 벍어숭이의긴 그림자여!
오―배를 보고 돌처 내닷는 해ㅅ빗과바다ㅅ바람에 걸은 검둥아기여!

멀리 地平線에 걸친 물ㅅ동의 인 女人은 가는것인가 오는것인가
오―점점 갓가워지는 물ㅅ동의와 검둥이의 距離여!

『어머니 배 들어 왓수 아버지 타고 가든 배 들어 왓수』
맑은 네 눈이 西便 浦口를 바랄째 깃븜이 피여 올으는 두 얼골에 붉은해
ㅅ빗치 춤 춘다.

浦口를 달음질처 가든 두 그림자는
길게 써든 세 그림자가 되여 쩨여놋는여섯 다리가 가벼웁게 느리다.

검둥이의 외인 손은 젊은 배ㅅ사람의바른 손에
검둥이의 바른 손은 젊은 女人의 외인 손에.

오―가슴에서 가슴으로 쮜는 세 염통엔
電流와 가티 흘은다 붉은 幸福이 흘은다.

우는 한울 뒤는 바다 압흔 들
오—幸福ㅅ된 세 숨ㅅ결은 고요히 퍼진다 한울로 바다로 드을로.

水平線 넘어로 해가 지니 地平線 넘어로 달이 돗는다.
달 돗을 실ㅅ고 浦口에 돌아드는 배ㅅ노래 또 멀리 들린다.

오—달빗에 안ㅅ겨 고히 숨 쉬는 漁村의 兄弟여!
그대들의 가슴우에 바치노니 젊은 感激을 바드사이다.
    (舊稿中에서)
—『조선지광』, 1928. 7.

五月의太陽
—그옛날에 이노래를 얼마나 힘차게 불렀든고!

五月이라 靑玉色 하울에 千萬가닥의 金살이 퍼지네
金살을 타고 종다리 높히 써올라 노래를 쑤리네 아름다운 노래 쑤리네.
종질·종질·종지루리— 종질·종질·종지루리·루리···
노래 쌍우에 썰어지니 일만 목숨의香氣, 가닥가닥 金살을 타고 한울에 써
올으네.

산도 푸른빗, 들도 푸른빗, 한울도 푸른빗, 물도 푸른…….
이江山에도 五月은 와서 푸른빗 새롭구나!
푸른빗속에 줄기줄기 줄기ㅅ찬 힘은 자라 올으나니
우리 젊은이들 붉은가슴에도 五月은 와서 둑은거리네.

물 그득 괴인 우ㅅ논 알에ㅅ논에 우리 젊은이들 소를 몰아
쓰레질 장기질에 썰어지는 쌈방울은 金ㅅ방울인가 銀ㅅ방울인가 더운김
써올으네.
푸른그늘 들이온 맑은물에 고히 헤엄치는 적은고기쎄의 꿈을 놀레이며
절벅절벅 물창을 치며 쒸여오는 天眞한 어린이의 얼골에도 해ㅅ빗 구슬이
빗나는구나.

五月의 太陽은 이 江山에 염통에 더운숨을 불허 너허주네
오래 쏘대든 몸을 바우우에 쉬이 발을 흘으는 물에 담구니
한울에 물이런가 물에 한울이런가 우도 한울 알에도 한울이라
한울속에 한울 보는 내 더운 가슴도 한울이런지 크고 시원한 숨쉬여지네.

오—큰숨을 안ㅅ고 한울을 울어러 祈禱하옵내다
五月의 太陽이여! 이江山에 깃븜을 샢려주소서—
五月의 太陽이여! 이江山의 呼吸을 ××하소서—
그리하야 길이 빗나사이다. 푸른 빗속에 커 가는 이江山 풀은한울에.
—『조선지광』, 1928. 7.

七月밤

七月의 밤한울!
맑은銀河 고요히 흘르고
별 이슬나리는 서늘한밤!
가슴헤치고 江邊에누어 한울을 바라보고 가만히 숨쉬노라면 한울에
흘르는 불ㅅ소리 귀에들리는듯
하로ㅅ일에 疲困한몸 째마듸마다 풀어질째
서늘한바람 배ㅅ속까지 서늘케하는 七月의 밤한울
아―올해는 어찌하야 사람들로 가슴을치게 하는고!

한울엔 검은구름 千겹萬겹 덥혀 눌르고
쌍엔 熱氣를배아터 呼吸을 갓브게하네
산도 물도 들도 마을도
새 버러지 나무 풀―
숨ㅅ긔가 막힌듯 죽은巨物가티 가만히잇구나!
집토방 나무밋 물ㅅ가 新作路우―
기난한 무리 한숨지며 둥구는구나!
『凶年이다 凶年 란리는 쏙 난다―』
입과 입에서 나오는 이말―
西便한울 터진사이론 마른번개 째업시 번쩍일쑨이네

나는하도 갑갑한마음에 新作路우를 한참 내달아 보앗네
놉흔 언덕에 올라 소리도 氣ㅅ것 질러보앗네
마츰내는 미친놈처럼 虛空을수업시 주먹질하다
가슴을치고 그대로 쓸어젓네

오—한울아 바람아 구름아
苦悶을실고 돌아가는 地球야
이밤!
七月의밤은 갑갑한 무덤ㅅ속이런가?
―『동아일보』, 1928. 9. 12

農土로돌아오라

『아이 조키도하여! 나는都市ㅅ구경을간다네
自働車타고 華麗한都市로돈벌러간다네』
이것은 C都市에 새로設立된 製絲工場으로
女職工에 쌥혀가는 마을婦女들의 자랑하는소리―

늙은어머니 어린동생들의 눈물저즌餞別을 나는몰라라
곱게 빗은머리 분칠한얼골
새옷을 말숙하게 차린 샛쌝안 마을 숫處女들을실흔 自働車는 써난다
한채 두채 세채 네채……까소린煙氣를 피우며 살가티 내닷는다 길게 쌔친
新作路우를―

오―저들!
몸ㅅ둥이가 어느구렁에 쩔어질지 몰으는 저들!
고양이 웃음짓는 出張員의 날카로운視線이
眼境넘어로 왼몸을 샷샷치 씹어할틀째
숫된 붓그러움이 落葉될기
얼마나 가슴을 방망이질하얏든가?

오―奴隷로서의最初의人間이엇든 저들의피ㅅ방울은
다시 ○○의奴隷가 되려구나
『自働車타고 華麗한 都市로 구경을 간다네』
이러케 우리農土의婦女들은 氣脈이 막혀버렷나?

조선의 民衆이여! 都市로만 내닷는 젊은이들이여!
이것을 어이 僻土의 한쪼각現狀으로만보아칠것이냐?
農土로 돌아오라! 팔 것고 다리 것고 急한 걸음으로
그리하야 쌜간心臟을 내쏘드라 農土百姓의子孫들을위하야
—『조선일보』, 1928. 9. 21

물레방아

大地는 깁흔잠들어 나뭇가지 하나 씬덕이지 안는
긴—가을밤이 다 새도록 오즉 한소리
탁탁탁 타—쿠덩 탁탁탁 타—쿠덩
쌀씻는 물레방아 씬힘업시 돌아가네.

들 한복판에 조으는듯 쌈박이는 등ㅅ불하나
몬지속에 김나는 얼골들이 밧부게 움직이는구나
밤마다 단잠을 팔어 갓분숨 허덕이며
씨여놋는 흰쌀. 저들의 입에 몃알이나 구을려지나.

열섬이라 스무섬 내손으로 씨여내것만
알알에 내 쌈방울 썰어저 배엿것만
사랑하는 쌀아들 그대로 굼주리며 썰지안는가
수억만 쌀알에서 한두알인들 내것 안이란것을.

서리찬 한울 별빗 실흔 한줄기 물은 흘은다
흐을러 쌔어지고 흐올리 씨여지다 다시 흘은나
탁 탁 탁 탁 물을 차고 돌아가는 물레방아야
움직이는 팔다리야. 血管에 피쒸는 물레방아야.

물 흐을러 물을 차고 돌아가는 물레방아
피 쏘여질 펀듯 펀듯 놀리는 팔다리

물레방아야 물 그처도 그처도 흘으면 다시 돌아가지만
팔다리야 피 한번 그치면 쏨짝이나하랴. 아주 구더지고 마는것을.
—1928. 11. 4

街上咏嘆(一)

날세찬 十一月의한울 이나라거리엔
날리는흰옷자락 그림자가엷고나
쌍우에노히는 발들이 어이 제자리에못노히나
씨르릉씨르릉 선령줄만이 공중에서 울어예일쏜

쑤적쑤적나무ㅅ발은 드리밀리는것을
서리온지 반달이라 날이지고새며달이고이운들
우리네찬구들 언제나치인서리거더지련가
드쉬는숨ㅅ결은더웁것만 피쒸는가슴은쓸컷만

거리에빗긴해ㅅ빗까지 쓸쓸함을물들이는데
문허진城터로새여드는바람가티 바람도거칠구나
十二月칼바람눈보라몰아 모질게짜려갈기면
그나마갈곳몰으는발길들이어거리버리고어데로헤맬려나

부서진다리질질쓸며애써것는거지하나
자동차경적에놀라 길우에 팍 쓸어지네
휘둥글한눈이 넉을일허흰자위 한울을흘길째
분칠하게집애들호호호웃음쌕리고 다라나네

三千里를불어가는바람이 心肝을건들일째
○○에구으는 ○○을밟으며 길게쌔더가는
數十万 주림에써는무리의 行列이눈물에빗초이네
아하이쌍을밟는마음아 장님되기나바랄가?
―1928. 11. 4

파무친 音響이 울릴째

길가다 개천에무친 ○○한닙 주서들엇네
이즈러진채멧해를 진흙속에 벙어리되여 가슴알엇나
푸르게 녹슬어 안밧을 가릴수 업네만은
큰대 한자 씩어 빗광자만은 쏘렷하구나

큰대알에ㅅ자는 永永썩어버렷나
글자라도 차저보려 바위ㅅ돌에 갈아보앗네
하나 참혹하게도 욱으러저 버린것을
갈고가나 한혹인들 빗나 나타나랴.

○○○○만차저 쌍우에 내부드니
돌에맛고 놉히쒸며 쌩그랑 나가구을르네
오! 얼마나 반가운 쇠ㅅ소리냐 쇠ㅅ소리냐
귀창을울리는쇠ㅅ소리. 魂을쌔우치는쇠ㅅ소리!

짓밟힌 ○○의 魂아 버림바든 石○○야
녹슬어 몸은썩으나 魂이야 빗치가시랴
千年이라 萬年을 진흙속에 무친단들
쟁쟁한 네소리야 어이썩어 어이썩으리

잠쌔인 썰리는 손이 조심스레 다시주어
가슴에 다히니쒸는 白潮 놉히구비치네

미친듯 두주먹 부르쥐고 네거리로 내달으니
아하! 이나라 복판에 鍾소리울리는듯눈방울한울에노네.
—1928. 11. 5

迎春詞

1.
한우님 한우님 크옵신 한우님
당신님 일홈을 목메여 불으는
이 쌍의 쌀아들 나리여 보소서

얼마나 저들이 산다고 산다고
눈물에 눈물을 쑥쑥쑥 흘리며
밤으로 낫으로 허덕엿스리까

채쑥에 쫏기여 써나는 겨레들
이 해도 멧천을 헤이고 남으리
이러틋 이 쌍엔 서름만 오리까

울고만 울고만 잇슬째 안이라
팔 것고 내달어 둥그러 보오니
연약한 삭신이 부서만지옵네

이러케 한 해를 쏘 보내오면서
이 쌍에 쌀아들 쌍 우에 업다려
당신님 불으며 祈願하옵내다

어이나 새봄을 마즈리
머리를 조아려 발버둥치오며
祝福을 엇고저 한우님 부르오

2.
지난해 열스무번 문허진 가슴 한숨젓스나
주먹을 부르르르 쌍을 치오며 불을 배아터
새해라 새봄을 마지하옵니다

이 쌍 쌀아들의 나아갈 길 빗처주고저
내 몸 촉불되여 불이라도 다려부치여
새 해라 새봄을 마지하옵니다

찬 무덤 풀쓰드며 눈물짓던 파리한 숨결
더운 숨 불어주며 굿센 웃음 불붓처주며
새 해라 새봄을 마지하옵니다

새 터전에 새 차림을 차림 차림을
쑤준하게 차려가올 길을 닥고저
새 해라 새봄을 마지하옵니다
—1928. 12. 5

東天紅

大地에 겹겹으로 나려안진 어둠을 휘몰아
千里駿馬가 네굽을 치는듯 千軍萬馬가 지처가는듯
새벽바람은 强鞭을 猛打하는구나!
天動하는소리 大宇에 쎗절으며 東역은 터진다
보라! 부글부글 쓸어올으는 붉은구름을!
얼마나 壯快하냐?
東天이붉으니 千萬의붉은 묏봉오리 웃줄웃줄 닐어스며
촬촬 흘으는 長長流水는 붉은한울을 실ㅅ고
아직도 꿈에잠긴 마을과저자를 쐬쭐어
멀리멀리 바다로 구비처흘은다

출렁 추을렁 성난猛獸처럼
달겨들다 물러스다 다시달겨들어 부서지는波濤
날리는 銀ㅅ가루 玉ㅅ가루 금ㅅ가루로變하는곳에
바다는 물으익은 피바다가 되여
千萬의염통쪼각은 쪼각쪼각 넘실거린다

보라! 싸우에도 눈들은 뜬다
數萬목숨의 눈ㅅ瞳子들은 여긔서 저긔서 빗난다
눈ㅅ瞳子 빗나는곳에
긔운찬 새숨결은 고요히흘은다

숩에선 새 푸드덕날개치며
뫼에선 범 후을적 골을 넘어쒼다
한울엔 수리가 놉히써 날고
못엔 잉어가 힘차게 쒼다
좁은 쓸우에 픠는 적은풀도
고요히 입설을 썰어 아츰을 숨쉬지 안는가?

오! 사람들아! 어서닐어들 나라
東天이임의 붉지안흔가?
새목숨 바더들이려는 컹기는 가슴을 안고
어서들 닐어나 東역으로 달음질치지안흐려나
저―젊은해 솟아올으는 東역으로 東역으로
    (1928년)
―『조선시단』, 1928. 12.

秋宵病吟

1.
弱한몸이 客地에 쏘 病들어 누으니
발싯헤 차이는 죄악돌身勢됨이 싯업시恨홉네

수만흔 세상사람에 누구하나 내가슴만저줄 사람잇나
넓은天地에 웨 나홀로 좁은구들에 病들어 누엇나.

숨찬 가슴을 치며 외로히 찬구들에 뒤둥굴샌이라
내手足만저주며 슬른 이마 집허줄 그이만 그리윗네

나 어려 몸 압허 누엇슬쌔엔
어머니 藥다려오시고 누나 미음 쓸여주덧만.

어제 친헌 사람 오늘 남 되는 세상이라
미들 벗 전혀 업네 오든사람도 안오는것을

품팔이에 매인몸이라 할일못해주니
오늘일 걱정이련과 래일 일이 더욱마음에 언치어라.

2.
쌔 마츰 八月이라 문풍지 바람에 썰리며
燈火는 쌔업시 나풀거려 가을을 솔곳이 알리는데.
窓살에 흘으는 달빗과 섬ㅅ돌에 우는귀ㅅ도람이 소리

무단한 心情도 씨저지려든 客窓에 病든 압흔 마음이랴
冊床우에 떨어지는 故鄕어버이의 글월을 뜻으니
몸 성이 잘잇느냐…… 安否 물어주셧네

答狀을 올리려 몸을 닐으켜 붓대를 잡으니
어이 쓸지를 몰라 떨리는손이 물읍우에 떨어지네.

늙으신 어버이 客地에 病든消息 귀에드시면
놀래신 마음 다치실까보아 筆墨을 그대로 거두어 버리네.

잠은 千里萬里밧그로 멀리 다라나 버렷는가
눈을 붓치면 千萬里 생각이오 쓰면 머리가 내둘려라.

하도 갑갑한 마음에 쮜여나가 가슴을 헤치고
江邊에 뒤둥글고저
벌덕 닐어스니 두다리 虛空에 놀며 픽 쓸어지네.

이 긴긴 가을ㅅ밤을 나홀로 病들어 苦悶하는구나
千길 斷崖애서 쭉 떨어지자 놀라 눈을 쓰니
貴重한 잠을 또쌔앗겻네
　　　(戊辰年8月客中病床에서……)
　—『조선시단』, 1928. 12.

街上咏嘆(二)

매말은쌍우 가난한 이거리는
미친물ㅅ결 지나간 거친모래ㅅ벌처럼
씨르룽씨르룽 찬바람 회호리치는구나
썰리는 발자욱들 얼마나 가슴이싸늘하리.

무거웁게 눌으는 한울은 눈포래배인지오래로세
한울도 비위를 쌔앗겻나 웨저리 씹흐린 낫살인가
쏘구리고안저 한울바라는 마음만조심스러웁네
아하 간엷은 간즈럼이흘으는 이쌍의거리여!

둥터진발들이 이거리헤매나 밤낫을헤매나
기름진 살씌아니오매 입김이라 서리안치올가
짓밟힌가슴바닥이 가로세로 갈러만지는것을
이마에 엇는 두손이 白魚가티 찰썬이로세.

쌍밋충에선 해골들이 어즈러히춤추는것을
이거리는 한개의큰상여의 行列이란가
싯그러운 쌍우의 푸념은 지랄군의雅歌로세
흔들리는거리야 송장썩는냄새는 코를 찔으는구나!

오늘도해는 돗고지고……
오늘도사람은자고쌔고……
오오 이거리의行進이어느날 긔운차련가.
오오 이거리의奏樂이어느날 우렁차련가.
—1929. 1. 10

大都情景

麒麟峯에달써올라 넷都城을빗초이네
달이찬것이랴 내눈이눈물에얼임이랴
달알에누은都城은 脈풀린女人의숨ㅅ결가티도
파리하구나. 풀이업구나. 잠들어가는구나.

完山의七峯에 무든精氣는
어제라고가심이 잇스랴마는
내찌인松林에 흘으는 겨을아즈랑이는
千年을하루가티어제도쏘오늘도돌기만돌기만돌기만―

南固의저녁쇠북소리
문허진城 새로 흘러올째
寒碧돌기둥집고서서 高德山바람마시오면
어이丈夫의가슴이라 깁흔시름이안터지오리.

多佳의 늙은나무들 그리고 굿센바위
말이야업다만 속압흠이야업사올가
뒤찜지고담배털던 그時節을 그리지마라
발긋만흡이던 그째의골장들을얼마나눈노릴거냐?

비록세차지는못하나 근원이야말으랴!
오늘도째락째락 압내는흘으옵네
젊은婦女들의 붉은팔매 어린이들의퉁탕거림
굽이쳐흘을째― 오! 굽이쳐흘을째
―1929. 1. 10

太陽昇天曲

太陽은 솟는다.
太陽은 솟는다.
千萬丈 덥히고덥힌 무거운구름ㅅ장을 쑬코솟는다.

터지는 소리
터지는 소리
한울 한구통이가 터지는 굉굉한소리 大宇가 쪽애진다.

大地, 大地.
毒한밤안개를 마시고 醉하야떨어젓든大地
불 붓는다. 구더가든神經의쑉쪽한꽃머리에 불 붓는다.

사람들아! 쒸여나라!
폭은한 밤의품에안ㅅ겨 쌔드러저코고든사람들아
밤은갓다.
밤은갓다.
지리하든 밤은갓다.
呼吸이갑흐지안흐냐?
화닥닥 쒸여나라! 쒸여나온 가슴을치고 鐘路복판으로모히라.

太陽은 솟는다.
太陽은 솟는다. 밤을쫏고새날을創造하려太陽은솟는다.

새날이다. 새날이다. 젊은이들아 이짱의 모든젊은이들아
나와 鐘路복판을크게내굴으라.
쌍! 튀는音響은 우리살가티八域의젊은魂들을쌔여쒸치게하리니
그리하야 압잡이되여
새날 한울복판에登極하는太陽을기운차게안흐라.

오—새날은 젊은이의것이다.
오—새날은 우리 젊은이의차지다.
—1929. 1. 20

東方曙曲

북을 울리라.
둥 두리 둥 둥 둥···
북을 울리라.
둥 두리 둥 둥 둥···

가슴과 가슴. 希望과 經綸에 쒸는 우리 젊은이들의 붉은 가슴.
팔과 팔. 부시고 세울 굵은 피ㅅ대 이어진 무쇠의 팔.

나아가라. 큰 발자욱으로 젓벅젓벅 쌍을 굴으며
더운 모래우를 長槍 들고 내닷는 아푸리카 검둥이 젊은 勇士들처럼
소리처라. 東方이 터지는구나!
창날 바람에 휩쓸리는 잠 무든 쑴쏘각들.
밤은 멀리 숨을 죽이고 쏯겨가지 안느냐?

우렁차게 소리처라!
東方은 터진다!
한울을 씨저 誕生하는 새날 아드님을 두손 벌려 받들기 爲하야.
향여 이터에 君臨하올 새날 아드님을 아시울세라.

　　팔 결워
　　발 마처
　　나아가라. 나아가라!
　　우렁찬 소리로. 우렁찬 소리로.

눈ㅅ瞳子 번개ㅅ불 멧해를 첫드냐?
우뢰를 삼킨 젊은 가슴 둙은거리지 안느냐?

나아가는 압길엔, 거더채는 泰山도 한알 조약돌이라.
뫼쑤리 千萬 칼날이란들 거칠것이 무엇이랴!

        팔 결워
        발 마처
        나아가라. 나아가라. 젓벅젓벅···
        우렁찬 소리로. 우렁찬 소리로. 쩌르릉 쩌르릉···

울려라. 북을 쇠북을
東方이 갓가워 온다.
울려라. 북을 쇠북을
東方이 갓가워 온다.
    (새世紀의曉頭에서서)
—『조선지광』, 1929. 1.

어대로가나!

눈보라치는 이저녁 어대를가!
싸뜻한내나라 버리고 어대를가!
어둔밤 먼눈ㅅ길 등불도업시
비틀거리는 다리로 터벅터벅

눈우에헤매는 저무리 힌옷닙은
어대를가려고 이눈ㅅ길 것나!
눈우에 발자욱 그처음 어대러냐?
채쭉에 쫏기는 그설음 누가 알어

눈물과한숨에 썰리는 지팽막대
어머니등에는 젓먹이 잠들엇네
잠들은젓먹이 눈속에 무슨 꿈꾸나!
이쌍에봄오면 꼿되어 피어나려나!

써나는발걸음 웨저리 숨이차
쫏기는가슴이 말굽에 채윗나
심장에 쒸는피 가슴은아파
가든길 멈추고 눈우에 쓸어지네

그러나 젓먹이 꿈꾸는 숨ㅅ결
행혀나 다칠라 몸다시 닐어나네
그러나 쏘다시 배고파 쓸어지면
등우에 잠들은 젓먹이 어찌려나!

멀고먼 길우에 째더진 이발자욱
그어대 까지나 째더저 가려누!
살쌍은 언제나 언제나나서
그리고 캄캄한 이밤은 언제나 새려나!
　　　(나의詩『쫏겨가는무리의놀애』篇에서)
—『조선일보』, 1929. 3. 8

어머님
—誓

어머님!
이몸을 나하주시고 길러내신 어머님!
어머님물읍에올라 쮜놀며발버둥치든 어리고 철업슨 몸이 이만큼 자라는동안,
오오어머님은만히도늙으섯사외다 늙으섯사외다

어머님!
서투른발ㅅ길이 돌ㅅ부리에 채이고채워 넘어질쌔—
힘차지안흔몸이 험난한물ㅅ결에 휩쓸리고쓸릴쌔
얼마나 가슴을 태우섯사오리까 놀라섯사오리까
오오 그러틋 이몸을길러내신어머님은 만히도 늙으섯사외다

어머님!
생각하노니 녯날엔 긔운차시고 젊으시든긔품이
오늘엔 어이리 만히도늙으섯나이까
쌔로 굶주리는몸이 채쭉에 시달리심인가하오매
끗업시 가슴은 메여지나이다 창자는 씨저지나이다

어머님!
하온데 용서하소서 어머님은용서하소서
몸이달토록 어머님을 밧들어모시고십사오나
쯧대로 못하옴을 용서하소서 깁히용서하소서
그리하야 이몸의나아가는새길을위하야 압날을 빌어주소서

어머님!
더운눈물을 쑤리오며어머님엽흘 써나옵나이다
슬하에서 길이 밧들지못하고써나옴이크게한되나이다
하오나 이몸에겐 그보다 더 큰할일이잇는가하오매
참으소서 참으시어 아들의 할일이 하루속히 일우어지이다—빌어주소서
    (1929년1월)
—『동아일보』, 1929. 3. 19

咀呪할봄이로다

1.

봄! 봄! 움즉이는 봄!
봄은왓구나 한겨울 캄캄한속에서썰며어서와지이다―긔다리든 봄은 왓구나!
넘처흘르는 다사로운 봄ㅅ볏물ㅅ결에헤엄치는 목숨들을 보라
한울을흘르는音響, 쌍을丹粧하는빗갈―오오 봄은 확실히왓구나!

하나 가슴만 울렁거릴쑨―
겨울내내 바람이 헛된것이엇든가
납덩어리처럼 갈아안는 가슴ㅅ바닥의苦悶이여!
머리를쥐어쯧는 젊은놈의허파만 부서지는것을
오오 내어이 와지이다―긔다리든봄을 주먹쥐고 눈흘기는가

―咀呪할 봄이로다 時節이로다 젊은놈의허파만 부서지도다

2.

기름진 살래를풍기며 봄ㅅ大都의큰길을 暴馳하는自動車, 自動車의
行列―櫻花그늘에 멋대로흥청거리는 철업는머슴애, 계집애들의奔放―
봄을 戲弄함이냐? 미침이냐?
붉은술ㅅ잔우에 날리는꼿닙은 보라! 씨저허털어진軼章처럼 쪼각쪼각 나붓
기어지랄치는것을

―오오 咀呪할봄이로다 時節이로다 젊은놈의허파만 부서지도다

3.
享樂에 날쮜는무리, 봄ㅅ그늘에 보금자리베풀어질째—
해맑은날세에도 어둠과고달픔이 冷氣에 휘둘려흘르는
다닥다닥 原始人의草幕가튼 캄캄한土窟속엔
斷末魔의使者처럼 千萬겹겹겹으로 겨을이 몰려잠겻거니—

病든몸둥이 거적에싸혀 가랑가랑 숨을모으고
누르딩딩한 어린얼굴들 볏쪼이는돌무덤미테 쪼슬여 쑤벅쑤벅 조으는구나
산송장들 늘어저잡바진 아하 慘酷한 제물墓地로다
죽엄을 슬어당기는 喘息만이 각가스로拍子를急爆하는구나

—오오咀呪할봄이로다 時節이로다 젊은놈의허파만 부서지도다

4.
오오 高速度로疾走하는 自動車의敏馳—
오오 高速度로늘어가는 貧民窟의統計—
오늘의矛盾ㅅ된軌道우에世紀의엘레지—를 놉히불르는 大都의심포니—여!

—오오 咀呪할 봄이로다 時節이로다 젊은놈의허파만 부서지도다
    (1929년4월)
—『동아일보』, 1929. 4. 20

봄밤의 情調

으스름 봄달밤! 寂寞한空山에 杜鵑의울음은 한껏 凄凉하다
산 밋 기울어가는 오막살이 컴컴한 구들ㅅ장우에
가난으로 쌔앗긴 오즉하나인 내젊은자식을
멀리 선영으로 쎠나보낸 늙은어머니의 가슴치며 嘆息할째로다

톱날가튼 무서운機械바퀴에
젊은몸ㅅ둥이가 말려들어
가슴이 쌔어저 鮮血이솟고 팔다리 싇허저 푸들푸들쎠는
아아 내아들의無慘한죽엄을 안고 쌍을치며 몸부림 하는—
늙은어머니의 疲困에지친 봄 달밤사나운꿈을 쌔치는 杜鵑의울음소리로다

웨 지난봄 건넌마을에 쇠ㅅ네어멈도 일터로쎠나간 자식이 붓들려갓다고
자갸네 아들친구의傳하는 소식듯고 머리를 쥐여쓰드며 慟哭치안헛든가?
뭇젊은산아이 계집아이들틈에석겨 四肢를 쌍쌍 쇠사슬에 묵겨가는—
내아들의손을붓잡고 監獄門前에서 넉노코울든 늙은어머니의 고달픈
봄꿈을 쌔치는 杜鵑의울음소리로다

『어머님! 그동안 얼마나 걱정되섯겟소나업는사이에 퍽도 늙으섯구려!』
몸성이돌아온 長成한 내아들을 쎨리는팔로 덜사안고
『이딀랑 가지말아 헐벗고 굶줄여도 예서 가티 나와살자』
울음겨운 말씨로 굵은눈물 툼벙거리며 아들을 달래며
—늙은어머니의 사랑에지친 날개펴든 봄꿈도 쌔여지는 杜鵑의울음소리로다

아하 이짱의고달픔을 차암ㅅ고 고요히흘르는 봄ㅅ밤의情調여!
杜鵑의피쏫는울음에 슨어지는腸子를 부여잡고
千萬里선쌍으로 젊은 내쌀아들을 보내고우는 늙은어머니 몃분이랴!
쇠뭉치로 골치를 마진듯
젊은마음이 아득한생각에
봄ㅅ밤을 가슴치며 새이는구나!
—『동아일보』, 1929. 5. 3

戀春曲

1.

여보오 시약시 물 긷는 저 시약시야
산ㅅ골에 얼음 풀리니 봄물 길러 나왔는가?
―다사로운 봄ㅅ볏튼 그대의 왼몸우에 부어나리네

동이에 퍼붓는 봄을 나좀 마시게하려나?
부드러운 실바람 가만히 와 부드치니
―연한 두볼엔 모란꼿닙 물ㅅ결이 넘처흘으네.

아아 여보오. 봄시약시 웨 대답이 업노?
좀 우서주게나.
봄이 타는 그더운입술을 열어 좀 우서주게나
―우슴우서 문허젓든 이 마음터전에 불씨를 쑤려주게나.

2.

나는 조선의젊은이외다.
그대를 마지하기 위하연 붉은가슴이라도 베여 들이오리다.
―몸을 더지오니 굿세게 안허주사이다.

그리하야 시약시여! 봄물 긷는 시약시여!
나의염통에 힘찬 입김을 불어너허주사이다.
―붉은사랑을 쏘다 불부처 주사이다.

오오 이江山의봄이 더욱이 그립소이다.
오래ㅅ동안 失戀의 상착이를 갈믄채허덕이든
─이 젊은가슴은 만히도 괴로윘사외다.

그대여! 그대의 줄긔찬 사랑이 쌕려지는곳에
이江山엔 生氣잇는 풀들이 샢족샢족 도다날것이외다.
─오오 그들의 아버지되기 위하야 비노니 안해되여 주소서.
    (1929년3월)
─『조선문예』, 1929. 5.

東方의 處女

슬기에 빛나는 이쌍의 모든젊은이여
모두나와 내쏫다발을 받으소서.
나는 해돗는 동방의處女외다.
길고긴 受難속에서 커온 東方의處女외다.

한쌔는 멀리 地境을 넘어
千里라 구비쳐 흐르는 溶溶한 長江水에 멱을 감으며
씨슬 濛濛한 萬里라 넓은北原에
세찬 大陸바람을 마시며 활쏘고 말달리던 東方의處女외다.

푸른한울에 비단을 繡놓은듯
고운江山 아름다운歲月을 노래하며
수월수월 자라던 東方의處女외다.

그러나 이 어인 不運이오리까.
갑자기 한쪽 한울이기우러지면서 퍼지기 시작하는 먹구름
지붕우에는 쌔업시 구름ㅅ장만 오락가락하는데
동구박 숲에서는 부엉이 울음만 처량하더이다.

그러는 가운데 깊어만 가던 그 밤도 샐쌔가 되었삽던지
놉다랗게 쌓올린 담너머 먼한울에 동이 터옴을 보고
그제사 멧닭이 홰를 치며 울더이다.
목에서 피를 토하며 자즈러지게 울더이다.

홰를 치고 닭이 울어도
뒤숭숭한 都城안엔 어둠만 굽이쳐 흘러
不吉한 초저녁 닭의울음이라 하여
허겁지겁 목을잘라 梟首를 돌리더이다.

그러는 동안 압뒤로 넘나드는 사나운 날짐승떼들……
그밤이 채 새기도전에
채이는줄도 모르게 이몸은 채이고야 말았사외다.
그 흉악한 독수리의 발톱에—
아 보기좋게 채이고야 말았사외다.

避할틈인줄 잇엇사오리까.
바워낼힘인들 잇엇사오리까.
그러나 바위에 눌려도 봄이되면
흙을떠들고 새움은 솟아오른다하더이다.
썩여진 가지에서도 제철이 돌아오년
새봉울이 부풀어오른다하더이다.

눌리면눌릴수록 썩이우면썩이울수록
바워낼 힘은 더욱 영글어지는것
살이 갈래갈래 찢어지면서도
숨결 드높게 한울을 마시며 脈搏을 키우던 東方의處女외다.

黎明을 안고 달음질치는
슬기에 빗나는 이땅의 모든젊은이여……
그대들은 더운太陽을 드쉬며
아름다운 노래의 饗宴을 베풀어줄……

波濤치는 情熱의 바다에 솟다발을 쑤리며
아침이 써오르는 내가슴으로 勇敢하게들 쒸어드소서.
蒼月을 쏘아 썰어트릴 돌활을 억개에 메고
한달음에 내달아 勇敢하게들 쒸어드소서.

오랜受難에 다지고 다져진가슴이외다.
그대들을 기쁨으로 맞고자
우렁차게 노래부르며 한장두장 쩨어갈
새날의카렌다를 앞가슴에 걸친 나는 東方의處女외다.

아름다운아들쌀을 낳을 東方의處女외다.
빛나는 웃음속에 새날의 어머니가 될 東方의處女외다.
―『조선문예』, 1929. 6.

大道上으로!

밤은 새엿네 지리하던 겨을ㅅ밤은 새엿네.
聲帶가 찌저지지도록 자즈러지게 울든 닭의소리도 그친지 오래로세.
—동무여 보라! 새벽ㅅ빗 넘처흐르는 大都의 봄ㅅ빗을.
—동무여 들으라! 얽흐러저 웅얼거리는 새삶의交響樂을.

한 악아리에 집어삼키고 말드시 이쌍의低空에 도래陣을 치던 검은 쩨구름
ㅅ장은
얼마나 이쌍의 젊은가슴들을 썰게하엿는가 설레이게 하엿는가.
—동무여 나오라! 볏내업는 골방에들어 갓치워 뒤숭숭한 가슴을 태
우지 말고
—네 활개 펀듯! 굿게 닷친 쇠문을 쌔치고 大道上으로 쒸여나오라.

◇◇…쵤—쵤 흘러넘치는 봄 大都의 새벽ㅅ빗—
　　　웅얼웅얼 洪水처럼 구비치는 交響樂의 大合奏—
　　　동무여! 쒸여나오라 大道上으로!
　　　동무여! 쒸여나오라 大道上으로!

오오 동무여 바로 이쌔이로세.
우리의새삶의記錄에 굵은線을 그을쌔는 바로 이쌔이로세.
—鎔鑛爐의불ㅅ길처럼 젊은血球는 猛烈히 타올으지 안나?
—새삶에 急迫한 숨ㅅ결은 火心에 불 부튼 폭탄처럼 왼몸을 달구지
안나?

두 다리 번쩍 들어 텅! 굴으며 泰山巨嶽처럼 大地에 벗틔고 서서
젊음이 불쑥어리는 굵은 힘ㅅ줄 툭! 붉어진 무쇠의 한팔로
—東에서 西으로 잽싸게 내질으는 붉은 해ㅅ덩어리를 내갈길
—오오 그대들의 强猛한 날램을 보고 십구나 펄펄 쒸는 氣魄을 보
고 십구나.

◇◇…쵤—쵤 흘러넘치는 봄 大都의 새벽ㅅ빗—
　　　웅얼웅얼 洪水처럼 구비치는 交響樂의 大合奏—
　　　동무여! 쒸여나오라 大道上으로!
　　　동무여! 쒸여나오라 大道上으로!
　　(이짱의모든젊은이를불으며 1929년4월)
—『조선지광』, 1929. 6.

歸路

—내집에 도라올째까지—
—(우리는 오늘의矛盾을 깨물고 나아가야한다. 굿세게 오—즉 굿세게.
　　終幕을告하는 뭇강아지쩨의跋扈에 氣息을 움을트려서는 안된다.
　　그럴수록 쪽바로 눈을쓰고 무거운발을 굵게째여노하야한다)—

날이 맛도록 빗내도 못쏘이는 우중충한空氣속에서
굿게다친鐵門처럼 입담운채 피 도는 로쏟트가되여
巨大한怪物가튼 식컴한機械압헤 숨을 헐덕이며
모든精力과 에너—지를 잇는대로 바치는 우리는 오늘의 로역群이다.

하로의勞役을마치고 길—게 쏩는 싸이렌ㅅ소리에 몸을 툭툭 털며
倦怠에감긴몸들이 보를 터트리고 쏘다지는 洪水처럼
스르르열리는正門으로 쑤적쑤적 쏘다저 밀려나올째
검푸른한울에 반작이는 별들은 몬지안즌 街路樹에 찬쑴을 흘린다.

우리의一群 텃벅텃벅 훗훗한 저녁바람에묵어운발을 街頭로 째여노흘째
電燈輝煌하게 커진다.
白蛾의나래가튼 가벼운綺羅 흘러 써러지는 葡萄酒ㅅ빗 우슴—
沈鬱한가슴에 불배암 회호리치며 넉을 살러놋는다.

琉璃窓·色琉璃窓— 눈을 부시는 쇼—위인도의裝飾—
쏘치는 눈·눈. 흘으는香燼. 달음질치는 들쓴마음들—
아! 저, 虛氣진마음들—虛氣진마음들.
휘익 스치는 自動車의두줄 헤드·라이트에 담벼락을 부듯는 虛氣진마음들.

나젠 太陽을쌔앗기고 또 밤엔 妖艶한街頭의恍惚한色彩에 부닥치는
우리는 오늘의로역群! 보아라. 우리의氣息은 鎔鑛爐의불ㅅ길처럼
썰썰 타올으나니—
캄캄한골목 굽으러진 긴 골목ㅅ길을 성큼
가난한家族들 잡바지는 벽을依支하야 찬밥덩이하나로 돌아옴을 고대고대
기다리는 이밤—

오오 굿세라. 우리의미듬은 크다. 든든하다 바위라도 쌔물어야한다.
쌈내나는저고리 기름배인바지—그리고 더운呼吸·呼吸—
이것은 우리의榮譽! 여긔 결움과나아감은 커가고 억차지나니
씩씩하게 나아가서 씩씩하게 도라오자 긋까지 긋까지—성난즘생의
發惡가튼 싸이렌을 軍號로! 軍號로!
  　　(1929년)
—『조선지광』, 1929. 9.

暴馳時代

기름진 살내를풍기며 뭇숫캐 곱고 분칠한 암캉아지쌔를 실코
一九二九年代의 自動車의行列은
뒤쑹뒤쑹 기우러가는 焦燥한舞臺面을 暴馳한다.
살가티 살가티 萬丈의紅塵을 氣勢조케닐으키며

地上에 노힌 怪常한羅列—
캐짝을聯想케하는 巨大한쎌딩·쎌딩—흔들리는 쎌딩—콩크리트로 굿게 다
저노흔밋바닥—써저가는 밋바닥!
刻刻으로 角度의差가 벌어가는 쎌딩의羅列은 가가스로 發惡을한다.

地上에 흘으는 후더분한 薰氣에
이代의씃子孫—철업는 머슴애 게집아이들의 날리는 넥타이씃 펄럭어리는
스카트ㅅ자락—
여물도덜한 살쌔들이 연붉은享樂에 휘감겨 病든林檎처럼 妖邪로운 紅爐에
비릿한靑春을 무덤으로 씌으는구나!

火星과의通信을計劃함은 文明人의지나친敏馳
—晴이냐? 雨냐? 氣象臺우에 놉히쇼친 펄럭이는 旗폭을 보라!
그리고 귀를기우려 時刻으로 몸부림하는 라듸오의 放送을 들으라!
—오늘은 뒤덥흘 暴風雨의前夜인것을—

大都의 큰길을 가로—세로 暴馳하는 自動車의威勢—
허덕이는 쎌딩의羅列 그리고 骸骨에 피 冷却하여가는 이代의씃子孫—文明
人의쌀·아들—

오오 이世紀의 맨밋層에서 鬱憤을 집어삼키고 어둠을 파나아가는
푸로레타리아의 줄긔찬進出은 風雨를몰아 내질으고잇다.

烽火! 烽火! 휘날리는旗폭알에 勇壯한奏樂!
첫벅첫벅 굵은발ㅅ자욱 갓가워―갓가워올째―
그러타. 오늘은 가장燦爛한文明한都市 最高記錄을지어노흔 自動車의 全盛
暴馳時代.
그러면서 마지막 輓歌를 읍조리는 무덤쌋는 最終夜.

보아라! 最高速度로 疾走하여 다닥친 自動車의暴馳時代.
이는 그들의最終夜― 一九二九年代의斷岸!
오오 오늘은 뒤덥흘 暴風雨의前夜―
그러면서 凱歌를 高唱할 새날創造의 첫 새벽―.
    (1929년)
―『조선지광』, 1929. 11.

昇天하는旭日을가슴에안흐려

누리를 싸더픈 검은짓을 찌저허트리며 昇天하는旭日을 가슴에 안흐려
새벽 빗 구을러가는 레—루우흐로 이걸음은 나아가노라

機關車의火桶처럼 들씰른 더운 이 가슴은
새벽 바람을 휘몰아 昇天하는 旭日을 안흐려
벌거숭이 알몸으로 急한숨ㅅ결을 드내며 다름질 치노라
깁흔골 잠자는바다엔 아직도 검은빗 잠겨 잇고
노픈 봉오리에 비 무든 실 안개 풀어저 돌아갈째
昇天하는 旭日을 안흐려 누구보다 몬저 다름질 치노라.

오오 소사올으는 太陽의 피ㅅ빗이 누리를 물 들일째
노픈달말웅이에 가슴을 열어 새목숨을 바더 들이고저
새벽 바람에 붉은 숨ㅅ결을 안ㅅ고 나는 다름질 치노라.
　　　(舊稿 1927년5월作)
—『조선시단』, 1929. 12.

魔女의노래

당신들은 우리를 魔女라불으나이다.
산아이의가슴에서 산아이의가슴으로
그들의 붉은피를 쌜고, 새파란 젊음을줌물러놋는
어엽분餓鬼, 미여운魔女라불으나이다.

우리의우슴을 마실째 당신들의 靑春은 들고
불붓는 입술이 당신들의 입술에 부드칠째
그리고 白魚가튼 흰팔이 알콜에 저진몸둥이를 휘감을째
당신들의 쎄와 살점은 짓물려 녹아난다하옵니다.

오오 그리하야 우리를 사람먹는魔女라불으는 당신들이여!
우리의街里를 지날째 눈살을 찝흐리는당신들이여!
우리는 참으로 魔女외다. 魔女외다. 미여운魔女외다.
미친 우슴치며 산아이를 먹는魔女외다.

하나 여보시요 당신들은 쌘쌘도 하구려!
하하 누가 우리를 이러틋 미여운구렁에 미러썰어 트렷기에?
참으로 당신들은 사람을 먹는 凶物이외다.
더구나 魔女라는 우리를 먹는 무서운餓鬼외다. 魔男이외다.

우리의 입술을 쓰더먹고 우리의 살을할터먹고
우리의붉은心臟을 쌔여먹고 우리의더운숨ㅅ긔를 쌉아먹고
그리고도 不足하여 우리를 魔女라불으는 당신들의 쌘쌘함이여!
오오 우리는 우리의몸을 불살러 당신들의 거리를 불질으려나이다.

가장 貴엽다는 목숨보다도 더貴한 보배까지를 바친
그리하야 모—든것을 쌔앗긴 우리는 아모것도 가진것업소이다.
오즉 송장ㅅ국가튼 차고 쓰린 눈물이담긴 한덩이裸體쑨이외다.
이것을 唯一한武器로 불을부처 당신들의 거리를 征服하려는것이외다.
—『조선시단』, 1930. 1.

愛頌

一勞人의사랑은 이러케 成長하는中에
압흐로 오고오는 새해를 祝祈하는것이다

가난에서 가난으로 十年을 하루가티 살어온 나의안해—
나날이 허덕이는 매말은 苦生사리에
굼주리긴들 여북하엿스며 썰긴들 오작하엿스랴만
사나운 낫을 한번도 보혀줌이 업는 맘깁흔 안해—
그는 오즉 하나인 든든한동무—지친 목숨에 물을 주는 나의 希望 光明 그
리고 힘!
하루의 勞役을 마치고 저녁늦게 돌아옴을 보드러운 우슴으로마저주는구나

이러케 나를 마저줌이 몃千 저녁을 되푸리하엿든가
낡어 썰어진 무명홋저고리나마 겹겹이 써입은 나의안해—
서리人바람 살人점을 어이는 저녁 발소리듯고 선듯 돌아서
찬물 만지든 언손을 살작 두허리춤에 감추고 마저줄째
오오 불그레—닉은 두볼 玲瓏함이 쒸는 맑은 눈人동자
거긔에 미덤성잇는 상양스러운 우슴 얼마나 마음을 붓잡어줌이 컷든가

나이 벌서 설흔에 갓가운지라 낫설음을 가질째도 지나엿건만
언제난 수접은 새아씨 마음이라 말업시 알뜰함만 비치여주는 것이—
『아! 인제야 오시는게요 여북이나 고단한 몸이 썰으섯겟수
검불이나마 화로에 무더 노핫스니 어서 들어가 몸을 녹이시게유』
이러한 안해의 마음에 쓰인 붉은사랑의 波動은 낡고도 남으리!
『어—칩소 내대신 해들이오리다』—마음의 眞情을 굵은 한마듸로 대답하는
밋몰을 感激이여!

하루의 勞役에 四肢가 바스러지는 애림을 안人고 돌아온 몸이엿만
안해의 感激에 몰으게 숙으러지는 마음! 어이! 홀로 수이고십흐리!

써러진 누덕이나 보채는 어린것을 일으켜 덩실 안스고
찬조밥덩이나마 안처 노흔 부엌에 불을 집히노라면
설이엿든 하루ㅅ동안의 울울한 不平은 감웃업시 살아지나니
이리하야 단촐한 식구는 하루에 한번 어설픈밥상이나 다소롭게 對하는것
이옵네

이러케 저녁을 마친후 가느단 자장소래에 어린아들 살풋한 잠들면
희미한 사긔등잔 알에 밤 이슥도록 굵은 안해의 바눌ㅅ길은
아기의 썰어진 누덕이 그리고 구멍난 나의 양말쪽을 메우기에
고단한 잠을 암으려 보지 못하고 온―정성이 매저지는것이네
수고로움에 지친 내몸이 몃번이나 잠들엇다 펏듯 쌔엿든가
그쌔 족족 바늘솔 달리는 안해의 정성스러움이 환하게 방 허공에 뚜렷하
엿섯네

오오 一心赤誠이 가추모여진 그손! 둑겁이처럼 부푸러저 거치러진 안해의
손ㅅ등!
가만히 쥐일 쌔!―무거웁게 숙어지는 나의머리 곱게 치여드는 안해의 얼굴!
오즉 방안은 千年가티 고요함에 잠겨진듯
다못 平和스런 어린아들 숨ㅅ결을 타고 쉴새업시 놉게쎗는 피방아만이
쌔르게 두血管을 通하야 흘러가고 흘러올쑨―
얼마나 안해의 玲瓏한 눈ㅅ동자는 숙으린 나의머리에 불붓는 情緖를 쏘다
트렷든가

이러틋 두젊은가슴은 말업는 붉은 約束을 주고바들쌔
사랑은 눈물로 感激으로 더운 靑春을 적시우고 쏘 불살려놋나니
두사랑이 한덩치로 불부터 올을쌔

猛烈히 龍트름 하여 닐어스는 꼿꼿한 한개 더운기둥!
여긔서 우리는 휘둘리는 온갖 苦焦를 태어 녹혀버리고
그리고는 오고오는 밝는날의 새希望 새光明을 캐어나가는것이옵네

일터에 나가 쓰라린 활죡을 밧고 돌아드는 나의 어지러운 傷착이를
이러케 안해의사랑은 十年을 하루가티 만저주고 나서주어 나의가슴에 새
勇氣를 심어주는것이옵네
지는太陽 다시도다올으는 줄긔찬 勇氣로 새벽을마저 나아가는 굿세인깃븜
을 심어주는것이옵네
이리하야 날로 달로 커가는 우리의 사랑엔―젊은生涯엔
봄이든겨을이든 언제든지 환―한 太陽이 켜잇는것이옵네
그리고 줄긔찬 希望과光明이 넘처흘으는것이옵네

오오 가난속에 빗나고 힘배인 아름다운 우리의젊은生涯여!
쏘해가 밧고 이네 이해는가고 다시오는 새로운해는 우리의 압헤 열리옵네
안해여! 어두움이 거치고 훼영창한 새날이솟는새아츰을 더한層 굿세인約
束으로 맛사이다
그리하야 우리의 쓴힘업는 줄긔찬 生涯에 커가는 希望의아들 光明의 아들
을爲하야―
우리의 커가는사랑속에 무럭무럭자라는 슬긔로운 적은피오닐의 압날을 爲
하야 큰黙願을 올리사이다
오오 지는太陽 다시 도다올으는 세찬勇氣도 새벽일터에 나아가는깃븜으
로! 더운呼吸으로!
        (1930년의새해를마즈며)
―『조선강단』, 1930. 1.

光明을캐는무리
─一九二九年이가고 一九三○年이오는새날의曉頭에서서

이날의 묵어운苦悶을안ㅅ고 메여지는 鬱憤을 씹어삼키는 모―든동무야.
저자에 흐터저 靑天의 白日을 흘기며 두메에 파무처 불타는가슴만을 줌우
르지마라.
어둠을 짝에고 光明을파낼 크나큰役事가 굵은脈의얽힌 우리들의 세찬 두
억개에 걸치엇나니

보아라. 한가지도 쏘렷한解決을 던저줌이 업시
묵어운沈澱만을 남기운채 텁텁한 구름ㅅ장만이 이쌍의低空에 흘으고잇슬
쑨─
다못 시원스럽지못하게 一九二九年! 이 해도 어느듯 幕을 닷지안느냐?

가는 이해에도 가장勇猛스럽게 압장을서 陣頭에 나섯든 동무를 멧치 나일
헛스며
曠漠한荒原을차저 애씀는눈물을 쑤리는 겨레를 北으로 北으로 멧萬이나
흘너보냇든가?
동무야 어이 白日만을咀呪하며 부서진 허파만을 치고 잇슬것이냐?

그나그쑨이냐? 쏘보아라 눈을 놉히 들어─
두러막은담ㅅ벼락, 陰酸한관장우에 쇠창살을 거처 다못 손ㅅ바닥갓
흔 쏘각한울에 焦燥한가슴을 업눌으며 줄곳, 이遠大한 氣息을 흘너
보내는 그들은 쏘 두해ㅅ제 썰어지게 되는구나!

그러나 동무들아 밋자, 우리의가슴에 덩치깁히 심어잇는 큰쯧을—
그리고 一九二九年이 가버린다고 우리의世紀가 終幕을 것는 것은 아니라
는것을.
오! 압흐로도 멧世紀를두고 이대로 다툴것이다. 여긔 우리의 움즉임은 짜
지고 걸음은 억차지는것이다.

그러타. 보아라. 눌니고, 채이고, 밟히는 이날의 허덕임.
工場에서, 農村에서, 路頭에서 나날이 迫急하는 모지락한 길—
이것이 將次 력사를짜노흘 우리의 빗날이 줄긔찬 記錄일것이다.

光明을 캐는 무리!
그러타. 이날에 들어찬어둠을 파고 나아가는 우리는 光明을 캐는무리!
一九二九年이 거치고 一九三〇年이 온다. 줄긔찬 우리의進出은 어둠을 불
살우고 나아가야 한다. 光明을 캐기위하야—

오오 저자에 흐터저 두메에 파무처, 이날의 묵어운苦悶을 안ㅅ고 메어지
는鬱憤만을 씹어 삼키는 이쌍의 모—든 동무야.
一九三〇年은 온다. 一九三〇年은 온다. 光明을캐는 우리의압헤—
새로운氣息을 가다듬어—한집두집 우리의압헤 光明을 펼처줄 굿은約束을
던지고 달어나는 이밤의 行進에 맛춰나아가자.
—『조선지광』, 1930. 1.

나의詩는

푸른한울이 한장의조히라면? 나의생각은 맑은바람!
그리고 거긔 쓰히는 나의詩는? 웃는붉은해! 그리고 달과별.

넓은 쌍바닥이 펴노흔조히라면? 나의생각은 빗과熱! 쏘는香氣.

그리고 거긔 쓰히는 나의詩는?
돗는움! 피는쏫! 쏘는 고흔呼吸! 부드러운흡聲!

그러나 한울에 검은구름이 뒤덥는다면?
그째엔 나의생각은 회호리暴風!
그리고 쓰히는 나의詩는? 구름찟는 새쌝안 해ㅅ덩이!
쏘는 불붙은달. 살달린별.

쏘 쌍바닥에 검은그림자 얼신거린다면?
그째엔 나의생각은 활활붓는불! 씨르릉우든 칼날!
그리고 쓰히는 나의詩는? 성난波濤. 불쏫 쏘는地殼을 휩쓰는 불바다.
—『동아일보』, 1930. 2. 2

誓

一안해에게

1. 病妻 생각

안해! 나의가장사랑하는안해! 살이물러나고쎄가바스러진다할지라도
살자! 굿세게살자! 사는날까지는 악물고살자!
—하든안해! 오오 나의안해는 病들어누엇구나

그는 가난에서낫고 가난에서 자라든
외어미의 아들업는 외로운 딸자식!
나이 스물에 시집을와서
어린남편쌀하 또 가난사리 십년에 병들어누엇구나

남의百아들 千쌀보다 더—귀한혈육이엇만
가난은 모질어 사나워—
한갈래 어버이의사랑까지도 쌔앗긴
오오 그는病들기까지에 얼마나 쓴눈물을씹엇드냐?

가난한살림이라 어제는故鄕 오늘은他關으로
품팔곳을차저 이리로저리로 허매일째
고된두몸이 한숨찬주먹을몃번이나 밥床우에 맹서하얏드냐?
울분한가슴을 눌러갈어안치며 붓ㅅ안고 썰엇드냐?

굼주린몸이나 그대의붉은우슴—
일터로내닷는 나의가슴에 삶의勇氣를물ㅅ결놉게하얏거든!
굿세게살자든그대여! 웨病들어누엇느냐?
아하 가난은健康을쌔아서가고 쏘 勇氣까지를짓밟는구나

2. 더운 抱擁

어! 破壞다. 모든것을쌔치고 나서야 한다

녀름날 무더운火藥庫처럼 가슴에 불ㅅ길은 터지려는구나!
『그러나 여보서요 마음을 문흐지 마세요』
病床에누은안해! 파리한팔이 나의손을 꼭 쥐이며 부탁하는말—

『그릇함업시나아갑시다 우리의길을 다지기위하야—
 오늘을 굿세게살립시다 래일을 힘차게 빗내기위하야—
 오! 나의몸 병들어누엇스나 당신을밋는마음 더욱든든하외다
 다침업시 나아가주소서 나를 사랑하심으로—크신사랑으로!』

오! 바르르 썰리는 안해의손ㅅ길—
놉히쉬는가슴 더웁게쏫는입김—
그리고 상긔하야 불타는얼굴 퍼엉긴 눈ㅅ동자—
『안해여! 미드라』 덥숙안허 대답을대신한 더운抱擁

오오 이瞬間의 더운抱擁이여!
感激에서솟는 펄펄씰른사랑
악물은言約피ㅅ대를내질으는 두젊음의氣息!
두가슴을 벅차게하는 젊음의뭉치
오! 압날을 永遠히約束하는 瞬間의더운抱擁이여!

오! 안해여! 이瞬間의抱擁을 닛지마라
地球라도녹일 더운젊음을
우리는 다시어덧나니
가난에서 모든것을—그리고 健康까지를쌔앗긴 우리의 밟어온 이길을
쌔치고나아가자 勇氣를살리기위하야 래일의健康을奪取하기위하야
      (안해의病床에서)
      —『동아일보』, 1930. 2. 5

228 김해강 전집

太陽을등진무리

볏내도못쏘이는 우중충한空氣속에서
 날이맛도록 입다문채 움즉이는 팔, 다리, 눈, 한결가티 돌아가는식컴은機
械처럼 움즉일쌴이다. 어제와가티 오늘도 쏘래일도 모레도……

巨大한怪物가튼 식컴은機械의돌아가는
싯그러운흡響속에서 젊은눈알들은 달음질친다.
산아이 게집아이—뭇젊음이 하나로얽혀
가슴속에쒸는 염통의씨약도 깁히무처버리는

오오 저들은 太陽을 등진무리—
낫은 볏내업는 우중충한 空氣속에서
밤은 찬 숨ㅅ결 흘르는 고닯흔꿈쪼각속에서
이러케 저들은 靑春을무더둔채 葬事를하는구나.

太陽이 地平線우으로솟아 地平線미트로 쌔질째까지
모든精力과에너지를 알쓸히 犧牲하면서
倦怠에 저진몸은 쉬일 밤까지 쩗어—
숨을 채 돌리도못하야 드새지안흔 새벽空氣를 뒤흔드는 길게쩗는싸이렌—

날카롭게 귀창을싸려 서리려는잠ㅅ결을 부서틀이는
猛獸의 씨저진聲帶의發惡가튼 싸이렌—
새벽바람에 고닯흠을 툭툭털며
호겁에 쯴 발ㅅ길이 허둥허둥 大地를 텅텅굴르는 저들의아츰.

하루ㅅ일에 쎄마듸마다 바슬어지는 애림을안ㅅ고
개풀가티 풀어진 묵어운몸ㅅ둥이를 이끄러 電燈ㅅ불 눈쓰기시작한 밤ㅅ거
리로 사라질째
찬밥덩이하나로 돌아옴을 기다리는 저들의밤.

오오 저들은 太陽을등진무리—
나즌 볏내업는 우중충한空氣ㅅ속에서
밤은 찬 숨ㅅ결 흘으는 고닯흔 꿈쏘각속에서
이러케 저들은 오늘의世紀에서 太陽을등저버렸구나!
    (나의詩『東方曙曲』集에서)
—『대중공론』, 1930. 3.

熱戀曲

―당신이 불러준 「戀春曲」에 和唱을 합니다

1.
여보오 도령!
산ㅅ비탈에 나무를 찍는 절믄도령이시여!
해쓰면 뫼에올라 해지면 돌아가는
늬는 뫼ㅅ사내로다 내어린가슴에 花火를 쏙려주는 뫼ㅅ사내로다

여보오 도령!
불에 달군 구리기둥가튼 팔둑과 다리엔
울퉁불퉁 주먹알이 오르나리고
大地를 버틔고 서서 하늘을 숨쉬는
늬는 뫼ㅅ사내로다 내어린情緒에 불씨를 무더주는 뫼ㅅ사내로다

모닥불 퍼붓는 한여름 된볏에도
휘파람 노피부는 한겨울의 칼바람에도
우통을 턱 버서부치고
독기자루를 틀어잡는
늬는 참으로 凜凜한丈夫로다 내사내로다

泰山巨嶽과가티 무다리 쑥 쌧자
팔뚝은 번쩍 鐵筋이 움직이는곳에
虛空에 번개를 그리며
팅! 아름드리 老樹를 찍어 넘기는 쓰거운 독기ㅅ날!
늬는 참으로 내사내로다 凜凜한丈夫로다

2.
여보오 도령!

산비탈에 나무를 찍는 도령이시여!
아침 저녁으로 늬 붉은몸둥이 산비탈에 번득임을볼째
산골짝 바위틈 흐르는 도랑물에 발을 담구고서
토당토당 물작란 하는체—
내어린가슴에 타오르는 숮봉오리 얼마나 사랑이 붉엇드뇨!

여보오 도령!
늬로 인해 내靑春의花園이 모두다 타버리겟거든!
늬 내가슴에 이는 괴로움을 언제까지나 모른척 하려는가
熱火에 쒸는 彈子와 가티
鐵壁과 갓튼 늬가슴에 다라나 내몸을 부뎃고두십구려

도령! 어이 하실테요?
난 외롭게 자라가는 이산ㅅ골處女라우
泰山이 밀어도 쑴쩍도 안흘
탁벌어진 늬두어쌔가 퍽이나 든든스럽구려!
늬 수리와가튼 힘진 날개를 펼처
덥쑥 늬 나를 안해삼찌 안흐련?

오오 사랑이 이다지도 괴로운것일까?
아침이 써오르려는 靑春의乳房!
그대여! 남몰래 직혀오든 노래의돌창을
늬를위하야 쌔트려 열어주노니
늬 내永遠한 절믄園丁이 되어
아름다운 쌀아들을 나흘 禁斷의太陽을 짜담아주시소
—『신조선』, 1930. 3.

白滅하는 肉의 洪水時代

밤이다. 밤! 밤! 歡樂의밤!
大都의변두리를 붉게 물드럿든 북새가사라지자—
燦爛한電光속으로 몰리는 쎄물ㅅ결. 사람의쎄물ㅅ결.
게집애들의奔放한우슴을 썰어트리고 달어나는 自動車·自動車……

地上을흘으는 夜氣에 풀럭풀럭 억개넘어로 풀럭어리는 넥타이들!
술이다. 게집이다. 자욱자욱 코를 쏘는强烈한粉香을 맛느냐?
肉色夜會服을 착 걸치고나슨 게집애들의 몸ㅅ둥아리를 쌀흐라!
가슴을 헤치고 술ㅅ병을 휘돌리며 萬丈의氣勢를 놉히는 사내의一輩.

눈을부시는 어지러운色彩. 귀를짜리는 시끄러운音響.
한폭두폭 쌀어안는 밤 안개에 고요히파무처 갈쌔
倦怠가 굽이치는 大都의깁흔 밤!
盡湯한 歡樂의世界는 佳境을 치닷는다.

妖艶한曲線을 虛空에 그리며
百燭電光이 輝煌하게 쏘아나리는
三層쎌딩 양탄자우에
벌어진 白蛾의춤! 白蛾의춤!

우루루몰렷다 우루루써러지는
다리·다리—다리의물ㅅ결. 횟청횟청횟청거리는 다리의물ㅅ결.
와라락 달겨들다 와라락 물너스는
허리·허리—허리의멜로듸. 날신날신 날신거리는 허리의멜로듸.

주린猛獸처럼 씩은거리는 알콜에 저즌 몸ㅅ둥이들
恍惚한光景에 醉하야 넉을 살울쌔
방싯. 앵도입술 터트리니 굴너쩌러지는 쇠ㅅ소리목청
더욱더—사내의 미친血球를 흔들어놋는眞珠알 우슴.

제비처럼 미쓰러저 쑤루루 달겨드는 白蛾의무리!
엣다. 바더라! 사랑의指標다. 덩실 내부듯는 豊艷한살ㅅ덤이.
白魚가튼 흰팔이 넌즛! 목을 걸어감ㅅ고 능청! 느러질쌔.
고기의粉香에 숨이막혀 확확 달어올으는 全身의痙攣·痙攣……

풀은술 출렁거리는 琉璃컵에 불붓는입술이 다흘쌔—
연한볼에 타올으는紅爐! 물 이슬 젓는 秋波!
쏘다진다. 키스·키스……퍼붓는다. 키스·키스……
오오 情慾의바다에 업질어진 마지막 絢爛한歡樂의場面이여!

重濁한香爐에 지처쩔어지는 疲勞한肉塊들!
슥! 綠色커—텐을 거더젯길쌔 내여다보히는 大都의蒼空!
소반우에 쌕려진 수만흔 짜이아몬드처럼
총총히 들여박인星座에선 쓴힘업는 神秘를 흘리고잇다.

오오 나는본다. 별 총총한蒼空을 이고 綠色커—텐이 펄럭어릴적마다
조으는듯 이밤을 守護하는 街路燈의엷은비츨避하야
캄캄한 골목 으슥한 담ㅅ벼락에 몸을부치고
아까부터 電光이輝煌한 三層쎌딍을 무서웁게 노리던 빗나는눈ㅅ동자—검

은그림자를.

오오 나는안다. 白滅하는百燭電球의 마즈막 타고잇슴을.
고닮흔 꿈쪼각에 휘감겨 굽이처흘으는 이밤의洪水를
永遠히 쓸어버리기위하야 불을 질러노흘! 그빗나는눈ㅅ동자―검은그림자
들―
오오 時代의주추를 運搬하는 이날의潛行隊여……
―『대조』, 1930. 4.

精進

우리는 노래불은다.
가슴을 헤치고 주먹을 휘저으며 同志를 노래불은다.
同志의精進을 노래불은다.

보아라. 우리의全身엔
멧十丈鐵壁이라도 녹일 더운피가 돌고잇다.
火桶처럼 급박하게 드쉬는 呼吸─
鎔鑛爐처럼 불ㅅ길을 내뿜는 가슴─
멧번이나 주먹을 들엇다 노핫드냐?
멧번이나 무쇠가튼鬱憤을 삼켯다 배아텃드냐?

우리는 오즉 한가지 일을 위하야 全生涯를 바첫슬쑨이다.
우리는 거칠은沙漠을橫行하는 猛獸와갓지안햇드냐?

우리의머리에 불이 나리고
우리의목우에×이 썰어저보라.
폭탄이라도 삼키고 딍굴기를 오히려 겁하지안커든─.

보아라. 우리는 칼날을밟고 굵은걸음으로 나아가는
그리하야 목숨을 한뜻으로 約束한 꿋꿋한 젊은同志들이다.

우리의氣息은 솟는해와 갓고
우리의나아감은 탕크와 갓나니
우리에겐 오즉 굿세임이 잇슬쑨이다.

굿세게 미듬으로 우리의 經綸은 커가고
굿세게 사랑함으로 우리의 約束은 구더가고
굿세게 나아감으로 우리의 步調는 세차지안느냐?

하나 둘 닐른다고 슬퍼하며,
西으로 東으로 풍기운다고 탄식하며
두번 세번 썩기운다고 도리킴이 잇드냐?
무론―
동지를 닐케될째 슬픔도 잇섯슬것이며
몸들이 풍기울째 탄식도 잇섯슬것이며
일이 썩기울째 沮傷도 되엿스리라.

하야―
굵은눈물도 삼켯스리라.
주먹으로 쌍도 첫스리라.
덜컥 가슴도 나려안젓스리라.

하지만―
그것은 刹那의 鬱憤한 情緖에 지나지못한다.

그럴수록―
드내는 숨ㅅ결은 더욱 더워지며
심은 뜻은 더욱 커가며
세우는 쇠는 더욱 영그러지는것이다.

그리하야—
나아갈쑨이다. 勇敢할쑨이다.
—거칠것 업는 탕크와 가티
—두릴것 업는 猛獸의 咆哮와 가티

이리하야 우리는 노래불은다.
가슴을 헤치고 주먹을 휘저으며 同志를 노래불은다.
同志의精進을 노래불은다.
　　　(1930년1월)
—『대조』, 1930. 5.

아아누나의얼굴다시볼수업쓸까

여봐요 우리누나—공장에간 우리누나가
좀 일은 작년이맘쌔—먼산에 눈도 녹기전 일은봄에요
몸단장 어엽부게—머리빗고 분칠하고 고흔옷닙고
화려한 서울—꼿서울로 돈벌러간다고
마을안 큰아기—다—큰큰아기들쎄에 묻어
자동차 타구요—줄줄이 타구요 호강스럽게 떠나더니만……

글세 여봐요 우리누나—공장에간 우리누나가
『누나! 달흔 큰아기들 다—가도 누나만 가지마우
나 누나—보구십으면 어쩌라구 간다구면 그리우』
자동차에 실린 누나의팔에 매달려 말성을 부릴쌔
『돈 만이가지고 곳 온단다 그래야 너도 공부를 해보지』
이러케 나의등을 다독거려 달래주고는 써나드니만……

아아 어찌 알엇겟서요 우리누나—공장에간 우리누나가
반년도 못되어—낫지도못할 병에 걸려 돌아올줄을
『이애야 어쩌자고 이러케 병들어왓느냐?
내가 병들어 눕고말지 너 알른 꼴을어찌 본단말이냐?』
이러케 늙은 어머니 누나의손을 붓들고 울부즈질쌔
말업시 다문입 힘업시 쓰는 누나의눈속 눈물이 핑 고엿드라우

하더니 이봐요 우리누나—공장에간 우리누나가
하루아츰 스러지는 이슬처럼 어버이품을 써나고말엇구려!
오늘도 내 진달래꼿을싸서 누나뫼에 쌕려줄쌔

어머닌 어푸러지신채 쌍을치며 우시는구려!
아아 누나의 탄 자동차—호강스럽게 쓰나든 그적이
아즉도 눈에 선—하것만—누나의얼굴 이젠 다시는 볼수업슬까요?
    (1930년두견이울든봄ㅅ밤)
—『별나라』, 1930. 6.

薰風에날리는五月의긔쭉

1.

푸른빗 좌―좌 흘으는 五月의한울에
薰風을 그득 실코 긔폭은 날린다 풀럭풀럭 시원스리 날린다.

南方의都會 C저자 北쪽 변두리로부터
五月의긔폭을 先頭로 저자의복판을 향하여
쎼뭉친 行列의데모가 시작된다. 규률잇게 시작된다.

더운뭉치의데모가 五月의太陽을 니고 시작될째
薰風에 실려 풀럭어리는 긔폭엔 歡喜가 구비친다.
굵은억개들이 물ㅅ결치는 쎼가슴속에도 승리의歡喜가 구비친다

2.

그러나 저자의半턱도 들어스지못하여 부닥치는충돌!
압장을 가로막는 ××隊 뭉치를 해치는 ××―

긔폭을쎼여라―先頭에 쇠자들엇든 긔폭이 쌍에썰어지자
어지러워지는 行列. 벌어지는 반항의육박전……
오오 닥치는대로 묵기우는 몸ㅅ둥이들―强弱이 부동이러냐?

묵그려거든 모주리 묵그라―주먹을 휘저으며
咆哮하는 街上의사자들. 두릴것이 무엘게냐?
赤道線에 타는 沙漠을 치닷는―熱氣에 타는心臟이어늘.

3.
어느덧 風雨가티 몰아닥치는 怪物—自動車에,
××운 몸들이 실려 悲壯한呼吸을 저자에 쑤리운다.

그러나 그들이 白放될쌔까지 규률잇는 항쟁은 계속되엿나니—
공장의 싸이렌은 그치고 S마을의 ×××는 습격이 되고
×××압 廣場엔 군중이 殺到하여 긔세를 도두지 안햇드냐?

푸른빗 좍—좍 흘으는 이江山 한울에
薰風에 날리는 五月의긔폭이 놉히 쇠치여
풀럭풀럭 세차게 풀러어릴쌔까지 世紀를 두고항쟁은 계속될것이다.
—『대조』, 1930. 7.

누나의 臨終

누나야.
그째가 벌서 저昨年의 일은봄이엿구나.
산ㅅ그늘엔 아즉도 눈이싸힌
연삽한바람에 버들눈 터지려는 일흔봄—
오오 自動車타고 華麗한都市로 돈벌러간다고
마을處子들 열 스물식 쩨로 실려써나든 그째가
그째가벌서 저昨年의일흔봄이엿구나!

아아 누나야.
너도 그째 열일곱이란나희에
곱게 머리빗고 분丹粧하고
늙은어머니 마을女人들의餞別을 바드면서
—(그 餞別이 눈물저즌餞別이엿드냐? 羨望하든餞別이엿드냐? 나는그째
너를써나보내는 늙은어머니의눈을 보앗거니와 나어린 마을處子들의 불
버움에못내 겨워하는눈물도 보앗든 것이다.)—
세상에 나온후 한번도 單五里밧글 못나가본숫색씨인 너엿거늘
너도 덩실 몸이실려 써나고말엇섯지야. 저—길게쌔든新作路우로—

누나야.
나는 지금도 닛치지안코잇단다.
반드를한 얼굴에 흉한우슴 그늘지는 出張員의 날카로운視線이
金色眼鏡을넘어 네의온몸을 우알으로 삿삿치씹어할째
不幸히나 落選될가 두근거리는가슴에
숫된 북그러움이 확확 달ㅅ던 그얼굴을

아아 누나야.
내 어이 니처지랴! 그째의 네얼굴이―
그리고 이상이도 玲瓏하여지는 두눈ㅅ동자에쓰인 天眞을. 켜진光彩를.
더욱이 적은가슴을 가만히눌러 숨을
내쉬든 그째의 조심스럽든 그沈着을―

누나야.
그째에 너의가슴은 얼마나 千萬里를 쒸고나리엿드냐?
몸이 긔게의노예가되여 팔리우는줄은 몰으고 天上의榮華나 싸게되는드시
되레 쌀을앗기는 어머님을 위로햇섯지야?
아아 피여나든 무지개꿈이 얼마나 길엇드냐? 果然 가는곳은 華麗한樂土
엿드냐?

아아 누나야.
工場! 工場! 볏발도 막힌 충충한空氣ㅅ속.
씰른 독안이ㅅ속가튼 후덕후덕한機械ㅅ간―
날에날, 밤에밤. 몸에 피가 말러가고 감독의눈ㅅ살이 무서워질째
얼마나 적은가슴이 문허젓드냐? 내살을 내손으로 쇠집엇드냐?

누나야.
나젠 쏩박 工場에서, 밤은 감방(긔숙사)에 들어갓처
파리한 날과밤을맛고지울째
눈을쓰면 눈압히 검은怪物. 눈을감으면 눈ㅅ속에도 검은怪物……
아―검은怪物압헤서 四時長天 손발을 움죽는몸이

잠ㅅ자리 선꿈에서도 손발을 움죽이는, 모진生涯가繼續될째에 멧번인들 긔함을첫겟느냐.

 아아 누나야.
 네가 써나갈째 어머님가슴에 쌔려들인
 달분한慰勞는 어데 가서 차저야 할거냐?
 이웃工場에서 苦悶의심장을쏘는 활촉이 날러들어오든날 밤—
 苦難의물ㅅ결에 한가지로덥처 싸워나가는
 동무들을모아 工場안 으슥한 모통이에서
 불붓는가슴을 울렁거리며 짜려부듯고 쒸처날 압일을 約束하든것이
 아! 火蓋를 젯기기전에 몸들이 새이는아츰으로 바로 ××우고 말엇섯드구
나!

 아아 누나야.
 마츰내 검은機械에 화를닙은몸이 우악한매다짐에 넉을 썰리고
 骨髓에까지 病이들어찬 半송쟝된 몸이되여 들것에 올려 鐵門 밧게 뇌엿슬
째 아—너는 다죽엇섯드니라.
 千里라 멀다안코 달려가신 어머님 얼마나 목노코 울으섯겟니?

 아아 누나야.
 그러케 맑은玲彩가 구을든 눈을 마즈막 감으려느냐?
 昏睡中에 싸진 넉을 이끌고 마지막 娑婆를등지려느냐?
 죽어서가는 너의肉體가 악갑지안흔것도 아니다만다못 가는것이 어찌 너하
나에 그치고말것이냐? 이뒤도 날을두고 계속될 것이다.

人類의 歷史가 슨허질쌔싸지는 너의령은 太陽가티 빗나고잇슬것이니
가거라. 모든未練을 怨抑에부칠것업시 온전히가거라.

누나야.
都市에 農土에 明日을기다리는 수백만의녀성이잇다.
네가 쑤리고가는 더운呼吸은 그들의가슴에 회호리바람으로
날릴쌔가 올것이다 오오 적은先驅에!
明日을運轉하여가는 젊은呼吸우에 고요히 쉬이다.
明日을運轉하여가는 젊은呼吸우에 고요히쉬이라.
　　　(1930년6월改稿)
—『대중공론』, 1930. 7.

歸心

聰아.
너를 보지못한지 벌서 열두해로구나!
네몸이 나서 아즉 젓도 썰어지기 전, 넷가지에서
물이 올으던 봄, 서울복판에
새로운音響이 터저 十年의沈黙을 깨우처울리든그봄!

聰아.
지금쯤은 너도 네어머니로부터
들어서 알리라만은 그봄! 새로운音響이 울리든 그봄!
진ㅅ머리에 나섯든 어른들과 젊은몸들이
못으로 묵겨가든그째에 새론쯧을 품ㅅ고 나는그짱을 버서낫섯노라.

聰아.
구즌비 축축이 나리던 깁흔밤, 으슥한 좁은골목
두근거리는가슴을 업눌으며 담ㅅ벼락에 밧작부터
네어머니께 뒤ㅅ일을 부탁하고, 마즈막情을 나눌째
너는 그째에 어머니품에 안ㅅ겨 젓꼭지를 문채 고요한잠에 들엇더니라.

聰아.
그적이 생각하면 어제와도 갓다만, 싸지니 벌서 열두해로구나!
네몸이 성실하게 자랏다면 올에가 열세살.
만히도 컷겟구나! 철도 낫겟구나!
아비생각도 하겟구나! 어머니세음도 돕겟구나!

聰아.
째로는, 돌아가 네 손을 쥐여도 보구십흔마음 안솟는것도 아니다.
너댓날식 침식을엇지못하고 몸이 병들어 쓸어질째면
가슴도 치며, 한숨도 짓는가운데 돌아갈마음 산과도 갓더구나!
더구나 서리찬 새벽 북만의찬달알에 울고가는 기럭이소리를 들을적이랴!

聰아.
어제는 로령 오늘은 만주. 다함업는 낫과밤을 지우고 새울째.
문허진 가슴을치고, 더운 탄식을 내쏩긴들 열백번에 그칠거냐?
더구나 일을 썩기고, 동무는 쌔앗길째,
가업는 曠漠한荒原에 쓴일흔 외로운그림자가 지터가는黃昏에 싸일째이랴!

聰아.
그러나 그것들은 흐릿한, 한째에 어지러윗든 情緖에,
지나지못하는것이다. 그러케 연약한 情緖에 붓잡힐 내이냐.
내 쎠—마듸마듸가 썩기고, 내살 갈래갈래로 씨저저보아라.
가슴에서 골수까지 쌧질은 한개의 고든 기둥이야 까쌕이나 할게냐?

聰아.
살을 싹거내는듯, 눈보라에 냅다치워 길을넘는눈ㅅ구렁에 파무치면서두,
간을 삶어내는듯, 씨는더위에 컥컥 쓸어저 답답한가슴을 팍팍 긁으면서두
바드득바드득 혀를쌔물고, 두주먹 발발 썰며,
닐어스든 나이다. 죽엄으로 위협한단들 더운쏫이야 녹일줄 잇겟늬?

聰아.
그쁜아니다. 내 억개와 팔, 그리고 허벅지와 정강이에
보기흉한 숭(허물)이 열ㅅ간데는 더되리라.
선득한 칼날에 피흘으는 억개를 동여매고 동무를 구할째,
총알에 느러진다리를 질질끌고, 달음질 칠째 아! 내심장이 얼마나 날쒸엿겟늬?

聰아.
압흐로도 피가 식고, 살이 구더지는날까지,
밟어온길을 되밟는가운데 더운 투쟁燹는 싸질것이다.
어이 一秒一刻인들 마음에 빈틈을 둘가부냐.
가슴을 베여서라도 맹서하리라. 아비의쯧을 닛어 다오.

聰아.
미리부탁이다마는 언젠들 내몸은 돌아가지못하리라.
내목숨이 끈킨단들 무칠쌍인들 긔약할거냐?
하지만 마음만은 돌아가리라. 네가슴에, 조국백성의가슴에,
씩씩하게 잘자라 아비의쯧을 닛는자식이 되여다오. 되여다오.

聰아.
오오 너를보지못한지 벌서 열두해로구나!
열두해 나는동안 너의곳도 만히는 변햇겟지.
오오 ××가의자식은××가가 되느니라.
아비일을 마음으로 비는가운데,
씩씩하게 잘자라 잘자라 쯧을닛는자식이 되여다오. 되어다오.
　　(1930년作)
—『대조』, 1930. 8.

六月의 萬頃江畔

六月의불벼티 이글이글 타는 萬頃江ㅅ가모래ㅅ벌엔
數千의女人들 四肢를썻고누어 熱風을쐬이고잇다네.

찌저진 日傘알에 벌거케 구비치는 血潮와脈搏—
江ㅅ바람에 스치는 쌈ㅅ방울! 乳房을싸리고는 사라지는 쌈ㅅ방울!

오오 三百에예순날 疲勞에 찌고저저 바슬린몸들을
여름에도하루 强烈한太陽에醉하야 다스리는것이라네.

溫泉場, 海水浴場, 지튼그늘, 뚝뚝듯는 山사이 藥水터—
이는모두 달쓴남녀의그림자들—한철享樂을차저 달분한世界를 쑤미는 樂天地.

그리고 不純한情緖에 捕虜가되어 靑春을휘감ㅅ고 넘어지는
달쓴男女의그림자들—한철享樂을차저 비릿한愛慾을 배앗는幻滅境.

하지만 萬頃江, 萬頃江! 六月의萬頃江! 萬頃江불모래ㅅ江邊은 더운呼吸
印처지는 우리ㅅ女人의自由境.
疲勞한肉體를이쓰러 불볏 쏘다지는六月炎天에 熱風을마시는 우리의女人들
의가슴—얼마나 절믄音響이 찻슬거냐.

어머니무릅우에 더운모래를 긁어올리는 어린벍어숭이들—
日傘밋헤 女人들의붉은우슴 무르녹는데, 하늘엔太陽의우슴 무르익는다네.

여름ㅅ바람 그득실코 흘러가는듯대, 절믄沙工의노래 퍼어질쌔
퍼어지는 한가한노래는 熱風에취한女人들의눈쑥경을 사르르 짜려준다네.

오오이러케 數千의女人들 모래우에 四肢를쌧고누어 熱風을쐬이는
六月의불ㅅ볏치 이글이글타는 萬頃江ㅅ가엔 해마다 더운呼吸이 쑤려진다네.
—『음악과시』, 1930. 8.

해돗는 北方의 荒原

해돗는 北方의荒原에
압흐로도 十年 百年 壯烈한 날과밤이 지고 새일쌔,
무서운, 불마즌마음들이 새날을 억개에지고싸우리라.

이곳은 北滿! 아득한 벌판.
쯧닐흔 젊은이들 부서진 허파를 안ㅅ고
옷깃을 헷쳐, 大陸ㅅ바람에
더운鬱憤을 식히는, 沈痛한北方의荒原.

보아라. 가업는벌판에 해는 돗고지고—
가슴열어 고함칠쌔 누구라 젊은氣魂을 썩글것이냐?
오! 불마즌 猛獸의우리! 구러허덕대여
나가 썰어지는곳은 거칠것업는 曠漠한荒原이러냐?

두다리 버틔고 멀리 南쪽 地平線에 걸친,
무거운 구름ㅅ장을 노리는 무서운 눈눈……
더운불길이 全身에 불 붓터올을쌔
急迫한 숨ㅅ결은 얼마나 沈壯한불씨를 쏘닷더냐?

緊張한마음을 한째도 늣구지 안코 쏘대든몸들이
疲勞에저즌 무거운다리가 地殼을 터벅어릴쌔,
한발두발 싸이는黃昏에 파무처가는 붓칠곳업는 그림자들—
아아 밤荒原에 번드시 누어, 蒼空을 벌럭어리며 얼마나 먼—쯧을 키윗드
냐?

총알을避하야 猛烈한 눈보라를 무릅쓰고
내달리든몸이 훼영창 달밝은 눈벌판에 호를로 썰어저
곱게도 물들여진 피흘린 눈쎄미들 헤치고 무들째
『누구야?』피스톨을겨누고   덤비는同志의등에업히울째의   놀램과한가지로
썰리는 感激!

풀숩헤 파무친 으슥한 움ㅅ속에서 밤을 새우며
밝는날에 할일을 새임업시 짜고 쑤미든
몸들이 그밤이 새기도전에 풍기고 ××혀갈째,
바위가 쌕애진듯한 허탄—폭탄을 삼킨듯한터지는분로!

오오 이러틋 불마즌마음들의 情緖를 가슴에언ㅅ고,
길—이 거칠은大陸ㅅ바람에 커가는 曠漠한萬里의荒原.
압흐로도 十年百年 壯烈한 날과밤이 지고새리라.
압흐로 十年百年 壯烈한 날과밤이 지고새리라.

보아라. 붉은노을이 黃昏의荒原을 물들일째,
멀—리 南쪽 地平線에 걸친 무거운구름ㅅ장을 태울듯이 노리는
무서운 불마즌마음들이 새날을 억개에 지고 싸우리라.
무서운 불마즌마음들이 새날을 억개에 지고, 싸우리라.

해돗는 北方의荒原에
압흐로도 十年百年, 壯烈한 날과밤이 지고 새일째
무서운 불마즌마음들이 새날을 억개에지고싸우리라.
    (1930년作)
—『대중공론』, 1930. 9.

눈

눈은 펑펑 내리웁는데
좁은 산길 눈 쌓이면요,
우리 언니 학교 간 언니
돌아올 때 발 묻히겠네.

눈은 펑펑 내리웁는데
돌아올 때 여북 추울까?
돌다리에 드북 쎈 눈을
다 쓸어도 언닌 안 오네.
—1930.

變節者여! 가라
―變節者인 남편에게 주는 투사인 젊은 안해의 絶緣狀

당신은 우리에게 무어라 일러주엇읍니까?
―우리에게 승리가 오는 날까지
―긔차게 싸워가자. 물러나지 말자.

당신은 그뒤 쏘 무어라 말슴햇읍니까?
―일천팔백의 무리가 한 덩이로 넘어질지언정
―뜻을 꺾지 말자. 변절을 말자.

그리고 그날밤 나에게 무어라 속삭엿습니까?
―그대는 나의 안해라기보다 든든한 우리의 동지다
―용감하라. 끝장 용감함으로 변절을 말자. 일을 비뚤임이 없게 하자.

이러틋 우리의 가슴에 더운 호흡을 묻어주고
이러틋 연약한 나의 팔에 굵은 맥박을 뛰게 하든
당신은 훌륭한 나의 남편이요, 총명한 우리의 리―더―엿읍니다.

하거늘. 여보! 당신의 커단 머리가,
맨 먼첨 숙으러진다는 것은 무엇이오?
몟놈의 꼬임에 들어 뜻을 꺾고 물러서다니 무슨 낯짝이란 말이오?

지금 일천팔백의 무리는
다섯날째 먹지를 못하고
사장에 날뛰는 맹수처럼 버티고 포효하는 것을―보지 못하오?

더럽소! 제 몇놈의 뱃장을 채우기 위하야
동지를 팔고, 의리를 버리고,
일천팔백의 가슴에서 떠나는 당신은 증오할 변절자외다. 타기할 비겁자
외다.

가오. 좋게 가오.
몇놈의변절자를 내엇다구 우리일에 부끄릴것은 업소.
더욱 더— 아구 찰 우리의 어깨는 ××가 떨구엇슬 뿐이오.

—긔차게 싸워나가자. 물러나지 말자.(?)
—뜻을 꺾지 말자. 변절을 말자.(?)
—용감하라. 끝장 용감함으로 변절을 말자. 일에 비뚤임이 업게 하자.(?)

흥! 어제날 서슬이 파라튼 긔염은 부서진 몇쪽의 파리한 해골이엇드냐?
쳇! 무릅 꿇고, 목을 느리는 비겁한 자여! 변절자여!
이 밤에 지는 달과 같이, 남편이란 두 글자를 당신의 어깨에 걸처 주노니
잘 지니고 갑소.
        (1931년1월)
—『동광』, 1931. 3.

黃波萬頃에 익어가는 가을

前章
黃波萬頃 넓은 들에 가을은 익어 간다.
굼실굼실 니는 벼이삭들—
좍—퍼진 엷은 볕에, 살랑어리는 바람을 따러,
마음을 그득히 채워 주는 香氣—
시원스리 이슬을 적시운다.

오고가는 길손들
벼이삭 넘어로 나타낫다 파무첫다……
우여—우여—새 쫓는 아이, 여기 저기서 드문거릴제
포록포록 날개를 치는 참새 떼
또한 어느 곧에 자최를 감추엇는고!

멀리 갓을 두룬 지튼남빗 산들은,
조으는 듯 이삭 끝에 가물거리는데,
띄끌 한 점 뜨지 않은 맑은하눌에,
해도 이삭 香氣에 醉해 버렷나?
펄석 땅 위에 주저앉는 마음
그대로 길이 가을 香氣에 파묻히고 싶구나!

드문드문 키 큰 白楊은
가을을 불러 한닙 두닙 물들여젓는데
그 밑을 지나는 발 벗은 마을색씨
옆에 낀 광주리엔 무슨 풋곡식 담겻노?

매에 나가 풀 버혀 돌아오는,
아버니 풀짐우엔 산과일이 얹엇구나!

黃金물결 萬頃으로 니는
이들을 바라고, 뉘 아니 가슴 툭 열리리.
발벗은 이네 兄弟들이 끝없이 情들여 지은,
탐탁한마음을 뉘 아니 느끼리!
길이 一生을 더저라도 이 한 때의
참된 法悅에 목숨을 적시우고 싶거든―

後章
하것만 하것만
참혹하게도 부서지는 허파를 어이 할손가.
이삭에 멈춘 香氣를 짓밟는 者는 누구며,
참된 法悅을 훑어 가는 者는 누구이냐?
千頃萬頃을, 뼈를 끊어 일궈 놓고도,
벼알 하나를 마음대로 건드려나 보든가?

黃波萬頃 넓은들에 굼실굼실 니는 벼이삭 香氣에,
瞳子만이 醉하여 하늘을 안을듯
기쁨은 呼吸을 배 불리것만두,
모지락스럽구나! 기쁨을 쓰슨듯 앗이우고 마는,
꺼지는 허파만을 주무르는 한 가락 咀呪만이
그득 火心을 다루는 것을―

雪寒三冬 긴긴밤을, 바라서 끝없는 눈 덮인 벌판에
한숨짓고 눈물 삼키이면서두
그래도 봄 오기를 손 발 비벼 축수하든 마음,
주린 살뼈에서 피땀을 뽑아 가을의香氣 일궈놓앗것만,
아숩다. 그네는 如前히 기쁨에 주리지 않는가?

오오 가을들을 지나는 이여! 無心히 이삭 香氣에 醉틀 말지어다.
가을의 기쁨이 우리의 손바닥에 놓일 때까지,
행여 마음을 느추지 말지어다.
가을의 복판을 두동강에 내여,
목이 무처진 쓰라린 戰蹟을 캐어 볼지어다.

오오 黃波萬頃 넓은들에 가을은 닉어간다.
고요히 千年의 沈默을 싸앟고,
녜나 다름없이 가을은 닉어간다.
가을을 저다놓은 모든사람들아
黃稻를 헤치고 들어서 두손 가슴에 얹고
沈長한 생각에 불을 그으라.
—『동광』, 1931. 10.

千九百三十二年

一새해마지의 크나큰 정성으로 이詩를
이땅의 모든 젊은이들의 앞에 보낸다.

새로운 經綸 아레 뜨거운 氣息으로
우리의앞에 벌려질, 가장 무거웁고 두렵은 큰 일들을
千斤같은 주먹우에 올려놓고 約束하던 千九百三十一年은
또다시 분격에 찬 젊은가슴들우에 더운 烙印을 찍어두고, 가버리는구나.

해마다 ×앗기는 이땅의 젊은이들—
가장 勇敢스러운 동무를 가는해에 또몇이나 잃엇드냐?
그러나 슬퍼치는 말자. 氣息없는 嘆息은 한낮불타버린 찬 재일뿐이다.
닥치는 悲運! 그것까지도 우리는 하나 더—쌓아올리는 섬ㅅ돌로 알고 나가자.

世紀를 바로 잡으려는 굳세인 마음들—
꺾이고 꺾인들 자루 박힌 뜻이야 흔들릴 거냐?
千九百三十二年의 새해를 맞는 이마음은
熔鐵같은 熱意에 다시금 가슴이 두근거리는것을.

이땅의 모든동무야 빛나는 밝음을 쌓아올리기 위하야
萬里의 荒原을 휩쓰는 颱風에 채쭉을 높이 들고,
치닷든 强猛한 蒙古人의 騎馬隊처럼
鐵筒같은 意志는 모든 險惡을 뭇질르고 나아가야 한다.

그리하야 우리는 폭탄같은 뜻을 묻고 해ㅅ살같은 經綸으로
千九百三十二年의 새로운 武步를 음즈겨야 한다.
돌아가는 世紀의 굵은 자루를 억차게 붙들고,
하눌을 짜개고 솟는 巨壯한 힘으로 첫발을 움즉여야 한다.
    (1932—의새벽머리에서)
—『동광』, 1932. 1.

몸을밧치든최초의그밤

고닯흔 大都의 밤空氣를 할트며
스무사흘 늣달이 비스듬이 부러진창살에 기여올을째
당신의품에 고은숨결을 어리든 나는 펀듯 잠이 째윗든것입니다.

달빗이 고요이 흘으고 잇는 당신의 잠든얼굴
처음으로 부는 平和흡은 하루밤의 安息
이쩗은 幸福의타임을 永遠히 멈출수잇다하오면—

그러나 나의가슴에 쓸쓸이 울리는 흡響
『오! 나는 벌서 남의안해! 저이의안해가 되어버렷구나!』
길이 차즐수업는 무엇을 일흔듯 마음은 허든거렷스니다.

쌔그를—굴러썰어지는 것은 마즈막 處女를 吊喪하는 눈물이더냐
빗나는 눈쏭자에 빗치나니 감방의쇠창살 그리고 허술한 마루창……
오! 맛나는날보다 썰어질날이 만흘 안해입니다.

두번 다시 달빗흘으는 당신의 잠든 얼굴을 나려다볼째
오! 나의 가슴엔 굽을퉁—거센 불ㅅ기둥이 닐어섯든것입니다.
『오냐. 나는 女子다. 하지만 안해인 동시에 저이의 든든한 한 개의 젊은
同志가 아니냐』

『오! 압날을 約束하고 나아가는 우리의 굵은발자욱
××××××의 ××를 위하야 ××를 위하야
××한×들의 손아귀에 걸려 붉은피를 흘려야될 그러타 同志다.』

이에 불가티 달구어진 몸뚱아리를 다시 당신의가슴에 내던질 째
　그리하야 『사랑하는남편이여. 든든한同志여』하고 당신의 귀ㅅ가에 속살여
줄째
　『××! ××!』 문짝을 흔들며 급작스리 불으는 소름끼칠소리!

　『앗! 왓다. 틀림업는 ×××다.』 太陽이 커진 나의눈동자
　『잉―몸을 바처 동지의안해가 된 가장 행복된 최초의밤에……』
　번개가티 증오에 타는감정을 죽이며 당신을 뒤흔들어 쌔우든 나.

　뒤ㅅ들창을 쌔트리고 손쌔르게 당신을 쌔여보낼째
　썰리는마음 분한마음 불붓는마음은
　문을 쌔치고들어슨 사나이의 압헤 두림업는양 담대한 가슴을 내밀엇든것
입니다.

　오! 최초의 勝利를 記念으로 몸을 同志에게 바치든 그밤!
　동이 트기前에 檢束의 손아귀에 쌔즐줄 엇지 쯧햇스랴!
　오! 남편이여 同志여 굿세소서 당신의 모―든 젊은 同志들과 같이
　　―『시대공론』, 1932. 1.

큰힘이어! 솟아나소서

—동트는 새해 첫새벽에 정성스러이 무릎꿇고앉아
마음으로 부르든 나의노래

이땅은 太陽을등진지 오래외다.
열수없는 무거운 빗장이 가로질린 그대로
기리 숨이 잠겨버리고 마오리까.
싸늘한 무덤을 짓고 마오리까.
시원하게 가슴한번 처보지 못하옵고 발 한번 굴러보지 못하옵고—

해는 돋고지나이다. 지고돋나이다.
날에날. 달에달—
한해 또 한해,
해마다 믿고, 바라고, 다지고, 벼르든 그일들이 한가지나 뜻대로 이루어
짐이 잇어왓나이까.
갈수록 가슴만 메여질뿐이오니, 숨통만 죄어들뿐이오니—

이땅의 골작이와 변두리에 들어붙은 마을과 저자는,
어느날이나 굵은맥박이 크게 뛰어 보오리까.
멈춤이 없이 달아나는,
영겁에서 영겁으로 달아나는
때의 한토막을 툭 부러트려, 꺼짐없는 ××덩어리를 묻어보고 싶은 마음,
왼몸을 달구옵거든—

무거운 구름장이 덮어 누르는 이날의 답답함,
목숨을 기약할수없는 교수대 우에 올라선 마음들,
호흡인들 온전하오리까.
몸가진들 ××로우리까.

구름장을 짝짝 찢어 허트리고, 지구덩이를 **번쩍** 들어 떠다곤지고 싶은 마음, 확확 불길을 쏟거든—

　오오 큰힘이어! 솟아나소서.
　주먹을 휘저으오니 적은 바람이나 일더이까.
　벽을 치오니 적은 방향이나 잇더이까.
　가로질린 빗장을 잡어제치고 광명을 저다놓을 큰힘이어! 솟아나소서.
　모든 잠꼬대를 휩쓸어버릴, 그리하야 봄 새벽같은 큰소리 울려줄 큰 힘이어! 솟아나소서!

　오즉 무리의 마음을 하나로 덩어리지어 하눌같은 정성을 굴리옵나니
　오오 크나 큰힘이어! 이땅에 솟아나소서.
　달아나는 태양의 엽갈비를 내질러,
　활활거리는 불길을 쏟아트릴
　그리하야 혈맥이 굳어가는 이×의 골작이와 저자에 호흡을 ××처 줄 큰힘이어! 솟아나소서.
　　　　(1932년1월1일)
　　—『동광』, 1932. 2.

正月의노래

—새해되여 正月이면 고요한 첫새벽에
　정성되이 불으는 나의 正月노래

새해라 正月은 푸른빛 타고 이짜에도 차저와
해는 둥실 扶桑에 놉히 써 새빗츨 퍼트리네.
오래도록 밤ㅅ길을 걸어올째 우리의생각 얼마나 한울에 빗낫던가.
소리— 괴운찬 새 소리 들으려 나는 무릅을 꿀코　祈禱들이네

천리라 삼천리에 흘으는물ㅅ줄기는 더욱 세차지안는가
우리 젊은이의 가슴엔 東海 西海가티 뛰는波濤 놉흘세라.
이짜 복판에 터지는 큰소리! 한울이터지는 소리!
쏘한번 오고야 말걸! 그날이여! 오소서—나는 祈禱들이네.

한울을 니고 짱들을 밟으나 활개침이적은 새만한가.
세상은 넓다하나 죄여드는 숨통만은 답답한 것이어니—
가슴을 치고 억개를 결워 큰길 네거리로 달음질쳐나오소.
그도 안되겟거든 폭탄을 집어삼키소. 젊은이 아니런가.

쏘야케 빗나는 서리ㅅ날을 밟고 슨 오늘의 마음이랴.
알른가슴 썩일것 무엇잇나 젊은이어든 폭탄을 집어삼키소.
흘으는 줄기 쌔더나는 일만의줄기 물이 불되여 타올을걸!
오오 새해라 正月에 그날이여! 오소서— 나는 祈禱들이네.
—『비판』, 1932. 2.

어대로가나!

(此間八行畧)
눈물과 한숨에 썰리는 지팽막대.
어머니 등에는 젓먹이 잠들엇네.
잠들은 젓먹이 눈ㅅ속에 무슨꿈 꾸나
이짜에 봄오면 꼿되여 피여나려나

쎄놋는 발ㅅ거름 웨저리 숨이 차.
심장에 쒸는피 가슴은 압하.
쎄말ㅅ굽 소리에 입술은 푸르러저.
가든길 멈추고 눈우에 쓸어지네

그러나 젓먹이 숨꾸는 숨ㅅ결.
행여나 다칠세—몸다시 닐어나.
니러나 쏘다시 맥풀려 쓸어지면
등우에 잠들은 내아들 어쩌려누.

이나련 쓸어저 뒤겁허 쓸어저
이대로 이밤을 눈ㅅ속에 새려나.
돌쑤리 채이워 발ㅅ가락 쌔지고
칼바람 휩싸려 옛골을 쌥거든—

멀고먼 길우에 쌔더진 발자욱
그어대 싸지나 쌔더저 가려누
살쌍은 언제나 언제나 나서……
그리고 이밤은 언제나 새여……
—『비판』, 1932. 2.

그대여! 새로운노래의 都城을 쌓아올리라

1.
여보오. 젊은 그대여!
봄太陽 줄줄이 녹아나리는 플 언덕에
조으는듯 부러진 칼끝을 훔여, 풋 나물 뜯노라면
당신은 우통을 벗어부치고, 굵은 나무를 찍어 넘겼든게라서

그리고는 여보!
찍어 넘긴 나무들 턱 걸치고 앉어, 풀담배를 부처 물 때
당신의 믿엄스러운 굵은 뼈대와, 불룩어리는 더운 呼吸은
얼마나 어린時節의 이 가슴에 불을 댕겨 주엇든고!

젊은 그대여! 과연
사나이다운 당신의 골격에, 나는 한껏 취했든 것이외다.
덤풀 어지러운 가지사이로 팔짝 팔짝 뛰엄질 치는 몇쌍의 적은 새떼를볼
　때,
흙덩이에 어름 풀려, 파릇 파릇 어린 보리닢 머리를 들듯이, 아아 나의
마음은—

2.
아아 여봐요. 그뒤—
千줄기 萬줄기 불 화살이 나려 쏟는 녀름 들판에서나—
마을의늙은 아버이, 락엽을 긁어 모으는 가을 동산에서나—
그리고 나무가지 칼끝바람에 매달려 몸부림 치는, 눈 쌓인 깊은 겨울밤에
　—

그러소이다. 그뒤—
당신이 나에게 불러주든 노래. 둘이서 부르든 노래.
무지개처럼 피어나는 그時節에 부르든 青春의노래는
얼마나 未來의행복을 수놓든 아름답든 노래엿더이까.

그러나 여봐요.
그것은 모두 다 한때의 흐릿한 꿈이엇사외다.
어린가슴에 엄돈든 사랑은 지난時節의 철없든 한쪼각 구름이엇사외다.
모든 이땅의 젊은이들과 한가지로, 당신과 나의 부르든 노래는 잊어버리고
    말엇든 것이외다.

3.
오오 여보. 젊은 그대여!
흐르는 물줄기에 미끄럽게도라가든 물레방아넷동산은
앙상하게 부서진뼈대만을 남겨둔 채 지나이의 心琴만 다처줄뿐—
노래를 잃은 두 젊은마음의 상착이를 무엇으로 메워야하오.

하나 그대여! 저자로 뛰어오든 오늘—
천마디 만마디 뼈마디에 불이튀고
천결 만결 거친 살결이 타오르는
우리는 太陽을 집어삼켜 커단 상착이를 메워야 할것이외다.

사랑하는 젊은그대여!
그리하야 니글 니글 타고잇는 太陽을 탄핵하야 큰 발을 내디든 오늘엔

쓰라린 녯날의 모든그림자를 툭—차버리고
불가티 더운 呼吸으로 새로운 노래를 지어 거센목소리로 高唱할 것이외다.

4.
오오 젊은 그대여! 동무여!
굵은 어깨들이 물결을지어 우쭐거리는 저자와 저자골목에
우리의 노래가 새로운 曲調로 넘처흐를 때까지
굵은 脈搏을 퉁겨 쩌르렁 山이 울려떠내려가도록 高唱하사이다.

젊은 그대여! 사나이여!
그리고는 당신은 함마를 놉히 들고, 나는 베틀을 둘러메고
地球를 떠다메처 새로운 노래의都城을 쌓아올리사이다.
어기여차 새로운曲調로 새로운노래의都城을 쌓아올리사이다.

굿세인 사나이여! 동무여!
그리하야 당신과 나는 새날을 수레에실코 나아가는 幸福한 役軍이 되사이다.
오오 들끓는 가슴을 뒤업허 우리의 몸을 빗나는탄자로
쌓아올린 노래의 都城에 새로운 太陽의光燭을 켜놋사이다.
—『동광』, 1932. 3.

麗人의노래

1.
여보. 이짱의 사나히들!
『약한자야! 너의일흠은 녀자이니라』
『이토록 우리를 비웃치 말어요.』
할일을 쌔달은 오늘의 우리는—
적은 가슴일망정 턱 들어 내밀어 나려드는 주먹알 탄자를 두렴업시 바더
　내일
우리는 차고 용감한 탄력잇는 兵士랍니다.

넷날엔요. 철업든 넷날엔요.
금잔듸 동산에 여울 처 흘으는 아즈랑이 속에
물버들 툭 썩거 피리 내여 부르든 그시절은 아아 그 시절은……
銀모래 강변에 자개 껍질 城을 싸흐며
달아레 날개를 치며 날으는 기럭이 항렬에 애를 태우든 그시절은 아아 그
　시절은…
모두가 무지개 가튼 한쪼각 철업든 쑴이엿세요.
영창 맑은 날새에 가벼운 치마폭을 시원스리 날니우며
활ㅅ작 피여나는 빗고은 구름 물ㅅ결우에 생각의배를 씌워보내든
그날은 장대ㅅ속 날애속에 어린쑴을 속살이던 병아리 시절이엇나이다.

2.
산ㅅ골 큰아기들. 아츰이면 저녁이면 하나 둘식 샘터로 물길러 나오는
산ㅅ골 큰 아기들!

나지면 씨 쌀리고 밤이면 길삼하는 그리고 봄이면 나물 쓷고 가을이면 이
삭 훑는
큰아기들. 순박하고 수삽하던 산ㅅ골 큰아기들!
아아 해마다—
햇볏 모르는 충충한 공장으로 몰니워 감니다.
삭의 몸ㅅ종이 되어 몰리워 가는 오늘입니다.

아아 여보서요. 사나히들이여!
자기네 아들 손주는 음달속에 보채이며 딍구는줄 쌘—하것만두
휘여진 허리에 남의 ×××업우처 날을 저무림은 무엇 짜문이어요?
오오 가시풀에 걸처 갈갈이 치마폭이씨저지고
돌ㅅ부리에 채워 툭툭 발ㅅ등이 터질지라도
그리고 훗훗한 몬지로 두쪽 폐장을 썩히구라도
이날의 마음우에 박인 흔들림업는 자루를 붓들고 나아갈 우리는 이고장쌀
들입니다.

그리하야 어둠을 불질으고 나아가되 스사로 심지가 될터애요.
빗나는 밝음을 캐워 나아가되 스사로 광이가 될터애요.
연약한 삭신이라고 운전대 우에 올나선 오늘에 한개의 핸들을 돌니지 못
하리까.

3.
오오 여보 사나히들!
그리구요. 우통을 버서부치고 그이가긔게를 돌닐째엔

허리 집고 발판을 구르는 우리는 젊은 안해가 될터애요.
주먹으로 땀을 씻으며 그이가 아람들이 나무를 찌거 넘길 짼
방실거리는 어린것 등에 업고
흙덩이를 쌔치는 우리는 젊은 어머니가 될터애요.

그쑨만 아니예요. 우리는요.
그 어느날 그이들의 억세인 억개들이 골목밧게 굵은 물ㅅ결을 지을 째엔
  가장 유쾌한 거름거리로 팔들을 견우고 나아가는 용감한 녀인들이 될터애
요.
  연약한자여! 너의일흠은 녀자이니라. 무슨 당치안흔 푸념입니까.
  금잔듸 동산에 銀모래 강변―
  물ㅅ장구 치며 싸올니든 무지개都城―이런것들은 벌서다 불태되어 날너간
지 감웃업는 넷날의 헛된 그림자여든.

  오오 우리는 이날의 마음들 우에 박인 흔들님업는 자루를 붓들고 나아가
는이고장 쌀들입니다.
  김싸게 굴너가는 운전대우에 올나 한개의 핸들을 붓들고 나아가는 날래인
運轉士입니다.
날너드는 주먹알 탄자를 두렴업시 바더내일 용감한 탄력잇는 兵士람니다.
        (1932년1월31일)
  ―『비판』, 1932. 3.

아들아딸들아

1.
사랑하는 아들아딸들아
너의는 이봄을 어이 마즈려느냐.

農土를 닐흔 너의어버이 들복판에 주저안저
쌍이 쩌지도록 嘆息을 하며 가슴을 칠쌔
너의는 한울을 바라보며 얼마나 ○○을 주먹질하엿든고

이쌍에도 해마다 봄은 오것만 江山은 봄비에 젓건만
어이하야 이마에 엇는 두손은 白魚가티 싸늘한쑨이엇나
어이하야 가슴바닥은 가로세로 갈러만 질쑨이엇나

봄은 와서 봄바람은 이江山에 가득하여도
봄을 등진 이무리엔 응달만이 짤을쑨이니
太陽을 도적한자가 누이드냐. 봄을 차지한자가 뉘란 말이냐.

2.
사랑하는 아들아딸들아
너이는 이봄을 영영 이저버리고 말려느냐

보아라. 검은구름이 폭발하는날 일백 우레는 쏘다지리라
한갑이 적은 석양으로도 크나큰 都城을 태울수도 잇지안느냐 문허진 마음에 불을 따려 몬저 呼吸의 熱度를 돗구어올리라.
쏘구리고 안저 한울만을 咀呪하든 거픔을랑 쌔어질지니—

막대를 들어 ○○을 치든 어리석은 그時節은 지난지 오래어든
千에千날 머리를 쥐여쓰더보라. 바람죽은 바다에 波濤가 일것이다.

그리하야 세찬 걸음으로 ○○우를 내달려 아시운 太陽을 다시 가저오리니
봄을 차지하는 그날의 기쏨은 억개가 한울을 칠것이다
오오 사랑하는 아들아쌀들아. 이봄을 너의는 노치지 말것이다.
—1932. 4. 6

東方黎明

내리눌으는 東方의한울에 불별이 흘은다.
黃沙가 날리는 東方의한울에 불별이흘은다.

이날의 心臟우에 비ㅅ발가티 쏘다지는 우뢰알 彈子를 보라.
軌道를 닐은 무작한 박휘들은 어즈러이 들쓸는 地心을 울리나니.

電線은 운다. 카렌다는 날린다.
갈갈이 흐트러진 미친년의 散髮처럼 氣象臺우 旗폭은 악을 쓴다.

무텅 무텅 地平線 우를 엿게 쩌돌든 주먹알 구름ㅅ장은
몰린다. 쎄 몰린다. 東方으로 東方의 한울로—

날카로운 활촉에 心臟을 찔린 東方의 가슴아.
갓분 숨을 모아 마즈막 巨軀를 번드시 잡바트리려느냐.

잠자는 湖水의 해맑은 눈알에 먼동은 튼 지 오래엿만—
썰어지는 바위ㅅ장에 쌔여지는 波紋을 어이 거두려느냐.

恐怖에 저진 黎明을 붓안ㅅ고 수레를 몰아가는 勇士들아.
쌔진 太陽을 건저내일 偉大한 힘은 오로지이날에 있나니—

여울처 흘으는 물ㅅ줄기 波濤가 놉흘 째
바람은 맑어 훼영창한 한울에 音響은 새로우리라.

오오 새 아들 나으려는 黎明의 어미야 東方의 사나이야.
버틔고 힘을 모으라. 그대들의動脈은 아즉도 彈力이 세지 안느냐.

오오 黎明을 붓안ㅅ고 百度로 탄다. 불벹은 탄다.
東方의 한울에 火花를 쌱리며 불별은 탄다. 박휘를 그리며 불별은 탄다.
　　(1932년2월27일)
—『비판』, 1932. 4.

비맞는 五月의 江山

1.
가지가지 쌔더나는 푸른가지에
풀풀이 도다나는 푸른풀닙에
줄줄이 흘으는 비ㅅ방울
푸른 구슬되어 썰어지는 비ㅅ방울.

뫼도 푸른빗 들도 푸른빗
여울처 흘으는 강나루 물ㅅ결도 추을렁
푸른빗 더욱 새로웁구나

푸른빗속에 커나는 五月의 江山에
좍좍 나리는 비ㅅ줄기도 푸른비ㅅ줄기런가.
비나리는 五月의 江山을 보는 이마음도 여울치는 푸른빗속에 줄긔 커지는
것갓구나.

2.
보소 마을집 어버이네들
이비 개이면 매에 나가 풀짐지고 돌아온다네.

그러나 비에 잠긴 이江山 쓰러지는 마을집에 썰어지는 락수ㅅ물소리
토방에 주저안저 두억개 썰어트리고
내쑴는 어버이의 담배연긔엔
근심이 실렷나니. 푸른근심이 실렷나니.

보소 마을집 어버이네 신중에 쌔더나는 근심을
江山이 비에 저지니 밋몰을 근심은 더욱 자란다네.
철업슨 어린處子는 비마즈며 꼿모종을 하것마는
어버이 가슴에 서리는 근심은 실실이 풀어저 올을 쑌인것을.

비마즈며 강나루에 베ㅅ섬 실코 돌아가는 배.
그베ㅅ섬 어느곳에 푸러노려는 베ㅅ섬이런가.
비마즈며 매에 나가 풀ㅅ짐 지고 돌아오는 짐.
그풀짐 뉘논에 저다노흘 풀짐이런가.

비에 저진 五月의江山에
이 마음 쏘한 여울치는 근심 속에 뭉치
서글픈 탄식이 부푸러저 흘으는구나.

3.
오오 비맛는 五月의江山을 깃븜으로 노래할것이냐.
오오 비맛는 五月의江山을 탄식으로 읍조릴것이냐.

쑷잇는 젊은이여
비맛는 五月의江山에 파무친 허리 부러진 활을 잡어나보라.
촉 쌔지고 짓업는 살에 줄을 퉁기는 설음을 그대는 알지니.

그러타 쑷잇는 젊은이여.
비맛는 五月의江山에 새로운 굵은音響이 퉁겨처 흘을
그날의 거문고를 들처메고 나아갈 구든約束을 던지어주라.
—1932. 5. 22

早春哀歌

눈 녹아 흘으는 산 언덕에 바람은
아즉도 쌀쌀한 일은 봄
약 풀쑤리 찍는 이마음의 曲折을
뉘 아오릿가
바다를 뒤업허도 씨지는 못하리니
오오 이가슴에 ×는 ×××은

문허진 옛성터 타다남은 잔디우에
가든길 멈추고 주저안저 쑥닙 쯧는 늙은 女人이여
행여 이가슴의 상처를 메여줄 약풀이어든
쓰더주사이다

산에 부는 봄바람이 이 가슴에도
부러들어
보슬비 나리는 이슬에 젓는 깃븜이
어느날에나 봉울 지어 보오릿가
노래 흘으는 봄 한울에도 이 생각엔
서름이 내리옵나니—

생각하오니 비오면 사태나는 흙비탈우에
수수ㅅ대 츩넌출로 쩨를 모아 싸하올린 ××이엿만
그속에 움즉이는 근육과 ×는맥박은
오는날의 ×을 북도다 울림이 컷것만은

하로 아츰 옵바는 다리가 ××××채××이되여 도라왓나이다
오는날의 새힘을 북도다 올리기위하야
휘임업시 세상과 ××나가든
옵바는 오—그러케도 차고 모질고
튼튼하든 옵바는

아아 압날은 그만 무거운 빗장에
가로질리고 말엇나이다
싸하올리든 노래의 탑은 그대로
문허지고 말엇나이다
그리고 이 가슴엔 쏩을 수 업는 활촉이
깁히나 박혀버리고 말엇나이다

불싸지 집히지 못한 써진 구들장에
옵바는 파리한 얼굴에 입을 다문 그대로
아모 말업시 누어만 잇스올쌘
늙은 허리를 펴지 못하는 아버지
옵바를
대신하야 오늘도 부역을 갓나이다

어머이 뫼에 올라 캐여오신 약풀샌리
물에 씻고 씨서 정성되이 씻는 이 마음아
아아 한나제 해는 한울복판에 金살을쏀리것만
이가슴의 설은 활촉은 누가 쏩아주오릿가

그대로 그대로 이몸은 울다가 울다가 쓸어지고 마오릿가
문허진 노래의탑을 눈물로만 조상하고 마마오릿가
아아 어느 偉大하신 손ㅅ길이 압흔 이가슴의상처를 어르만져 주오릿가

아츰이면 해는듯것만 이가슴엔 어이
붉은해가 돗지안나잇가
봄이오면 나무나무 새가지 쌔더나것만
우리옵바××××다리에 새다리 쌔더나는
봄은 언제 오나잇가

적은 이가슴에 타는 불ㅅ길이 씨가되여
이몸을 불탄자로
지구의 심장을 쏘을수잇다 하오면
그리하야 활활타다가타다가
××하는 지구를 본다하오면
아아 얼마나 이가슴의 呼吸이 유쾌할 것이오릿가

오오 힘아 이가슴의 설은 활촉을
쏩아줄
偉大한 힘아 소사나소서
문허진 이마음의 탑우에 새로운 譜表를
그려줄 총명한 歌手여 나타나소서
이날의 설음을 녹혀줄 크나 크신
힘이여 오늘의 이마음우에 臨하소서
　　　　　　　　　—『제일선』, 1932. 6.

五月의노래에合唱을하며

1.
여보. 당신은 젊은 사나이가 아니오?
바위라도 녹일 예전의 불가튼 생각은 영영 써지고 말엇단 말요?
더운 맥박이 굵게 물ㅅ결치든 당신의 근육은
죽어 나쌔진 싸늘한 생선처럼 어이 이마음에 소름을 끼처줄 뿐이오?

火口처럼 ×× 배앗든 당신의 거세인 입술과
우뢰가티 우렁찬 소리를 쏘다트리든 당신의 聲帶는
戰車가티 굴러가는 ××의行進에 精力을 ××줌이 얼마나 컷섯소?
하거늘 우그러진 납통처럼 그대로 젊은날을 썩은 수채에 장사하려오?

더운 呼吸이 쏩힌 당신의 허패는 바람 쌔진 죽은 風船과 갓구려.
움즉임이 업는 당신의 心臟은 쌔여진彈子 껍질과갓구려.
여보. 예전에 당신을 든든한 ××로 빗나는 날림을 바쓸든 이마음은
오늘엔 한개의 약한 사나이로 가벼운 弔喪을 끼엇는 야릇한 안해가 되엿
구려.

이럿틋 죽은 젊은날을 멍에 하게 됨은무슨 싸닭이엇소?
당신이 약한 사나이가 아니란것을 나에게 보혀줄진대,
太陽이 써진 그가슴을 턱 벌니고 들이 밀어
날카로운 활촉에 불을 먹여 활ㅅ줄을 퉁기는 이안해의 쯧을 바더주오.

2.
여보. 지루하든 겨을도 지나고, 봄도 지나고,
이젠 괴운 맑은, 가장 유쾌스러운 五月의 아츰이외다.
푸른 빗 넘처 넘처 좍—좍 흘으는 天空엔 太陽의金살이 퍼지고,
저자에 여울치는 우렁찬 노래는 五月의空氣를 힘껏 새롭게 흔들어 놋는
구려.

이봐요. 五月의 노래는— 저자에서 저자로, 마을에서 마을로
흘으고 넘치고, 넘치고 다시 흐을러
길로, 한울로—울을 넘ㅅ고, 장벽을 쭐코,
주름 주름 젊음에서 멀어가는 당신의얼골을 凝視하는 이가슴에도 흘너드
는구려.

어이 할테요. 여보. 당신의가슴에 最後의 경고를 당경 주나니
화약가튼 젊은날을 다시 살니려거든 화닥 문을 박차고 ×× ×××.
그리하야 ××의 행길에 넘처흘으는 슴唱을 하며,
유쾌한 거름거리로 다시 太陽을 니고나아가는 젊은 남편이 되어주오.
    (1932년5월)
—『제일선』, 1932. 6.

北風이 怒號할새

—바다는 굼틀거린다.
시컴한 배암처럼, 흰 배째기를 감추고 굼틀거린다.
—바다는 웅얼거린다.
수천마리 주린 이리쎄처럼 악아리를 벌이고 웅얼거린다.
—물ㅅ결은 내닥친다.
鞍裝벗은 奔馬처럼 우루루 우루루 네굽을 치며 성난물ㅅ결은 내닥친다.
확! 날리는 飛沫. 쏴—퍼지는 버큼.

北風의猛威에 한울도 빗장을 질은듯
검은 구름ㅅ장이 산덤이처럼 몰려갈쑨—
다못 서ㅅ역에 쫏겨난王子처럼, 한낫 찬별이 썰고잇는
悽愴한 海港의밤은 무거운 恐怖를 싸안ㅅ고 깁허만 간다.
—날리는 屋上 看板의悲鳴.
—地上에 쇠친 電信柱의몸부림
—느러선 街路樹의戰慄.

오오 두려운 豫感을 붓들고 썰고잇는 海港의 이밤!
그러나 웃둑한 大都의怪物—
쎌딍에선, 무덤ㅅ속 燐火가튼 電光이 흘러나온다.
毒한 술과 어엽분 게집의 强烈한香氣에 醉하야
컵을 놉히 치여드는 파리한 팔뚝들, 그리고 맛 부딋는 肉塊들—
綠色 커—텐ㅅ자락에 설여, 대구를 굴러썰어지는 자줏빗 우슴—
心臟이 째지도록 지친, 骸骨들의興奮은 狂爛에 저저잇지안느냐?

오오 두려운 豫感을 붓들고 썰고잇는 海港의 이밤!

하거늘. 한쪽 변두리, 가난한마을 침침한 얼음 구들ㅅ장 우에
病든四肢를 쌧고, 개풀가티 느러진 女人의 가슴팍이에
말러부튼 젓쏙지를 쌜으려, 주림에 푸들거리는 가엽슨 입슬이 찬 숨을 서
리지안느냐?
쏘 그러는 한편—누덕이를 걸치고 씩으러저가는簾下에 몸을 숨겨
支那人의쎠놋는쩍쏙에 김이 서리는 玻璃板子를
가슴을 움키고 노리는—주린 눈알의疲勞를 볼수가 잇구나!

오오 두려운豫感을 붓들고 썰고잇는 海港의 이밤!
검은구름의 폭발과도 가티 이밤이 새이기前—채 새이기도前에
일백 우뢰는, 새아츰의 壯烈한○○을 約束하고 쏘다질것이다.
쎄뭉친 젊은血潮는, 성난 바다처럼 굼틀거릴것이며
쎄뭉친 더운가슴은, 성난 바다처럼 웅얼거릴것이다.
　　　　그리고 鞍裝벗은奔馬처럼 내닥칠것이며,
　　　　그리고 怒號하는北風처럼 물질을것이다.

오오 바다는 굼틀거린다. 웅얼거린다.
—시컴한 배암처럼. —주린 이리쎄처럼.
흰 배싸기를 감추고 굼틀거린다. 악아리를 벌이고 웅얼거린다.

더러운 豫感을 붓들고 썰고잇는 海港의 이밤은
黎明을 붓ㅅ안고 새아츰의 壯烈한○○을 비저내기 위하야 깁허간다. 깁허
간다.
險惡한呼吸을 죽이며 깁허간다.
—『비판』, 1932. 6.

令嬢의 絶緣狀

아버지!
쑤즈시려거든 얼마라도 쑤지저주세요.
저는 아무리해도 당신의 여플 써나고야 말겟서요.
아버지께서는 죽일년 씨즐년 온갓 욕을 다하실지라도
그러타고 이미 정한 마음을 도리킬수는 업는것이어요.

아버지!
참으로 저는 당신의 딸이 된것이 무엇보다도 한이어요.
세상이 부러워하는지 몰으지만 저는 백만장자의 딸된것이 한이어요.
金이야 玉이야 당신은 더업는 보배로 사랑을 부어주시지만
당신의 사랑이란게 무어에요. 싸지고 보면 아—싸지고 보면?

몸을 감어주는 綾羅 싸이아몬드 金指環 白金 팔쑥時計 眞珠알 목거리
라듸오 피아노 化粧品들이 노인 香薰이 코를 찔으는 ??
이러것들이 다—무어에요. 생각하면 저는 철업시 자라난 게집애엿세요.
당신의 어엽분 한개의 노리개 밧게 더 될것이 무엇이엇세요.

요전날까지도 저는 당신을 세상에 둘도업는 훌륭한 어른으로 녁여만 왓
세요.
당신의 하시는일은 남이 모두다 딸을수업는 크고 올흔일로만 녁여왓서요.
그리고는 모든일이 당신의 쯧대로만 이루어지라고 늘 祝福해 왓서요.
그리하야 당신의 딸된것을 무엇보다도 幸福스럽게 깃버이 녁여왓서요.

이토록 저는 가장 豪華로운속에서 철업시 자라난 게집애엿세요.

하기 째문에 한째는 당신께 달려와 주먹들을 다짐하든 그들은 아아 그들은 그들을 무지한 자들이라 욕도 퍼부엇세요. 분함에 가슴도 썰렷세요.

하나 이제 생각하니 그들은 한가지도 그른것이 아니엇세요. 당연한 일이엇세요.

이번에도 그들은 참다 참다 당신에게 몰려왓슬째

당신은 그들을 불러보지는 안코 문을 걸어잠구고 집안 사람들을 무어라 단속햇세요.

아―電話를 걸째의 당신의 비겁한 行動―

그리고 그들이 自動車로 쎄뭉처 ××갈 째 험한 滿足이 물결치든 당신의 얼굴―

그뒤 勝利의 컵을 높히 들든 당신의 꼴이 너무나 가엽엇세요.

그보다도 피를 보고 우슴짓는 참혹한 ××의 쌀된 제 몸이 더욱 가엽엇세요.

가엽다기보다 무서웟세요. 더러웟세요. 치가 썰렷세요.

어린양이 이리의 주둥이에 무든 피를 보고 치가 썰렷든것이어요.

아버지 저는 갑니다. 하루라도 참되게 살기위하야 저는 갑니다.

무서웁고 더러운 구덩이를 버서나 새길을 찾기위하야 저는 갑니다.

어엽분 令孃의 탈을 벗기위하야 저들을 차저갑니다.

새날을 붓잡고 싸우는 참ㅅ된 이쌍의 쌀이 되기위하야 저들을 차저갑니다.

―1932. 7. 22

더위먹은 都會의밤아

물결치는 白蛾의나래에 綠色電光이 늡이처흘으고
고요이 미끄러지는 겨우떼의혜염에 깨여저흘으는 月光처럼
나직한虛空에 白魚와같은 힌팔이 무르녹아흘으는 譜表를 그려놓을제
더위먹은 都會의밤은 沙場에 쓸어진 수레말처럼
숨답답한 가쁜記憶을 삭히지못하고서 깊어만 간다.

시원한 江바람에 노래를 실고,
銀실물결우에 櫻桃입술 탁 터지며
주절주절 열린 포도알처럼, 어여쁜웃음이 대굴대굴 구슬지여 굴러떨어
질제,
더위먹은 都會의밤은 瓦斯彈을 맞고 엎으러진廢兵처럼
썩어가는神經을 끊어내지못하고서 깊어만 간다.

보라. 버큼일른 개골물에 기우러가는달빛이 묻처들때
살찐街路樹의 가지가지엔 끝몰을 幻滅의哀愁가 떠흘으나니,
人生의幸福을 이저버린 太陽을등진 文明의地域—
흙썩는냄새가 코를찌르는 부풀어올으는 땅바닥에
蒼穹을 머리에 이고 죽 쓸어진 한幅의 움직이는畵面이 내던져 있다.

뼈만남은 가슴팍이, 가죽만 달라붙은 배와등—
꺾어진 막대와같은 어깨와팔—
기름에 투긴 생선처럼 부푸러진 허벅지와정강이—
가리울곳을 가리우지도못한 사내의엉덩이와 女人의사타구니—
아! 얼마나 醜惡한 畵面이냐 造物의筆法이 너무나 凄愴하지않느냐.

오오 그러나 그보다도 더욱 慘酷한加筆을 휘둘러

無常한人生의餓鬼圖를 톱날같은畵法으로 完成코저하나니―

虛空을 내저으며어미의 달라붙은젖가슴을 뒤훔치다 제대로 뒹구러 떨어지
는 젖먹이―

하늘을향하야 푸르르 떨리는 푸른입술, 그리고 딱딱 마주치다 툭 떨어지
는 턱아리들―

한밤이 다 새이도록 끊치지안는 뼈를썰어내이는 알른소리.

제몸이 묻힐 여섯자 땅을 팔수도없는

파리한 손아귀엔 녹쓸은 吊鈴만이 쥐어져있을뿐

부러진地軸을 붙들고 깊어만가는 더위먹은都會의밤아

너는 개천에 처박힌 흙묻은太陽을 건져내지못하구서 깊어만가려느냐.

식은무쇠뭉치와 같은 구름떠미를 집어삼킨 이밤의숨결이여.

―『비판』, 1932. 7.

옵바가보내는第一信

누나아. 용감한 나의누나아.
반시간도 못되는 쌀븐 동안이엇슬망정
벼르고 벼르든 오늘 아츰. 네 얼굴을 보게 되엿슬째
얼마나 이 옵바의 가슴이 두근거렷겟늬. 몸이 달엇겟늬.

누나아. 네가 ××간 뒤부터
녀름, 가을, 겨을이 가고
다시 봄을 맛게 되는 오늘까지
거의 삼백스무날을 하루 한밤도 쌔지심업시
너를 위하야 걱정하셧고
너를 위하야 한숨지셧고
너를 위하야 가슴치실째—

날세만 흐려도 네몸을 걱정하셧고
찬비만 쌕려도 마음을 씨우셧고
숨만 사나워도 『그 애가 그애가—』하시며
나를 각가이 불으시든 어머님은
아아 어머님은 그만 病席에 누으신지 달이 넘으셧구나.

하야 病으로 몹시 부댁기시면서두
정신만 나시면 오—네 말을 하시고
『그애의 ××날이 언제이냐?』고
날도 쌔도 물어 오셧구나.
하시더니 간밤엔 한눈도 아무려 보지못하시고

오늘 일이 어쩌케 싯이 날려는가를
걱정에 걱정만 하시다가 밤을 새우셧구나.

누나아
時間은 午前 열한時인데두
어머님 病苦에 病苦에 지처 새벽잠 살푸시 드실째
동이트기도 前에 나는 집을 나섯드니라.
—1932. 8. 27

부탁

一夏休에 故鄕을차저 돌아가는 女學生諸氏에게
정성으로 적은 이 한篇의詩를 씌워보냅니다

지금은 七月! 언니들은 멧날 아니면 돌아오시겟구료.
오래그리든 내집을향하여 가벼운걸음으로 돌아들 오시겟구료.

오늘도 汽車는 고동을 틀고 산모롱이를돌아 굴러갑니다.
저 汽車에 몸을 실어 반가운 얼굴로돌아들 오시겟구료.

배움을 북도다 나아가는 언니들은 한창 복스러운학생의 몸—
번화한 고장에서 고이 心臟을 두다리는 한창 자유로운 몸—

봉지 맷는 꼿순처럼 學窓에 몸을두어 기쁜날을 보내는 동안
새로이 보고 듯는 가운대에 조흔 공부도 만히 하셧슬테지요.

아침날의 太陽가티 빗나는 希望을 天空에 구을릴 쌔
아름다운 압날을 실실이 짜나아가는 언니들의 기쁨은 나날이 커갈것오.

거울 가튼 물우에 미끄러저 나아가는 겨우쎄의 헤엄처럼
다침업는 단순한 생각은 수월수월 평탄하게 자라갈 것이외다.

그러나 우리는 쏘다저 나리는 불볏 알에 흙을 파는 시골의處女—
太陽을 안스고 뫼에 나가 풀쑤리를 찌어먹는 한낫 적은 쌀들이외다.

언니들이 돌아오는 날은 우리 시골에 기쁨의 한철—
기다리는 시골동무의 마음터전에 무슨消息을 쌕려주려오.

지금 시골엔 오랜 가뭄으로 들이 타고 쌍이 갈러 젓소이다.
비를 기다리는 어버이네 옵바네의 가슴들도 맥이 타고 턱이 갈러젓소이다.

번화함을 자랑하고 文明을 노래함은 철업는 時節의 일—
내 고장에 돌아드는 쌀븐 한철일망정 뜻잇게 밧드러 줌이 잇서주오.

허리 부러진 내고장의 뭇친 애를 캐어도 보고
불볏 아래 덤풀을헤치며 살을찟는 압흔선물도 손수 담어보오.

내 고장에 돌아왓다 다시 써나는날 이선물 정성되이 간직햇다면
배움을 북도두어 압날을 다스림이더욱힘차고 보배로울 것이오.

아아 지금은 七月! 언늬들은 배움을 쉬이고 내 고장에 다시 돌아오시겟구료.
부듸 이 부탁 저바리지 말으시고 귀한 선물 밧드러 가오.
　　　(1932년7월8일)
—『신여성』, 1932. 8.

慰詞
―동모彈·炳昊에게

彈兄아.
모닥불 나려 쏫는 六月의炎天에
恨만흔 晋陽의녀름은 슬푼소식을 벗들에게 傳해 주는구나.
간 안해의 령을 우는 동무 彈兄아.
얼마나 울엇드냐? 가슴을 치고 울엇드냐?

내 고장 내故鄕을 등지고
한쏘각 조희에 팔린 헐한 품파리 목이 되어
물ㅅ길 산ㅅ길 험한 곳으로 바람에 날리는풀닢과 가티
불녀가든 몸이 사랑하는 안해와 어린血肉을돌보지 못한지 三年에―

오오 彈兄아.
마음우에 비ㅅ발가티 쏘다저 나리는 무쇠매질에
튀는 筋肉을 쓸어 어루만지며 압날의 주추를 내굴니기 위하야
모든 야릇한 情緖를 불질너버리고 쒸는 젊음을 스사로 죽이고 나아갈째
그대여! 얼마나 목이 탓드냐? 허파가 부서젓드냐?

오오 압날을 싸워 엇기 위하야 주먹을 노코 더운呼吸으로 約束을 굿게 다
지든
한바다에 억개를 결워 사나운 물ㅅ길을 쌔치고 나아가든 同舟者요
가슴을 역거 닥치는 苦難을 迫車와 가티 뭇질으고 나아가든 一生의伴侶인
든든한 同志를! 사랑하는 안해를! 아아 그대는 마츰내 救할길이 업시 쌔
앗기고 말엇구나.

그대여! 그대는 가슴치고 號哭하므로 첩첩이싸인 젊은恨을 녹히려는가.
馳風가티 몰아가는 혹독한 가난의 채쭉에 어이 病魔의戲弄까지 얄구지단 말이냐?
千里라 어이 먼길이랴만 날개가 썩인 몸이어니 咫尺이라 가고오미 자유롭드냐?
아아 고요이 娑婆를 등지는 싸늘한 이마를 집허주는 時間인들 얼마나 길엇스랴!

彌兄아.
사라지는 안해의 령이 설게도 그대의身邊을 써나갈째
마지막 부탁이 무엇이드냐? 가슴을 염이고 쎄에 설이는—
울분에 찬 恨만흔 젊은半生의 자최를 그대의 더운가슴에 썩어노코 갈째
씨처놓은 눈물의記錄—을 한 페—지 두페—지 고요이 덥허주는 그대의 주먹이 얼마나 썰렷드냐?

오오 彌兄아.
간 안해의 령을 吊喪하기 위하연
울어라! 주먹이 부서지도록 쌍을 치고—울어라! 허파가 젓도록 몸을 던저—
陸地가 물너나고 太陽이 녹아나리도록 한쩟울어라! 울어라!
모든 울분과 원한이 가실째까지 울어라 한쩟 울어라!

彌兄아.

그러나 긔운을랑 너무 傷치는 말어다고.
한편 억개가 불어진듯 슬픔은 天空을 물들이리라 마는
그대는 젊은 몸! 아즉도 여울찬 動脈이— 솟솟이 서잇지 안느냐?
부서진 거문고에 불을 부처 더욱 힘찬 音響을 퉁겨처 내일 새로운 줄을
나려야 한다.

彈兄아.
그리하야 간 안해의 찌처노은 ×은 記錄을 씨 삼어, 날 삼어
더욱 힘차고, 더욱 굿세인 새날의 아름다운 譜表를 찍어내어야 한다.
그리하야 한가지로 버리고 굴너가든 이날의 수레를
아구찬 거름거리로 모라가며 힘찬 노래로 간 안해의 령을 크게 불러주어
야 한다.

오오 彈兄아.
더위는 놉하 水銀柱는 百度를 올으나린다.
그대의 마음을 붓잡어 주는 젊은 동무들의 마음도 百度로 타고 잇나니
어깨를 펴고 몸을 추스러 다시금 씩씩한 巨姿를 보여다오.
간 안해의 령을 부르는 힘찬 노래가 쑤려지는 곳에 새로운 기쁨은 아침해
와 가티 빗나리니—彈兄아 오오 彈兄아.
　　　　(1932년7월)
　—『비판』, 1932. 9.

田園에숨은 가을의노래

한울은 푸르러 놉히 푸르러—
물도 푸르러 맑게 푸르러—
놉흔 한울에 바람 서늘거리니 맑은물 구슬지어 구을러 흘으네.

마을 압 정자나무 깁흔 그늘에
풀쑥리 씨서 물에 헹그는 저 시약씨야.
한알 두알 입에 구을리는 건 머루알? 대초? 다래?

저녁한울에 새여 흘으는 한썰기 바람
서늘서늘 드을우를 가만이 걸엇드니
키큰 수수ㅅ대 춤을 추네. 익어가는 곡식닙 너울거리네.

서서녁 한울에 노을은 곱게 타올으는데
수수ㅅ대 춤추는 속에 콩입싸는 저시약씨야.
해볏헤 익은 얼골에 붉은 꼿닙이 물ㅅ결침은 가을香氣에 취함이냐? 純情
이 타올음이냐?

아침으로 저녁으로 보든
마을 색시야. 만히도 컷구나. 숙성햇구나.
한두해 보지 못하는동안 만히도 컷구나. 숙성햇구나.

아버진 여전히 매에 나시어 긔운조이 일하시며
어머닌 다름업시 바테 나시어 들ㅅ곡식 각구시나!
길닥는 부역에 나갓다가 일을 저질러 ××가든몸 이제야 노여도라왓네야!

다시 도라온 나의손에
쥐여질 연장은 낫 한자루 호미 한개
그대여! 그대는 나의압날을 어엽비 마저주려는가.

가슴엔 숨은 불ㅅ길이 더욱 더 타올으는구나야.
그대를 불으는 젊은목청은야 해가 식은들 식을것이야.
허리부러진 農土에 무친 사랑의활을 그대여! 왜만저 주지안흐려나.

가을 색시야. 시언한 대답을 보내주렴!
純情에 흘으는 사랑을 구김업는 노래로 불으는
더운呼吸을 그대여! 그대는 붉은 치마폭에 고이 바쯔려 담어주지 안흐련?

가을의 한울은 놉구나. 가을의 소리는 맑구나.
이 가슴에도 가을은 와서 맑은소리 들리는구나.
이저녁 한울에타는 노을처럼 젊은靑春은 붉은 花火를 샏리는구나!
—『신여성』, 1932. 11.

기대리는그밤

어제ㅅ밤 바람불고 찬비뿌리옵드니
아츰부터 흰눈은 풀풀 날리옵니다
당신의일은 어느날에나 끄츨 보여주오리까
시원한 해결도없이 이해도 또한 저무러가옵니다

날시 치워지오매 당신의건강이 더욱 마음에 얹히옵니다
—먼날에 뜻을 구을녀근육을 어루만즈시오며
왼몸을 달구는 불같은 호흡을 눌너죽이시올때
한두날 아니옵거든 얼마나 가슴이 답답하오리까

조곰도 제몸을랑 걱정을 니저주소서
당신의 받는 괴로움에 비기오면 제몸의 그것 무엇이오리까
—하기야 더러는 곡기를 못하고 어린것을 않으온 채
밤을 넘기는적이 없는것도 아니오나 그것이야 무슨괴로움이오리까

해빛 없는 싸늘한 판자우에 젊은날을 구실로 장사하시는
당신의 받는 괴로움에 비기오면 아모것도 아니온것을
해 돋는 아츰에 가벼운공기를 마시는
그것만일지라도 오히려 넘치는 행복이옵거든—.

몐을 걸어 그이들은 차저와 주나이다
저녁에도 그이들은 량식ㅅ되와 나무ㅅ단을놓고 갓나이다
얼마나 적적하랴 싶어 여러가지로 인사를 베풀고 갓나이다
그이들을 생각하온들!……

오! 제마음은더욱 든든하옵거든—

『어머니 압바 집에 언제나 돌아오시우?
 나 압바 오시는날 어머니하구 아저씨들 하구 마중 나갈테우』
지금도 어린것은 이처럼씩씩하게 재롱을피웁니다
부대 밖앗일의 걱정일랑 니저주소서

이해도 쏘한 저무러가는데
얼마나 심신이 괴로우시리까
날시 치워지오매 더욱 당신의건강이 마음에 언칠뿐이옵니다
큰뜻을 심으신 몸이오니 부대 건강을 보중하소서
큰 호흡을 키우시는 몸이오니 부대 건강을 보중하소서
    (1932년11월7일)
—『조선일보』, 1932. 12. 22

둘쳇번 부탁
―冬休를 앞두고 다시 女學生들에게

언니들은 여름에 돌아왔다 우리에게 보여준 선물이 무엇이었소.
알뜰히도 기다리든 우리들 가슴에 뿌려준 선물이 무엇이었소.

언니들의 돌아오는 날을 기다리는 정성이 컷더니만큼
허망하게도 무너지는 가슴, 失望은 너무나너무나 컷던것이외다.

언니들의 입에서 꽃잎처럼 떨어지는 서울자랑 이야기는
한가지나 귀에 담아 둘 보배로운 소식이 섞엿더이까.

『音樂의밤』『映畵의밤』 이런것들이 우리에게 무슨 알운것 있소?
얼굴을 꾸미는 化粧法이 그리도 긴한 이야기드란 말유?

그리고는 시굴은 갑갑해 못살곳이라고
바다를 갈테요. 약물을 마시러 갈테요―어버이를 조르던 언니들

기역니은 한字를 뙤아주고 언니들은 떠낫소?
새삶의 본보기로 어둠을 깨워주고 언니들은 떠낫소?

들은 가물에 타는데, 걱정하는 낯꽃이나 보여주엇소?
밭에 들어가 흙덩이 하나 깨트려나 보앗소?

九月開學이 되어 언니들 훌훌 떠나고나니
철없는 어린것들 서울만 가지라고 몇날을 떼만 썻다우.

그러더니 八月한가위가 닥치자 都會地로 품팔려갓든 工場색시들
울긋불긋 人造비단에, 줄줄이 호화롭게 自動車로 내닥치니

아 그어린것들 그젠 工場만 가지라고 야단이구려.
언니들은 이렇듯 철없는 시굴 어린아우들을 생각해보지 못한단말유?

몸을 學窓에 두어 글자를 배우는것만이 공부가 아닙니다.
몸을 書案에 비겨 책장을 넘기는것만이 妝한일이 아닙니다.

風船같은 생각을 虛空에 띄워
무지개같은 虛榮에 貴한時節을 놓치지마슈다.

지금 시굴은 나락훑기와 김장준비에 한창 바쁜때외다.
이삭 한모감지라도, 밑두렁 한꼬랑이라도 더 주우려 밤을 새우는때외다.

얼마 아니면 겨울放學이 되어 다시들 돌아오시겟구료.
바라노니 그땔랑은 부디 여름放學에 나타낫든 언니들이 아니어주길 부탁
이외다.
　　—『신여성』, 1932. 12.

紅燈夜嘯

미친 바람에 시달린
이년들의 靑春은 벌레먹은 꽃닢이외다.
모진비에 휩쓸린
이년들의 半生은 갈갈이 찢어진 輓章이외다.
이년들은 太陽이 빠진 거리에서
우슴을 파는 추악한 게집—
이년들은 진흙바다에 어푸러저
노래를 줍는 게집—

오늘은 南쪽
래일은 北쪽—
뭇 발길에 채워행길에 굴르는 한알 조약돌—깨여진 몸!
푸른燈ㅅ불, 붉은燈ㅅ불은
밤마다 휘황하게 타것만
三百에 예순다섯날, 이년들의 핏ㅅ줄엔
한토막의 安息도 머무름이 없는것을—

누비처 흐르는 저녁노을에
추잡한 大都의 상파닥이 고요이 무처들때
풀숲에 숨은 나비떼처럼
포닥포닥 지친 나래를 치며
오! 白鬼와 같은 丹粧으로
한덩이 肉體를 彈子삼어
엎질어진 情慾의 바다에 떼로 덤비는

사내들을 낚는 『사이렌』이외다.

자! 뭇사내들이여!
새빨간 알몸을 당신들의 앞에 내맡기노니
이년들의 肉體를
통으로라도 집어삼키구려!
중 당신들의 원이라면
어깨라도 베여드리리다. 허벅지라도 베여드리리다.
아가리가 지치도록
이년들은 부푸러오른 肉體를 아작아작 씹어보구려!

턱을 바치고 猛獸처럼
드리 덤벼 덤쑥 물어뜯는 刹那—
터지는 앵도알처럼
연지 입술이 바르르 떨리며
스미는 빨간피 깨여진 방울되어
살짝 한거플 적시워질때
무더운 안개에 젖어가는 눈!
그리고 이년들의 얼굴에 찌뜨리는 숨찬 더운우슴—

白魔와 같은 우슴을
하하하 터트리며,
白魚와 같은 손ㅅ등으로 철석!
당신들의 두터운 뺨을 보기좋게 붙처줄때

황소와 같은 가쁜 呼吸으로
으스러져라 턱을 받는
아! 당신들의 肉體는
그만 淫虐한 구렁에 빨어 허우적이고 마는구려!

妖花! 妖花! 그래요.
우리는 사내들의 젊음에 흠집을 내어주는 妖花외다.
그러나 사내들은 해지면 모여드는
이년들의 靑春을 빠러내는 毒蛾외다.
흥! 이마에 찍어진 醜惡한 烙印!
香氣가 뽑힌 시드는 우슴!
인간의 傷處는 너무도 크외다.
黃金의 매질은 너무나 잔인하외다.

여보. 사나이들!
불을 보고 덤비어 날뛰는 거리의 한떼 사나이들!
이년들의 肉體는
부서지고, 썩어지고, 짓물러 버렷지만

염통만은 염통만은
牧丹보다도 빨갛게 빨갛게 지글지글 타고잇사외다.
젖통이를 탐내는 毒蛇의 이빠디가 오히려 그립거든!
염통마저 뽑아 내덦이오니, 사내들이여! 손빠닥을 넌즛 내밀어주십소.
—『여인』, 1932.

새날의 祈願

1.
새해라 첫 아침
동녘하늘엔 붉은 해ㅅ살이 뻗혀오르나이다
무릎꿇고 정성을 구을려 비옵는 마음 한껏 떨리옵니다.
이땅 겨레의 가슴에도
이땅 겨레의 가슴에도
새로운 붉은해가 돋아오르사이다.
새로운힘이 뛰고, 새로운 깃븜이 피어 날
가장 경건한 아침이 열려지이다.

2.
해마다 첫새벽이 오면 비옵는 마음
이해라 다름이 잇사오리까 마는
팔짚고 정성을 구을려 비옵는 마음 더욱두근거려옵니다.

주먹을 놓고 맹서하오니
주먹을 놓고 맹서하오니
적은일이옵든 큰일이옵든
하고 많은 가운대 한가지일지라도
이해에만은 뜻대로 일우어짐이 잇어주소서.

3.
새해를 마지 하옵는 마음
가슴이라도 베여 정성을 다하고 싶으옵거든—
어깨라도 끊어 정성을 다하고 싶으옵거든—

오오 새날이여!
이땅에 열리소서. 힘차게 열리소서.
이땅에 빛나소서. 아름다이 빛나소서.
   (癸酉元旦에)
—『동아일보』, 1933. 1. 8

젊은脈搏을울리라

구름은 퍼저 퍼어저
이날의 답답한 마음들을 얼마나 나리눌럿더냐

밤을 붙않고 몸부림 치며
납덩이 처럼 구름은 퍼저 퍼어저
한울을 울어러 더운呼吸을 키우는 젊은 마음들을
얼마나 나리눌럿더냐 나리눌럿더냐

밤의 臨終을 멍에하여
구름ㅅ장은 뭉턱뭉턱 끊어저 떠흘으나니

바람은 유쾌한 창날 솜씨로
끊어저 흘으는 구름ㅅ장을 휘갈겨
멀리 地平線 넘어로 쫓아버리지 안느냐
그대들아 씩씩한 걸음거리로 나아가
열리는 깃븐아츰을 마지하라 깃븐아츰을 마지하라

언제까지나 침울한 방ㅅ구석에 들어엎드려
머리만을 쥐여뜯지 말고
나오라 화닥 문을 박차고 뛰여나오라

빛살을 퍼트리며 새날은 東으로 훤하여오나니
힘차게 억개에 물ㅅ결치는
새로운 譜表를 빛나게 물들여

거리거리에 넘처 흘으는 새벽의 노래에

젊은脈搏을 울리라
젊은脈搏을 울리라
    (癸酉의아츰에)
—『조선일보』, 1933. 1. 24

少女의적은설음

어머님이 이일을 알으신다면 얼마나 가슴이쓰리실까.
안탁가운 주먹을 구들우에 노시고 얼마나 분해 하실까.

가을 내내 매에 올라 한톨 두톨 주어모은 도토리로—
아츰으로 저녁으로 담구고 말니고 찍고 바처
날세까지 사나웁거늘 더구나 편찬으신 몸이
될세라 묽을세라 묵을 쑤어 내실째까지 베푸르신 정성이 얼마나 크셧을까.

어린것은 배곱하 철업서 울것만두
이것은 너 먹을것 아니라고 부드러이 타일으시며
조심조심 물행주에 싸고 싸고 쏘 싸서 주실째
얼어서 붉은 열ㅅ손가락에도 어머님의 정성은 더웟건만—

그럿컷만 이 묵 한양판을
어머님의 정성이 그득 담긴 도토리ㅅ묵 한양판을
조흔 치사 들으려니 돌다리 건너 산모롱 지나
하염한염 장자ㅅ댁을 차저 다소곳이 바처 올렷드니만—

누가 알엇겟서요. 반에반쪽인들 그럴줄 알엇세요?
나리써 보지도 안쿠 시시찬게 녁일줄을
댓자곳자 갓다 내버리란 호령이 썰어질째
어린 눈에설망정 불이 튀엇소이다. 어머니의 정성이 악가워서—분하여
서……

아아 그것을 돼지 울에 버리게 할줄이야……
아! 깨여지는 마음 쇠ㅅ덩이가 나려안는 생각!

꿀꿀거리고 쎄로 덤벼 삽시간에 업서지는 그것을 볼새
하도 어이가 업는마음 돼지쎄들이 원망스러윗소이다.

아! 어머님은 이런줄은 몰으시고
쎄를 쓰는 어린것의 머리를 쓰다듬어 주시며
깃븐소식을 가지고 돌아오길 얼마나 마음죄여 게실까.
아! 기다리실 어머님을 생각하니 더욱 숨이달달 올읍니다.

여지업시 욕을 밧고 쪼각쪼각 짓밟혀버린
어머님의 정성 아아 어머님의 정성―
돼지울에 무참히도 썰어진 어머님의 정성―
정성이 설기도 하거니와 분이 분이 왼몸을 태웁니다.

가난은 이토록 어머님의 정성을 짓밟엇싸외다.
밧쬐아기 논싹지―그것이 얼마나 갸륵하기에
이다지도 정성을 밧들어 욕을 사단말에요?
눈물이 불된다면 한썻 울어 이쌍을 모두 ××보렷만

아아 돌아가자니 어머님 낫츨 뵈올수업고
돌아가지 말자니 기다리시는 마음 더욱 애타실 것이오매
갈수도 안갈수도 업는 이쌀의 마음
어찌면 올사오리까 어찌면 조흐오리까.

아아 이 일을 알으신다면 어머님의 마음 얼마나 쌕애지실까.
안탁가운 주먹을 구들 우에 노시고 얼마나 설음에 겨우실까.
　　　(1932년12월)
―『신여성』, 1933. 1.

사랑의 宣言書

이 땅의 슬기로운 사나이들—모든 젊은이 들이여!
높은 두던에 올라 새벽바람에 치마자락을 펄펄 날리며
붉은 해 하늘을 짜개고 솟아 오르는 동녘을 向봄하야
더운 呼吸에 타는 心線을 고이 골라
무릅 꿇고 정성스러운 黙願을 베픈지 한두 아침이 아니외다.

소리 처 부르노니 그대들이여!
이 땅의 딸로서 태워 난 몸이길래
열 스물 차고 매운 해를 지우고 마저 자라는 동안
연약한 가슴에 뿌려젓든 傷處도 커왓든 것이외다.
가엾이도 연약한 가슴에 뿌려젓든 傷處도 커왓든 것이외다.

이몸에 부어주시는 어버이의 지극하신 사랑도 크고 컷건만
그러나 이 가슴의 숨은 傷處만은 쓸어 주지 못햇습니다.
도리어 어버이의 사랑이 크면 클수록
무엇으로 크나큰 이 마음의 傷處를 쓸어 주오리까. 메워 주오리까.

오! 마음 앓는 處女의 傷집 난 지난 날을 불질러 버리기 위하야
어버이의 여름 같은 살진 그늘에서 물러나렵니다.
어버이의 사랑이 크옵길래—참아 못할 어버이의 사랑을 베어
이 땅에 태워 난 딸이옵길래—이 땅에 빛나는 젊은 날을 실어 오고저
敬虔한 黙頌을 約束하옵고 快活하게 물러 나렵니다.

오! 이 땅의 슬기로운 사나이들—모든 젊은이들이여!
다시 소리 높여 宣言하노니—
이 몸은 멀리 훤하여오는 地平線 저 넘어로
먼 생각을 구을려 붉은 정성을 키워 오든 당신들의 누이외다.
바위 같이 굳세인 가슴을 열어—당신들의 앞에 나타나는 이 몸을 덥썩 맞어 주사이다.

뜻을 다루는 가운대
이 땅의 연약한 脈搏에 우렁찬 音響을 불어넣으려
얼마나 鐵筋 같은 壯骨을 어루만저 왔나이까.
陰地라도 녹일 펄펄 끓는 젊음을 부어
純情에 타는 이 가슴에 불을 질러 주사이다. 더운 太陽을 묻어 주사이다.

오! 폭탄과 같은 사랑으로 가슴과 가슴에 뜻을 大地와 같이 다지사이다.
더운 사랑이 熔岩처럼 녹아 구비처 흐를 때—구불구불 沿水처 내지를 때
젊은이의 새 날이 발 끝에 채워 훼영창 열리오리니
오! 이 땅의 모든 슬기로운 사나이들이여! 젊은이들이여!
어깨로 하늘을 치며 씩씩한 걸음거리로 나아가 새 날을 안아 오사이다.
—『동광』, 1933. 1·2.

그대들억개에花環을걸치어주노니

썹흐렷든 낫살을펴고
뒤숭숭한 가슴을치고
그리하야 화닥 놉흔 두던에쮜여올라
視線이닷는곳에 바위라도 태울 눈총을구을려
눈압헤 쌀려 복작어리는
騷亂한 밤ㅅ大都의상판을 훌터보라.

밤은—
文明의솜씨를 다한
가장 妖艶한 賣春婦의 化粧으로서
들뜬 이날의 사내들과계집애들을 손질하여 불으나니
부시는色彩와 어지러운音響에 사로잡혀
輝煌한저자로 쩨뭉처 쓸리는
  (촉쌧인 활살에 겨냥을 일흔)
비린 肉塊들의 合流를 보라.

거리에는
사내들의 骨醬을 쏩는 무르익은 노래가 구을고잇고
거리에는
게집애들의 心瞳을 짜리는 파아란香ㅅ불이 흘으고잇고
—보아라! 찌저노흔 輓章처럼
밤바람에 나풀거리는 『넥타이』들.
—보아라! 나븨의나래처럼
등ㅅ불에 포닥어리는 『스카트』짜락들.

골목에서골목으로
뭉치어저 휩쓸리는

저들!
마음들이 들뜬 사내들과게집애들!
물ㅅ결치는 억개와 발ㅅ굽들의 어지러운 曲線우에
곳장 밤저자의 誘惑은 强烈한毒酒를 끼언나니
아름다운靑春의 꿈을 붓잡으려
얼마나 虛空을 내저엇드냐?

이슥한 거리엔 點燈이 조을고
안개는 흐을러 몸을 적실째
이밤을 쏘대이든 그대들의 心臟엔 불이 꺼지고
이밤을 쏘대이든 그대들의 눈알엔 지튼痙攣이 다름질치나니—

더위를 집어삼키고 쓸어진 쇠아지처럼
그대들의 지친肉體에선
갑분嘆息이 슨허저흘으고
총알마진 말ㅅ굽처럼
헛뇌이는 그대들의 발ㅅ자욱엔
안탁가운 靑春의幻滅이 그득그득 고이는구나!

빗가신 花環을 역거
축늘어진 그대들의억개에 걸치어주노니
그대들이여!
그대들의 녹슬은半生을 벼개하여
病든암닭처럼 쫏기여가는
이밤의 나래에 고이 파무처
길이잠들어버리라.
—『전선』, 1933. 2.

灰色에물들여진情緖

前章
水銀柱는 零下二十度로 나려오고
칼바람은 바람ㅅ벽에 매달려 휘파람치는
―그것은 몹시도 치운 지녁이엇습니다

무서운 해고의 선고를 받고
싸늘한 嘲笑의 뭇 눈총을 어깨넘어로 받으면서도
가슴을 짝애고 소사읊으는
천만개의 더운 주먹뭉치를 업눌으고 돌아서나오든 이몸―
―발ㅅ부리가 내집 문턱에 채일 때
―아아 내집 문턱에 채일 때―.

七十이 가까우신 어머닌 『어머닌』은 『어머니는』 의(?)아아 어머닌
뵈옵기만 황송스러이 흘으는 코ㅅ물을 자조 씻으며
부러진 창살에 찢어진 문ㅅ구멍을 메우십니다.
―헌 신문지 쪽을 오려서는 다시 오려서는

누은지 달포가 넘는 알는 안해의 싸늘한 몸은
어름판 구들우에 가랑가랑 숨을 모읍니다.
―조희ㅅ장 같이 엷은 한거풀 덮개에 몸이 싸이여―

세살 난 어린것
적은손이 말러 붙은 어머니 젓가슴을 더듬을때
어린것을 끌어안는 여윈 팔이 虛空에서 떨립니다.

그것을 보는 이놈의 마음—
치밀어 옳으는 더운感情을 죽이고
떨리는 주먹을 白蠟같이 싸늘한 안해의 이마우에 노흘때
힘없이 떠는 안해의 눈에선 두줄 눈물이 방울저 떠러집니다.

염이는듯 끊어지는 가슴을 하소할ㅅ길 없어
그대로 주먹을 쥐고 골목밖을 나스오니
발ㅅ길 가는곧이 어데리까?
蒼空에 걸린 히푸른 찬달만이 서슬푸른 嘲笑를 끼언질 뿐인것을—.

後章
이러구러 그밤을 행길에서 새이옵고—
그래도 늙으신 어머님께 알는 안해에게
失望을 주기는 싫여— 참하 失望을 주기는싫여
속내없이 그다음날 아츰부터도
찬밥을 싸들고 집을 나서고 나서고 햇든것입니다.

그러나 한 달이면 한번씩 돌아오는 그날—
—품값을 밧는 그날은 왓습니다.
아아 빈주먹을 가지고 어이 집에 드러오리까.
혼자서 울분을 깨물며 여지껏 지켜오든 비밀이
—아아 쫏겨나와 헤매이든 비밀이—그 비밀이 드러나고말것이 두려윗습니
다. 앞엇습니다. 마음이 앞엇습니다.

밤! 집에 돌아갈 時刻!
집에 돌아갈 時刻이 가까워질수록 눈압흔 캄캄하여 집니다.
주림과 病으로 시달리는 어머니와 안해, 그리고 아들의 눈ㅅ瞳子에
한줄기 히미하게 켜진 太陽을 길이 꺼주고마오리까.

이놈의 어깨에 千萬줄기 무거운 罪의채쑥이나려지는것이 두려웁다기 보다
가엽은 세家族의 눈ㅅ瞳子에 켜진 한줄기 太陽이
참혹히도 꺼지고 말것이 두려워
그럿습니다. 참혹히도 꺼지고 말것이 두려워
마츰내 떨리는 손ㅅ길이 뜻아닌 거믜줄에 얼키고 말엇든것입니다.

아아 무엇이 나를 이 무서운 구렁으로 떠밀어 넣엇나이까.
가엽은 세家族의 눈ㅅ瞳子에 켜진 한줄기 太陽을 살리고저
가엽은 세家族의 눈ㅅ瞳子에 켜진 한줄기 太陽을
되레 집어 꺼주고 말엇습니다.

꺼져버린 太陽을 되 살릴길이 다시 없사오리까.
가엽은 세家族의動脈엔 길이 더운피가 식어지고 말엇나이다.
아아 오늘도 灰色의창ㅅ살 밑에서 울분한情緖를 태우고 잇는
등진 젊은날의 가로질린 어둠이 어느날에나버서지오리까. 훼앵창 버서지
로이까.
        (2월5일作)
    ―『비판』, 1933. 6.

元朝吟

1.
—이해에만은 뜻을 이루워 주소서.
—빗츨 저다노흘 큰힘이 이땅에 솟아나소서.
해마다 붉은 정성을 쏘다 되푸리하옵든 約束을
해가 바뀌오매 또다시 주먹을 노코 생각을 구을려봅니다.

뜻을 굿게 다지고 다지옵지만
정성을 가추 다하고 다하옵지만
뜻대로 정성대로 이루어짐이 업사오니
아즉도 뜻이 어림이오리까. 정성이 덜 함이오리까.

너무나 아득한 먼 길에
헛뇌이는 거름거리는 방향을 일코 허둥댐니다.
숨은 갑바, 꺼진 허파는 찌저지려 합니다.
아즉도 우리의 밧는試鍊이 부족함이오리까.

2.
거리거리에
새해를 祝福하는 『부라보』의
유쾌한曲調가 넘처흐르고
旗ㅅ발은 시원스리 퍼얼럭펄럭
집집은 안윽한 해비체 안껴

(1행 해독 불능)

그러나 우리의 마음은 웨 이리 쓸쓸합니까.

이즈러진 추녀끄테
찬바람만 매달려 몸부림 할뿐
해ㅅ살마저 가난한집 문턱은 넘어스지를 안사옵니다.

東에서 솟아 西으로 지는
해마저 남의것일리 업건만두
해를 보구도 반길줄을 이젓사오니
새해의 첫아츰도 우리에겐 뜻업는것이리까.

3.
나는 밋사옵니다.
밋사옵길래 해마다 주먹을 노코 約束하옵니다.
우리젊은이의 呼吸은 힘찬 노
　(1행 해독 불능)
저다노흘 힘찬 노래를 뿌리옵나니.

太陽은 젊은이의가슴에서 돗고
太陽은 젊은이의가슴에서 타고
太陽은 젊은이의가슴에서 지옵거든
가슴에서 가슴으로 우리의 約束은 해마다 커지는것이옵니다.

비노니 젊은동무들!
그대들의가슴에 숨은 太陽을 그대들은 키우소서.
그대들의가슴에서 커가는 太陽을 그대들은 키우소서.
그리하야 이땅을 빗내일 큰힘을 나하주소서.
—『조선일보』, 1934. 1. 2

太陽가튼나의사나이여!

—안해가 나에게 불러준 노래
『사랑은 아름다운 것이며, 사랑은 무서운 것이다』

1.
당신은 나의가슴에 더운노래를 무더주엇고,
당신의노래는 나의가슴에 노픈波濤를 치게하엿사외다.

당신은 나의가장 사랑하는 굿세인동무요 슬기로운 사나이외다.
당신은 나의가장 존경하는 젊은이요 든든이밋는 太陽이외다.

당신의몸을 위하여는 가슴을 방패로 더운彈子라도 바더내일것이며
당신의말슴이라면 더운폭탄이라도 쌔물기를 깃버할것이외다.

시펄한硫黃불에 몸이 불틔로 날리고
열토막 스무토막 四肢가 끈어저 달어난대두오즉 당신의쯧이라면 어엽비
조칠 이마음이외다.

당신이 목이 말으시다면 心臟이라도 뽑을것이며
당신의 압길을 밝히기 위하여는
몸이 火心이되여 불이라도 다러들일 이마음이외다.

2.
그러나 이몸은 한개의 계집!
만일 당신이 이몸을 각가이 하신다면—
그리하야 이몸을 각가이 하심으로
당신이 불러준 노래에 손톱만치라도 曲調가 傷한다면—

이몸의 그것! 한개의 고기ㅅ덩이가 무엇이리까.
목숨을 바쓰러 당신을 존경하고 사랑하는 이몸이라할지라도
한개의고기ㅅ덩이가 그다지 악가울것 없삽지만두
허락할수 업는것이외다. 그것만은 허락할수 업는것이외다.

차라리—
肉體의 아름다운姿色이 당신의압헤 나타남으로
사특한 魔物밖에 더 될수업는 몸이라면—?

이몸을 이쌍에 그대로 붓쳐둘수는 업는것이외다.
당신의노래를 살리기 위하여
당신의뜻이 죽기 전에 먼저 이몸을 죽일것이외다.

3.
당신이여!
나는 이세상의 많은 사나이들과 계집들을 보아왓사외다.
—계집일래 압길을 잡아버리고
—계집일래 귀중한 째를 놋치고
마츰내는 몸이 더럽은 개천에 썰어저
써진 허파를 쥐여틀고 갑븐 탄식을 흘려보내는—

그것은 너무나 너무나
얼마나 미여웁고 볼상업는 傷處입은 記錄입니까.

나는 당신의 우렁차게 퉁겨칠 크고굵은 활ㅅ줄에
傷處난 譜表를 쏘자주려는 약살마즌 계집은 아니외다.

나에게서『계집』이란 名詞를 쎄어노흔날!
그리하야 한개의 적은太陽으로 손ㅅ길을 맛잡어주실째
나는 깃븜의旋風을 가슴에 안고 당신의 걸음거리에 맞추어
억개를 맛부듯고 나아가는 愉快로운 出發을시작할터외다.
太陽가튼 나의사나이여! 굿세인 사나이여!
—『문학창조』, 1934. 6.

흰모래우를것는 處女의마음

大陸의변두리 浦口에 얼인조약돌 꿈들을 깨트리고
太陽의巨大한屍體를 않고 몸부림치든 사나운바다여!
머얼리 꼬리를 감추고 다라나는 우뢰의 적은색기들을 몰아
갑븐 허파를 눌으며 이제야 너는 고요이 숨을 돌리는구나!

물ㅅ결을 삼키웠든 수많은 모래알은
악을 쓰며 바우든 蒼白한 힘줄을 바르르 떨며,
깨어진心臟을 부드안고 가느단 숨ㅅ결을 흘린다.
앞엇든 記憶을 삭히지 못하구서—.

오오 너의 앞엇든 記憶을 밟으며
창날같은 새벽바람에 치마ㅅ자락을 펄펄 날리며
흰모래우를 것는 이處女의마음은
地平線 저 넘어로 터져오는 동녁하늘의 새빛을 본다.

끝몰을 흰 모래ㅅ벌—
길게 뻗은 나의 발ㅅ자욱—
발자욱마다 새벽을 憧憬하는 붉은 정성은
불씨와 같이 타고잇다. 활활 타고잇다.

오오 발끝에 각가워오는 새벽의都城이여!
오오 바람을 갈르고 나아가는 愉快로운 거름거리여!
가슴은 두근거린다.
脈搏은 퉁긴다.

아름답게 빛날 새아츰의誕生—
純情이 여울치는 나의乳房은
꽃무리의 해ㅅ살같은 붉은約束을 그대들에게 보내노니
새벽의子孫들이여! 다친 들窓을 부시고 뛰어나와 마지하라.
—『개벽』, 1934. 12.

아름다운술을 虛空에뿌리노니

1.
밤이다.
가장 妖艶한扮裝으로 毒蛾와같은 나래를 펼쳐
모든 人類의心臟을 뽑아 마시던 大都의넋은
죽은太陽의 巨大한 屍體를 안고 大地우에 고요히 누웠다.

太陽의 작은子孫들—
先祖들이 찾다가 버려둔 빛의骸骨을 찾으려
턱을괴고 포닥포닥 묵은책장을 넘기던 흰손가락들도,

貴重한노래를 개천에 흘리고
새로운曲調를 주우려 먼지앉은 길바닥을 쏘대던
어린도령들과 아가씨들의 눈동자에 켜진 초롱불들도
苦悶하는 밤大都의 거센숨결에 가냘피 떨리는구나.

2.
무덤같은 잠꼬대에 四肢가 굳어가는 밤大都의 상파닥을
호올로 守護하는 街路樹의 졸음을 쫓는 눈동자여!
蒼空에 버려진 아름다운星座의 어린姉妹들은
네눈섭우로 푸른 실안개를 고요히 풀어보내는구나.

허파를 바수며 허덕이는 밤大都의 작은넋들이여!
아포로의 어린활들을 들고 너희들은 어디로 달아나려느냐.
巨大한 네母體의 臨終을

너희들은 그대로 차버리고 떠나려느냐.

世紀의자루를 바로 꽂으려던 헛꿈도 이미깨어졌거늘
새벽의都城이 너희들의 발끝에 무너진줄을
아직도 깨닫지 못하느냐.

3.
검은 깃이 걷치고
수없는 아침이 들窓을 열어젯길때
피ㅅ방울이 깨어진 너희들의 얼굴을 또 보아야만할지니
千길 구들속같은 내가슴의 답답한 傷處를
들여다보기도 이제는 싫다.

높은뫼에 올라 미친 웃음을 치며
虛空을 우러러 아름다운술을 뿌리노니
너희들 밤大都의 작은넋들이여!
醉할지어다. 醉할지어다.
太陽의 巨大한 屍體를 안은채
鐵色 十字架가 가로누운
푸른寢臺에서 길이 깨어나지 말지어다.
—『삼사문학』, 1934. 12.

戀書를 태우며
─첫아츰옛 戀人이엇든 太陽에게주는 絶緣狀

1.
해마다 첫아침이면
정성스리 이 무릅꿀코 비는마음
─아름다운 새아들을 誕生하여지이다─
붉은希望이 하늘처럼 이 적은가슴에 빗낫더니라.

그리하야 내 젊은靑春은 너를 마지려 촉불을 달켯고
내 어린절개는 너를위하야 찟겨젓거늘
수접은 치마폭에 서리는 숨ㅅ결이 지긋하다고
너는 나를 차버리고 다라나지안햇느냐.

이미 사랑이 깨여진 거문고라
줄을 골라본들 지난時節의 우렁찻든音響이 퉁겨날리 업지만두
그러나 아츰이면 빛나는 네 옷자락을 움켜잡으며
얼마나 연약한팔이 虛空을 휘저엇드냐.

오오 이제는 無情한 太陽이다.
옛날에 불러보든 나의사랑튼 郞君아.
이 가엾은 게집아이의 철없는 적은가슴에
너는 그다지도 커다란 失戀의傷處를 던저주고 갓더니라.

2.
오늘은 또다시 새해의 첫아침.
네 보드라운 손ㅅ가락들이
내 집 창살을 살그만이 두다림은
네 또 무슨생각을 뿌려 파무친未練을 움트게하려함이냐.

『새날의 어린合唱隊를 先頭로
수레를 몰아 빛나는아침을 실어왓노라.
내 어엽븐색씨! 고흔丹粧으로 나와 나를 마지라』
네 붉은입술은 아름다운 속삭임을 다시 내귀에 뿌려주려 함이냐.

나를 싫다고 가버리든 네가
눈덮인 집웅들을 넘어
다시 내집 들창앞에 걸음을 멈춤은
그래도 나를 못이즘이냐. 그렇지않으면 戱弄함이냐?

오오 미여운 太陽이여! (郎君이여!)
그때에 너는 내노래를 빼아서가지 안햇느냐.
아름다운曲調가 거리거리에 넘처흘러도
차즐수없는 이저버린 내노래를 너는 弔喪하려함이냐.

3.
네 붉은낯짝이 이제는 보기도 싫다.
너를 보면 내 가슴의 傷處만이 커지기만 할뿐여서 네 밧븐걸음을 거두어
너를 기다리고잇는 네 새로운戀人들을 차저가거라.

번듯한 그높은 들窓을 넘어
綠色 커―텐을 헤치고
첫아츰의 幸福스러운 붉은꿈을 丹粧하고잇는
너를 반겨마질 네 새로운戀人들을 차저가거라.

거기엔 새해의祝福이 잇고 거기엔 첫아츰의 우슴이 잇고
그리하야 너를 主賓으로 盛大한잔채가 벌어지리니
아름다운香氣에 저진 네戀人들의 옷자락 활개속에
연粉紅빛 깃씸에 醉한 네얼굴을 파묻어버리라.

이제는 더 너에게 속지않으리라.
내 어린 姉妹들을 위하야
베푸러 줄 約束을 준비할뿐이다.
그리하야 옛날의 낡은책장을 이아침에 태워바리리라.
―『개벽』, 1935. 2.

太陽의 꽃다발

굿게 다친 天上의 드놉흔들窓을
비달기의 부드러운 나래와가튼 힌빗이 고요이 두다려줄때
지난밤 星座에 벌어젓든 지리한 잔채에
미처 이저버린 寢衣를 제기지도 못한
天上의 어린姉妹들은
疲勞에 저진 초롱ㅅ불들을 부산하게 꺼버리고
허트러진 쪽빗 寢臺에 파무친다.

새벽—.
太陽의 무수한 어린兵卒들은
金빗 燦爛한 甲胄에
愉快로운 槍法을 휘둘으면 즈처온다.
적은 새들의 樂隊를 先頭로
아름다운 꽃다발을 그득 실은 戰車를 떠밀며 몰아온다.

봄이다. 봄! 봄!
무거운 가위에 눌렷든 大陸의東方—
어즈러운 꿈쪼각이 서러운,
이江山 處女들의 수접은 치마폭에도
쓸어진 울을 넘어 찻저오는
새벽兵卒의 꽃다발이 뿌려질
봄! 봄! 봄이다. 아름다운 새벽이다.

오오 이江山 處女들아.
壁에 걸린 카렌더—를 처다만 보든
두근거리는 가슴을 진정하고
어서들 굿게 다친 들窓들을 활짝 열어 노흐라.
그리하야 天上 星座에 다시금 밤잔채가 벌어지기 전에
그대들의 豊滿한乳房에 숨은 秘密을 쏫아버리고,
大膽스러이 치마폭을 밧들어
아름다운 誕生을 約束할 太陽의꼿다발을 밧으라.
—『조선일보』, 1935. 4. 18

새벽의 乳房

슬기로운 아들 딸을 낳으려는 깃붐이 물ㅅ결치는
處女의 乳房처럼, 새벽은 새날을 않고 地平線넘어로밝어온다.

天上의 드높은 들窓을
비달키의 부드러운 나래와같은 힌빛이 고요이 두다려줄때,
지난밤 星座에 벌어졌든 지리한 잔채에 졸리는 눈들을 부비며
이저버린 寢衣를 미처 창기지도 못한 天上의 어린 姉妹들은
疲勞에 젖인 초롱ㅅ불들을 부산하게 꺼버리고
파무친다. 허둥 지둥 쪽빛寢臺에 파무친다.

새날의 登極이다.
하날을 짝애고 거룩한 寶座에 올으는 빛나는 얼굴
太陽의 무수한 어린兵卒들은
白光이 燦爛한 甲冑에 愉快로운 金槍을 휘둘으며,
적은 새들의 合唱隊를 先頭로
아름다운 꽃다발을 그득 실은戰車를 떠밀며올아온다.

봄이다. 봄. 봄. 무거운 가위에 눌렸든 大陸의東方ㅡ
이江山 산ㅅ골에도 어름은 풀려 잔듸닢 터지는구나.
쪼각쪼각 가난이 눕이친 이江山處女들의 수접은 치마폭에도
大空을 다름질 처 찾어오는 새벽兵卒의 꽃다발이뿌려질
봄. 봄. 봄이다. 아름다운 아츰이다.

오오 이江山의處女들아.

壁에 걸린 카렌다를 처다만 보든 두근거리는 가슴을 鎭定하고,

어서들 굳게 다친 들窓들을 활짝 열어놓으라.

그리하야 天上星座에 다시금 밤 잔채가 버러지기 전에

그대들의 豊滿한 乳房에 숨은 북그러운 秘密을 쏟아버리고,

大膽스러이 치마폭을 밧들어 아름다운 誕生을 約束할 太陽의 꽃다발을 받

으라.

슬기로운 아들 딸을 나으려는 깃븜이 물ㅅ결치는

그대들의 乳房처럼, 새벽은 새날을 않고 地平線넘어로 들어온다.

　　　(4월1일)

—『조선문단』, 1935. 8.

오빠의 靈前에 엎드려

1.

오빠.

이해도 벌서 가을이라 높게 개인 맑은하늘에지금 당신의누이 나는

눈물에 젖인 素服을 차리고

당신의靈前에 나아와 엎드려 웁니다.

곻은江山 맑은바람에 옷자락을 펄펄 날리며, 어버이의불러주든 노래를 새로운 曲調로 목청높게 부르면서

香氣높은 꽂을 드북드북 따서 뿌리며 자라든 오빠의 어렷슬적 빗나든 꿈은 너무나 너무나 아름다윗든 것입니다.

榮華롭던 오빠의 어린時節이매,

이몸을 貴엽게 사랑하긴들 여북하엿스리까.

—『오오 貴여운 누이는 잘도 자라지!』—

내 머리를 쓰러주시며 이몸에 부어주시는 사랑은 컷든것입니다.

2.

오빠.

그러나 오빠는 좀더 영악들 못햇습니다. 슬기롭들 못햇습니다.

하길래 오빠는 고요이 쏟아저나리는 따스한봄볕에 醉하야

해가 西녘하늘로 기우는줄도 잊어버리고,

다못 어설픈豪强에 뒤까불려 나른한安逸만을 탐햇든것입니다.

보세요. 오빠는 佚蕩한잔채에 팔려 窓밖 홀로 떨어저노는

철어린누이를 찾어볼줄도 잊엇나니—
푸른술 출렁이는 金잔에 달그림자 쪼각쪼각 부서저 넘놀제
이몸은 바람ㅅ결에 들려오는 휘파람소리를 딸아살그만이 내집을 빠저나왓
든것입니다.

오빠. 그휘파람소리는 나를 꼬여내려는 무서운사나이들의 작란이엇습니다.
한발을 자칫 그릇하오면 千길 배랑으로 떨어지는
끊어진 낭마루에서 虛空에 날으는 나비를쫓는 天眞한 어린마음처럼
익지못한 발ㅅ길은 한거름 두거름—깎어질린 비탈로 쐬아처들어가고말엇
습니다.

3.
오빠. 생각하오면 지금도 몸에 바눌이 섭니다.
지루한잔채에 오빠가 겨우 술이깨엿슬 때는
연약한이몸은 벌서 무서운 한사나이의품에 채이어 안켯슬때입니다.
몸부림을 치며 억세인활개를 버서나려 입술을깨물든때입니다.

그러나 오빠가 좀더 영악하엿드면, 아아 좀더 영악하엿드면
그사나이의품에서 이몸을 빠혀내엿스련만
오빠는 어리석엇습니다. 무능하고 비겁하였습니다.
오빠는 허울좋은등신의 한낮 갸륵한標本이엿습니다.

글세 貴엽게사랑하는 누이의 어린貞操가
무참하게 깨트려지는꼴을 눈앞에 보구서두,

발이나 굴러보앗슬덴? 참아 보지못할것을 보기나한드시
벌쬐인 잔나비의 볼기짝처럼, 얼빳인낯짝을모으로 돌리구만 마는—?

4.
이미 地下로 돌아간 오빠를 새삼스러이 꾸짖어 원망하는건 아닙니다만
오빠가 그렇게두 약한者인줄은 전혀 몰으고 자랏든것입니다.
오빠를 믿엇든 내마음이 잘못이엿스리까.
내가슴에 험하게 찌켜진烙印은, 아아 길이 베어낼수없는 크나 큰傷處인것
을—

오늘—그뒤의辛酸한이야기(受難史)—半生의좀먹은 記錄을 불살러버리고
당신의 어린後孫들이나 다침없이 길러내고저
정성스러이 마즈막 敬虔한 祈願의 촉불을 밝히려하오니,
아아 몸이 이제엔 病毒이사뭇친 버레먹은靑春임을 울지않을수없습니다.

오빠. 해는 오늘도 東에서 떠서 西으로 집니다.
따스한 해ㅅ빗은 이가을에도 天地에 가둑이찻습니다.
오빠의靈을 부르는 나의슬픈노래도 天地에 가득차 흘읍니다.
오오 이몸의 마즈막 祈願의촉불마저 빛을 저오지못하고 껏이고마오리까.
　　　(9월18일)
—『비판』, 1935. 11.

오오 나의옛搖籃이여!

後百濟의 옛王都, C저자의南方—
北으로北으로 세차게 뻗은 高德山 줄기줄기
—거기엔 建國將士의 豪放한 옛꿈이 묻처있고
—거기엔 熱情詩人의 悲壯한 눈물이 뿌려있다.

소스랗게 싸올린 西將臺 南將臺의 바위ㅅ돌!
雅淡하게 들어앉인 黑石ㅅ골 山城ㅅ골의 갈ㅅ대 숲!
떠도는 白雲. 흐르는 溪流.
해볕아래 고요히 숨ㅅ결을 다듬ㅅ고있는 힌돌 푸른풀포기.

오오 그곳은 고요한 나의옛搖籃!
마음껏 노래 부르고 뛰놀던 빛나는地域이였다.
거기에는 아름다운 傳說이 있고, 고요한 노래가 있다.
거기에는 悠遠한靑空이 있고 웃는太陽이 있다.

다사로운太陽이 줄줄이 쏟아저나리는 봄아침!
밥때가 기우는 줄도 몰으고
사랑하는 어머님이 애타시는줄도 몰으고
적은 쇠토막칼을 쥐고서 골똘이 나물을 뜯던 생각—

自然에醉하여 뜻도없이 오손도손 속살이던 속살임이
그대로의 天眞한 노래였고
잠착하여 생각도없이 어린손까락으로 흙을 홉이던것이
大地우에 써놓는 그대로의 움즉이는 詩였다.

오오 고요한 나의옛搖籃!
어버이앞에 꿀어앉어
글읽고 글씨쓰기 고작 실으면—
그리고 꾸중을 듣고서 마음이 울적할때면—

발ㅅ길은 그곳을 찾어 쏘대였나니
거기에서 나는 목을노아 울었고
거기에서 나는 소리를 높여 웃었고
거기에서 나는 하늘을 우러러 呼吸을 길렀던것이다.

오오 옛자최를 다시 더듬어보려 발ㅅ길을 떼여놓는 마음!
저자복판에 소스랗게 우뚝 솟은 豊南의門樓는
有情한양 발돋음하여 옛얼굴 보여준다만
붙들고 속사정모해보는것이 아숩기 그지없다.
    (8月作)
—『낭만』, 1935. 12.

오오 나의 母岳山아

1.
北은 江景ㅅ벌, 西南은 萬頃ㅅ벌
南으로南으로 길게 쌔든 철쭉을 넘어넘어
드문드문 푸른 베이삭에 파무친 마을을 넘어 쪼넘어—
먼南쪽하늘에 발도듬 하고 둘러슨 山들,
오오 그西편에 멀쑥이 떨어져 우쑥솟은 母岳山.

힘잇게 쌔든 네 기슬에서 내몸이 낫고,
네 어깨를 넘어 불어오는 蘆嶺의 세찬바람을 마시며 내몸은 자랏나니—
꼿 피고 새 울든 네 품은 오즉 하나인 나의보금자리엿고,
靑空을 머리에 이고, 네 활개밋테 고요히 퍼진 벌판은 오즉 하나인 나의
노리터엿드니라.

하얀살찐 네 그늘밋테서 울며 우스며, 소리치며 발버둥치며 사랑하는 벗
들과 갓치 수월수월 커나는 나.
버들 썩어 피리 내여 불며, 絶壁을 기어올라 진달래꼿 싸먹든 아츰.
모래ㅅ江 맑은물에 쮜어들어 툰벙툰벙 물장구 치며,
불볏 쏘다지는 세내ㅅ벌을 알몸으로 내댓든한낫.
서늘바람에 옷깃을 날리며, 쏘대든 몸이 픗穀食 香氣에 醉하여 수수ㅅ대
춤추는 밧두던에 번드시 누어 하늘을 숨쉬는 저녁.

쌩쌩 언 적은손을 호오 불며,
토끼를 쫓다가 산ㅅ길 눈속을 헤매이든 달ㅅ밤

오오 그적에 어린목청을 노펴 불으든 나의노래를(벌서 스무 해 압일이어든)

너는 잇지안코 記憶해 주겟니?

2.

멀리 써낫든몸이 故鄕에 돌아들째면

너는 언제나 먼저 손을 들어

불으는듯 나를 반기어 마저주엇나니

너를 볼째엔 내마음이 기썻고 너를볼째면 내가슴이든든하엿고

너를 볼째엔 내筋肉이 쒸엿고 너를 볼째엔 내呼吸이 컷드니라.

그리고서 내몸이 자라는 동안 압흔 傷處를 가슴에 안고,

幻滅의 깁흔 구렁에 썰어저 헤매일째면

오즉 너하나만이 업는 敎訓을 베푸러

여튼 내心情에 굿세인 쯧을 심어주엇나니

어버이에게서도 바더 보지 못하든

慰安을, 사랑을, 偉大한 힘을

오오 나는 너에게서 바더왓더니라.

3.

오오 偉大한 나의母岳山아.

내 어린時節의情緖를 고이 다스러주든 母岳山아

그러나 그늘밋테서 커날째

목청을 노편 불으든 노래를
이저버린지 이미 오래어니
한번 이저버린 노래를 찾지못한 나는
오늘도 쏘 답답한 가슴을 쥐어짜며 해를 보내야 하겟구나.

母岳山아 말을 하려므나 웨 말이 업니?
千年이 가고 萬年이 가도 너는 말이 업슬테냐!
예전에 부르든 노래를 찾지못하구서,
어느쌔짜지나 숙으린 나의머리가
明朗한 깃븜을 얼굴에 씌고 번듯 처들수 업는
괴로운 쏠만을 너에게 보여주어야만 올켓니?

네 온몸에 金빗을 퍼트리며 내닷든 太陽은
오늘도 네 머리우를 내닷는다 마는
줄기찬 네가슴을 썽썽 울리든 내어린 時節의 우렁차든 노래는
길이 네 그늘속에 파무처 버린채 曲調가 傷하고 마럿구나.
—『조선문단』, 1935. 12.

靑空을머리에이고

—새봄을 맞으며 學生 여러분께

새봄이다.
훼영창 맑은 아침은 우리들의 머리우에 열린다.

千九百三十六年!
太陽은 눈 덮인 이江山 하늘에
새로운 希望과 새로운 기쁨을 뿌린다.

적은 새들은 날개를 치며 天空을 날고
기쁜 노래는 들窓을 넘어 거리거리에 넘치어흐른다.

아름다운 새봄이다.
높은 理想과 빛나는 希望은
구름을 찢고 솟는 太陽과 같이
그대들의 가슴우에 붉은 呼吸을 뿌리나니

陸地라도 녹일 젊은情熱!
바다라도 삼킬젊은 意氣!
오! 그대들의 뛰는氣像은 하늘을 친다.

靑空을 머리에 이고
大地를 버티고 섰을 때—
그대들의 가슴에 타고있는 젊은太陽은 붉은呼吸은

—世界를 태우고도

—天地를 채우고도
오! 오히려 시원치는 못할 것이다.

그대들이여!
그대들은 우리의 힘.
그대들은 우리의 자랑.
그러므로 우리는 그대들을 사랑하며
그러므로 우리는 그대들을 尊敬한다.

새빛을 저다놓을 크나큰 힘은
그대들의 둥근어깨에 뛰고 있고
人生이 차지할 거룩한 자랑은
그대들의 붉은얼굴에 멈추어 있나니—

이世界는
그대들의 빛나는 都城을 세울 아름다운 노리터요
이 世紀는
그대들의 씩씩한 出發을 約束할 보배로운 午前이다.

오오 靑空을 머리에 이고
새날을 받드러 올 우리의 太陽이여!
彈子와 같이 곧은 힘으로
씩씩하게 뛰여들 나와 이 아침을 맞이라.
—『학등』, 1936. 1.

光明을 뿌리는 騎士야
—오 너 아름다운 太陽이어!

1.
새날 아드님을 바뜨려는
달 떠오르는 거룩한 乳房처럼
아름다운 약속을 그득 안꼬
地平線을 넘어 오는 아침은 우렁차게 열린다.

무거운 寢衣를 활할 버서버리고
활개 치며 열리는 이 江山 아침!
光明을 뿌리는 새날의 젊은 騎士는
채쭉을 들어 바람을 쫓이며 구름을 찢고 靑空을 내닷는다.

이 땅 姉妹들의 마음 우에 빛나고 잇는 어린 샛별—
純情이 물ㅅ결치는 어진 꽃송이, 착한 딸들—
거룩한 아침이 보내주는 붉은 希望에 醉하야
떨리는 적은 주먹들이 窓살을 두드리며 분주하게 들窓을 연다.

2.
구름을 찢으며 靑空을 내닷는 새날의 젊은 騎士야.
—(오오 아름다운 太陽이여!)—
네 부드러운 날개를 펼치어
敬虔한 아침을 조심스러이 바뜨려는 착한 딸들을
힘차게 안허 주렴. 힘차게 안허 주렴.

떨리는 입술에 빠알간 숨ㅅ결이 타고
어린 눈ㅅ동자에 푸른 하늘이 旗폭을 달고
아침을 祝福하는 적은 마음들을
지붕처럼 이워 주렴. 아름다운 노래를 이어 주렴.

꾀꼬리 같은 譜表가 꽃잎처럼 아침을 丹粧할 때
너는 靑色馬처럼 푸른 벌판을 달려 주려므나.
오오 아름다운 太陽이여! 젊은 騎士여!
기쁨을 한 아람 그득 안꼬 힘차게 달려 주려므나.
—『비판』, 1936. 3.

마음우에색이는 墓誌銘

그때가 벌서 세해前—
창대같은 비 줄기가 우악하게 쏟아지든 밤—
虛空을 깨버릴듯 무서운 칼질을 하든 우뢰는
뭉턱 뭉턱 떠흐르는 떼 먹구름의 등덜미를 처 다라날때—

섬돌우에 떠러지는 락수 물 소리를 들으며
濕氣가 차 오르는 마루 바닥에 둘러앉어
가슴과 가슴들이 주먹같은 울분을 집어 삼키고서
더운呼吸을 말없이 불질으든것이 어제와도 같습니다.

聰明과 熱情이 타고있든 視線과 視線
鐵門과 같이 굳게 잠긴 입과 입
무거운 沈黙이 가슴에서 가슴으로 흐르고 있을뿐—
그것은 우리의太陽—새로운經綸을 나으려는 가장 敬虔한 瞬間이었읍니다.

一秒 二秒 三秒 四秒……
敬虔한約束이 우리의마음우에 빛나는太陽을 실어다 줄때
黎明을 붓안고 새로운 숨결을 다듬는 새벽의 바다처럼
우리의 눈瞳子엔 火花를 뿌리며 明朗한 아침이 열렸읍니다.

『자아 이것을 먹어 치우고 이 밤은 갈리세』
수박을 주먹으로 처 깨트려 먹든 젊은 벗들
그렇게도 그들은 믿엄스러웠고
그렇게도 그들은 情스러웠든 것입니다.

子正 후—
씨슨듯 蒼穹엔 맑은 銀河가 소리없이 흐르고 있을 때,
어깨로 어깨를 치며 행길에 나선 그들은
다시금 더워지는 友情을 느끼면서 헤여졌든 것입니다.

그러나 어찌 알었으리까. 그밤을 마지막으로
저무러가는 低空에 찢어저 흐르는 구름쪼각처럼
꺼저버린 太陽의 싸늘한 屍體를 안고
몸과 마음들이 北으로南으로 흩어지고 말줄을!

바다에는 波濤가 높건만
陸地에는 바람이 세차건만
그들의 가슴에 꽂아진 쓸쓸한 墓標를 뽑아주든 못하리까.
그들의 눈瞳子에 나려진 어두운 寢帳을 거더주든 못하리까.

오늘도 나는 靑空을 우러러—
죽어버린 지난날의 記憶을 永遠히 묻어버릴 수 없어
그 날의 墓誌銘을 문허진 마음우에 색여봅니다
『오오 빛나고 敬虔하였든 最後의團欒이여!』하고.
—『조선문학』, 1936. 5.

따르릉·따르릉

따르릉 따르릉 따르릉……
洋服쟁이가 탄 얄미운 自轉車 두틀
오늘도 개뚝을 넘어 저 新作路를 내닷는구나야.
또 어느마을 한바탕 난리를 치루겠네야.

따르릉 따르릉……
어제는 우리동리를 고삿고삿 뒤지고 갔지야.
저 친구들 어따 무슨 나리라든가?
담배○○나왔다고서 가진 몽리를 다 피우고 가지않었든?

그 나리의눈엔 개 도야지만 보이나보드라.
마당이고 토방이고 마루고 방이고
진창 뒤엄자리로만 여기는
흙묻은 구두발이 개발이드라니.

그 나리의집엔 제애비도 할애비도 없나보드라.
채 명주털도 덜 벗어진 새파란 젊은놈이
머리가 하얗게 세인 老人의멱살을 걸머쥐고
귀쌈을 부치다니. 앞정강을 차다니. 불쌍놈도 다보았지.

어쩌면 그렇게도 농짝을 마구 헤친담.
어쩌면 그렇게도 요ㅅ닛을 다 뜯어본담.
글세 大明天地 밝은날에
뉘놈의 뱃장이 검은지 배들을 째보라지.

우리 어버이네가 불상도 하지!
그리고도 무에 그리 고마웠는지
투들거리고 돌아서는 등ㅅ바지에 매달려
방귀만치도 못아는 절을 웬걸 골백번씩이나 하는거라니.

이고샅에서도 수근수근
저고샅에서도 수근수근
罪없는 마음들이 너무나 純實하여서─
罪없는 마음들이 너무나 純實하여서─
純實한 것이 罪가 될 수도 있나.
罪라면 마음들이 純實한것 뿐─
純實한마을을 짓밟는건 무엇이랄까?
純實한마음을 짓밟는건 죄아닐까나?

따르릉 따르릉……
방울이 울리네야, 방울이 울리네야
개뚝을 넘어─新作路를 넘어─
방울이 울리네야 방울이 울리네야.

따르릉 따르릉……
흰둥이 누렁이 꺼멍이는
마을어구에 쭈런이 나와서서 컹컹 짖는구나 야.
『오오 親愛하는벗이여! 잘도 오네야』하고 첫인사가 반가워서─
    (5월作)
─『조선문학』, 1936. 7·8.

山上高唱

山도 들도 마을도 저자도
한결같이 눈속에 고요이 잠든
오오 푸른 月光이 굽이처 흐르는
白色의搖籃이여!

골짝을 지나 비탈을 돌아
그리고 江뚝을 넘어 들판을 꿰어…
끝없이 뻗은 두줄의 수레바퀴.
달빛에 빛나는 두줄의 수레바퀴.

오오 발아래 엎어저 꿈꾸는 大地여!
네 病알튼 乳房을 물고
네 싸늘한 품에 안겨 보채는 야윈 떡아기들.
가늘게 떨리는 그들의 숨ㅅ결우에
너는 무슨 譜表를 꼬자주려느냐.
내搖籃의 어린딸들이여!
눈덮인 집웅밑에는
꿈길이 아직도 멀구나.
내마음 파랑새 되여
그대들의 보채는 숨ㅅ결우에
봄소식을 물어나르리!

蒼空을 떠받고 氣차게 서있는 母岳.
白波을 거더차고 내닷는 邊山의連峯.
오오 발아래 엎어져
새벽을 숨쉬는 大地여!
달려와 내가슴에 안키라.
蒼月을 쏘아 떨어트릴
해 뜨는 가슴에 와 안키라.
―『시건설』, 1936. 9.

母性의 聖火
—내어린弟嫂의 産後病室에서

1.
熱은三十九度 脈搏은 百四十—
오늘도 그의 옆갈비에서
四百크람의 물을 뽑았소.

히멀숙한 病室—
베드에 누은 그의얼굴은 박꽃처럼 蒼白하였고
부프러진 그의肉體는 풀린 胎葉이 彈力이 없소.

表情을 잃은 그의 눈瞳子—
풀떡풀떡 뛰는 그의 心臟—
그에게는 손까락 한개를 自由로 움즉일 힘도 없나 보.

2.
그러나 그의가슴에 太陽처럼 떠오르는 母性의 사랑!
그의肉體가 어름처럼 식어지는 날에도
꺼질줄 몰으는 母性의 聖火는 永遠히 타고 있을게라.

母體의 生命이 危篤하니
授乳를中止하라는 醫師의말—
펀듯 켜진 그의눈瞳子는 샛별처럼 타고있소.

—『못하오. 그것만은 못하오.
어미의 목숨을 끊어서라도 어린것의 목숨을 이어주오.』—

그는 눈을 힘없이 감으며 고개를 내젔는것이오.

3.
그는 미음그릇을 밀어놓고 밥을 찾으오.
뜨면 한술도 얌전이 못뜨는 밥
그러나 눈만 뜨면 손을 들어 밥을 찾는것이오.
—(젖을 내먹이려는 욕심에서—)—

낳은지 五十日도 못되는 어린목숨!
고개를 쌀쌀 내저으며 어미의 젖꼭지를 찾일때
그는 억세인 밥알을 억지로 구을려 깨무오.

들복는 더위, 여름 장마가 지질키도 하다.
구진비 그치고 훼영창 열리는 快晴한 아침
病든 젊은母性의 가슴에도 씨슨듯 靑空이 열려지이다.
—『신인문학』, 1936. 10.

電燈불써진 鋪道우에는

停電!
電燈불써진 鋪道우에는
오늘도 낫낫같이 비가 쏟아집니다.

살ㅅ대같이 흐르는 自動車의 두줄『헤드라일』
놀란 생쥐떼의 휘둥그러진 눈알들처럼
비둘키집 들窓에 뿔뿔이 흐르는 초ㅅ불의 點滅.
쭈런이 느러선 店鋪의 부산한 雜沓!

雨傘받은 거리의 鋪道우에는
靑空의 노래를 잊어버린 젊은男女들

더위먹은 脚線이 꺾어저 흐를뿐!
星座에서 부르는 고요한 戀歌를
멫밤채 듣지못하는 街路樹의 무거운哀愁!

가느다란 숨을 빨딱어리며
憂鬱을 집어삼킨 都會의病色!
주름살을 편 후련한 하늘이 보고싶소.
웃는 太陽의 따거운 입술을 마시고 싶소.

이밤!
電燈불써진 鋪道우에는
더한層 비ㅅ소리가 높아집니다.
　　　　—『조선문학』, 1936. 10.

헐리는純情의王都
—R의自責聲明書를읽고

1.
R—
그는 東方의 샛별처럼 聰明한 女人이였고
R—
그는 白山의 차돌처럼 차거운 娘子였다.

그는 湖水와 같이 해맑은
까암한 눈瞳子를 구을려,

아츰 햇빨이 쏘아 드는
드높은 들窓을 두다리며,
靑空을 숨쉬는
젊은 사내들을 사랑하였고,

그는 치마짜락을 펄펄 날리며
높은 두던에 뛰어 올라
氾濫하는 濁流에 채이어
헐리려는 純情의 王都를 직혀 왔나니.

그러므로 그는
榮華의 꿈을 듬뿍 실은
五色 수레를 모라
黃金을 물고 덤비는
이웃 頑童의 請婚을 물리쳤고,

그러므로 그를
地上의 달
勝利의 聖母로
젊은 純情의 使徒들은
炬火를 들어 떠메였다.

오오 그는
얼마나 아름다운 太陽을
젊은 사내들의 가슴에 묻어 주었고,

오오 젊은 사내들은
얼마나 그의 앞날에
빛나는 約束의 花輪을 굴러 보냈드냐.

2.
그러나 그것은
깨여진 술잔에 담긴
한쪼각 아름다운 꿈의 破片이였든가?

勝利의 잔채를 베풀기 전에
그의 靑春이 먼저
毒蛾에 물려 病드렀나니―

그의 붉은 心臟을 따먹은 者는 누구냐?

가엾게도
白日 아래에 드러난
그의 腐爛한 肉體를 보라.

그의 肉體를 빛내이든 아름다운 靈魂!

蒼穹에 매달린 月光까지도
개천에 떨어져 흘러가고 마렀나니.

그는 스스로
白痴와 같은 미친 우슴을 흘려
젊은 星座에 켜진 純情의 聖火를 꺼버리지 않느냐?

우슴을 파는 醜雜한 거리로
狂風에 몰려 쫓겨 가는
그의 發惡을 들어 보라.

『너이들은 어리석었나니
너이들은 나를
냄새나는 낡은 世紀의 骨董品으로 아렀드냐?』

그는
징그러운 乳房까지 까바친 채
더욱 찌저진 소리로

거품을 물고 웨치나니

『너이들은 變節한 나를 꾸짖기 전에
 새로이 살길을 찾어
 내 치마짜락을 부뜰고 딸아들 나스라』

3.
이리하여 그는
永遠히 永遠히
젊은 사내들의 가슴에서 떠나고 마렀나니

그는 한낮 불상한 女人이었고
그는 한낮 妖艷한 人魚이었다.

젊은 사내들의 가슴에
더운 太陽을 묻어주던 그는,

젊은 사내들의 가슴에서
純情을 도적했다.

오오 純情의 王都에는
禁斷의 戒律이 뚜렸하거든!

純情의 노래를 팔고,

또 동산을 犯하려는
白魔여! 가거라.

너는 가장 으젓한 체
가장 미여운 淫婦!
생쥐와 같이 빨딱어리는
네 숨ㅅ결이 보기도 싫다.

냄새 나는 靈魂!
씻지 못할 네 靈魂의 烙印!

네 발ㅅ길에 채이는 돌부리까지도
너는 바로 볼 수 없으려든!

너는 永遠히
해뜨는 靑空을 이저버렸나니.

아직도 聰明이 남었거든
어서 네 가얄핀 손톱으로 파 놓은
네 거믄 墓穴로 다라나버리라.
—『시건설』, 1936. 11.

마음의 香火

—어떤 放蕩한 女人이 내 寢室 밖에서 부르든 노래

1.

—개골창에 빳인 太陽을 건지려는 者는 누구냐?—

都會! 都會!
오! 네 발바닥을 핥는 白狼의 혀끝.
黃金을 물고 날뛰는 어린 人魚들은
虛空을 한 아람 그득 안꼬서
濁浪에 채이어 떠 흐른다.

都會! 都會!
오오 너는 恍惚한 色彩와 華麗한 盛粧으로써
내 어린 肉體를 사로잡엇고
오오 너는 아름다운 술과 佚蕩한 노래로써
내 적은 靈魂을 꼬여 내엇나니

純實한 내 맑은 눈瞳子를 뽑아가고
그 자리에 몰래 『따이야몬드』를 박아준 者는 누구냐?
깨끗한 내 묽은 心臟을 떼어가고
그 자리에 몰래 毒蛇의 骸骨을 묻어준 者는 누구냐?

都會! 都會!
그리고 너는
나를 높은 『스테—지』에 나스게 햇고
그리하야 너는

네 어리석은 백성의 子孫들로 하여금
光榮의 花環을 엮어, 어깨에 걸처 메이고
『都會의 꽃이여! 地上의 달이여!』하고 나를 부르게 하엿나니.

香爐이 타오르는 내 치마폭에 바람이 움직일 때
그들의 가슴에 떠오르는 太陽은 永遠히 꺽어버리고
粉紅 寢臺 우에
白魚와 같은 내 肉體의 어지러운 曲線이 떨어질 때
그들의 머리에 빛나든 아름다운 譜表는
가엽시도 개천에 굴러 떨어지고 말지 안햇느냐?

오오 都會여!
내 마음의 夜光珠를 도적한 者여!
깨여진 자개껍질처럼
情慾의 바다에 엎질어진 나의 靑春이여!
내 발에 채이는 돌뿌리마다 돌뿌리마다
오! 나의 蒼艶한 情史를 쌀쌀하게 嘲笑하는
토막 토막 戰慄할 記憶이 머물러 잇거든.

2.
―내 마음의 香火를 꺼버릴 者는 누구냐?―
오오 돌아가리라. 나의 故鄕!
산ㅅ골에 흐르는 맑은 시내.
종다리 떠오르는 푸른 하늘.

산나물 뜯는 동산 숲.
다름질치든 언덕길.

오! 그곳은
내 어린 時節이 한 떨기 薔薇처럼
다사로운 봄볕 아래 피여나든 꽃그늘 搖籃이엿고
내 적은 가슴이 단 이슬 흐르는 乳房처럼
붉은 꿈을 뿌려주든 아름다운 故鄕이엿다.

오오 나의 故鄕!
거기에는 純朴한 어버이의 사랑이 잇고
거기에는 빗나는 姉妹의 純情이 잇다.
더러운 靈魂의 寢衣를 버서버리고
무거운 肉體의 塵埃를 떨어버리고
돌아가리라 옛 搖籃의 그늘로
잃어버린 내 마음의 太陽을 찾기 위하야.

都會여!
이 밤이 새이기 전에
나는 네 품을 떠나가리니—
네가 내 눈에 박아준 『따이야몬드』도
네가 내 가슴에 묻어준 毒蛇의 骸骨도
오! 두터운 네 낯짝에 갈겨주노니
엣다! 받어가거라.

그리고 불을 그어 붙이노니—
보라!
네 어리석은 백성의 子孫들이 恍惚한 꿈을 안꼬
醉하야 쓰러지든 華麗한 寢室!
그들이 한 입 두 입 물어 날라다 준
數많은 高貴한 寶物들!
오오 壯快하지 않으냐?
그것들을 주린 猛獸떼처럼 웅얼거리며
활활 집어삼키는 무서운 불ㅅ길을!

새벽 天空을 찔으는 火光!
오! 지난날의 모든 더러운 記憶이 消滅하여버리는
내 가슴은 새로운 呼吸을 안꼬 뛴다.
그리고 새로운 光燭이 타고 잇는 나의 눈瞳子는

멀리 불ㅅ길 속에 수레를 몰아 굴러오는 새날을 본다.
오오 내 故鄕! 내 故鄕!
내 故鄕의 아침!
붉은 해 소사오르는 내 故鄕의 아침.
돌아가자 내 故鄕 푸른 하늘 밑으로!
돌아가자 내 故鄕 푸른 하늘 밑으로!
—『여인』, 1936.

憂鬱華
―젊은 인테리輩의 苦悶을 안고
地球는 오늘도 제대로 돌아간다

1.
부푸른 네 얼굴에는
장마철 노란 버섯이 피고
이마를 짚고 무근책장을 넘기는 네 힌 손까락에는
오늘도 탐스러운乳房을 건드려보지못한슬픔이 떠돌고 있다.

때묻은 太陽을 빠러먹는
賣淫하는계집―化粧한鋪道우에서
아름다운 眞珠를 캐려는 너의어리석음!
벌레먹는 네靑春을 너 스스로 吊喪하려느냐.

가장 날카로운듯 가장 무딘 네神經은
빛나는 鑛脈을 찾기전에 가벼운 痙攣이 시작되느니
그래도 너는 네傳統의未練에 사로잡혀
弱한 네마음은 귀떨어진 錯覺을 버리지못하는구나.

2.
드높은 집웅밑에서 사는 都會의 젊은사내들―
―우슴도 노래도 멀리 흘러가버린
―해돋는 아침도 달뜨는 밤도 永遠히 무덤으로 돌아간
그들은 마음의靑空을 잃어버린 무리!

보라! 찚으린 그들의 굵은 이마ㅅ살에는
蒼白한 哀愁가 누비처 흐르고
축 늘어진 그들의 두 어깨쭉지에는
千斤이나 무거운 재ㅅ빛 憂鬱이 찬骸骨처럼 뻗어있지않느냐.

颱風이여! 오라.
그리하야 그들의마음우에 明朗한譜表를 뿌려주라.
시원스럽게 열리는 마음의 들窓!
오! 靑空에 흐르는 힘찬 노래소리가 듣고싶다.
—『조선문학』, 1937. 1.

山길을거르며

1.
바람 찬 저녁—
ㅅ山길을 것는마음은
끝없이 쓸쓸키도 하다.

엉성한 솔ㅅ가지 그늘진 비탈에
쉬염쉬염 松葉을 긁는 어린樵童.
끊어진 밭머리 찌적찌적 흐르는 돌물에
포기포기 배채를 씻는 젊은女人.

뜸뜸이 떨어저 부른 바람가비 山家.
마당도 토방도 울도 터도 없는……
바람은 점점 세차게 부는데
언제까지 저 찌그러진 굴뚝은 더운煙氣를 배알아려보나.

2.
잎진 포푸라 앙상한 가지가지
새로 난 新作路ㅅ가에는 오막사리 몇채가 쭈런이 섯다.
그러나 문ㅅ고리마다 채워진 쇠통!
그 쇠통에 곪긴 蒼白한 憂鬱을 따줄이 뉘런고.

다쓰러진 土壁에 등을 부치고
쪼구리고 앉어 떨고있는 발거숭이가 달랑하다!

돌아오지않는 어매를 기다리며 울고있는—
돌아오지 않는 어매를 기다리며 울고있는—

가난은 이다지도 모진것인다.
날은 저무러도 올나올줄 모르는 어매—
울어서 울어서 부프러오른 찌적한 얼굴
아아 그 적은 한손에 쥐어진 무수꽁지 하나.

3.
오오 가을이 와도 가을을 모르는 가난!
오오 사랑이 붉어도 사랑을 죽이는 人生
끝없이 설레이는 마음의 빈 터에는
썰렁한 空愁가 한아람 그득이 안끼울 뿐이다.

가난한 지붕밑에는 햇빛도 깃드리지 않는것인가.
하늘을 우러러 보는 마음! 어깨가 떨어진다.
가을의 길손이여! 너무나 모른체 마소.
찌그러진 簷下라고 그대마저 푸대접하는가?

바람 찬 이저녁—
山ㅅ길을 것는 지친 내 마음우에
불을 한가지 드윽 그어 보네.
—『풍림』, 1937. 1.

紅天夢

一. 무지개

1.
씻은듯 열리는 시원한 靑空!
햇빛이 춤추는 白馬의長江!
아직도 비ㅅ방울이 방울저 떨어지는 皐蘭草 어린잎
아리에 자최도 없이 건드려만 보고 지나가버리는 훈훈한 六月의 微風!

—그것은 소낙비 끝인 南國의午後
　그림과같은 한幅의 고요한 情景이었다.

2.
힌 모래우에 길게 뻗은 두줄 발자욱!
天空에 가로 걸린 아름다운 七色紅橋!
자박 자박 먼 동천을 넘어스며
無心코 마주치는 두쌍의 눈瞳子엔 꽃불이 흐른다.

—그것은 純情이 여울치는 한쌍의 적은星座!
　어버이의 그늘에서 고이 자라가는 少年과少女였다.

3.
아버지는 들에 나가 밭을 갈고

어머니는 베틀에 올라 질쌈을 할 때면
아침이면 少年은 메에 올라 꼴을 베고
저녁이면 少女는 江에 나가 물을 깃는것이였다.

─그리하야 하루 한번 맞나는 숨은 기쁨을
　해지는 붉은노을 바람잔 江가에서 키워가는것이였다.

4.
『아이 天王쇠야. 무지개가 어쩌면 저리도 고아요.
넌 날위해 저 무지개를 떼어올수는없니?』
『紅아. 가도 가도 붙잡지 못하는건 무지개란다.
붙잡을수없는 무지개를 넌 어떻게 떼어오라느냐?』

─모래틈 바위우에 나란이 앉인
　두 얼굴에는 紅潮와같이 꽃잎이 물ㅅ결친다.

5.
『떼어만 올수 있다면 말이다. 아이 부끄럽네야. 한끝은 내가슴에, 다른
한끝은 네가슴에─』
『떼어만 올수 있다면 말이지? 무에 부끄러울것 있니? 너는 女王별이 되
고, 나는 大王별이 되고─』

─이리하야 한쌍의青春은 太陽의譜表를 물고
　고요한 江村에서 노래의搖籃을 직혀 갔다.

二. 別離

1.
그러나 헐리기시작한 그들의幸福―
魔神의作戱는 해를 이어 멈찌 않었나니
한겨울 毒感으로 少年은 어버이를 여이였고
한여름 洪水로 다시금 밭뙈기마저 흘러보내고 말었다.

―하야 少年은 사랑하는 紅이를 남겨두고
  새길을 찾어 情든故鄕을 떠나고 말었나니―

2.
『天王쇠야. 지금 가면 언제나 다시 맞나리―
네가 가버리면 둘곳 없는 이마음
天地가 넓다한들 둘곳 없는 이마음
비노니 돌아오는 그날만을 기다리며 지나리!』

―夜光珠에 어리는 이슬ㅅ방울이런가.
  少女의두눈에는 더운 구슬이 열리였었다.

3.
『오냐 紅아. 너를 두고 떠나는 내마음도 있거든!
내마음 네가슴에 묻어두고 가노니
든든이 잘있으란 부탁뿐이다.

몸성히 잘있으란 부탁뿐이다.』

—紅爐에 사라지는 눈포래런가.
　少女의얼굴에는 나부끼는 表情도 없었다.

4.
소리없이 흐르는 푸른 실안개—
물ㅅ결조차 숨죽은 새벽 강나루에는
두줄 발자욱이 모래우에 길게 뻗어 있을뿐
임자없는 노래를 다시 찾어 부르니 뉘런고.

—東天이 붉어오니 열리는 빛나는 아침!
　그러나 少女의마음의들窓은 어느날 다시 열리리.

5.
『長江은 흘러 흘러 歲月도 흘러 흘러
山과 들엔 푸른빛 다시 새롭구나.
님 실ㅅ고 떠나든 배는오늘도 江頭에 매여있것만
님은 떠나고 소식은 없으니, 이내마음은 물에 뜬 뷔인배라.』

—江ㅅ가에 오늘도 나와 물을 깃는 少女의마음!
　西天에 놀이 타니, 그의가슴에도 놀이 탄다.

三. 都會

1.
노래의搖籃에서 追放된 少年은
山을 넘어 물을 건너 都市의 문턱을 넘어섰나니 보라!
憂鬱이 잠든 街路樹 밑에
文明의 陣痛을 겪고있는 都市를 凝視하고 섰다.

―都會! 都會!
  少年의 마음을 訪問한 都會의 첫信號는 무엇이었든가.

2.
함부로 나자빠진 벌퉁처럼
각구로 떨어저박인 삘딍의羅列!
석양ㅅ불이 떨어진, 부스대는 白蟻의陣形처럼
가로 세로 몰리고 쏠리는 舖道의雜沓!

―그러나 기지개를 한번도 펴보지못한 守衛兵처럼
  야윈 街路燈은 하품을 깨물고 깊은午睡에 파묻쳤다.

3.
눈알을 깨트리는 强烈한色彩와 輝煌한光波!
狂爛한噪音속에 黃金을 물고 덤비는 白蛾의圓舞!
都市는 賣淫하는 化粧女처럼, 妖艶한 눈섭을 奔走하게 그리며.

文明에 陶醉한 아들과딸들을 손질하여 부르고있나니

―오오 都會의心臟을 물어뜯는 倦怠의解渴!
　피무든 八月의太陽은 殺氣를 띠고 哄笑하고 있다.

4.
그러나 都會의一角―
少年의가슴에 旋風을 묻어준
그것은 하눌을 떠받고 선 한 개의 巨大한怪物!
壯快하게 黑煙을 배았는 煙突의威容이었다.

―이리하야 少年은 忠實한 工場의 한 사나이가 되였고
　이리하야 少年은 太陽을 들어마시는 용감한 젊은이가되였다.

5.
더운波濤가 구비치는 情熱!
그는 주먹같은 譜表를 찍어 부르는 젊은歌手였나니
그의 거세인聲帶에서 울려나오는 우렁찬 合唱의노래는
低空의 무거운氣壓을 뚫고 새벽의天空을 울리었다.

―어깨를 젓고 뚜벅뚜벅 떼어놓는 굵은 발ㅅ자욱
　그는 어젯날 무지개를 꿈꾸든 江村의少年이 아니었다.

第二部

一. 幻滅

1.
그 뒤 八年—
찬비 시름없이 뿌리는 가을 저녁.
허술한 두루막에 푹 눌러쓴 도리우찌!
높은 石壁을 끼고 무거운발을 옮겨놓는 한靑年이 있었다.

一天王쇠! 그는 天王쇠였다.
　旋風을 안꼬 젊은날을 키워가든 天王쇠였다.

2.
三年만에 처음 밟어보는 우람찬 大地!
三年만에 처음 마시어보는 시원한 空氣!
머리우에 탁 터진 蒼穹을 그는 얼마나 그리워 했으며
소식을 모르는 젊은歌手들을 그는 얼마나 생각했드냐.

一그러나 모든것은 變하고 말었다.
　모든것이 驚異요, 모든것이 失望이였다.

3.
보라! 都市의惡靈은 그에게 美酒를 勸하였다.

그러나 그는 머리를 내저었다. 곱게 물리쳤다.
都市의惡靈은 다시 豊滿한乳房을 헤치고서 그의心魂을 愛撫하였다.
그러나 그때에는 그는 눈을 부릅떴다. 꾸짖었다.

─오오 그리고 그는 이날도 壯快하게 黑煙을吐하는 우람찬煙突을 우러러
보았다.
　　그러나 都市의惡靈은 멀쭉이 떠러저서 깔깔 웃었다.

4.
오오 젊은날의 譜表를 씹어먹든 그의 더운呼吸은
싸늘하게 식어버린 追憶의屍體를 안꼬 몸부림 첬나니.
축 느러진 두어깨에는 千斤같은 憂鬱이 언치었고
피ㅅ방울이 깨어진 얼굴에는 쓸쓸한墓標가 가로 누었다.

─이리하야 그의가슴은 문허진무덤처럼 찬바람이 떠올랐고,
　　이리하야 그의마음은 비맞인 제비처럼 故鄕이 그리워졌다.

몇해런고! 그의머리우에 떠오르는 故鄕의靑空!
해ㅅ빛이 춤추는 푸른長江!
별비 쏟아지는 銀모래 江邊!
그리고 純情이 물ㅅ결치는 搖籃의딸 紅이!

─오오 돌아가리라. 내故鄕 해뜨는나라로!
　　오오 돌아가리라. 내故鄕 해뜨는나라로!

二. 歸鄕

1.
구비처 흐르는 푸른長江!

높게 개인 맑은 하늘!
그는 가슴을 헤치고 江나루 모래등천에 뛰어올라
터지는듯 떨리는 목소리로 웨처 불렀다.

―『오오 나의옛搖籃이여! 노래의聖地여!
    太陽을 물고 종다리 노래를 뿌리는 빛나는地域이여!』

2.
그러나 떠난지 十年! 搖籃의옛터는
다시 돌아온 젊은아들을 반기어 맞어주지는 못하였다.
물에 채어, 등쌀에 밀려 흘러가버린 마을!
미영밭 동산을 두동강에 끊어내고 길게 뻗힌 新作路!

―낯 익은 물레방아는 그자취 어느곳에 파무쳤는고!
    어울리지도 않는 포푸라숲이 빡빡이 느러서있을뿐.

3.
봄을 물고 찾어와 노래하던 꾀꼬리!
떠오르는 늦달을 主人인양 짖어주던 삽살이!

그것들은 덧없는歲月과함께 흘러가버리고 말았다.
얼마나 뒷뺨을 따리는 낯설은 風景이런가.

—그보다도 오오 紅아. 너 마저 어데로 떠나버렸노?
　비인가슴엔 끝모를空愁가 회호리칠뿐이었다.

4.
『물은 흘러 흘러 바다로 흘러
노래도 흘러 흘러 바다로 갔나?
물ㅅ결에 채어 채어 깨어지는 달ㅅ그림자
물ㅅ결에 채어 채어 노래도 깨어졌나?』

—불러도 대답없는 푸른長江!
　오오 紅아. 어느곳에 노래를 맡겨두고 너는 떠나버렸니?

5.
『흘러간 노래의무덤이여! 搖籃이여!
마지막 作別이다. 잘 있거라.
이후에 혹여 묻는이 있거든
활없는 살을 가슴에 꽂아주고 가더란 말이나 傳해주렴!』

—이리하야 그는 다시 江村을 등지고
　北으로 北으로 霜月을 밟으며 放浪의길을 떠났다.

三. 放浪

1.
돋는 해, 지는 달
長江을 건너, 國境을 넘어—
萬里長空엔 白雲만 떠돌뿐
끝없이 열린 아득한 벌판.

—그는 얼마나 허파가 꺼진 沈痛한가슴을 어루만지며
　거칠은大氣에 불붙는情緒를 식혔든고.

2.
바람 찬 朔北의 밤!
쏘대느라 몸이 疲勞에 뒤감길때면
千斤같은 무거운다리를 地殼에 뻗고
밤荒原에 번드시 누어 蒼空을 숨 쉬였나니—

—그리하야 밤이 새일때까지 千古의秘夢을 소리없이 쏟는
　天上 星座의 귀ㅅ속이야기를 엿듣는것이었다.

3.
白雪이 날리는 興安의峻嶺!
발ㅅ길에 채이는 渤海의 달!
萬樹長林에 푸른안개는 흩어지고,

서리찬 새벽하늘에 울고가는 기러기 소리!

—曠漠한 萬里의荒原에 해는 돋고 지고—
　바람 잔 뷔인 가슴에도 해는 지고 돋는다.

4.
千里라 溶溶한長江水는 구비처 흐르고
萬里라 濛濛한 띠끌은 하늘을 덮는
오오 해돋는 北方의乳房아!
달려와 내가슴에 안키라.

—그는 세찬 大陸ㅅ바람에 頭髮을 펄펄 날리며,
　嶺臺에 뛰여올라 활개를 펼치고 고함을 쳤다.

5.
고요이 타는 西天의 붉은노을!
끝없이 뻗은 눈덮인大地를 곱게 물들여 줄때,
落照를 물고 휘파람치는 萬里의邊域!
멀리 南쪽 地平線에 떠도는 한주먹 구름ㅅ장!

—오오 해지는 北方의大陸아. 내 가슴에 안껴 고요이 잠들라!
　그는 다시 黃昏이 기어드는 大地우에 무거운 발ㅅ길을 떼어놓는다.

第三部

一. 異港의 밤

1.
白熊이 七色太陽을 물고 춤추는 北方의處女地!

어름ㅅ장 떠흐르는 異國 海港의밤!
휩따리는 눈포래의 猛烈한 示威에
무덤 처럼 숨을 죽이고 거리는 고요이 깊어간다.

—그러나 疲勞한 사내들의 젊은·心臟을 파헤치고
  北國의女神은 몰래 파란香ㅅ불을 묻어주나니.

2.
땀ㅅ방울이 구슬지어 떨어지는 酒場의 色琉璃窓!
빛을 깨물고 느러저 밤을 드러마시는 白燈!
떼뭉처 들어온 異國의 젊은水夫들은
어여쁜 계집애를 하나식 껴안고 卓子에 둘러앉었다.

—卓子우에는 푸른紙幣와 번쩍이는金錢이 쏟아저 깔리고,
  琉璃컵에는 붉은 술이 미친듯 넘처 출렁거린다.

3.
『물우에 뜬 한쪼각 풀잎이런가?

우리는 바다를 집을 삼고 떠흐르는 마도로쓰라
술을 부어라. 어여뿐 계집애야 가슴에 와 안키라
이것이 이세상의 極樂이란다.』

─어깨를 겨꼬 부르는 거치른 노래소리─
　붉은 입술을 터뜨리고 葡萄알처럼, 우슴은 대굴대굴 굴러 떨어진다.

4.
『바람에 나부끼는 한쪼각 찢어진 輓章이런가?
우리는 밤이면 피는 눈물의꽃이라오.
노래를 부르거나 춤을 추거나─
이것이 이세상의極樂이랄까?』

─白魚와같은 힌팔이 사내들의목을 감스고 느러질 때
　감치는 눈초리엔 情慾의꽃불을 문 실뱀이 기어든다.

5.
술이다. 노래다. 춤이다. 抱擁이다.
끼언는 더운입김과 부딧는 肉塊의 亂舞!
붉은술이 출렁이는 琉璃컵에는
깨어진心臟이 쪼각쪼각 떠놀고 있다.

─이리하야 구비처흐르는 愛慾의濁浪을 떠싫고
　太陽이 빠진 異國 海港의 밤은 고요이 깊어간다.

二. 邂逅

1.
칼바람 바람ㅅ벽에 매달려 휘파람치는 午前三時—
눈보래의 空中射擊은 씻는듯 멈치고,
다못 외로운步哨兵처럼, 서슬푸른 蒼月이
쓰러진 死骸 처럼 눈덮인 大地를 고요이 할ㅅ고있다.

—그러나 情慾의바다에 엎질어저 盡蕩한 歡樂의世界는 탄다.
   蒼焰을 휘날리며 百度로 탄다.

2.
더운秋波를 뿌리는 白熱燈아래
期於코 戰慄할 愛慾의 砲火戰은 展開되였나니—
보라! 妖艶한曲線을 虛空에 그리고 날러떨어지는 肉彈!
그리고 悲鳴과 狂笑에 파무친 壯烈한肉의 爭鬪!

—이때다. 眞紅色커—텐을 잡어제치고 나타난 한개의靑年!
   그는 熱風을 드러마시고섰는 아라삐아의勇士처럼 氣骨이 뛰었다.

3.
異國水夫의 구둣발에 함부루 밟혀 으깨지는 꽃송이들!
오! 그것은 暴風에 불려 날려온 祖國백성의 딸들이였다.
그가슴에 다시 켜지는 분노의太陽!

不意에 선불을 맞인 猛獸처럼 달려드는 水夫들을 메여첬다.

—格鬪! 格鬪! 쓸어지는卓子 깨어지는琉璃窓—
　그리고 번개와같이 虛空을 치고 날르는 주먹과 주먹.

4.
그러나 한개의獅子는, 날뛰는 뭇狼輩을 바워내지못했나니
날러오는 술ㅅ瓶에 이마를맞고 그는 쓸어지고마렀다.
氣絕! 異港의깊은밤 이름도 모를 찬 지붕밑에
아아 그는 식어가는火鐵처럼 沈痛한最後를 마치려는가.

—쥐숨ㅅ듯 뿔뿔이 흩어저 다라나는 異國의水夫들!
　쭈루루 몰리어 떨고섰는 날개찢긴 白蛾의무리!

5.
오오 그러나 地上에 떨어진 빛나는火星처럼
푸들푸들 떨고섰는 계집애들을 밀치고 나는듯 뛰어나온 한개의女性!
치마를 찢어 깨어진 이마를 동여줄때
무릎우에 안어이르킨 피흐르는 靑年의얼굴!

—오! 너무나 놀라운奇蹟이 날러드는ヒ首처럼 그의가슴을 찔렀나니
　『오! 天王쇠! 당신은 당신은 정년코 天王쇠였구려!』

三. 黙華

1.
그 이튿날 늦인午後—
雅淡하게 차린 白色 寢臺우에
죽은듯 누어있는 蒼白한 靑年의얼굴!
그리고 그옆을 떠나지않고 지키고있는 마음알른 麗人!

—소리없이 흐르는 숨ㅅ결에 머리맡 燭불이 때로 흔들릴뿐
　그것은 萬里 異鄕의 쓸쓸한 한개의病室이였다.

2.
卵黃빛 나직한天井을 우러러 고요이 지는 더운 한숨!
떨리는 가슴을 지긋이 누르며,
근심이 여울치는視線을 病人의얼굴우에 던질때
오! 힌繃帶에 파무친 두눈을 펀듯 뜨는 靑年!

—놀람과기쁨이 華輪을 그리는 빛나는光彩!
　오! 그것은 十年만에 처음 마주치는 두쌍의눈瞳子였다.

3.
『紅이!』『오! 天王쇠!』
다시 더말이없이 얼굴만을 바라보든 두男女—
힘없이 눈을 감을때 靑年의뺨을 적시는 두줄기 눈물!

고개를 숙이는 紅이의눈에서도 샘솟듯 눈물이 쏟아진다.

―이것이 꿈이든가. 狂爛한물ㅅ결에 쓸려
　天涯萬里 외로운異鄕에 期約없이 떠흐르는 두개의 靑春!

4.

一分 二分 三分 四分…
『紅이!』靑年의눈에는 아침처럼 해맑은太陽이 떠올랐다.
그리고 팔을 뻗히어 무릎우에 떨어진 紅이의손을 쥐었다.
『紅이!』靑年의목소리는 더한層 부드러웠다.

―그리하야 다시 마주친 두쌍의눈瞳子는
　안개 걷힌 새벽의湖水처럼 숨ㅅ결이 새로웠다.

5.

흘러간 노래의王都여!
純情이 물ㅅ결치는 두가슴우에는
겹겹이 쌓인 구름을 뚫고
紅日이 솟는 새벽의蒼空이 새로이 열려온다.

―이밤도 눈은소리없이 나리나니, 異鄕의밤하늘―
　오오 마음우에 고요이 타는 두자루의 붉은華燭이여!

四. 脫出

1.
그 뒤, 때는 二月—
波濤 높은 異國港市의 一角!
굼틀거리는 火龍처럼, 한개의 불ㅅ기둥은
거치른 北洋의 밤하늘을 떠받고 이러섰다.

—퍼붓는 불비! 날뛰는 바다!
  그리고 怒氣가 등등한 구리ㅅ빛 하늘!

2.
이때였다. 깨어진 거울처럼, 한쪼각 蒼月이
부러진 돛대끝에 매달려 오소를 떨고잇을뿐!
보라! 칼돛을 높이 단 한雙의風帆은
검푸른 波濤를 차고 살같이 내닷는다.

—出帆!
  오오 그것은 아름다운太陽을 실러가는 壯快한出發이였다.

3.
세찬 바다ㅅ바람에 머리털을 펄펄 날리며,
甲板에 나선 한쌍의靑春!
술瓶을 뽑아들고 소리처 노래를부른다.

虛空을 向하여 술을 뿌리며 노래를부른다.

—『오오 火光에 파묻혀 멀리사라지는大陸이여! 술을마시라! 醉하라!
　깨어진 네 心臟우에 잠든날을 묻어보리.』

4.
푸른 갈기를 더펄거리며
가슴에 와 안기는 밤海原!
天王쇠와紅이는 또다시 노래를부른다.
달빛이 깨어저 춤추는 바다우에 술을 뿌리며 노래를부른다.

—『오오 새벽을 안ㅅ고 숨쉬는바다야! 술을 마시라! 醉하라!
　푸른 네寢臺우에 새로운 붉은꿈을 맺어보리.』

오오 바다는 춤춘다. 月光을 물고 춤춘다.
춤추는 푸른波濤를 넘어 넘어
고요이 터지는 하늘! 열리는 아침!
새로운 숨—결이 波濤치는 두가슴우에도 새아침은 열린다.

—오오 아름다운太陽을 실어올 壯快한出發이여!
　동트는 새벽이여! 붉은 하늘이여!
　　(丙子12월25일脫稿)
—『조선문학』, 1937. 3.

人間壁書

一人生에게끼쳐진적은한개의課題를세상에보낸다

1.
봄!
기다리든 봄!
따뜻한 봄이 오기도 전에
기어코 너는 險難한娑婆를 등지고마렀구나.

눈보라 치는 大都의夜空!
몸을 담을 부엌한間을 가지지못한 너!
더운煙氣를 내뿜는 굴뚝을 끌어안꼬는
그대로 永遠히 깨어나지못할 깊은잠을 일우고마렀구나.

그렇다고 너에게는
네 보기싫은屍體를 가리울 꺼적 한닢도 없는것을!
毒한바람에 입술이 헤어저
말도 못하는 너에게 熱湯을 끼얹는 이世上이 아니었드냐?

2.
하룻밤, 冊裝을 열고서 손때묻은聖書를 뽑아들때
房바닥에 대구를 굴러떨어지는 銅錢한푼!
오! 銅錢을 집으려든 손까락은
진저리를 치고는, 한거름 물러섰나니—

흙묻은 두발로 聖書를 밟고 서서
銅錢을 집어 내낯짝을 갈기며 冷笑하든 네얼굴!
그리고 손까락을 뻐처 내心臟을 가르치든 네 눈瞳子
오! 얼마나 두려운幻像이냐? 苛責이냐?

그길로 한다름에 높은山上에 뛰어올라
손까락끝에 하늘을 올려놓고 빙빙 돌려보다
발을 들어 大地를 텅! 굴러보았다.
『主여! 당신이 들려준 太初의말삼이 무엇입니까?』하고.
    (2월28일作)
―『풍림』, 1937. 4.

아침은 나를 부르나니

눈부신
江山
햇빛 구슬띠를 띤 맵시도 으젓한지고

걸음마 둥둥
아가의 손길을 이끌어 어서 내뒤를 따르려므나.

한발을 떼어놓으면 흰구름이 피어나고
또한발을 떼어놓으면 골짝은 열려

이끼 푸른 벼랑에 구슬이 뚝뚝 듣는……

少女들아
靑山을 밟으며 가벼운 걸음걸이로 어서들 나를 따르려므나.

끝없이 뻗은 푸른언덕에
노래를 뿌리며

걸음마 둥둥
아가와 함께 빛나는 이아침을 걸어보고싶구나.

손톱자국도 찍히지 않는
주름살없는 번듯한 하늘을
걸음마 둥둥

아가와 함께 걸어보고싶구나.

바람 솟으라히
춤추는 두루미 흰날개를 안겨

우줄우줄
푸른물결을 차고

扶桑 높은가지에 둥실 떠오르는
아름다운 해를 우러러보지 않으려느냐.

꽃다발 좁그러히
한아름 그득 가슴을 채워줄 거룩한 아침을
少女들아

어깨를 으쓱이며
산뜻한 차림새로 걸음마 둥둥
아가와 함께 걸어보고싶구나.

꽃밭을 걸어가듯 걸어보고싶구나.
―『시건설』, 1937. 12.

憂鬱放逐

1.
나는 울었소.
주먹을 놓고 울었소.
고요한 아침이
아름다운 幸福을 실어다 주는
내 마음의 들窓을 깨뜨린者가 뉘오?

平和로운 純情의 海峽에
붉은 사랑이 여울치는
내 搖籃의 乳房을 도적한者가 뉘오?

구름이 몰리오.
우뢰가 흐르오.
무거운 憂鬱이 내마음의 低空을 내리 누르오.

오 熱病 앓는 마음—
太陽을 잃어버린 내마음의 曠野에는
이름모를 雜草가 茂盛하고 있소.

2.
오냐.
주먹은 부르르 떨리오.
白狼의 빨간 혓바닥처럼
가로질린 地平을 노리는

내 눈망울에는 흐르는 불별이 회오리치오.

불붙는 내 純情의 海峽
내 가슴엔 波濤가 높으오.
내 숨결은 火華를 뿌리오.

憂鬱 放逐
흐르는 電波
颱風의 警報는 내 마음의 靑空을 뒤흔드오.

오 부서지는 旗폭—
옷깃을 헤치고 太陽이 뛰어들 듯
기우러지는 하늘에 어깨만 마구 높아지오.
―『비판』, 1937.

내 마음 둘 곳 없어

이 마음 누구를 위해 바치오리까
이 마음 누구를 위해 지키오리까.

大地엔 아름다운 해ㅅ빛이 넘쳐흐르건만
떼어놓는 발길은 왜 이리 허든거립니까.

산과 들엔 봄빛이 무르녹아도
깃들일 곳 없는 마음엔 殘礎만이 구을러

하늘을 우러러 울어도 울어도
목 놓아 울어도 울어도 시원치 못한

純情은 붉어 가슴을 태우건만
숨결은 왜 이다지도 떨리기만 합니까.

이 마음 받아 줄 그이는 永遠히 떠나고 말았으리까.
허락할 곳 없는 이 마음, 얼마나 不幸한 인생입니까.

아아 씻은 듯 언제나 蒼空이 탁 터지려나
어여쁜 손길이여 이 가슴에 匕首를 팍 찔러나 주소.

人生의 뜻! 살아간다는 것이 무엇일꼬.
모든 생각을 잊으려 불을 끄고 눈을 감아봅니다.

오오 머언 어둠이여!
차라리 이 마음을 고요히 덮어나 주사이다.
—『중앙시보』, 1937.

純情의 가을

1.
서늘 바람은 사분 사분
수수밭 머리 느긋이 누운 잔등을 넘어
높드란히 열린 十月의 靑空.

조으는듯 드문드문
여물어 가는 이삭 香氣에 파묻힌 마을집들
한나절 해찰도 무심한 양
걸음을 머뭇거리는 十月의 靑空.

黃金 물결은 여울 여울
쪽빛 山들은 멀직이 떨어져
錦繡 屛風을 둘렀는데

가을에 醉한 마음
잔등을 넘어 또 잔등을 넘어
지향없이 쏘대는 발ㅅ길
아아 반겨 맞아 줄 情든 기다림이 있는 것도 아니언만

2.
수줍은 치마폭에 가을을 따 담는 착한 純情
무엇이 그다지도 놀랍고 부끄러웠던고.
까만 눈동자에 켜진 맑은 구슬
부산하게 옷매를 고치며 붉히는 가슴

무단한 발길이 숫된 꿈을 깨뜨려 준
罪스러운 情을 어떻다 발명할 길 없어
수수ㅅ목 훑어 쥐고
먼 하늘 바라는 체, 두셋 알 깨물기만 하였느니—

太古쩍 모습을 그대로 지녀 온
한 자락 수줍은 十月의 靑空
거기에는 무르익어가는 가을이 조을고 있소.
거기에는 붉은 純情에 醉한 太陽이 조을고 있소.

여울치는 黃金의 乳房—
아아 내 젊은 마음의 曠野에도
가을은 익어가건만 익어가건만
익어가는 내 純情의 가을을 거두어 줄이는 뉘려뇨.
—『중앙시보』, 1938.

草笛을 불며

마음놓고 발을 떼어놓을
한 덩이 흙도 갖지 않았노라.
마음놓고 몸을 담아 볼
한 칸 구들도 지니지 않았노라.

그러나 마음엔 하늘 한 자락
고요히 깔린 푸른 잔디밭이 있노라.
초롱초롱 어린 별들이 달아 놓은
아름다운 노래가 켜 있노라.

가난한 내 歲月이 슬프기도 했건만
푸른 잔디밭엔 언제나 아침이 찾아왔고
허술한 내 모습이 외롭기도 했건만
구김 없는 노래는 旗폭 보다도 鮮明했더니라.

넋이 자갈밭에 구을러 깨어져도 좋다.
가는 사람 오는 사람
발ㅅ길에 채어
풀잎과 함께 썩어 버려도 아까울 것 없다.

내 오직 하늘 한 자락
어깨에 걸치고 살아가리.
내 오직 어린 별들이 켜 주는
아름다운 밤을 지키며 살아가리.
—1938.

꽃과별

맑은 아침이면
뜰에 핀 어린 꽃송이들은
살풋 입술을 열어
나에게 아기자기한 웃음을 보내줍니다.

고요한 밤이면
하늘에 반짝이는 적은 별들은
파아란 눈을 깜박이며
나를 반겨 몰래 마저 줍니다.

꽃과 별
보면 볼수록 아름답고
보면 볼수록 아지못할
아아 그들의 발소리를
꼭 한번만이라도 듣고야싶습니다.

造物翁이여!
웨 나를 세상에 내보내실 때
그들의 말소리를 들을 수 잇는
한가지 聰明을 잊으섯습니까.

그것은 오즉
당신만이 滿足할 수 잇는
神秘한배 보이기 때문입니까.

그러나 당신은
나를 꾸짖지 마소서.

나는 비로소
신의 뜻을 깨다를때가 잇엇습니다.

당신의첫밤!
나는
당신이 나에게 맡긴 당신의 딸
내 안해가 되어 줄
아름다운 女人에게서
꽃과 별에서
찾어 보고 싶던
맑안 呼吸을 비로소 찾엇던것입니다.

그의 우슴!
그의 말소리!
그의 아름다운 숨ㅅ결이
永遠히 샘 솟고잇는
宇宙의 불을

아아 그의 너그러운 乳房은
내 젊은 太陽을
하늘 처럼 키워 주고 잇습니다.
—『동아일보』, 1939. 5. 31

나의 宣言

文學을 사랑하는 靑年諸君!

나는 그대들을 사랑한다.
웨?
그대들은
젊은날을 떠메고 다름질 치는
이땅의 가장 聰明한
黎明의 아들 딸들이기 때문이다.

나는 그대들을 미워해 본적은 없다.
웨?
그대들을 미워한다면
미워하는 그날부터
내 自身은 滅亡하고 말것이다.
나 스스로 나를 背叛하는
그날이 무엇보다도 겁나고 두려웁기 때문이다.

그러나 聰明한 諸君!

내가 돼지와 같이 어리석었다면
내 머리통을 바수어 줘도 좋다.
그대신 그대들의 가슴에 뱀과 같은,
서로 猜忌하는 毒살스러운 마음이 백혀 있다면
선뜻 肋骨을 뽑고

心臟을 오려낼 勇氣를 보여주라.

내가 지렁이와 같은
으젓지 못한 未練에 愛着을 두었다면
내 살ㅅ점을 박박 찢어주어도 좋다.
그 대신 그대들의 態度에
고양이와 같은 약바른 阿諂이 묻어 있다면
서슴지 않고 목을 딸 사내다운 面目을 보여 주라.

오오 諸君!

그것을 盟誓해줄 諸君이라면
때 묻은 옷들을 활활 벗어 버리고
나오라! 아침 산 마룽으로.

거기에는
그대들의 배를 채워 줄
붉은 太陽이 솟고 있나니.

太陽!
太陽!
諸君이여!
으쓱 으쓱 어깨로 어깨를 치며

氣차게 입들을 딱 벌리고
배가 터지도록 太陽을 집어 먹으라.
生生한 그대로
성한채 太陽을 집어 먹으라.

그리고 팔매를 치라.
댓걸음쯤 물러 섰다
열걸음쯤 내다러
팽 팽 팔매를 치라.

팔매를 쳐도 쳐도
傷집이 나지 않는 蒼空!
먹어도 먹어도
아침이면 또 아침이면 솟는 太陽!

永遠히 永遠히
그대들의 脈搏우에는 더운 젊은날이 커가고,
永遠히 永遠히
그대들의 들窓에는 明朗한 젊은 노래가 날개를 칠것이다.

蒼空을 숨쉬는 젊은時節!
太陽을 먹는 아름다운 氣魄!

그날

諸君은, 諸君이 찾고저하는 참다운 文學을 얻으리라.

諸君은, 諸君이 사랑하고 싶은 尊貴한 文學을 사랑케 되리라.

그렇다 뿐이냐?

子孫들에게 傳할

부끄럽지 않을 遺産을

보배로운 遺産을

받들어 물려줄 수도 있으리라.

    (1939년3월)

―『시학』, 1939. 5.

文學街의 化粧風景

一親喪을 거듭 當하고나서 鬱鬱한가운대 슬픈날만 無聊히 보내든것이 歲月
은빨러 於焉三年. 오늘밤 처음으로 벗에게 꼬을려 달빛을따라 나슨것이 文
學을 化粧한紅燈의저자였다. 點點한 文學街의異色― 混線― 나의心鏡에 비최
여진 첫信號는 무엇이었든가? 마침내 鐵筆을뽑아쓴것이 이諷刺詩一篇이다.

1.
『호호호호 들어 오세요
 어쩌면 그렇게도 뵈올수가 없었에요?』

百花는 滿發
밤이면 활짝 피는 妖邪한 꽃숭이들!
눈짓 몸짓
무르익은 表情은
半쯤 열어놓고 半쯤 닫어놓은
粉紗 琉璃窓을 끼웃거리는
얼띄기 사내들의 비린肉情을 부산하게 낚어낸다

2.
『어여쁜 계집애들아.
 너의는 언제부터 그런 奇出한 才操를 배워 두었느냐?』

내 더운 視線은
벗의 손까락 가는곳을 빼놓지 않고 뒤적였다.
그리고 나는 번개를 마진드시 갑작이 쓰러질뻔했다.
어여쁜 星座와 같이
총총이 눈알을 깜박어리는 닭 벼슬 寢臺우에는
燐火조차 사워진지 오래인
바짝 말른 骸骨들이

서리치는 桃色 綺羅들 칭칭 감꼬 어퍼저있고
그것들과 어깨를 겻드려
아아 채 發育도 못된 밋밋한 乳房을 까바친 채
지린내 나는 엉덩이를 조리질 치며
누어 있는 새끼 암컷들—

3.
『막 싸게 팔어 넘기는 판이라우.
 마음에 앵기는대루 아무게나 골라 잡구려.』

되나 걸이나
한 房속에 깡그리 잡아 넣고서
세월난드시 떠드러대는 廣告術이 宏壯키도 하다
千紫萬紅. 百花絢爛.
文化의搖籃. 美術의聖殿.
그리고는 現代一流의 名舞名唱을 總網羅한
千古의豪華版이오 萬代의寶帖이라든가?
그러면서 뽑내여 가라사대
—한房의 貞操代가 一圓二十錢也라—

4.
『여보게 自畵自讚도 分數가 있지. 멋없이 껍적대는 當代의 대머리 친구
들……
  그대들의 낯짝이 썩은板子보다도 더 鈍感하이』

멍허니 서있는 내 어깨를 툭 치며
벗은 무슨말을 소근거려 주었든고.
계집애들의 몸뚱이라곤
새끼발까락 한개도 건드려 못본 그들로서
모酒 두어사발에
八字에도 없는 뚜쟁이 노릇을 해 때려냇다든가?

5.
『호호호호 웨 그러고만 섰에요. 어서 들어와요
 어여쁜 계집애들이 이렇게 많이 모였는걸요』

보아 하니, 거의가 서울 계집애들인데
그 중에는 아당이 좋아라고
시골구석에서 주서온것도 있다.
姿色이 아름다워
가마를 태워 모셔드린 큰아기도 없는것 아니나
한洞內에서 솟굽질하고 놀던
애숭이 코훌쩍이를 참아 떼지 못해
초록각씨로 끄러다 粉丹粧을 식혀놓은것도 열이 넘는다.

6.
『아이 저이가 이상도 해!
 계집애들이 보기 싫으면 썩 돌아서서 갈찌字나 차즈시라구』

흥! 계집애들에게야 무슨 허물일것이냐?
내 차라리 발ㅅ길을 돌렸으면 그만 아니냐?
밉다면 미운년은 따로 있느니
계집애들을 자랑거리로 化粧을 식혀놓은
으젓지못한 늙은 할미년의
칙살스런 상파닥이에 춤을 배아틀 뿐이다.
사과를 먹은 『아담』도 어리석었지만
『이브』를 꼬여 사과를 먹이게한 뱀의 智慧가 보다 흉칙하거든!

7.
『엣다. 이걸 받으라.
 잘 지녓다. 네 上典이 죽어 나가는날 吊旗나한벌 작만해 주라!』

青樓에 팔려 온 계집애들이 불상키도 하다.
그렇다고 네 몸뚱아리를
덥쑥 끌어안꼬 나가 자빠질수는 없다.
너는 오히려 모처럼 곱게 쪽진
윤태 흐르는 머리채에 대롱대롱 마음이 매달려 있거든!
그보다도 强한 암내를 풍기는 네 化粧에 心醉하여
파리떼 처럼 덤벼드는 어린 學徒들의
素朴한 觸角을 貪내는 너의들이 아니냐?

8.
『이봐요 저의가 찾고저하든 어여쁜 계집애를

오늘사 찾었구려. 아아 얼마나 아름다운 이땅의 선물입니까』

어중이 떼중이
떼로 몰리는 들뜬 사내들의 팔들은
계집애들의 가슴에 드뿍 안낀 꽃다발을
서로 차가지려 어깨들을 부비적인다.
그렇나 그들가운데 더러는
가슴 밑창에 文學의憧憬하는 새빨간 情熱이 타고 있다.
아아 그들의 가슴에
거즛없는 꽃송이를
이바지 못해줌이 그지없이 아숩기만 하다.

9.
『계집애들아. 네 우슴이 참이냐? 거즛이냐?
  네 良心이 썩기전에 네 허리를 감은 貞操帶를 새걸로 갈어 차거라』

恍惚한 色彩로
紅燈의 저자에 化粧을 하고 나선 現代의文學!
文學을 賣淫식히는 더러운 流行!
거리의 꼽사등이처럼
聰明한 作家의 이마에 지저분하게 부처놓은 쪼각 正札!
얼마나 보기만도 눈이 부신 天外의奇觀이냐?
鍾路복판에
그들의功績을 永世 不忘하는 頌德碑나 세워 줄까?

10.
『그만 돌아가세. 볼게 무에 있다구?
 오늘밤 나를 끌어 낸 자네의 負債가 너무도 크이!』

眞珠를 먹는 돼지가 있다고
세상은 떠들썩한일이 있다.
그렇나 眞珠를 낫는 돼지가 있다면
세상은 모다 질겁을 할것이다.

이슥한 밤ㅅ길
酒幕을 차저
틉틉한 濁酒로 컬컬한 목을 축이고 나니
동트는 먼 하늘
추발ㅅ덩이 같은 샛별이
내 옷깃을 해치고 가슴으로 뛰어든다.
    (1939년3월)
—『조선문학』, 1939. 5.

六月

六月은
놉다라케
물빛 들窓을 활짝 열어 노코
종다리를 시켜
삐라를 뿌리게 하며

들로 산으로
젊은 마음들을 불러 냅니다.

하늘을 숨쉬고 사는
季節의 아가씨 들은
부산하게
草綠빛 衣裳을 채리고 나서서
줄줄이 느러지는 해ㅅ발을 깨물며
六月이 불러주는
生長의 노래를 合唱합니다.

오손 도손
花壇에 물을 주고 잇던
天眞한 내 어린 아들 딸.
쫓아와 내 손을 잡아 끄을며
나오라 합니다.
『아버지 이걸 점 보아요.

새 움이 또 하나 파라케 도닷대
두 그래!
아버진 花草에 물 한번 주엇나 뭐!
점잔만 빼는게 승겁기만 하드라.』
—『동아일보』, 1939. 6. 2

벗이여

—M君에게

벗은
내가 차저간다는 葉書를 받고
산ㅅ길 二十里를걸어 마중을 나왔고
또 내가 떠날때에는
술값을 지니고
三十里나 同行해 주엇다.

벗이여!
그날밤 호올로
이슥한 산길을 더듬어 돌아스던 그대!
하루만 더 쉬여 가라고
구지 떼를 써도 듣지 않는
나를 여북이나 원망햇으랴.

그러나 벗이여!
몸은 自動車에 실렷을 망정
내 마음의 旗ㅅ발은
그대의 더운 脈搏우에 머물러 잇섯고
또 그대의 빨간 마음의 譜表는
내 젊은 거문고 줄에 꼬자 잇섯거니—

그밤!
그대의 돌아가는 길을
多情하게 비취어 주던
달 아가씨의 귓속말을
혹여 뜻녁여
혀아려나 보미 잇섯던가.
—『동아일보』, 1939. 6. 10

待雨

하늘이여! 비를 주소서.

하늘만 바라고 사는 팍팍한 마음들
하늘만 바라보다가
하늘만 바라보다가
맨손만 부비며
오늘도 하루해를 지우고 맙니다.

타는 목숨!
타는 모짜리!

여름해는 길기도 길어……
하늘을 원망할줄 모르고 사라가는
착한 백성들의 탄식도 길어지는 저녁.

바람은 왜 이리도 자진고.
오늘이나 래일이나
또 오늘이나 내일이나
하마 비가 오시려는가 기다리는 마음!
그대로 땅바닥에 주저앉어
팍팍한 가슴만을 쥐여 뜯습니다.

산ㅅ골, 들녘
아침 저녁으로
가난한 지붕우엔
구름ㅅ장만 오락가락 할뿐!

그만 하늘을 바라다 보기도
제 어미 젖꼭지를 빨지도 안는
보채다 팡진 어린녕을 바라다 보기도
아아 이젠 맥이 풀립니다.

하늘이여! 제발 비를 주소서.
—『동아일보』, 1939. 6. 30

선물

―사랑하는 이여! 나에게 電刀를 빌리소서

1.
나에게 電刀를 빌리소서
그리고 빛나는 하늘을 우러러 보소서.

낮이면 太陽이 金甲 말을 달리고
밤이면 달과 별들이 깊은 心情을 풀어놋는

하늘!
저 푸른 宮闕이 숨어잇는
하늘 한幅을 선듯 도려내어
그대에게 선물로 드리고 싶소이다.

2.
나에게 電刀를 빌리소서.
그리고 아름다운 大地를 굽어보소서.
고흔 숲과 湖水가 誼조케 살아가고
봉오리마다 五色이 燦爛한 구름도 쉬여가는

大地!
저 大地! 줄기 찬 山脈이 다름질 치고 잇는
大地 한자락을 솜씨 조케 떠다가
그대에게 선물로 드리고 싶소이다.

3.
그대여!
정녕코 나에게 電刀를 빌려 주시렵니.까
그렇다면 또 한가지 드릴것이 있소이다.
(진실로 그대를 사랑하기 때문에)

한번도 約束을 어긴일 없고
한번도 거즛이 깃드려본일 없는
永遠히 새롭고 永遠히 아름다운
내 새빨간 염통을
아무도 모르게
그대의 子孫에게 바치오리다.
—『동아일보』, 1939. 7. 9

戀歌
―P에게 불러준 戀歌

1.
長恨한 人生이라 울지안코 어이 백이리!
울어도 울어도 그칠줄을 모르는 눈물
바다와 같이 너그러운 님의 마음이라면
눈물로 채우고 채워 그대의 가슴을 메워라도 보렷마는―

2.
朔風 휘파람 치는밤
燈心을 도두고 앉엇는 외로운 마음
떨리는 문풍지는
웨 그리도 애타는 心情을 어즈려만 주는고.
그대여!
崎嶇한 人生을 너무나 울지마우
봄이 오면 덤풀에도
봉지 봉지 戀歌가 맺어진다는데―.

3.
歲月이 흐르고 흘러
뭍이 변하여 바다가 된다 하온들
님께서 두고 가신뜻이야 이즐리 잇스리까.
오소서. 오시는 그 날.
한줄기 七色 虹橋를
님의 어깨에 넌즛이 띠워 보리다.
―『동아일보』, 1939. 7. 11

바다의 讚歌

1.
바다는 나를 부릅니다.
바다는 나오라고 나를 부릅니다.

바다는 언제고 늙을줄을 모르는
바다는 언제고 親코만 싶은

그리하야
어느때는 떡아기처럼 바스대고
어느때는 숫少女처럼 수집어 하고
어느때는 情든 戀人처럼 반겨 하고
어느때는 어진 어머니처럼 않어주는

아아 얼마나 그리운
내 젊은날을 키워주든 아름다운 搖籃이었으리까.

그러면서도 나는
그의 凜凜한 氣象과
그의 嚴肅한 敎訓을
이저본적은 없읍니다.

萬乘 帝王도
그의 絶倫을 꺾은일이 없고
蓋世 英雄도

그의 偉大를 讚嘆할 뿐이었오.

그러므로 나는
그를 사랑합니다. 崇慕합니다.

동무여!
바다로 나가지 않으렵니까.

2.
바다는 나를 부릅니다.
바다는 나오라고 나를 부릅니다.

바다는 언제고 부즈런한
바다는 언제고 함께 살고만 싶은

그리하야
본래가 근심할줄을 모르고
본래가 驕慢할줄을 모르고
본래가 阿諂할줄을 모르고
본래가 츰齒할줄을 모르는

아아 얼마나 씩씩한
내 性格을 길러준 眞實한 스승이였으리까.

그러기에 나는
그의 優雅한 雅量과
그의 泰然한 膽力을
힘써 배워왔읍니다.

雷雨 霹靂도
그의 氣慨를 눌으지 못하고
兵艦 巨砲도
그의 神韻은 犯하미 없었지요.

그러므로 나는
그를 사랑합니다. 禮讚합니다.

동무여!
바다로 나가지않으렵니까.
      (1939년 5월)
—『시학』, 1939. 8.

黎明의 딸

―P에게 불러준 두번재 戀歌

1.
지글지글 六月의 陽光을 깨물며
한 떨기 牧丹은 빨갛게 탑니다.
고요이 숨ㅅ결을 다듬는
오오 大地의 봄을 노래하는 그대의 가슴에―

늠실늠실 푸른 波濤를 戱弄하며
어여쁜 紅蛇는 새날을 물고 헤염칩니다.
힘차게 떠오르는
오오 아름다운 黎明이여!

2.
千줄기 萬줄기
눈부신 햇발을 물고 蒼空을 숨쉬는
팔팔한 어린 이파리들을 볼 때

염통을 때리는 깨끗한 音響!
살려는 純情이 너무나 아름다워서
그대여! 그대는 大地를 끄러안꼬 얼마나 바르르 떠럿는가.

3.
종다리 노래를 뿌리는
주름주름 햇볕이 물ㅅ결치는 四月에
흙덩이를 깨트리는 적은 손!

찰박찰박 물ㅅ장구 치는 철없는 동생을
나붓이 우슴을 지으며 바라보는 시원한 눈!
그대여! 그대의 치마폭엔 무슨 곡식씨가 담겻느뇨.

4.
방울방울 어린 이슬이 아롱거리는 아침—
사래 긴 밭이랑엔
흙을 떠들고 파릇파릇 움은 텃이려는데—

새로운 어진 傳說을 낳어줄
그대의 너그러운 乳房은
어느 花壇에 젊은 時節을 푸러놓시려나.

5.
星座와 같이 빛나고 잇는 아름다운 憧憬!
아름다운 그날이
그대의 머리 우에 푸른 旗폭을 날려주리니—

우렁찬 목청으로 大地의 봄을 노래하며
해 돋는 地坪을 내닷는
오오 그대여! 黎明의 딸이여! 유쾌로운 아침이여!
—『동광신문』, 1939.

오오 나의 太陽이여

1.
오오 나의 太陽이여.
거친 波濤를 넘어
長風萬里
네 부드러운 손길이
疊疊한 푸른 안개를 고요히 떠들어 줄 때

눈 덮인 萬壑千峯
大地 위에 무릎을 꿇고 숨결을 다듬는
네 어린 子孫들은 분주스러이
네 치마폭에 매달려
네 豊滿한 乳房을 물고 철없이
바스대는구나.

2.
오오 나의 太陽이여
이 아침에도 네 燦爛한 行列이 내 집
문틱을 넘어서기도 전에
한 쌍의 靑鳥는 내 집 들窓에 봄소식을
물어다 놓고 갔느니—
너는 네 子孫들의 꽃순처럼 피어나는
고 작은 주먹들에
새 해 새 아침을 祝福하는 무슨 선물을
쥐어 주려느냐.

그리고 지금 네 따뜻한 품에 안겨

붉은 꿈에 醉하고 있는
네 어린 子孫들의 묵은 生活記錄을
너는 어떻게 읽어주려느냐.
또 너는 平坦치 못한 그들의 地盤 위에
무슨 里程標를 새로이 꽂아주고
달음질치려느냐.

3.
오오 나의 太陽이여
철이 바뀔 때마다 色다른 꽃다발을 풀어
네 子孫들의 花園을 꾸며주는 솜씨가
퍽은 갸륵하기도 하다.

그러나 찢어진 譜表를 부둥켜 안고
가슴을 앓는
그들에게 너는 잊어버린 曲調를 뙤아
주고자 귓속한 일이 몇 번이나 있었더냐.

靑空을 숨 쉬고파 보채는 네 어린
子孫들의 가슴 앞자락에는
또다시 새로운 달歷이 걸치어 있구나.
부탁이다. 한장 한장 떼어가는 그들의
脈搏우에
이해에만은 보람찬 밝은 나날을
보내 주려므나. 보내 주려므나.
—『중앙시보』, 1939.

마음의 黙華

이슥한 밤
窓밖엔 소리없이 눈이 내립니다.
고요히 무릎을 꿇고 端正히 앉아
敬虔한 마음으로 벗들이 보내준
詩篇을 읽어봅니다.

千紫萬紅
貧困한 마음 밭에 뿌려지는
情熱에 타는 붉은 花瓣이오리까.
聰聰히 밤하늘에 반짝이는 파란 별들이오리까.

한장 한장 原稿紙를 넘기는
손가락은 感激에 젖어 떨리옵나니
붓 끝으로 쏟아 놓은 거짓없는 告白
울고싶도록 그것은 참스러운 心魂의
노래였읍니다.

뒤엎을 듯 어둠이 波濤치는
사나운 비바람 속에서도
하늘을 떠받고 일어선 山봉우리처럼
젊은 純情은 아침 太陽을 물고 활개칩니다.

얼마나 저들은 해뜨는 藝術의 王都를
꿈꾸었으리까.
내리 누르는 地上의 氣流를 뚫고
平坦치 못한 世紀의 地盤을 滑走하는
오오 저들은 어엿한 純情의
飛行士들입니다.

얼마나 저들의 脈搏이 꿨하게
뛰고 있으리까.
잔을 기우리듯 바다라도 들어 마시며
단숨에 푸른 山脈이라도 씹어 먹을
오 저들은 더운 太陽을 노래하는 새날의
詩人들입니다.

하나의 眞實을 찾으려 불 타는 想念
地角을 물어뜯는 아침 海潮와 같이
마음은 오로지 동 트는 새벽을
向해 달음질 치노니
오소서 젊은 脈搏 위에 아름다운
노래를 뿌려줄 明日이여!
—『백광』, 1939.

四月

뙤꼬리 노래가 흘러오는 고요한 아침
맑게 닦아 놓은 유리窓엔
아름다운 四月이 화안하게 떠오릅니다.

〈누나 하꾜 잘 가따 와?
  나 엄마랑 집에서 놀고 있을께 응?〉

책가방을 드러메고 나오는 누나를 따라
여섯살 짜리 어린놈이 뜰로 뛰어 나옵니다.

〈엄마 나두 내년 봄이면
  누나처럼 하꾜 가지—?〉

누나를 배웅해 주고난 어린 놈은
젖먹이를 안고 나오는 엄마에게 달겨듭니다.

〈엄마가 뭐니?
  어머니라구 불러야 학교엘 가게 되는 거야.〉

착한 내 家族들은
어깨 위로 떠오르는 太陽과 함께
이렇게 아침을 즐깁니다.

꾀꼬리 노래를 달고
퍼얼럭 퍼얼럭
푸른 하늘과 더불어 커가는 어린 旗폭들

아침이면 아침이면
고 어린 旗폭들에
아름다운 四月이 화안하게 떠오릅니다.
—1939.

뜰(六月)

따거운 햇볕이 고요히 쏟아지는 소담한 우물가에는—

菖蒲꽃 떨기 떨기
파아란 하늘이 젖고,
石榴꽃 봉올 봉올
피가 터지도록 六月을 깨뭅니다.

뜰!

도란도란
새금파리로 금을 그어
땅바닥에 地圖를 그려놓고
손톱이 닳도록 나라 빼앗기에 잠착한

—罪없는 속삭임
—〈그것은 언제나 團欒한 작은 모임이었읍니다.〉—

푸른 여름이 쭉쭉 뻗어오르는
뜰, 땅바닥에 똥그랗게 둘러앉아

새금파리 흰 마를 퉁기는 손가락—
고 귀여운 작은 뺨들
땀방울 송올송올 솟는
고 예쁜 코 봉당

언제부터 배운 버릇이던가
한 뼘 한 치라도 땅을 더 빼앗으려고 바투 쉬는 숨.

—〈남의 땅만 빼앗기에 氣勝하여 勢를 올리는 놈
　　倂呑을 당하지 않으려 끝까지 버티는 놈
　　마구 날뛰다가 지쳐 제자리에 주저앉고 마는 놈
　　끝내는 鬪志가 꺾기어 멀찌감치 물러서는 놈……〉—

작은 뜰에는
天眞한 기쁨과 失望이
貴여운 꽃송이처럼 차분히 피어오르는데.

葉草를 태우며
울 너머로 파랗게 터진 먼 하늘을 享樂할 때

뒤 山에서 들려 오는 뻐국이 울음이
구슬처럼 한 層 맑아집니다.
—1939.

조카

—놈아
너 算術 宿題는 다 풀었느냐?

—놈아
그만 運轉臺에서 내려오너라.

너에게는
네 세 발 自轉車가
버려 둔 채, 아직도 헛간에 쳐박혀 있지 않느냐?

—놈아
그래도 못 알아듣겠니?

뭐(?)
재주를 좀 보아달라구?

함부루 핸들을 돌리지 말래두 그러는구나.

값비싼 機械에 故障이 붙을까봐
미리 겁나서 하는 소리가 아니다.

자칫
네 작은 손가락 한 개라도 다친다는 것이
너무나 액쌕하기 때문이다.

—놈아
회초리 맛을 보아야만 듣겠니?
쌩고집을랑 피우지 말래두 그러거든!

〈굳이 너를 탓할래서가 아니란 말야.〉

철없는 네 서투른 짓이
네 무른 삭신을 절단내고 말 것이
보기만두 너무나 끔찍하기 때문이다.

—놈아
네가 크면 어련하겠니?
몇 萬噸 艦艇이라도 곧잘 부릴 수 있을 것을

—마는, 아직은 當치 않다.
비쓸 비쓸
걸음마도 練習이 덜 된 네가 아니냐?

—놈아
쨍쨍 볕이 났구나.

花盆을 좀 내다 놓아라.
그리고 수대에 물을 떠다 물이나 좀 주려무나.

—놈아
그리고 뒷방으로 가 보아라.
설경 위에 新聞紙로 싸 둔 것이 있을 게다.

그것을 아줌마에게 내 달래서 펴 보아라.
네가 무척 좋아하는 菓子 봉지가 그 속에 들어 있을 게니—

—놈아
밖에서 누가 찾나부다. 나가 보려무나.
아마 숨박꼭질하자고 네 까까친구들이 온겔 게다.

왜 코는 그렇게 훌쩍여 쌌니?

옛다. 여기 손수건이 있으니
말가니 씻고
어서 나가 보아라.
—『비판』, 1939.

國境에서

1.
물이 얼다.
國境을 흐르는 물이 얼다.

낮이면
구름도 떠돌지 안는
하늘이 멱을 감꼬,

밤이면
푸른 별들이 내려 와
꿈을 파묻고 가는

國境
二千里를 흐르는
얄루江 물이 얼다.

2.
한결
휘파람 만 치는

朔北의 하늘!
아아 한자락 하늘도 만겨볼수 없는
내 마음이여

어름을 깨뜨리고
떨어지는 하늘을 마시고싶다.

한 옴쿰
두 옴쿰
실토록 퍼 마시고 싶다.

3.
어젯 밤
내 가슴이 얼마나 탓던고.

머얼리
발을 돋구고 섯는 帽兒山 중툭

초롱 초롱
빩아케 불이 백인

오오 잊어버렷던
내 戀人이 살고 잇는 하늘 밑이 그리워

오늘
나는
江을 내닫는 썰매를 잡어타다.
—『동아일보』, 1940. 3. 7

마음의 故鄉

나는
오늘 밤도
높은 언덕에 올라
별들이 燦爛스러이 잔채를 버리고 잇는

푸른 벌판
南쪽 머언 地平을 넘어다 보다.

내 아름다운 家族들이⋯⋯

도란 도란
아침을 즐기며,
誼조케 사러가는 太陽의 子孫들처럼⋯⋯

내 아름다운 家族들이

시원 시원
하늘과 더부러 커가고잇는
故鄉!

내 마음의 푸른 旗폭을달고
波濤 처럼
어린 새벽들이 아침을 準備하는

마음의 故鄕!
내 마음의 故鄕!

마음을 잊어버린 내 歲月이
덧 없이 흘러서 一年—
異域에서 또 一年—
마음의 故鄕이 그리워

오늘 밤도
높은 언덕에 올라
별들이 燦爛한 잔채를 버리고 잇는

푸른 벌판
南쪽 머언 地平을 넘어다 보다.
—『동아일보』, 1940. 3. 16

客愁

故鄕이 그리워
잠도 못이루는 鴨江의 밤!

찬 달이
고요이 窓살에 서리는데

靑銅 火爐에
타다 남은 한덩이 빠알간 숨ㅅ결이

머언 燈臺와 같이 외로운……

내 마음은
浦口를 일흔 쪽배 처럼
섬도 없는 바다로 아득이 흘러만 갈때……

탕!
누가 또 密輸를 하느라 江을 넘나보다.

이윽고
별들이 푸른 鄕愁를 물고 날러와 박이는내 마음의 寢帳!

해태를 태우는 착한 넋이
외줄 푸른 煙氣에 실려,
솔 솔 풀리어 갈때

간 간 들려 오는
이웃집 病알른 아가의 우름소리는
匕首 보다도 차겁게
내 心臟을 찔러 주는구나.

轉輾 反側!
아아 한 밤이 길기도 하다.
　　(鴨江旅舍에서)
—『동아일보』, 1940. 3. 28

春外春

부드러운 햇발이 실실이 늘어지는
한나절 꾀꼬리가 노래하더니, 버들가지에 黃金눈이 터집니다.

바람은 사알랑 사알랑
검은 흙을 떠들고 어린 봄들은 소사납니다.

잊엇던 戀人처럼 한결 아름다운 봄이 그리워
산으로 들로 종일토록 쏘대어도 보앗것만—

—봄은 무르녹아도—
—가슴은 아퍼—

내 본래 봄을 반겨 할줄 모름이리까.
봄이 숫제 나를 모른체 함이리까.

채워도 채워도 채울수 없는 내 마음의 봄!
찾어도 찾어도 찾을수 없는 내 마음의 봄!

보리밭 머리에 조으는듯 나물 뜯는 시악씨야
혹여 그대 광주리엔 봄이 반이나 채워졋으뇨?

내집으로 도라와
오늘도 푸른하늘이 내어다보이는 유리창을 닦습니다.

내 정성이 어여뻐
—(봄이—)—
향여 오시면 마저 드리고저 한장 두장 유리창을 닦습니다.
—『동아일보』, 1940. 5. 9

天眞(Ⅰ)
―어린이의 눈

새벽 하늘에 빛나는 샛별이리까.
湖心에 박힌 아름다운 眞珠리까.

한점 티끌도 머므름이 없는 맑은 눈
한올 구김도 없는 밝은 눈

太陽처럼 똑바루 크게 떠보는 눈
숨김도 거짓도 없는 시원한 눈

그눈에는 고요한 숨ㅅ결을 다듬고잇는
明朗한 아침이 담겨 잇습니다.

그 눈에는 타악 터진
푸른 하늘이 살고 잇습니다.

(그 눈을 잠깐만이라도 바라보십시요.
 흐린 마음도 쓰서 지리다.
 답답한 시름도 푸러지리다.)

天眞!
天眞한 어린이의 눈을 언제고 바라보며 살수없겟읍니까.
天眞한 어린이의 눈을 언제고 지니고 살수없겟읍니까.
―『동아일보』, 1940. 6. 2

天眞(Ⅱ)
―어린이의얼굴

어린이의 눈은 모가 지는일이 없지요.
언제고 明朗한 아침 처럼
시원한 旗폭이 펄럭이고 잇지안습니까.

어린이의 입술은 삐죽거림이 없지요.
언제고 빠알간 꽃닢 처럼
부드러운 숨ㅅ결이 소근거리고 잇지안습니까.

어린이의 이마는 주름 잡히는일이 없지요.
언제고 번듯한 하늘 처럼
화안한 黎明이 떠오르고 잇지안습니까.

어린이의 볼은 샐쭉해짐이 없지요.
언제고 해ㅅ빛 능금 처럼
씩씩한 웃음이 영글어지고 잇지안습니까.

　　　　(어린이의 얼굴엔 수염이 필요치 안습니다.
　　　　　어린이의 얼굴엔 眼境이 필요치 안습니다.)

天眞!
天眞한 어린이의 얼굴을 언제나 대할수잇는 幸福을 주십시요.
天眞한 어린이의 얼굴을 언제나 진일수잇는 幸福을 주십시요.
―『동아일보』, 1940. 6. 12

天眞(Ⅲ)

—어린이의마음

어린이의 마음은 봄太陽처럼 아름답습니다.
어린이의 마음은 봄물ㅅ결처럼 부드럽습니다.

    (어린이의 손을 쥐여 보십시요.
    어린이의 볼을 부벼 보십시요.

    고, 복실하고 고, 탐스러움이
    당신의 늙어진 記憶을 다시 바라볼수잇으리다.)

어린이의 마음은 道德을 모릅니다. 廉恥도 모릅니다.
그러나 어린이의 마음은 하늘처럼 착하지요. 바다처럼씩씩하지요.

色실로 秘密을 繡노을줄도 모르고
구슬로 譜表를 裝飾할줄도 모릅니다.

오즉 종다리처럼, 아름다운 季節을 노래하고
오즉 매아지처럼 푸른벌판을 달릴뿐이지요.

    (향여 당신의늙어진 손톱이
    어린 쭉지와같은 아침 동산을 범하리다.)

天眞!
天眞한 어린이의 마음을 내 언제고 바뜰 特典을베푸러지이다.
天眞한 어린이의 마음을 내 언제고 진일 世界를베푸러지이다.
—『동아일보』, 1940. 6. 14

故鄕으로도라가면서

―벗 嵐人에게

1.
종다리없는 北方에
純情을물고 날러온 靑제비가 한머리.

바람 휘파람 치는저녁
별빛만 화안하게 아름다운

시원한 하늘밑에, 한쌍 어진꽃은 빨갛게타것만
제비의 마음은 언제고 南쪽만 그리워……

2.
님이여 트는밤 님이 뜯는 거문고는
내 寢室에 어여쁜 꾀꼬리를 불너주었느니.

金色燦爛스러이 노래가나러오는 淸明한 그날이
오오 四月의旗폭 보다도 情다웠습니다.

님께 바치고저 해와달로 꽃무리를 엮기도전에
제비의 마음은 어이 南쪽만 그리워……
―『시건설』, 1940. 6.

豊年雨

여름철 病알른 몸이
문을 처닫고 드러누어
비를 기다린지 몇날 몇밤이엇으리까.

좌악 좌악 퍼붓는 비—
비 오는 光景이 보고 싶어
비 방울 소리가 듣고 싶어

문을 열라하여 밖을 내다 봅니다.
허전한 몸이 문턱을 집고 밖을 내다 봅니다.

天井은 새여
흐르는 비ㅅ물에 壁은 젖어도
비소리가 반가워
문턱을 집고 밖을 내다 봅니다.

하늘에서 비가 나리는 것이 그러케도 神奇한일이리까.
—마는 타는 하늘, 타는목숨,
비를 기다리는 정성은 하늘보다도 하늘보다도 컷던것입니다.

黃金이 쏟아지온들
이에서 더 가슴이 激하리까.

비를 마저가며
부산하게 花草를 모종하는 어린純情—

부엌을 넘어 드는 흙탕물을 퍼내면서도
젖먹이 입술에 젖꼭지를 물려 주는
아내의 이마는 화안하게 터집니다.

오오 이땅에 豊年이여! 오소서.
오오 이땅에 豊年이여! 오소서.
—『동아일보』, 1940. 7. 3

幻想派의 詩
—詩人과 鸚鵡

鸚鵡야.
네 주둥이에서 떠러지는『말』을
너는 너 스스로 생각해본적이 잇느냐?

네『말』이 너에게 不可解인 것 처럼
너도 네『말』과 함께 不可解한 存在일께다.

不可解!
네 꿈은 거기에서만 華奢한 날개를 펼치고
네 王冠은 거기에서만 혀끝보다도 자유롭드라지?

鸚鵡야.
『말』의 숲풀을 더듬어 구슬을 캐어보는것은 조타.
『말』의 동산에 뛰어올라 빠알간 초롱불을 켜다는것은 조타.

그러나
『말』을 手淫하는 妖術장이의 버릇일랑 제발 떼어노흐라.
『말』을 行商하는 뭇 잠꼬대만은 진즉 노하 버리라.

眞珠를 먹는 돼지를 天才로 받든다는것은 너무나 엉뚱한 일이 아니냐?
詩人은 狂人도 아니오 傀儡師도 아니란것을 너는 알아야한다.
착한 내 鸚鵡야.

그러면 너는 어서 네 숲으로 돌아가거라.
聲帶가 늙어지기 전에 네 숲으로 돌아가거라.
새빨간 心臟에서 터져 나오는
네 遺族의『말』이 듣고 싶지 안흐냐.
—『동아일보』, 1940. 7. 12

胡馬車

휘익
휘익

虛空에 뱀이 논다.
虛空에 뱀이 소리를 그린다.

쩟!
쩟 쩟 쩟 쩟···

눈 위에 굽이 튄다.
눈 위에 굽이 바람을 튀긴다.

〈쾌쾌 취바〉
〈어어이 취바〉

뒤우뚱
덜름한 山이 말등을 넘는다.

고불탕
언덕 길이 直線을 뻗고 뒤로 뒤로 다라 난다.

짤
랑 랑 랑 랑 랑···

힌 하늘
힌 江
끝 없이 퍼지는 地坪—

힌 날개에 파묻힌
北方

빨가케 뛰는 心臟이 박혀 있는곳

내가 탄 馬車는
방울 소리와 함께

고 뽀오얀 젖퉁이 밑에
까아만 사마귀 한점을
콕
박아 준다.

멀리 머얼리
밤이 깃드리지도 않는···
—『청색마』, 1940. 8. 30

北方은
―푸른 紙幣가 나뷔의 나래처럼 가볍다

北方은
새빨간 불을 토하는
火山같은 情熱을 사랑한다드라.
그러나 푸른 智慧를 새끼 칠
푸른 나뷔보다 더 사랑한다더라.

情熱이 타는 빨간 입술은
情熱이 타는 빨간 입술을 마실수 있어도
덜컥
禁斷의 太陽을 물어 뗼수는 없다더라.

푸른 나뷔는
푸른 匕首보다도 마음이 차기 때문에―
푸른 나뷔는
푸른 꽃뱀보다도 魅力이 맵차기 때문에―

天倫도 義理도
머리칼처럼 베일수 있다고 허지않든?
白痴도 꼽추도
英雄처럼 바뜰수 있다고 허지않든?

힌 이빠디로
心臟을 씹어 먹는 계집애들에게는
푸른 나뷔가

故鄕 일가보다도 더 반갑더라지.

北方은
꿀 없는 花壇을
푸른 나뷔가 풀풀 나르는구나
푸른 웃음을 물고
푸른 나뷔가 풀풀 나르는구나.
―『청색마』, 1940. 8. 30

내詩와내家族

1.
가난과 함께 사는 내家族은
가난과 함께 살기때문에 가난을 모릅니다.

가난하면
가난할쑤록 가난이 살쩌 오르고,
가난하면
가난할쑤록 가난이 여울 치고.

허지만 내 家族은
가난을 薄待한 일이 없고,
허지만 내 家族은
가난을 성내지도 않습니다.

그렇다고 내 家族이
가난을 사랑하는건 아닙니다.
그렇다고 내 家族이
가난을 무서워한다는건 더구나 아닙니다.

하거늘
이 세상엔
가난을 무서워하는
種族들만이 살고 있지 않습니까?

허길래 하늘도
내집 뜰만은 구버다 본 일이 없고,
허길래 해빨도
내 집 문턱 만은 넘어스질 못합니다.

2.
그렇나 창살 없는 내 마음의 들窓엔
언제고 파랑 새떼들이
詩를 물고 찾아 옵니다.

그러면 나는
옷자락을 움켜쥐고,
새들이 떨어트리고 간
詩를 조심조심 뭉아두지요.

결국 나는
가난과 함께 살면서 詩를 쓰기 때문에,
결국 내 家族은
더욱이 가난과 親케만 되는갑니다.

나와 내 家族이
誼좋게 사라가는 것 처럼,
내 가난과 내 詩도
誼좋게 사라갑니다.

더러는 夫婦 처럼
다툼질이 있다가두,
내 가난과 내 詩는
고대 오누의 처럼 誼가 좋아집니다.

그러므로 나는
내 詩를 내 家族과 같이 사랑하고,
그러므로 나는
내 가족을 내 詩와 같이 사랑하지요.
—『청색마』, 1940. 8. 30

鴨綠江의 四月·봄

겨울이
썰매를 타고
嶺을 넘어 스면

봄은
눈을 밟고

사분사분 거러오는……

녹는 눈
풀리는 어름

봄이
山을 오르면
江은
江을 흐르고,

봄이
江을 건느면
山은
山을 업고.

그릇 江心에 박혀
애만 태이든 별 아가씨들은

밤도 아닌데

어느 새
하늘로 다라나 버렸느냐!

봄이라지만
바람은 아직도 찬 鴨江의 아츰!

매앤 몬저
하늘을 뜨려고,
江 언덕을 넘어 스는
江村 색씨들아.

어깨 위로
떠오르는 太陽은
貴여운 머리칼을
올올이 물 드리고,

四月이
떡닢처럼 떨고 있는
선선한 치마 폭 폭엔

고 따거운 입술이—
입술이
눈이 부시도록 부서지는구나.

長江
二千里에—
胡風이 부러 넘는 山峽

長江 二千里에

다복다복 피여 피여나는 진달래
타는 진달래!

마디마디 느러, 느러지는 버들피리
黃金 꾀꼬리!

마음도 탄다. 탈대로 탄다.
노래도 녹아 흐른다. 黃金옷을 입고 녹아 흐른다.

오오 봄이여!

당신은
어느 王家의 따님이기에

그렇게도 마음씨가 곻으십니까.
香氣롭습니까.
그렇게도 차림차림이 多情하십니까.
燦爛하십니까.

당신이 살고 있는 곳은
우슴만이 화안하게 터진

저어 별들이 살고 있는
푸른 하늘보다도 머언 곳이라지요?
—『청색마』, 1940. 8. 30

帽兒山

1.
아츰이면—

해가 눈속에 파묻히는
아츰이면
왕개미처럼 거리는 부즈런 하다.

그건
食慾을 채우지 못한 野熊이든가?
뿔뿔이 몰리어 흐르는
너 帽兒山.

南쪽의 하늘이 그리워 지는
내 마음은
제비 새끼 처럼
옷자락을 물고 파둥거린다.

2.
밤이면—

바람이 처마끝에 꼬드러 느러지는
밤이면
술을 마시는 빨간 입술이
해 보다도 뜨거웁고,

구렁이처럼
언 몸을 감어 주는 계집의 情炎은
능금을 깎어주는 戀人 보다도
고 맵씨가 고맙다.

그렇다.
술과 계집과 紙幣와
그리고 살찐 밤(夜)을 먹고 살며
커가는 너.

3.
오늘도
아츰은 눈속에 얼고,
오늘도
밤은 입술에 타는데

한결
얼음보다도 찬
해볕이 안타까워

幌馬車에 몸을 실꼬,
숫쩨
帽兒山 이마를 노려보다.
　　—『청색마』, 1940. 8. 30

都會

1.
서울을 보면
제비처럼 맵시를 차리고
나비처럼 粉나래를 퍼득이는
化粧만 할줄 아는 放縱한 계집애를 생각케 한다.

삘딩에서 사는 하모니카의 歌手들은
참새처럼 해만 뜨면 재잘거리고,

고 빨간 입술에서 떨어지는 노래를
꿈을 貪하는 숫비들키처럼
부지런히 享樂코저 하는 사내들

아스팔트 위를 거러가는
구두 신은 내 발이
자욱마다 헛뇌임은 무슨 까닭인고.

시골 푸른 하늘이 눈에 담어 있고
흙으로 비저진 强한 心臟이어늘.

엷은 어름쪽을 밟는 것처럼
焦燥해지는 내 마음

숯불에 떨어진 가랑닢을 보는듯 싶어
혀를 깨물고 스스로 살을 꼬집어 보다.

2.
都會여
네가 네 솜씨로
네 화상을 化粧해 보는것도 좋다.

그러나 너는
貪스럽게 커가는 네 젊은 乳房을
웨 감추지는 못하느냐.

차라리 술병을 뽑어
네 寢衣가 추욱 젖도록
毒한 술을 확 뿌려주고 싶나.

네 얼굴에
네 가슴에
네 입김이 서리는 밤 蒼空에—

그러면 너는 醉하야 잠이 들지니
별들이 고요이
네 이마에 입을 맞후어 줄때

내 한다름에 내다러
普信閣 잉경을 따려 보리.
—『청색마』, 1940. 8. 30

RESTAURANT

나뷔가 접시를 물고 나른다.
나뷔가 『말』을 물고 나른다.

봄도 아닌 地空을
풀 풀 나른다.
하늘도 없는 花壇을
푸뜩 푸뜩 나른다.

부산하게 쪼아 색이는
나뷔의 발톱!
나뷔의 발톱에 채이어
쭈르르 미끄러지는 눈 눈……

눈이
눈을 쫓고,
눈이
눈을 밟고,

그러면 또 눈은 火燈처럼 무섭게 커지다가
그러면 또 눈은 流星처럼 線만 긋고 사라진다.

결국—
눈은 눈을 쫓다가
눈은 눈에 쫓기다가

눈으로
눈을 채우고
눈으로
눈을 배앝고,

그러는 가운대
나뷔는 내 『말』을 무러가고
그러는 가운데
나는 내 나뷔를 노쳐버렸다.

그러나
그것은 나뷔의 天國도 아니었고,
그렇다고 林檎을 따먹는 禁斷의 동산은 더구나 아니었다.
—『청색마』, 1940. 8. 30

異域의밤

1.
벗은
기다려도 오지 않고

별빛 조차 언
異域 하늘에 떠도는 마음!

洋爐에
불만 지피다가 밤을 새이다.

2.
또
巡警이 지나가나 보다.

쿵 쿵
壁을 울리는 구두ㅅ발소리!

거리는
무덤처럼
人跡도 끊어진지 오래어늘.

3.
성옛발 돋는 琉璃窓에
하염없이 서리는 鄕愁!

빨갛게 타는
장작불을 바라만 보다가

숫쩨
배갈을 세병째 기우리다.
—『청색마』, 1940. 8. 30

燈불있는마을

파아란 별이
머언 傳說처럼 그리워지는 밤

무거운 외투를 걸치고
떼어놓는 이슥한 들ㅅ길

나를 기다려 줄
아무도 없다는 것을 잘 알면서도

燈불이 하나 외롭게 떨고 있는 머언 마을
언덕 너머 머언 마을이 안타까워

바삭 바삭 殘雪을 밟는
돌올한 내 그림자가 病앓는 아포로보다도 슬프다.

반디ㅅ불처럼 어지러이
마음에 날아와 박히는 별들의 파아란 하소연

내 歲月은 늙어만 가도
내 넋은 푸른 이파리처럼 어린 것인지도 몰라.

언덕 너머 머언 하늘
燈불이 내다보이는 머언 마을이

내 그림자와 함께 슬프게 떨리면서두
두눈은 짐승처럼 더워지느니

벗아
너도 나와 함께 들ㅅ길을 걸으며
이 밤을 이야기하자.
—『매일신보』, 1941. 4. 3

D驛頭에서
—벗·嵐人을 보내며

그대 이제 가시면 또 어느 때 오시려나.
그리도 그리워하던 南쪽 하늘을
봄이 봉울져 터지기도 전에 또 떠나야 하는가.

먼저는 아련한 龍膽花 작은 송이가 시울 시울 이우러졌고
다음엔 화사한 薔薇가 쪼각 쪼각 어여쁜 虐待에 부서졌고
그러나 그대가 부르던 銀河의 노래는 진정 아름다웠느니

芭蕉 잎에 새겨주는 사랑의 聖書!
그것은 다라나는 金붕어를 잡으려는 摸索이 아니었고
힘있게 뻗은 푸른 鑛脈을 지키려는 한 자루 촛불이었다.

눈이 풀풀 날리는 밤
南쪽의 都會 이즈미야 찬 다다미 房에
白모란처럼 피어나던 젊은 날의 情話를 그대여 잊지 말아다구.

어여쁜 정성으로 엮은 花環 어깨에 걸치고
그러면 平安히 가시소.
내 오직 자랑스러이 손을 들어 높이 흔들어주리.
—『매일신보』, 1941. 4. 5

失香

이미 冬栢꽃이 지고 물결도 잔잔한
섬으로 가는 南쪽 浦口의 계집애야
네가 내 가슴에 박아 둔 푸른 匕首를 뽑지도 못하구서
나는 또 蒼白한 歲月을 되씹으며 홀로이 늙어야 하겠구나.

나는 靑春을 遊戱하는 어리석은 道化役者가 되어 본 記憶은 없다.
나는 너의 피 한 방울도 믿어야 할 슬픔을 이제는 가져보기도 싫다.
흥! 당신을 사랑하므로 당신에게서 떠나노라 하던
낡은 네 모랄의 城廓을 외로운 파수兵처럼 지켜가야 하느냐.

銀河의 별이 벌떼처럼 닝닝거리던
南쪽 하늘 푸른 바다가 내다보이는 아즈마야의 밤
내 허리에 푸른 띠를 감아 주던 네 表情은
버들잎 물고 날아드는 작은 꾀꼬리보다도 아름다웠었다.

그러나 어여쁜 계집애야
冬栢꽃 이우러진 섬으로 가는 어여쁜 계집애야
목에 걸친 黑色 十字架를 떼어
네가 浦口를 떠나는 날 아름다운 술을 바다에 뿌리리라.
—『매일신보』, 1941. 4. 6

나의밤

나는 숲으로 가는 오솔길을 걷습니다.
별들이 내려와 깔아놓은 파아란 잔디밭
이름도 모를 밤새들이 뿌려놓은
꿈—아름다운 꿈이 흩어져 있는
—그러나 찢어진 내 노래의 날개를 어이 거두리.

나는 머언 마을이 바라다 보이는
휘어진 잔등을 넘어섭니다.
한 자락 하늘이 떨어져 흐르는 푸른 江
銀色 안개 속에 새벽—
—아름다운 새벽이 살풋이 담겨 있는
—그러나 찢어진 내 노래의 날개를 어이 거두리.

나는 버들가지를 꺾어 들고 집으로 돌아옵니다.
무너진 돌 담. 쓸어진 싸리 문.
거기엔 마음을 허락할
한 쪼각 하늘이 있고, 한 뼘 뜰이 있읍니다.
거기엔 가난과 함께 誼좋게 살아가는 아름다운 밤이 있읍니다.

罪없는 내 어린 家族—
그들의 머리맡에 화안하게 떠오르는
아침—아름다운 아침을 받들기 위하여
이 밤을 지키리. 내 이 밤을 지키리.
—찢어진 노래의 날개를 기워, 내 이 밤을 지키리.
—『매일신보』, 1941. 4. 12

마음은 하늘과 함께

―長安寺를 들어가며

하늘은 떨어져 물이 되고
물은 흩어져 구슬을 이루고···

向仙橋를 건너서니
푸른 솔, 푸른 그늘

하늘이 깨어져 흐르는 물소리
물이 깨어져 흐르는 하늘소리

山 이마를 감고 휘어 넘는 흰 구름은
모란송이처럼 가벼이 부서져 사라지는데

마음은 하늘과 함께 끝없이 푸르러
어린 여름처럼 하늘과 함께 끝없이 푸르러.
―『매일신보』, 1941. 10. 20

明鏡臺의 아침

山 허리를 감고 도는 엷은 안개
푸른 이끼엔
방울방울 구슬이 열리고

거울처럼 맑은 쪽빛 물 속에
千年인 양 고요히 새벽이 담겨 있는
明鏡臺의 아침

하늘을 떠받고 서있는 靈峯과 靈峯은
그윽한 맵시를
太古와 같이 잠그고 있어—

나도 더불어
맑은 이 아침
마음의 모습을 비춰어 보리.

—아무 뜻 없이 받기는 했어도
더운 차를 따라다 주는
찻집 少女의 따뜻한 情은
한결 고마웠느니—
—『매일신보』, 1941. 10. 21

金剛의 달

─表訓寺에서

고운 山
고운 달
밤 姿態가 맑으니
山 나그네 졸음도 맑아

달을 베고 누우니
물소리 銀河처럼
窓가에 더욱 맑다.

눈을 뜨면
山 이마에 뚜렷한 얼굴
눈을 감으면
물에 채어 부서지는 달 소리.

차마 잠을 이룰 수 없어
말없이 호올로 앉아
달을 바라다본다.

거울처럼
화안히 트이는 마음
이 한 밤
부처인 양 받들어 보리.

─『매일신보』, 1941. 10. 24

玉韻을 밟으며
—萬瀑洞에서

뚝뚝 듣는 푸른 그늘
나는 맑은 玉韻을 밟으며 물을 따라 올라 간다.

눈 앞에 열리는 후련한 山川
햇빛은 녹아 金비를 퍼붓는데

微風은 부드러이 나무가지를 戲弄하고
이슬은 아롱아롱 구슬져 떨어진다.

五仙峯 높은 봉우리에 파랗게 터진 하늘
靑鶴臺 푸른 솔ㅅ가지엔 흰 구름만 둥 둥

뿔뿔이 흩어진 바위와 바위
발을 떼어놓다가 나는 말을 잊어버리고

磐石 위에 주저앉아 筆囊을 끄르다가
나는 그대로 畵帖을 던져 버렸다.
—『매일신보』, 1941. 10. 28

마음의 戀人
―眞珠潭에서

天女의 치마폭에
부서지는 玉韻이러뇨.
바위에 부드쳐
알알이 흩어지는 眞珠

구슬은 녹아 물이 되고
햇빛은 녹아 물 위에 흘러
바람도 아름다운
아침 무지개

眞珠潭 眞珠潭
네 가슴에 괴인 푸른 秘密을
쏟아도 쏟아도 다할 줄 모르는 푸른 秘密을
하늘과 함께 내 가슴에 담아보리.

오오 永遠한
내 마음의 戀人이여!
너와 더불어
나는 길이 젊으리.
―『매일신보』, 1941. 10. 29

金사다리·銀사다리

―毗盧峯을 오르면서

하늘 오르는 외가닥 길이러뇨.
끝없이 닿은
金사다리 銀사다리

한 層 또 한 層
層階 層階를 기어오를 때마다
발 아래 피어오르는 흰 구름

칼 끝 같은 바위ㅅ부리
여기서 한 봉우리
저기서 또 한 봉우리

팔 뻗으면
푸른 하늘
손톱에 물 들으리.

千겹 萬겹
바다처럼 물결치는
아름다운 봉우리들

金비눌 銀비눌을 번쩍이며
솟구치는
칼제비러냐.

虛空에 달린 해를 따먹으려
뿔뿔이 푸른 물결을 차고
솟구치는 칼제비러냐.
―『매일신보』, 1941. 10. 30

가던길 멈추고
—麻衣太子墓를 지나면서

골짝을 예는
바람결처럼
歲月은 덧없어
가신 지 이미 千年.

恨은 길건만
人生은 짧아
큰 슬픔도 지내나니
한 줌 흙이러뇨.

잎 지고
비 뿌리는 저녁
마음 없는 산새의
울음만 가슴 아파

千古에 씻지 못할 恨
어느 곳에 멈추신고.
나그네의 어지러운 발끝에
찬이슬만 채어

쪼각 구름은
때 없이 오락가락 하는데
옷소매 스치는
한 떨기 바람

가던 길
멈추고 서서
막대 짚고
고요히 머리 숙이다.
—1941. 10.

몸은 虛空에 실려

─天仙臺에 올라

구름을 밟고 올라서니
하늘 밖에 호젓이 서있는
金剛의 第一關

부르면 대답하고 달려와 안길 듯
발 아래 물결치는 푸른 메뿌리

두 팔 벌이고
한 소리 크게 외치니

여기서 쩌르릉
저기서 쩌르릉

우뢰처럼 더 큰 소리 되어
온 金剛이 무너지는 듯

떨리는 가슴
몸은 그대로 虛空에 실려
떠나가는가.

天仙臺 天仙臺
너 아니면 天下의 偉觀을

나는 말 않으리.
다시 말 않으리.
─1941. 10.

印度民衆에게
―英蔣 合作策謀의 報를 接하고

1.

○○○○   難攻不落을 자랑하든 ○○○
東亞를 흘겨보고 太平洋을 업눌으든 侵略의牙城 ○○○
世界歷史上에 굵은線을 그어노흔 歐羅波의 沒落과 함께
昭和十七年 二月十六日
大東亞 建設의 經綸을 闡明한
東條首相은 全印度民衆에게向하여 무어라 ○明하엿드뇨
五千年의 歷史와 光輝잇는 傳統을 가진 印度에는
이제야말로 英國의 壓制로부터 버서나
大東亞共榮圈建設에 參加한 絶好한 機會가 닥처온 것이다

英國은
印度가 印度人의 印度로서
本來의 地位를 恢復할것을 期待하고
그愛國的 努力에對하여는 協助를 아끼지 안는다

이것은
太陽이 죽어버린지 三百年―
英國의 侵攻에 呻吟하는
三億五千萬 印度民衆에게 보내는 새벽의 ○○이엿다.

大東亞의 聖域에서
사나운 앵글로색손의 勢力을 몰아쫏고
빗나는 ○○의 大○○을 ○바더
皇國을 核心으로 共存共榮의 새로운秩序를 세우려는

大東亞戰爭
이야말로 東亞 各民族 解放의 聖戰이오
주림과 피로 싸워온 印度 百年의 ○○을 풀어줄
그리하야 새로운 世界史를 ○○偉大한 表現이다.

만일 이쌔를 노치면
印度는 民族中興의 機會를 永久히 일허버리리라.
이말을 印度 全民衆은 썌에 색여
팔을것고 이러나야 ○
쌔는 이미 턱을 밀고 닥처왓나니—

2.
○○하는 三億五千萬 印度民衆이여!
熱帶樹 욱어진 그늘미테
잠싼머리를 식히고 過去를 돌아보라.

一五九九年 英國領印度議會가 設立된 以來로
그대들 同胞가 밟고온 ○○할 자쥐는

白日아래 번드시 드러나고 잇지아느냐.
그대들의 피를마시고
그대들의 살을 씹고—
기리고는 그대들의 집을 쌧고, 그대들의 ○○○을 짓밟고—

그쑨이냐

그대들을 ○○文盲의 구렁으로 밀어너코
그대들을 주림과疾病의 골짝으로 몰아쫏고.

마침내는
第一次 世界大戰이 터지게되자
英國을 위하여 一億三千萬쏜드의 ○○을 負擔케하고
百三十四萬의 印度兵을 戰爭으로 보내게햇고

그러나 戰爭이 긋나자
그대들에게돌아온○○이 무엇이엿드냐.
背信者英國은 烈火와가티 憤怒에 날뛰는
○直한 그대들의兄弟와姉妹를 武力으로써 ○○햇고
結局은암릿살의 戰慄할 大虐殺을 ○햇든것이 아니냐

암릿살 廣場에 모인 五千의民衆―
그들의 어깨에는 마른갈ㅅ대 한가지도 쇠자잇지안헛고

그들의 주먹에는 적은자갈 한개도 쥐여잇지안헛다
그러나 ○○한 英國軍隊는 ○○○을 ○○하여

不過十五分에
五百의 市民을 죽이고
二千의 負傷者를 내이지 안헛드냐

그러것만 英國議會는

그軍隊를 指揮한 將〇에게
年〇八千쏜드의 〇賞을 내렸든것이다.

3.
親愛하는 三億五千萬印度民衆이여!

十五年의 歲月과 七千六百萬루비—의 巨額을 들여
세웠다는칼컷타의壯嚴한쌕토리아女皇帝〇〇—
그것은 그대들 四億民衆의 피를마시는
〇〇을 자랑하는 白魔의巨像이엿다

『印度는 英國皇帝의 玉域을 〇〇하는最大한 眞珠니라』
이말을 그대들은 엇더케 解釋해야할것인가?

人口四千萬의 英國으로서
人口四億의印度에 自治를許與하는날은

英國의 首都 런던은 뉴—데리—로 옴겨노케될것이다
저有名한 엄살쟁이 쌔나—토·쇼의말을 玩味해볼것도업시

〇〇으로 〇〇〇로 作戰基地로 人〇〇〇로
印度에 對한 未練한〇〇과
印度에 對한 두려운野慾을 버리지못하는
帝國主義者英國의 〇〇한〇〇〇과 〇〇한〇〇에 사로잡히지말라

昨今 ○○英國의 ○○한政治家처칠은
甘味한 獨立의 保障을 밋기로
米英共同同盟으로써 侵略을 企圖하고
열변 그의傀儡, 臺灣의蔣介石을식혀
印度國民會議派의 ○○工作에 餘念이 업는것을본다

○○前夜의 ○○에서 허덕이고잇는
正義의○ 英國自身의 防禦를위하여
印度四億萬 民衆의 피와
廣大한 ○域에 샘솟고잇는 ○○한○○을 利用하려는

잠꼬대와 가튼 ○○한 ○計인것을
그대들은 쏘렷하게 깨달어야 한다.

4.
親愛하는 亞細亞의 同族
三億五千萬 印度民衆이여!
大東亞의建設을 目標로
북소리 두웅 등 世紀의 炬火를 노피든

正義 ○○의 ○○한武威는 ○○ 不○○○에
○○ ○尼○ 馬來 ○○○을 順次로 뭇찔으고
南은 濠洲 西는 印度洋―
波濤거친 大東亞海의 全域을 업눌으고잇다

그대들은

英國의○○에 우는
그대들 三億五千萬 印度 同胞를 救援할
皇○將兵의 힘찬 발소리를 듯느냐

머리를 들어
天○을 흔드는 勇壯한 북소리에
구름을 씻고 나타나는 아름다운 太陽을 바라보라
椰子樹 지튼 이파리는

열리는아침에 춤을 추고
벵갈灣 푸른물ㅅ결을
○○한 햇발에 구슬을날릴
祖國을 ○○할 光榮의날이 그대들의 발곁헤 가까워왓나니―

『만일 이째를 노치면
 印度는 民族再興의 機會를 永久히 일허버리리라.』
오오 바람 노픈 南蠻의靑空에
鮮明한 日章旗는 힘차게 펄럭인다.

이러나라! ○○하는 三億五千萬 印度民衆이여!
○○코 ○○할 絕好한 機會는 바로 이째다.
일허버린 祖國의 노래를 노피불으며
오오 이러나라!
파무친 五千年의 文化를 다시 빗낼
民族再興의 大勢을 이루기 위하여―.
―『매일신보』, 1942. 3. 5-3. 6

돌아오지안는아홉壯士

一特別攻擊隊의偉勳을追慕하며

1.

『반드시 죽엄으로써
 敵 艦隊의主力을 擊滅코야 말리라』
어버이에게도 同氣에게도 알리지안흔
皇軍興廢의 重任을 두어깨에 지고
『저이는 갑니다』
明鏡止水와가튼 淡淡한態度로
바람 놉고 波濤 거친 三千五百海里의 大洋을 건너
한번 가고는 다시 돌아오지안는
아아 우리 海軍魂의精華인 아홉 將士여!

天險이 무엇이랴
千年不敗를 자랑하는 世界의 要塞가 다 무엇이랴
十二月八日 拂曉에
허리에 찻든 軍刀가한번놉히 울자
傲慢不遜한 敵 太平洋艦隊를 단번에 처부시고

그밤
三萬二千六百噸의巨艦『아리조나』의 擊沈을 마즈막 선물로
미친듯 激浪은 珊瑚礁 모진 바위쑤리를 물어쯧는
때마침 구름사이로나타나는 月光도 悽愴한 眞珠灣머리에
한줌 護國의 꼿치되여 흐터진
아아 우리海軍魂의 精華인 아홉將士여!

2.

『我方에 아직 돌아오지안는 特殊潛航艇五隻』이란

十二月十八日 大本營의 發表가 잇고서
그뒤의 소식을 몰라
낫과밤으로 一億國民의 가슴이 얼마나 탓든고

瞑目合掌!
마음에 젓는 熱淚를 깨물며
머리를숙여 고요이 생각해보노니—

오즉 暴戾不遜한 米英擊滅의計劃이 念頭에 불타고잇섯을쑨
大任을 다하는날은 自滅을 覺悟하리란
生死를 超越한 至高至純한 精神!

오즉 나라를 위하여 죽엄을 構圖하고
오즉 나라를 위하여 죽엄을 訓練하고
그리야 泰然 果敢한 죽엄을 實行한 忠烈!

나라를위하여 죽는 죽엄보다
더 아름답고 偉大한 죽엄이 쏘 잇든가
나라를 위하여 죽는 아름답고 偉大한 죽엄보다
더 아름답고 偉大한 삶이 쏘 잇든가
偉大한 죽엄을 바쯔는
敬虔한 國民의感情보다 더 敬虔한感情은 쏘 업슬지니

오오 壯하도다 아름답고 偉大한 아홉將士의 죽엄이여!
몸은 죽어 돌아오지안허도
絶倫無雙한 忠魂은

日月로 더부러 千秋萬歲에 빗나오리

3.
三月七日
돌아오지안는 아홉將士—
特別攻擊隊의 赫赫한偉勳이 發表되며
新聞紙에 박혀 나오는 出發前의 絶筆—

그것은 죽엄의 大任을 압두고
盡忠의 精神과 雄大한 氣宇를 찍어노흔
不退轉의 決意가 아니엿든가
바쓰러 읽는마음
누구라 가슴이 쮜고 피가 끌어오르지 안엇스랴

아름답고 위대한 죽엄으로써
오오 우리海軍의 빗나는 傳統을 遺憾업시 發揮한
그리하야 大東亞戰爭劈頭에
帝國不敗의態勢를 盤石우에 세워노흔

大東亞建設의 거룩한礎石이여! 昭和의 軍神이여!
太平洋上에 힘차게 펄럭이는 旭日昇天의 旗ㅅ발 아래
고요이 잠자는 아홉將士의英靈이여!
千古에 빗나는 不滅의武勳과 함쎄
皇國萬代에 永遠한 榮光을 가슴놉히 讚仰하오리
—『매일신보』, 1942. 3. 13

濠洲여

1.
한번 正義의칼을 쑵자
○○, ○尼○, ○○○가차례로 어퍼지고
再次 ○刀가 놉히 울자
도적燈을 ○○
쪼기어가는 星座—
『쎄루마』의 별 ○○이 떨어지고
亡命의 별 東印度가 無條件 降伏을 하고.

印度兵의 발에 밟인
흙 무든『유니온작크』—
南海의 푸른밤을 도적한 猛獸의꿈과 함께
갈갈이 찌저진 ○○을 물고
벵갈灣 ○○에 가꾸로 처박인『유니온작크』—

○○을 속여 天兵을 막어내려든 英將『웨델』은
○○을 버리고 허둥지둥 印度로 다라나버린 오늘.
赤道를 넘어
南쪽 멀리 외로이 떨고잇는 濠洲의별아
○○를 일흔 네 육중한 ○○
너 스스로 가누지도 못하면서
너는 어느 하늘ㅅ가로 떨어저 흘러가려느냐

저 波聯을 보려므나

저 佛蘭西를 보려므나
저 希臘을 보려므나
그리고 네가 바루○○하든印—

그들은 모두
背信者 英國의 피리에
춤을 추든 슬픈○○가 아니엿드냐

비릿한 肉情에 사로잡혀
네 心臟을 쌔물어먹는 낡은不倫을 쎄지못한다면
이미 팔이 부러지고 다리가 썩긴
不○ 英國을 손톱만치라도 미더야한다면

그것은 너에게 잇서서 오즉 한○의 큰悲劇이오.
그것은 또 天○를 막는 世紀의 叛逆이오 ○○다.

2.
無敵 皇軍의 喇叭소리에
외로이 떨고잇는 濠洲의별아.
그리고 또 ○○한 米國을 밋지마러라.
어제까지는 英國을 宗主로 바쓰는 너
래일부터는 米國의奴隷가 되여 그의 한자락 植民地로 바꾸어질싼—

이미 全艦隊의 主力이 썩기고

太平洋上에 모주리 일허버린 米國—
제 國土를 防禦할에는 힘이 미치지못하는 오늘

그를 밋는다는것은
압발을 들어 수레를 막으려는○○의無○다.

正義 皇軍의 휘둘으는 ○刀에
星條旗에 박힌별들이 부서저 흐터지는날
너 또한 슬픈밤과 함께
黑色 十字星을 등에지고 가꾸로 써러지리라.

3.
濠洲여!
○○한『앵글로색손』이 물러간 大東亞 넓은 彊域에는
어둠을 뚤코 突進하는 黎明의 북소리와 함께
皇天의 光榮에 젓는
새로운 天地가 힘차게 베푸러지고잇다.
보라!
『쎄루마』와『인도네시아』의 어린少年少女들도

손에손에 日章旗를 놉히 흔들며
머리우에 써오르는 亞細亞의 아름다운太陽을
天眞한 우슴으로 노래하지안느냐.

『濠洲에○하여는 天命을 正視하고
速히 그가장 ○大한○○을 決定하라』
이것은 三月十二日
○○議會席上에서 웨친
東條首相의 힘잇는 ○○이엿다.

오오 하늘은 부른다.
돌아오라 亞細亞로!
오오 天運을 일치말고
돌아오라 亞細亞로!
—『매일신보』, 1941. 3. 27-3. 28

아름다운 太陽

포도넌출 기어오르는 울 너머로
화안하게 터지는 푸른 하늘

안개를 떠들고
金色을 깨물며—

좌알 좌알
旗폭은 흘러 흘러……

四月!
아침이 능금처럼 香氣로울 때

아직도 조름이 이슬진 눈 뚜껑을 부비며
착한 내 어린 아들과 딸들—

天眞한 꽃송이들은
분주스러이 窓살을 두드립니다.

대굴 대굴
水晶알 처럼

꾀꼬리 黃金 譜表를 떨어트리는
뜰!

앵도꽃 빠알갛게 타고
난초잎 파아랗게 터지는
앞 뜰!

『엄마
　나, 저 해를 꼭 따주우』

『아빠가 뭐라든?
　크면 따준대두 그래!』

『아냐.
　아빠는 거짓말장인걸 뭐!』

國旗를 손에 흔들며
어매등에 매달린
착한 내 아들과 딸들—

太陽과 함께 커가는
내 아름다운 家族의 적은 손을 꼬옥 쥐어줍니다.

太陽과 함께 커가는
내 아름다운 家族의 어린 볼을 사뭇 부벼줍니다.
—『조광』, 1942. 6.

새나라 아들 딸들에게

아가야
어서 뛰어 나오너라.
우렁차게 열리는 번듯한 하늘을
우러러 보지 않으려느냐.

푸른 山脈이 물결치는
三千里 어깨 위로 붉은 해가 떠오르는구나.

〈解放의 북소리는
 힘차게 열릴 歷史와 함께
 한줄기 光明을 굵은 脈搏 위에 심어
 주었거니—〉

아가야
새 해를 맞는
빛나는 네 얼굴을 이제는 언제까지고
바라볼 수 있는 기쁨을
가장 敬虔하게 가장 大膽하게 키워
받드리라.

이제는 너에게 마음놓고
祖國의 노래를 불러줄 수 있고
이제는 너에게 마음놓고
祖國의 이야기 들려 줄 수 있지 않느냐.

막혔던 설움을 마음껏 울어 볼 수 있고.
터지는 기쁨을 마음껏 웃어 볼 수 있고.

그렇다 아가야
이제는 마음놓고
어버이 무릎 위에서 온갖 재롱을 다
피워 보려므나.

어깨를 타고 넘어도 좋다.
목을 걸어 감고 매달려도 좋다.
수염인들 못 뽑을 것이냐.
볼인들 못 퉁길 것이냐.

오오 다시 찾은
빛나는 내 祖國.
아가야
활개를 쳐보려므나. 발을 굴러 보려므나.
이젠 네 것 아닌 것이 하나도 있다더냐.

머리 위에 열린 하늘도 네 것이다.
해도 달도 별도 山도 내도 풀도 나무도
이 宇宙에 네 것 아닌 것이 하나나 있다더냐.

오늘도 네 것이다.
來日도 네 것이다.
希望도 기쁨도 自由도 獨立도 네 것이다.
모두 모두 다 네 것이다.

아가야
네 것 아닌 것이 하나도 없는
이런 새 해를 맞아 본 적이

어디 한 번인들 있었더냐.

오오 지난 歲月이 한 토막 모진 꿈결로만 생각되면서도
그 피나는 나날을 어떻게 살아 왔던 것인지
새삼스러운 驚異에 눈이 흡떠지는 것을

아가야
사슬이 풀린 祖國 山川에
첫 새해를 맞는 거룩한 아침—

이젠
모든 것이 네 것인 거룩한 이 아침을
너는 어떠한 모습으로 받드려느냐.

바람 거칠은 玄海灘을 건너
밤은 멀리 달아나고

푸른 山脈이 우줄우줄 물결치는
三千里 어깨위로 붉은 해가 힘차게
떠오르는구나.

아가야 어서 뛰어 나오너라.
우렁차게 어서 뛰어 나오너라.

우렁차게 열리는 번듯한 하늘을 우러러 보지
않으려느냐.
　　　(解放 第一年 曉頭에)

—1946. 1. 1

이 땅에 永遠히 빛날 거룩한 이날

同胞여
이 땅에 永遠히 빛날 거룩한 이 날을
마음을 하나로 정성스러이 받들자꾸나.

記憶에도
새로운
己未年 三月一日
三千萬 우리 民族을 代表한 三十三人이
大韓 獨立을 宣言하자

十年동안 숨을 죽였던 沈黙을 깨뜨리고
噴火처럼 터지는 萬歲 소리
三千里 八道江山을 뒤흔들던 萬歲소리
三千里 더운 가슴은 오로지 붉은 피가
끓었을 뿐이었다.

最後의 一人 最後의 一刻까지
오로지 우리의 祖國
大韓의 獨立을 위해 싸우자.
얼마나 슬프고 얼마나
壯한 외침이었던가.

저자에서 마을에서
街頭에서 山上에서

열이면 열, 百이면 百
어떤 때는 數千, 어떤 때는 數萬—

모이면 모이는 대로
울부짖으며 大韓獨立을 외쳤던 것이다.
돌맹이 하나 나무조각 하나 쥐어 있지 않은
오직 빈 손으로 맨주먹으로

그러나
저 無道한 倭警들은 어떠하였던가.
총을 쏘고, 칼을 휘두르고
심지어 곡괭이로 쇠뭉치로
찍고 갈기고 치고 패고……

그리하여 피를 흘리며
거꾸러지는 群衆 속에는
騎馬警察隊의 말발굽에 짓밟힌
흰 살이 찢긴 채 나가 쓰러진 女學生도
있었다. 채 어린 小學生도 있었다.

발길에 채이며 묶이어 가는 靑年들
추럭에 실려 붙잡혀 가는 學生들
到處에 留置場이 메어졌고
監獄이 超滿員이었다.

그러나
묶이어 가면 묶이워 가는 대로
거꾸러지면 거꾸러지는 대로
죽음을 두려워 않고
오직 붉은 피로써 내 祖國의 흙을 물들이려
했던 것이다.

三月一日
祖國 大韓의 獨立을 宣言하던 二十七年 前의
己未年 三月一日
잊지 못할 偉大한 이 날!

街頭에 피를 흘리고 쓰러진 殉國의 志士는
몇 百이였더냐.
獄中에서 모진 매를 맞고 속절없이
스러진 獨立鬪士는 몇 千이었더냐.
혀를 깨물며 海外로 흩어져 亡命을 한

愛國烈士는 몇 萬이었더냐.
오오 同胞여
解放 第一年 첫 맞이로 맞는 三月一日
이날을
우리 三千萬은 어떠한 念願 어떠한
姿勢로 맞아야 할까.

앞으로 올 完全 自主獨立의 날은
멀지 않으리니.
이 땅에 永遠히 빛날 그 날을 위해
三月의 그 날 萬歲를 외치던 그 얼
그 숨결로
우리 한 덩어리 새로운 所望과 다짐을
하늘처럼 땅처럼 키우자꾸나
키우자꾸나.
—『전북일보』, 1946. 3. 1

偉大한 民族의 날
—3·1 국경일을 다시 맞으며

굳게 얼어붙은 땅을 뚫고 봄은 솟아오르나이다.
몸을 휘감은 사슬을 끊고 脈搏은 힘차게 뛰나이다.

한낱 모래알이나 가냘이 떨리는 풀 이파리에도
宇宙를 숨쉬려는 한 줄기 힘은 하늘을 向해 치솟고 있삽거든

큰 江물처럼 세차게 흐르는 民族의 숨결을
칼이나 총으로는 막을 수 없으오이다.

총칼 아래 빼앗긴 三千里 疆土—
쌓이고 쌓인 倭政 十年의 울분과 슬픔이 하나로 불붙어
三千萬 거센 핏줄이 검은 구름의 爆發처럼
막으랴 막을 수 없이 터진 것이
己未年 三月 一日 萬歲가 아니었읍니까.

그 날이야말로 永遠히 지켜야 할 偉大한 民族의 날
三千萬 겨레의 더운 피가 한 가슴 한 숨결로
보란 듯이 白日아래 表現된 그날이
바로 기미년 三月 一日이었나이다.

빼앗긴 祖國을 찾기 위해
빗발처럼 퍼붓는 총칼을 무릅쓰고
民族 抗爭의 첫 소리를 우렁차게 외친 것이
바로 己未年 三月 一日이었나이다.

늙은이는 白髮을 날리며

젊은이는 앞장을 서며
京鄕 어디에서나, 저자에서, 마을에서
심지어 山꼭대기에서까지, 留置場 속에서까지
어린 女學生 小學生까지도……

日警의 무지한 말발굽 아래 피를 흘리며 쓰러지면서도
太極旗를 흔들며 가슴이 터져라고 萬歲를 외치던—

그 날의 그 얼! 그 피!
땅은 빼앗겨도 빼앗을 수 없는 얼
살이 찢기우고 뼈가 부서져도 식지 않을 피

이것이 하나의 불덩어리로 타오를 때
우리 三千里 疆土는 끄덕없이 永遠히 지켜질 것이옵나이다.

집집마다 太極旗를 내걸고
다시 맞는 三月 一日

이 아침
三千萬 脈搏을 하나로
두 손 모아 祈禱드리나이다.

오오 빛나는 푸른 하늘 어깨에 걸치고
오소서. 偉大한 民族의 날이여
오오 五色 향기로운 꽃다발 가슴에 안고
오소서 偉大한 民族의 날이여.
　　—『전북일보』, 1946. 3. 1

높으심 받들고자
—도산 안창호님을 추모하며

편안한 날 하루도 없는
비바람 사나운 異域에서 異域으로!
물을 건너 嶺을 넘어
山 설고 물 설은 땅을
異域에서 다시 異域으로!

오로지 祖國의 獨立을 위하여
抗日에서 抗日로 一生을 바치신
님께서 가신지 이미 十年
獄苦에 못 이겨 가신지 이미 十年

이 땅에 번듯이 세워질 建國의 날 앞두고
擧族的으로 가장 어려운 試鍊과 苦焦를 겪어야 할 오늘
님께서 살아 계셨으면 하는 아쉬움 더할 뿐이외다.

　　『한 사람의 우리나라 사람이
　　　한 사람의 딴 나라 사람에게
　　　아름답지 못함을 보여준다면
　　　온 세상 사람들에게
　　　우리 겨레 모두를 辱되게 함이니라.』
하시던 말씀

　　『저 한사람 잘 나면
　　　그만큼 겨레의 利益이요

저 한사람 못 나면
그만큼 겨레의 損失이니라.』

『제 겨레를 제 겨레가 사랑치 않으면
제 겨레를 누가 사랑하는 것이냐.』
하시던 말씀

『꿈에서라도 거짓을 말 한 일이 있거든 뉘우치라
행여 弄談으로라도 거짓을 말할세라.』
『제 마음속에 있는 거짓을
몰아냄으로 獨立運動을 삼아라
그것이 첫째 祖國에 對한 神聖한 義務니라.』
하시던 말씀

『獨立은 첫째 힘이니라.
참된 마음으로 사랑할 수 있고
참된 마음으로 믿을 수 있고
그리하여 참으로 사랑하고 참으로 믿음으로
하나로 뭉치어라. 하나로만 뭉치어라.
온 겨레가 하나로 뭉치는 그보다
더 큰 힘은 없느니라.』
하시던 말씀

님께서 가르치신

눈을 감으시던 날까지 말씀으로 몸으로 가르치신
　　　『참의 倫理와 힘의 實踐』
　　　『사랑의 道와 믿음의 德』
그것이 아니고는
우리 겨레의 完全 自主獨立은 바랄 수 없다는 것을

밝혀 주신 높으신 뜻을
그대로 받들고 싶나이다.
그대로 지키고 싶나이다.

　　　『나를, 나 스스로를 버리고
　　　　어린이의 謙虛한 世界로 돌아가라.』
　　　『나를 나 스스로를 항상
　　　　民族的인 純情,
　　　　民族的인 良心의 法廷에
　　　　被告를 내세워라.』

하시던 峻嚴하신 목소리가
아직도 마음에 메아리치고 있나이다.

님이여
이제 새 나라 誕生을 앞두고
偉大한 陣痛은 시작되었나이다.

겨레를 사랑하신 그 정성 보람있어
새 나라 아름다운 誕生 우러러 받들
그 날 오리니
님께서 심으신 높은 뜻 헛되지 않아
太極旗 물결치는 우렁찬 萬歲 속에
이 땅에 빛날 거룩한 登極의 날
우러러 받들 그날 오리니

그 날
無窮花 한 송이로 찬란하게 피어날
이 나라 해뜨는 江山 빛나는 아침을 우러러
님을 기리며 두 손 모아 合掌 하오리다.
　　　(10週年忌에)
—1948. 3. 10

自畵像

오직 내 마음이 살 수 있는
거울 같은 鄕土가 그립소이다.

마음은 항상 푸른 하늘을 떠돌건만
하늘은 푸르러도 마음은 무거워

푸른 紙幣가 나비처럼
풀풀 날리는 解放의 거리에

한 뼘 초라한 뜨락
마음의 祖國은 純情과 함께 헐려만 갈 뿐

착한 마음이 살 수 있는
거울 같은 鄕土를 갖지 못한

나는 내 어린 겨레와 함께
가난한 밤이 한결 슬프외다.

푸른 紙幣는
어여쁜 눈썹을 그리는 化粧과 함께

鋼鐵과 같은
心臟을 갖지 못한 내 모습을 얼마나 비웃었으랴.

티없는 마음 너무나 어리어 어리어
쌀 한 알을 제대로 혓바닥 위에 굴릴 수 있는

푸진 歲月을 갖지 못한
푸진 歲月을 갖지 못한

나는 나 스스로를
원래 返逆할 줄 모르기에

나는 내 어린 겨레와 함께
가난한 밤이 한결 슬플 뿐이외다.
—『교육순보』, 1948.

孤獨에의 노래

그렇게도 너와 함께 있기를 싫어하는 나인 것을
너는 기어코 나를 네 寢室로만 꼬이려 하는구나.

푸른 잔디밭에 끊어진 구름이 어지러이 날리고
꿈인 양 춤과 노래가 濁浪에 채어 흘러가 버릴 때

채 여린 손까락이
네 寢室 문고리를 채긴 적도 있었다만—

孤獨이여
너는 너무나 나에게는 슬펐더니라.
네 몸에 걸친 네 素服이 나에게는 슬펐더니라.

밤이면 밤이면
네가 켜주는
아름다운 星座가 聖스럽기도 했건만

너와 함께 있을 때면
무너진 祭壇에
애달픈 追憶만이 쪼각쪼각 새로워—

오오 잃어버린 내 마음의 故鄕을
—네 가슴에 머리를 묻은 채
내 얼마나 목놓아 울었던고.

孤獨이여……
네 寢室을 깨끗이 불사르고
이 밤과 함께 나에게서 물러가거라.

찢어진 歲月을 다시 기워
永遠한 靑春을
永遠한 靑春을
오직 내 詩와 더불어 더불어 이야기하리라.
—『학』, 1949.

빛나는 純情의 王都

1.
西쪽 하늘 별도 없는
거친 바다로 흘러가는 浦口의 계집애야
검은 바람에 부서지는 치맛자락을 날리며
너는 어디로 쫓기어 가는 것이냐.

내가 즐겨 부르던 노래를
芭蕉잎에 새겨줄 때 너는
聖畵 한 幅을 내 房에 걸어주었느니

하늘에 핀 한 송이 빨간 꽃보다도 아름다운
네 모습은 환하게 떠오르는 聖像처럼
恍惚한 아침을 내 가슴에 켜놓았더니라.

그리하여 나는 너를 위하여 聖歌를 높이 불렀고
너를 위하여 祭壇에 엎드려 聖燭을 받들었나니—

너를 祝福함으로 나에게는 宇宙가 한 송이 꽃이었고
너를 祝福함으로 나에게는 人生이 한 篇의 詩였더니라.

2.
그러나 그 어느 날 뜻 아닌 사과 한 쪽으로
나는 나도 모르게 구슬을 삼킨 돼지가 되어버렸고
너는 너 스스로가 차디찬 뱀의 智慧를 씹었나니

그렇다. 무심코 뜻 아닌 사과 한 쪽으로
네가 잃어버린 건 榮光에 젖어 빛나야 할 純情의 눈물이었고
내가 잃어버린 건 永遠히 키워가야 할 마음의 聖像이었다.

밤이면 별들이 내려와 파아란 꿈을 파묻는
슬픈 浦口의 계집애야.

憎惡와 咀呪에 불타는 毒한 心臟을 깨물며
너는 어디로 쫓기어 다라나는 것이냐.

바람처럼 다라나는 네 발자국엔 뱀이 서리고
촛불이 꺼진 네 눈동자엔 두 갈래 혀끝이 날리는구나.

鍾소리 울려오는 새벽
네가 걸어준 聖畵를 떼어 불살우노니
— 〈그것은 聖畵를 冒瀆한 네 罪를 깨끗이 태워버리기 위해서
    다.〉 —

나는 아름다운 내 겨레와 함께
빛나는 純情의 王都를 지키며

이 아침
힘있게 굴러오는 새해를 祝福하리라.
—『전북일보』, 1950. 1. 1

마음의 祖國

하늘이 그리워서 푸른 하늘이 그리워서
山 너머 바다 너머
끝없이 푸른, 푸른 하늘이 그리워서

아름다워야 할 밤이었건만
밤은, 밤은 너무 슬퍼
노래를 잊어버리고 흐르는 흐르는 江물처럼 슬퍼

누가 긁혀 준 손톱 자욱이러뇨.
마음을 채워 줄 아가씨는
아가씨는 꿈에서만, 꿈에서만 아름다운
밤을 허락하였던가.

아름다운 밤, 정녕코 그 밤이
뻗어도 뻗어도 닿지 않는 푸른 하늘
푸른 하늘에 핀 한 송이 꽃이라면

푸른 하늘에 핀 한 송이 꽃이라면
純情에 타는 한 송이 빨간 꽃이라면
꽃송이 입에 물고 넋이 타죽어도 좋으리.

아아 나의 純情은 너무나 착하여
언제나 푸른 하늘이 그리워서
어린 이파리처럼 푸른 하늘이 그리워서

푸른 하늘이 놀고 있는 내 마음
내 마음이 놀고 있는 푸른 하늘
그것은 언제나 自由로운 내 마음의 푸른 寢室인 것을

그러나
아름다워야 밤은 나에게만 슬퍼
어둠 속에 흐르는 江물처럼 밤은 나에게만 슬퍼—

마음을 채워 줄 아가씨는
아가씨는 정녕 꿈에서만
꿈에서만 자유로운 아가씨였던가.

한 뼘 땅을 힘있게 디뎌볼 수 없는
지친 숨결 허전한 걸음거리……
푸른 하늘의 손톱자욱을 바라보기도
이제는 싫다.

오오 祖國이여, 내 마음의 祖國이여
窓을 활짝 열고 한 쌍 파랑새를
파랑새를 네 품으로 날려보내노니

꽃다발 어깨에 걸치고
꽃다발 어깨에 걸치고
푸른 하늘 平地처럼 달려오라.
　　　　　　—『전라신보』, 1950.

純情序曲

　　一새 봄 새 아침이 그리워

밤이면 달 뜨는 밤이면
千 폭 萬 폭 銀色 風景을 깔아주고—

銀河처럼 흐르는 별들의 이야기와
나무와 숲과 새와 짐승이
誼좋게 살고 있는 푸른 山脈—

밤이면, 달 뜨는 밤이면
달음질을 쳐도 지칠 줄을 모르는 푸른 山脈은

오늘도 내 마음의 寢室을 고요히 찾아 주느니
둥 둥
어디서 들려오는 검누고 소리인고.

窓살도 없는 내 마음의 窓을
가만히 와서 두드리는 어린 주먹이여

너는 정녕코 자취도 없이 왔다 자취도 없이
사라져 버리는
구름송이나 바람개비는 아니겠지?

너는 정녕코 새로운 傳說을 선물로
언덕을 넘어 벌판을 지나
조심 조심 푸른 잔디를 밟으며

멀리서 걸어 온
東方의 아가씨가 아니더냐.

사랑하는 이여!
나에게로 오라. 나에게로 오라.
달이 지기 전에 어서 나에게로 오라.

이 밤이 다 새도록 황홀하게 피어나는
한 송이 두 송이 꽃다발을 엮으며,
너와 더불어
푸른 山脈이 가지고 온
아름다운 이야기를 들어보고 싶구나.
—『전라민보』, 1950.

戀春賦

1.
山새들의 노래를 싣고
하늘에서만 놀고 있는 흰 구름

어느 흰 구름 속으로 꾀꼬리 살아진고
노래 떨어지니 山골에 눈은 녹아

흐르는 江물
봄이 철철 넘쳐흐르는 푸른 江물

내 마음에도 江물은 흘러
하늘이 철철 넘쳐흐르는 푸른 江물

2.
山골에 들어서면
봄을 캐는 山골 아가씨들

흰 구름 둥 둥
햇볕은 金비를 퍼붓는데,

어린 버들잎 허리에 띠고
여린 손까락 봄을 캐는 착한 아가씨들

옆에 낀 바구니엔
봄이 봄이 어느 만큼 채워졌노?

떼어놓는

발ㅅ자욱에도 봄은 솟아—

여보 아가씨들
흙 속에서 캐낸 봄은
그득 그득 채워가지고 가소만

자욱마다 솟는 봄일랑
소복소복 내 가슴에 묻어두고 가시소.

3.
江마을로 내려오면
봄 긷는 江마을 아가씨들

아지랑이 가물가물 먼 山은 조으는데
푸른 하늘 어깨에 걸치고,

한 두레박, 두 두레박……
江물을 긷는 착한 아가씨들

머리에 인 물동이에는
떠노는 하늘, 넘치는 봄

여보 아가씨들
잠깐 걸음일랑 멈춰주시소.

동이에 철철 넘치는 봄
半 바가지만 나에게 떠주고 가시소.
—『전라신보』, 1950.

슬픔

나는
능금을 땄노라.

그러나
진정 너를 사랑하길래

능금을
푸른 바다에 던지노라.
—1951.

마음

바람 자취없이 불어오고
바람 자취없이 불어가는

마음은
물결도 달인 양 화안한 거울.

낮이면 빠알간 능금 가슴에 더웁고
밤이면 파아란 별들 宇宙를 繡놓는

마음은
물결도 달인 양 화안한 거울.

白鳥 깃 적시고 오시는 날에도
白鳥 깃 치고 가시는 날에도

마음은
물결도 달인 양 화안한 거울.
—『병우』, 1952.

너를 사랑하려고

궂은 일, 언짢은 일
갖은 風霜을 다 겪으면서도

너를 사랑하려고
이렇게 살아 왔던가 부다.

더 잘나지도, 더 못나지도 않고
그저 이만한 모습으로
이렇게 내가 살아 왔던가 부다.

너 없이
어떻게 살아 왔던 것인지
이토록 살아 온 것이 神奇스럽기도 하다.

너 아니드면
어떻게 살아가려 했던 것인지
생각하면 아슬아슬 하기도 하다.

어제까지가
까마득한 옛적인 것만 같고
이제부터가
정말 첫 발 떼임인 것 같기도 하다.

해가 둥글었던
이즈러졌건

너 때문에
이렇게 내가 살아 왔던가 부다.

너를 사랑하려고
이렇게 내가 살아 왔던가 부다.
―『현대시』, 1952.

回憶 三十年

齊골 마루턱을 달토록 넘나들던
그적이 어제런듯 헤어보니 三十年을
아무리 덧없기로니 이럴수야 있으리

뜻대로 될작시면 걸음마 다시 둥둥
三十年 훌쩍 물려 더 한번 어려파라
어지ㅎ다 철도 아닌것이 눈서리만 치느니

全羅道 낯선땅을 와 계신줄 나 몰랐네
임을 咫尺에 두고 헛나이만 늙었구나
학仙아 네 나를 태워 가서뵙게 하여라

옛情 옛모습이 그대로 歷歷커니
도란히 뫼셔본들 숫쩍음 있을소야
도仙아 잔 가득 부어라 밤새어 醉하리라

바둑도 두어보고 風月도 읊어보고
안주야 있건 말건 싫도록 마시면서
三十年 그리던 情을 구비구비 펴리라
　　　(崔午山 兄님의 소식을 듣고)
—『전북일보』, 1953. 2. 3

五月

꾀꼬리 버들 잎 물고
어느 시냇가를 사라진고
푸른 하늘 철철 넘쳐 흐르는
네 어깨 위로

오월은
푸른 기폭을 달고
다름질 쳐 오나니—

푸른 빛 푸른 가지 쭉쭉
뻗어 오르는
푸른 메 푸른 물 허리에 띠고

아가야
우줄우줄 춤 추며
피어 보라
하늘 처럼 꽃 피어보라
—『전북일보』, 1953. 5. 5

五月의 求婚

—바다와 少女와 나

　푸른 하늘이 고요히 담긴 새벽 湖水보다도 서늘한 네 눈동자와 함께 五月
이 오면
　쪼각 쪼각 金箔을 뿌려놓은듯 햇빛 구슬이 뚝뚝 듣는 푸른 그늘속

　내가 지금 앉아있는 나의 곁으로 바람결처럼 걸어오고 있는 그것은 아름
다운이의 가벼운 발자욱이던가—
　주름 주름 비단 물결 주름치는 보리밭 머리

　언젠가 딸기를 따먹으며 너와 함께 『괴—테』를 이야기하던
　저기 저렇게 푸른 언덕 너머 멀리 바다가 내어다보이는 모과나무가 서있
는 산모롱을 돌아

　오늘도 나는 너를 생각하며
　여기 이렇게 이곳을 찾아와 하루해를 보내노니—

　어깨에 걸친 한자락 파아란 하늘이 旗발처럼 흘러간 뒤면
　네 가슴에 타는 한송이 빠알간 장미가 파초잎을 떠들고 솟는 南國의 太陽
보다도 언제고 나에게는 뜨거워

　네가 나의곁에 와있으면 소낙비 퍼붓듯 퍼붓는 꽃다발속에 宇宙와 함께
언제든 나는 젊어만지고
　그러면 푸른 하늘은 눈부신 五線을 풀어 金色 譜表를 꽂아주느니

　두웅둥 거문고 소리를 밟으며 靑鳥가 물어나르는 버들잎 허리에 띠고 어
서 나의곁으로 와서 오오 아름다운 나의 女人이여!

　우리 함께 저기 저렇게 푸른 언덕을 넘어 멀리 내어다보이는 바다를 바라
보며
　五月이 실어다 주는 波濤의 이야기를 들어보기로 하자.
　—『전북일보』, 1953. 6. 3

祝婚

1.
福된 이 날을 마련하시려고
그렇게도 하늘이 울고
그렇게도 地球가 보채었나부다.

福된 이 날을 이렇게 꽃 피우시려고
발가벗고 살던 億年 이끼 푸른
오랜 할아버지ㅅ적부터

착함이 없었던 모든 사나운 밤과
싸우며 살아왔던가부다.
이 누리를 波濤처럼 살아왔던가부다.

오직 한 자루 生命의 불을 지켜
貴여운 아들과 딸을 낳으며
즐겁게만 즐겁게만 살아가라고

이 福된 아름다운 날을 가리어
이처럼 치렁치렁 풀어놓는 靑실 紅실에
鶴의 춤 너울너울 빛나는 해를 띄워 보내셨나부다.

어디서 들려오는 喇叭소리뇨.
어린 天使들이 뿌리는 꽃다발을 밟으며,
걸음 걸음 발을 맞추어

여기 百年을 繡놓은 눈부신 꽃판 위에

한 쌍의 새 별이 와서 서있는
노래와 함께 아름다운 한 쌍의 새 별이
나란히 와서 서있는

오
누리는 꽃잔을 들어 이날의 榮光을 祝福하노니
새로운 숨결 가슴에 피는
한 자루 붉은 華燭이여

2.
일곱 빛갈 무지개가 뻗어오르는
구슬이 끓는 샘이라면 모르겠다.
모란을 떠들고 파아란 하늘ㅅ가에 솟는
한 송이 燦爛한 해라면 모르겠다.

꿀주머니에 그득 괸 百가지 풀 香氣보다도
바다 속 珊瑚 眞珠보다도, 黃金山 金돌보다도
香氣롭고 玲瓏하고 眩耀한
오직 하나의 眞實

그것은 神秘의 거룩함을 지켜온 久遠의 象徵
한 잎 純潔한 입술에 떨리는 불멸의 사랑이었나니

億劫 玄玄한 波濤ㅅ길
천둥이 우는 밤 하늘에도
구름 사이사이로 끊임없이 타고 있는 한덩이 별—

아름답게만 아름답게만 빛나는 한 덩이 별을
가슴에 켜주신 거룩하심 그대로 키워
新郞 新婦여

하늘과 땅을 처음 이룩하시던 첫 아침 빛나는
기쁨 그것처럼 百年을 한 송이 뜨거운 사랑으로
즐거운 꽃밭 속 같은 웃음에서만 빛나주시라.

霹靂이 무너지는 험궂은 날에도
눈보라 휘파람 치는 비바람 속에서도
新郞 新婦여

百年을 한아름 뜨거운 抱擁으로
天使들이 불러주는 노래 그것처럼
즐거운 꽃밭 속 같은 웃음에서만 빛나주시라.

宇宙가 깨어지도록
宇宙가 깨어지도록
즐거운 꽃밭 속 같은 웃음에서만 빛나주시라.

오
누리는 꽃잔을 들어 이 날의 榮光을 祝福하리니
鶴의 춤 너울너울 洞房에 피는 한 자루 百年이여
百年의 햇불이여
—『새벽』, 1954. 2. 25

나의 집 작은 庭園 한 모퉁이에는

—해바라기를 높이 받고 부끄러워 머리를 숙인 채 愁心에 젖어 입술
만 깨물던 내 虞美人草야 너는 어디로 가버렸느냐

우물ㅅ가 紅薔薇는 火焰을 날리며 아프도록 가슴을 토합니다.

장독대 밑 봉숭아는 그저 수줍어 빨갛게 타는 입시울이 무너지도록 자근
자근 파아란 옷고름만 깨뭅니다.
뜰 앞 채송화는 저마다 산뜻한 차림새로 부산하게 樽酒를 드리우고, 햇볕
이 깔아주는 黃金 꽃판 위에서 午前의 饗宴이 한창입니다.

그러나 아직 題號도 붙이지 못한 채 허술한 表紙로 덮여진 詩集 몇 卷과
이젠 鄕愁조차 잊어버린 금붕어가 제법 꼬리를 치며 노는 琉璃 魚
缸이 놓여있는 書卓 위에는 펼쳐진 노우트와 함께 새로히 몇 줄 끼적이다
가 버려둔 原稿紙들이 함부루 헐으러져 있을 뿐
白鳥가 조으는 듯 꿈을 쪼고있는 파랑 잉크瓶과는 어울리지도 않는 靑瓷
花盆엔 太古인 양 蘭草잎만이 十里 淸香에 어려 古淡한 모습 그대로 으젓
이 푸를 따름입니다.

울 너머로 타악 터진 먼 하늘에는 뻐꾹새 울음을 실은 눈부신 구름송이가
두웅 두웅 떠노는데—
—『국어문학』, 1954.

紅薔薇와 해

1.
—나비라면
火焰을 吐하는 뜨거운 네 입술을 물고 타다가 타다가 타죽어도 좋지않으랴.

—뱀이라면
毒氣가 찍찍 흐르는 가시돋은 네 몸둥아리를 칭칭 감다가 감다가 찔려죽어도 좋지않으랴.

—거미라면, 왕거미라면
가냘픈 네 멱을 따고 줄기차게 뻗는 鮮血을 입시울이 무너지도록 쭉쭉 빨다가 빨다가 자지러져도 좋지않으랴.

—돼지라면, 꿀돼지라면
妖艶한 네 靑春을 잎사귀 하나 남겨 놓지도 말고, 송두리채 아작아작 씹어 먹어도 씹어 먹어도 좋지않으랴.

그러나
       〈無念함이여! 邪惡함이여!
       殘忍함이여! 無慈悲함이여!
       물러가라.〉
네가 그대로 시들어버리거나 벌레 먹어 病들어 죽어버린다면
그것은 또 하나 地上의 새로운 悲劇이어니

차라리 뚝 끊어
너를
갈매기 나르는 푸른 바다에 던져나 보랴.

2.
차디찬 나라
눈 속에 파묻혀
白鳥처럼 얼어죽기는 싫다.

熱帶樹 우거진
뜨거운 나라
모래를 날리는 熱風에 머리털 펄펄 날리며,

아름다운 女人이여!
情熱에 타는 네 肉體를 끌어안고

잔을 들어
해를 높이 마시어 보리.
—『자유문학』, 1956. 8.

花壇 앞에서

花壇 앞에 서면
가난한 뜰일망정 흐뭇해지는 마음

아기자기 햇볕을 깨물며
송이송이 아침이 무르녹는

花壇 앞에 서면
꽃밭 속처럼 즐거워지는 화안한 마음

먹구름
천둥이 울고 흘러간 뒤에도

무너진 城터처럼
스산한 비바람 성에 치는 날에도

花壇 앞에 서면
어린 年輪이 旗ㅅ발처럼 휘감기는 흥겨운 마음

착한 園丁이 되어
아름다운 來日을 심으며 살아가리.

한 잎 푸른 하늘을
꽃 피는 마음으로 살아가리.
—『학등』, 1956.

하늘 한 자락 어깨에 걸치고
一八·一五 光復에

─오직 꽃피는 마음으로
우럴어 기리는 情─

지루한 장마
들보끄는 더위에도
너는 지칠 줄을 몰라야 한다.

좌르좌르 旗폭이 흐르는 하늘처럼
너는 그저 鮮明한 아침이어야 한다.

─검은 바람 회호리치는 스산한 밤에도
꺼질 줄을 모르던 한 덩이 불

─서글픈 年輪을 씹어 먹으면서도
바위를 心臟하던 너

너는 네 이름과 함께
榮光 그것으로 빛나야 한다

너를 꽃 받으며
우럴어 기리는 情─

하늘 한 자락 어깨에 걸치고
─파도 치는 가슴 가슴에 旗발이 솟던

그날의 感激에서만 살고싶다
꽃피는 마음으로만 살고 싶다

(一오직 깨끗이 깨끗이……)
오오
너 8·15여!
一『전북일보』, 1957. 8. 16

길 잃은 使徒처럼

1.
惡貨와 함께
看板이 汎濫하는 이나라 거리에
오늘도 無聊히 해는 기우는데

狂奔에 들뜬 게집애들처럼
황홀하다 못해 季節은 슬프기만 하다.

고작 天體를 향하여
또 하나의 人工衛星은 發射되려는데
바람에 떼구름 몰려가듯
우뢰ㅅ속 꽃밭을 뻗어가는 끝없는 行列

제각기 재잘거리며
제각기 히히덕거리며
언제부터 시작된 行列이었는지
어디서 멈춰야 할 行列이었는지

그것조차도 모르면서
무덕이진 채 등쌀에 밀려
구질 구질 흘러만 갈 뿐

어지러운 脚線
痲痺된 神經

―그것은 太陽의 隊列에서 落伍된 지친 心臟들.

2.
不安한 世紀와 함께
軌道를 바꿔야 할 地球의 運命을 안고.

나도
나 自身도
그 行列속을 걸어가고 있는 한사람이 아니었던가.

나는 한사코 몸부림치며 불러보았다.
목이 찢어지도록 불러도 보았다.
―『너는 어디 있는 것이냐?』고

그러나 나는 없었다.
아무리 불러보아도 거기엔 내가 없었다.

나를 부르는 내목소리까지도
이미 그것은 내것이 아니었다.

3.
단지
내가 말할 수 있는 것은―

진정 내가 나 自身을 찾아냈었고
진정 내가 나 自身을 또렷이 바라볼 수 있었던 것은

이끼 푸른 바위를 어루만지며
星座 기우는 파아란 밤을
지긋이 깨문 한가닥 蘭草 잎에
默默히 귀를 기우렸을 때,

눈앞에 펀듯거리던 꽃밭속 行列도
그처럼 재잘거리며 히히덕거리던 面面들도
어디론지 가뭇 사라져버린
黑濤 굽이치는 凄蒼한 스콜 속

明日을 摸索하는 思想의 廣場─이미 人影이 끊어진 한 복판을
뚜벅뚜벅 걷고 있는
가장 嚴存한 하나의 모습이 내 瞳孔에 들어와 안겼을─

그 때였다.
나는 분명히 걸어가고 있었다.
철없이 슬프기만 한 한 잎 季節을

그저 默默히 걷고만 있었다.
길 잃은 使徒처럼 걷고만 있었다.
─『문학예술』, 1957. 12.

詩를 못쓰는 詩人

詩를 쓰려다
詩를 못쓰고

詩를 생각하다가
詩를 놓쳐버렸다.

무슨 詩를 쓰려 했던 것인지
그것도 나는 모를 일이었다.

詩를 쓰면 쓸수도 있으련만
어떻게 써야 할지도 모르는 나였다.

詩는 별처럼 가슴에 피어도
詩를 쓰려면 두려워지는 마음

꼭 써야 할 詩가 있기에
詩를 쓰려 했던 것이언만

詩를 쓰려 쓰지못하는
아쉬운 歲月만이 구름처럼 흘러

나는 언제나 외로웁고
詩는 나에게서 멀어만 가고
―『현대문학』, 1958. 2.

무제

구름은 호젓이 재를 넘는고야.
가람 흐르는 언덕에
薔薇 필 때가 오면
詩를 외우리. 내 詩를 외우리.

가람 흐르는 언덕에 구름은 떠노는데
白楊村 洞口밖에 白合 핀 夕汀이라
薔薇야 넌 어디 갔느냐 海剛 여기 있노라.

白合 꽃 입술을 구슬이 구을러라
구슬은 피어 가슴마다 모란인걸
薔薇야 넌 안 와도 좋다 『白合』만이 좋아라.

구름 재 넘어 구름만 재를 넘어
노을은 타도 薔薇도 없는 언덕을
여기가 어디라고 구름만 두웅 둥둥 떠도나니.

山水黄 피는 心園의 밤이더란다.
이젠 가람도 가고 별들만 총총한데
薔薇야 네 모습 보지 못해 나는 詩만 읊었다.
—1958. 3. 19

祝壽

—牛汀 黃鎬晃님 母堂 回甲宴에

지새는 중평들은 瑞雲이 서리는 곳
南山 松鶴이 千年舞를 추더이다.
萬世를 福되신 웃음 하늘로만 피소서.

母岳 어진 모습, 우럴어 높은지고
子子孫孫이 榮華를 누리시며
日月로 함께 빛나오시어 萬年壽를 하소서.

峰 峰 峰오리마다 봉지 봉비 봉울지어
해 올라 피는 三月은 골골이 꽃밭이라
빛나심 임 모시옵고 즐겁기만 하소서.
—1958. 4. 29

白夜行

바람도 없는 바람 속
흰 밤을 걸어갑니다.

짐짐이 퍼붓는 달을 지고 걸어갑니다.
흰 밤을 허리에 띠고 나는 걸어갑니다.

채어도 조각 날 리 없는
발끝에 젖는 달을 조심조심 걸어갑니다.

발자욱 없는 눈 위를 걸어갑니다.
달빛만 화안하게 깔린 흰 눈 위를 걸어갑니다.

밤은 눈 속에 깊어
언덕 너머 새벽이 멀리 내어다 보이는

雪線 저 쪽
바다가 한 잎 버들잎처럼 나붓기는
雪線 저 쪽……

사랑하는 이여!

흰 빛이 춤추는 흰 가투리 흰 날개에 안겨
正月이 유리알처럼 화안히 트이는 아름다운 밤입니다.

발을 떼어 놓는대로
발을 떼어놓으면
어디든지 달이 있읍니다.

어디를 가나 달이 있듯이
어디를 가나 그대가 있고,

그대가 있는 곳이면
어디를 가나 달이 있듯이
어디를 가나 내가 있읍니다.
―『현대문학』, 1958. 4.

四月과 같은 나의 少女여

어젯밤 내가 꾸었던 꿈이 무엇이었던가 그것은 묻지말아다구.
그 꿈을 너에게 이야기 할 수 있는 아름다운 自由가 나에게 주어져 있지 않은 것은 너무나도 슬픈 不幸이었다.

만일에 만일에 그 꿈을 한 토막도 빼어놓지 말고, 마주 바라보며 이야기 할 수 있는 것이라면
宇宙는 꽃수레를 엮어 너와 나에게 最上의 敬意와 最大의 祝福을 보내리라.

오늘 아침 너는 다른날 바다도 유난히 나에게는 情다웠고
햇발을 깨물며 갓 피어난 百合처럼 내 눈을 恍惚케 하였나니—

꾀꼬리 우는 玉流洞, 샘터를 가는 비탈길을 내려서자
첫 눈에 띄인것이, 눈이 부시도록 활짝 핀 木蓮을 바라보고 서 있는, 바로 너였고,

조심 조심 네가 서 있는 木蓮아래로 발을 옮겨 놓으며 네 이름을 불렀을 때
예! 하고, 서슴없이 네 입에서 떨어지는 대답은 바로 그것이 어젯밤 내가 꾼 꿈속에서 듣던 그대로의 明朗한 聲音이 아니었더냐.

아직도 내 몸에 젖어 있는 어젯밤 꿈속에서 풍기워 주던 네 體臭를 그대로느끼면서
木蓮인듯 떠오르는 화안한 네 모습을 가슴에 지닌 채 눈앞에 그대로 홀란하게 피어나는 可憐한 한송이 네 모습에 醉해 버린 나.

흰 무지개를 띠고 활활 타오르는 木蓮花 앞에 서 있는 네 곁에 서서
―내가 꾸었던 똑같은 꿈을 너도 꾸었다면, 하고 생각해 본다.
―서글픈 머언 나라 傳說처럼, 네가 진정 꿈이 아니라면, 하고도 생각해
  본다.
―(이미 흘러가버린 한토막 浪漫이라 해도 좋다.)

나를 위하여 웃음을 웃어 주려므나.
내가 가진 모든 所望을 다 버리고라도
오직 한줄기 따뜻한 햇발만이 나에게는 그리운 것이어니.

宇宙가 한잎 눈물의 花瓣으로 變해버릴
천둥이 우는 먹구름속에서도
노래처럼, 노래 그것처럼 恍惚하게 피어주려므나.

너 久遠의 女性 아름다운 四月과 같은 나의 少女여!
―『자유문학』, 1958. 4.

MYSTERY

어찌 보면
鄕愁 짙은 새벽 湖水

그러나 부딪치는 瞬間
宇宙를 삶는 熱帶의 深海

그러다가도
온갖 시름 다 잊어버리고
무심한 듯 맑은 구슬인 양

졸음이 뚝뚝 듣는
네 눈이 나는 좋더라.

아무도 건드릴 수 없는
秘苑에 피는 御花랄거나
바라보면 소란도 太古인 양

졸음이 뚝뚝 듣는
네 눈이 나는 좋더라.

가주 花瓣에 담아놓은 포도라 해도 좋으리.
금방 무너질 모란이라 해도 좋으리.
우수수 우수수 無數한 樂譜가 풀어져 쏟아질 듯

銀河에 흐르는 별인 양
졸음이 뚝뚝 듣는
네 눈이 나는 좋더라.

졸음인 양
별이 뚝뚝 듣는
네 눈이 나는 좋더라.

오오
少女 그것처럼 빛나는 너
東方의 叡智여.
—『현대문학』, 1958. 6.

戱作 3首

南原을 왔다 春香도 못 만나보고
그대로 간다는 건 말이나 되는 말이
그렇지? 廣寒樓 너야 내 속 몰라주겠니.

春香은 아니라도 春香만 여겨지는
임이 그리워 廣寒樓에 올랐네야
네가 곧 春香 아니라면 내 春香 또 있겠니.

册房 도령님이 날 찾아오시다니—
얼굴을 붉히며 가슴 두근거려 하던
그밤이 나는 좋아라 그밤만이 좋아라.
—1958. 7. 25

木蓮 說話

木蓮이 피었에요. 저기 저렇게 하얀 木蓮이 피었에요.

머언 옛날 어느 달밝은 밤이었더라우.
  銀두레박을 타고 내려 온 세 仙女가 江에서 沐浴을 하다가 沐浴을 마치고 하늘을 오르려는데, 맨 나중 江가에 벗어 놓은 치마를 잊어버려 하늘을 오르지 못한 세쨋번 仙女는, 그 밤부터 하늘 속 푸른 故鄕이 그리워서, 슬픈 歲月을 달 밝은 밤이면 밤이면 울기만 하더니, 저기 저렇게 하얀 木蓮이 피었더라우.

  저기 저렇게 하얀 木蓮이 피면, 木蓮 밑에서 누나와 나는 그 이야기를 하며 해가 지도록 밤이 새도록 울기도 했더라우.

  그러더니, 누나가 원삼 입고, 족두리 쓰고, 가기 싫어하던 시집을 가던 날이 바로 木蓮이 피던 날이었고,

  〈네가 보고파서 왔단다. 木蓮이 처음 피던 날, 내가 너에게 들려주던 이야기가 슬프듯이, 木蓮이 필 때면 내 마음은 슬프기만 하단다.〉

  ―하고, 이듬해 봄, 누나가 왔다 가던 날도 木蓮이 피던 날이었고, 그 이듬 이듬해 역시 같은 봄 누나가 그만 달내江 물에 풍덩 몸을 던져, 꽃가마 타고 하늘 속 푸른 나라로 고개 고개 넘어, 마지막 길을 떠나던 날도 木蓮이 피던 날이었더라우.

木蓮花 밑에 서서, 금시 별들이 쏟아질 것만 같은 하늘 푸른 바탕에, 차분히 피어 있는 하얀 木蓮을 바라보노라면

송이송이 눈부신 누나의 슬픈 모습이, 훨훨 하늘을 나르는 흰나비로 흰나비로… 흰 무지개를 띠고 활활 타오르는 흰 나래를 펼쳐, 훨훨 하늘을 나르는 흰나비로 흰 나비로…

아 울어도 울어도 붙잡지 못하는, 훨훨 하늘을 나르는 흰 나비로 흰 나비로…

눈물에 젖은 香氣에 실려, 하늘 속 푸른 나라가 그리워서, 저렇게만 저렇게만 훨훨 하늘을 나르는 흰 나비로 흰 나비로…

그래, 이 봄에도 木蓮이 피었나봐요.
저기 저렇게 하얀 木蓮이 피었나봐요.
—『현대문학』, 1958. 10.

사랑이여

1.
또 다시 八月 十五日

倭皇의 죽어가는 목소리를 귀 기우려 듣던—

두 주먹 부르쥐며
—이제는 살았다.
기쁨이 太陽처럼 켜지던,

하늘땅 얼싸 안고
—감사합니다.
벅찬 가슴 아무나 붙들고 울고 싶었던

너 나 없이 뜨거운 握手가 골목 골목에서 交換되던

民族 解放의 날
오 그날의 感激.

2.
나는 스스로 물어본다.

—그날의 感激을 그대로 너는 네가슴에 지니고 있느냐.

—너에게서 찾아보아야 할, 오직 하나만의 네 모습을 너는 그대로 지켜가
고 있느냐.

—네 목소리는 네 나라와 네 겨레를 사랑하는, 眞情 거짓없는 네 聲帶에

서 울려나오는 그것이었더냐.

—네 脈搏을 너는 짚어 보느냐. 네 心臟의 鼓動을 너는 듣느냐.

—너는 대체 어디를 향하여 걸어가고 있는것이냐.

대답 대신 나는 나 스스로를 凝視한다.

『나』를 喪失한지 이미 오랜『나』 아닌 그것.
쉬 실린 腦醬 구더기 끓는 肺腑.
—썩어가는 하나의 人間을

나는 눈을 부릅떴다. 이를 아드득 깨물었다.

—나는, 薔薇가 피어나기를 바라는 쓰레기 桶이어야 했느냐?
—도둑의 巢窟이란 넷텔이 내 이마에 붙었어야 할것이었느냐?

나는 고개를 내저었다.
아니다. 아니다. 그것은 결코 아니다.

灼熱하는 八月의 太陽이 머리위에 빛나듯이
꿈틀거리는 한줄기 꼿꼿한 動脈은

언제나 그런것 처럼
언젠가는,
썩지않았다는 것을 보여주어도 좋을

나는
버젓이 살고 있는것이다.

3.
믿자.
八月 十五日
또 한번 지니고 싶은 그날의 感激을! 民族의 所望을!

歷史는 阿諂을 모른다.

政治는 잠고대가 아니고
民生은 賭博이 아니다.

우리는 슬기있게 살아야 한다.
우리는 굳세게만 살아야 한다.

네 이름을 더럽히는
모든 汚辱에서 일어서라.
너 스스로의 解放에서 勇敢하라.

피의 命令이다.

民族이여!
民族의 脈搏이여!
어둠을 살라먹는 한줄기 太陽의 隊列이여!

사랑이여!
―『자유문학』, 1958. 11.

弔花
―한 떨기 슬픈 季節과 함께 속절없이
사라져 간 少女 H孃을 생각하며

―〈더운 心臟을 뽑아
    지근지근 씹으면서라두
    그저 착하게만 착하게만
    鶴처럼 살고 싶네요.〉―

일찌기 母性을 잃어버린
亡命 志士의 막내딸로서
먹구름 떼몰려 흐르는
颱風속 검은 波濤 위에서도
반짝 빛나는 네 눈동자였다.

천둥이 우는 우뢰 속을
줄곳 달음질만 치면서도
꽃밭을 걸어가는 秘苑의 아가씨인 양
언제나 시원스러운
어엿한 네 모습이었다.

그러나 知性을 짓밟힌
거친 世代에서 살기엔
너무나도 지친 情熱이었던지
삶보다도 華麗한 죽음을 摸索하던
너

너는

너 스스로의 最後를 象徵한 寸劇—

오고야 말 『二十一世紀』의 恍惚한 幻想이기도 했다.

〈저에게 하나의 自由를 허락한다면

　그것은, 百萬의 群衆을 단번에 窒息시켜버릴

　最高 至上의 美

　陶醉의 도가니ㅅ속—

　활활거리는 火焰에 쌓여 번듯이

　가로 누운 하이얀 裸體 그대로

　깨끗하게 타버리는, 멋진 그것!〉

　이 한 마디에 덧붙여—

— 〈가장 미여운 것은

　　시들하게 시들어버리는 薔薇!

　　안 그래요?

　　호호

　　스승님은 英國 紳士

　　雨傘을 받지 않은 쳄벌린.〉—

꽃잎이 나붓기듯
어여쁜 쩨스추어를 남겨놓은 채
절만 한 자루 꿈벅 하고는
그대로 사라져버린 너.

—(그것이 너와의 마지막 離別일 줄이야—)—

바로 그 뒤 六·二五의 動亂과 함께
너는 사정없이 지고 말았다.
모란을 때리고 부서지는 한 줄기 소낙비처럼
너무나도 빨리 너는 지고야 말았다.

宇宙가 함뿍 눈물에 젖는
슬픈 季節에도 너만은
꽃으로 피워 달라던 한 송이 소망마자 이제는 지고야 말았다.

너는 그렇게 져야만 했던가.
네 最後가 그렇듯이
질 것은 다 지고야 말았다.
끝내 지고야 말았다.
—『현대시』, 1958.

聖誕의 밤

1.
뎅 뎅……
鍾이 웁니다.

어둠은 밀물처럼 밀려오고만 있읍니다.
이글 이글 타오르는 地獄의 불길처럼 마음은 괴롭기만 합니다.

나는 남을 미워할 줄도 모릅니다.
나는 남을 원망할 줄도 모릅니다.

사나운 짐승처럼 덤벼드는 더러운 誘惑을
나는 매서운 눈초리로 쫓아버리기도 했읍니다.

뉘우침이 지친 넋을 쓸어 어루만져 줄땐
살을 꼬집으면서 울기도 했읍니다.

그러면서 뚜벅 뚜벅 나는 걷기만 했읍니다.
사뭇 조롱을 받으면서도

그저 멍청한 나의 길을
머리를 숙이고 지나가는 외로운 당나귀 처럼

2.
지붕마다 눈이 소보옥이 덮여지는

고요히 고요히 눈 속에 깊어만 가는 포근한 밤이었읍니다.

머얼리서 들려오는 聖歌 소리에
나는 나도 모르게 머리를 들었읍니다.

한걸음 한걸음 聖誕을 노래하는
맑은 목소리가 窓가에 가까워 올 때

冊床머리에 켜 놓은 한자루 촛불처럼
내 마음이 화안하게 켜지는 것을 나는 깨달았읍니다.

두 손 가슴에 부르쥐고
主여! 하고, 부르는 나의 목소리는 떨렸읍니다.

불붙는 가시 덤풀처럼 괴롭던 마음도
찬 바람만 회호리치는, 어둔 벌판을 헤매는 외로운 길도

기쁨으로 채워지는 한줄기 거룩한 빛!

오 하늘에 빛나는 거룩한 榮光에 쌓여
기쁨을 입은 者에게 平和를 가져오신

아득히 먼 나라 『팔레스타인』
한적한 작은 마을 『베들레헴』의 새벽이여!

모든 지난 날의 더러움과 괴로움을 뉘우치면서
빛을 우럴어 憧憬하는 나의 눈에선 두줄기 눈물이 흘러내렸읍니다.

당신이 나를 이 누리에 불러 내신 것 처럼
나는 언제건 당신에게로 돌아가 그 품 속에 살겠읍니다.

거룩한 밤이었읍니다.
聖歌를 부르는 목소리는 더한層 높아집니다.

窓 밖엔 눈이 소보옥이 나리기만 합니다.
—『사상계』, 1959. 1.

頌
—『새싹』에 부치는 노래

—나오라!
　부르심

그것은—
聖潔한 마음에 뿌려지는
거룩한 音聲이었읍니다.

—예!
　하고, 應答하는
　거짓 없는 귀여움

그것은—
눈 부신 햇발에 담뿍 젖어
어둠을 트고 솟아오르는 새싹이
었읍니다.

우러러
바라볼 수 있는
아름다운 聖像

오
거룩한 音聲안에서만
燦爛히 입혀질

착한
하나의 모습이여!

빛
머금은

어린
새싹이여!
—『현대문학』, 1959. 1.

山을 바라보라 山을

山을 바라보라.
山을

잎이 피는 季節에도 푸르름을 몰라야 하느냐.

山새 한마리 울어주지도 않는
찔러도 피 한방울 솟아나 보랴.

끝내 버림을 當한채
무지한 매 자국만이 生生히 서려있을뿐

수줍음, 부끄러움
意志도 情熱도……
忿怒의 불길마자 식어버린, 이젠 헐벗은 알몸.

한낱
빗방울에도
살은 무너지고, 뼈는 깎여—

億年 지켜온 보람은 무엇이던가.
—어둠에 피는
  한 송이
  惡!

그릇 變容된 山이어니
아름다워야 할 하늘이요 땅이언만
해가 뜨고, 달이 돋고, 별이 피어도
찬바람만 휘감기는 스산한 歲月.

우람한 山의德性을, 슬기찬 山의氣稟을
어디서 찾아볼거나.

으늑한 山의雅趣를, 그윽한 山의韻致를
무엇에서 느껴볼거나.

오늘만 살고 마는것 아니어늘
저만이 살다 마는것 아니어늘
어제를 잊어버린채 來日을 바라봄이 없는 것이냐.

가쁜 고갯길에서 터덕이듯
너무나도 지치고 지친 메마른 心情
―山을 바라볼때마다 一陣風에도 먼지가 휘날릴것만 같구나.

― 〈탁 터진 하늘 아래
    해 뜨는 푸른 峰오리가 그지없이 그립기만 하다.
    慈母의 豊盛한 무릎을 벙긋벙긋 기어오르는 떡아기처럼
    煗煗한 눈방울로 秀秀 靑靑 우람찬 山을 우럴어
    德性있게만 살고프구나. 韻致있게만 살고프구나.〉 ―

山 모습은
그대로 民族의 모습일러니

民族이여!
네 모습을 모르겠거든 山을 바라보라.

山을!
山을 山을 山을 山을 山을……
—『자유문학』, 1959. 5.

별이 피는 窓가에서

― 『雛星』― 아기별을 우러러

별이 피는 窓가에 앉아
별을 헤이노라면
거울인 양 화안하게 켜지는 마음.
산에 들에 솟아나는 예쁜 새싹들처럼
내 마음엔 별이 솟습니다.

초롱 초롱
아기별이 솟고 있습니다.

아기별이 마음에 켜지면
窓마다 별이 피고,

지친 넋이
벌레 먹는 풀잎처럼
모라치는 어둠에
으시시 떨다가도

窓마다 별이 피면
꽃잎을 떠들고 솟는 모란인 양
마음은 화안히 동이 트입니다.

창대같이 퍼붓는 비ㅅ발 속에서도,
덩이덩이 흐르는 우레ㅅ속에서도
내 마음을 지켜주고

내 마음을 채워주는 한줄기 빛!

내 몸이 어디를 가나,
어디에 있으나,
자나깨나

마음을 화안하게 켜주는 아기별.
내 마음을 무수히 걸어가고 걸어오고
있는 아기별들.

아기별—아기별들이 마음에 켜질 때면
눈이 부시도록 물결치는
旗ㅅ발 속을,
華奢한 旗ㅅ발 속을

으젓이 떠오르는
뚜렷한 하나의 모습!

자랑 그것처럼 빛나는
아기별. 아기별들의 우람찬 슬기!

거기에 나의 오늘이 살고 있고,
거기에 大韓의 내일이 빛나고 있읍니다.
사라있는 大韓의 내일이 燦爛히 빛나고 있습니다.
—『추성』, 1959. 5.

언제나 빛나야 할 太陽이기에

— 아흔번째 6·25를 맞으며

薰風이 불어오는 透明한 계절인데두
어둠이 밀려 허덕이는 마음은 한 잎 불안한 이파리

無慈悲한 傷痕과 함께
民族의 忿怒는 아직도 가시지 않았나니

보라 硝煙에 끄실렸던
殺伐한 六月의 太陽을

銃彈에 가슴을 꿰뚫리면서두
칼날의 陵線을 기어올라야만 했다.

꺾어진 채 늘어진 다리를 질질 끌면서두
주검을 넘어 주검을 건너 앞으로 앞으로 걸어야만 했다.

心臟을 짓 밟으며 쓸어질 때 쓸어질 지라도
오직 歷史의 命令을 拒否할 수는 없었다.

이것이 祖國을 守護하는 하나만의 떳떳한 길이었기에
아낌없이 貴重한 피를 뿌리며

이리하여 수많은 이 땅의 젊은이는 散華했고,
이리하여 짓밟혔던 山川은 다시 太陽이 빛났다.

귀를 기우려 보라.
遠雷 그것처럼 아직도 砲聲은 들려오고 있나니

이루워질 歷史와 함께
있어야 할 싸움은 이제부터 시작되는 것이다.

永遠한 太陽으로
우리들 맥박 위에 언제나 빛나야 할 太陽이기에

太極을 太極으로 旗ㅅ발을 올리며
우리는 來日을 걸어가고 있는 것이다.

피의 陵線을 넘어
『탱크』 그것처럼 우리는 來日을 힘차게 달음질치는 것이다.
―『전북일보』, 1959. 6. 25

네 噓美人草야
―『엄마, 엄마』하고 부르는
아가의 어깨너머로 아침은 밝아온다

設使 그것이 한 가닥 아름다운 誘惑이었다 할지라도 나는 너를 버려둔채
그대로 바라볼수는 없는 노릇이어니
　　―내 虞美人草야

탐스럽다기보다는 차라리 腐爛한 네 肉體를 휘감은, 그 냄새나는 寢衣를
활활 벗어버리고
　　―내 虞美人草야

아무리 그것이 예쁜 솜씨로 엮어진 花環이기로서니, 어쩌면 갈갈이 찢어
진 色彩 어지러운 輓章일지도 모르는 것이어니
　　―내 虞美人草야

또 그것은 소름이 끼치도록 징그러운 執念이든가.(?) 한덩이 香火를 물고
헤엄쳐 오는 花蛇일지도 모르는것 아니더냐.
　　―내 虞美人草야

끝내 毒을 핥던 갈라진 虛榮의 혓바닥을 깨물어 죽이고
　　―내 虞美人草야

氾濫하는 모든 邪惡에서 깨끗이 물러서라.
어둠을 갈가먹던 지루한 밤이었다.
　　―내 虞美人草야

―〈바람은 자고
　　물결도 자고

이제는 아침
　　아름다운 새빛〉—

해를 마시어라. 훌훌 마시어라.
純情에 피는 첫 울음을 너에게서만 보고싶구나. 먼저 너에게서만 보고싶
구나.
—내 虞美人草야

—〈嶺을 넘어, 雪線을 넘어
　　扶桑 높은 가지에 해는 둥실
　　둥실 둥실……
　　우줄 우줄 물결치는 어깨를 넘어
　　해는 둥실 둥실 둥실……〉—

億年 첩첩한 밤을 달음질치는 山脈과 함께
너도 달음질치며, 해를 마시어라. 훌훌 마시어라.
旗발처럼 純情에 피는 첫 울음을 너에게서만 보고싶구나. 너에게서만 먼
저 보고 싶구나.
—내 虞美人草야

하늘 한 자락이 그리워
무너진 마음의 祖國을 목놓아 우는
—내 虞美人草야
—내 虞美人草야
—『자유문학』, 1959. 10.

宇宙 最大의 悲劇

寫眞 찍힌 月世界의 裏面과도 같이 버리려 버릴 수 없는 한 잎 나의 꿈도
征服되어야 하는가.

오늘도 한 少女를 그리워하는 한 少年처럼, 아름다웠던 그날의 네 모습을
마음속에 꽃 피우며 살아가는—
　네가 내 마음속에 살고 있느니라 생각하면
—나는 외롭지 않은 것이며, 슬픔도 두려움도··· 宇宙는 한 송이의 꽃으로
　만 내 마음을 채워주는 것이어니

　—그것은 먼 옛날이라 해두자.
마음 붙일 한 뼘의 땅도 갖지 못한 不幸한 한 少年이 있었느니라.

　까닭 모를 哀愁와 함께 어둠만이 潮水처럼 밀려드는, 무너진 마음의 祖國
을 붙안고 목놓아 울며 몸부림치며

　그러는 동안 날이 가고 밤이 가고 밤이 가고 날이 가는 허구한 밤과 날을
쏘대기만 하다가 하다가
　이름도 모를 어느 비탈길에 발을 멈추고, 하염없이 먼 하늘을 향하여 머
리를 들었을 때

　펀듯 少年의 눈엔 한 덩이 별이 켜졌나니
　거기엔 안개 자욱한 흰모래 위를 동트는 地平을 넘어 한 아름 꽃씨를
　뿌리며 춤추듯이 달려오는 맨발의 少女

―그것은 한 자락 꿈이라 해도 좋으리라.―
한 걸음 한 걸음 닥아들며, 눈과 눈이 마주쳤을 때, 그리하여 두 사
이에 한 잎 微笑가 나붓겼을 때

어느덧 少年과 少女는 바람 香氣로운 꽃밭 속에 서 있었고, 두 허리엔 눈
부신 한 쌍 흰 무지개가 띠워 있었거니

―어디서 들려오는 歡呼聲이었던가 씻은 듯 어둠이 가신 뜨거운 가슴을
가슴으로 느끼면서
萬人의 拍手 속을 어깨도 자랑스러이 머리털 펄펄 날리며 축 축 발을
떼어놓을 때

우줄 우줄 세찬 바람과 함께 발끝에 열리는 푸른 江 푸른 山

― 〈난, 당신이 그렇게도 그렇게도 찾고 싶어하던 하나의 별! 해도 달
　　도 이젠 모두 당신의 것〉―

―입술에 떨어지는 뜨거운 모란을 떠들고, 꽃다발 퍼붓는 황홀한 날개
에 안겼을 때
少女의 이마엔 한 덩이 金별이 빛나고 있었고, 少年의 머리엔 月桂樹 테
두리가 자랑스러웠고―
　　― ‥‥

꿈은 어디까지나 꿈이었고, 꿈은 꿈으로서 끝나버렸는지는 모른다. 그러
나—

이마엔 金별이 빛나는 少女를 바라보듯, 月桂樹도 테두리도 자랑스럽게
한 少女를 그리워하는 한 少年처럼
네 모습 가슴에 지니고, 나는 살아가는 것이어니

咆哮하는 우뢰ㅅ속 硝煙 자욱한 날과 밤이 이 누리를 뒤덮는단들, 하냥
그것이 나에게 무엇이랴.
設使 地球가 解體가 마지막 不幸한 날이 온다고 할지라도, 내 마음에 켜
진 네 모습만은 꺼짐이 없으려니

寫眞 찍힌 月世界의 裏面과도 같이 버리려 버릴 수 없는 하나의 별— 한
잎 나의 꿈이 征服되어야 하는 것이라면
그보다 먼저 宇宙 最大의 悲劇이 全人類의 머리 위에 떨어져 오리라.
—『자유문학』, 1959.

임께서 오시는 날은

1.
燈불도 없는 밤길이라면 모르겠소.
坦坦 大路를 咫尺에 두고도
어이 그리 오심이 더디시오.

눈ㅅ길 千里
아흔 아홉 고개
險峻한 雪嶺을 넘으시느라 더디시오.

오시는 길에
길을 넘는 수렁이라도 있었소.
건느지 못할 깊은 개울이라도 있었소.

사나운 날씨에
고뿔이라도 드셨소.

어느 酒幕에 들어
路毒이라도 푸시느라 더디시오.

아니면
호젓한 산길에서
도둑떼라도 만났소.
여우에게 홀르기라도 했소.

2.
별이 피는 窓가에 앉아
한 자루 촛불로 밤을 밝히는
밤과 밤이
千年처럼 지루하기도 했소만

지친 넋일망정
마음이 환하게 켜질 때마다
내 마음을 걸어오고 있는 하나의 行列

그것은
꽃밭 속 같은 찬란한 行列이었소.

길이 메어지도록
물결치는 旗발 속을 行進하는
당신을 先頭로 한 찬란한 行列이었소.

당신이 오시는
당신이 그렇게 찬란하게 오시는
그날을 위해 나는
살아가고 있는 것인지도 모르겠소.

3.
鍾이 우오.
집집이 窓마다 해가 뜨오.

해 뜨는 窓
窓마다 들려오는 우렁찬 노랫소리.

노랫소리와 함께
한 幅 두 幅 江山은 밝아오오.

오시오.
털끝 하나 다침 없이
天馬 行空 그것처럼 시원 시원 오시오.

希望에 벅찬 첫 아침이
꽃잎인 양 뿌려주는 金色 譜表를 밟으며
자랑 그것처럼 찬란하게 오시오.

오오
이 겨레의 기쁨이여!
이 겨레의 所望이여! 希願이여!
—『삼남일보』, 1960. 1. 4

全高頌

鍾이 운다.

老松臺 위에 하늘이 열린다. 파랗게 파랗게 하늘이 열린다.

우람한 校門—
校門이 섰다. 校門이 새로 섰다.

校門을 들어서는 어깨와 어깨 위로 젊은 血脈이 달음질친다.

춤추듯 우쭐우쭐 山脈이 달음질치는 어깨 위로 해가 떠오른다.

드높이 솟은 眞理의 殿堂—
窓 窓마다에도 해가 뜬다. 해가 뜨기 시작한다.

이마에 붙인 帽標가 빛난다.

이 나라 겨레의 젊은 슬기를 象徵하는 솔잎 帽標가 빛난다.

帽標 帽標마다 帽標마다에도 해가 뜬다. 해가 뜨기 시작한다.

旗ㅅ발을 올려라.

오랜 傳統과 피어린 歷史를 자랑하는 全高

솔잎 바탕에 뚜렷이 드러난—빛나는 두 글자
〈全高〉

眞 眞善 眞善美는 빛의 요람에서—

빛 빛은 빛의 요람은 自彊에서 自律에서 自立에서—

儀表도 자랑스러이
　　　　뻗는 뿌리
　　　　버는 가지
　　　　트는 잎
　　　　피는 꽃
　　　　여는 여름

다섯 빛깔 찬란하게 햇살이 퍼진다.

　　　　힘차게 뻗어라.
　　　　뻗어라. 번지거라. 트거라. 피거라. 열리거라.

鍾이 운다.

파랗게 파랗게 열리는 老松臺 위 푸른 하늘은

푸른 하늘은 더 한層 높다랗게 바람이 드높다.
　—『전고』, 1960. 2.

당신은 어떻게 오시려는가

—새해에 부치는 노래

1.
수레를 몰아
호통을 치며
우뢰처럼 오시려우?

치렁치렁
버들잎에 실려
新婦처럼 분단장하고 오시려우?

해가 가고 해가 오면
한 풀 年輪은 늙어만 가도
해를 맞는 마음은 언제나 흉허물 모르는 철부지.

해 뜨는 산마루를 뛰어 오르듯
할애비 무릎을 딛고 어깨를 기어오르는
고 손주 새끼들.

기어오르다간 떨어지고, 떨어지다간 다시 기어오르는
가쁜 숨 가슴에 타는
한 송이 빠알간 純情인 양

허잘 것 없는 바람결에도
마구 시달리는 한 잎 가난한 歲月과 함께

우루룽 눈보라 구름이 무너지는 천둥 속에서도
해를 맞는 마음은 언제나 흉허물 모르는 철부지.

2.
風樂을 잡히듯
高貴한 손님처럼 그렇게 오시려우?

비럭질하듯
가난한 일가처럼 그렇게 오시려우?

扶桑에 떠오르는
자랑스러운 모습을 뵈옵고 싶구려.

빛을 주시구려. 빛을 맞아들일
窓을 열어 주시구려.

窓 窓 窓 ···
집집이 굳게 닫힌 窓 窓 窓 ···

하늘로 通하는
해뜨는 하늘로 通하는

窓 窓 窓 ···
하늘을 우러러 우러러

하늘을 숨쉬며 오직 하늘처럼
하늘처럼 살아가려는—

할애비 어깨에 기어올라
피가 깨지도록 窓살을 두드리는
고 작은 주먹들.

고 작은 주먹들이 貴엽지 않으우?

빛을 주시구려. 빛을 맞아들일
窓을 열어 주시구려.
—『추성』, 1960. 3.

어머니를 기리며
—모교 창립 60주년 기념식에 부치는 노래

함부로
버둥거려도
사뭇 멋대로 날뛰어도

그저 재롱으로만 보아주시던
그저 귀엽게만 웃어주시던

—어머니였습니다. 어머니의 사랑이었습니다.

철없는
여린 심혼을
조심조심 어루만져 주시던
—어머니의 따뜻하신 손길이었습니다.

〈거리낄 것 무엇이었으리까.
 두려울 것 무엇이었으리까.〉

사나운
비바람 치는
천둥 속에서도,

숨
가뿐
가시덤풀

외딴 비탈길에서도

아무런 줄 모르는
어머니의 품안이었습니다.
어머니의 무릎 위였습니다.

—어둠도 없는
—무섬도 없는

어디를 가나
어디에 있으나

언제나
이 마음을
꽃으로만 피워주셨습니다.
빛으로만 채워주셨습니다.

—어머니의 노래는
—어머니께서 불러주시던 노래는

이젠
예순 돌
어머니의 회갑을 맞는 잔칫날!

까까옷
색색한 옷차림으로
덩실덩실 춤이라도 추오리까.
둥개둥개 꽃이라도 받으오리까.

천진은
무르녹아

한 살 또
한 살……

해가 더하면
해가 더할수록

보령이 높으시면 보령이 더하실수록
피어만 가시는
젊으신 모습

그 이름
『신흥』으로만
한 올 구김도 없는 동탁하신 모습이십니다.
한 바람 주름살도 없는 어글어글하신 모습이십니다.

기룬 정

기리는 정

까까옷
색색한 옷차림으로
덩실덩실 춤이라도 추오리까.
둥개둥개 꽃이라도 받으오리까.

비옵나니
빛나신 수
―만세토록 무궁하소서.
―『신흥』, 1960. 9.

微吟 三章

1. 나의 詩는
나의 詩는 외롭습니다.
나와 함께 외롭습니다.

나의 詩는 외로움길래
나와 함께 슬프기도 합니다.

하지만 나는
詩를 사랑하길래
슬픔까지도 사랑합니다.

그러기에
나의 詩에는 눈물도 있지만
나의 詩에는 별도 피지요.

2. 당신은 대체 누구십니까
뵈온 적 없사오니
누구시온지 나는 그를 모릅니다.

어느 하늘
어느 별 아래 살고 계시는지
그것조차도 나는 모릅니다.

그러나 나는 詩를 씁니다.
누구신지도 모르는
그이만이 오직 그리워

나는 오늘도 이렇게 詩를 씁니다.
나도 모르는 詩를 쓰고 있읍니다.

그이가 진정
누구신지 모르기 때문에
나는 나도 모르는 詩를
이렇게 쓰고만 있는 것인지도 모르지요.

사랑하는 이여!
당신은 대체 누구십니까?
나에게 詩를 쓰게 하는
—쓰면서도 모를 당신은 대체 누구십니까?

3. 누구를 위해 詩를 쓰냐구요?
나의 詩는
원래 讀者가 필요치 않습니다.

나의 詩는
千사람 萬사람에게
읽혀지기를 願치 않습니다.

나의 詩는
나의 詩를
千번이고 萬번이고 읽어 줄
꼭 하나의
—하나만이라도—
眞實한 讀者를 가지고 싶어합니다.
—『신흥』, 1960. 11.

아침은 너를 부르나니

어둠은 물러가고
어글어글 波濤에 실려 떠오르는 日輪

―아침은 너를 부르나니
　꽃보라 퍼붓는 우람한 鍾소리.

물결 거친 人生의 浦口여!
자랑스러운 첫 出發을 祝賀하는 아름다운 술을 뿌리며
두리 둥둥 해 실려 가는 배를 띄웁니다.

트는 동
扶桑을 넘어, 波濤를 넘어
金色 譜表를 씹으며

―아침은 너를 부르나니
　꽃보라 퍼붓는 우람한 鍾소리.

훼영청 열리는 靑春의 航路여!
勝利에 빛날 앞길을 祝賀하는 아름다운 술을 뿌리며
둥 둥 해 실려 가는 배를 띄웁니다.

― 〈바다는 몸부림치며 울부짖는다.
　　바람은 세차고 물결은 높구나.
　　頭髮을 펄펄 날리며 어깨를 축혀 올려라.〉―

世紀의 榮光
오로지 그대들에게 있으리니.

─〈아들아 딸들아
　　旗를 올려라. 旗를 올려라.〉─

뎅 뎅……
扶桑을 넘어 波濤를 넘어
大日이 춤추는 萬里長風에

鍾소리 우람한
새 날의 壯圖를 祝福하는 아름다운 술을 뿌리며
두리 둥둥 해 실러 가는 배를 띄웁니다.
─『전고』, 1961. 2.

獻詩 10章
一陸軍士官學校 第7期 卒業式을 祝賀하며

1. 待望
골짜기 골짜기마다 틈틈이 서리는 어둠
해는 떴다건만 구름장은 오락가락
어느 힘 빛에 주린 메와 물 풀어줄 이 계신고.

2. 智
한 점 티끌도 뜨지 않은 거울인 양
환하게 트인 슬기, 날리는 푸른 서슬
빛남은 어둠을 끊는 햇살인 양 밝아라.

3. 仁
얼음도 풀리리. 어둠이라도 녹으리.
이름도 모를 한 알 모래, 바위 틈 여린 풀잎에까지도
사랑은 德으로 피어 햇볕인 양 부시어라.

4. 勇
눈망울 노리면 바위라도 녹을 것이
빠르고 날램은 바람이라도 끊을 것이
씩씩함, 구름을 찢고 솟는 해보다도 더하리.

5. 智仁勇
티없는 차고 밝음, 모 없는 크고 넓음
굽힘 없이 맵차리니, 그 슬기 그 사랑 그 날램
어엿한 한 덩이 해무리로 보란 듯이 빛나리.

6. 花郎臺
嘹喨한 喇叭소리에 동은 트고 해는 뜨고
훼영청 드높은 花郎臺 푸른 하늘에
峰峰히 솟는 어깨와 어깨 그 자랑도 높아라.

7. 榮光
大韓을 象徵하는 花郎臺 아기별님들
이 나라 이 겨레 빛으로 자랑으로
따 위의 榮光 金별인 양 그 이마에 빛나리.

8. 氣像
太白의 힘진 줄기 세차고 씩씩한 모습
旗발인 양 봉긋 치솟은 푸른 메뿌리
트는 동 扶桑에 떠오르는 해를 본 듯 壯하여라.

9. 希望
끊어진 벼랑 지치고 지친 비탈에 설망정
아침을 우러러 바라보듯 싹 트는 마음
해 묵은 주름살 마자 가뭇없이 풀려라.

10. 빛의 隊列
아기 星座에 켜진 빛이여 빛의 隊列이여
천둥이 무너지는 먹구름 속에서도
이 나라 長風 萬里ㅅ길을 불기둥인 양 煌煌하리.
　　—『추성』, 1961. 3.

續·戀春曲

1.
그것은
살아 움직이는 한 幅의 詩畵였던가.
지금도
선히 눈앞에 떠오르는 그것.

잔딧잎 파릇파릇
속눈 틀 무렵이면
볕 다사로운
봄 아침.

殘雪을 밟으며
그대 물동이 머리에 이고
꿈인양 샘터를 오르내리던
陽地바른 山기슭 외딴 한가닥 비탈길.

낯은 떨어지고, 모습은 이즈러지고
패인 살, 드러난 뼈
이젠 마음 놓고
발을 떼어놓을 수도 없는 비탈길.

불러도 대답조차 있을 理 없는
모란이 무너지듯
이젠 그대 자취마자 사라져버린

허튼 구름장만 오락가락하는, 끊어진 비탈길.

가지도 오지도 못할 비탈길을
오늘도 나는 홀로이 걸어야 하는 것인가.
非情의 낯선 異邦人처럼
벙어리인 양 黙黙히 걸어야만 하는가.

2.
오랜 失戀의 傷處가 채 아물기도 前
한쪼각 봄마저
목놓아 몸부림치며 울어야 할
나에게는 슬픔이던가.

쓰라린 傷處를 쓸어주며,
그대가 묻어 준 한덩이 불씨는
아직도 내 가슴에 타고 있건만
불꽃을 휘날리며, 이글이글 타고 있건만

시달릴대로 시달린
지칠대로 지쳐버린
아무런 보잘 것 없는, 찢어진 歲月이기는 했소만

티 없는 한줄기 純情만은
어깨에 걸친 하늘 한자락을 자랑으로

주먹을 깨물며
辱된 나날을 살아온 것이오.

모든 것을 지워 버리고
모든 것을 삼켜 버리는
먹구름 스산한 천둥 속에서도
마음에 켜진 한자루 촛불.

宇宙를
한 송이 꽃으로만 피워
오 나의 女人이여! 그대
눈부신 모습.

3.
이제라도
『여보』하고 부르면 『예』하고 대답하며
내 앞에 선뜻 나타나 줄 것만 같은 그대
어쩌면 내 등뒤에 와서 서 있는지도 모를 그대.

그대를 져버린
봄은
봄이라도 봄을 모르겠구려.
봄이 와도 봄이 봄 같지 않구려.

울지도
웃지도 못할 답답한 가슴이외다.
어느 크나큰 힘이 있어
끊어진 이 벼랑 무너뜨릴 것인가.

너무나도 메마른
이 나라 山川구려.
그제가 그렇고, 어제가 그렇듯이
그대가 떠주던 한모금 물이 그립소이다.

울지 않으려오.
울지 않고 기다리려오.
기다리다 기다리다 멍청한 한덩이 돌이 된달지라도
울지 않고, 아는 기다리려오.

地球가 한 줌 재가 되고 말지라도
나는 살아야겠소.
나는 나대로 그대의 모습을 지닌 채
내 염통을 짓 씹으면서라도 찬란히 살아야겠소.
—『현대문학』, 1961. 3.

銘
—『생각하는 사람』앞에 서면

여기
『생각하는 사람』이 있나니
보라!
永遠을 透視하는 探究者의 尊嚴을

—眞理는
　언제나 너와 함께 있는 것.

고요히
이마를 짚고

千古의 秘奧에
귀를 기우려 보라.

한자락
네 마음의 銀河엔
맑은 星座가 켜지리니

오
智慧를 사랑하는 젊은 年輪에
우람히 피어날 來日에의 아름다운

對話여!
—두드리라 열리리라.

—찾아라 얻으리라.

掌中에서 無限을
그리고
一瞬에서 永却을

여기
『생각하는 사람』 앞에 서면

너는 너
스스로의 復活을 바라보리니.
    (도서관 신축 낙성을 보고)
—『전고』, 1964. 12.

祈求

모두가 지친 넋들이었읍니다.

어제까지도 그토록 기리고 기리던 陽地였건만
햇볕이 괴로워 그늘이 아쉽기만 한 넋들이었읍니다.

하늘을 살면서도
하늘을 몰라야 하는…… 아아

한 잎 두 잎 바람에 지쳐 떨어져 가는
하염없는 나무잎과도 같은 辱된 나날이었읍니다.

─들을 가면
들을 뒤지는 들 두더지……
─山을 가면
山을 새기는 山버러지……

情든 山川이언만 차마 마주 바라볼 수 없어
外面하고 慟哭을 해야 하는 서글픈 心情이었읍니다.

山도 들도
어쩌면 저 天體까지도

來日을 등지고 살아가야 할
모두가 외로움에 지친 넋들이었읍니다.

—오오 저들에게 復活이 있게 하소서.

나를 지켜 주실 나의 별, 그대
눈동자와 함께 나는 지치지 않으리.

언제나 파아란 하늘이 살고 있는
그대 눈동자와 함께 나는 지치지 않으리.
—『현대시학』, 1966. 6.

祝 『光榮』
―全北日報 창간 15週에

解放의 아침 山川을 울리며
自由의 鐘소리와 함께 이 고장 比斯伐
높푸른 하늘 밑에 誕生을 외치는
첫 呱呱의 목청도 우렁찼거니

오늘 길게 차려질
열다섯 돌 잔칫상을 받들 어엿한 모습이여
萬 겨레의 벗으로 前衛로 燦爛히 君臨하실 슬기여 도령이여

첫돌을 祝福하는 선물로
가슴에 채워 주었던 金天桃며 銀粧刀며……
그러나 갖은 佩物― 그 어느 것보다도
굽힐 줄을 모르는 한 자루의 붓
오직 한 자루의 붓이 가장 값진 자랑이었나니

오로지 붓 한 자루를 지키며 키우며
苦難의 열다섯 風霜
平坦치 못한 가시밭길을 헤쳐 가면서도
수월 수월 구김없이 커난 슬기도 우람하여라.

같이 웃으며 울며
피어나는 이 나라 새살림
이 고장 文化 發展에 이바지함도 壯하여라.

오오 榮光 그대와 함께 있으리니
紙齡 열 다섯 돌을 맞는 이젠

아기님 아닌 王座에 빛나는 軒軒한 도령

萬 겨레의 눈을 눈으로 귀를 귀로
나라 겨레의 모습을 바로 보고
나라 겨레의 모습을 바로 듣고

그러므로 더 한層 곧고 바른 天下의 붓이 되어지라.

暴力을 否認하는 어엿한 尊嚴
銃劍에 맞서는 서슬한 威光
거기엔 한 자루 健全한 붓대가 가지는
本然한 姿勢는 빛나는 것이어니

떳떳이 天下의 붓이 되어지라.
더 한層 곧고 바른 天下의 붓이 되어지라.

―겨레를 저바림이 없는
―겨레에게 저바림이 되지 않는
萬代의 고임으로 빛으로

오늘 그 어느 해보다도 걸게 차려질
열다섯 돌맞이의 잔칫상을 자랑스럽게 받들
어엿한 모습이여

오오
이 하늘 이 고장 이 겨레의 벗으로 前衛로
燦爛히 君臨하실 슬기여 光榮이여
―『전북일보』, 1966. 10. 15

새해는 童心에서

1.
새해는
童心에서 밝아오느니

빛을 즐기는 童心은
검은 흙을 떠들고 솟는 새싹과 같은 것

바람 지동치는 궂은 날에도
고요히 웃음 짓는 꽃피는 마음

때묻지 않은
―童心엔 한 점 흐림도 없어라.
―童心엔 한 올 구김도 없어라.

별이 뚝뚝 듣는 맑은 눈동자엔
구슬인 양 天眞이 켜져 있을 뿐

하늘처럼 착하기만 한
실버들 여울치는 차분한 숨결

이 아침
해 뜨는 陽地 푸른 언덕에
꽃 피는 마음으로 새해를 맞으리.

2.
어둠일랑
깨끗이 물러가거라.

새해를 祝福하는 겨레의 마음은
화안하게 트이는, 해뜨는 童顔과도 같은 것

그것은
구름 한 점 뜨지 않은 개인 하늘이어야 하느니
티 하나 묻지 않은 부신 겨울이어야 하느니

오오
아름다운 해를 싣고
번듯이 떠오르는 거룩한 黎明이여!

주름 살 없는 활짝 핀 얼굴로
모두가 童心으로 돌아가 노래하게 하라.

千 이랑 萬 이랑 金色 譜表를 뿌리며
새해는 童心에서 밝아오느니

이 아침
해 뜨는 陽地 푸른 언덕에
꽃 피는 마음으로 새해를 맞으리.
—『삼남일보』, 1967. 1. 4

이 나라 이 고장 빛의 搖籃이여
—전북대학교 개교 30주년을 맞으며

1.
날을 듯
靑空을 向해
훨훨 춤이라도 추려는 靑鶴의 날개런가

한 幅 그림처럼 펼쳐진 일곱 메뿌리
南쪽 하늘 저 멀직이
언제 보아도 기룹고 情다운 母岳

그 母岳을 바라보며
일찌기 한 가닥 王氣가 서렸던 聖域—
靑雲이 감도는 乾止, 바람 높은 하늘에
오오 우뚝 솟은 우람한 眞理의 殿堂이여

光復과 함께 劫運은 멀리 사라지고
해 뜨는 江山 울려 퍼지는 鐘소리에
이 나라 젊은 슬기들!

불타는 새 숨결
새 希望에 부푼 벅찬 가슴으로
해마다 다투어 구름처럼 모여드는
이 나라 이 고장 젊은 슬기들

2.
해가 바뀌어
바람 香氣로운 六月이 오면
季節은 무르녹아 푸르름 뚝뚝 듣는
나이는 더하여 서른……

나이 서른이라면 軒軒한 壯年인걸
그만 나이라면
찬 달을 깨물며,
뜨거운 해라도 훌훌 퍼 마시려든

식을 줄 모르는 情熱에
하늘을 찌를 意氣
氷目같은 얼
칼날 같은 슬기

어따 내놓아도
劫할 것 없는 堂堂한 氣骨인걸
어느 앞에서나
사릴 것 없는 어엿한 風采인걸

오오
이 나라 이 고장
이 겨레의 念願과 所望이

오로지 그 듬직한 두 어깨에 걸쳐 있거니

그러나 그쯤
나이 서른으로 年輪이 감기기까지
그 歷程은
그리 수월치는 못 하였느니

비바람 속
가시덤풀을 헤쳐 가듯
떼어놓는 한 발짝 한 발짝이
그대로 피나는 아픔이었고,

그 피나는 아픔과 아픔이
綿綿히 이어져
榮光에 빛나는
오늘을 꽃 맺은 것이어니—

3.
걸게 차려진
서른 돌 잔칫날을 맞아

더욱 숨을 고르고,
더욱 기운을 가다듬어
보란 듯 象牙의 塔을 쌓올리며—

眞理를 探究하는 그 슬기
그 사랑으로 서로가 서로를 사랑하고,
正義를 지키는 그 얼,

그 氣魄으로 서로가 서로를 지켜주고
그러면서 이웃을랑
내 몸같이 서로 돕고, 서로 받들어

—오오 빛나리로다 그 슬기
　그 얼 그 사랑이여—

그 슬기 그 얼 그 사랑으로
노래를 그득 실은 수레를 몰아가며,
江山이 떠나가도록
목청 높이 노래를 불러도 좋으리.

펄 펄 五色 燦爛히
꽃잎이 날리는 노래 속을
얼싸 안고
덩실덩실 춤을 추어도 좋으리.

이 하늘 이 江山이
한 떨기 한 꽃송이로 무르녹을 때
하나 하나 뒤를 이어

새 歷史의 章은 자랑스럽게 펼쳐지리니

노래와 춤 속에
聖스러히 베풀어질 서른 돌 잔칫날은

푸르름 뚝뚝 듣는
싱그러운 六月의 아침처럼
햇빛은 유난히 香氣로우리.

億年 푸르름 속에
해뜨는 아름다운 동산
乾止에 우뚝 솟은 眞理의 殿堂이여

샛별처럼 언제나 맑은 智慧가 샘솟는
오오
이 나라 이 고장 빛의 搖籃이여
—1967. 10. 15

後方 消息

1.
미나리 맛이 한창 좋더니
얼음은 풀리고
개울은 넘치고

地軸을 울리는 軍靴 소리에
동은 트고
새벽은 오고

자나 깨나
눈을 감으면
베개 머리에 떠오르는 네 모습은
山嶽처럼 어미의 가슴엔 든든키만 했다.

2.
이젠
골도 치고
뒤엄도 푸고

봄 씨앗도 뿌렸다.
네가 좋아하는 강낭콩도 묻었다.

복사꽃 화안한 장독대에
떡을 시루 채 떼어

井華水 물 갈아 떠놓고

축원을 하고 나면
砲를 쏘는 커어단 네 모습이
山嶽처럼 더 한層 어미의 가슴은 든든키만 했다.

3.
낮도 없고 밤도 없고
봄이 와도 봄도 모르고,
砲煙만 자욱한 戰線 六百里

그러나
피로써 지켜진 後方의 봄
오! 피로써 지켜지는 後方의 봄을

하늘처럼
하늘처럼 네 모습으로 키워
돌을 캐어 씹기라도 하면서
꽃으로만 꽃으로만 피우리라.
—『동방서곡』, 1968. 9. 30

戀

머언 山너머 하늘ㅅ가에 두웅 두웅 떠노는 흰 구름은 仙人의 風樂

風樂이 떨어지면 가지마다 봉울 봉울 봉울이 솟는 빠알간 복사꽃

복사꽃이 피면 첩첩한 山ㅅ골에도 純情은 붉어 愁心이 한나절

한나절이 다 기우도록 오늘도 머언 山만 바라보는 네 눈

네 눈을 잊을 수 없는 이 江山 山ㅅ골의 봄이 언제나 나에게는 그리워

그리워 나에게는 그리워
─『동방서곡』, 1968. 9. 30

慕情

무릎 꿇고 端正히 앉아
뫼시고 우러러 뵈올 적이면
으늑한 香氣에 젖는가 싶사옵고,

어여삐 여기시어 바라다 보시는 것이련만
행여 어떨까 마음은 그저 조심만 스러워

들었던 얼굴
고개는 절로 숙는 것이옵고,

예사로 하시는 말씀에도
귓전은 뜨거워

차분함 지키려 하오나
몸 가누기 어렵사옵고,

또렷한 한마디를 올리진 못하면서도
지긋이 가슴 누르며
가만한 情 피워 보옵나니.
—『동방서곡』, 1968. 9. 30

너와 함께 있으면

너와 함께 있으면
소란도 우울도
머언 太古의 고요ㅅ속에
봄 풀처럼 香氣로워

네 눈을 바라보노라면
해는 千年, 달은 萬年

푸른 언덕이 달음질치는
잔디 위를 달려볼거나.

갈매기 울음 파랗게 젖는
섬 달밤을 걸어볼거나.

구슬이 듣는
화안한 촛불 앞에

〈이 밤〉
하나의 아름다운 宇宙를
네 모습으로 채워 보느니.
―『동방서곡』, 1968. 9. 30

나는 蘭草 옆에

一별은 나에게 말하기를
『蘭草의 마음을 아십니까?』

별 찬란한 밤이면
나는 蘭草 옆에 앉아 있기를 즐겨합니다.

蘭草는 수줍어
종일 말이 없어도

蘭草 잎에 귀를 기우리면
구슬을 쏟듯

한 자락 銀河는
화안히 내 마음을 흐릅니다.

밤이
蘭草 잎에 파랗게 젖어

끝 모를 密語를 繡놓으며
더운 내 마음을 흐릅니다.

그러기에
별 찬란한 밤이면
나는 蘭草 옆에 앉아 있기를 즐겨합니다.
―『동방서곡』, 1968. 9. 30

슬픈 季節

너는 그렇게
하늘에서만 빛나야 하느냐.

銀河에 흐르는 燈불처럼
아름다운 밤이면
나는 사뭇 울고만 싶었다.

한 줄기 따뜻한 햇발이
그리워서만도 아니었다.

풀잎처럼 썩어질 세월이
두려워서만도 아니었다.

어쩌자고
너는 그렇게 하늘에서만 빛나야 하는 것이냐.

별이 피면 필수록
아름다운 네 모습을
나는 사뭇 울고만 싶었다.
—『동방서곡』, 1968. 9. 30

齡

밤이면 뭇별이 반짝이는 한 자락 蒼穹을 어깨에 걸치고
낮이면 金비를 퍼붓는 香氣로운 花粉속에 푸른 山 푸른 江 허리에 띠고

봄 잔디밭에서 버들잎 피리를 불며 나는 微風과 더불어 즐겨라고 벌과 나
비를 쫓아 놀기에 한창이어늘
너는 어쩌자고 앞을 질러 혼자서만 달아나고 있는 것이냐.

구름이 가고 물이 흐르는 동안 나도 모르는 사이에 사슴을 쫓듯
너는 고개 고개 넘어 솔찬히 가고 말았구나.

참으로 無情하고 참으로 虛妄한 건 너 한 놈 밖에는 없으리니
이 슬픈 것아 이 원망스러운 것아 원수보다도 미여운 씹어 죽이고 싶은
것아

내가 그렇게도 좋아라고 사뭇 기루워하는
어린 꾀꼬리들이 살고 있는 숲에서 멀리만 멀리만 떨어져야 하는 것도

이놈 齡아
너 때문인 줄 모르느냐.
―『동방서곡』, 1968. 9. 30

吊花詞

연지를 찍고 족두리를 쓰고
네가 시집을 가던 바로 그날 밤이더란다.
별이 뚝 떨어지듯 한 송이 모란이 지던 것은

華燭 洞房에 탐방 불이 꺼지며
천둥이 울더니 모란이 지고 말았다.
단매에 무너지듯 사정없이 지고 말았다.

너는 가버리고 이젠 모란도 지고
내 詩는 나와 함께 슬프기만 하고
한 송이 무너진 꽃판을 나는 울며 새웠다.
—『동방서곡』, 1968. 9. 30

鶴으로만 살아야 하는가

鶴도 아니면서 鶴으로만 살아야 하는가.
춤을 모르는 鶴으로만 살아야 하는가.

날만 새면 뭇 참새
떼 지어 지절대도
조으는 체 鶴으로만 살아야 하는가.

비바람
번개가 날리고 우뢰가 흘러도
千年인 양 鶴으로만 살아야 하는가.

汚辱과 虛華의 도가니 속
어지럽고 시끄러운 失意의 나날에도
閑暇한 손님같이 학으로만 살아야 하는가.

어디를 가나
市場마다 惡貨가 판을 치고
흙탕물 滔滔히 거리를 휩쓸어도
傲然히 鶴으로만 살아야 하는가.

해는 빛을 잃고
꽃밭은 香氣를 잃고

눈이랑 무너지듯

하늘은 무너져도 무너져도
으젓이 鶴으로만 살아야 하는가.

金촉 화살에 心臟이 꿰뚫여도
끝내 鶴으로만 살아야 하는가.

징그러운 비늘에 온 몸이 휘감겨도
그저 鶴으로만 살아야 하는가.

흙 먹는 냄새만
코를 찌를 뿐
바위 틈 콸콸 샘솟고.

하늘 한 자락 파랗게 깔린
아름다운 해 뜨는 동산
森森한 솔밭도 아닌데

춤 너울 너울
빛 豊饒로운
눈부신 아침도 아닌데

언제나 孤高히 鶴으로만 살아야 하는가.
춤도 못 추는 鶴으로만 살아야 하는가.
─『월간문학』, 1969.

이젠 어디를 向해 발을 떼어놓을 것인가

나무 가지에 새 잎이 터지듯
어린 時節을 꽃피워 주던 새소리 새소리

아침 눈부신 햇살과 함께
온 마을을 노래로만 채워 주던 새소리 새소리

―그 많은 새들은 어떻게 된것일까.

허전한 마음 달랠 길 없어
산새가 그리워서 산새가 그리워서 돌아온 마을이언만

반겨 울어 줄 산새 한마리 없는
한 토막 所望마자 지닐 수 없었던 아쉬움이여

사랑을 잊어버린 스산한 마음은
산새 없는 山속과도 같은 것

山에 새가 살지 않으니 情든 마을이언만
예쁘기만 했던 淳이도 이젠 기다릴理 없고―

산새 없는 山속을 쏘대다가 쏘대다가
오늘도 하루해를 그저 지치고만 말았다.
―『신동아』, 1970. 1.

三돌이

三돌이는 오늘도 둔덕에 올라
먼 하늘 바라보며 가슴을 睆하고 있었다.

西녘에 타는 놀처럼
가뭄에 타는 메마른 핏줄기를

잎잎이 薰薰한 바람과 함께
푸르름 짙어가는 五月인데두
뻐꾸기 울음조차 들려오지 않고……

까닭 모를 시름에 젖어
三돌이는 오늘도 둔덕에 올라
무너질 듯이 가슴을 睆하고 있었다.

代를 이어 農土의 아들로 태어난
三돌이는 올해 스물 여섯

大地에 깊이 뿌리를 박고
싱싱한 나무로만 살아가려던 그였건만

누가 뭐란대두
흙을— 眞實을 살아가려던 그였건만

汚染된 鋪裝文明에
흙의 香氣를 잃어버린 鄕愁―

어디서 오는 甚한 燥渴일까
그러지 않아도 가뭄을 타는 여린 이파리들인데

사랑하는 이의 뜨거운 입마춤과
단비가 아쉽기만 한 여린 이파리들인데―

三돌이는 올해 스물여섯
까닭 모를 시름에 젖어

三돌이는 오늘도 둔덕에 올라
해가 기우도록 脈없이 서 있었다.
―『농민문화』, 1970. 6.

靑山胡蝶

달밤에 바닷가에 나가 돌팔매나 쳐보랴.

봄은 가는데
花粉 속에 달이 香기로운 四月 南風에도
나비야 너는 靑山을 몰라야 하느냐.

귀를 기울이면
별은 총총
마음은 한 잎 푸른 하늘

—少女의 입술에 피는 三月일러니

蓮잎을 떠들고 달이 떠오르면
보름은 둥글어
빠알갛게 솟는 어린 봉우리.

해를 물어라. 해를 물어라.

나비야
훨훨 靑山을 날으는 내 나비야.
—『현대문학』, 1970. 7.

잠 안오는 밤

年輪이 감길수록 늙는 마음은
脈없이 시름만 더하는 걸까.

허구한 날과 날을 낯붉힘으로만
으르렁대는 손주녀석들

和解 없는 집안이 가슴에 얹혀
한 잠도 못 이루는 긴 긴 밤—

아롱다롱
풋나비에만 눈이 팔려

몇 발짝 앞 끊어진 벼랑도
來日도 모르는 철부지들이……

큰 놈은 이 할애비를 無視하기 일쑤고
작은 놈은 이 할애비를 원망만 하고

날치는 주먹다짐에
잠꼬대같은 안깐힘

歲月은 歲月대로
時針은 돌아가도 胎葉은 풀려

떼도 응석도
이젠 재롱으로만 볼 수 없고

믿든 貴엽든 알은 체도
모른 체도 할 수 없는 딱한 心情—

長竹을 문 채 잠옷바람으로
싸리문 밀치고 밖으로 나갔을 때

어디선가 山너머 저쪽에서
바람결에 들려오는 늑대 울음

잎 진 하늘에
蕭蕭히 수염은 날리는데

높다랗게
찬 달만 뚜렷이 떠 있었다.
—『월간문학』, 1971. 10.

頌壽
—月灘 詞伯**님께**

또 다시 『한자락 세월』을 열으시고
넌지시 펼쳐주신 달 여울 눈 부신 景勝
우러러 영원하실 얼 큰 절 드리나이다.

청자 맑은 하늘에 언제나 빛나는 일월
갖은 복 다 누리시며 일흔을 일흔 곱토록
비오니 더욱 정정하시어 만수무강 하소서.
—1971.

靑蓋瓦 용마루 너머

1.
靑蓋瓦
용마루 너머

저 너머
파랗게 파랗게
靑瓷빛 하늘은 흐르는데

江물처럼
철철 흐르는데

靑袍ㅅ자락 휘날리며
靑머루 익어가는 산ㅅ골

靑나귀 타고
고개를 내려오는
신수 후련한 草笠童이

아니면
햇빛 황홀한 아침
靑羅衫 긴 소매ㅅ자락
가벼이 바람을 끊으며

풀잎
가락에 맞추어
사뿐 노래를 추는

靑나비랄까.

2.
밤과 밤
忍苦 數十年을
代를 이어 數數 十年을

단잠
한 번
이뤄보지 못한

歷史를 구어내려는
오로지 한가락 執念은

聖스러이
星星한 白髮
올올이 風霜을 거친
팔뚝 같은 굵은 年輪

그리고
이글거리는 화덕
시뻘건 불꽃 속을
黙黙히 凝視하던

무서운 무서운 눈
火鏡같은

타는 두 눈

그것은
不屈의 意志

오직
화덕 속에
젊음을
人生을
아낌없이 태워버린

靑나귀 타고
고갯ㅅ길 내려오던
草笠童이 軒軒한 氣質로
모습도

어쩌면
華麗했던
한 잎 幻想처럼

歷史는
흐르는 歲月따라
훨 훨
靑나비로
靑나비로 날아간 것일까.
한 줄기 紫燃은

소르르 떠오르는데—

3.
나는 오늘도
눈 한번 깜작이지 않고

靑蓋瓦
우람한 용마루 너머

저 너머
파랗게만 파랗게만 흐르는
하늘을 바라보았다.

半나절을
千年처럼
바라다만 보았다.

이젠
山새조차 울음을 잊어버린
빈 뜰
主人도 없는 빈 뜰

靑瓷
맑은 빛
먼
머언 하늘을
—『월간문학』, 1972. 1.

淸道院 옛 고갯길에서

1.
그리 가파른 벼랑은 아니라도
안팎 四十里
한 나절을 걸어야 하는
숨 가쁜 고갯길.

가다가 가다가
시장하면
쉬엄쉬엄 山딸기도 따먹고,
목이 마를라치면
칡뿌리를 캐어 씹기도 하고.

허위 단심
고개를 넘어서면
거기서 淸道院.

驛馬도 쉬어 가던 山ㅅ골.

山마루에 올라서면
全羅監營이 코 앞이라도
언제나 太古와 같은
후미진 두메 山ㅅ골.

아스라 하기만 한 고갯길이란다.

2.
머언 옛날
한 머리 지렁이가 울며 울며
넘어갔다는 고갯길.

하루 아침
허망하게도
功들여 쌓아올린 王城이 무너지자

西ㅅ녘에 지는 해를 울며 울며
한머리
늙은 지렁이가 넘어가던 고갯길
이란다.

그 뒤
머언 뒷날

泰仁 古阜에서
벌떼처럼 일어나
三千里 疆土를 들었다 놓을 듯

우렁찬 喊聲 속에
휘날리던 義로운 旗발이
이 고개를 넘었을 적엔

한 떨기
綠豆꽃만
하염없이 피었다 져버리고—

—구름 따라 歲月 따라 흘러간
　가슴 아픈 詞緣들……

그 모진 비바람 속에서도
끄떡없이 千年을 하루처럼
줄곧 微笑를 지으며,

외딴 山寺 앞
院터 높은 두던에
호젓이 서 있던
낯익은 石佛마저도

이젠 자취 없이
흙 속에 묻혀 버리고.

德性을 모르는
넋 잃은 女人처럼
함부로 속살을 드러낸
左右의 山들

다시는 와서
울어주지도 않는 山새들이며,
종적을 감춘
그 숱한 山짐승들이며……

때 없이
바람만 설레이는
蕭颯한 고갯길.

어쩌자는 것일까.
어떻게 돌아가는 판속일까.

기침마저 크게 못해 보는
후미진 두메 山ㅅ골인데두
보는 눈을 疑心케 하는

越南치마를 두른 철없는 가시내들
長髮을 서두르는 멋적은 머시매들

—차라리
따귀라도 한 대
되게 얻어 맞고 싶었다.

무엇 한가지도

제 모습 제대로 지니지 못한

아아
밉도록 짓궂은 歲月이기에
素朴한 純情마저 아셔야 하는가.

3.
하늘 한 복판에
하얗게 그어지는

한 가닥
긴 飛行雲을 바라보며,

새로 난
觀光道路를 버려 두고

덤풀만 茂盛한
옛길을 더듬어
되짚어 넘어섰다.

五十年쉰만에 다시 걸어보는
안 팎 四十里
淸道院 옛 고갯길을.

어디선가
멀리서
저 머얼리서

낮닭의 울음소리가 잇달아 들려
오는데—
—『월간문학』, 1972. 6.

* 지렁이: 후백제를 세운 견훤
* 王城: 후백제의 고도 완산, 현 전주
* 녹두꽃: 동학농민혁명을 일으킨 전봉
준 장군

秋心

곱게 물드는 丹楓 맑은 菊香,
百果 무르익고, 五穀이 豐登한 가을이 오면
더한層 서글퍼지는 心情

이제 몇 해런가,
기다려도 오지 않는 그 女人,

渴望에 타는 낮엔 꽃이 피어도
對話는 한갓 찢어진 旗ㅅ발이어야 하는가.

소식은 咫尺 한발짝 사이이면서
찬 손바닥과 함께
마음은 異域 먼 먼 千里길.

바람만 설레이는 이 저녁
지는 잎 고요히 흙으로 돌아갈 때
눈보라 휘몰아치며
다가들 三冬 긴 긴 밤
봄은 까마득히 멀기만 할 것인가.

그러나 피는 해보다 뜨거운 것
이름 모를 한송이 작은 꽃일망정
내뻗는 한줄기 햇살에 고요히 웃어줄 때

오랜동안 보고만 싶었던 그 女人

언젠가는 부푸른 가슴
우렁찬 祖國讚歌와 함께
기쁜 소식 그득 안고 찾아주리니
아직은 아직은 조바심일랑 말자.

大望의 그날을 大門 활짝열고 맞기 위해
우리 모두 한가슴 한脈搏이 되자
꾹 꾹 허리띠 졸라매고
숨 모아 피 거르며
이 악물고 숫돌을 갈자.
—『신동아』, 1972. 12.

八月의 脚線

汚染된 都市
지친 눈동자에
갈잎과 같은
한 자루 華燭이라도 켜주는 걸까.

별보다도 미끄럽게
地空을 흐르는 시원한 脚線—

불을 뿜는
한낮의
숨막히는 무더위 속에서도

갈매기 젖는 海邊보다도 시원한
너무나도 放恣한 두 바람의 脚線

어쩌면
神秘의 聖域 가까이
高速으로 치닫는
原初에의 凱歌랄까.

맨 上層
權座에 빛나는
太陽의 드높은 문턱까지도
꽃뱀처럼 넘나드는

너는
훌훌
깃옷을 벗는
달밤의 浴場보다도 시원하다.
—『동아일보』, 1972.

구름재 朴炳淳님 第二詩調集 『별빛처럼』 出版
記念頌
—1. 구름재, 2. 시조집, 3. 별빛처럼(頭韻)

1.
구름아 쉬지 않고 흘러가는 저 구름아
늠름히 푸른 장송 저렇게만 푸르른데
재너머 높은 저 재를 넘어 두웅두웅 저 구름아.

2.
시시한 가락이라 모른 체도 못할 것이
조그만 사연이라 버리지도 못할 것이
집뜰에 뿌려진 씨앗들 귀엽게만 솟는 걸.

3.
별빛처럼 마음에 켜진 한 자락 꽃밭이었다
별빛처럼 못 잊을 머언 먼 사랑이었다
별처럼 별빛처럼 찬란한 별빛처럼 별처럼
—박병순 제3시조집,『문을 바르기 전에』, 세운문화사, 1973. 10.

저 山을 바라보며

너와 함께 길을 걸을 때면
언제나 먼 이야기처럼 바라다 보이던
저 山

저 山을 바라보며,
밤이 깊어도 돌아오지 않는 나를
너는 얼마나 울었던가.

네가 그랬듯이
오늘도 나는
저 山
저 山을 바라보며
그토록 나를 울어주던 너를 생각하느니

무너지듯
하늘의 별들도 줄줄이 녹아 내리던

오
눈물처럼 슬프고
눈물처럼 아름답던
그 밤의 눈물같은 女人아

暴風雨 몰아치는 먹구름 속에서도
언제나 타는 별처럼

네 가슴에 빛나고 있을

金色 十字架를 그려보며
살을 찢는 荊棘의 나날일 망정
풀잎을 씹으면서라도—

언젠가는
걸음 걸음 豪奢스러이
네 곁으로 돌아갈 것이어니

오오
눈물 속에 빛나는
生命의 말씀 같은 나의 女人아
—『월간문학』, 1974.

마음과 마음을 華奢한 한 송이 웃음의 꽃으로

1.
除夜의 鍾소리도 멀리 사라지고
이젠 동트는 새벽―
千이랑 萬이랑 설레이는 波濤를 넘어
한 겹 두 겹 첩첩한 구름을 헤치며

가슴 죄이는 億劫 고요한 沈默속에
새 해 새 아침이 誕生되는 嚴肅하고 敬虔한 瞬間
이 嚴肅하고 敬虔한 瞬間을 우리는 어떻게 받들거나

모두들 자리를 박차고 일어나
무릎 꿇고 두 손 모아
우러러 이 거룩한 아침을 敬拜하리니

기쁨이여 오라!
어둠과 함께 모든 邪念
모든 幻想일랑 깨끗이 물러가라.
얼룩진 이 누리
아픔으로 멍든
마음과 마음을 華奢한 한 송이 웃음으로 꽃 피우라.

2.
東窓이 밝아오는구나.
靑雲이 감도는 기슭

부푸는 꿈과 함께 노래에 실려
밤이나 낮이나 끊임없이
맑은 구슬처럼 希望이 샘솟는 곳

사랑과 眞理의 女神이 살고 있는
저 숲을 찾아
너는 그리로 달려가거라.
거기엔 젊음을 아낌없이 태워버려도 좋을
眞實한 對話의 아름다운 饗宴이
너를 기다리고 있으리니

나는 앞大門 활짝 열어놓고—
여기 저기 바람에 구르는 落葉처럼 흩어진 休止쪽들
큰길로 뚫린 골목 안
지저분한 뜨락을 말끔히 쓸어놓으리라.

그리하여
구김새 없는 淸新한 차림 차림으로
별들이 燦爛한 여름밤처럼
童心이 빛나는 어린 時節로 돌아가
새해 첫 손님을 기꺼이 맞이하리라.

갖가지 보배로운 선물을 그득 싣고 찾아오실
새해 첫 손님을 기꺼이 맞이하리라.
—『원광대학 신문』, 1975. 1. 1

성에꽃 속의 겨울

얼굴은 푸르락 붉으락
火藥을 그은 듯
이글이글 타는 두 눈에선
금시 불똥이 튕겨날 것만 같았다.

성엣발 치는 바람壁에
되窓도 없는 네모진 房
엎치락 뒤치락
재떨이에는 꽁초만이 드북이 쌓이고

달랠 길 없는 울분
오늘도 한밤을 뜬눈으로 지새느니
얄궂은 손아귀는
몇 번이고 머리칼만 쥐어뜯었다.

바위를 씹으면서라도
그저 멍청히
이글거리는 불길 속을 걸어야 하는
이것은 정녕 이 겨레에게 던져진
本初부터의 試鍊이었던가.

아낌없이 살라버린 젊음이었는데두
채 여섯 자도 못되는 몸둥이마저
제대로 주체할 길 없는

아아 아직도 幕을 내릴 줄 모르는
하나의 對決
성에꽃 속에 깊어만 가는 겨울
잠 못 이루는 이 밤
季節은 어김이 없어
이 한해는 또 저물어 가는가.

멀지 않아
며칠이면 다시금 冬至라는데—
　　　　　—『신동아』, 1975. 3.

記念頌
― 東亞日報 創刊 50周年에

쉬흔 돌잔치 차림 자랑도 빛나시네.
짓밟힌 이 山河에 겨레의 表現紙로
드높이 켜올린 횃불 더 힘차게 타고 있네.

비바람 짓궂은 燈불도 없는 가시밭길
쫓기는 겨레와 함께 怒하며 慟哭하며
피로써 쌓올린 歷史여 한줄기 脈搏이여

빼앗긴 얼 되찾으려 붓대는 불을 뿜고
피를 吐하면서도 총 칼과 맞싸웠네.
꺾일 줄 모르는 그 슬기, 숨결 더욱 세찼느니

暴力을 否認하는 어엿한 姿勢로서
일찌기 한 번인들 굽힘이 있었던가
겨레의 얼 목숨 걸고 지켜줌도 壯하여라.

紙面에 찍혀 나온 活字 하나 하나가
그대로의 불씨였고 산 숨결 아녔던가
타는 얼 불기둥 되어 새날 이뤄놓은 걸

時代를 證言하고 歷史를 創造하는
民族의 前衛로서 그 使命 다했거니
榮光에 빛나는 花環, 어깨 한결 높아라.

겨레의 눈을 눈으로, 귀를 귀로
나라 겨레의 모습 바로 보고 바로 듣고
더 한層 곧고 바른 天下의 붓이거라
붓대이거라.

나라와 겨레를 저바림이 없는
나라와 겨레에게 저바림이 되지 않는
한 자루 煌煌한 횃불로 萬世토록 빛나시라.
—1975. 4. 20.

노래를 사랑하는 구름재 박병순 님에게

글사랑 노래사랑 나라사랑 겨레사랑
사랑을 사랑으로 사랑껏 사랑하는
사랑만 사랑만 하면서 사랑만을 살아라.

솟아도 솟아도 그침없이 솟는 사랑
퍼내도 또 퍼내어도 괴기만 하는 사랑
노래에 그득 담아 백년토록 퍼내리.

저 재 저 하늘에 피는 저 구름아
우러러 높이 솟은 巍巍연 푸른 메뿌리
오늘도 노래를 싣고 해는 떠올라라 떠올라라.

노래 아니더면 어찌할 뻔 했더이꼬
태어남도 살아감도 노래 위해서였던가
천명을 노래로만 아끼고 사랑하는 임이신걸.
—박병순 제4시조집, 『새 눈 새 맘으로 세상을 보자』, 1977. 1.

구름재 제4시조집

『새 눈 새 맘으로 세상을 보자』에 부쳐

새 마음 새 눈으로 세상을 바로 보고
새 아침 새 하늘에 새 숨결 가다듬어
새 노래 새 가락으로 목청 높게 부르리.

새 나라 새 강산에 깃발은 휘날린다
새 기쁨 새 자랑에 기상도 새로워라
새 노래 새 가락으로 목청 높게 부르리.

피어라 꽃피어라 노래여 가락이여
피고 또 피어 찬란히 활짝 피어
이 누리 방방곡곡에 햇살처럼 퍼지리.
—박병순 제4시조집, 『새 눈 새 맘으로 세상을 보자』, 1977. 1.

賀 壽筵

—구름재 님께

구름을 뚫고 솟은 아스라한 재 말랑이
한 그루 소나무는 저렇듯이 亭亭커니
햇빛에 빛나는 용비늘 우람키도 하여라.

가락을 사랑하는 한 줄기 뜨거운 불길일래
사선을 넘나들면서도 더욱 휘황키만 한걸
六十嶺 마루터기에 올라 선 모습 또한 우람커니.

잔을 놓은 지도 오랜 줄 잘 아네만
말이야 바로 말이지 그리도 즐기던 술인걸
눈 질끈 감고 딱 한잔만 선뜻 들어보소래.
—박병순,『구름재 시조전집』, 대광출판사, 1977. 11.

큰 한 송이 무궁화

한 잎 두 잎 피고 피어 꽃다워라 조상의 얼
瑞氣어린 일곱 메뿌리 높푸른 풍남 하늘에
다시금 힘차게 울릴 오 우람한 종소리여.

山 너머 물 건너 三十三天 머나먼
저 하늘 끝까지 울려 퍼질 그 종소리
낮과 밤 억겁 천만년을 울려퍼질 그 종소리.

해뜨는 삼천리 이 누리 방방곡곡
가슴에서 가슴으로 북녘하늘 저 끝까지
울어라 울어라 하늘처럼 우렁차게 울어라.

울어 울어 어둠과 사악일랑 깨끗이 물러가거라
밝아오는 이 강산에 평화통일 가져오리
이 겨레 큰 한 송이 무궁화 만대 번영 이룩하리
—『시조문학』, 1977. 가을호.

老松 原頭에서

모두가
凜凜히 자라는 나무들이어라.

모두가
젊음에 벅찬 氣慨를 자랑하며
靑雲을 품고 자라는 나무들이어라.

돌밭에 뿌리를 박고
日月로 더불어
맵찬 風霜을 마시며 자라는

보라
햇빛에 번쩍이는 억센 龍鱗을
하늘을 向해 龍트림하는 저 우람
한 雄姿를

오오
겨레의 빛이여
빛의 隊列이여

여기
해 돋는 老松 原頭에
오늘도
아름다운 아침은 燦爛히 떠오르
나니—

빛나는 眞理와 함께 샘솟는 智慧는
바로
그대들 곁에 용솟음치고 있나니—

우줄 우줄
어깨를 으쓱이며

울려라 깃발을
바람도 세찬
높푸른 저 하늘에
저 하늘에
—『전북문예』, 1977. 12.

碧虛 先生

〈唯碧 唯碧
　無障 無碍
　月皎皎 雪皚皚
　長風萬里 心無一塵〉—

月色만 皎皎히
千山 萬樹가 눈으로 한 빛인데
長風 萬里에
한 点 티끌도 뜨지 않는
마음은
가없는 碧空인 양 맑은 거울이실네.

언제 뵈어도
늙지 않는 天眞한 童顏이신데.
빙그레 웃으시는
부드러운 눈매언만
億億劫
저 끝까지를 내다보고 계신걸

한 마디 말씀에도
역겨움이 있었으리
녹슨 歲月 辱많은 나날일망정

우러러 부끄럼 없이
달처럼
맑은 바람결처럼 그렇게만 지내시네

어디 大明은
사사로이 비침이 없다던가
오직 마음을 지키면서
몸을 삼가면서
平生을
아무 邪念 없이
그저 黙黙히만 지내시네.

무엇이 거리끼리
하늘 한 자락 어깨에 걸치시고
하늘을 하늘로만
하늘처럼 살아가시는걸
님이여
두 팔 높이 들어
큰 절 드리옵니다.
―『문학사조』, 1977. 12.

老後

1.
철 따라
그럭저럭
벗들은 다 가버리고

그토록
찬란하던 하늘에는
별도 하나 둘씩 꺼져가고

실성한 女人의 한숨처럼
바람만 뒤설레이는
이슥한 밤

—이 밤이 다 새도록
목놓아 불러보고만 싶은

아아 불러도 오지 않을
그대의 이름
나의 사랑이여!

2.
다시는
찾아 갈 사람도
찾아 올 사람도 없을

大門 앞
골목길엔
언제나
雜草만 茂盛할 뿐인데

나 홀로
속절없이 늙어만 가는 年輪인 걸

어느 산새 한 마리
窓 가에 와 울어나 주랴.

어느 따뜻한 손길이 있어
해 묵은
귀 밑 서리를 녹혀나 주랴.

이 한 밤
발가벗은 알몸으로
門을 박차고 뛰어나가
숨이 차도록 달리다가 달리다가

몸을
푸른 江물에라도 던져나 보랴.

千길 벼랑에 올라

毒한 술을 虛空에 뿌리며

두 눈 딱 감人고
훌쩍
몸을 날려나 보랴.

3.
목이 터지도록
불러도 불러도

이젠
오지 않을
나의 사랑

그대의 이름은
그렇게도 나에게는 기리운 것인가.

마음 한 자락
다 젖도록
불러도 불러도 싫지 않은
그대의 이름 繡 놓으며

나는
뜬눈으로만 밤을 새워야 하는가.
—『시와 의식』, 1977.

그대들 『東山』의 새싹, 이 겨레 어린 太陽이여

1.
眞理의 숲으로 가는
森森한 오솔길 이쪽 기슭엔
새벽이 넘치는 智慧의 샘

언제나 쉴 새 없이
맑은 구슬이 솟아오르고

비단결인 양
그림책처럼 파아란
잔디밭이 깔려 있는 언덕
저쪽엔 탁 터진 푸른 하늘

하늘을 向해 쭉쭉 뻗은
나무 가지 가지엔 童心이 부풀고

2.
오 그대들은 바라보는가.
靑雲이 감도는 東山 마루에
힘차게 돋는 붉은 해를

꽃다발 풀어놓은 듯
莊嚴하게 열리는
希望의 아름다운 새 아침을

그대들은 힘차게 돋는
붉은 해를 마시며 자라는

어린 太陽들

그 밝은 슬기와 얼
젊음에 불타는 더운 숨결엔
바위인들 녹지 않으리!

氷山의 달이란들 녹지 않으리!
億劫 쌓이고 쌓인 어둠도
毒한 안개도 다 녹아 버리리!

3.
소리 높여 외치노니
그대들 東山의 새싹
이 겨레 어린 太陽들이여

맑은 鍾소리와 함께
아침이 莊嚴하게 열리는
저 해돋는 東山 마루에
쌓아 올리라 쌓아 올리라

祝福과 榮光에 빛날
來日을 위해
쌓아 올리라 드높이 쌓아 올리라

오오
實力에 꽃피는 城. 우람한 城을
奉仕에 빛나는 塔. 어엿한 塔을
　　　　　—『동산』, 1978. 2.

사랑의 詩人

〈그의 詩는 戀人들에게 소근소근
　속삭이는 詩라기보다는
　暴風 속 曠野를 달려가며
　휘두르는 火劍으로 바위를 때리듯
　단숨에 世界를 抱擁하는
　거센 呼吸의 詩랄까.〉

李雲龍!
그는 내가 가장 사랑하고 아끼는 詩人이란다.
내 고장 全州가 낳은 詩人이란다.

敎壇에서 해를 지우는 바쁜 나날이면서도
詩를 찾고, 詩를 사랑하고
詩를 쓰는데서 보람을 가지는
언제나 童心에 빛나는 젊은 詩人이란다.

詩를 쓰는 마음엔 邪가 없는 것
그의 마음은 언제나 潤澤하고,
언제나 香氣로운 아름다운 해.

모든 것을 다 버려도
버릴 수 없는 것은 詩
詩는 그에게 있어 삶의 全部요,
아무나 가질 수 없는 자랑이란다.

그의 詩는
『번쩍이는 칼날보다
　쓰러진 풀잎을 일으키는』
生命의 火劍이랄까.
『천 개의 무딘 혀보다
　두근거리는 心臟에서』
날리는 사랑의 火焰이랄까.
『풀잎의 이슬방울 속』에서도
『세상을 내다볼 수』 있는 빛나는 叡智

『보이지 않는 얼굴의
　보이지 않는 微笑』를 보고,
『떨어지지 않는 손의
　떨어지지 않는 體溫』을 느끼면서

『두근거리는 心臟』에서 휘날리는
火焰 같은 뜨거운 詩精神

어느 밤의 占領軍도
여기서는 그의 사랑을 어쩌지 못할
오오 그는
情熱에 불타는
사랑의 詩人이란다.

『영혼의 거룩한 信仰으로
　모든 生命을 孕胎하여
　해와 달을 눈뜨게 하였다』면서

『무엇이 태어나려는 몸짓
　그 하나의 움직임도
　흙, 너에게서 비롯된다』고

詩精神을 生命의 母胎인 『흙』—
사랑에서 찾아보려는 그는
사랑의 詩人이란다.
그러면서
『전부를 가득 채우려고
　빈 구석을 찾아 씨를 뿌리는 손

　하나를 더 얻기 위하여
　하나를 덜 버리기 위하여 어루만지는 손.

　아흔아홉을 가지고도
　굴러가는 하나를 줏으려는 손.

　마지막까지 눈물을 감추었으되
　마지막까지 눈물을 닦아준 손』

그러한 마리아의 손과 같은
부드럽고 따뜻한 손을 모아 祈禱하는
그는 사랑의 詩人이란다.
病든 詩魂,『바람 든 凍土』에
아름다운 아침의 노래와 같은
새 빛을 켜다 놓을 그는
언제나 젊음에 불타는 사랑의 詩人이란다.

나는 더 말하지 않으련다.
무슨 말이 더 必要할 것이랴.

『무엇이 태어나려는 몸짓』을 注視하면서
오오 사랑의 詩人이라고 부르고 싶은 李雲龍!

그의 第三詩集『밀물』에서
그가 외친 말을

그대로 여기
내 목소리로 다시 외쳐본다.
『詩여, 詩人이여!
그대 흘린 피
보이지 않는 言路의 불빛이여.』
—이운용 시집『밀물』, 한국문학사, 1978. 6.

어느 停年 退職者의 老後

1.
바람도 자고
해 질 무렵
山 그늘 짙어 가는
어느 閑寂한 郊外였읍니다.

運轉士 B는
過速으로 車를 몰고 있었읍니다.

車를 제대로 부리기엔
아직 서투른 풋내기인데두
보란 듯 멋대로 車를 몰았읍니다.

마침
저녁 散策 길에서
돌아가던 白髮의 한 老人―
老人은 不幸히도
그 車에 치고 말았읍니다.

멀리 떨어져
허위 허위 뒤따르던
同伴의 中年 女人을

돌아다보며, 돌아다보며
한길로 몇 발짝 떼어놓았을 때
그것은 참으로 瞬間의 일이었읍니다.

무작스럽게 달려오던 車는
무참히도 老人을 덮친 것입니다.

意識을 잃은 채
땅 바닥에 나동그라진
老人의 出血은 甚했읍니다.
엉겁결에 車에서 뛰어내린
運轉士 B는 몹시나 唐慌한 氣色이었읍니다.

한 瞬間 무엇을 생각했던 것일까?
㤼에 질린 運轉士 B는
돌쳐 車에 오르기가 바쁘게
그대로 그 자리를 떠버렸읍니다.

死境의 그 老人을 버려둔 채
그대로 뺑소니를 친 것입니다.

바로 그 直後였읍니다.
그 자리에 들이닥친
또 한 대의 自家用―
앞 運轉臺엔
한 쌍 男女가 나란히 타고 있었읍니다.

땅 바닥에 쓰러진 채 피를 뿜으며
죽어가는 老人을 바라보자
運轉士 A는 車를 멈추며
慌急히 뛰어 내리려는데

〈당신 그 엄청난 治療費를 어떻게 勘當하려고?〉

곁에 앉았던 美貌의 女人은
보기와는 달리 서슬 푸른 눈초리로
날카롭게 쏘아부치며,

사내를 제자리에 주저앉히곤
星火처럼 재촉하여
그대로 車를 몰게 했읍니다.

보기좋게 따귀를 한 대 얻어맞은
運轉士 A는
한 마디 대꾸도 못하고서
無心한 木人인 양 시키는대로
그저 車만 몰았읍니다.

2.
그러고 나서
한 時間쯤 뒤였읍니다.
무참하게 죽어갈 뻔했던 그 老人은

가까운 市內
어느 病院으로 실려 와
應急施療室 차디 찬 手術臺 위에
죽은 듯이 누워 있었읍니다.

훼영한 螢光燈 아래

命脈만이 겨우 붙어있는
白紙ㅅ장 같이 새하얀 老人의 얼굴—

그 옆 白色 寢臺 위에는
한 쪽 팔에 採血針이 꽂혀 있는
앞서 郊外 散策길에서
멀리 뒤떨어졌던 그 中年
女人의 聖스러운 모습

3.
아무 찾아오는 사람도 없는
으슥한 施療室 手術臺 위에
번듯이 누워 輸血을 받고 있는 老人—

아아
아아
그 不幸한 老人은
남도 아닌 運轉士 A와 B,
이 세상 한 분 밖에 없는
바로 그들의 老親이었읍니다.

일찍기 喪配를 한 뒤
살이 찢기고
뼈가 깎이는
창대같이 퍼붓는 매운 매질 속에서도
아름다운 내 어린 太陽이라 노래 부르며,

남들의 열 아들, 스무 아들
부러울세라
두 아들을 더 없는 기쁨으로만 자랑으로만
허위단심 키워냈던 老親이었읍니다.

星星한 白髮을 휘날리며
어깨에 걸친 하늘 한 자락으로
아무 부끄럼 없이 살아가고 있는—

내일이면 모레면
바람 세찬
七十의 嶺上에 올라 설
高齡의 老親이었읍니다.

철이 든 사내자식들이라면
머리털을 베어
저 스스로를 뉘우치고,

그리고는 當場이라도 달려가
오늘도 저희들 老親의 머리맡에서
뜬눈으로 밤샘을 하고 있는

그 中年의 女人— 救命의 恩人에게
서슴없이 큰절을 드려야 할 것입니다.

그러나 그 애들—
단 한번이나마

病室 門을 두드려나 보았던가.

날이 가고
달이 바뀌고
바람이 부나 비가 뿌리나
電話 한 통, 葉書 한 장
安候를 물어나 보았던가.

—멋없이 콧대만 높은
運轉士 A와 B는

앉으면 뒷전에서
모이면 끼리끼리
비웃고만 있는 것입니다.
헐뜯고만 있는 것입니다.

해 뜨는 하늘을 살아가는 사람이라면
마음에 새 싹이 피는 사람이라면

어디 그럴 수가—
아아
아아
그럴 수가
—어쩌면 그럴 수가
—『전북문예』, 1978. 12.

父情

자식들에게 일러줄 말이 있다면
자식들에게 願하고 바라는 것이 있다면

—누가 그렇게 묻기라도 한다면
나는 서슴없이 대답하지요.
단 한마디 『孝道』라구요.

그런 따위 케케묵은 소릴랑 집어치우라고
호된 꾸지람이 빗발치듯 날릴지라도

누가 뭐란대두
『孝道』라고
나는 그렇게 대답하지요.

富라 貴라……
出世라 榮華라……
아무리 世代가 바뀌었기로

그러나
그런 것들은 불티와 같은 것들
한 포기 이름 없는 들꽃만도 못한 것을

하기야 아무 누구나 할 수 있는
지극히 평범한 말이긴 하지요 만—

가뭄과 같은
가난에 타는 목마른 나날일지라도
하늘을
하늘처럼 살아가는 길

언제나 구김없는 밝은 얼굴로
언제나 그늘짐이 없는

번듯한 얼굴로
떳떳이 살아가는

이름을 辱되지 않게
떳떳이 살아가는
그런 자식이 되어주는 것

그러면서
사랑과 恩惠를 가슴으로 느낄 줄 아는
뜨거운 숨결을 지닌

그런 자식이 되어주는 것
그것이
어버이에게 報答하는 『孝道』라는 거지요.

저희들 스스로를 빛내고

어버이를 기쁘게 하는 『孝道』라는 거지요.

아무 邪心없이
하늘을
하늘처럼
살아가는 길이란 거죠.

사람이
사람답게
살아가는 길이란 거죠.
—『신동아』, 1978.

思母의 章
―慶基殿 골목길에서

오늘도
나는
慶基殿 호젓한 골목길을 걷습니다.
나에게는
오직 한 분
어머님이 그리워
이젠
곁에 계시지도 않는
어머님이 그리워―

歲月은 흐르고 흘러
그 때가 벌써 四十年 저 쪽

놋날같이
暴雨가 쏟아지던 밤이었읍니다.
咫尺을 분별 못할 漆黑같은 밤이었읍니다.

금시
하늘 어느 한쪽이 무너져 내릴 듯
천둥이 우는 그 험악한 우뢰ㅅ속을
어머님은 걷고 계셨읍니다.
퍼붓는 비를 무릅쓰고
잽싸게 걷고 계셨읍니다.

가까운 일갓집이라 할 지라도
洞內밖 나들이를 꺼리던 몸이시면서

거기가 어디라고
더구나 한 밤중
그 처창한 雷雨 속을—

한데서 이 밤을 새워야 하는 자식놈
그 자식놈의 배를
한 끼라도 곯리지 않으시려
채 어린 계집애 하나를 앞세우고
천방지축 발을 떼어 놓으셨던 것입니다.

이윽고
—자식놈 앞에 나타나신 어머님

뵈옵기만도 황송스러이
함빡 젖으신 몸으로
소중히 안고 오셨던 놋쇠 밥그릇을—
따뜻하신 사랑과 體溫이 그대로 담겨진
놋쇠 밥그릇을 품속에서 내놓으실 때

그리고 계집애에게 들려온 饌盒에서
손수 장만하신 饌들을

자식놈 앞에서 벌여 놓으실 때

또 그리고는 그리고는
차분히 눈을 들어
무척이나 흐뭇해하시는 氣色을 보여주실 때

그 때까지도
이마엔 빗물이 흘러내리시는데―

아
나는 가슴이 메어
한동안 머엉하니 서있기만 했읍니다.
입이 열리지 않은 채
그저 눈시울이 쑥쑥 애리기만 했읍니다.

1秒 2秒 3秒 4秒……
그러기를 時間은 얼마나 흘렀을까.

『자 어서―』
『예 어머님……』

가까스로 마음을 鎭靜시키고
뜨거운 국물을 훌훌 마시며
비로소 밥숟갈을 들었을 때

흘러내리는 빗물을 훔치시며 훔치시며
빙그레 내려다 보시던 어머님

窓밖엔 천둥소리 빗소리가 더욱 요란할 뿐인데
그 사나운 雷雨 속에
보살인 양 慈愛에 넘치는
그 無限한 慈愛에 넘치는
부드러운 웃음은

내 마음을 그득 채워주는
그 부드럽고 환히 빛나는 웃음은
온 하늘, 온 누리를 채우고도 남을
그 부드럽고 환히 빛나는 웃음은
千年을 萬年을 몇 億劫을 채우고도 못 다 채울 것 같은
그 부드럽고 환히 빛나는 웃음은

아아
그 적의 그 어머님의
無限한 慈愛에 넘치는 부드러운 웃음은
어떠한 모질고 사나운 비바람 속에서도
차분히 피어오를 부드러운 웃음은

오늘도
나를 지켜주는 것입니다.

밤이나 낮이나
내 마음을 환하게 켜주는 것입니다.

그러길래
이 세상 辱된 歲月을 살아가며
불이 이글거리듯
애가 타고 괴로울 때에도,
버림을 받은 듯
失意에 젖은 울적한 나날을 보내면서도

차마 차마
그 聖스러운 웃음 앞에선
그저 罪스러워 罪스러워
아혀 찌프린 表情을랑
드러내지도 못하는 나는

―나는
오늘도 오늘도
慶基殿 골목길을 걷는 것입니다.

그 밤
천둥이 우는 그 雷雨 속을
밥그릇 소중히 품에 안으시고
숨차게 걸으시던―

그 험악한 雷雨 속에서도
빙그레 부드러운 웃음을 보여주시던—

그 적의 그 어머님의
無限한 慈愛에 넘치는 聖스러운 모습을
우러러 우러러 기려보면서

앞으로도
앞으로도
다할 날이 없이
비가 뿌리나,
눈이 날리나,

다할 날이 없이
이 골목길—

그 밤
어머님께서
허위 허위 숨차게 걸으시던
慶基殿 호젓한 골목길을 걸을 것입니다.
나는 걸을 것입니다.
—『유네스코 전북』, 1979. 9.

失意의 章

나는 고요히 성냥을 긋노니—

오직 저를 위해, 저에게 물려주려
代를 이어 땀 흘리며, 平生을 자랑으로
보람을 느끼면서 지켜오던 동산
黃金色 능금이 무르익는 동산을

아무 未練 없이 태워버리고자 성냥을
긋노니—

한 자락 비린 肉情에 젖어
두 갈래 혀끝에 心臟을 핥키우고,

어둠을 씹으며
千길 奈落에서 허우적이는 저.

恩誼를 저버리고, 天倫을 짓밟으며
쌍 없이 매정하고, 卑屈하기만 했던 저.

저가 미워서라기보다
저를 미워해야 하는 나 스스로가 슬퍼

사랑하는 자식을 묻고
葬地에서 돌아온 허탈한 心情으로

나는 성냥을 그어
그토록 아끼며 지켜오던 동산을

불태우노니—
다 타버리면 모두가 虛無인 것을
미움도 사랑도 모두가 虛無인 것을.
—『신동아』, 1979. 10.

빛나리 사랑의 星座에 켜진 大韓의 샛별이여!

걸음 걸음마다 꽃을 뿌리며
노래를 그득 실은 수레를 몰아
빛나리 사랑의 星座에 켜진 大韓의 샛별이여.

앞서거니 뒤서거니 아름다운 새벽을 향해
달리는 착하고 슬기로운 딸들
빛나리 사랑의 星座에 켜진 大韓의 샛별이여.

氣像도 으젓코야 億劫을 하루처럼
毅然히 솟아있는 母岳을 바라보며—
빛나리 사랑의 星座에 켜진 大韓의 샛별이여.

자라나는 맑은 슬기 숨결도 새로워라
가슴은 부풀어 어깨는 하늘로만 치솟느니
빛나리 사랑의 星座에 켜진 大韓의 샛별이여.

師任堂 높으신 얼 몸으로 마음으로 지켜
이 나라 이 겨레의 빛으로 자랑으로
빛나리 사랑의 星座에 켜진 大韓의 샛별이여.

해뜨는 여매山 기슭에 쌓올린 빛의 搖籃
靑雲을 허리에 띤 몸매도 날렵커라
빛나리 사랑의 星座에 켜진 大韓의 샛별이여.

가멸하신 聖恩에 안겨 수월수월 커 가거라
天眞이 무르녹도록 그저 곱게만 곱게만
빛나리 사랑의 星座에 켜진 大韓의 샛별이여.
—『청학』, 1980. 2.

情
―李雲龍 님께

거기서 여기가 어디라고 친히 싸안고 오시다니
맛도 맛이련과 도탑고 푸짐하신 情
한 송이 향기 그윽한 꽃으로 곱게 곱게 피우리.

그날 밤 그 藥食을 우리 兩主 달게 먹었소
露積이 천 섬 만 섬이란들 보다 더 배부르랴
채워도 채워도 다함없을 하늘같은 정일레.

마음을 마음으로 샘처럼 솟는 사랑
하늘을 하늘로만 하늘처럼 커가는 사랑
한아름 가슴 가득히 꽃 피우며 대보름을 쇠어라.
―1980. 2.

祈禱하는 마음으로

나는 당신을 모릅니다.

어느 누구신지 뵈온 적도 없는
이름도 들어본 적도 없는

이 세상 어디에 계신지도 모르는
당신이지만
나에게 오시리라 期約조차 없는
당신이지만
나는 당신을 기다리렵니다.

어쩌면 바로
내 곁에 계실지도 모를
어쩌면 永永
내 앞에 나타나지 않으실 지도 모를

당신을 당신을
나는 언제까지라도 기다리렵니다.
두 손 모우고
祈禱하는 마음으로 기다리렵니다.

기다리다 기다리다 지쳐 쓰러지고 말지라도
목숨이 다하는 날까지 기다리렵니다.

착하게 착하게 罪없이 살아가면서
두 손 모우고
祈禱하는 마음으로 기다리렵니다.
—『세계의 문학』, 1980. 가을호.

無聊한 老後

더러 찾아오던 산새들도
이젠 와서 울어주지도 않는

가난한 내 집
댓坪도 못되는 초라한 뜨락엔

웬 雜草만이 그리도 茂盛하는 걸까.
뽑아도 뽑아도
더 억세게만 자라나는 生長力

어쩌다 볼만한 花草라도 얻어다 심으면
잘못 가꾼 탓인지
며칠도 못 가서 시들어버리기 일쑤고

사돈댁에서 가져다 심은 한 그루 꽃나무는
처음엔 제법 꽃도 맺어 그럴싸하더니만

웬 벌레가 그렇게도 꾀는지
아내는 벌레를 잡다 쏘여
며칠을 毒瘇으로 울쌍이었고

나는 剪枝를 하다가
가시를 밟고 넘어져

늙은 삭신이
어처구니없이 여러 군데 살점만 찢겼다.
—『세계의 문학』, 1980. 가을호.

寶玉으로 빛나는 友情이여

오늘도 나는
未知의 벗으로부터 받은
값진 마음의 선물

精誠으로 엮은 詩集을 펼쳐 들었네.

옷깃을 여미고
端正한 姿勢로
한 篇 한 篇 읽어갈 때—

奈落의 深淵에서 들려 오는
生命의 메아리런가.

새벽 湖心에 뿌려진
파아란 별들이런가.

語彙마다 초롱초롱
꽃불을 켜고
몸짓 마저 으젓한

生動感에 넘치는 숨결은
새로운 삶의 보람을
꽃다발처럼 안겨 주네.

잊었던 스스로의 모습이런가.
千길 검은 帳幕을 헤치고
뚜렷이 떠오르는 달을 바라보듯
티끌 한 点 묻지 않은

마음은
淸淨한
法悅의 境地를 逍遙하는 것이네.

그뿐인가
雜草만이 茂盛한
허잘 것 없는 나날
日常의 平凡한 삶에서도

새로운 意味를 깨닫게 하는
새싹 같은 새 슬기
거울 같은 맑은 叡智

오
조으는 듯
無聊하게 늙어가는
詩魂을 일깨워 주며,

무엇인가 잃어버렸던

가장 소중한 것을 되찾은 듯

기쁨은
해 돋는 地平을 向해
마구 달리는 것이네. 달리는 것이네.

아아
비록 未知의 벗일망정
한 卷의 册을 주고 받음으로
오직 하나의 眞實

情을 情으로
서로 가슴을 뜨겁게 느껴 보는
寶玉으로 빛나는 友情이여.
—『노령』, 1980. 10.

새 삶의 章

이 한 해도
다 저물어 가는가.

사랑하는 이여!

우리 모두 祝歌를 부르며
마음과 뜻을 하나로
여기
새 삶의 章을 열어보자꾸나.

너는
너를 버리고
나는
나를 버리고

우리 모두
서로가 서로를 위해

너는 너를 버림으로
너는 너를 바치고
나는 나를 버림으로
나는 나를 바치고

미움을 사랑으로
믿음을 마음으로
어기영
아름다운 새 해를 실어 올

배를 띄워 보자꾸나.

새 날은
燦爛한 새 모습 새 차림으로
두 활개 활짝 펼치고
눈부신 웃음으로 맞아주리니

뒷문일랑 굳게 닫아 버리고
한 숨결 한 脈搏으로

어기영
아름다운 새 해를 실어 올
배를 띄워 보자꾸나.

누구 한 발짝도 빗나감 없이
누구 한 눈도 팔지 말고,
몰아치는 險한 波濤와 싸우며

동트는
새해를 우러러
오오 사랑하는 이여!
꽃다발 가슴에 그득 안고,

자랑스럽게
새 삶의 첫 章을 열어 보자꾸나.
—『노령』, 1980. 12.

嗚咽의 章

— 흐느끼며 떠나는 꽃喪興를 보내며

1.

모든 것을 다 버려도
天下를 다 버려도

너는 나의 血肉
뼈를 갈아 먹여도 아깝지 않을 나의 血肉

모진 매질
險惡한 가시밭 속에서도

한 번도 내 곁을 떠난 적 있던가
곱게만 곱게만 자라주던 너를 볼 때

아무 보잘 것 없는 生涯일망정
아무 부러움 없는 보람을 가지면서

너를 보면 하루 하루가
눈부신 太陽으로 자랑스럽기만 했고,

네 뜻이라면
진정 네 所願이라면

선뜻 두 눈이라도 뽑아 줄
망설임 없이 염통이라도 떼어 줄

나는
너에게는 단 하나
너에게는 둘도 아닌 어버인인 것을.

허리가 휘어도
지칠 줄을 모르고.

오직 너를 金이야 玉이야
허위 허위 八十의 높은 고개를 올라선 어버이인 것을.

山河가 빛을 잃어도
너만은 언제나 나를 지켜 줄

오 내 마음의 빛이여! 별이여! 하고
너만을 기뻐하며 讚揚하면서 살아온 어버이인 것을.

2.
毒이 묻은 사과 한 쪽에
어이없이 무너져 버린 네 젊음의 城

돼지발에 짓밟힌 眞珠처럼
무참하게도 부서져 버린 天倫의 情

아들아
이 미련하고 어리석은 아들아

한 마리 꽃뱀
고 작은 한 마리의 꽃뱀에게 물린

고 妖邪스러운 이빨 자국이
끝내는 보기도 흉한 네 致命傷이 될 줄이야……

―〈하다 못해
  아아 半의 半쯤만이라도

  조금은 으젓해 주었던들……껙세어 주었던들……
  사내로서의 낯을 세워 주었던들……〉―

네 屍身을 끌어안고, 땅을 치며
慟哭을 하다가 하다가 失神했던 나……

이 철없는 것아
이 슬프고 불쌍한 것아

그렇게도 매정할 수가, 야속할 수가―
아아 빛나던 웃음은 어디로 사라지고

별 대신
이마에 찍힌 부끄러운 烙印만을 남긴 채

그것이 네 本然한 상판이었더냐.
너는 그런 꼴로 내 앞에서 떠나야 하느냐.

한낱 假花로 꾸며진
흐느끼는 꽃喪輿에 실려

너는
어디로 가느냐.
어디로 가는 것이냐.
―『표현』, 1980.

詩心

어느 누구라는
이름도 모르는 당신인 것을
당신을 뵙고 싶어
오늘도 나는 쏘대는 것입니다.

당신을 찾아 내가 해를 지우듯이
당신도 해를 지우며
어디선가 나를 기다리고 계실
당신을 찾아 오늘도 나는 쏘대는 것입니다.

내가 애타게 쏘대듯이
나를 애타게 기다리고 계실

당신을 찾아
오늘도 나는 이른 새벽부터 쏘대는 것입니다.

山이고 들이고
이 골짝 저 골짝 발길 닿는대로
물 따라 구름 따라 지칠 줄을 모르며

바람이 부나 비가 오나
하늘이 무너지듯 천둥이 우는 험악한

날에도
자나 깨나 당신만이 그리워

오늘도 나는
하루해가 다 기우도록 쏘대는 것입니다.

언덕을 넘어 다시 언덕을 넘어
먼 먼 地平 저 쪽까지
붙잡지도 못할 무지개를 쫓듯이
어쩌면 한 잎 華蒼한 幻像일 지도 모를

그러나 누가 뭐란대두
나는 보란듯이 쏘대는 것입니다.
十年을 二十年 三十年을 하루처럼
그제와 같이 어제도 오늘도
그저 黙黙히 쏘대는 것입니다.

〈大體 누가 나를 이토록 쏘대게
  하는 것이리까?〉

나에게서
한 발짝도 떨어지지 않은
어쩌면 바로 내 곁에 계실 지도 모를
어쩌면 바로 나 스스로일 지도 모를

당신!
오오 또 하나의 眞實
아름다운 久遠의 象徵이여!
—『노령』, 1981. 8.

오오 벗이여 벗이여

치미는 鬱火로 마음을 태우며
脈없는 나날을 그렇게만 지워야 하는가.
머리를 쥐어뜯으며
가위눌린 잠꼬대처럼
許久로 나날을 그렇게만 몸부림 쳐야하는가.

벗이여
〈단 하루라도 좋으리……〉
갈매기 울음에 젖는 저 바닷가
별이 뚝뚝 듣는 아름다운 밤을
걸어나 볼꺼나.
숨이 차도록
동트는 먼 地平을 向해
우리 함께 달려라도 볼꺼나.

몇 발짝만 떼어놓으면
거기가 바로 大河가 쵈쵈 흐르는
밝은 대낮인데두
마음은 咫尺을 분별 못 할 깜깜한 洞窟 속

쪼각 쪼각
갈갈이 찢어진 서글픈 輓章처럼
언제까지나 낮과 밤을
그렇게만 울먹여야 하는가.

벗이여
〈단 하루라도 좋으리!〉

한 달음에
새벽 瑞氣어린
저 높다란 山頂에 뛰어 올라
雲海 萬里 疊疊한 구름을 헤치고

扶桑 저 쪽
바람높이 물결치는 絢爛한 波濤 위로
둥실 떠오르는
아름다운 해를 바라라도 볼꺼나.

香氣로운 꽃다발을 풀어놓듯
둥실 떠오르는
아름다운 해를 바라보며 바라보며
온 山嶽이 무너지도록
목청이 터져라
우리 함께 高喊이라도 쳐볼꺼나.

모든 시름은 씻은 듯 사라지고.
五色 燦爛히 가슴은 열리리니—
어깨도 자랑스러이
젊음은 용솟음치며

우렁찬 노랫 속에
숨결 높은 새 아침은 열리리니—

오오
벗이여 벗이여
—『노령』, 1981. 10.

잃어버린 詩心

사나운 비바람
천둥이 우는 漆黑같은 우룃 속에서도
마음은 별처럼 고요히 빛나기만 하였다.

이리떼에게 쫓기며
칼날을 살아가면서도
마음은
눈꼽만큼도 겁낼 줄을 몰랐다.

어떤 寶貨와도 바꿀 수 없는 마음은
그저 詩를 찾아 가슴을 불태우기만 했다.

그러나 꺼질 줄을 모르며
鎔鑛爐처럼 이글거리던 더운 숨결도
榮光으로만 빛나던 그날의 자랑도
젊음과 함께 어디로 떠 흘러간 것일까.

하잘 것 없는
한 잎 풀잎처럼
물결에 채어 어디로 떠 흘러 간 것일까.

詩를 잃어버린 마음은
이름 모를 한 떨기 들꽃도
피지 않는 索漠한 廢墟—

잃어버린 나의 詩는
어느 호젓한 山길을 헤매는 걸까.
그릇 千길 奈落에 떨어져 조으는 걸까.

한 줄기 鑛脈을 더듬듯
詩를 되찾으려 밤이고 낮이고
가쁘게 마구 쏘대도 보건만―

오랜 잠꼬대에 지쳤던 虛脫한 나날이랄까.
이젠 詩도 젊음도 되돌아오지 않는

아아
돌이킬 수 없는
한 자락 老後의 아쉬움이여.
―『노령』, 1981.

無心

이젠
봄도 늦어가는

고개 너머
어느 호젓한 山마을

그토록
妖艶하기만 했던 복사꽃이었던만
無心한 바람결에도
하염없이 지는
落花

한나절이 千年인 듯
돌부처인 양

툭 툭 지는
落花를 바라보며

쯧 쯧……
白髮이 星星한 老人은
혀를 차는데—

무엇이 반갑길래

삽살이는
저리도 꼬리를 치며 달려오는 걸까.
—『표현』, 1981.

기다림

그가 누구이기에
그를 목이 타도록 기다리는 것이리까.

어느 聖者이시리까.
어느 恩人이시리까.
山神靈 같으신 분이시리까.
하느님 같으신 분이시리까.

누구인지 보지도 듣지도 못한 그를
이젠가 저젠가 기다리며 살아갑니다.

왜 그를 기다려야 하는지
그 것조차도 모르면서
아무 期約도 없는 許久한 나날을
한결같이 기다리며 나는 살아갑니다.

마루 끝에 나와
머엉하니 山너머 먼 하늘만 바라보다간
失意에서 깨어난 듯 깜짝 놀라기도 합니다.

어딘지도 모르는 길을 마구 걷기만 하다간
脈없이 발길을 돌이켜 되돌아오기가
일쑤입니다.

한갓 헛된 짓인 줄 몰라서 그런 것이리까.
왜 그런 버릇을 지워버리질 못하는 것이리까.

그러한 허튼 나날을 살아가면서도
그러나 나는 믿으렵니다.
믿음이 한낱 虛無로 끝나고 말지라도
그를 기다리며

기다리는 마음으로 살아갈 것입니다.
누가 뭐란대두 그를 기다리며
기다리는 마음으로만 살아갈 것입니다.
—『신동아』, 1982.

해 뜨는 五月의 山河여

山과 들에
종다리 높이 떠 노래를 뿌리는

지금은 五月
푸르름 쭉쭉 뻗어오르는
바람 향기로운 五月의 아침

너는 보느냐.
동트는 새벽을 向해
줄기 줄기 힘차게 내닫는 山脈처럼

떠나갈 듯 天地를 뒤흔드는
드높은 拍手와 歡呼
우렁찬 喊聲 속에

제각기
제 고장의 榮譽를 위해
푸른 벌판을 마구 뛰고, 마구 달리는—
더운 숨결
벅찬 젊음을
아낌없이 쏟으며, 아낌없이 태워버리는—

아아 旺할세라
이 겨레 우리 어린 아들딸들

저 童心
저 새싹 같은 大韓의 얼을!
저 覇氣에 넘치는 凜凜한 氣像을!

―이 세상 무엇이 부러울 것이랴.
―이 세상 무엇이 두려울 것이랴.

가슴 가슴을 脈搏으로 울리고
마음 마음을 한사랑으로 기쁨과 希望을 켜주는

오오
黎明에 실려 자랑스럽게 떠오르는
來日의 아름다운 太陽을 바라보나니―

우리 모두
구겨진 주름살일랑 깨끗이 지워버리고

한 숨결
한 햇살
한 푸르름으로
푸르름 쭉쭉 뻗어오르는
싱그러운 이 아침

자랑스럽게 자랑스럽게
우렁찬 목소리로 祝歌를 부르며,

비둘기 한 쌍
버들잎 물려
하늘 높이 날려보자꾸나.
―『노령』, 1983. 5.

玉流頌

어디에서 어디에로
이어지는 血脈이러뇨.

새벽 빛 맑은 智慧가 솟는
한 줄기 眞理의 샘

넘치고 넘쳐
구슬로만 흐르리.

고운 情 고운 마음
값진 寶石을 뿌려 놓은 듯
별들이 燦爛히 켜지는 銀河처럼
구슬로만 흐르리.

가난이 성에처럼 피는
힘겨운 나날일 망정

해뜨는 용마루
希望에 용솟음 치는
젊음을 불태우며

오늘을
來日을
구슬로만 흐르리.

어둠의 가시밭길이라도
비바람 거센 우뤳 속이라도
한 뼘 한 발자국인들

물러설 것이랴.
아무 굽힘 없이
아무 거리낌없이

드높이 어깨를 으쓱이며
보란 듯이 구슬로만 흐르리.

누가
찢겨진 歲月이라더뇨.

괴로움도 辱스러움도
넌짓 한 잎 微笑로 참아내고,

메마른 목숨들
젖줄인 양 축여 주면서,

구슬로만 흐르리.
五色 燦爛히 빛을 뿜으며
자랑스러이 구슬로만 흐르리.

열 구비
스무 구비
구비 구비 돌고 돌아

끝없이 끝없이
이어지고 이어질
오오 한 줄기 세찬 血脈이여.
—『옥류』, 1984. 2.

香氣로운 五月의 太陽처럼
—全州大學 개교 17주년을 축하하며

五月
맑은 하늘

푸르름에 둘려
諫納臺 드높은 언덕엔
우람하게 솟은 眞理의 殿堂
—열 일곱 돐을 맞는 꽃다운 나이

오늘도 푸른 구름이 떠노는 곳
구슬이 솟는 사랑과 智慧의 샘터엔
이 나라 이 고장 軒軒한 英才들
아침 햇발처럼 다투어 모여들고

바람 높은 象牙塔
푸르름이 깔린 잔디밭에서
싱싱한 젊은 슬기들은
먼 앞날을 자랑으로
어깨를 으쓱이며 가슴을 키워가
고 있나니

사랑과 사랑이 얽흐러진 곳에
友情은 가슴에서 가슴으로 뜨거
워지고
티없는 對話가 꽃으로 피어날 때

知性은 밝은 거울처럼 부풀어오
르고
탁 터진 맑은 하늘
열 일곱 돐 잔치가 聖스러이 베
풀어질
諫納臺 드높은 언덕
푸르름이 뚝뚝 듣는 푸른 그늘에—

오오
億年 代를 이어 살아갈 이 터에
빛나는 노래의 城을 쌓아 올리며
새 歷史를 創造할

오오
이 나라 이 겨레의
새 숨결 새 슬기 새 자랑으로
香氣로운 五月의 太陽처럼

해돋는 地平을 向해 줄달음 치는
젊음은 젊음으로 永遠히 꽃다우리.
五色 燦爛히 祝歌를 부르며
젊음은 젊음으로 永遠히 꽃다우리.
—『기도하는 마음으로』, 1984.
4. 30

눈물

너는 어쩌자고
그토록 예뻐야만 하는가

예쁘다 예쁘다 못해
너는 차라리 한 떨기 燦爛한 슬픔

神께서 許諾하신다면
별이 뚝뚝 듣는 아름다운 밤

아무도 몰래
네 눈물 고이고이 받아

가슴에 담아보리.
가슴에 담아보리.
—『기도하는 마음으로』, 1984. 4. 30

贈號
一天峯 李雲龍 님께

구름을 피우며 하늘을 오르는 龍아
오오, 구름을 피우며 하늘을 오르는 龍아, 龍아
보렴아, 저 메뿌리를 하늘높이 치솟은 저 메뿌리를
—한춘섭 외,『한국시조큰사전』, 을지출판공사, 1985.

장천리 玄圃님을 찾아갔다가

長川에 터를 닦아 南福軒 쌓아올리니
蘭有秀兮 菊有芳한데 懷佳人兮 不能忘이라
한평생 琴書를 즐기면서 참하게만 살리라.
—한춘섭 외, 『한국시조큰사전』, 을지출판공사, 1985.

童心

착한 겨레로 더불어
착한 겨레만이 살 수 있는
純情의 나라가 그립습니다.

눈물을 눈물로, 웃음을 웃음으로
아름답게만 아름답게만 살아갈 수 있는
純情의 나라가 그립습니다.
구김없는 화안한 얼굴로
푸른 하늘처럼 활개 펴고 살아갈 수 있는
純情의 나라가 그립습니다.

千사람 萬사람이 모여도
한 숨결 한 가슴으로 自由로울 수 있는
純情의 나라가 그립습니다.
天眞한 모습을 하나로 지켜 永遠한 祝福을 즐길 수 있는
純情의 나라가 그립습니다.
—『표현』, 1986. 11.

生涯

남이 갖지 못한 것을 나는 가졌나니,
남이 가진 것을 나는 갖지 못함이로다.

아무런 名譽도 갖지 않은 것이
하나밖에 없는 나의 名譽로다.

아무런 財産도 갖지 않은 것이
하나밖에 없는 나의 재산이로다.

그러기에—

나에겐 아무런 자랑도 없나니
아무런 자랑도 없는 것이
차라리 나의 자랑이로다.

나에겐 아무런 즐거움도 없나니
아무런 즐거움도 없는 것이
차라리 나의 즐거움이로다.

남이 가진 것을 갖지 못한 나는
남이 갖지 못한
모든 것을 나는 가졌노라.
—『표현』, 1986. 11.

제2부   산문 및 기타

警戒 一言

한 篇의 詩라거나 한 토막의 콘트일지라도 그것이 文藝品인 以上, 그것에 評을 加할 째엔 어디까지든지 嚴正한 批判的 態度로써 붓을 들어야 할 것이다. 크나 적으나 한 個의 作品을 評價하는 것인 만큼 그의 評的 態度가 가장 眞實無瑕하고 公正冷酷한 것이 아니면, 벌서 評者로의 權威를 喪失하는 것이 되기 쉽고, 쏘는 그 評文이 한 個의 歇價로도 評定할 수 업는 수지쪽에 不過하고마는 까닭이다.

한데 近日 『東亞』 紙上에 發表된 泊太宛씨의 「初夏 創作評」이란 一文을 본다면, 이것은 確實히 評論으로 推論할 수 업는 妄文일샌더러, 評論이란 文字의 意義까지도 沒覺한 自家의 無定見한 無識을 暴露한 一文에 不過하엿다. 보라. 그 文 全體가 曖昧한 阿諂과 低劣한 冷笑로 一貫한 外에, 무슨 自家의 明確한 立論이나 主義主張을 表白함이 잇는가? 이것은 沒智覺 無批判한 한 個의 철업는 兒戱로 보아칠 者이나, 쏘한 社會的으로 文壇을 冒瀆한 罪責이 重한 것임을 尋常히 過할 수 업는 者이다. 이제 短片語로나마 氏의 輕妄을 警戒함으로, 將來의 反省을 促하고 그치는 바이다.

—『문예공론』, 1929. 3.

正初 漫筆

—默禱, 絶叫, 感激

　그래도 正初라고 街里는 설 氣分이 짐짓 濃厚하게 흘으고 잇다. 累萬年 저저 나온 傳統의 慣習은 微妙하게도 사람의 弱點을 直把하는 것인지, 그래도 正初라고 뒤숭숭한 마음이 房안에 그대로 쑥 들어안저 잇슬 수는 업다. 어쩐지 설이란 묵은 觀念이 冷室 우에 썰고 안젓는 나그네 된 나의 마음을 어지리는 것이다. 그만콤 因習은 彈力이 强한 것인지, 惑은 나의 意志의 힘이 弱한 것인지, 何如間 房안에 들어 잇자니 沈鬱한 생각만 써돌쑨이오, 坐不安席이다. 집숙한 골목 閑寂한 마을 집 으슥한 뒷房을 借地한 나의 身色은 芯히도 고요하여 平素 가트면 讀書나 思索에 耽하기 適切한 것이엇만, 어쩐지 뒤숭숭한 마음이 설레이기만 하여 이것저것 마음이 내키지를 아니한다. 오즉 나그네의 過歲란 이런 것이라 할만치 가슴엔 적은 懊惱만이 탈쑨이다.

　우리에게 무슨 佳節이 잇스랴만, 쏘 佳節이 잇다기로서니 그것이 얼마나 한 것이 될 것이랴마는, 何如間 그래도 故鄕을 써나 나와 녯 해를 보내고 새해를 맞는다는 생각을 하니 속이 언짠치 안흘 리가 업다. 나의 本來 感情이 센티멘탈한 것이 아니오, 쏘 내가 故鄕을 차저간다고 晝夜 그 지긋지긋한 가난과 싸우고 게시는 늙으신 어버이나 어린 妻子를 즐거웁게 할 아모 것도 가지지 못한 一面의 孤獨한 人物일지나, 나 亦 사람이라 神經이 굿지 안흔 以上 어찌 人情까지를 拒否할 無賴漢이랴.

　勿論 나도 靑春이오, 가슴 가운대 젊은 血流가 쉬는 强剛한 산아이다. 함으로 柔弱한 兒女子의 微々한 心琴에서 울어나오는 人情禮讚者는 아니다. 우리의 젊은 뜻을 達成하기엔 人情을 돌아다볼 그런 閑深한 생각을 가진 사람이 아닌 것도 나는 잘 알고 잇다. 하나 지금만은 除外로 하고 하는 말이다. 아즉 그 길을 밟지 안흔 한 面의 平路에서 하는 말이다.

　나의 걸음이 疲弊한 바 아니엇마는, 벌서 人生道路에서 辛酸을 깨물며

彷徨한지 半生이다. 어찌 故鄕의 늙으신 어버이나 어린 妻子를 생각하는 마음이 한째인들 가실 적이 잇슬 것이랴. 天下에 날든 적은 새도 제 깃을 찻고, 空山에 울든 짐승도 제 구멍을 찻거든, 하물며 人情을 갈멋다는 人生에서랴. 더욱이 피쒸는 靑春임에랴.

佳節이 온다고 나에게 慶賀할 아모 것도 업고, 쏘 그것을 맛는다고 즐거움의 씨가 쑤러지는 것 아니로되, 다못 더하는 것은 思鄕心뿐이다. 남달은 나에게 잇서선 어찌 思親하는 情이 佳節을 當할 째뿐 生動하는 그것이랴. 天氣의 陰晴이나 日氣의 變化에 싸라도 그 마음은 마찬가지요, 내 몸이 고로울 째나 周圍의 逼迫이 當할 째에도 그 마음은 마찬가지다. 무슨 즐거움이 잇스랴마는, 조고마한 즐거움이라도 늣기는 적이 잇다면 그째엔 더욱 思親의 情이 生動하는 것이다. 目前에서 남들의 설비움을 가주고 다못 한째일망정 어머니 미테 妻子와 가티 즐기는 것을 當하니 나의 思親하는 情은 더욱 가슴을 쓸케 하는 것이다.

어이하랴! 누으니 머리만 압흘쑨이오, 안젓자니 가슴만 탈쑨이다. 몸을 닐어 門을 박차고 나가자니 쏘한 갈곳은 어데랴. 그대로 주저안저 힘업시 석냥을 글거 쑷업는 담배를 피어 무니 쎠올으는 푸른 煙氣만 나의 心情을 同情하는 듯 시름업시 적은 空間에 사라질쑨이다.

『에라! 가슴만 쥐어쓰더 무엇하랴. 어버이쎄 올리는 글월이나 쓰리라.』

마음을 고처 定한 나는 옷깃을 바로 하여 端正히 무릅을 꿀코 안저 鉛筆을 손에 든다.

아버님, 어머님!

즐거운 새해는 왓다 하나이다.

하오나 우리에게 그 무슨 즐거움이 되오리까? 아버님, 어머님 엽흘 멀리 쎠나 나온 자식은 어인 일인지 가슴만 두근거릴 쑨이로소이다.

날과 밤으로 우리 어린 子孫을 爲하야 가난에서 가난으로 모진 逼迫과 가진 辛酸을 싸와 맛보시는 아버님, 어머님을 생각하오매, 悚懼한 마음 더욱 저리로소이다. 이 몸이 이만콤 쎠가 굵게 자라는 동안 한째도 아버님, 어머님의 마음을 깃부시게 못하옵고, 더욱이 새해를 여러 번 마지오나 고로움은 한 가지 나누지 못하오니, 쯧업시 마음만 찌저지로소이다.

아버님, 어머님!

우리 어린 子孫을 爲하야 째업시 걱정하시는 아버님, 어머님! 비옵나니 해가 더하옴을 싸라 긔운이 더욱 健康하소서.

그리하야 자식이 周圍로 닥치는 고로움과 싸워나가는 긔운이 旺盛한 것만 깃버하여 주소서. 나아가 어느 째나 깃븜을 밧들어 아버님, 어머님께 들일 것을 미더주시고 기다려주시소서.

멀리 써나온 자식 大駿은 또 하나 새해를 마즈며 아버님, 어머님 압혜 붉은 정성을 기우려 글을 올리나이다.

이만콤 쓰기를 마치고는 恭敬되이 黙禱를 올렷다.

이만콤 쓰기를 마치고는 恭敬되이 黙禱를 올렷다.

아—하나. 이러케 어버이께 글월을 올린 것이 지금이 처음이 아니다. 벌서 해를 거듭ㅎ함에 싸라 여러 번 이러한 글월을 올린 것이다. 다못 이러한 글월을 바더보시는 어버이의 氣力이 처음보다 지금이 더 一衰하신 것. 白髮이 더하신 것쑨이오, 바드시는 辛酸苦痛은 變하심이 업는 것이다. 그만콤 나의 生活 態度는 進展이 업는 것이다.

이것을 내 嗟歎하야 마지 안는 바이다. 그리하야 精誠껏 나의 心力을 기우려 眞情을 告白하는 것이엇만, 어느 째는 그것이 도리혀 어버이의 마음을 傷하는 것이 되고, 나의 無實한 것을 自白하는 것이 아닌가 하여—더욱이 어버이께 들이는 나의 眞情이 그것을 밧는 어버이로 하여 도리혀 一時的 辨明이 아닌가 하는 杞憂에서(그러타. 이것은 確實히 無用한 나의 杞憂다. 나를 밋는 어버이의 마음을 惑하는 나의 病的 所懷다. 罪다.) 글월 올리기를 躊躇하는 째가 만하엿다.

아! 이것이 나의 弱한 마음일가?

하나, 나는 나의 生活에서 進展이 업는 것을 다못 嗟歎함에서 그칠 것인가. 아니다. 進展이 업는 것은 그만한 原因이 잇는 것이다. 그 原因을 摘發하여 나의 生活 方向을 革新할지언정, 一時의 沈滯로 아모러한 進展이 업다고 주저안질 것은 아니다. 나의 生活 意氣를 식힐 것은 아니다. 나의 生活 意識은 젊음에 휘돌려 旭日의 氣勢로 靑春을 싸안고 燃燒하지 안느냐. 그러타. 쪽바로 눈을 써 나의 굿센 生活 基調를 展開할 것이다.

말이 岐路를 쌔져 너무나 기우러젓다. 자—. 말의 본 줄거리를 다시 거슬러 가자.

그러케 나는 어버이께 올리는 글월을 써가지고 黙禱를 하고 나니, 얼마콤 나의 氣分은 새로워짐을 깨달을 수 잇섯다. 거긔에서 어써한 힘을 어든 것이다.

이젠 먼저와는 달라 새로운 氣分으로 담배 하나를 다시 피여 물엇다. 勿論 석냥을 긋는 나의 팔도 먼저와 가튼 힘업는 것이 아니엇고, 煙氣를 내뿜는 나의 입김도 먼저와 가티 시름에 저진 것은 아니엇다. 그런가함에 쏘 써올으는 담배 煙氣도 자못 세찬 氣運으로 活氣을 씌우고 天井으로 소사 퍼진다.

나는 興奮한 것인가. 全然 興奮이 안 되엇다고 할 수도 업고, 쏘 純全한 興奮 그것만도 아닐 것이다. 나는 어버이께 올리는 글월에서 나도 몰으게 스사로 새로운 힘을 어든 것이다. 勿論 그 글월을 씀에 半切 以下의 멧 줄까지엔 자못 感傷의 氣分이 흘은 것이엇스나, 마지막 어버이의 健康을 빌고 黙禱를 올리고 나서는 어써한 새로운 힘을 感激한 것이다. 말하자면 어버이께 바치는 子息의 至誠으로부터 湧出한 純情의 힘이랄가?

何如間 무슨 말로 形象하던지 代詞하던지, 새로운 氣分으로의 힘을 把握한 것은 事實이다. 이에 房안을 『후―』 둘러보니, 壁에 걸린 나의 다 씨저진 外套도 나에게 무슨 힘을 認定하는 듯 반가웁게 보인다. 冊床 우에 빗나는 全字박이 冊들도 새삼스럽게 나의 어써한 光明을 期待하는 듯 쯧이 차 보인다. 더욱이 나의 압길을 미더주고, 나의 勇氣를 붓도다주며 째로는 나의 心情을 激勵하여주는 遠方 동무들의 편지는 더할 수 업시 나의 가슴에 굿세임을 깨물어준다.

『자―. 그러면 나가자. 글월도 부치고, 正初의 街頭風景도 구경할 겸 나가자.』

이에 나는 外套를 힘잇게 걸치고 淸新한 거름거리로 街頭로 나슨다.

눈바람 猛打하는 雪上의 街頭는 陽曆의 그것에서 볼 수 업는 異彩의 설氣分이 濃厚하게 흘으고 잇다. 가고 오는 歲拜軍들. 젊은이, 어린이, 째에 쎄를 지어 쓸리는 새옷자락 물결들엔 平日에 볼 수 업는 元氣가 넘치며,

깃븜이 躍動한다.

더욱이 天眞한 어린이들. 붉은 저고리 푸른 치마에 나도 天眞한 이 나라의 少女라는 듯 나폴거리는 자지빗 당기. 푸른 두루막, 검정 두루막에 나도 씩ᄼ한 이 나라 少年이라는 듯 눌러쓴 生徒 帽子, 색동 帽子. 實로 天眞하고 씩ᄼ한 中에 새해의 깃븜이 쑥ᄼ 듯는 것 갓다.

오— 설은 어린이들의 설이다. 씩ᄼ하게 成長한 어린이들의 설이다.

『저들의 커감이 씩ᄼ하고, 저들의 길러감이 아름다우소서.』

하고, 나는 街頭를 걸어가면서 無言의 祝福을 올렷다.

그리고 『렛타포스타』에 글월을 너헛다.

나의 발길은 다시 豪華로운 生活을 營爲하는 어느 富者집 압흘 지난다.

이째에 나는 두 部類의 술醉한 소리를 귀ᄉ가에 멈춘다. 달은 하나는 그집 안사랑에서 흘러나오는 술잔 깨어지는 소리요, 하나는 그집 밧사랑(머슴들의 동네ᄉ방이다)에서 튀어나오는 鬪錢치는 소리다. 이째에 나는 알 수 업는 두 가지 感激이 全身에 흘럿나니—그러면 財産잇는 사람들의 술醉하는 第二의 節期엿든가. 그런가 하면 또 한편으로 一生을 남의 집에 身勢찟치며 奴隷의 役을 充實히 다하여주는 동네방네 그네들의 唯一한 節期엿든가 하는 것이다.

누구를 責함이 可하랴. 이 現代의 制度가 나흔 얼마나 矛盾 畸形의 現像이랴. 여긔 잇서 나는 有用者의 享樂에 덧날리는 그 生涯에 對하여 根本的으로 억으러진 그 生涯에 對하여 붓을 나수어 打置하기 遜하거니와, 無智한 동네방 친구들의 그 生涯에 對하여 아니 興奮을 닐으킬 수 업다.

肉體的으로 驅逐을 當하고, 또 精神的으로 墮落이 된 저들을 同情할 것인가. 或은 慨嘆할 것인가. 오— 오즉 나는 저들의 救急을 爲하여 하루速히 저들의 文盲을 깨처주고, 저들의 進路를 밝혀줄 젊은 일꾼들의 밧비 이 나라 農村으로 발벗고 쒸어나오기를 絶叫하여 마지 안는다. 우리에게 時急한 問題가 잇다면, 어써한 方略으로던지 저들을 救濟할 것이라는 것이 한 個의 큰 任務가 아니면 안될 것이다. 有意한 人士. 어찌 여긔에 잇서 傍觀者의 慨嘆에서 지나칠쌴이랴.

春來不似春이라는, 漢의 元帝째에 匈奴의 妻가 되어 供物로 잡혀간 絶

世의 美人의 서글푼 生涯를 그린 詩句가 잇다. 이 얼마나 안타싸운 心境을 앗김업시 그려노흔 絕句이랴. 비록 境遇가 달코 處地가 달으나, 生活圈外로 餘地업시 拘縮을 當하여 全身에 淋漓한 痛痕을 들여다보며

우는 가난한 무리에겐 매말은 이쌍에 生을 부처 가지고 산다는 것이 實로 그 詩句에 可合치 안흠이 업다.

발길에 차인 목숨이 生活할 모든 微力까지를 衰盡하고 보니, 눈압헤 썰어진 것은 다못 最後의 죽엄쑨이다. 佳節을 當하나 우리에게 잇서서도 佳節이랴. 이러한 意味로 人類의 最下層에서 그날 그날 죽지 못하여 사는 生活輩은 그 詩句를 읇조릴 수 잇슬 것이다.

나는 이러한 생각으로 그 詩句를 씹으면서 街頭에서 발길을 옴겨 눈덥힌 논두럭길로 것기를 始作한다. 電線은 空中에서 씨르릉く 울며 여긔저긔 논바닥에는 두세 마리 싸치가 눈을 파고 먹을 것을 찾는다. 그리다가 不意의 人跡에 고개를 들어 몃 번 두리번거리다가 나를 發見하고는 싹々 소리를 처 싼곳에 흐터진 벗들을 놀래 쌔처 群舞하며 푸드덕 날러간다. 나를 제 몸을 捕捉할 作亂軍으로 안 것인가. 제의 弱한 生命을 쌔아스려는 얄구즌 銃師로 안 것인가. 何如間 그놈은 령리한 놈이다. 제 몸을 爲하여 避할 줄 아는, 그리하야 제 동무에게까지 信號를 주고 다러나는 그놈을 나는 밉게는 안 보앗다. 다못 怒號한 것이 잇다면, 적은 새에게까지 惡魔로 認定을 밧게 되는 人類로의 나의 마음이 餘地업시 除外視됨이랄가.

오! 한 個의 眞純한 生命을 도적하려는 惡魔로 指目을 밧는 惡漢 全人類를 代表하여 적은 새의 압헤 쓸어 업드려 謝罪를 하고 십다.

저까지도 弱한 動物로서의 만흔 悲哀를 격것슬 것이다. 어미 닐른 悲哀, 子女 닐른 悲哀. 兄, 동생, 누나, 벗들을 目前에서, 或은 집에서, 노리터에서 닐른 가지 各樣의 悲哀를. 저보다 强한 浮流로부터, 甚至於

作亂을 조하하는 一部의 人類로부터서까지 慘酷하게 當하는 쌔가 만흘 것이다. 被支配者의 悲哀. 이것은 統틀어 生을 바더 나온 地上의 모든 弱者들의 밧는 悲哀일 것이다. 나를 보고 避하는 싸치의 놀레인 간엷은 적은 心臟. 地上의 모든 貪虐한 무리를 얼마나 咀呪할 것이냐.

나는 날카로운 神境에 類달은 속깁흔 感傷을 바드면서, 어데로 가는 것인지 나조차 指向함이 업는 발길을 눈 우에서 쎄어놋키를 繼續한다.

찬바람만 猛烈히 회오리치는 들판 눈 우를 호올로 指向업시 터벅거리는 나를 본다면, 누구나 미친놈이라 눈흘기며 辱을 던질 것이다. 하나 나의 가슴 가운데 熾熱한 불ㅅ길은 猛烈히 부러싸리는 漂風으로도 식히지 못한다. 길게 大氣를 呼吸하며 나의 걸음은 나아가는 것이다.

　발이 산기슭에 이르매 산비탈에서 극―극 나무를 긁고 잇는 小童이 눈에 쓰인다. 亦是 가난을 파고 나아가는 적은 生活 戰士이다. 저 어린 生活 戰士에게도 佳節은 담밧게 듯는 남의 舌端이다. 春來不似春의 軌道에서 우는 것이다. 우리의 山村에 저와 가튼 어린 生活群이 얼마나 遍滿하여 잇슬 것이냐.

　　『저 오막사리의 설마지는 어써할가?』
　나의 발ㅅ길은 다시 저―편 산기슭에 집, 외로히 안저서 조을고 잇는 오막사리집을 차저간다. 大門은 말할 것도 업고, 울타리까지 업는 그 집. 웃둑이 서서 엿보노라니, 마루도 업는 쑥방에 노힌 다―해진 고무신 한싹, 부엌바람에 쌔어진 질그릇, 아! 얼마나 窮狀이 씩ㅅ 흘은 쓸ㅅ한 情狀이랴. 여긔도 설은 차저오지 못한 모양이다.

　모든 것이 문허진 무덤 속 가티 寂寞하고 陰散한 氣分이 둘러싼 이 오막사리. 어이 豊潤한 설님을 마즐 恩典을 닙을 有福한 者이랴.

　하나 나는 意外의 感激에 心臟의 鼓動을 늣것나니, 그것은 그 坊頭로부터 새여 흘러나오는 간엷은 두 가난한 主人의 말이다. 말이라기보다 그것은 참으로 노래이다. 그것은 무엇일가?

　　『싸싸……』
　天使, 그것에서 소리치는 나흔 적은 聖者를 가슴에 안ㅅ
　　『응. 우리 아기 잘도 논다. 벙긋ㅅ 우슴 우스며 긔우나게 잘 자라거라.』
　하는 가난한 聖母의 노래. 이것을 내가 들음이다. 아! 저― 가난한 무덤 속에서 어머니의 품에 안겨 피어나는 天眞한 우슴. 그 우슴을 바라고 거긔 모든 希望을 부처 光明을 祝福하는 어머니의 사랑. 비록 설을 目前에 當頭함이 업다 하랴. 나는 저 두 生命에서 붉은 光明이 타올음을 넉ㅅ히 보고 남는다. 무엇으로도 밧굴 수 업는 이 오막사리의 붉은 祝福. 어씨 저 알콜에 저진 감업는 그것에 比할 者이겟느냐.

나의 가슴은 感激에 사모친다. 血流는 뛴다.

『오오! 두 아름다운 靈이여! 노래함이 크소서. 피어나는 우슴이 빗나소서. 그리하야 자라남이 굿세소서. 이짱의 보배 되소서.』

이러케 나는 鄭重히 머리를 숙여 祝福을 마지 안헛다.

아! 나의 마음은 깃벗다. 이 오막사리를 發見함으로 正初의 허튼 散策이 無意味함에 돌아가지 안헛다. 참으로 큰 收穫을 어든 것이다.

아! 이짱에 얼마나 만흔 적은 天才가 가난으로 말미아머 破滅을 등지고 우는가. 얼마나 만흔 적은 天才를 품에 안흔 弱한 어머니가 가난으로 말미아머 街頭에서 街頭로 쓰라린 苦痛을 안쇠 휩쓸리는가.

이짱의 젊은 친구들. 반드시 이짱의 만흔 가난에 파무처 우는 어린 보배들을 보배로써 밧들기를 爲하야 큰 任務를 다하지 안흐면 안될 것이다. 자! 친구들이여. 그대들의 맛당히 할 任務가 큰 것을 닛지 마소서. 오즉 이 한 마듸의 말을 最後로 남기고 나는 이 글을 마친다.

　—1930. 1.

焦悶으로부터 激勵에
―病友 생각

여보게. P君!

얼마나 苦悶하는가. 病中에서 준 便紙 또 나의 가슴을 찔으네.

病席에 누어 苦悶하는 자네보다도 더 한層 나의 가슴은 焦悶에 타고 잇네. 웨 우리들은 이러케 健康치를 못한가? 남들보다 十倍나 二十倍나 健康하여야 할 우리가 되레 남들의 그것에 切半도 享有치 못하니 이 어인 矛盾이란 말인가. 生活은 우리에게서 健康을 圖謀할 기회까지를 遞奪하네 그려! 健康을 損하면서까지 그날 그날의 生活을 圖得하기 위하야 過度한 勞動을 하지 아니하면 안 되는 우리의 現實, 이것을 이대로 언제까지나 持續할 것인지 생각하면 생각할수록 앞이 暗澹치 않은 것도 아니로세.

여보게. P君!

우리의 眼前에 가로놓인 이 暗澹한 事實을 바로 보구도 우리는 그대로 默過하여야 할 것인가? 心弱한 벗들 中에 더러는 暗澹한 奔流에 휩쓸려 生活意識까지를 喪失한 채 墮落의 渦中에 떨어저 넘어지고 마네 그려. 찬 눈물을 뿌려가며 放浪의 길을 漂泊하는 무리의 行色이나, 샛파란 靑春의 꽃송이로서 歇價의 自殺까지를 憧憬하는 무리의 心影이 얼마나 現實을 등지고 달음질치는지 몰으네.

그러면 여보게. P君!

그러타고 우리는 詠嘆만 하고 잇을 것인가. 絶望에서 가슴만 치며 自暴自棄의 길을 取할 것인가. 現實을 逃避하고 말 것인가. 여기서 나는 말하네. ―막달은 現實을 박차고 나아가자―고. 여기에 살자는 慾望을 貫徹할 우리의 뜨거운 意氣가 펄펄 뛰는 全努力이 儼然 自存한 것일세.

결코 意氣를 沮傷함이 없게 하게.

그리고 君!

우리는 特殊한 環境에 處한 만큼, 또한 特殊한 環境의 支配를 받는 만큼, 굳세인 生活意識의 成長이 잇어야 할 것이네.

여기 우리의 拍車 같은 生活 進展이 잇을 것이며 강철같은 生活 基調가 成立될 것일세.

한데 P君!

자네의 書信에 나타난 文意로 보아, 今番 자네의 病난 原因이 각가수로 흔들리는 그 渦中(勞動市場)에 휩쌓여 不安定한 生活의 沈鬱에서 萌芽된 意氣의 沮喪에 잇지 않은가 하는 것이네. 비록 危殆々하나마 歇價로라도 노동을 팔어 그날 그날의 生活을 彌縫하여 오든 것이 그만 殺人的 不景氣의 旋風이 來襲함에 그를 防禦할 何等의 底力까지를 發見치 못하고 弱한 體質이 그 우에 健康에 反比例되는 疲勞까지를 더하여 마츰내 意氣까지가 沮傷이 되고 보니 銳塊같은 沈鬱속에서 그대로 病席에 눕게 된 것이 아닌가 생각되는 것이네.

이러틋 나는 推察點이 그 正鵠을 쏘은 것인지 아닌지는 第二問題로 미루고, 爲先 내 自身의 推察한 바를 自許自斷하면서 如上數語를 前提한 것일세.

물론 나의 推察한 바가 杞憂에서 나온 妄斷이라 할지라도—또 한갓 된 妄斷이기를 모름직이 自期不捨하는 바이지마는, 우리는 우리 스사로가 때로 서로 鞭撻하며 激勵하여 나아가지 아니하면 안 된다는 떼지 못할 責務感에서 던지는 哀情인 것이네.

삼가건대 이 뜻을 寬大히 받을 雅量을 그릇침이 잇지 말게.

자— 그러면 P君. 최후로 一言을 다시 添加하여 奉呈하네.

健康을 잃지 말게. 삶을 戰取하여 나아가는 우리에게 잇어선 『健康』! 이 것이 무엇보다도 最大의 準備요, 最善의 要訣일 것일세. 健康을 遞奪함이 클수록 健康을 圖得코저 戰取하는 힘이 커야 할 것일세.

詠嘆의 影子일랑 휘익 불어 버리세. 보다 더 크게 싸워야 할 底力을 길러야 하네.

P君! 健康을 잃지 말게. 그치네.

—굳세인 意識의 成長과 같이 좋은 消息을 앞날에 붙이면서.

—『동광』, 1931. 7.

自覺과 意識 問題

사람에 싸라, 또는 態度에 싸라 讀書 方面은 各各 다르겟지요. 單只 趣味 本位로 文學書類를 耽讀하는 이도 잇겟고, 眞摯한 研究的 態度로써 精讀하는이도 잇슬 것입니다. 文壇에 잇서서, 더구나 文學에 쯧을 둔 初學者이라면 後者를 問題로 하여야 할 것은 勿論, 그리하야 創作物이면 創作物, 評論類면 評論類—各自의 所技所長을 좃차 所定한 目的대로 研究 涉獵하야 體系잇는 文學思想과 統制된 自家의 主見을 樹立한다는 것이 文壇에 쯧을 둔 初學者로서 가장 正路일 것입니다.

한데 方向을 暫間 밧구어 問題O外로 툭 불거저서 多端한 煩設을 張할 것 업시 여긔서 特히 問題삼어 한 마듸 씹어볼 것은 讀書의 傾向 問題인데, 一端 自家의 文學的 主見이 成立되엿다 할지라도 意識的으로 統制된 그것이 아닌 以上, 讀物 如何에 싸라 主義思想이 變轉한다는 例가 不少하다는것입니다.

함으로 讀書의 傾向 問題에 對한 解決策으로 先決 問題는 그네의 自覺과 意識 如何의 問題라고 봅니다. 文學者로서 文壇에 對한 自覺과 現實 生活에 對한 正確한 認識 또는 透徹한 意識을 問題로 하여야 할 것입니다.

왜 初學者에게 讀書 方法을 勸誘한다 하면서 이런 말을 쓰게 되느냐 하면, 그것은 누구나 다 생각되는 바로 적어도 나는 萎微不振하는 現文壇에 잇서 在來의 逃避 文學을 驅逐하는 一方, 本質的으로 明日의 新文學을 建設하고 進하여는 新社會를 創造할만한 한 個의 큰 社會 勢力의 存在로써 君臨할 來頭 文壇의 權威잇는 大家를 囑望하여 마지 안는 熱意에서 出發되기 째문입니다.

또는 흔히 初學者로서 떨어지기 쉬운 第一步로서 멀리 集團 生活로부터 遊離된 社會層에서 發生이 된 무지개 가튼 幻像文學에 陶醉되기 十常八九이기 째문입니다.

그러타고 어써한 主義者가 되어지라 强要하는 것은 아닙니다. 먼저 오늘의 朝鮮의 現實이 가지고 잇는 우리의 文壇에 炬火를 놉히 처들 가장 勇邁하고 透徹한 生活軍兵이 되어 달라는 것입니다.

참으로 나는 첫재에 生活 體驗에서 出發하야 思索으로 讀書로 나아가라고 십습니다.

社會的 生活 意識을 釀出하는 生活 體驗이 업고는 思索도, 讀書도, 乃至 創作도 健實한 것이 못될 것입니다.

　　—『대중공론』, 1930. 10.

低級한 評壇

　近日 各 雜誌를 通하야 쪼각쪼각 文藝에 關한 評文이 發表됨을 볼 수가 잇다.

　그러나 그 評文이란 者가 擧皆는 各自 爲大將으로 自畵自讚에 그치고 말거나, 自家의 크릅에 든 作家의 作品이라 하여 가장 자랑스러운 評價를 부처주고, 自家의 크릅이 아닌 作家의 作品이라 하여 상토꼭지에서부터 푸對接한 歇價로 評定해버리고마는, 한갓 氣分에 들뜬—故意의 붓作亂에 그치고 말쑨, 公正한 立論이라거나 眞實한 評者的 態度라고는 하나도 엿볼 수가 업다. 여긔 비로소 無權威한 評文 一蹴. 批評 黙殺이란 問題가 擡頭되거니와, 文壇을 左右할만한 健實한 評家가 出現치 못함은 적이 슬퍼할 者이다.

　빗뚤어진 筆鋒을 함부로 휘둘으는 좀모락한 철부지 評家輩의 跋扈는 自家의 無智劣惡을 暴露하고 文壇을 冒瀆하는 外에 아모 것도 못된다. 모름직이 評筆을 잡으려거든 좀더 깁흔 造詣를 쌋코 이어 斯界에 만흔 涉獵이 잇기를 쇠하여야 할 것이다.

　—『조선문학』, 1933. 10.

大衆의 感情을 基調로

―(以上 略)―

그러면 나의 詩가 젊은이의 士氣를 强調함에 얼마나한 힘찬 그것이엇으며 所謂 階級詩로서의 얼마나한 充實한 內容과 型式을 具○한 그것이엇든가. 이에 對하여는 自○하여 作品을 ――히 指稱하여 가면서 說明하기를 保留해두거니와 暫時過去에잇어서○○한 것들 中에서 멋 篇을 抽出만하여 본다면 「精進」, 「光明을 캐는 무리」, 「東方曙曲」과 가튼 詩들은 前者에 屬할 것이고, 「薰風에 날리는 五月의 旗폭」, 「몸을 바치든 最初의 그 밤」, 「太陽을 등진 무리」, 「過渡期의 愛史 一節」과 가튼 詩들은 後者에 屬할 것이다.

以上에서 말한 바와 가티 나의 詩作에 잇서서 두 個의 主流를 볼 수 잇을 것이다. 나는 이 두 個의 主流에서 하나는 꿋꿋한 主觀을 繼軸으로, 다른 하나는 冷靜한 主觀을 條件으로 ○○을 삼고 寫實하여 왓든 것이다. 한데 나의 詩에 잇서서 다시 別달은 두 個의 傾向을 볼 수 잇스니 그것은 感覺的 色彩를 띄인 것이 그 하나이고, 諷刺的 色彩를 띄인 것이 달은 하나이다. 前者의 傾向을 「白滅하는 肉의 洪水時代」에서 차즐 수 잇고, 後者의 傾向을 「그대들의 억개에 花冠을 걸치어 주노니」에서 볼 수가 잇다. 이 外에도 ○○, ○○, 祈願―의 感覺的 氣分이 ○○한 詩篇들을 추릴 수 잇슬 것이나, 이것들은 나의 詩作 活動에 잇서서 初期 惑은 中間에 보혀진 一種의 變態 形象으로서 크게 關心을 가지고 ○○삼을만한 作品들이 못됨으로써 말치 안키로 한다.

그러면 여기에 잇서서 나의 創作 態度가 너무나 不純하다는 것을 應當打破할 것이다. 그것은 怪異치 안흔 일이다. 그러나 打破하기 前에 (略)的으로 社會的으로 또는 經濟的으로 모든 ○○한 試鍊을 바더가면서 窮迫한 情勢와 特殊한 ○○에 뒤까불리며 매달려 잇는 젊은 詩人의 感情을 ○○할만한 ○○과 ○○을 가질 것이다. 한 個의 作家로서 主義와 立場이 ○然치 못하다는非難의 的이 될지 몰으나, 急迫한 環境의 切迫한 現實的 追求는 必然的으로 意識 以前의 ○○을 ○○하기 때문에, 寸隙을 許치 안코 ○裂되는 熱情이 超急角度로 ○○이 될 때에는 스사로도 豫期치 안헛든 藝術品이 위어저 나오는 것을 뉘라서 期約할 수 잇슬 것이냐. 더욱이 情緖를 基調로 하고 表現되는 純然한 文學的 藝術作品에 잇서서일 것이냐. 다못 不純하다는 ○○를 時代 思潮의 奔流에 휩쓸려 ○質한 世紀의 雰圍氣에 돌려버릴까

何如間 過去에 잇서서 나의 創作 活動이 이러한 態度에서 持○되여 왓거니와, 그러면 압흐로는 어떠한 態度를 가지고 創作 活動을 促進하여 가겟느냐는 今後의 創作 行路와 方法에 對한 信念에 잇서서는 아즉 具體的으로 意見을 提議할만한 餘裕를 가지지 안햇스나, 端的으로 嚴正한 一言을 ○○함에 그친다면 以下의 二三 個條를 들 수 잇다.

一. 우리는 恒常 大衆(下層 階級의—)의 感情과 思想과 意志를 基調로 生活의 組織力을 强化코저 時代 意識에 가장 適合한 意識的인 創作 活動에 全力을 傾注할 것

一. 가장 豊富한 生活經驗을 多方面으로 ○○하여 가면서 正確히 現實을 認識 把持함으로써, ○○한 呼吸과 彈力이 强한 表現으로써 描寫를 大膽히할 것

一. 大衆이 즐겨 吟味할 수 잇고, 吸收할 수 잇도록 平易하게 쓰되, 大衆에게 意識을 傳達할 수 잇슬 最上의 樣式과 機會를 提出할 것

一. 보다 優秀한 創作 活動을 促進하기 爲하야 가장 權威잇는 嚴正한 作品 硏究의 機關을 協成할 것(이것은 權威잇는 新聞社나 雜誌社의 文藝部에서 特히 留意할 것이다 權威잇는 評家의 出現을 文壇은 渴望한지가 오래다)

如上의 條件을 ○○하고 創作 活動이 斷行된다면, 明日의 收穫이 크리라는 것을 確信하는 바이다.

끄트로 나는 스스로 反省을 거듭하고, 스스로 채쭉을 加하면서 자못 한 個의 作品이라도 切實한 要求에서 쓰게 되는 責任잇는 態度를 가지고 나아가야 할 것이란 것을 굿게 自認하고 잇다 그리하야 우리 文壇에 적은 勢力이라도 보낼 수 잇다면 그것을 幸으로 녁일뿐, 우리 創作壇에 언제나 活氣가 充溢하나 하는 오즉 이 생각만이 念頭에 떠나지 안흘 뿐이다.

　　　—『조선일보』, 1934. 1. 19

내가 至今 中學生이라면?

一. 들뜬 마음과 輕薄한 생각을 버리고 오즉 健實한 生覺과 鎭重한 態度로써 徹頭徹尾, 學習에 全力을 傾注하여 가겟읍니다.

二. 明日의 朝鮮의 빛이 되리라는 强한 自信을 가지고 오로지 씩씩한 氣慨와 明朗한 心法을 배워 나아가는 가장 슬기로운 學生이 되어 보겟습니다.

三. 젊은 氣魄을 담을만한 强壯한 身體를 만들기 위하야 體育에 힘을 쓰고, 明日의 建設을 目標로 男兒의 氣像을 發揮하기 爲하야는 때로 雄辯術을 익혀가겟습니다.

—『학등』, 1936. 1.

傳統의 固有와 낡은 詩形

本來 時調에는 아무런 研究도 造詣도 없는 全혀 門外漢인 나로서 貴問에 應한 ○○○것은 너무나 猥濫한 일 같습니다.

時調에는 우리의 말로써 우리의 民族의 感興과 情緒를 담을 수 있고, 그時代의 呼吸과 氣分을 풀 수 있는 가장 特色있는 詩型을 가추어 있다고 봅니다. 行과 字數에 嚴格한 制限이 있는 한 개의 작은 詩型이지만, 그 詩型에서만 느낄 수 있는 獨特한 韻律의 含蓄이 있고, 또 거기에서 能히 語義의 餘情이 豊富한 深遠한 詩情을 맛볼 수도 있습니다.

實로 時調는 우리의 言語로야만 가질 수 있는 가장 簡潔하고 典雅한 한 개의 얌전한 詩型이라고 봅니다. 더러는 그 詩型이 오랜 傳統을 가진 固有한 것인 만큼, 그 리듬이 너무나 고요하고 부드러워서 現代人의 激越한 感情과 呼吸에 맞지 않는 날근 詩型이라고 하여 반갑게 對하지 않는 분이 있지마는 果然 그러한 것인지 좀더 생각해 볼이라고 봅니다.

말이 岐路로 빠젓읍니다만, 時調의 詩型을 發展식힐 수 있느냐 없느냐에對하여는 輕却 무어라고 斷言할 수는 없읍니다마는, 留意만 하면 얼마든지 發展식힐 수 있으리라고 생각됩니다. 勿論 行이나 字數를 늘이고 줄이고 한다면, 時調의 固有한 律脚을 께트려버리는 것이 되므로써, 그 詩型을 改鑄한다는 意味가 아니라, 그 詩型은 그대로 두고서 그 詩型을 通하여 우리의 感情과 呼吸이 가장 完全한 形態로써 나타날 수 있도록 研究하고 努力하면 될 수 있으리라는 생각입니다. 그러자면 이 方面에 特異한 天稟을 가진 분들의 才華와 技能을 힘입어야 할 것이지만, 무엇보다도 音律性이 豊富한 『말』의 研究에서부터 出發하는 것이 時調의 詩型을 發展식힐 수 있는 第一要件이 아닌가 합니다.

想도 想이려니와 첫째 『말』의 不足에서 옷갓 澁遲와 停滯가 따르게 되는 것이니까요. 非但 時調에서뿐 아니겠지만, 何如間 時調 같은 固有한 우

리말로서야만 만들어지는 詩型에 있어서는 더욱이 『말』의 豊富한 蘊蓄이
없고서는 發展을 期約할 수 없을 것입니다.

—『풍림』, 1937. 3.

鄕愁 說問

一. 先生의 故鄕은 어디십니까?

　　一. 全州

二. 거기 이즐 수 없는 風景 한 가지?

　　二. 여름 한철 시냇벌 모래톱에 數千 婦女의 沐浴하는 光景

三. 先生의 나신 집이 지금은 어떻게 되었습니까?

　　三. 대정정통 繁華한 네거리의 한복판. 큰길이 나는 통에 집도
터도 없어진지 벌서 二十 五, 六年 前입니다.

四. 故鄕을 그리는 때는 어떤 때입니까?

　　四. 四顧無親, 寒窓孤燈 아래 病알코 들어누었을 때입니다.

—『조광』, 1937. 5.

日記 說問

一. 先生은 日記를 쓰십니까? 언제부터?

　　一. 씁니다. 小學 時代부터―.

二. 어느 날 日記 하나를 적어 보내주십시오.

　　二.

―『조광』, 1937. 5.

敎育 說問

一. 普通學校 義務敎育을 實施케 할 方策?
   一. 民間의 輿論 喚起 生活 方途의 促進. 現行 加俸制의 撤廢.
二. 中等學校 入學 競爭의 緩和策?
   二. 學年 延長과 高等科의 特設. 地方 中心의 中等學校 逐年 增設.
三. 年年이 激甚해 가는 向學熱에 對한 需應策?
   三. 學習 增加와 學校 增設. 書堂, 講習所 等 私學機關의 設置
   認可.

—『조광』, 1937. 5.

落書家의 痼疾

　나는 間或 自殺的인 詩評을 쓰는 一部의 論客을 본다. 詩 一篇을 똑바로 評釋할만한 聰明한 識見을 가지지도 못하였으면서 누가 어려운 注文이나 했을까! 장히 못 맛당한 듯이 입맛을 다시어가며 비위에 거슬리는 逆情을 함부로 배아터버리는 분이 계시다.

　이것은 完全히 頹廢해버린 文壇操行 O丙밖에 더 못 마질 落書家의 痼疾이다. 히쓰데릭한 發作을 어떠한 藝術로써 除去시킬까가 問題다. 섯불리 손을 대다가 일만 저질러 놋는다면 이게야말로 本意아닌 致命傷을 깨치어 만줄뿐, 일즉이 病理學을 涉獵치 못한 것이 적이 寒心만 될 뿐이다.

　이런 말을 여기에 쓴다고 一部의 高踏的인 論客이여! 過히 怒發치는 마소.

　적어도 글이라고 써서 發表할 때에는 衷心, 誠意와 雅量을 가져야 한다. 아무렇게나 끄적인다고 그것이 다 글이 될 수 있다면 別問題지만, 내 집안 私事로운 逆情을 가지고 남에게까지 낯붉힘을 해서야 쓸 일인가. 正當한 文壇의 收穫을 얻고저헐진댄, 쭈정이 한 포기라도 誤植이 없도록 深甚戒心할 바이다.

　單 한 篇의 짧은 詩라도 그것을 評價할 때에는 誠意있는 作家 以上의 卓越한 識見과 優美한 敎養이 絕對로 必要한 것이다.

　―『조선문학』, 1937. 5.

編輯者에게 주는 글

『朝鮮文學』이 싸온 健全한 成長을 衷心 感謝한다. 續刊 一週年을 맞는 오늘 그의 業績은 큰 것이다.

무엇보다도 營利的인 立場을 떠나 純全히 健實한 우리의 文學을 키워가고저 努力하는 그 宣明한 氣槪가 좋다. 號를 거듭할수록 體制와 內容이 着着 充實整頓해지는 것과 文學誌로서 가져야만 하는 純一하 志操를 놓침이 없는 것이 또한 좋다. 健全한 明日의 文學을 樹立하기 위하여 新人의 培養을 目標로 하고 아낌없이 많은 紙面을 提供하는 것이 더욱이 좋다.

編輯者의 偏僻된 優越感과 營利的인 狡猾한 術策으로써 新進銳氣의 文學靑年을 無視하고, 甚至於는 冊부피만을 엄부렁하게 만들기 위하여 이미 쓰레기桶에 쳐박혀버린 낡은 作品들을 뒤저다가 揭載하여 놓은 唾棄할만한 買名的인 低級한 雜誌를 볼 수 있는 오늘, 『朝鮮文學』과 같은 步武가 堂堂하고 使命이 번듯한 文學雜誌를 가졌다는 것이 우리 文壇에 있어서 한 개의 純然한 자랑이 아닐 수 없다.

이것은 결코 입에 부튼 讚辭가 아니다.

우리는 보다 더한 期待와 渴望을 『朝鮮文學』 編輯者에게 가지고 있기 때문이다. 끊임없는 健鬪와 自重自愛가 있기를 빌면서, 續刊 一週年을 맞은 編輯者의 기쁨을 우리는 한 가지로 느낄 수 있으믈 또한 自矜하는 바이다.

—『조선문학』, 1937. 5.

創作 日記

一月 二十三日

오늘 벗 嵐人의 글을 받어 읽고 너무나 感激하여 울고야 마렀다.

『海剛兄. 무슨 놀나운 편지입니까? 몇 날을 두고 생각해보아도 兄의 心境을 알 길이 없읍니다. 兄의 懊惱가 그렇게까지 크리라고는 생각지 못했든 것입니다』라는 虛頭로부터

『兄의 지금 生活 環境이 그다지도 兄을 괴롭게 한다면, 滿洲도 좋고 北支도 좋을 것입니다. 거센 大陸에 힘찬 生命을 차저 떠나보소서. 웅덩이 고이는 물에 주저앉어 괴로운 생각을 곱집어 썩이는 것은 極히 危險한 일입니다. 어데를 가던지 兄의 그만치 길러온 너그러운 人生을 좀더 살려야 하지 않읍니까?』하는 懇曲 句節을 비롯하여

『日前 文學을 버린다는 말슴은 얼마나 아우를 놀라게 한 그것이었읍니까?

文學이라면 文學을 사랑해온 過去의 긴 時間을 두고 人生의 길을 잡어왔스니, 그것에 殉情을 가지고 生命을 키워가는 것밖에 무슨 다른 길이 잇겠습니까? 다른 길이 잇다면 그것은 體系를 잡지 못하는 異端의 길일 것입니다.

兄이여! 어찌하든지 兄의 文學의 길만은 버리지 말고 큰 뜻이 살어서 지금 懊惱하는 生活圈을 脫出하야 넓은 世界를 呼吸하고 좀더 큰 人生의 苦難과 싸워가 주시기를 바랍니다. 오직 兄의 반가운 소식과 兄의 生活 意慾이 强烈하게 타고 잇다면 얼마나 기쁘겠습니까?

부대 新生의 길이 있스소서. 千萬番 시달린다고 하드래도 오즉 구든 意志를 세워주소서』

弱해가는 내 人生觀을 붙들어 바로 잡어주려는 얼마나 强한 激勵냐? 그처럼 구김없이 베푸러주는 벗의 心情이 고맙기도 하거니와, 오히려 벗의 마음을 어즈려준 내 허물을 뉘우침이 보다 컸다.

나날이 深刻해가는 懊惱! 씩씩하게 살아가고 싶은 내 마음을 벌레먹는 錯雜한 身邊의 葛藤. 明朗한 生活을 設計해보고 싶은 내 생각을 壓迫하는

私慾과 無智에서 오는 卑劣과 愚弄.

　남달리 文學을 親해 왔고, 또 文學을 떠나서는 到底히 살아갈 수 없는 性格이믈 누구보다도 나 스스로가 잘 알고 있스면서, 웨 나는 文學을 버린다는 刻迫한 決心을 하기까지에 이르럿든고. 그렇지 않고는 바워갈 수 잇는 다른 길이 없엇든가.

　文學을 버린다는 것은 지금까지 직혀온 내 生活을 나 스스로가 내 自身에게 내리는 峻烈한 破産의 宣告였든 것이다.

　붓대만 들고 앉었으면 밥이 나오느냐? 이것도 한 개의 理由라면 理由이겠지. 그러나 그보다도 보다 널리 보다 深刻하게 人生을 體驗하고 보다 積極的인, 卽 나 하나만이 살 수 잇는 象牙塔을 불살러버리고, 좀더 흙내가 强한 生活의 坑道를 파 나아가자는 것이엇다.

　한 篇의 詩를 쓰고 앉었다 하자. 勿論 거기에는 아무런 權限이나 威力으로도 干涉할 수 없는 獨自的인 絕對의 世界가 베푸러저 있다. 빛나는 藝術의 魂이 가장 아름답게 가장 嚴肅하게 불타고 잇다. 고요한 숨ㅅ결이 새빨간 心瞳을 어루만저주고 있다. 實로 敬虔하고 眞實하고 아름다운 時間임에는 털끝만한 異議도 차저볼 수 없다.

　그러나 옆에는 病든 어버이가 누어 잇고—.

　엄청나게 懸隔한 差異를 보여주며 잇는 이 두 個의 世界. 한 個는 꿈의 世界(眞實한 天下의 詩人이여! 怒하지 말라)에서 내 心魂을 誘惑하고, 한 個는 苛酷한 現實에서 一時的인 그것이라면 혀를 깨물고라도 勘當할 수 있다. 그러나 이 葛藤, 이 桎梏이 平生을 두고 繼續될 未知數에 屬하는 것이라면? 아아 이곳에서 어느 하나를 犧牲해야 할 生活의 破綻이 비로서 約束되는 것이다. 두 개 完全히 떠메고 나아갈 수 잇는 幸福을 갖지 못한 나는 마침내 할 수 없이 그 하나를 버리게 된 것이랄까?

　結局은 文學을 親해 왔든 過去의 靑年時代가 華奢스럽게 回顧되지 안는 것도 아니나, 한 개의 아들로서, 한 개의 지아비로서 한 개의 어버이로서 제 구실을 못해 가는 오늘이 있슴을 생각할 때에는 現實 生活에 있서서 나는 갈데 없는 한 個의 敗北者가 또렷이 되고 만 것이다.

　한데 그렇다고 나는 文學 그것을 全然 背叛하는 것도 아니다. 오늘에 있어서 文學을 버린다는 그것이 후일 文學을 보다 더 强하게 키워 가리라는 反語인지도 모른다. 그것은 또 무슨 소리냐? 먼저 切迫한 致命的인 銃傷을 卽, 私的 生活을 克服한다는 意味에서—.

그러나 悲哀가 큰 것만은 속일 수 없는 事實이다.

—『조선문학』, 1939. 7.

낡은 詩帖에서

—어린 時節과 함께 머얼리 흘러간 나의 詩情

나는 詩를 사랑한다.

詩를 사랑하므로 詩를 읽는다. 詩를 사랑하므로 詩를 쓴다.

깊은 밤 고요이 타는 燈불 아래에 옛 詩帖을 펼쳐들고 한 篇 두 篇 읽어가노라면, 맑은 詩情과 아울러 부드러운 리듬은, 어덴지 모르게 가벼이 心琴을 울리며, 내 마음으로 하여금 아름다운 옛 搖籃의 그늘로 逍遙케 하는 것이다.

그리하야 마치 貴여운 따님과 아드님의 입술에 젖꼭지를 물리는 成熟한 母性의 맑은 눈ㅅ瞳子에 붉은 呼吸이 여울치는 處女 時節의 乳房이 때로 뜬금없이 떠오르는 것처럼,

世苦에 시달려 늙어버리려는 내 靑春을 화안하게 켜주며, 倦怠에 젖어 조으려는 내 心魂을 純實한 世界로 이끌어주는 것이다.

거기에서 나는 至上의 法悅을 느낀다. 마음의 天井에 총총이 백힌 파아란 별들의 이야기가, 銀盤에 구슬을 구울리는 듯, 戀戀한 淸韻, 귀를 울리는 淸韻이 지친 心魂을 똑똑 두드려줄 때, 마음 우에 뿌려지는 法悅은 구김없는 靑空에 시원스러이 펄럭이는 旗폭보다도 아름다운 것이었다. 만일 나의 生活에서 詩를 잃어버린다면, 잃어버리는 그날부터 나의 生活은 촛불 꺼진 祭壇과 같을 것이며, 나의 마음은 墓標가 쓸어진 荒凉한 死都와 같을 것이다.

눈 나리는 밤!

오늘도 나는 子正이 넘었건만 타다 남은 靑銅火爐를 껴안꼬, 書架에서 뽑아놓은 한 卷의 詩帖을 펼쳐들었다. 그것은 習作期에 썼든 詩들을 모아놓은 낡은 詩帖이었다.

맨 첫장에 써있는 것은 「옛들」이라는 詩, 다음 둘쨋장에 써있는 것은 「端陽」이라는 詩.

이 두 篇의 詩는 十六年 前, 내가 詩쓰기를 이키든 때, 맨 처음에 썼든 詩로 내 어린 時節 내 몸이 자란 내 故鄉을 노래한 詩였다.

한 줄 두 줄 읽어 나려갈 때, 잃어버렸든 내 故鄉, 내 마음의 故鄉이 옛 모습 그대로 그린 드시 내 머리 우에 떠오른다.

당신과 내가 어렸을 때
봄아침 다양한 햇볕 아래에
부러진 쇠토막 칼을 가지고

오손 도손
흙을 호벼 나물을 캐든
그렇게도 아름답던 넓은 들이
아아 이제는 웨 이리 쓸쓸합니까.

이것은 詩 「옛들」의 첫 節이어니와, 붓이 달리는 대로 내 마음이 逍遙하는 搖籃의 옛 모습을 그려볼가.

全州府內에서 南으로 三馬場쯤 발을 옮겨놓으면 甄萱의 옛 城터 南固山 西南麓—高麗末 鄭圃隱이 南征의 師를 거느린 李侍中을 따라왔다가 悵然히 望京의 詩를 읊었다는 南將臺 바로 밑, 나직한 언덕을 비스듬히 넘어스면 黑石골이란 적은 마을로 들어가는 洞口에 좁으장하게 들어앉인 雅淡한 田野가 있다.

그 左右로는 峻峯, 高德山 餘脈이 황소등줄기같이 세차게 北으로 뻗어 있으며, 높고 낮은 丘陵이 구불퉁구불퉁 興趣있게 누비처 있다.

그리하야 앞으로는 森森한 老樹사이로 멀즉어니 뚝 떨어진 全州府中을 바라고 있는데 한層, 雲霄 밖으로 불으면 곧 대답이나 할 뜨시 소스랗게 우뚝 소슨 豊南의 門樓가 有情한 樣 발돋움하여 내여다보고 있다.

오오 그곳! 그곳이야말로 내 어린 時節이 빛나고있는 옛 搖籃.

거기에는 맑게 개인 悠遠한 靑空이 있다. 웃는 太陽이 있다. 그리고 푸른山 맑은 물, 淸雅한 새소리가 있고, 아름다운 풀香氣가 있다.

얼마나 나의 어린 時節이 天眞한 노래를 뿌리던 自由롭고 平和로운 世

界였드냐.

나는 六, 七歲 때부터, 벌써 山과 들로 쏘대어 놀기를 즐겨하였나니, 어버이 앞에 꿀어앉어 글을 배우고 글씨를 이키는 것보다는 한가지 拘碍할 것도없는 大自然의 품에 안껴 마음껏 소리치고, 마음껏 뛰여노는 것이 훨씬 내 風格에 附合하미 있었다.

그래 그럼인지 내 마음이 기쁠 때에도 山과 들을 찾어 놀았고 꾸중을 듣고서 어린 心懷가 鬱寂할 때에도 亦是 내 발ㅅ길이 가는 곳은 山과 들이였다.

그리하야 靑空에 떠도는 白雲이나 山谷에 흐르는 溪流聲은 말할 것도없고, 草原路傍에 고요이 숨ㅅ결을 다듬꼬 있는 한 덩이 힌돌이나 한 포기 풀까지도, 나를 반기는 듯 하였고 나를 알어주는 듯 하였다.

거기에서 나는 남모를 愉快를 느끼였고, 달가븐 慰安을 찾었든 것이다.

그렇든 옛들이었다.

따뜻한 봄볕이 고요이 쏟아져나리는 草原芳提에 밥때가 기우는 줄도 모르고, 또 慈愛로운 어머님이 늦도록 기다리시며 애타시는 줄도 모르고—다못 어린 손까락이 쇠토박칼을 쥐고서 잠착하야 나물을 뜯던 생각—.

그때에 동무를 벗하여 뜻도 없이 오손도손 속사리든 속사림이 그대로의 天眞한 노래였고, 쇠토막 칼로서 생각도 없이 흙을 호비든 것이 大地우에 써놓는 그대로의 참스러운 움직이는詩가 아니였던가.

누가 말하였나? 景中에 景이오, 詩中에 詩라고.

果若, 내 어린 時節의 아무런 틔도 修飾도 없는 天來의 노래와 詩가 生動하든 그렇든 옛들이였다.

지난 늦인 여름 無聊한 心思를 풀지 못하여, 옛 생각을 더듬어보려, 푸른 그늘을 밟으며, 하루아침 발ㅅ길을 그리로 옮겨보았다.

山色은 古今同. 山과 들이 빛은 예와 달음이 없드라만, 말없는 山이오 들이라. 말이 없으니 알 바 아니로되, 變하여진 世態라 情趣만은 많이도 달터라.

해는 하늘 복판에
金甲 말을 달리는데
종다리는 높이 떠
노래를 뿌리네.

푸른 그늘이 드리운
휘여진 가지 흔들릴적마다
바람에 나부끼는 한쌍의 紅裳—
맵씨도 시원하지 한쌍의 紅裳—

쏘대든 몸을 바위우에 쉬여
흐르는 물에 발을 당구니
하늘에 사라지는 흰구름이
물속에도 사라지고 내마음에도 사라지네

이것은 詩 「端陽」에 쓰여진 몇 節인데 이 詩를 읽으면 通稱 숲정이라고 불으는 숲이 생각난다.

내 나이 八九歲쩍에 몇 동무로 더부러 어른들을 따라 그 숲으로 鞦韆노리 구경을 간 일이 있었다. 그 숲을 찾어가자면 邑의 北쪽, 지금은 相生町이라고 불으는 비석거리(碑石거리)를 지나게 되고, 거기서 다시 훨씬 北으로 빠지면, 헐린지 이미 二十五, 六年이 넘는 棋北樓라는 옛 다락이 있는데, 숲을 찾어가는 사람이면 갈 때나 돌아올 때나 依例히 그 다락에 올라서 땀도 개이고, 담배도 피우고, 또 風流깨나 할 줄 아는 사람이면 긴 목청도 뽑아보는 것이다. 그 棋北樓에 올라 볼작시면, 바로 코앞에 닿으리만치 숲이 바짝 가깝게 보이는데, 거기서 몇 거름만 더 떼여놓으면, 老樹鬱蒼한 樹林 사이로 흘러오는 騷然한 소리는 벌써부터 風情이 달러진다.

이윽고 숲 안에 발을 들여놓게 될라치면 그야말로 모든 拘束에서 解放이 된 굴레벗은 젊은 靑春이 무덕이무덕이 떼를 지여 躍動하는 自由로운 別有天地다.

꾀꼬리 목청인양 대굴대굴 낭랑하게 쏟아져 구을르는 웃음소리. 숲 안이 쩡쩡 울리도록 男性답게 웨치는 게걸스러운 굵은 목소리. 푸드덕 날개를 치며, 聲帶를 잡어째는 듯한 온갖 雜새소리. 구슬처럼 쫄쫄거리다가 急한 여울처럼 콸콸거리는 수심스러운 물소리.

이렇게 가지各色으로 天地가 떠나갈듯이 시끄러운 音響 속에서, 여기인가하면 또 저기에서 저편인가 하면 또 이편에서 휘여진 가지와 푸른 잎이 한데 어울려 흔들릴 적마다 바람에 날리는 紅裳자락이 꽃을 戱弄하는 나비처럼 시원스럽게 번득이는 것이다.

그러는 가운대 몰려가고 몰려오는, 새하얀 모시두루막을 날을 듯이 깨끗이 차리고 나슨 總角패와 동배ㅅ바람으로 상투를 멋있게 틀어 올린 젊은 축들의 왜가리떼 같은 구성진 목소리들이 天動地雷처럼 여기저기에서 떠들석 법석이는 것이다.

그리하야 이렇듯 盡蕩하고도 흐뭇한 하루해를 가장 愉快하게 가장 韻致있게 보내든 것이다.

어린 時節에 보든 그렇게도 마음을 흐뭇하게 채워주든 즐거운 옛 자취가 오늘에 와서는 한줌의 記憶도 찾어볼 수 없는 질펀한 논바닥으로 變해지고 마렀다.

숲정이란 이름마저 記憶에서 漸漸 멀어가는 숲 ! 또한 그 적에 보든 젊은 축들은 그 후련하든 行色이 어느 곳에 무처버렸는고.

詩帖을 펼쳐든 채 옛 詩情을 더듬어볼 때, 새로운 感懷가 어제런듯 가슴을 찔은다.

—『조광』, 1941. 2.

感情의 高空線
—續·想의 華

—(이것은 지금으로부터 三年 前—네가 한창 詩를 공부하던 때—그때에 너에게 주려고 썼던 글이다.)—

響아!
나는 너를 사랑한다.
宇宙의 哲理를 探索할 수 있는 밝은 네 知性을 사랑하고, 詩의 精神을 體得할 수 있는 높은 네 感性을 사랑한다. 眞理를 밝혀 놓은 聖書가 아니라도 아름다운 하나의 高貴한 모습을 나는 너에게서 發見하는 것이다.
『너는 빛이거라. 너는 오직 하나의 아름다움이거라.』

響아!
唐나라 詩人 張若虛의 「春江花月夜」란 詩에 이러한 句節이 있다.

江夫一色無○○　　皎皎空中孤月輪
江畔何人初見月　　江月何年初照人
白雲一片去悠悠　　靑風浦上不勝○
誰○今夜片舟子　　何處相思明月樓

서울서 中學을 다닐 때, 이 詩의 語義를 듣고 나서 달밝은 밤이면 그리운 故鄕 생각에 電車를 타고 漢江으로 나가 이슥도록 江畔을 거닐던 일이 생각난다.

내 이 詩를 얼마나 愛誦하였던지…….

고운 山 고운 달.

밤 姿態가 맑으니 山나그네 졸음도 맑아 달을 베고 누으니
물소리 銀河처럼 窓가에 더욱 맑다.
눈을 뜨면 山이마에 뚜렷한 얼굴
눈을 감으면 물에 채어 부서지는 달소리
이 한밤 참아 잠을 이룰 수 없어
말없이 앉아 달만 바라다본다.
거울처럼 화안하게 떠오르는 마음
저 달을 부채인 듯이 호올로 받들어 보리.

　　이것은 내 일찍이 金剛에서 놀 때 하루ㅅ밤을 表訓寺에서 쉬이며 金剛
의 달밤을 노래한 詩이거니와, 詩를 사랑하는 마음은 높고 외로운 것이어
서 나 또한 달을 사랑하는 것인지도 모른다. 티끌 한 點 묻지 않은 맑은
하늘에 화안한 거울처럼 달려 있는 뚜렷한 달을 바라보노라면, 달이 내 마
음인 듯, 내 마음이 달인 듯 마음은 달로 그득 채워지는 것이다.
　　달에서 내 마음의 모습을 찾아볼 수 있고, 또 내가 찾고 싶어하는 아름
다운 이의 모습을 바라보기라도 하는 듯하여, 옛 詩人들의 맑은 詩情을 그
대로 느껴도 보며, 그리운 듯 그리는 듯 千萬겹 쌓인 心懷를 풀어다 보는
것이다.
　　한 떨기 빠알갛게 피어나는 꽃을 꽃 그대로 놓고 보는 것보다도, 밝은
거울 가운데 비춰어보는 모습에서 고운 韻致가 더하는 것을 느낄 수 있듯
이, 달 속에 떠오르는 화안한 마음의 모습이야말로 天下一品 아름다움의
으뜸인 것이다.
　　詩가 아름답다는 것은 이것이어서 調和된 하나의 모습이라 할까? 아름답
게 다듬어진 詩人의 높은 感性의 世界를 거치어 詩가 써질 때에 거기에서
비로소 宇宙的인 生命의 秘意를 共感하게 되는 것이다.
　　詩人만이 가질 수 있는 美感! 美的 情調라든가, 美的 觀照의 世界라든가
하늘만은 곧 그것을 일컬음이다.

　　響아!
　　詩를 사랑하는 마음은 높고 외로운 것이라는 말을 했다. 原來 詩의 精神

이란 純一한 感情의 高空線을 흐르는 孤高한 그것이기 때문에, 속된 것에 合流되기를 싫어하는 것이다.

未來—現存치 아니한 未知에의 世界를 憧憬하는 그것은 또한 『꿈』이기도 한 것이다. 또렷하게 붙잡을 수 없는 『久遠의 女性』이랄까?—詩의 本質이란 무엇이냐 하고 누가 묻는다면, 거기 對한 對答은 『꿈』이라는 一言으로 足한 것이리라.

音樂이고, 美術이고, 文學이고 할 것 없이 모든 藝術에 있어서 詩的인 것—곧 『꿈』을 떼내어 보라. 果然 무엇이 남을 것인가를…… . 한 걸음 나아가서 道德도, 宗敎도, 哲學도, 科學도 같은 論理로써 이야기할 수 있다.

眞이랄지, 善이랄지, 美랄지 하는 人生 價値의 모든 本源이 그대로 詩인 것이며, 本質에 있어서 詩的인 것—곧 詩의 精神이기 때문이다.

이 詩的 精神 아니고는 삶의 아름다움을 찾아볼 수 없을 것이다. 人間이 人間일 수 있고, 生活이 生活일 수 있으면 藝術에 있어서나, 哲學에 있어서나, 무엇에 있어서나 그 本質은 詩的 精神에서 찾아보아야 한다.

—(상)『전북일보』, 1952. 5. 21

響아!
무엇이 덮여 있나? 하고 누가 몰래 『꿈』 그것을 떠들어 보기라도 한다면, 거기에는 아름다움의 生命—無限大로 發展할 수 있는 進化에의 創造性—곧 宇宙의 봄이 빠알갛게 솟고 있음을 發見할 수 있으리라.

響아!
『꿈』을 追求하는 마음은 참으로 외로운 것이다.
森羅한 萬象이 모두 安息에 잠겼을 때 長風萬里! 푸른 大空을 호올로 걷고 있는 一輪의 孤月을 詩人으로는 볼 수 없느냐?
달을 사랑하는 마음은 달을 사랑하기 때문에, 나는 詩人이었는지도 모른다.
내가 외롭기 때문에 달을 사랑함인지, 달을 사랑하므로 나는 외로운 것인지 그것은 묻지 말라.

외로운 내 魂이 安住할 집을 찾기 위하여 나는 詩쓰기를 비롯했던 것일까?

詩의 世界에서 人生의 뜻을 찾고, 宇宙를 呼吸할 수 있는 빛나는 努力으로써 純一無雜한 絕對 自由의 境地에서 하나의 高貴한 人間으로서의 健康한 生活을 生活하려 했던 것이다.

響아!

나는 너에게 이러한 말을 해주고 싶다.

―內燃하는 生命의 힘이 힘차게 흐르는 꿋꿋한 主觀의 動脈을 아름답게 키워달라―고.

한 번 더 말하자면,

―『나』라는 眞實한 主觀의 世界를 가짐으로써, 健康한 詩精神을 놓아버리지 말라―고.

이 宇宙를 빛나는 한 송이의 꽃으로 수놓는 것도, 이 宇宙를 서글픈 한 방울의 눈물로 묻어버리는 것도, 네 主觀의 健康性 如何에 달린 것 아니겠느냐?

아름다운 人生의 모습을 그릇 흐려진 거울에 비춰어볼세라, 하늘은 어데까지든지 번듯한 것이다. 天馬行空 그것처럼 거침없이, 구김없이 시원시원 걸어가거라.

響아!

이건 하나의 머언 秘話인지도 모른다.

나는 어느 날 純情의 눈물에 젖은 한 떨기 어린 꽃송이를 생각하며 밤을 새워 울어본 일이 있었더란다.

그것은 너무나 안타까워서일까? 너무나 愛憐해서일까? 눈물에 빛나는 純情은 純情을 울게 하는 눈물의 아름다움이기에 그런 것일까?

한 떨기 어린 꽃송이에 젖는 純情의 눈물은, 그 눈물은 激情에서 오는 더운 그것이래도 좋다. 그 눈물은 悔恨에서 오는 찬 그것이래도 좋다.

눈물에 비쳐서 눈물에 떠오르는 거룩한 모습! 거기에는 아름다움의 슬픔이 젖어 있었고, 슬픔의 아름다움이 빛나고 있었다.

響아!
純情의 눈물에 젖은 어린 꽃송이를 하나의 人生으로, 하나의 宇宙로 그렇게 보아질 수는 없을까?
거기에서 人生을 發見하고 宇宙를 體得할 수 있다면—하고 생각해 보라.
너는 아름다움의 世界를 다스릴 수 있는, 그리하여 偉大한 詩精神을 키울 수 있는 榮譽가 모두 네 것이리라.

響아!
이것은 그 뒤의 이야기였다마는, 純情의 눈물에 젖었던 어린 꽃송이는 그 뒤 어느 날 明朗한 웃음으로 예전보다도 더 한層 하늘처럼 화안하게 피어나고 있었다.
天地創造의 아침 보여주신 神의 偉大를 共感할 수 있는 밝은 知性과 높은 感性을 그 아름다운 모습에서 나는 또 하나 發見했던 것이다.

響아!
한 사람이 한 사람을 理解한다는 것은 얼마나 거룩한 아름다움이냐. 宇宙를 열 개, 스무 개 合치고, 다 合친대도 그 하나의 아름다움을 當치 못하리라.
이젠 해도, 달도, 별도 모두 네 것이다. 宇宙의 榮光은 오로지 너에게 있으리니, 네 가슴에 솟는 永遠한 生命의 秘曲을 다침없이 키워가거라. 끊임없이 수놓아 가거라.
너는 너 스스로가 자랑이리니, 너는 빛이거라. 너는 오직 하나의 아름다움이거라.
오! 久遠의 女性!
너, 響이여!
—(하) 『전북일보』, 1952. 5. 22

새해맞이

—푸른 언덕을 걸어가며

새해여!

너는 어떠한 모습 어떠한 차림차림으로 나의 앞에 君臨하려느냐.

꽃다발 그득 실은 수레를 몰아 힘있게 굴러오는 너를 맞이하기 위하여 나는 푸른 하늘자락을 펄펄 날리며 끝없이 뻗은 푸른 언덕을 걸어간다.

天眞이 무르녹는 어린 姉妹들로 더부러 종다리를 뿌리며 窓門마다 해가 뜨는 푸른 언덕 걸어간다.

푸른 바다에 솟는 빠알간 꽃봉오리처럼 가슴을 두근거리며 한 걸음 두 걸음 발을 떼어놓을 때마다 꽃잎구름은 피어올라 학, 두루미 춤을 추는 푸른 언덕을 걸어간다.

오— 번듯한 모습 鮮明한 차림차림으로 天馬行空 그것처럼 거침없이 달려오거라. 구김없이 달려오거라. 시원시원 한달음에 달려오거라.

새해여!

너는 어떠한 가락으로 어떠한 이야기를 나에게 가져오려느냐. 들어도 들어도 듣고만 싶고 몇 번이고 몇 밤이고 거푸거푸 밤을 새워가며 들어도 더 듣고만 싶고 어른이고 어린이고 어느 때 어데서나 들어도 싫지 않은 그런 이야기어야 한다.

시름에 겨워 울다가도 일어나 기뻐 날뛰어야 하고 성이 나서 못 배기다가도 낯꽃이 풀려 반기어야 할 그런 이야기여야 한다. 첩첩이 쌓인 어둠을 뚫고 東天에 솟는 날빛처럼 주름살을 피어주고 어깨를 으쓱여 주는 그런 이야기어야 한다.

希望과 光明이 넘쳐 새로운 기운과 새로운 숨결로 슬기를 돋우어 주고 脈搏을 뛰게 하는 그런 이야기어야 한다.

슬픈 이야기어서는 안 된다. 진정 슬픈 이야기어서는 안 된다. 萬에 하나라도 아홉 송아지에 한 터럭만큼이라도 슬픈 이야기어서는 안 된다.

이야기 이야기 끝에 이야기가 어쩌다가 저도 모르는 사이에 잣칫 옆길로 미끄러져 다라나버리는 그러한 이야기였다 할 지라도 그것이 슬픈 이야기인 것이라면 듣기를 허락할 수 없다. 슬픈 이야기이걸랑 하나의 이야기가 되기 前에 그것들을 모주리 추려내어 짝짝 찢어 개울에 흘려버려야 한다.

그저 기뻐서 못 뱃길 그저 즐겁기만 한 그런 이야기를 너는 가져와야 한다. 즐거움이 하늘과 같이 철철 흐르고 기쁨이 바다와 같이 펄펄 넘치는 그런 이야기를 너는 가져와야 한다.

그리하여—
새해여!
너는 祝福을 받아야 한다.
大韓 三千萬 겨레와 함께 하늘과 땅이 흔들리고 움직이도록 光榮에 빛나는 祝福을 받아야 한다.

너를 祝福함으로써 너를 祝福하는 그것만으로서도 나는 기쁘다. 너를 祝福함으로써 너를 祝福하는 그것만으로서도 기쁜 나는 너를 祝福함에 있어서 너에게 꼭 한가지 보여줄 것이 있다.

그것은 너를 祝福함에 있어서 제가 서있는 자리의 높고 낮음을 莫論하고 벼슬아치가 되었든 장사꾼이나 농삿군이가 되었든 더벙머리가 되었든 중대가리가 되었든 같은 겨레라면 참으로 檀君의 피를 이어받은 血統이라면 제각기 『저』라는 것을 버리고 오직 民族의 大義에서만 살려는— 그리하여 良心과 함께 살고 眞理와 함께 걸어가려는 民族正氣의 大發顯—

이것을 다시 한번 三一精神으로 돌아가 크게 盟誓하고 굳게 다짐두자는 둘이 아닌 오직 하나의 信願 그것인 것이다.

새해여!
일직이 偉大한 우리 獨立運動의 先驅이신 島山 安昌浩님이 무어라 웨쳤던가. 네 記憶에도 새로우리라.
—『제 마음속에 있는 거짓을 한 오락이라도 머물음이 없이 깨긋이 몰아냄으로 獨立運動을 삼아라. 그것이 첫째 祖國에 바치는 神聖한 義務니라.』
—『제 各其 「저」라는 것을 버리고 오직 어린이의 겸허한 世界로 돌아가라.』
—『전북일보』, 1953. 1. 10

詩神이 보내준 아름다운 선물

詩畵展 第三日 午後 늦인 저녁이었읍니다. 사람들이 거짐 풀려 돌아갔을 때 두 어린 少年이 한 편 한 편 詩를 읽고 서있는 것을 볼 수 있었읍니다. 책가방을 들어메인 것으로 보아 學校에서 집으로 돌아가는 길에 들른가 싶은—그것은 아직 一, 二年生으로 밖에는 더 보이지 않는 國民學校 어린 學生이었읍니다.

무엇을 알려고 소근거리며 저의들깜으로는 재미스러운 듯이 작은 소리로서 읽고 있었읍니다.

天眞이 流露하는 빛나는 얼굴에 한 字 한 字 글자를 더듬어 詩句를 외이는 그 샛별 같은 눈동자 罪없는 입모습 그보다도 따뜻한 潤氣에 젖어 떨려나오는 가냘픈 한줄기 旋律— 無心無邪한 숨결

그 모습을 바라보고 그 숨결을 느낄 때 마음은 千萬人의 讀者를 얻은 것보다도 法悅에 떨렸읍니다.

너무나 기쁨에 지나쳤다 할까 펀뜻 켜지는 驚異와 함께 激浪 그것과 같은 두려움이 설레기도 했읍니다.

꽃다발 퍼붓는 빛나는 四月 香氣로운 비를 맞는 싹트는 봄풀처럼 詩를 읽고 서있는 罪없는 두 어린 靈!

詩中의 詩랄까 이야말로 詩神이 보내주는 最高의 榮譽요, 이 땅의 詩人만이 차지할 수 있는 最上의 선물일 것입니다. 詩人이여! 光榮 너에게 있을지어다.

『애 이거 詩라지?』

『응— 헌데 너 읽어보면 알겠니?』

『어떻게 알 수 있니? 어룬들이 쓴 걸 뭐—』

『아냐 모르기는 몰라두 우리말로 된 걸 읽으면 읽을 수야 있지 안니?』

『그래 읽어볼까? ……애 참 잘 되었다』

『잘 되고 못 된 걸 네가 어떻게 아니?』

『알지는 못해두 아는 건 같지 안니?』

『모르는 건 모르고?』

─얼마나 罪없는 對話입니까. 얼마나 純眞無垢한 아름다운 世界입니까. 아무 것도 侵犯을 허락지 않는 얼마나 無念無邪한 絕對自由의 境地입니까.

그러기에─아무 罪없는 짐승과 애레나보다 어여쁜 꽃들이 모여서 사는 아름다운 山을 麒麟같이 길게 목을 느리고 서서 멀리 바라보는 우리 夕汀은 億萬年 太陽을 따라 다니는 地球에 시달려 가쁜 호흡을 쥐어짜면서도 지즐대는 새같이 發音을 해보고 싶어하는 것이 아니겠읍니까.

높은 山上이기에 한 떨기의 꽃香氣가 없어도 구름같이 싸고도는 연밭 속에서 우리 廷太는 환히 터인 눈을 가늘게 감고 가차히 오는 人情을 느껴 보는 것이며, 들창 밖엔 꽃바람 이는데 떠줄 이 없는 가슴 속 湖水ㄹ랑 고스란히 銀河에 붓고 오래 두고 얘기할 꿈을 마련하자고 우리 白楊村은 물레잣는 가여운 少女를 부르며 가슴아파 하지 않습니까.

먼지 자욱한 新作路를 그만 버리고 오솔길을 더듬어 풀잎을 제치면서 눈 가리고 숨박곡질하던 옛 동산에 떨어뜨린 옷고름을 찾으려 우리 鎬冕은 벗어제친 알몸뚱이로 旅行을 떠나야 한다고 서두는 것이며 언제 확─나의 산호는 피랴─

太陽은 돌아도 太陽아래 살아도 나의 時間은 찬바람 이고 사는 山脈인가 보다고 우리 靑袍는 무너지게 울렁거리는 가슴을 쥐어뜯기라도 하는 것이 아닙니까.

한 채 보내온 부두에서 한 가닥 남은 테에프에 바람만 매웁게 파다기는 것을 보고 섰는 承烈이랄지 싸락눈 함박눈 펑펑 쏟아지는 눈을 보리가 쏟아진다고 새파란 童心의 世界로 돌아가 홀로 춤을 추시는 가람님이랄지 觀音의 거룩한 肉身이 나무 사이사이로 흰 江물이 되어 흐름은 오늘을 위한 목청이라고 百濟의 하늘 아래 흰 구름을 바라보는 喜宣이랄지─모두가 千紫萬紅으로 꽃다발을 풀어놓은 듯 無我의 境地에서 한 편 한 편 詩를 읽어 가는 어린 두 少年의 罪없는 모습─

그 後光이 빛나는 罪없는 모습에서만 調和된 하나의 永遠한 삶을 童心 그것처럼 지니고 싶어하는 아름다운 努力이 아니겠읍니까.

이번 詩畫展에 있어서 다른 것은 다 그만 두고라도 두 어린 少年의 讀者를 가지게 되었다는 하나의 작은 事實 그것만으로도 詩畫展을 가지게 된 意義는 컸다고 볼 것입니다. 多幸할진저 詩人이여!

　　(2월7일 제2회詩畫展場에서)

─『전북일보』, 1953. 2. 10

하나의 가슴

—黃鎬冕님에게

詩 「母岳」을 讚하신 牛汀님의 글을 펼쳐놓고 가만한 가운데 아무도 몰래 혼자서만 느낄 수 있는 기쁨을 기대해 봅니다.

언제나 어린 純情만이 살고 있는 내 삶의 搖籃을 부채인양 지켜주는 하나의 高貴한 모습을 조심스러이 어루만져 보는 그러한 幸福입니다.

차분히 피어진 글자마다 은윽한 香氣를 뿜어 金빛 물결에 몸이 젖는 듯
—

이러한 마음은 꽃밭 속을 떠오르는 그렇듯한 아름다운 幸福입니다.

玉盆에 심근 梅花香이 밖에 내지 마라 꽃 좋고 내 좋은들 다시 알 리 뉘있으리 은윽히 감초아 두고 임만 뵐가 하노라

牛汀님 어머니의 품에 안기듯—母岳을 안고 멀리 母岳을 목놓아 울던—情熱을 사랑하는 마음은 언제나 가슴이 뜨거웠읍니다.

뜨거운 가슴을 뜨겁게 태우고만 싶은 것이 또한 나의 情熱이기도 했읍니다. 그러길래 文學을 文學함으로써 하나의 眞實에서만 살고 싶어했던 것이 떼지 못할 固執이라면 固執이랄까—누가 뭐라든 情熱에서만 살고 싶었던 것이 나의 情熱이었읍니다.

한데 牛汀님!

이렇듯 情熱을 사랑하는 情熱을 나는 牛汀님에게서 느낍니다. 뜨거움이 흘러드는 뜨거운 가슴을 느낍니다.

眞實한 삶의 모습을 모습할 수 있는 하나의 아름다운 共感의 世界랄까—

가슴을 가슴으로 느끼는 情 서로 기리는 情은 그저 어린애처럼 얼싸안고 엉엉 울어라도 볼 수 있는 그러한 幸福에 醉해보구도 싶은 것입니다.

「銀河의 별」을 노래하던 밤 「별」을 안고 돌아와서 적어드린 詩 몇 구절

을 다시 한번 외워봅니다.

江바람
볼 시린 저녁이런만
봄 언덕보다 하도 새라 情이 다워……
저녁 나뉘고
행길에 나호니
땅검 번져오는 가는 그림자 드물덨만
어이 모르닷
걷고만 걷고만 싶던고
아흐 임아
놓기 싫은 情
언제나 끝까지 끝까지 걸어보리……
참하 못하는 이 情
임이시니 아실네라
이 시름 이 사연
임이시니 貴흡고녀……
　　(3월31일)
—『전북일보』, 1953. 4. 4

돌아온 S에게
—나는 人間을 選擇하였다

네가 거기 있었구나. 샘솟고 새 우는 무지개 피는 동산에도 없었던 네가 거기 그렇게 있었구나. 萬紫千紅으로 百草가 어우러지고 움을 다투는 무르녹는 꽃밭 속에도 없었던 네가 거기 그렇게 있었구나. 거기가 어데라구 그러한 모습으로 거기 그렇게 네가 있었구나.

사람들이 낯을 외로 돌리고 보기만도 진저리를 치는 陋巷—

밝은 낮에도 햇빛을 모르는 곰이 피는 응달 속에 가장 초라한 모습으로 거기 그렇게 네가 있었구나.

거기 그러한 모습으로 거기 그렇게 네가 있을 줄을 모르고서 나는 너를 찾기 위하여 얼마나 많은 歲月을 별만을 헤이며 허덕였던 것일고.

나에게 있어야 할 네가 나에게 없을 때 누가 무어라면 나에게는 꼭 있어야 할 네가 나에게만은 없을 때 한 덩이 찬 돌을 가슴에 안고서 얼마나 많은 밤을 울어 새웠던 것일고.

『보세요. 여기 이렇게 저는 있는 걸요. 꼭이 오시는 날 있으리라 믿으며 여기 이렇게 기다리고 있는 걸요.』

밤이면 밤이면 그 고운 네 목소리가—

바람결처럼 푸른 나뭇잎을 스쳐오는 것도 아니요 꽃잎처럼 江 건너 山 넘어 머언 구름 밖에서 나붓기는 것도 아니요, 바로 내 곁에서 歷歷히 들리건만……

終乃 네 모습을 찾아내들 못한다는 머언 하늘—저 푸르고 푸른 하늘 속만을 헤매기만 하다가 차라리 네 모습을 울고만 싶었다.

그런데 네가 거기 그렇게 그러한 모습으로 이젠 나에게로 돌아와 나와 함께 나의 곁에 있구나.

일곱 빛깔 무지개를 타고 내려온 天使처럼 그렇게 나의 곁에 와 있구나. 꽃밭 속을 걸어온 머언 나라 公主처럼 그렇게 나의 곁에 와 있구나.

—『당신이 그렇듯이 저는 오직 기쁠 뿐입니다.』—

—『제가 그렇듯이 제 뜻도 제 마음도 제 기쁨도 슬픔도 제 生活도 宇宙도 그대로 당신의 것입니다. 제 눈동자까지도 제 머리칼 한 개까지라도 제게 딸린 것이라면 오늘이 그렇듯이 來日도 모레도……. 이젠 모두가 그대로 당신의 것입니다.』

두 双의 눈이 맨처음 부드첫을 때 부드치는 瞬間 네 눈이 네 입이 네 微笑와 네 몸짓이 全人格에서 풍겨지는 네 臭와 네 行이 하나의 가장 아름다운 表情으로써 내 心魂을 두다려주던 너에게서 나는 오직 하나밖에 없는 뜨거운 人間을 發見하는 것이다.

나는 一切 네 過去를 묻지 않는다. 구더기 끌는 진구리창을 걸어왔든 無數한 亡靈이 데굴거리는 髑髏의 거리를 걸어왔든 나는 全然 네 過去를 몰라도 좋다.

발등이 깨지고 살결이 찢어지면서라도 눈물을 깨물어 어둠을 불살라먹던 네 삶의 意志와 情熱이 무엇보다도 높이 받들어 올려야 할 오늘의 貴重한 네 모습을 이룩한 것이 아니겠느냐.

네 過去가 진흙밭이라면 어떻고 개똥밭이라면 어떻다드냐.

네 肉體에 亂刀질 그것처럼 어지려진 生生한 傷痕은 아름다운 光彩를 자랑하는 眞珠나 寶石보다도 오히려 尊貴한 人生 體驗의 빛나는 標識으로서 내 머리를 숙이게 하구도 남는 것이 있구나.

『저는 집도 없고 돈도 없고 學識도 敎養도……. 더구나 남들이 지닌 美貌도 아니고……. 』—

그러게 네가 좋다는 것 아니냐.

아무 것도 가진 것이 없는 네가 차라리 나는 좋다. 아무 것도 가진 것이 없는 너는 그 아무도 갖지 못한 모든 것을 가지고 있구나. 또 얼마든지 가질 수도 있구나.

돈이 없으니 돈을 걱정할 必要도 없고 돈을 慾心내는 더러운 習性이 없는 대신 虛榮할 줄 모르고 인색할 줄을 모르고 그러는 가운데 제 天分을 지킬 줄 아는 豊富한 雅量을 너는 가졌구나.

學識이 없으니 점잔 낼 必要가 없고, 잘난 체라고 저만을 내세우려는 헛

固執에 악착함 없는 대신 虛 구할 줄 모르고, 理論할 줄 모르고, 그러면서 淳朴하고, 率直하고, 몸으로써 받들 줄 아는 겸손의 世界를 너는 가졌구나.

美貌가 아니니 거울이 必要치 않고 化粧術이 할 것 없으며, 남을 誘惑할 줄도 모르지만, 남에게 誘惑도리 念慮도 없는 너는 얼굴 바탕 그대로가 해가 뜨면 아침이요, 달이 뜨면 보름이로구나.

돈 있으면 돈에 팔리고 學識있으면 學識에 팔리고 美貌면 美貌에 팔리지만 그런 것들에 팔릴 아무런 미천도 없는 너는 赤裸裸한 제 모습 그대로의 眞實한 삶을 즐길 수 있는 모든 情德을 지녔구나. 웃음이면 웃음 눈물이면 눈물 아무리 눈을 씻고 보아도 너에겐 '체'도 없고 '쩨'도 없는 그것이 나는 더욱 좋구나.

—『주시는 것이면 그저 받기만 하겠어요.』

—『太初의 말씀을 지킬 줄 아는 너에겐 오직 빛만이 살고 있거라. 나는 너에게 모든 것을 주리라. 주고 싶어서만 주는 것이니 너는 오직 주는 그대로 받기만 하려므나.

줌으로써 나는 더욱 豊富해지는 것이면, 그럼으로써 내가 빛나는 것이라면, 받음으로써 너는 더욱 豊富해지는 것이며, 그럼으로써 네가 빛나는 것이리라.

結局 내가 가진 모든 것을 너에게 줌으로써, 보다도 더 큰 것을 나는 너로부터 받는 것이며, 내가 가진 모든 것을 나로부터 받음으로써, 보다도 더 많은 것을 너는 나에게 주는 것이리라.

거기에 나의 삶은 너로 인해 뜻이 있는 것이며, 너의 삶은 나로 인해 뜻이 있는 것이다. 나는 너에게서 나를 찾게 되고 너는 나에게서 너를 찾게 될 때 찾고 싶어하던 하나의 아름다운 人間은 거기에 비로소 完成되는 것이 아닐까.』

눈물 속에 피는 한 송이 純情의 꽃이여—

나는 한 덩이 더운 가슴을 네 가슴에 부어 초라한 네 모습을 한 송이 웃음으로 꽃피워주리라.

네가 나에게 돌아옴으로 내가 잃어버린 것은 詩였고, 그 대신 내가 찾은 것은 하나의 人間이었다.

이제까지의 내 젊은 날을 찬란하게 裝飾해주던 모든 지개도 꿈도 깨끗이 깨뜨려버리고 나는 너에게 하나의 人間을 選擇하였다.

結局 나는 나를 버림으로써 나는 나를 찾았다. 나의 자랑도 나의 名譽도, 그밖에 버리기 싫은 모든 것을 아낌없이 버림으로써 나는 나를 찾았다.

오—

지금까지 써왔던 낡은 詩篇들을 깨끗이 불살으며 너를 久遠의 아내로 나는 아름다운 하나의 人間을 選擇하였다.

　　(4286년 8월27일 日記帳을整理하며)

—『전북일보』, 1953. 10. 13

詩心 禮讚

響아!

나는 너에게 또다시 詩를 이야기하는 幸福된 時間을 가지고 싶구나. 그것은 아름답게 살려는 하나의 眞實한 生命의 命令인지도 모른다. 그러기에 나는 일찍이 너에게 들려준 이야기를 여기에 다시 되풀이하지 않으면 배기지 못할 衝動을 느끼는 것이다.

響아! 너는 詩를 생각해 본 일이 있느냐? 하고 또 한번 물어보고도 싶구나. 詩를 생각하는 마음처럼 높고 깨끗한 마음은 없느니라—하고 또 한번 일러주고 싶은 心情이기도 하구나.

되풀이되는 이야기요, 같은 사연일망정 읽는 마음이 새로우면 느낌을 얻는 것도 새로운 것이니, 얻는 느낌이 새로우면 새로운 거기에 마음의 아름다운 成長이 있다는 것을 너는 알아야 하느니라.

그러기에 이만한 마음의 차림이 너에게 베풀어져 있는 것이라면, 나의 이야기는 보다 香氣로운 花瓣으로 네 心田에 수놓아 지리라.

響아! 하늘을 우럴어 보려므나. 悠久 億萬劫 浩浩蒼蒼한 저 하늘을 우럴어 보려므나.

詩를 찾는 마음은 한 올 주름도 잡힘없이, 한 點 티끌도 묻음없이 파랗게 파랗게만 빛나고 있는 하늘처럼 언제나 화안하게 아름답게 빛나고만 있느니라. 그리고 귀를 기우려 보려므나. 고요히 눈감고 뜨거운 피 용솟음치는 네 가슴에 귀를 기우려 보려므나. 詩를 생각하고 詩를 찾는 마음은 銀河에 뿌려진 數없는 樂譜를 듣는 것처럼, 떨리는 숨결과 함께 소근거리는 삶의 秘曲을 들을 수 있으리라.

響아! 멀고 먼 하늘 속 깊이 백인 별이라 해도 좋다. 바다 속 빠알갛게 타는 산호라 해도 좋다. 너는 무엇인가 네 가슴 속 맨 밑바닥에 한 송이 깨끗하게 싹 트고 있는 한 줄기 뜨거운 움직임을 느껴본 적이 있느냐.

詩를 생각하고 詩를 찾는 마음은, 삶을 보다 높게, 보다 깊게, 보다 깨끗하고 보다 보람있게 키워가려는 가장 眞實하고 가장 優美한 生命의 律動이란 것을 알아야 하느니라.

響아! 어떠한 高貴한 보배와도 바꿀 수 없는 童心.

어떠한 努力으로도 制壓할 수 없고, 어떠한 強權으로도 侵犯할 수 없는 童心. 아무런 눌림도 짓밟힘도 없고, 어떠한 흐림도 어떠한 때묻음도 없는 童心의 領域.

너는 그 童心의 領域을 오롯이 지킴으로 오직 하나의 아름다운 네 모습을 키워 가거라. 너에게만 주어진 네 착한 어린 모습을 키워 가거라.

響아! 童心 거기에서만 사람은 누구나 끝없는 未來에의 情景과 머언 未知에의 꿈을 지닐 수 있느니라. 무엇인지 뚜렷이 붙잡을 수는 없어도, 未來는 항상 어덴지도 모르는 未知에의 世界와 함께 어떤 때는 歡喜의 꽃다발로, 어떤 때는 애수의 비구름으로 무너지는 듯 燦爛한 무지개를 펼쳐 아름답게만 아름답게만 살려는 젊은 心魂을 誘惑하느니라.

동경과 꿈!

무지개와 같이 피어났다 무지개와 같이 무너지는 그것……

거기에 詩가 있느니라. 거기에 詩가 싹 트느니라.

響아! 詩가 무엇이냐고 性急하게 묻지는 말아. 더구나 詩를 몰라도 좋으니라. 될 수 있다면 一生을 限하여서라도 詩를 몰라도 좋으니라.

詩를 몰라도 詩를 생각하고 詩를 모르기에 시를 찾는 거기에 시가 있을 것이며, 또 그것이 바로 시라는 것을 너는 아는지 모르는지.

響아! 너는 가끔 포도넌출 기어오르는 울 넘어 먼 山을 저윽이 바라다보고 서있더구나.

조으는 듯 흰 돛이 흘러가는 바다 저쪽 水平線 구름 밖을 無心코 바라보는 하욤없는 네 얼굴에는 가득한 애수와 寂寞이 봄 아지랑이 그것처럼 떠돌고 있음을 곧잘 찾아낼 수 있었느니—.

검은 波濤를 차고 솟는 한 덩이 빠알간 해라 할까, 한 잎 댓잎 끝에 움직이는 한줄기 神運이라 할까.

그때 네 눈동자에는 무엇으로 犯할 수 없는 一脈 빠알간 心魂이 불거울 그것처럼 불타고 있었느니라. 그것은 굳게 닫힌 마음의 窓門을 깨뜨리고 一躍 詩에 接近하려는 가장 敬虔한 一瞬間이었음을 너는 너 스스로도 몰랐으리라.

響아! 너는 街路樹 우거진 繁華한 都會를 걸을 때나 風光이 明미한 田園의 自然을 對할 때 어덴지 모르게 마음을 채울 수 없는 까닭모를 애수와 무엇인지 그지없는 孤獨感에 목을 놓아 울고 싶으리만큼 안타까운 心情이 뜬금없이 북바쳐 오름을 더러 느끼기도 했으리라. 시를 찾는 마음은 언제나 未洽한 것이며, 언제나 孤高한 것이기 때문에 시를 찾지 못할 때 마음의 故鄕엔 싸늘한 空愁만이 한아름 떠돌 뿐이다.

文化의 꽃으로도 山水의 아름다움으로도 한 포기 心魂을 탐스러히 慰撫할 수 없음은 무엇 때문이더냐. 무엇 때문에의 空愁이더냐. 孤獨이더냐. 꽃을 말 말라. 아름다움을 말 말라. 시가 없는 곳에 무슨 꽃이며 무슨 아름다움이란 말이냐.

響아! 黃金의 譜表가 뿌려지는 버들잎 香氣로운 四月의 봄.

푸른 빛 뚝뚝 듣는 아름다운 비를 맞지 못할 때 어데런가. 시를 찾는 魂은 외로운 것이니라.

사랑!

그렇다. 사랑이다. 사랑이니라. 시는 사랑이니라.

사랑을 얻지 못할 때 시는 외로운 것이며, 사랑을 얻을 때 시는 宇宙와 함께 永遠한 아름다움이다.

주어진 하나의 아름다움의 世界. 그것이 사랑인 것이며, 사랑 거기에 삶의 眞實을 體得하려는 아름다운 努力. 그것이 바로 시를 찾는 마음 그것이니라.

久遠에서 久遠으로 삶을 빛내려는 아름다움의 創造, 全宇宙的인 努力, 그것이 바로 詩의 精神을 體得하려는 사랑이니라.

響아! 至高至純한 시의 精神을 體得하려는 高貴한 努力이 언제든지 너와 함께 빛나거라.

너를 기리는 情, 시와 더불어 더 한層 높아짐을 깨닫는구나.

—『전고』, 1953. 12.

바다의 戀歌

참으로 흔한 젊음이었읍니다.

뒤이어 드리닥치는 自動車는 歲月난 듯이 젊음을 무덕이 무덕이 쏟아놓는 것이었읍니다. 모두들 어머니의 품보다도 바다가 그리워서이겠지요. 바다는 아낌없이 靑春을 뿌려놓는 것이었읍니다.

왕개미떼처럼 『오존』 냄새에 절은 肉體들이 바다를 쓸어안고 나가떨어지는데 나래를 떼어낸 어여쁜 나비들은 함부로 靑春을 떼어놓고 人生을 도박하는 것이었읍니다.

그러면 禮節도 부끄럼도 아랑곳없다는 듯이 바다는 그저 철부지 떡아기처럼 빙긋거리는 것이었읍니다.

이러는 가운데 바다는 늙을 줄을 모르고, 언제나 들뜬 아기씨 마음처럼 그저 즐겁기만 한 것이었읍니다. 그러길래 나도 어쩔 수 없이 멋도 모르고 바다와 함께 그저 즐겁기만 했읍니다. 於此於彼 엎질어진 한철 靑春이었읍니다. 나는 내 나비가 없어도 그대로 엎질어져서 바다를 戀人으로 바다의 戀歌를 부르며 바다를 안고 그저 좋아라고 몸부림을 쳤읍니다.

(4287년 8월1일 邊山海水浴場에서)

—『전북일보』, 1954. 8. 17

幸福 說問

人生의 幸福은 마음이 편안한데 있다고 생각합니다.

편안하려면 첫째, 生活이 健全해야 할 것입니다. 生活이 健全하려면 眞實된 信仰의 世界를 가져야 할 것입니다. 저 스스로 저를 사랑하는 것처럼 남을 사랑하는 거기에 眞實된 信仰의 生活은 營爲될 것입니다.

모든 거짓에서 眞實된 제 모습을 發見하였을 때 비로소 崇高한 사랑을 體得할 수 있고, 그럼으로써 人生을 아름답게 幸福할 수 있는 信仰의 집도 세울 수 있는 것입니다.

서로 믿을 수 있는 人間, 모든 것을 맡김으로써 安心할 수 있는 信仰의 世界, 거기에는 無限한 恩惠가 베풀어지는 것이며 삶을 感謝하는 경건한 祈禱가 光明의 길을 열어주는 것입니다.

정성과 믿음, 거기에서 얻어지는 사람, 내 삶을 安心시킬 수 있는 眞理의 길, 거기에 人生의 幸福이 있을 것으로 생각합니다.

—『전고』, 1955. 12.

一杯 一杯 復一杯로

3月 4日(木)

가람 李秉岐 先生의 招待를 받았다.

夕汀, 白楊村, 구름재, 그리고 나. 오늘이 先生의 生辰이라 하여, 薄酒나마 나누어보자고, 特히 우리 네 사람을 부른 것이다.

술床이 나왔다. 簡素한 술床이지만, 안주로서 놓일 것은 다 놓였다. 藥食藥菓를 비롯하여, 이菓 정菓에 煎부침이 있는가 하면 마른 肉포도 있고, 全州名物인 청포묵에 고기에 조림 씀바귀 하며, 홍어膾에 불고기하며, 설기떡에 白餅 기정까지….

先生의 高淡한 風格을 말하는 듯, 안주마다 맑은 韻致가 一味를 더했다. 勸커니酌커니 巡杯가 거듭함에 따라, 거나한 醉氣와 함께 더워 오르는 談笑.

豁達하여 조금도 凝滯함이 없는 先生의 豪氣는 『가람』그대로 油然自若하시다.

泰山을 우럴어보는 듯 犯치 못할 凜然한 風貌이면서도, 어린애라도 마음놓고 재롱을 부릴 수 있는 溫厚하고도 너그러운 襟度. 氷月처럼 서슬이 날리는 빛나는 叡智에, 젊은이로도 敢히 따르지 못할 넘치는 情熱. 그러면서도 샘처럼 솟는 구슬 같은 童心.

거기에, 낡은 詩型으로도 恒常 새로운 솜씨를 보여주는 珠玉같은 作品이 만들어지는 것이 아닐까. 老가람은 몸은 늙어도 詩想은 젊어만 간다. 그러기에 先生의 時調는 누가 뭐라든, 어린 이파리처럼 새로워지려고만 하는가 보다. 모르는 이는 몰라도, 가람의 가람 된 所以와 가람만이 가질 수 있는 眞價는 거기에 있는 것이리라.

─『카나단스』라는 高級洋酒를 누가 보내주어 받아둔 것이 있는데, 한 잔씩 해보라구. 아무리 醉했다가도 그놈을 한 잔 할나치면 술이 깨이게 된단말야. 그 神妙함이란 可謂 天下一品이어든! 하고, 손수 따라 놓는 술을, 맨 나중판에 한 잔씩 마시고는, 저물어서야 자리를 떴다.

3月 19日(金)

午後 다섯時 茶房 『心園』에서 열린 詞華集 『새벽』 出刊 祝賀會. 거기 모인 人士로는 主로 『새벽』에 詩를 낸 執筆同人들이었는데, 老가람을 筆頭로 夕汀, 白楊村, 구름재, 柳林一, 崔勝範, 崔辰聖, 高琳順들이었다. 特히 자리를 빛내기 위하여 金敎善氏도 參席을 해주었고, 그밖에 數三人의 靑年文學同志들도 陪席해 주었다.

한 가지 섭섭한 일은 고운 詩를 써준 R孃이 자리에 나타나주지 않음이었다. 孃은 구름재가 『薔薇』라 愛稱하는 妙齡의 女性으로서, 구름재를 싸고서 늘 話題에 오르는 閨秀인만큼, 어떠한 型의 女性인가, 한번 보아지기를 慇懃히들 바랐던 것이라서, 끝내 나타나지 않고 말았던 것이다.

次例가 詩朗誦으로 들어가자 指名을 받은 나는 卽席에서 다음과 같이 읊었다.

구름은 호젓이 재를 넘는고야.
가람 흐르는 언덕에
薔薇 필 때가 오면
詩를 외우리. 내 詩를 외우리.
뒤를 이어서 時調로서, 그 座席의 卽興으로

가람 흐르는 언덕에 구름은 떠노는데
白楊村 洞口 밖에 白合 핀 夕汀이라
薔薇야 넌 어디 갔느냐 海剛 여기 있노라.

마침 『白合』이라 愛稱을 받는 K孃이 夕汀의 옆에 와서 자리잡고 앉음이었다. 衆議에 依하여 K孃의 自作朗讀이 끝나자, 바로 그 뒤를 이어, 나는 다시

白合 꽃 입술을 구슬이 구을러라
구슬은 피어 가슴마다 모란인걸
薔薇야 넌 안 와도 좋다 『白合』만이 좋아라.

다음 구름재의 휘느러진 가락으로 빼놓는 時調 朗誦을 듣고서, 나는 또 그 뒤를 받아

구름 재 넘어 구름만 재를 넘어
노을은 타도 薔薇도 없는 언덕을
여기가 어디라고 구름만 두웅 둥둥 떠도나니.

座興은 漸入佳境인데, 文理大學長 會議가 있다 하여 老 가람이 가신 뒤였다.

판막이로 나는 다시 한 首를 더 읊었다.

山水萸 피는 心園의 밤이더란다.
이젠 가람도 가고 별들만 총총한데
薔薇야 네 모습 보지 못해 나는 詩만 읊었다.

3月 27日(土)

K君이 點心을 먹으러가자 하여 따라나섰다. 갈비를 잘 굽는다는 불고기집이었다. 조용한 뒷房을 치워주어 들어가 자리를 잡고 앉았는데, K君의 눈치가 平常時와는 좀 다른 데가 있었다.

아니나 다를까, 뒤미쳐 一 妙齡의 女性이 수집은 듯 조심조심 들어서는 것이 아닌가.

K君의 紹介로 비로소 알게 된 그가 바로 R××孃이었다. K君이 앉은 座席이면 依例히 話頭에 오르는 한번 보아지라 하던 女性이었다.

妻屬을 거느린 몸으로서, 話頭에 오를 程度로 젊은 女性과 接近한다는 것은 容認할 수 없는 外道라 하여, 그 不當함을 極口 忠告도 해오고 責望도 해오던 내가, 한번 對面할 機會를 마련해 줄 수는 없는가 했더니, 오늘 그처럼 孃을 보여준 것이리라.

같이 點心을 하는데, 술도 따라주고, 술을 마시기까지도 한다. 그야말로 환하게 핀 한 송이『薔薇』를 彷彿케 하는 고운 모습인데, 말하는 音聲에나 表情에나 一點 흐림이 없고 거짓이 없는, 純情 그대로의 明朗하고 豁達한 氣稟이었다.

떠보는 눈, 말의 말씨, 한가지도 규격에 벗어남이 없다.

고운 꽃밭 속처럼, 오고가는 酬酌은 千紫萬紅으로 무르녹아가건만, 興에 지쳤음일까, K君은 꾸벅꾸벅 조을고만 있다.

나는 모를 일이었다. K君과 薔薇宅과의 艶史가 어떠한 記錄으로 읽혀지게 되는지를.

그렇게 오랜 時間은 아닌 것 같았는데, 날은 어느덧 저물어버렸다. 함께 일어서기가 거북했던지 R孃은 『心園』에서 기다리겠오라 하고, 먼저 자리를 떴고, 둘이서는 동안을 띠어 일어섰었다.

그다지 時間이 늦었던 것은 아니었는데두 『心園』에서 나오는 K君의 말인즉, R孃이 와서 기다리다가 갔다는 레지의 전갈이었다고.

아쉽게 돌아서서 발길을 떼어놓는 K君의 모습이 어쩐지 쓸쓸키만 했다.

4月 29日(木)

저녁때 찦車로 仲坪님 牛汀님 母堂의 回甲宴에 奔參, 細雨 뿌리는 陰鬱한 날씨였건만, 雲集하는 賀客으로 洞口밖까지 떠들썩했다. 넓은 마당 遮日 아래 歌舞를 곁드려 酒宴이 한창인데, 道伯을 비롯하여 잔을 주고받는 貴顯들, 各界各層의 諸諸多士가 다 모였다. 房마다 그득그득 賀客이요, 목목이 끼리끼리 춤이요 노래다. 面面이 후드러진 모란인데, 걸음마다 휘느러진 垂楊이다.

興……興속에 興이 솟고, 興 위에 興이 덮칠 뿐이다. 興으로 興을 때우고, 興으로 興을 돋구면서, 그러는 가운데, 구석房에서 들려오는 村상토장이의 능청마진 목청이 구성지기도 했고, 뒤안 모퉁이에서 어깨를 으쓱으쓱, 나로 하여금 不知初面의 등짝을 냅다 치게 했다.

이 밤 牛汀님의 母堂께 壽酒를 부어 賀拜드리고, 읊어올린 獻詩 三章

지새는 중평들은 瑞雲이 서리는 곳
南山 松鶴이 千年舞를 추더이다.
萬世를 福되신 웃음 하늘로만 피소서.

母岳 어진 모습, 우럴어 높은지고
子子孫孫이 榮華를 누리시며
日月로 함께 빛나오시어 萬年壽를 하소서.

峰 峰 峰오리마다 봉지 봉지 봉울지어
해 올라 피는 三月은 골골이 꽃밭이라
빛나심 임 모시옵고 즐겁기만 하소서.

5月 9日(日)

밤새도록 퍼붓던 비가 그치자, 午後가 되면서 날은 활짝 들었다.

鉉權, 庚錫, 恒錫은 點心들을 먹고, 民議員 立候補 政見發表會에 演說을 들으러간다고 깡그리 나선다. 어제 너무나 술을 마신 餘毒으로 몸이 몹씨 노작거리기도 했지만, 나도 點心을 뜨기가 바쁘게 집을 나섰다.

비 개인 麒麟原頭의 大會場에는 구름 모이듯 웅성거리는 群像.
때마침 登壇하여 熱辯을 吐하는 이는 全州 出身의 柳春燮氏인데, 웬일일까, 대롱에 물을 쏟듯 말이 한창 最高調로 한 고비를 넘어 結論을 지으려 하는 판에 停電으로 中斷.

다음으로 壇에 오른 것은 李周相씨. 뽐내는 氣焰은 그럴 듯이도 보였으나, 政見으로는 條理가 번듯지 못한 貧弱한 內容이었다.

셋째번이 必勝의 氣魄으로 登壇한 李哲承씨. 大會場을 엎누르듯 씩씩한 面貌와 巨嶽과 같은 堂堂한 體軀로 滿場 人氣를 거의 한몸에 모은 듯한 自信 滿喫의 滔滔한 熱辯이었다.

맨나중으로 全州市議長 金德培氏의 紹介를 곁들여 登壇한 李愚軾씨. 名聲이 높은 法曹界의 一人者란 貫祿부터가 衆望을 더하게 하는, 一絲不亂의 整然한 論調. 그러나 어덴지 모르게 焦燥한 氣色, 語調에 迫力이 뛰지 못함은 年齒의 所致일까.

누가 民意의 代辯者로서 當選의 榮譽를 얻게될 것인지, 오늘 大會場에 움직이고 있는 人氣로 보나, 진작부터 돌아가는 一般 民心의 動向으로 보나, 最後의 榮冠은 李愚軾, 李哲承 兩氏의 今後 角逐如何에 勝敗가 決定될 것으로 보아 틀림없을 것이지만, 要는 公正한 一票를 던질 수 있는 公明한 雰圍氣가 조성되어야 할 것이다.

밀어주고 싶은 柳春燮씨. 同情이 가는 李周相氏. 拍手를 보내고 싶은 李哲承氏. 받들어 올리고 싶은 李愚軾氏…….

5月 21日(金)

開票結果가 어떻게 되었을까? 그것부터가 궁금하여, 자리에 더 누어있을 수가 없었다. 아직도 이른 새벽 이불을 박차고 마악 일어나려고 하는데, 들려오는 스피카 소리.

아……『李哲承이다』하고, 맨 먼저 소리를 치고 나서는 것이 恒錫이었다. 『李哲承이?』하고, 德慧는 덩달아 야단이다. 鉉權이는 뉴쓰를 알아가지고 온다고 밖으로 뛰어나간다.

모든 것은 續續 判明되었다. 凱歌를 올린 것은 李哲承氏. 21,229票라는 壓倒的인 大量得點으로써 年來의 宿望을 達成한 것이다. 13,199票라는 次點으로 李愚軾氏는 敗北를 喫하고 말았는데, 씨의 落選은 分明히 運動方法에 있어 지나친 作戰의 蹉跌에 原因했던 것이 아니었을까.

설마했던 것이 完州甲區에서 朴定根氏가 落選의 苦杯를 喫하였고, 期待했던 柳青씨가 完州乙區에서 敗北한 것은 時宜를 얻지 못함이던가. 選擧戰에 있어서 各 方面에서 여러 가지로 雜音이 들려오기도 했지만 結果로 보아 當落의 結果는 都是가 時運所致이리라.

落選이 決定되자 柳青氏는 울었다고 한다. 가슴아픈 일일 것이다. 마음 傷해하는 것을 참아 보기 어려운 것 같아 慰問도 가지 못했다.

柳葉(春燮)氏는 當選이 되었으면서도 트럭을 타고 巡廻하며, 市民들에게 一一히 謝過인사를 보냈었다고 한다.

보내주고 싶은 人材들이 處處에서 落選되고 만다는 것, 金力에나 權力에 左右됨이 없이 民意의 움직임이 自由를 期待할 수 있는 것이라면 議政은 좀더 明朗一色으로 活潑히 展開될 수 있을 것이련만—.

5월 24일(月)

오늘 柳青氏가 學校에 와서 未安하단 인사를 하였다. 當選이 되어 가지고서의 인사였다면, 서로들 마음들이 얼마나 후련하였을까.

『海剛 先生님. 인제 늘 만나 바둑이나 둡시다.』—

『인젠 밥버리라도 해얄텐데, 그 일부터가 걱정입니다.』—

氣막히는 인사말이었다. 慰勞해줄 아무런 말도 찾지 못한 채 握手만이 뜨거웠을 뿐이다.

7월 9일(金)

『가나다書店』엘 들렀더니, 金容浩氏의 編纂으로 된 『韓國詩人選集』 上卷이 나와 있었다.

나의 詩 두 篇이 실려있는데, 「내 家族과 내 詩」, 그리고 「山上高唱」.

헌데, 한가지 우수운 일이라고 할까?

「山上高唱」에 있어서, 나의 것 아닌 남의 詩 一聯이 덧붙어 있는 것이다. 나의 詩는

　'蒼月을 쏘아 떨어뜨릴
　해 뜨는 가슴에 와 안기라'

거기에서 끝나는 것이고 그 다음에 붙어 있는 '南쪽 하늘밑에 숨쉬는 黃海바다'란 行부터 以下 5, 6行은 나의 것이 아닌 것이다.

本來 「山上高唱」이란 詩는 『詩建設』誌에 발표되었든 것인데, 그것을 林和가 『朝鮮詩人選集』을 刊行했을 때, 不注意한 탓으로 내 詩의 末聯인 것처럼 誤綴을 해놓은 것이다. "南쪽 하늘밑에 숨쉬는 黃海바다"로부터의 數行은 『詩建設』誌에 실렸던 金友哲이란 詩人의 詩 끝 句節이었던 것이다.

그랬던 것이 金素雲氏의 日譯으로 된 『朝鮮詩人集』에도 그대로 잘못 그것까지 飜譯되어 나왔고, 그 뒤 鄭寅燮氏가 英文으로 『譯詩集』을 냈을 때에도 亦是 그러했고, 서울大學 國語部에서 刊行한 『高等國語副讀本』에도 그렇게 찍혀 나왔던 것이다.

내 꼬리 아닌 남의 꼬리를 달고 行勢한 셈이다.

그래 나의 詩 「山上高唱」을 남들은 나의 代表作인 것처럼 보고들 있는 모양인데, 그 詩가 내 눈에 뜨일 때면, '꽁지달린 개구리'—올챙이를 對하는 것 같아 外面해버리는 것이다.

『蛇足』이란 말이 있고 『花蛇添足』이란 말이 있는데, 詩 「山上高唱」에 있어선 『足』 아닌 『尾』 하하……

7月 25日(日)

南原에 왔다가 廣寒樓에 올라보지 못하고 그대로 떠난버린다는 것은 섭섭한 일이 아닐 수 없다.

구름재가 서들어 老가람을 모시고 一行은 廣寒樓에 올랐다. 6·25를 겪고도 廣寒樓만은 그대로 끄떡않고, 제 모습을 지킬 수 있었다는 것, 感慨가 無量타 할까.

戲作三首

南原을 왔다 春香도 못 만나보고
그대로 간다는 건 말이나 되는 말이

그렇지? 廣寒樓 너야 내 속 몰라주겠니.

春香은 아니라도 春香만 여겨지는
임이 그리워 廣寒樓에 올랐네야
네가 곧 春香 아니라면 내 春香 또 있겠니.

册房 도령님이 날 찾아오시다니—
얼굴을 붉히며 가슴 두근거려 하던
그 밤이 나는 좋아라 그 밤만이 좋아라.

그러나 잠ㅅ자리를 南原에서 차려보지 못하고, 밤車로 돌아오고 말았다.

8월27일(金)

뜰에는 白蓮이 피어있고, 마침 蓮葉酒가 알맞게 익었으니 와달라는 老가람의 부름을 받고, 낮에 夕汀, 白楊村과 함께 養士齋로 내달았다. 大門 안에 들어서자, 마루 아래로 내려서서 欣然히 맞아주시는 가람 先生.

房으로 들어가 자리를 잡고 앉기가 바쁘게 古歌를 蒐集해놓은 노오트를 펼쳐놓으시고 「正月 나릿므른」하고는, 그 노래의 由來가 어떻다는 것을 說明하시며 句句字字 풀어 들려주시는 것이었다.

언제 뵈어도 즐거우시고, 언제 뫼시어도 든든하시다. 後輩를 일깨워주시고, 티없이 사랑해주시는 따뜻한 情이 어느 때고 敦篤하시다.

未久하여 素淡한 술상이 나오는데, 따라주시는 술이 한層 香臭가 높다.

一杯 一杯 復一杯, 잔이 더해감에 따라 陶然히 떠오르는 興趣는, 蓮香 그것처럼 俗塵을 씻어주는 듯 했다. 뜰 아래를 내려다보니 한 송이 白蓮은 수집은 듯 淸楚한 맵씨가 으젓이도 차분한데, 先生의 이야기는 津津하여 저물 줄을 모른다.

先生을 뫼시게 되면 醉하기 싫어도 醉할 수밖에 없고, 또 醉하지 않고는 배겨낼 수 없는 懸河의 長廣說話—. 先生은 精力도 精力이시려니와 氣稟이 좋기도 하시다. 목청도 짜랑짜랑 그 數많은 말씀을 長時間 끄떡도 안 하시고 連疊 내놓으시는 것이라니— 果是 '가람'일시 分明하시고.

긴 長長夏日이 다 저물어서야 下直을 告하고 물러나왔다.

白蓮이여! 네 알아 맑은 香氣로써 가람을 이에서 더 늙으시게는 말지어다.

—『자유문학』, 1958. 9.

讀書 說問

1. 가장 感銘깊게 읽었던 册名과 그때

　1. 꿈이 많았던 少年期에 있어선 『아라비안나이트』, 『플루타크英雄傳』, 『三國志』. 정열을 자랑턴 靑年期에 있어선 『바이런 詩集』, 루소의 『懺悔錄』

2. 最近에 읽은 册 中 勸하고 싶은 것

　2. 震檀學會 編 『韓國史』—내가 살아왔고, 또 살아가기 위한 뚜렷한 삶의 길을 가지는 데 있어 먼저 '나'自身을 알아야 한다는 것이 무엇보다도 가장 重要한 일입니다. 그런 意味에서 읽어서 좋을 많은 책들 中에서 반드시 읽어야 할 책으로 먼저 『韓國史』를 推獎하는 바입니다.

3. 鄕土 圖書館의 育成策

　3. 많이 읽고, 많이 읽힐 수 있도록 먼저 많은 책들이 갖추어져야 하겠습니다. 古典이거나, 新刊이거나, 外國의 것까지라도 읽고 싶은 책이면 읽을 수 있도록 말씀입니다. 要는 鄕土의 文化를 사랑하는 뜻있는 人士들의 힘과 얼이 따라야 할 것입니다. 한 몫 幾千萬圓이고 척 喜捨할 수 있는 特志家라도 나와준다면 그 以上 더 좋은 일은 없을 것입니다마는—.

4. 우리나라 대중오락지에 대한 貴見

　4. 오다가다 店頭에서 色彩 황홀한 表紙에 끌려 所謂 大衆娛樂 雜誌라는 것을 펼쳐보면, 色情을 낚는 듯한 低俗한 文字들에 낯이 절로 뜨거워지는 것입니다. 잠든 心魂을 불러 깨우쳐주고, 메마른 情緖를 추겨줄 香氣로운 雨露가 되어줘야 할 것인데, 陋巷의 醜聞 따위가 아니면, 쓰잘 것 없는 雜文雜說뿐이어서, 그야말로 菊花 아닌 책장을 뒤적이다가 머리를 들어 南山이 아닌 書架를 油然히 바라보며 쓴 입맛을 다시게 되는것입니다. 趣味를 醉迷로, 娛樂이 誤落되지 않도록 從來의 低俗性을 拂拭하고, 멋있고 맛있는, 그러면서도 品位있는 健實한 大衆娛樂誌로서의 體裁를 갖추어 줄 수는 없는 것일까?

—『전북일보』, 1959. 10. 25

詩와 人生

나는 詩를 사랑한다. 詩를 사랑함으로 人生을 사랑한다: 그러나 詩는 사랑과 함께 아름답고도 슬픈 것이다.

香氣로운 四月의 恩雨와도 같은, 無限한 慈愛에 넘치는 거룩한 心情으로 내 어린 時節을 알뜰하게 키워주시고 다스려주시던 어머니를 여의고, 내 마음의 어진 支柱요 내 生活의 착한 園丁으로서, 내 젊은 歲月을 보란 듯이 지켜주던 아내를 잃어버린 내 마음은, 내 詩와 함께 차고 허전한 空愁만이떠도는 白鳥가 얼어죽은 北國의 밤보다도 슬프다.

지금도 아련하게 떠오르는, 언제나 잊혀지지 않는 어머니의 모습—흰모란을 떠들고 웃음인 양 해사하게 떠오르는 젊으셨을 적 어머니의 모습.

세살 네살쩍 어린 아가로 따뜻한 품에 안겨, 부드러운 무릎 위에서 갖은 재롱을 피우며 벙긋벙긋 우러러 바라볼 수 있었던—여린 입술에 젖꼭지를 물려주시며 慈愛에 넘치는 거룩한 微笑로 고요히 내려다보시는—그린 듯 그렇게도 고우시고 눈부시던 聖母의 그것 그대로의 어머니의 모습.

설 名節이, 겨울내 밤을 새워 지으신 까까동—색동저고리에 明紬 누비바지, 거기에다 藍甲紗 허리띠에는 파랑 주머니 빨강 주머니에, 銀粧刀며 玉色 風眼집이며를 솜씨좋게 채워주시던 그토록 才致있고 날렵하시던 어머니의 모습.

해마다 端午節이면 내 어린 팔목에 五色실을 감아주시며, 大丈夫는 활쏘는 法을 알아야 한다고 손수 참대를 깎아 활까지 만들어 내 어깨에 메어주시던, 그토록 슬기롭고 多心하시던 어머니의 모습.

초롱초롱 잠은 오지 않고 긴긴 밤에, 이야기를 해달라고 조르면 졸리다 졸리다 못해『먼 옛날 어떤 곳에 맘 착한 한 사람이 있었더란다.』하시고, 재미있는 童話를 들려주시던 착하기만 하시던 어머니의 모습.

내가 꼬마 친구들을 데리고 들어오면 그저 貴여워서 못 배겨 하시며,

사이좋게 놀으라고 떡도 쪄내신다, 밤도 삶아내신다 그토록 人情이 도타우시던 어머니의 모습.

장독대 周邊으로 石榴나무, 사과나무를 비롯해서, 패랭이, 범부채, 鳳仙花, 唐蓮花 같은 花草들이며, 月桂, 海棠, 牧丹과 같은 꽃낡을 얻어다 심으시고, 두세 坪도 못 되는 울 밑으론 철따라 아욱, 쑥갓, 상추에다 돔부, 옥수수 같은 것을 심어, 째임새 없이 單調롭기만 하던 집안을 푸짐하고 아늑하게 꾸미려고, 땅 한 뼘이라도 놀림이 없이 그토록 재빠르시고 부지런하시던 어머니의 潑剌하신 모습.

내가 『通鑑』을 끼고 書堂에 댕길 때에는 어머니는 한창 젊으시었다. 머리를 깎고 사포를 쓰고 學校에 댕길 때에도 어머니는 한결 젊으시기만 했다.

그리하여 나를 貴愛하실 때에는 古今없이 貴愛하시다가도, 어쩌다가 밖에 나가서 애들과 싸운다든가, 글공부에 怠慢한 눈치가 보인다든가, 음식 투정을 한다든지, 함부로 버릇없이 굴기라도 하는 일이 있다든지 할 때에는, 一毫 가차없이 얀장없는 회추리까지 드시던 그렇듯 매섭고도 嚴格하시던 어머니였다.

내가 장가들어 자식새끼들을 낳고, 보기에도 버젓한 어른꼴을 갖추게 된 뒤에도, 해마다 내 生日날이면 한번도 빠짐없이, 날도 채 밝기 전 이른 새벽에, 나를 팔았다는 병풍바위를 찾아가셔서 神靈님께 나의 命과 福을 빌으시던, 그렇게도 자식 사랑하는 마음이 끔찍하시던 어머니시기도 했다.

내가 書堂에 댕길 때에는 내 이름 대신 나를 『도령』, 『우리 도령』 하고 부르셨고, 學校에 다닐 때는 『학생』 하고 부르셨으며, 내가 敎鞭을 잡게 되면서는 듣기에도 罪스럽고 낯이 뜨거울만치 『선생』, 『우리 선생』 하고 부르시던, 그렇게까지 나를— 이 하잘 것 없는 자식을 所重하게 아껴주시고 바쳐주시던 어머니시기도 했다.

언제나 티없이 환한 모습으로, 흰 모란 같은 구름을 떠들고 떠오르는 달처럼, 어머니의 고운 모습은 선연히 내 머리 위에 떠오르건만—

—그 어렸을 적 뵈옵던 어머니의 으젓하신 모습을 이제는 뵈올 수 없는 것일까. 꼭 다시 한번 뵈옵고 싶어도 뵈올 수 없는 오늘이 내 詩와 함께 슬프다. 그지없이 슬프기만 하다.

어머니의 모습과 함께, 또 하나 내 마음에 가시지 않고 먼 나라 仙女처럼 떠오르는 것은 아내의 그것.

언제나 정숙하고, 언제나 天眞 그것처럼 純眞하던 아내의 착한 純情—
優雅한 聲色—

百年의 佳禮를 마치고 華燭을 밝히던 첫 밤—으수하게 한마디 말도 부
쳐볼 줄 모르는 수뚜바기 未練한 新郎—나이 세 살이나 어린 철없는 新
郎의 떨리는 손까락이, 버릇없이 덧저고리 銀단추에 슬몃 닿을 때, 이슬
을 머금은 갓 핀 百合처럼 그 맑고 고운 血色에 약간 紅潮가 스미면서, 부
끄리는 듯 고개만을 갸웃 成熟한 微笑로써 첫 人生을 許諾하던 아내.

己未年 獨立萬歲로 세상이 시끄럽던 時節이라서, 中學도 채 마치지 못
하고, 서울서 쫓기듯이 시골로 내려오던 날 저녁. 집에 들어서자 무엇이
그다지 부끄러웠던지 한달음에 뒷곁으로 달아나 숨어버리던 수줍은 아내.

그러나 그 밤 끄물거리는 촛불 아래 무릎을 마주 對하고 앉았을 때, 맑
은 샘에서 가주 건져낸 黑眞珠라 해도 그만큼 玲瓏하지는 못하리라. —새
벽 湖水가 괴어 있는 샛별이랄까. 환하게 타고 있는 炯炯한 눈을 들어,

『그렇다구 놀아서야 쓰겠수. 兩親 어룬께서 계시니 이곳 걱정일랑 마시
고, 다시 上京하셔서 공부를 계속하시도록 해보소. 어디를 가나 몸조심하
고 마음만 바르다면, 무슨 허물인들 따르겠소.』하고, 나긋나긋 多情한 말
씨로 나를 일깨워주면, 正色하던 아내:

父母님께서 언제나 生存해 계실 것 아니니, 어룬들만 믿지 말고 學業에
힘써서 사람구실을 해야 하지 않겠느냐고, 아내라기보다 어떤 때는 누님으
로, 어떤 때는 스승으로 나를 懇曲히 타이르기도 하고, 나에게 峻嚴한 채
쭉을 加하기도 하던 아내.

아이들이나 잘 키워 공부나 시키고 나서 서울도 한번 가보고, 金剛山
구경도 해보겠노라고 두고두고 또 벼르기만 하면서도, 出生 以後 單 百里
밖을 나서지 못한 아내.

가뜩이나 여린 품이 結婚 生活 二十六年에 아들딸 八男妹를 낳고도, 마
음은 언제나 수줍은 處女쩍 그대로의 純眞한 아내. 자식을 愛之重之하는
마음은 내가 낳은 자식이라 해서 어디『이놈』하고, 말씨 사나운 말 한마
디를 입에 담아보았을까. 그처럼 어질고 착하던 아내.

所謂 大東亞戰爭통에 倭놈들의 暴惡을 바워낼 길이 없어, 멀리 水陸萬
里 낯선 南方으로 사랑하는 다 큰 자식을 빼앗기듯이 떠나보내면서도, 停

車場에 나가 떠나는 것을 보지도 못하더니, 그 자식이 살아 돌아오는 것도 보지 못하고서, 臥病 三年에 허망하게 세상을 떠버린 아내.

뜻대로 한번을 마음놓고 보람있게 살아보았을까. 生前에 자식 하나 보란듯이 男婚女嫁를 시켜보지도 못하고, 그대로 쭈련히 남겨놓은 채 하루아침 無心한 바람결처럼 가버린 아내.

『─당신의 詩를 당신 앞에서, 어느 누구보다도 내가 읽어드리는 것이 당신에게는 제일 기쁘시리다.』

하고, 내가 쓴 詩를 나에게 읽어 들려주던, 아내의 朗朗한 玉音을 다시는 듣고 싶어도 들어볼 길이 없는 오늘이 내 詩와 함께 슬프다.

나의 詩는 나와 함께 외롭고 슬프기만 하다.

그러나 나의 詩는, 나를 하늘처럼 믿고 착하게만 착하게만 자라나는 아름다운 나의 별 나의 太陽─어린 家族들과 함께 나의 밤을 꽃으로 피워준다. 티 한 점, 티끌 한 날 머물음이 없는 거울처럼 환하게 켜지는 밤, 모든 雜念을 깨끗이 떨어버리고 고요히 타는 燈불 아래 詩帖을 펼쳐놓고 한 篇 두 篇 읽어 가노라면, 그윽한 香爐와 함께 샘솟는 맑은 詩情은 구름이 피어오르듯, 靑空이 놀고 있는 마음의 搖籃 푸른 그늘을 逍遙하는 것이다.

언제나 꽃밭 속 같은 해 뜨는 아침이 살고 있는 내 마음의 아름다운 搖籃.

언제나 노래처럼 슬픈 饗宴이 베풀어져 있는 아름다운 내 마음의 搖籃.

외롭고 가난한 歲月일망정, 詩는 나에게서 떠나지 않고, 詩는 나와 함께 살고 있느니라─생각하면, 빛 그것처럼 언제나 내 마음은 가멸한 것이다.

만일 나의 生涯에서 詩를 잃어버린다면, 詩를 잃어버리는 그날부터 나의 歲月은 빛을 등진 千萬길 奈落일 것이며, 나에게 있어 宇宙는 最大의 悲劇일 것이다.

詩가 없는 生活, 그것은 바로 窒息을 意味하는 것이 아니던가.

詩가 없는 生活은 촛불 꺼진 祭壇과 같이 索莫할 것이며, 詩를 저버린 生涯는 墓標 쓸어진 死骸와 같이 荒凉할 것이다.

내 詩는 내 歲月과 함께 가난하고 외롭기는 해도, 詩를 생각하는 마음 ─ 詩를 生活하는 生活.

憂愁思慮가 소용돌이치는 世苦에 시달려, 썩어진 풀잎처럼 속절없이 늙어버리려는 내 靑春을 환하게 켜주며, 無時로 慾情이 氾濫하는 支離滅裂한 倦怠에 지쳐, 하염없이 조으려는 내 心魂을 일깨월 감싸주는 敬虔한 詩情—한 줄기 淸韻은 銀盤에 구을르는 구슬처럼, 깨어진 내 마음의 들窓에 至上의 法悅을 뿌려주는 것이다.

詩와 人生.
샘솟듯 맑은 詩情이 놀고 있는 내 마음의 搖籃 푸른 그늘에서만 찾아볼 수 있는 한가락 깨끗하고 아름다운 人生의 姿態—

宇宙를 한 송이의 꽃으로 祝福을 기리는 久遠의 聖像처럼, 깨끗하고 아름다운 永遠한 모습을 우럴어 바라볼 때, 나는 내 詩와 함께 슬픈 幸福을 느끼는 것이다.(1945년)

마음은 하늘과 함께
—長安寺를 들어가며

하늘은 떨어져 물이 되고
물은 구을러 구슬을 이루고
向仙橋를 건너 서니
푸른 솔 푸른 그늘

하늘이 깨어져 흐르는 물소리
물이 깨어져 흐르는 하늘소리
산이마를 감고 휘어넘는 흰 구름은
모란 송이처럼
가벼이 부서져 흩어지는데

마음은 하늘과 함께 끝없이 푸르러
어린 여름처럼
하늘과 함께 끝없이 푸르러
        金剛山詩抄에서
—『전고』, 1962. 2.

『東方曙曲』後記

　　誰云爾能舞
　　不如靜立時

　　여북 춤이 서툴렀으면 이런 말을 했겠는가. 格에 맞지 않았으면 이런
말을 했겠는가.
　　잘 추는 춤이라도 그러려든 하물며 못 추는 춤에서일 것이랴.

　　勿論 鶴의 참 姿勢는 춤보다도 고요히 서 있을 때의 몸가짐에 있다 할
것이다. 그러나 全然 춤을 모르는, 그리고 언제나 그린 듯이 閑暇히만 서
있는 鶴이 있을 수 있는가를 생각해 본다.
　　剝製라면 모른다. 언제까지나 놓아둔 채로 있는 無靈한 標本室의 鶴이
아니라면, 鶴은 날아야 하는 것이고, 또 날지 않고는 배기지 못할 것이다.
　　힘차게 날개를 펴고 바람을 끊으며 높이 푸른 穹窿을 飛翔할 때, 오히려
거기에서 鶴의 千年을 다스려온 本然의 生態를 찾아볼 수 있지 않을까.
　　鶴은 날아야 하듯이 나는 詩를 써야만 했다.
　　하기야 耳順을 훨씬 넘어 鶴髮이 되기까지 나는 나대로의 詩를 生活하
고, 詩에 歸依하면서 살아오는 동안, 내 딴엔 숫한 詩를 썼으되, 詩를 썼
다는 것이 마치 못 추는 춤을 춘 것만 같아서, 詩다운 詩를 썼는지, 숫제
詩를 아니 씀만 같지 못했는지를 가늠할 길이 없기도 하다.
　　그러나 詩를 잘 썼건 못 썼건 詩를 살아왔고, 또 詩를 살아가고 있다는
거기에, 보다 貴重한 意味가 있는 것 아닐까.
　　맨처음 내가 詩를 쓰게 된 것은, 나라를 빼앗긴 被壓迫民族만이 가지
게 되는 鬱憤한 情緒에서였고, 漠然하나마 未來를 憧憬하는 明日에의 祈願
에서였던 것이다. 그러므로 나의 初期의 作品엔 불타는 心魂이랄까 거칠고
거센 呼吸으로써 새벽을 외치는 熱띤 詩가 많았고, 거기에 또한 軌를 달리

한 내 詩의 特色이 있었다고도 볼 수 있을 것이다.

勿論 詩를 써가는 가운데 詩는 여러 갈래 여러 모습으로 變貌되어 갔던 것이지만, 그러나 汎濫하는 洪水에도 그 中心 本流만은 끄떡이 없듯이, 언제나 作品의 밑바탕을 흐르고 있는 根本精神만은 儼然했었다.

언제나 꺼질 줄을 모르는 太陽처럼 나의 心魂은 불타고 있었고, 나의 心魂이 불타고 있듯이 나는 어엿이 살아가고 있는 것이며, 또 내가 詩를 쓰고 있다는 것은 내가 살아가고 있다는 것을 證言해 주고 있는 것일 것이다.

詩를 쓴다는 것은 곧 生活을 創造해 가는 것이라고 할까.

아뭏거나 여기 저기 흩어진 채 버려져 있었던 作品들을 一部分이나마 추려 모아놓고 보니, 오랜 동안을 잊어버리고만 있었던 本然한 스스로의 모습을 되찾은 듯 다시 바라보는 것 같기도 하고, 三, 四次를 거듭하는 日帝의 抑壓에 움이 꺾여, 끝내 詩集 한 卷을 가져보지 못했던 나로서는 못난 子息일수록 憐憫의 情이 더 가는 어버이의 心情과 같은 애틋한 心情을 새삼 느껴보는 것 같기도 하다.

공교롭게도 이 땅에 新文學의 싹이 튼 지 예순 돌을 맞는 해라서 내 딴의 깊은 感懷에 젖어보기도 하면서, 못난 子息을 세상에 내보내는 것 같아 못내 操心스럽기도 하다.

大手術 後 調攝中이심에도 序文을 주신 白鐵 詞伯께 먼저 感謝를 드리며, 이 冊을 냄으로 停年을 記念할 수 있도록 物心兩面으로 힘이 되어 준 全州高等學校 敎職員 諸位 및 在學生 諸君에게 깊은 謝意를 表한다.

1968年 9月 20日

—『東方曙曲』

나의 文學 60年

Ⅰ. 유년 시절

1903년 4월 16일 전주시 전동 풍남문 옆에서 천도교 전주교구의 宗理院 長인 가친 金聲曄의 장자로 태어나 서당에서 한학을 배우다가 천도교에서 설립한 지금의 국민학교 격인 4년제 昌東學校(학감 가친)를 다녔다.

한일합방이 된 지 얼마 되지 않고 잔학한 일제의 총칼이 무서웠던 때였음에도 불구하고 이 昌東學校에선 애국사상을 고취시키는 교육과 한국의 역사까지도 가르치고 있었다.

교사들 역시 모두가 천도교인으로 구성돼 그야말로 철저하게 호국이념으로 뭉쳐진 곳이라고 말할 수 있다. 지금도 기억에 생생한 교사로는 구한말 의병대장을 지낸 鄭吉, 어린 우리들에게 풋볼과 야구를 가르쳐준 보성중 출신의 辛爽柱, 특히 우리 고향 출신이며 후에 『동아일보』 학예부장과 매일신보 편집국장을 지내면서 『흙의 洗禮』, 「젊은 교사」, 「漁村」, 『길잃은 帆船』, 「쫓겨가는 사람들」 등의 자연주의 수법과 1925년대부터 당시 지배적인 풍조이던 신경향파에 속하는 소설들로 명성을 날리다가 젊은 나이로 요절한 李益相 선생이 나의 초년 시절의 갈 길에 등대 역할을 해 준 장본인이다.

Ⅱ. 첫 상경과 한반도의 주변

1916년 昌東學校를 졸업하고 전주역(지금의 전매청 자리)에서 輕便에 몸을 싣고 백설이 흩날리는 서울 동대문역에 도착했다. 이것이 나의 첫상경 길이었고, 또한 내 80 인생의 중대한 좌표를 심는 계기가 됐음은 두 말할 나위도 없는 것이다. 거칠고 거센 호흡으로 살아야만 했던 일제의 암흑기에서 나의 고모부가 교장으로 있던 보성학교에 입학했다. 내 고모부는 3·1

운동때 33인의 한 분인 崔麟이다.

세계 제1차대전이 종전되고 프랑스 파리에서 국제강화회의에 각국의 수뇌들이 모여 민족자결주의를 표방하는 선언이 미국의 윌슨 대통령에 의해서 주창되어 세계인의 이목을 집중시키고 있었다.

한편 일본 동경유학생들의 모임인 학우회에 속해 있던 春園 李光洙(당시 와세다대학 4학년) 등이 비밀기표로 우리도 이 때에 독립을 선언하자는 격렬한 외침이 일기 시작하기도 했다.

이런 중차대한 선언을 우리 유학생만이 할 것이 아니라 국내외적으로 일어나도록 하자는 독립선언서 기초문을 가진 유학생 대표인 宋繼白이 사각모에 숨겨 가지고 국내에 잠입했다.

국내에선 중앙학교 설립자인 仁村 金性洙를 중심으로 한 민족운동이 비밀리에 전개되고 있었다. 당시 중앙학교 교장엔 담양 출신이며 일본 명치대 법과를 나온 내 고모부의 후배인 古下 宋鎭禹가, 교감엔 해방 후에 고려대학교의 초대 총장을 지낸 玄相允이었다.

중앙학교 숙직실에선 하루도 빠짐없이 金性洙·宋鎭禹·玄相允이 모여 앞으로의 민족운동 전개 방안에 대하여 모의를 하고 있었던 것이다. 동경 유학생 대표로 국내에 잠입한 宋繼白은 어느 누구와 접촉을 해야만이 적중할 것인가 하고 고민하다가 중앙학교 숙직실을 찾게 되었다. 宋繼白의 얘기를 들은 仁村은 구수회의를 하고 있던 古下·玄相允 등에 말했다.

『이런 중대한 거사가 우리들만이 주동이 되어선 안 되고, 거국적인 전 민족의 대표될 만한 분을 모셔야 하는 게야…….』하면서 보성학교의 崔麟을 천거, 古下·玄相允·六堂을 시켜 보성학교를 찾아 崔麟 선생을 만나도록 종용했다.

古下 등의 자세한 얘기를 들은 崔麟은 『나는 제갈량은 될 수 있으나, 유비는 못 된다』면서, 3백만 교도를 이끄는 義庵 孫秉熙 선생을 모셔야 한다고 주장하고 나섰다.

그래서 전국민을 위시하여 각 종교단체·학생단체가 통합하고 전국적인 운동으로 비약시켜야 한다는 소신을 밝히고 천도교의 중진인 權東鎭·吳世昌과 함께 孫秉熙 선생을 찾아가게 된 것이다.

여기서 내 고모부인 崔麟이 孫秉熙 선생과의 인연을 잠깐 얘기하고자 한다. 내 고모부는 대한제국 때 황실의 유학생으로서 각도에서 수재 25명을 선발했는데, 그 중 한 사람으로 일본 명치대 재학 중에 있었는데, 그 무렵에 孫秉熙 선생께서 일본으로 망명하였다.

大坂에 머물고 있던 孫秉熙 선생을 만나 여기에서 崔麟은 섬광 같은 예지의 눈을 가지고 孫秉熙 선생에게 말했다.

『민족운동을 하려면 첫째, 신도들이 많아야 하며 그 신도들로 하여금 한 끼에 세 숟가락의 쌀을 모을 수 있도록 권유한다면 충분한 재정이 될 수 있을 것입니다.』는 진언을 하고 나섰다.

이에 크게 감동한 孫秉熙 선생은 부자의 의를 맺고 헤어지게 됐다.

崔麟이 명치대를 졸업하고 귀국하는 즉시 義庵 선생을 찾았을 때는 천도교 교세가 크게 번창하고 있을 때이다. 보성전문학교, 보성소학교, 동덕여학교를 천도교에서 운영하고 있었다. 義庵 선생은 崔麟을 반갑게 맞이했다. 그러면서 이왕에 졸업도 했으니 보성전문학교를 맡아서 일해 달라고 부탁했다.

이 때 崔麟은 나이가 어려서 맡을 수 없다고 사양하고 보성학교를 맡겠노라면서 겸손해 하며 보성학교의 교장 자리를 앉게 된 것이다.

이렇도록 신임이 두터운 崔麟과 천도교의 중진들의 간곡한 부탁(다시 말해서 이 민족의 거사를 영도하는 지도자가 되어달라는)을 받고 거절할 까닭이 없었다.

『우리나라를 독립하자는 목적이고, 너희 젊은이들이 앞장서서 한다는데, 내 어찌 마다할 것인가. 모든 재정적 뒷받침은 내가 책임질 터이니, 그밖에 자세한 계획은 崔 교장이 세워 보시오.』

이리하여 각 종교단체의 책임자가 정해지고, 눈에 보이지 않는 움직임이 일기 시작한 것이다. 천도교는 崔麟이 맡고, 기독교는 六堂과 평안도 정주의 李承薰이 맡기로 결정하고 六堂이 李承薰을 데리고 보성학교에 와 필요한 자금 5천원의 거금을 받아 가기로 했다.

하루는 고모부께서 내가 공부하고 있던 방으로 들어왔다.

『대준(나의 본명은 大駿, 海剛은 아호)아! 오늘부터 너의 방을 사랑으로 옮기거라.』하시며 나갔다.

사랑으로 옮기고 난 후 내가 기거하던 공부방엔 仁村·六堂·玄相允 등의 출입이 잦아졌다. 또 다른 방에선 바둑알 놓는 소리와 가야금 소리가 매일같이 흘러나오고 있었다.

후에 안 일이지만 내 방에서 역사적인 「독립선언문」 골자를 작성하기 위해 위장한 일이었으며, 六堂에 의해서 기초된 「독립선언문」이 밤낮으로 사용하던 나의 책상에서 씌여졌음을 알았다.

해방 전후까지 그 책상을 전주에서 보관하고 있었으나 심한 가난과 빈곤으로 땔감이 없어 나의 큰 딸애가 아궁이에 넣고 말았으니, 가난이 저주스럽기만 할뿐이다.

마침내 천도교의 지도자 孫秉熙 선생을 위시한 33인의 민족대표자가 선정되어 거사 일정이 1919년 3월 1일로 결정되던 해 내 나이 17세였다. 보성학교 3학년이었고, 그 날은 3학년말 시험이 있던 날이었다.

나는 상급생에 이끌려 파고다 공원까지 왔고, 그 자리엔 낯설은 학생들이 불안한 눈으로 웅성거리며 초조한 시간만 보내고 있을 뿐이었다. 정오가 되자 어디선가 독립선언문이 낭랑하게 귓전을 때리고 사방에선 목이 터져라 조선독립만세 소리가 하늘을 찢어 놓는 듯 들려왔다.

『아, 이것이었구나……』

속으로 뇌까리면서, 그 동안 나의 공부방에 드나들던 사람들의 얼굴이 떠올랐다가 사라지곤 물밀 듯 내려오는 군중 속에 휩싸였다. 종로경찰서의 일제 보초들이 의아한 눈초리로 쳐다만 볼 뿐, 아무런 저지도 없었다.

얼마 후 기마병이 출동하고 콩 튀는 듯한 총성이 여기저기서 들려왔다. 총성에 군중은 흩어지고 나는 가까스로 일경의 눈을 피해 齊洞의 고모부 집에 도착하였을 땐 고모부는 이미 체포되어 가고, 고모님만이 나의 귀가를 애타게 기다리고 있었다.

그 후 약 1주일을 머리에 캡을 쓰는 등 변장을 하고 다니다가, 3월 8일 전주로 내려오게 됐다. 고향에 내려와서도 권태로운 나날의 연속이었다. 이렇게 무료하게 소일하던 중, 가친의 말씀대로 3·1운동이 나던 해 가을에 결혼식을 올리게 되었다.

얼마 후 안정을 되찾은 모교 보성학교에선 4학년으로 진급이 됐으니 상경하라는 통보가 왔으나 상경할 것을 포기하고, 아내의 권유로 전주신흥학교 고등과와 인연을 맺게 된 것이다.

내가 보성학교를 중단한 사연을 안 신흥학교 측에선 고등과 4학년으로 입학하라고 했으나, 아직 배워야 할 것도 많고 얼마 후면 졸업이라서 너무

짧은 학창 시절이 아쉽고, 또 적극적인 문예활동의 시간을 갖고 싶어 굳이 3학년으로 입학한 것이다.

Ⅲ. 신문학의 태동과 시의 鄕心

1908년 六堂 崔南善이 창간하여 1911년 폐간될 때까지 이 나라에 신문학의 뿌리를 내리게 한 新文社 발행의 『소년』을 접하면서, 신체시의 접촉과 더불어 신체시의 개념을 터득할 수 있는 기회가 되었다. 『소년』이 폐간되고, 『붉은 저고리』를 받아보다가 그것도 역시 폐간됐다.

이렇게 신문학이 태동하던 여명기에 昌東學校 4학년 때 우등 상품으로 받은 『아이들보이』라는 잡지에 동요·동시가 실려 있었는데 그렇게 재미있을 수가 없었으며, 이때부터 시의 정서를 향한 가슴앓이가 시작된 셈이다.

이 무렵 동경유학회에서 발행하는 『學之光』(박문서관)을 받아보게 되었는데, 여기엔 朱耀翰·金岸曙·黃錫禹 등의 시가 실려 있던 것으로 기억되고, 하룻밤새에 읽어버리면서 상상의 나래를 펼쳐보곤 했었다.

『아, 시라는 것이 이런 게로구나! 나도 시를 공부하려 했었는데, 정말 잘 됐군.』

이렇게 수많은 잡지를 닥치는 대로 탐독하던 중 우리나라에선 처음으로 번역 시집이 나오게 되었다. 金岸曙가 번역한 서구의 시집 『懊惱의 舞蹈』(바이론·하이네 등의 시 수록)가 나와 최초로 서구의 시를 접하는 기회가 되기도 한 것이다.

그러던 중 1921년 우리나라의 첫 시집 朱耀翰의 『아름다운 새벽』이 출간됐고, 그 해에 巴人 金東煥의 시집 『國境의 밤』이 나와 읽을 수 있었다. 1920년대의 시대성이 그러했듯이 조국이 직면한 숨가쁜 상황을 노래한 巴人의 시정신에 나도 모르게 심취해 들어갔다.

조국의 산천과 망국의 한을 노래한 巴人의 시에 영향을 받은 나는 일제에 대한 불기둥처럼 솟는 분노를 억누르면서 시를 생활하고 시에 귀의하게 되었으며, 나라를 빼앗긴 피압박 민족만이 갖게 되는 울분한 정서와 미래를 동경하는 명일에의 기원에서 새벽을 외치는 열정적인 시를 써야만 했던 숙명이 되기도 했다.

3·1 운동이 나던 다음해에 1920년 전주신흥학교 3학년으로 입학하면서

취미삼아 몇몇 문학에 뜻을 둔 동지들을 모아 『學友』라는 등사판 잡지를 창간해 내기도 했다. 이 때에 아직 시라고조차 말할 수 없었던 나의 최초의 시 「月下의 夢」을 발표하기에 이르렀다.

의외로 이 『학우』를 받아보는 사람마다 좋은 반응과 함께 나의 시에 대해서 칭찬을 해주었고, 특히 동경 와세다고등학교에 다니던 2년 선배인 柳春燮(일명 柳葉)에게 격려의 편지를 받으면서부터 시에 대한 조그마한 자신을 갖게 된 것이다.

소학교 시절에 선생님으로부터 들은 얘기가 나를 크게 작용하기도 했고, 미지의 세계를 동경하면서부터 시에의 鄕心이 내 곁에서 떨어질 수 없었다.

콜시카 섬 출신인 나폴레온이 하루는 언덕 위 뜬 화려하기만 한 무지개를 휘어잡으려는 마음을 먹고 언덕과 산을 넘어 무지개를 쫓아갔지만 무지개가 지중해로 물러나 버렸다. 이때 나폴레온은 『내가 장성하면 바다 건너저 무지개를 기어코 휘어잡겠다』는 의지를 품은 것처럼 나도 장성하면 내가 품은 미지의 세계를 꼭 정복하리라는 의지를 갖게 된 것이다.

나는 어릴 적부터 쓰기와 그리기를 무척 좋아한 편이다. 하얀 도화지에 그림을 그려 놓고 거기다 이야기를 만들어 붙여 보고 남 몰래 키득거리며 웃어보기도 했다.

또한 공상의 세계에 빠져보기도 했다. 산을 보면 산 너머엔 어떤 신천지가 도사리고 있으리라는 맹목적인 생각에 남고산, 기린봉을 수없이 오르곤 하였다. 저 산 너머엔 내가 상상도 못할 세계가 펼쳐지리라는 생각 때문에 기린봉에 오르고 보면 『별 것 아니구나』하는 실망으로 가슴을 꽉 메웠지만, 그러면 다른 산 너머엔 또 미지의 세계가 있을 것만 같은 생각 때문에 항상 마음 부풀어오르고 있었던 것이다.

내 나이 열아홉 살 때 군산으로 수학여행을 가게 되었다. 이 때에 난생처음으로 넓고 푸른 바다 저쪽 끝에 무엇이 있을까 하는 생각 때문에 밤잠을 이루지 못하고 바다 끝 쪽으로 달려만 가고 있었다. 어린 나의 눈에 비친 모든 자연은 시가 되고 그림이 되고 신성한 생활이 아니 될 수 없었던 것이고, 이 때부터 詩情에의 번민이 일기 시작했으리라.

그러면서 한편으로 남보다 의협심이 강했던가 보다. 강자가 약자를 억압하는 것을 보면 참지 못하고, 의가 아닌 것을 보면 얼굴이 달아오르도록 분개했었다. 하루는 나의 벗이 큰애한테 얻어맞는 것을 보고, 상대에게 씩씩거리며 멧돼지처럼 달려들었다. 결과는 뻔했다. 나의 코에서 피가 흐르곤 했지만, 이래야만 직성이 풀리는 것이었다.

이 때부터 일제의 압박에 눌린 한국의 아들로 태어난 나의 민족적 사상(맥박)이 정립됐고, 원고지에다나마 일제에게 꽁꽁 묶였던 사슬을 풀으려 안간힘을 쓰며 울분을 터뜨리게 되었던 것이다.

이렇도록 꿈 많은 소년 시절부터 아름다운 세계를 추구하는 것이 무엇이며, 또 어떻게 사는 것이 진실인가에 많은 회의를 품은 나머지 시작을 통해서 나의 심혼을 나타내리라 마음먹었다.

3·1 운동 이후부터 총독부에서는 문화정치를 한답시고 무관 출신의 일인들이 평복으로 갈아입고 한민족 앞에 나서게 된 것이다.

이 무렵 천도교 청년회에서 사회운동과 문화운동의 일환으로 펴낸 본격적인 종합지 『개벽』이 나왔고, 종합지이면서도 문학 쪽에 많은 지면을 할애하는 배려 속에 문인들의 활동 무대가 왕성해지기에 이르렀다.

『개벽』의 창간을 전후하여 우후죽순처럼 잡지가 쏟아져 나왔다. 대표적이라면 崔南善의 『청춘』과 『창조』, 『서울』 그리고 순수 문예잡지로 자칭하던 金岸曙가 이끌던 『백조』가 탄생했었으나, 일제의 억압으로 지령이 길지 못했던 것은 두말할 나위도 없다.

이렇게 우리나라에 신문학이 태동하던 무렵인 1922년 전주신흥학교를 졸업하고 서울로 올라가 천도교 중앙총부에서 운영하던 지금의 대학 과정인 宗學院(내 고모부인 如庵 崔麟이 원장)에 입학하여 수업하면서, 春園 李光洙에게 철학을 강의받았다. 다시 그 해 가을에 개학이 되어 종학원에 가보니 孫秉熙 선생의 작고로 인하여 천도교 내부에서 신·구파의 세력다툼이 한창이었다. 이 신·구파의 싸움으로 종학원이 폐원되는 바람에 나는 어쩔 수 없이 또 다시 낙향해야만 했었다.

고향에 돌아와 근 1년을 허송세월로 보내다가 1923년 전주사범학교 개교와 더불어 입학하여 1925년 봄에 특과 1회로 졸업하고, 진안보통학교에 부임하였다.

당시 春園 李光洙가 주간으로 있던 순수문예지 『조선문단』은 대단한 인기를 모으고 있던 잡지였다.

진안보통학교에서 교편을 잡고 있었을 때였는데, 그 당시 생각으로 나

이도 들고 체면도 있고 해서 시 한 편을 아이들 작문 시간에 같이 지어보
았다. 지금은 과학의 발달로 달나라도 왔다갔다하는 판이지만, 그 시절의
나의 마음이나 어린이의 마음엔 달나라에서 옥토끼가 방아를 찧고 있으려
니 하는 막연한 상념의 나래만 펼치고 있었던 때이다.

　제목은 「달나라」였다. 지금 그 내용은 다 잊어버리고 말았지만, 어렴풋
이나마 떠오르는 것은 『갈거나 갈거나 달나라를／저 맑고 깨끗한 달나라
를……』하는 동경의 세계를 더듬었던 시로 기억된다.

　나름대로 잘 다듬어서 『조선문단』의 독자 문예란에 투고하기에 이르렀
다. 그 무렵 나는 시작에 열을 올렸고 또 내 시가 과연 기성문단에서 인정
받을 수 있을 것인가 하는 의문 속에 있었다.

　『조선문단』에 투고한지 두어 달 후인 1925년 11월호(통권 13호)의 독자
란에 나의 이름 석 자와 함께 깨알같은 글씨가 뚜렷하게 박혀져 나왔다.
당시 독자란에는 층하를 두고 있었는데, 내 시는 1류에 들지 못함은 물론
이지만 3류로 취급하여 게재하는 것까지는 좋았으나, 약 30행 정도 되었
던 시를 10행으로 줄여 취급한 것이 몹시 마음을 아프게 했다.

　그렇지만, 나의 시에 朱耀翰은 『海剛은 지극히 淳實한 靈의 소유자이며,
매우 생각이 깨끗하다.』는 단평을 달았으며, 여기에서 크게 용기를 얻게
되었다.

　그래서 이번에는 좀 시다운 시를 써서 보내야겠다고 마음을 먹고 다소
곳이 앉아 한 바람 한 바람씩 수를 놓는 어머니의 자태처럼 정성을 들여
시 한 편을 완성하였다. 새끼줄에 묶인 굴비처럼 꼼짝조차 할 수 없었던
민족의 울분과 쫓겨다녀야만 했던 민족의 애환을 노래한 「흙」이라는 시를
투고하였다.

　『조선문단』에서도 이번에는 나의 시를 3류로 취급하지 않고, 좀 더 나
은 대우라고 할 수 있는 2류로 다뤘다. 이번에도 朱耀翰은 『사사건건 共怒
를 유발시켜주는 시다.』며, 장래가 촉망된다고 격려하기도 하였다.

　나는 이에 만족하지 않고 23세 되던 해 가을에 『조선일보』에 투고하기
로 마음먹었다. 그 때의 시가 「屠獸場」이었다. 우리 한민족이 도수장에 들
어가면 죽는 줄 뻔히 알면서도 울면서 끌려 들어가는 수난사를 칼날처럼
애끓는 심정으로 표출해낸 詩였는데, 어떻게 된 일인지 서슬이 퍼런 총독
부의 검열 당국에 통과되어 게재하게 된 것이다.

『조선일보』의 문예부장이 우리 고향 출신의 소설가 星海 李益相이었던 것도 그 후에야 알게 되었다. 점점 자신을 얻고 또 용기가 생겨났다. 『조선일보』에 두번째로 보낸 것은 우리나라 반도 삼천리를 抒情的으로 노래한 「옛뜰」이라는 시였다. 그 후부터 일주일에 2편, 한 달이면 5~6편을 발표하기에 이르렀다.

그러다가 23세 되던, 그러니까 1925년도 저물어 가는 12월 『동아일보』에선 우리나라 처음으로 신춘문예를 신설하였다.

『에이, 이곳에 투고하여 나를 다시 한 번 인정받아 보아야겠다.』

앞에서도 언급했지만, 민족의 울분을 원고지에라도 옮기지 못하면 숨막혀 살 수 없었고, 가슴에 박힌 유리조각을 빼내듯이 아픔을 참으며, 일제의 억압에 움이 꺾인 분함을 노래한 「새날의 祈願」을 스스럼없이 투고했다.

1926년 1월 1일. 산뜻한 잉크가 코를 찌르는 『동아일보』를 펼쳐보니, 나와 함께 2명이 1, 2등의 구분없이 당선의 영광을 차지하게 되었다. 같이 당선된 사람은 古詩의 번역에 심혈을 기울였던 李應洙와 朴芽枝였다. 이 신문을 펼쳐본 순간 나의 어깨는 마냥 으쓱해졌고, 또 하늘을 붕 나는 듯한 마음을 억제할 수 없었다.

그 무렵 『조선문단』이 휴간했다가 다시 속간되었다.

『나도 이만큼 실력을 얻고 인정을 받았으니, 『조선문단』에서 어떻게 대우해줄 것인가?』

이 생각 저 생각 끝에 「무너진 옛 성터에서」라는 시를 보내게 되었다. 그랬더니 巴人 金東煥, 朱耀翰, 金岸曙 등 그 당시 기라성 같은 시인과 함께 버젓하게 취급해 주는 것이 아닌가.

그러니까 1926년 『신문예』라는 잡지사에서 시·소설 등 현상공모를 한다는 광고를 보게 되었다. 신문사에서는 상금이 겨우 5원이었으나, 여기선 1등 50원, 2등 20원, 3등 10원이라는 파격적인 상금을 내걸었던 것이다.

여기에 응모할 뜻을 품고 나는 시상을 떠올리고 있었다. 그때 마침 『동아일보』를 펼쳐보며 연재소설의 삽화에 눈을 돌렸다. 어스름한 달밤인데 산모퉁이의 언덕과 언덕 사이로 어떤 여인이 외롭게 걸어가는 장면이 눈에 들어왔다. 여기서 떠오른 시상과 함께 제목을 생각해냈다.

「흰 모래 위를 걷는 처녀의 마음」. 꽤 긴 제목이었다. 흰모래(한민족) 위에서 새벽을 기다리며 지평선 저쪽을 향해 걸어가는 민족의 희망을 노래한 작품이었다.

大陸의 변두리 浦口에 어린 조약돌 꿈을 깨뜨리고
太陽의 巨大한 屍體를 안은 채 몸부림치는 사나운 바다여!
머얼리 꼬리를 감추고 달아나는 아기 우뢰를 몰아
가쁜 허파를 누르며, 너는 이제야 숨을 돌리는구나.

　　　……(중략)……
오, 발끝에 열리는 새벽의 都城이여!
오, 바람을 가르며 떼어놓는 愉快로운 걸음거리여!
우뢰를 씹으며 가슴은 두근거린다.
주먹을 투기며 脈搏은 하늘을 친다.

아름답게 빛날 새 아침의 誕生―
純情이 여울치는 東方의 乳房은
꽃무리 햇살 눈부신 約束을 그대들에게 보내노니
새벽의 子孫들이여! 窓을 깨뜨리고 뛰어나와 나를 맞으라.

이런 내용의 시였는데, 틀림없이 당선되리라는 기대를 갖고 기다렸다. 그러다가 방학을 눈앞에 둔 어느 날 신문예사에서 당선통보가 왔는데, 시 부문에서 1등 없는 2등이었고, 상금은 어디로 보낼 것이냐는 기쁜 질문까지 전해졌다.

일제의 암흑기에 민족적 갈망과 희구를 외면적으로 표출해낸 「흰모래 위를 걷는 處女의 마음」을 책자로만 만들어 놓은 것이 너무도 아까워, 다시 다듬어서 『개벽』지에 발표하기도 했다. 처음에도 언급한 바 있지만, 나는 巴人 金東煥의 詩를 무척 좋아한 편이다.

1920년대 후반, 당시 우리나라에 제일 권위있는 잡지라면 『조선지광』을 들 수 있다. 시에 대한 동경을 가진 자라면 한 번쯤 이 『조선지광』에 발표할 기회를 바라고 있었던 터이다. 물론 나 역시 시를 우대해주는 『조선지광』에 실려봤으면 하는 마음이 간절한 때이기도 했다.

향그러운 5월로 접어든 어느 날, 우연히 『조선지광』에 발표된 巴人 金東煥의 「5月의 香氣」를 읽게 되었는데, 너무도 감명이 깊었다. 이 시 속에서 5월의 어원과 5월이 풍겨주는 강한 뉘앙스로 형언할 수 없는 황홀경에 내 마음을 묻어버렸다.

나에게 시를 쓸 수 있는 정신이 있었다는 것이 얼마나 다행스런 일인지 모른다. 삭막하기만 했을 인생에 시를 대하고, 또 시를 쓸 수 있는 능력이 내가 지향하는 삶과 함께 영원하길 빌어보면서, 巴人과 같은 詩型으로 써 보리라는 생각이 가슴에 밀물처럼 젖어들었다.

巴人이 「5月의 香氣」라고 했으니 나는 「가을의 香氣」를 가지고 회심의 역작을 내 마음에서 건져 올리리라. 오곡이 풍성한 가을 들녘, 선들바람이 온몸을 휘감는 감미로움과 살찌듯한 가을 향내, 시어를 구하고자 들길을 걸으니 자연은 수많은 언어들을 토해내고 있었다. 솔밭에서 들려오는 청아한 목소리, 파아란 하늘에선 한 웅큼 쏟아지는 영롱함, 나의 작은 가슴패기엔 시심이 흘러 넘칠 듯하였다.

생각했던 시를 며칠을 고심하다가 퇴고하여 『조선지광』에 투고해 보았다. 그리고는 잡지가 나오길 학수고대하던 차에 1927년 가을 『조선지광』에 과거 巴人 金東煥의 「5月의 香氣」와 똑같이 취급하여 발표되었다. 이로써 나는 본격적인 시작 활동에 들어간 것이다.

> 맑은 햇빛이 고요히 깔린 大地를 조심조심 밟으며
> 들길을 걷노라니 가을은 무르익어 맑은 香氣는 나의 呼吸을 채워주네.
> ……(중략)……
> 다래 넌출 머루 넌출 얽흐러진 밑에 누워
> 머루 다래 한 알 두 알 구울리는 맛이라니…….
>
> 도라지 캐어, 더덕을 캐어 고추장 찍어 씹는
> 우리네 純實한 넋은 이렇게 가을을 맛보는 것이라네.
> ……(중략)……
> 오오 바다에서 드을로, 들에서 산골로, 산골에서 다시 들로 바다로
> 가을볕을 타고 가을 香氣 터졌네. 퍼어져 목숨을 적시네.
>
> 비옵니다. 가을의 香氣여!
> 길이 길이 이 땅 이 江山에 머물러 한 뼘 자욱도 떠나지 마사이다.

「가을의 香氣」가 발표된 다음해인 1928년 7월호 『조선지광』에 巴人이

쓴 「5月의 香氣」중 5월이라는 낱말을 넣어서 「5월의 香氣」보다도 더 좋은 시를 써 보려는 호수만한 욕심으로 「5月의 太陽」이라 제목하여 발표하였다.

이 시가 발표된 그 후부터는 전국에 산재해 있는 잡지사 그리고 종전에 내가 고정적으로 투고해 오던 잡지사 등에서 하루가 멀다 하고 원고청탁서가 쇄도해 왔다. 어떻게 보면 나의 시작 활동의 전성시대라고나 할까. 한 달에 보통 이 잡지 저 잡지 줄잡아 4~5편씩은 발표되었던 것으로 기억한다. 또 한 이 시기에 가장 많은 문우와 편지 왕래가 있었다.

6년 동안의 진안 생활에서 숱한 문우와의 사귐은 내 작은 인생이 여위어 가는 오늘날까지도 정신적 큰 자리를 차지하고 있음은 퍽 다행스러운 일이라 여겨진다. 한 번도 상면해 보지 못한 미지의 벗을 그리며 시간을 영위하던 그 많은 사연들…….

에머어슨이 말했던가. 『나는 벗을 책과 같이 대한다』고. 진지한 벗을 얻고자 했던 나의 소망은 곧 열정이기도 했다.

비록 잠자리를 같이 할 수 없는 우정이며, 언제나 만나 대화를 나눌 수 없는 애틋한 애정이 밀물처럼 스물댈 때마다 편지를 쓰며 우정을 쌓았고 마음을 달랬다. 특히 멀리 중강진에서 날아오는 金益富의 진지한 편지는 우리를 형제의 우애보다 더 정다움을 나누게 했다.

진안 생활에선 전국 각지에서 10여명의 文友들이 편지를 보내준 것으로 기억된다. 이들에게 답장하는 것이 어쩌면 하나의 나의 일과였는지도 모른다. 요즈음 같으면 엽서에다 간단하게 몇 자 띄우는 게 통례겠지만, 나의 시절은 상대방 모두가 진지한 태도였다.

보통 한 사람에게 원고지 7~8매를 쓰고도 여운이 남아 차마 편지를 봉하기엔 아쉬움이 있었다. 편지는 밤에 쓰게 되는 경우가 많은데, 새벽 2-3시경 잠자리에 드는 것이 태반이었고, 편지 답장하는 일 때문에 시작 활동을 중지할 정도였다면 과장된 표현일까?

어쨌든 즐거운 나날이었다. 미지의 벗에게서 온 편지를 읽으면, 그 날은 왼종일 소녀의 설레임과도 같이 동경의 나래를 펼쳐 보곤 했다.

경남 진주와 통영의 여러 문우에게서도 자주 편지가 왔다. 8·15 해방 후 부산신문사 편집국장을 지낸 孫楓山, 교편을 잡으며 시를 썼던 嚴興燮, 통영에선 호를 늘샘이라 불렸던 시인 卓相銖, 久月이라는 호를 가지고 동시를 썼던 李錫奉 등과도 사진을 교환하며 일주일에 한두 번씩 주고받았다. 우리들의 이야기는 대부분이 작품에 대한 이야기였다.

서로 얼굴 한 번 본 적이 없지만, 중강진에서 인쇄업을 크게 하며 시를 썼던 金益富와의 애틋한 우정은 날이 갈수록 두터워져 갔다.

신문과 잡지 등에서 발표되는 나의 시를 읽고 한번도 빠지지 않고 작품 평까지 곁들여 정성스런 답장을 보내주었다. 하루는 그에게서 뜻밖의 편지가 날아왔다.

─형님! 다름 아니옵고, 제 雅號는 원래 竹坡라 불렀습니다. 그런데 형님의 號 (嵐峯: 당시 내 아호를 말함)를 대하고 보니, 내 아호가 마음에 들지 않습니다. 그러니 형님의 號에서 한 字를 따 지어 주시면 감사하겠습니다.

　　中江鎭에서 金益富 올림

이런 내용의 편지를 받은 나는 당황하지 않을 수 없었다. 아직은 어느 누구에게도 아호를 지어 준 일도 없거니와, 내 자신이 남의 호를 지어 줄 만한 위치에 있지 않다는 생각이 들었기 때문이다.

아호 이야기가 나왔으니 당시의 내 아호에 대해서 잠깐 이야기하고 넘어가야겠다. 초기의 嵐峯이라고 자호한 동기부터 말해야 되겠다.

진안에서 교편을 잡고 있을 때의 어느 봄날, 수업 시간에 창 밖으로 내다보이는 마이산을 바라보았을 때, 갑자기 거센 바람이 일고 안개라도 낀 듯 뿌옇게 보이는 산봉우리가 폭풍 속에서도 의연히 솟아 있는 모습이 굳세게 보이고 기이한 생각이 들었다.

『세상의 어떤 어려운 난관도 헤쳐 나가고, 폭풍우도 뚫고 나가는 강인한 정신의 소유자가 되리라…….』

나는 이렇게 嵐峯이란 아호를 자호하면서 속으로 다짐했었다.

며칠을 망설인 끝에 金益富에게 답장을 보냈다.

『내가 嵐峯이니, 자네는 嵐人이라 하게……. 폭풍의 인간이라…….』

이런 연유로 해서 金益富에게 嵐人이라는 雅號를 贈號하게 이르렀다.

嵐人과 두터운 친교를 맺고 있을 무렵, 고향 전주에서 全州詩會를 이끌던 金昌述과 공저로 『機關車』라 이름하여 첫 시집을 출판하려고 하였다. 내가 20편, 金昌述 20편, 합하여 40편을 모아 조선총독부에 출판허가를 요청했으나, 끝내 허가를 해주지 않아 좌절의 시련을 맛보았다. 칼날같이 퍼런 시대에 젊고 활활거리는 불덩어리 같은 화끈한 점액질의 詩를 허가해 줄 리 만무였다. 용광로 같은 정열에 찬이슬이 내려 뿌려 허탈과 울분으로 변했고, 하늘을 향해 토해낸 절규는 되돌아와 내 어깨를 아리도록 아프게 후벼댔다.

한민족—.

더듬이를 잃어버린 개미라고 표현해야 옳은 말일까. 민족의 문화와 주체의식은 일제의 잔인성 앞에 思想無用의 토양으로 변해버렸고, 민족적인 정신의 집합은 마구 흐트러지고 말았다.

이런 안타까운 세태에서 시집 아닌 혈서를 낸들 무엇하리오. 첫 시집을 내려다 좌절당하고 침울하게 보내던 어느 날, 수업 중에 진안경찰서에서 안면이 있는 일인 형사 한 명이 찾아왔다. 혹시 시집 발간 때문에 요시찰 인물이 되지 않았나 하는 생각에서 가슴이 철렁했으나 태연스럽게 그를 맞았다.

『금산의 정해준이란 자를 아시오?』

일인 형사는 습기찬 말투로 윽박지르듯 나를 노려보며 말했다.

『정해준……』

鄭海駿이라면 금산에서 무슨 신문지국장을 하면서 나에게 자기 시에 대해서 평을 부탁한 사람인데 무슨 일로 체포되었다고 한다. 그 사람의 책상 서랍을 뒤지다 보니 내 편지가 나왔다는데, 그와 어떤 관계냐는 것이다.

『으음…… 조선총독부의 시집 출판 문제는 아니군…….』

속으로 안도의 숨을 쉬고, 형사에게 단호하게 말을 던졌다.

『여보, ××형사, 나는 다만 그 사람이 시를 배운다고 하기에 시에 대한 평을 말했을 뿐이오. 지금껏 한 번의 상면도 없었고, 선생인 나와 사상적인 접촉이 어딨겠오!』

따끔하게 나무라고 나는 수업을 계속하려 하자, 형사는 어리벙벙하게 쳐다보고 전에 없이 굽실거렸다.

『예, 예. 선생님의 말씀이라면 신용하겠습니다. 죄송하게 됐습니다.』

그 후, 나의 말이 주효했었는지는 몰라도 금산의 鄭海駿은 풀려 나왔다.

문단에 등단한 이후부터 30년대 초반까지의 나의 초기 작품에 대해서 다시 한 번 정리해 보고자 한다.

암흑기에 더듬이를 잘려 버리고 더듬거리던 한민족에게 새 시대를 향한 등불을 의무처럼 쳐들고 싶었고 새벽의 의미를 부르짖었다. 범람하는 일제의 잔학 속에서도 우리 민족에게는 흐르는 맥박의 본류만은 끄떡없이 흘러야 했기에 미래를 동경하는 열띤 나날이 끊이지 않았으므로, 나의 시정신도 破律 아닌 破律者的 흐름의 시였다고 보아야 할 것이다.

나는 문학적으로 보아서 영원히 잊을 수 없는 진안 생활 6년을 마치고, 1931년 전주 제이보통학교(현 전주교대전주부속국교)로 자리를 옮기게 되었다. 전주로 직장을 옮기고 보니 진안에서처럼 한가한 시간은 아니었다. 더구나 6학년을 맡고 보니 입시 준비 때문에 눈코 뜰 새 없었다. 진안에서 한 달에 4~5편의 시를 발표했었던 것이 30년대 초기에 접어들면서 주춤하였던 것이다.

그렇다고 명일을 향한 기원과 시를 신앙처럼 섬긴 심혼은 망가진 조국 산천을 그냥 놔두질 않았다. 이렇듯 전주에서 바쁜 교편 생활에서도 틈틈이 시작에 몰두하던 중 시 전문지의 편집을 맡게 되었다. 당시 月灘 朴鍾和가 이끌던 시 동인지 『薔薇村』(등사판)이 있었으나, 시 전문지는 전무 상태였다.

과히 최초라고 볼 수 있던 『詩建設』은 이미 나와 두터운 친교를 맺고 있던 嵐人 金益富에 의해서 창간호가 세상에 선을 보였다. 嵐人은 나에게 『詩建設』의 편집과 제자, 책의 장정 등을 맡아서 해달라고 부탁해 온 것이다. 나는 嵐人의 부탁을 기꺼이 수락하고 원고를 접수받았다.

『詩建設』은 약 5년 동안에 걸쳐 월간 또는 격월간으로 발행되었다. 발행소가 중강진에 있어 嵐人 金益富의 집으로 되었기 때문에 한 달 동안 투고해 온 원고를 모아서 내가 있는 전주로 부쳐 오는 것이었다.

나는 도착한 원고 뭉치를 들고 한벽당 마루바닥에 앉아 고덕산을 바라보면서 원고를 정선하였다. 당시에는 시 발표의 광장이 좁았기 때문에 일반 독자는 물론이요, 기성 시인들도 앞을 다투어 투고해 주었다. 일본 동경 유학생이었던 金珖燮을 위시하여 우리 고장 출신으로 당시엔 동국대에 재학 중이던 徐廷柱도 투고해 왔었다.

내 자랑 같지만, 투고해 오는 시들은 나의 손에서 수정되어 인쇄에 넘기곤 했다. 이렇게 순수시를 지향했던 『詩建設』도 당시의 모든 잡지의 지령이 그러하였듯이 오래 가지는 못하였다. 명색이 유가지였으나 워낙 기증

본이 많았기 때문에 도저히 버틸 수가 없었던 것이다. 어떻게 보면 5년이란 세월도 긴 세월이었다.

1940년 『동아일보』와 『조선일보』가 일제에 의해서 강제로 폐간될 무렵에 우리는 자진해서 종간하고 말았다. 이렇게 『詩建設』이 종간될 무렵에 나에게도 많은 변화가 일어났다.

1939년 3월 31일 전주에서 군산 제일보통학교로 발령이 나자, 나는 사표를 내고 잠깐 도청 이재과에서 일하기로 했다. 사표를 낸 이유라면 와병 중에 있던 아내의 병 간호를 위해서는 도저히 또 한 차례의 객지 생활을 할 수 없었던 때문이다.

아내는 그때 신장염으로 신음하고 있었다. 나는 이 무렵 전주에서 발행되고 있던 주간지인 『東光新聞』에 15회에 걸쳐 「張雪羅」와 「사랑의 黎明」이란 단편소설을 발표하기도 했다.

또 하나의 변화라면 방랑 생활을 시작하게 된 것이다. 우선 지금까지 한 번도 상면이 없었던 嵐人 金益富를 만나기 위해서 먼 여행길에 나서기로 했다.

이 여행길에서 나는 시집 『아름다운 새벽』을 출판하려고 원고 뭉치를 들고 그 동안 교분이 있었던 동아일보사의 異河潤을 찾아 출판 의뢰하였으나 나중에 되돌려 오고 말았다. 異河潤의 말을 빌리면 총독부에서 원고를 다시 돌려 받는데도 어려움이 많았다고 한다.

서울을 거쳐 지금은 꿈에서나 가볼 수 있는 금강산을 찾게 되었다. 이 금강산 여행길에서 오늘의 '海剛'이란 아호를 얻게 된 것이다. 나의 성까지 합하면 '金海剛'이므로, '金'은 태양과 知를 뜻하며, '海'는 바다와 情 그리고 '剛'은 육지와 意를 나타내므로, 다시 말해서 우주를 상징하는 뜻이 되는 것이다. 나는 이 같은 아호가 이 세상에 제일이라고 만족하면서 아쉬운 금강산을 뒤로하고 嵐人을 찾아 나섰다.

嵐人은 중강진의 갑부 아들로서 생활에는 별스런 불편을 느끼지 않았으나, 아내 되는 사람이 아이를 갖지 못해 고민하고 있다는 내용의 편지가 자주 왔다. 비록 생산을 못하는 아내였으나, 영리하여 모든 경제권을 주관하고 있던 터였다. 이 때에 부인은 내가 중강진에 온다는 소식을 듣고 몹시 기다리고 있었던 중이라고 했다.

왜냐하면, 남편이 외도할까 봐서 걱정하고 있었는데, 이 같은 문제들을 해결해줄 사람은 나뿐이라고 여겼던 때문이다. 그렇게도 많은 편지가 오고 갔지만 한번도 얼굴을 보지 못한 안타까움 때문에 그리움의 나날을 보내다가 이제야 상면의 길이 열린 것이다.

음력설이 가까워 올 무렵이었으므로, 이곳의 추위란 이루 말할 수 없었다. 전주에서 입고 간 옷으로는 도저히 추위를 감당할 수가 없었던 것이다. 영하 40도를 오르내리는 강추위에 엷은 내복으로 무장(?)한 나는 이를 악물면서 오직 嵐人을 만난다는 기대로 꽉 차 있었다. 말로만 듣던 평양을 거쳐 우리나라에서 제일 미인이 많기로 유명한 강계에 도착하였다. 중강진을 가자면 이 강계를 경유해야 하기 때문이며, 이미 날이 저물어 이 곳에서 여정을 풀게 되었다.

일박을 한 나는 여로의 피로도 잊은 채 목탄차에 몸을 싣고 중강진을 향해 달렸다. 그리운 사람을 만난다는 것이 이렇게 실감나던 때도 일찌기 없었다.

중강진 역에 마중나온 嵐人은 나를 즉각 알아봤고, 그 아내 역시 해맑은 미소를 보내고 있었다. 추위서 떨었던 몸이 사르르 녹아내리는 것을 느꼈다. 온 몸은 상면의 반가움으로 뜨거워 있었던 것이다.

『형님! 참 반갑습니다…….』

『嵐人! 고맙소.』

우리는 서로 포옹하면서 굳게 손을 잡았다. 嵐人과 첫날밤을 지내는데 이들 부부가 지내던 안방으로 나를 안내하였다. 나는 어리둥절했지만 이들이 하는 대로 그냥 있을 수밖에 없었다. 나중에 알고 보니 이것이 이곳의 풍습이라는 것이었다. 우리는 날이 새는 줄 모르고 이야기의 꽃을 피웠다.

그 이튿날 嵐人은 내가 입을 털옷과 모자를 사다주었다.

『형님, 여기서는 이렇게 입지 않고는 견딜 수 없습니다. 오늘부터 압록강 건너 만주땅인 臨江을 두루 돌아다닙시다.』

우리는 압록강 맞은 편에 당시 인구 10만 정도의 임강을 향해 기차에 몸을 실었다. 압록강을 건너 韓·滿 국경에 도착하였다. 추위는 중강진보다도 더하여 입김마저 얼어붙는 듯하였다.

그러나 嵐人은 이런 추위는 보통이라고 들려주었고, 대기하고 있던 중국의 호마차에 몸을 실은 우리는 살얼음을 딛는 듯 임강으로 달려나갔다. 내 생전 처음 대하는 추위 속에 중강진과 임강을 나다니면서 한 달 동안이나 묵게 되었다.

이때에 중강진이나 임강에 있는 사람들을 보면서 남모르게 웃은 일이 있었다. 남녀노소를 막론하고 40도를 오르내리는 추위를 이기기 위해서겠지만, 목도리를 하고 다녀 모두가 노인으로만 보였던 것이다.

嵐人의 방은 쩔쩔 끓어 몸에 화상을 입을 정도로 뜨거웠지만, 벽에는 그야말로 성에의 꽃이 피어나고 있었다.

방에서 불과 3M도 못되는 화장실을 가는데도 손이 꽁꽁 얼어 바지의 단추를 끄를 수가 없었다. 다시 방에 들어와 화롯불에 손을 녹여서 화장실에 다녀와야 했고, 화장실에 다녀와서도 언 손을 녹여야 했을 정도의 강추위였다. 물론 이곳 사람들은 보통이겠지만, 나로서는 참으로 견디기 어려운 추위였다.

길을 걷는 사람들은 모두 목도리를 했지만, 입김으로 인해 얼굴엔 하얗게 눈이 내린 것처럼 성에가 감싸고 있었다. 이곳 사람들은 이런 추위를 이기기 위해서 독한 술을 마시지 않나 생각되었다. 嵐人과 더불어 친구들이 모여 나를 위해 매일 술을 대접해주곤 했다.

한편으론 嵐人은 나를 아주 이곳 사람으로 만들려고 臨江에 새로 인쇄소를 차려 놓았으나 머무를 수 없는 몸이었다. 한 달 동안 묵으면서 嵐人과 함께 7편의 시를 지어 서로 견해를 묻고, 오늘의 시대상 그리고 시정신을 이야기하면서 더욱 우의를 두텁게 가졌다.

1.
종다리 없는 北方에
純情을 물고 날러온 靑제비 한 마리
바람 휘파람 치는 저녁
별빛만 화안하게 아름다운

시원한 하늘 밑에 한 쌍 어진 꽃은 빨갛게 타건만
제비의 마음은 언제고 南쪽만 그리워…….

2.
님이여! 트는 밤 님이 뜯는 거문고는
내 寢室에 어여쁜 꾀꼬리를 불러 주었으니.

金色 燦爛스러이 노래가 날아오는 淸明한 그날이
오오 四月의 旗폭 보다도 情다웠습니다.

그러나 님을 위하여 해와 달로 꽃무늬를 엮기도 전에
제비의 마음은 어이 南쪽만 그리워⋯⋯.
　　　― 「故鄕으로 돌아가면서」

　나의 벗 嵐人에게 이런 시를 한 편 남기고, 남행열차에 몸을 실었다.
서기어린 우리의 산천.
　동천에 솟는 빛나는 해를 맞으며 나는 고향의 품으로 달려갔다. 어쩌면
고향으로 가는 나는 어머니의 따뜻한 품에 안기고 싶은 떡아기의 심정이기
도 했다. 이렇게 고향으로 가는 나의 마음엔 하늘처럼 해가 피어나고 있었
던 것이다. 고향이란 그런 것인가? 나의 뇌리에 한 송이의 찬란한 꽃으로
활짝 피어났다. 천하에 보배란 보배를 다 모아 쌓아 놓더라도, 이 한 송이
의 꽃에는 견주지 못하리라.
　고향 전주에 내려온 나는 3년 동안 신장염으로 고생을 하고 있던 아내
의 병간호에 전념해야 했다. 모든 시름 다 잊어버리고, 사람 하나 살려야
겠다는 신념이었다.
　이런 아내의 와병 중에 도청 이재과에서 근무하다가 사직하고, 다시 전
주임업주식회사라는 곳에서 1년여를 보내다가, 그렇게도 염원하던 감격의
해방을 맞이하게 된 것이다. 우리 한민족이 다같이 축하해야 할 이 땅에
영원히 빛날 민족의 날을 맞은 것이다.
　이런 숨막히는 감격의 순간이 연속되던 어느 날 전주농림학교 吳祥洙
교장이 집으로 찾아왔다. 그는 대뜸 전주사범학교에서 근무할 의향이 없느
냐는 것이었다. 吳 교장의 의중을 짐작한 나는 쾌히 승낙하고 전주사범과
인연을 맺게 되었다.
　그러나 그 해 추석을 맞은 그 이튿날, 신장염으로 고생을 하고 있던 아
내는 이내 한 많은 세상을 하직하고 말았다. 살이 물러나고 뼈가 바스러진
다 해도 굳세게 살자고 하던 아내였다. 나이 스물에 시집 와서 어린 남편
따라, 또 가난살이 10여 년에 눈을 감은 것이다.
　병들어 누워 있었으나, 그는 순정에 타는 웃음을 띄었고, 오히려 일터로

떠나는 나의 가슴에 삶의 용기를 북돋아 주려고 파리한 손으로 나의 손을 꼭 쥐었는데…….

　나는 상처의 슬픔을 달래며 직장에 충실하기로 하는 한편 시작에 전념하기로 했다. 하루는 당시 전북일보사 편집부국장으로 있던 白楊村이 찾아와 시에 대한 이런저런 대화 끝에, 나는 신문사를 그만 두고 나와 같이 2세 교육에 투신할 생각이 없느냐고 물었다.

　그러나, 이런 느닷없는 나의 질문에 白楊村은 어리둥절한 눈치였다. 나는 다시 다그쳤다. 그래서, 문학 활동도 쉬임없이 할 수 있고, 또 안정된 직장도 되고 하니 빨리 승낙하라고 말이다. 이 같은 성화에 白楊村은 승낙하고 돌아갔다.

　해방 이후 전주사범학교 교장은 공석에 있었다. 차츰 정국이 안정을 찾을 즈음해서 내가 보성고등학교 3학년 때 담임 선생님이셨던 金亨培 선생님이 교장으로 부임하게 되었다. 나는 선생님과의 몇 십년 만에 재회의 기쁨을 나누는 자리에서 문학에 조예가 깊은 사람이 우리 학교에 있어야 한다고 말씀드리고 白楊村을 추천하였다.

　『그래, 김 선생의 말이라면 믿지…….』

　근엄하시던 교장 선생님은 당장 白楊村을 데려올 것을 부탁하였다.

　나는 동지 한 명 얻은 기쁜 마음으로 白楊村을 데려와 교장 선생님과 면담시켰다. 과연 교장 선생님은 白楊村의 언행에 만족해하시며, 내일부터 국어과를 담당하라고 명령하였다. 이렇게 白楊村과 같은 학교에 근무하게 되면서 시작 활동에 열중하게 되었다.

　해방을 맞은 감격의 해도 다 저물어갈 무렵 金求眞(연극인)이라는 사람이 찾아왔다. 그는 몇몇 문학에 뜻을 둔 사람들이 모여 문학 단체를 하나 만들어 보자고 제의하고 나서는 것이었다.

　이미 金求眞은 白楊村과 이야기가 있었던 모양이다. 우리는 文化同友會라 會名을 정하고 전북금융연합회를 사무실로 접수하게 되었다.

　전북금융연합회에서는 1주일에 한 번씩 문학강연회를 갖기도 했는데, 柳葉을 비롯한 도내 문학인들이 대거 참여하여 열띤 토론을 벌이며 향토문학의 방향을 모색하는 한편, 자기 발전의 밑바닥을 구축하기도 했다.

　이 때에 나는 일제 암흑기에서 빛을 보지 못한 열정의 시들을 밤하늘의 별만큼이나 많게 쏟아 놓기도 하였다. 전북금융연합회의모임이 1년여 지속되는 동안 나는 전주에서 발행되던 『全北公論』이라는 잡지에 중편소설 「썩은 개살구」를 발표하여 상당한 인기를 얻은 것으로 기억된다.

당시의 시대상이 그러했듯이 나 역시 쥐꼬리만한 봉급으로 7남매를 이끌어 나가자니 오늘날에는 이해하기 힘든 궁핍과 굶주림으로 숱한 세월을 보내기도 했다.

상처한 뒤부터 큰딸 아이가 우리 집 살림을 도맡아서 어린 동생들을 눈물로써 보살폈다. 한 끼 두 끼 굶는 날은 다반사요, 어느 때는 3~4일을 온식구가 굶은 적도 있었다. 어린 아이들은 제 누나의 눈치를 보며, 제 누나가 부엌으로 들어가는 날이면 밥을 먹을 수 있다고 기뻐하였고, 누나가 방에서 꼼짝도 하지 않으면 그 날은 굶는 날로 단념하고, 아예 이불을 둘러쓰고 잠자리에 드는 일이 비일비재하였다.

그러나 이러한 굶주림의 나날 속에서도 어린 7남매들은 의좋게 자라주었다. 7남매들은 나의 위안이었으며 안식처였기 때문에 큰 힘을 얻을 수 있었고, 또한 박꽃처럼 착한 딸아이가 한없이 고마웠다.

그렇기 때문에 나의 몸에 와 닿는 햇볕도 부드러운 숨결처럼 따뜻하기만 했고, 티없는 동심으로 돌아가 아이들과 함께 지낼 수 있게 해준 하느님께 감사드렸다.

이런 가난과 굶주림 속에서도 무한한 행복을 느끼면서 아이들을 데리고 등산을 즐겼는데, 이것은 우리 가족만이 가질 수 있는 하나의 아름다운 행복이었다고 생각한다. 비록 구두 한 켤레를 가지고 3년을 신고, 겨울 양복이 없어 봄 양복을 그대로 입고 다니는 궁상이었으나 군군하게 살아갔다.

이러한 가난 속에도 좌절하지 않고 전주사범에서 일제 암흑기에 가르치지 못했던 한글과 시작법의 강의에 열중하였다.

지금도 초롱초롱한 눈망울을 굴리던 제자들의 얼굴이 뇌리를 스쳐간다. 특히 한글 맞춤법에 대하여 관심을 쏟았던 애제자들의 모습이 지금도 나의 가슴에서 살아 꿈틀거리고 있는 것이다. 金榮來(심상과 6회, 현 전주시립박물관장), 鄭泳福(심상과 6회, 작고함, 『동아일보』 편집 고문), 金元泰(심상과 6회, 현 진안국교교장), 韓周燮(본과 2회, 현 전주교대 교수), 趙忠勳(본과 2회, 전 재무부차관) 등이 눈썰미도 남다르게 나의 한글 맞춤법 강의에 심취한 것으로 기억된다.

해방 직후 어수선한 때여서 올바른 국어 교과서 하나 없었다. 李熙昇이 펴낸『한글 맞춤법 강의록』을 기준해서 밤새도록 프린트로 교재를 만들어 제자들이 나눠 보는 수업이었지만, 마냥 즐겁기만 한 표정들이었다.

『저희들은 선생님을 뵈옵기만 해도 즐겁습니다.』

『선생님 시간이 젤 기다려집니다.』

교단에 설 때마다 제자들의 처음 인사가 이것이었다. 반겨 맞아주는 그리고 희열에 넘치는 젊은 제자들의 표정이 너무도 진지하였고 정겨웠으며, 내일의 이 나라 주인공에게 나는 박수를 보내지 않을 수 없었다.

나의 입에서 떨어지는 말 한 마디 한 마디라도 놓치지 않으려고 귀담아 듣는 태도는 나로 하여금 눈시울을 적시게 하였던 것이다. 나의 일언일구가 그들의 지성을 밝힐 수 있고, 키울 수 있는 보람된 수업이 될 수 있도록 나는 성의를 다했다. 이 한글 맞춤법 강의야말로 조국의 미래에 바치는 정열이라 생각했기 때문이다.

이렇게 한글의 중요성을 강조하던 어느 날, 복도를 걷는데 누군가가 헐레벌떡 뛰어오는 학생이 있었다. 남학생답지 않게 예쁘장하게 생긴 용모였다. 그 학생이 대뜸 하는 말이,

『선생님, 선생님의 시작품을 주십시오. 그러면 저희들이 프린트해서 작품집을 한 권 만들어 올리겠습니다.』

『그래, 이름이 뭐지?』

『예, 심상과 鄭泳福이라고 합니다.』

복스럽게 생긴 얼굴에 준수함이 넘쳐 보였다. 얼굴도 잘 생겼을 뿐만 아니라, 말도 썩 잘하는 편이었다. 뉘집의 아이인지 똑똑했으며, 그 인연으로 해서 그는 나를 존경하고 따랐다. 그는 47년에 졸업하고 서울에 올라가 서울에 올라가 고학으로 사범강습소(현 사범대학)를 나왔다.

한 번은 그에게서 편지가 왔다. 중고등학교에서 교편을 잡을 수 없겠느냐는 부탁이었다. 이 편지를 받은 나는 생각 끝에 吳祥洙(당시 전주공업학교장)의 자택이 있는 靑水町(현 전주시 교동)으로 밤에 찾아가게 되었다. 吳교장에게 내가 찾아온 연유를 설명하였다.

『내가 가장 사랑하는 제자인데, 장래가 촉망되는 청년입니다. 이 제자의 취직 자리를 알선해 주십시오.』

『선생님의 말씀이라면 거절할 수 없지요. 제가 한 번 힘써 볼 테니 대

면할 수 있는 자리를 마련해 주십시오.』

나는 이 언약을 받은 후 정영복에게 편지를 내게 되었다. 이 연락을 받은 정영복은 바로 전주에 내려와 뭇 교장과 면접하고 전주공업학교에서 국어를 담당하게 되었다.

그는 취직이 된 며칠이 안 돼 전주사범학교 학적부를 떼러 오는 길에 나의 방을 찾게 되었다. 그 동안 사제지간의 쌓인 대화가 샘물 솟듯이 쏟아졌다. 우리는 몇 시간 동안 대화를 나누다가 헤어지게 되었다.

그러나 그가 현관을 나서려는데 선뜻 머리 속에 떠오르는 것이 있었다. 뛰어가 그를 불러 세웠다.

『어이, 정군. 자네 결혼했는가?』

『아니요, 아직 미혼입니다.』

『집에서 얼씬네 간에 혼담이 오가고 있는가?』

『부모님께서 혼처를 알아보고 있습니다만, 아직 약혼은 안 했습니다.』

『그럼 됐네. 올해 몇 살이지?』

그의 눈이 더욱 휘둥그래지기 시작하였다. 더욱 의아해진 정영복의 얼굴에 홍조가 일었다. 나의 이 같은 뜻밖의 질문을 정영복이 알아차릴 리만무였던 것이다.

『네, 선생님. 올해 스물 두 살입니다.』

정영복의 또렷한 대답은 너무나 야무져 보였다.

『으음, 내 딸아이보다 한 살 아래로군…….』

나는 속으로 이렇게 되뇌이면서 다음 질문을 생각해 냈다. 정영복은 계속 어리둥절한 표정으로 나의 눈을 응시하고만 있을 뿐이다.

『그럼 됐네.』

『네? 선생님, 뭣이 됐다는 말씀이신지요?』

이상스럽다는 정영복의 모습은 사뭇 진지해지기 시작하였다.

나로서는 차마 이 말만은 쉽게 입에서 떨어지지 않았다. 아니 떨어지지 않는 것이 아니라, 이 말을 전하는 순간 말문이 탁 막혀 버리는 것이 아닌가. 왜냐하면 나의 딸 혼인 문제를 가지고 내가 직접 서둔다는 것이 쑥스럽기만 했기 때문이다.

그리고, 또 사제지간에 혼담을 나눈다는 것이 어쩌면 낯붉힘 같아 멋쩍기만 했다. 그러나, 내킨 김에 할 말은 해야겠다고 생각되었다.

『실은 말이네, 정군. 내겐 7남매가 있네. 그 7남매 중 큰딸 아이의 혼기가 됐거든…….』

나는 더 이상 말을 잇지 못하고 정영복의 표정을 읽었다. 정영복도 역시 아무 말도 하지 못하고 그저 얼굴만 빨개져 달아올랐다.

정영복은 내 딸 雲貞과는 초면이 아니었다고 한다. 점심때면 의례이 운정이가 내 도시락을 가지고 학교에 오기 때문에 눈여겨봐서 얼굴은 알고 있는 터라고 스스럼없이 토로하였다.

『그럼, 정 군! 내 큰사위가 돼 줬으면 하는데, 자네의 의사는 어떤가? 내 딸아이보다는 자네가 한 살 아랫니지만…….』

둘만이 서서 이야기를 나누는 복도엔 아무도 지나치는 사람이 없이 고요하였다. 우리 둘 사이엔 더운 침묵만이 흐를 뿐이었다. 샘처럼 솟는 구슬 같은 언어를 구사하던 정영복이었건만, 이 대답만은 쉽게 할 수 없는지 당황하고 있었다. 어쩌면 정영복만이 가질 수 있는 고담한 인격의 일면이라고 할까. 하여튼, 그는 빛나는 예지의 눈동자만을 굴릴 뿐 침묵을 지키고 있었다.

이렇게 몇 분 동안의 침묵이 흐른 뒤에 굳게 닫힌 그의 말문이 열렸다.

『선생님, 너무도 뜻밖의 말씀이라서 감히 대답조차 하기 거북스럽습니다만, 시골에 한 번 내려가서 부모님과 상의해 보겠습니다. 허나 제가 감히 선생님의 사위가 될 수 있겠습니까?』

정영복은 극구 사양하는 눈치였다. 그러면서도 내심은 그렇지 않다는 인상을 충분히 알아차릴 수 있었다.

『그럼, 언제 시골에 내려가려나?』

『네, 이번 주말에 내려가서 부모님께 여쭤보겠습니다. 월요일 저녁에 선생님을 찾아뵙고 결과를 말씀드리겠습니다.』

이런 대화를 나누고 정영복과 헤어졌다.

약속대로 정영복은 시골에 다녀와서 월요일 저녁에 宣北洞(현 고사동 전주중앙교회 옆)의 나의 집을 방문하였다.

그의 모습이 명랑한 것을 보니 나도 덩달아 기분이 좋았다.

『그래, 시골에는 다녀왔는가, 정군?』

내가 먼저 그의 대답을 물을 정도로 초조하고 궁금하였던 것이다.

그 사이에 딸아이가 차를 가지고 방안에 들어섰다. 차를 내려놓자마자 운정은 쏜살같이 제 방으로 가 버리고, 다시 우리 둘만이 남았다. 우리는 서로 따뜻한 정을 느끼면서 부담없는 대화를 나눴다.

『선생님, 시골의 부모님께서 쾌히 승낙하셨습니다. 선생님의 따님이라면 너무 과분하다고 말씀하시면서요.』

이 말을 마치고 난 그는 벌떡 일어나 옷깃을 고치고 넙죽 절을 하는 것이었다.

『아따 이 삶, 새삼스럽게 절은 무슨 절인가. 핫하하…….』

나는 웃으면서 절을 받는 둥 마는 둥 그를 자리에 앉히면서 자세한 얘기를 해보라고 했다. 오랫동안 이야기를 나눈 후 그는 돌아갔고, 운정을 불러 정 군이 어떠냐고 의중을 물었더니, 아버지의 의사만 좋다면 자기도 좋다면서 수줍게 웃었다.

이 일이 있은 얼마 후 그가 몸담고 있는 전주공업학교에서 초청장 2장을 보내왔다. 전주공업학교의 종합 예술제의 초청장이었던 것이다. 이는 필시 그가 보낸 것으로써 나와 운정이 함께 와서 구경하라는 뜻을 내포하고 있었다.

종합 예술제가 거행된 날은 비가 몹시도 후질게 내렸다. 나는 운정과 함께 정주공업학교 정문에 들어서서 그를 찾느라고 두리번거리고 있는데, 저만큼에서 누군가가 빗속에서 헐레벌떡 뛰면서 오는 사람이 있었다.

정영복이었다. 그는 함박웃음을 잊지 않은 채 우산을 받쳐들고 우리를 안내하였다. 이렇게 해서 정영복과 운정은 자연스럽게 교제했고, 급기야는 사주가 오고 가면서 약혼이 성립되었다.

약혼식을 올린 이듬해인 1947년 4월 선북동 나의 집에서 양가의 친지들이 모인 가운데 혼례식을 가졌었다. 사람들은 딸을 시집보내면 섭섭한 마음이 든다고 하지만, 나의 경우는 그렇지 않았다. 너무나도 나의 마음에 든 사위였기 때문이다.

이들 부부는 물왕물(현 전주시 중노송동)에 신접살림을 3년여 동안 꾸리다가 정영복이 군산여고로 전근되는 군산으로 이사하였다. 군산에서 이들 부부는 6·25를 만났고, 당시 정영복은 서울의 2개 신문사의 신춘문예에 응모한 희곡이 모두 당선되는 영광을 안고 나와 같은 문학의 길을 걸었다.

전쟁 무렵 그는 전북일보사의 朴龍相 사장(작고)의 권유로 언론계에 투신했는데, 도청 등을 출입하다가 이리 주재 기자로 자리를 옮겼다. 그는 다시 무슨 통신사인가로 자리를 바꿔 일하다가, 『동아일보』와 인연을 맺어 문화부장, 출판국장, 논설위원을 거쳐 지금은 편집 고문으로 있다가 타계하고 말았다.

그는 1남 4녀를 두었는데, 장남 赫朝는 서울大를 졸업하고 벨기에 대학원에 유학 중이며, 장녀 曉星은 淑大 졸업 후 차녀 抒衍(한양대 작곡과 졸업)과 함께 결혼하여 미국에서 살고, 3녀 曉衍, 4녀 抒蘭이 대학에 다니고 있다.

동족 상잔의 6·25동란이 일어나기 얼마 전으로 기억된다. 나는 한국문인 협회에 참석하려고 상경하게 되었다. 남대문 옆의 어느 큰 빌딩에서 회의가 있었는데, 우리나라의 기라성 같은 문화인들의 얼굴이 여기저기서 보였다. 시, 소설, 희곡, 연극, 영화계 등에 관련된 문화인들이 한자리에 모여 한국문인협회 창립 총회를 갖게 된 것이다.

月灘 朴鍾和, 憑虛 玄鎭健, 趙演鉉, 白鐵, 未堂 徐廷柱, 金起林, 異河潤, 怡山 金珖燮, 丁來東 등의 모습이 보였다. 이 때, 우리 고장 고창 출신의 미당 서정주가 서글서글한 모습으로 여러 문인들에게 나를 소개하느라 부산했다. 인사를 나눈 나는 그들과 백년지기나 된 것처럼 정분을 느끼며 술을 마시고 있는 사이에 미당이 나의 곁에 와서 귓속말로 속삭였다.

『해강 선생님, 이 자리에선 이만하시고 저와 함께 갈 곳이 있으니 어서 일어나십시오.』

『으응, 알았네. 그렇게 하지…….』

나는 미당이 데리고 가는 곳이 어딘지도 모르고 따라나섰다. 어느 조그마한 중국 음식점이었던가. 그곳에서는 청마 유치환 일행이 저녁을 들면서 술을 마시고 있었는데, 벌써 몇 잔씩 마셨는지 장내는 시글짝하니 웅성거리고 있었다.

미당의 소개로 청마와 처음 대화를 나눴는데 첫인상부터 화끈한 면이 엿보였다. 그는 처음 대하는 나를 보더니만 너털웃음으로 반겨줘 어리둥절하기만 했다. 첫눈에 호걸이라는 인상과 함께 압도당하는 느낌이라고 할까.

『허헛, 해강! 해강이란 말이지. 반갑소.』

청마는 연거푸 감탄사를 지르며 나를 자기의 옆자리에 앉히더니만 대뜸 술을 권하는 것이었다.

나는 청마의 호의를 거절하지 못하고 술을 받아 마시며 쏟아지는 이야기의 봇물을 막지 못했다. 이 자리는 마침 청마가 서울시 문화상을 받은 기념으로 자축하는 자리여서 더욱 술자리가 길어져 갔다.

이렇게 술자리가 길어지자 미당은 몸둘 바를 몰라 안절부절했다. 나는 이런 미당을 불러 왜 그렇게 초조해 하느냐고 물었더니 자초지종을 털어놨다.

『실은 오늘 KBS방송국에서 대북 방송을 하는 날인데, 시간이 임박하여 큰 일 났습니다. 어서 자리에서 일어나 저와 같이 가시지요?』

실토한 사연을 듣고 보니, 미당은 방송 시간이 많이 남아 있어 그 시간을 채우려고 나를 이리저리 데리고 다닌 것임을 알 수 있었다. 그러나, 고향의 후배를 책망하기 싫어 그와 같이 KBS방송국으로 달려갔다.

스튜디오에 들어간 미당은 원고도 없이 자작시를 줄줄 외워 나갔다. 그때서야 미당에게 저런 천재적인 기질이 있었구나 하는 생각이 들었다.

방송국 측에서 나보고도 한 편을 낭송해 달라고 요구하기에, 마침 시학사의 편집장 윤곤강에게 시집 발간을 부탁하기 위해 가지고 온 원고 보따리에서 「마음의 조국」이라는 시를 읊었다. 나로서는 처음으로 방송과 인연을 맺은 셈이었으나, 하마터면 훗날 운명이 바뀔 뻔하기도 했다.

미당과 이런 대북 방송을 마치고 얼마 후에 6·25를 만났다.

한가롭던 나의 고향 전주도 북괴의 포성으로 찢기우기 시작했고, 여기저기선 벌써부터 피난길을 재촉하느라 야단들이었다. 나는 가족을 데리고 선산이 있는 완주군 소양으로 피난을 나섰는데, 여기서 1주일을 머물렀을 쯤 해서 전주의 학교(전주사범학교)에서 급히 출근하라는 연락을 받게 되었다.

급히 학교에 도착해보니 살벌한 분위기가 감돌뿐, 전 같은 학교 분위기가 아니었다. 교무실 창 너머로 보니 빨치산들이 점령하고, 교사들은 그들 앞에 무릎을 꿇어앉은 채 그들의 심문을 받고 있었던 것이다.

참으로 어처구니없는 노릇은 교사들을 신문하는 빨치산들이 과거에 우리 학교에서 퇴학을 당한 자들이었기 때문이었다.

『김해강 선생, 이리 나오시오!』

후줄근한 땀으로 뒤범벅이 된 몸을 이끌고 그들 앞에 섰다. 얼굴을 자세히 살펴보니, 과거에 우리 학교에 불만이 많았던 자임을 알 수 있었다.

『우리가 산 속에서 라디오를 들었는데 말이요…….』

쩌렁쩌렁한 목소리로 호통치는 게 아닌가. 순식간에 교무실은 무덤 같은 전율이 흘렀다.

『……푸른 푸른 어쩌고 하는 시 말이요. 이게 문제란 말이요?』

지휘봉인 듯한 막대기로 교무실 바닥을 탁 치면서 눈을 부라렸다. 표독한 이리떼의 눈빛을 보자, 온몸에 소름이 돋기 시작하였다.

『무슨 시 말이요?』

나는 시치미를 떼고 말했다.

『푸른 푸른— 어쩌고 하는 시 있잖소! 서정주와 같이 낭독한 시 말이요!』

『아, 아, 「마음의 조국」 말이군요. 이 시는 나를 낳아준 조국을 찬양한 시요. 이 세상에 조국을 사랑하지 않는 사람이 어디 있겠…….』

이 말이 떨어지자 우두머리인 듯한 자가 달려나와서 신문하는 자에게 권총을 들이밀었다.

『이런 자는 직결처분하시옷!』

한동안 음산한 침묵만이 흘렀다. 그리고 신문하던 자에게 넘겨진 권총은 다시 우두머리에게 넘겨졌다.

『아직 조사할 것이 많으니 직결해선 안 되오.』

위기일발이었다.

그 이튿날도 전주 신흥학교에 있던 그들의 본부로 출두하라는 전갈을 받게 되었다. 초조한 마음으로 신흥학교에 도착해 보니 전주의 유력한 인사들이 끌려와 신문을 받으며 곤욕을 치르느라 얼굴들은 모두 흙빛이었다.

한 놈이 다짜고짜로 나서더니,

『당신 김해강이지?』

책상을 툭툭 치면서 뇌까렸다.

『당신! 「반공가」를 지었다면서?』

6·25 이전 道에서 「반공가」를 모집했었는데, 심사위원으로 위촉받아 당선작을 약간 고쳐서 발표한 적이 있었다. 이것을 그들이 알아차리고 불러들인 것이다. 그러나 나를 신문하는 동안에 무슨 급한 일이 생겼음인지, 내일 다시 오라면서 돌려보냈다.

그 이튿날 이 곳에 다시 와보니, 벌써 그들은 북으로 패주하고 난 후였다. 6·25를 겪은 우리 민족이면 누구나 다 그때의 경제 사정을 알 것이다. 나의 가정 생활도 빈곤하기 짝이 없는 생활이었다. 나이는 자꾸 들어가는데 생계는 더욱 터덕거리기만 하니, 이렇게 살아가야 하는 것이 나의 팔자인가 하고 자위도 해보았다.

학교에서 나오는 쥐꼬리만한 월급만 가지고는 도저히 살아갈 수 없었으며, 그렇다고 다른 수입은 없고, 어떻게라도 달리 돈을 벌 방도가 없으니 나날이 늘어가는 것이 태산 같은 걱정 뿐이요, 그러자니 자연히 마음만 우울에 잠길 뿐이었다.

큰 사람이나 작은 사람이나 언제나 한 번 따뜻이 불을 땐 방에서 잠을 자보나 하는 말을 하게 되고, 언제나 한 번 고깃근이라도 사서 뱃속을 따뜻하게 해보나 하는 말이 절로 나왔다.

사람이 살아가는데 어느 정도 살아간다는 재미는 있어야 할 것이 아닌가. 그러나 내가 살아가는 그것은 삶이 아니요, 가혹한 매질이며 형벌이었다. 이 생활의 빈궁을 모면하려면 양심을 팔고 거짓을 감행해야 할 것이니, 그것은 도저히 내 심정과 성격이 허락지 않는 일이고, 그대로 모든 것을 감수해가자니 마지막 헐벗는 신세가 될 것이 뻔한 일이다. 죄없는 선민(善民)으로서 보장없는 생활을 해 나가자니 자못 설움만이 복바치는 일이었다.

이런 궁핍한 생활의 연속 속에서 하루는 학교 교무실에서 가만히 살펴보니까 다른 직원들이 미리 월급을 가불해 가는 눈치가 보였다. 오늘 저녁을 끓일 양식이 없어도 절대로 가불은 해 쓰지 않는 성격인 내가 교장에게 구차하게 나의 집안 속사정까지 이야기한다는 것은 자존심이 허락하지 않아 그날 그날을 쪼들리면서도 이겨내는 신세였다.

아무리 후질구레한 양복에 해진 운동화를 신고 출근하는 궁핍한 생활에 허덕이더라도, 착하게만 살아가면 그만이라는 자위가 없었더라면, 나의 삶은 하루도 지속하지 못했을 것이다. 가난과 불우에서 오는 생활의 위협, 이것을 버텨 나가는 길만이 고고하게 살아가는 좌표라고 믿었기 때문이다.

그러나, 버티고 버틴 나도 어쩔 수 없이 자존심을 땅에 떨어뜨리고 말았다. 무서운 물가고에 먹고 살아가는데 힘이 부친 때문이리라.

하루는 교장실 문을 용기를 내어 두들겼다. 참으로 죽기보다 못한 짓이었다.(당시 전주사범학교 교장은 申正圭씨)

『제가 아무리 옹색한 생활이더라도 한번도 이런 말을 한 일이 없는데, 대단히 죄송한 말씀입니다만, 월급 좀 미리 앞당겨 쓸까 해서 찾았습니다. 교장 선생님, 배려해 주십시오.』

나는 모기 소리로 교장의 눈치만 살폈다. 입을 다문 신 교장은 좀처럼 입을 열려 하지 않았다.

『교장 선생님, 사정 좀 살펴 주십시오.』

『해강, 그렇게 쪼들리나?』

그러나, 나의 이런 구구절절한 하소연에도 아랑곳없이 교장은 단호하게 거절하고 말았다. 나는 눈물이 핑 돌아 더 이상 교장실에 머물러 있을 수 없었다.

이튿날 나는 다시 교장실 문을 두들겨 사정을 이야기했으나, 또 거절을 당하고 말았다. 피가 역류하는 것 같아 참을 수가 없었다. 가난이 죄란 말인가. 세상이 한없이 저주스럽기만 하였다. 배고파 허우적거리는 아이들의 눈동자가 뇌리를 스쳐갔다.

그 이튿날 나는 사표를 써 던지고 전주사범학교를 나오고 말았다.

당시 전라북도 지사를 따라 부산으로 남하했던 黃鎬冕이라는 사람이 있었다. 나하고는 사제지간이요, 전주사범학교에서 한때 근무한 사람이다. 그가 9·28 수복이 되자 전주로 올라왔고, 또 도지사의 발탁으로 도 학무과장으로 있었다.

전주사범학교를 사직하고 무료하게 나날을 지내던 어느 날, 황호면의 관사를 찾아가게 되었다. 황호면은 나를 반갑게 맞이해 주었다. 그리고 그 동안 쌓인 대화를 나누다가 나의 사정을 토로하게 되었다.

『나, 전주사범에서 나왔네. 신정규씨와 같이 사표를 냈으니, 나 좀 부탁하네.』

『그럼, 제가 전주고등학교 柳靑 교장 선생님에게 부탁하겠습니다. 한 번 찾아가 이야기를 들어 보시지요?』

유청 씨라면 나도 잘 알고 있는 처지였다. 유청 씨는 언제나 노상에서 만나게 되면, 늘 놀러와 달라는 인사를 나누었다. 그러면서도 한 번도 찾아가 보지 못한 것이다. 마음은 찾아가 놀고도 싶었지만, 직장이 서로 다른 관계로 소원하게 되었던 것이다.

씨는 사람을 대함에 있어 표리가 없었고, 거리낌없는 평교적인 태도가 어느 누구에게나 좋은 인상을 가지게 하는 매력이 있었다. 단 하루를 사귀고 논다 하여도, 백 년을 사귀어 온 벗과 같은 그런 정분이 그에게서 솟아나는 인물이었다.

황호면의 알선으로 어느 날, 전주고등학교 교장실에 들렀다. 유청 교장이 깜짝 반겼다.

『해강 선생님! 참으로 오랜만입니다. 어서 자리에 앉으십시다. 오래 뵙지 못해 미안한 마음 금할 수 없군요.』

유청 교장 특유의 자상스러운 태도에 새삼 고개가 숙여졌다.

『저야 항상 변함이 없는 생활이지요.』

나는 담담한 심정으로 유 교장과 담소를 나눌 수 있었다. 유 교장의 철철 넘치는 정분을 음미하면서 많은 대화가 오고 갔다.

『해강 선생님! 내일이라도 당장 출근하십시오. 진즉에 우리 학교로 모셔야 했었는데, 너무 늦은 감이 있습니다.』

유 교장은 나의 채용을 쾌히 승낙하면서, 전주고등학교에 와서 인재 양성에 앞장서자고 당부를 잊지 않았다. 나는 유 교장의 끈끈한 정에 코끝이 찡함을 느끼며 손목을 놓지 못하고 한참을 서 있었다.

서로가 가깝게 있으면서도, 또 서로가 존경하면서도 이런 느낌을 가져 보기는 이번이 처음이었다. 이렇게까지 다정하게 대해 주는 유 교장이 너무나도 고마웠다. 전주사범학교를 사직하고 며칠 동안을 지낸 우울한 심정이 한꺼번에 가시는 듯한 기분이 들었다.

이제 미당 서정주와의 3차에 걸친 해후에 대해서 기술해 보고자 한다.

누구나 다 마찬가지지만, 처음 만날 때의 인상은 오래도록 남는 법인가 보다. 그래서, 미당과의 첫 만남도 50여 년이 지난 오늘에도 생생하게 남는 모양이다.

1930년대 후반으로 기억된다. 전주 완산국민학교(지금은 전주 중앙국민학교)에서 수업 중인데 사환 아이가 헐레벌떡 교실문을 두들겼다. 나는 무슨 일인가 궁금하여 문을 열어주었다.

『웬일인고?』

『네, 선생님. 교문 밖에 대학생인 듯한 사람이 선생님을 꼭 뵙고 가야 한다고 하던데요?』

『그으래, 이름이 뭐라던?』

『이름은 알려주지 않구요. 만나 뵈면 아실 거래요. 꼭 좀 나와 주시래요.』

나를 이렇게 급하게 찾을 사람이 없는데 누구일까 의아해 하면서 교문 쪽을 향해 걸었다. 교문 앞에는 한 번도 본 일이 없는 청년 한 명이 장승처럼 서 있는 게 아닌가. 모자도 안 쓰고 허스럼한 차림이었으나, 첫 인상에 매우 호감이 가는 청년이었다.

그는 대뜸 내 이름을 불렀다.

『김해강 선생님이시지요?』

『그렇소만, 젊은이는 뉘신가?』

『네, 저는 서정주올씨다. 선생님이 맡고 계시는 『시건설』에 시를 냈던 사람입니다.』

『아, 그렇소? 참 반갑소. 그리고 시도 참 잘 썼더군요.』

그러면서 우리는 짧은 대화를 나누었다.

『고향은 어디요?』

『예, 고창입니다.』

『아, 그래요. 그럼 고창서 오는 길인가요?』

나는 여기서 이렇게 얘기할 것이 아니라, 안으로 들어가자고 권했으나 사양하였다. 왜 그러느냐고 물었으나 대답이 묘하였다.

『이대로 돌아가겠습니다.』

『아니, 이렇게 섭섭해서……』

『괜찮습니다. 바로 고향으로 가렵니다. 오늘은 선생님의 얼굴을 뵙기로 하고 왔으니 됐습니다. 다음에 기회가 있으면 또 찾아뵙겠습니다. 안녕히 계십시오.』

『아니……. 이렇게 서운하게 떠날 수 있소?』

그러면서 오늘은 서로 얼굴을 알자는 것이 목적이니, 한사코 가겠다며 총총걸음으로 멀어져 갔다. 첫 인상에 천재적인 예지가 엿보이는 청년상으로 나의 뇌리에 지금까지 남아있다.

미당과 첫 해후를 한 후, 서너 해가 지난 어느 날 학교로 전화가 걸려왔다.

『여보세요. 누구십니까?』

『네, 저 서정줍니다. 전주에 왔는데 그대로 갈 수 없어 선생님을 뵙고

가려고 합니다. 밤 8시까지 ××제과점으로 나와주십시오. 그럼, 거기서 뵙겠습니다.』

일방적으로 말하고는 전화를 끊어버리는 게 아닌가. 나는 한동안 어리둥절하기만 했다. 미당과 만날 제과점에 나 혼자만 갈 수 없어 전주의 Y시인과 같이 동행하였다.

약속한 시간에 제과점에 도착했으나, 미당은 아직 나와 있지 않았다. 얼마를 기다리고 있으니, 그때 당시는 닷도상(승용차)이라 부르던 자동차 한 대가 도착했다. 그 닷도상 속에서 하이칼라 양복쟁이 신사 한 명이 내리는 것이 아닌가. 서정주였다. 오늘은 완숙한 신사로 변하여 내 앞에 나타난 것이다. 아마 그때 미당은 총독부에 취직하여 있을 때라고 기억된다. 우리는 시에 대한 이야기를 주고받았던 것 같다. 이 무렵 윤곤강이 주간으로 있던 『시학』이란 잡지는 창간호에 나의 시 「나의 宣言」이 게재되었다. 이 시를 읽은 미당은 놀라우리만큼 예리한 눈초리로 나의 시를 분석하고 있었다.

『선생님의 작품을 『시학』 창간호에서 읽었습니다. 그러나 선생님의 시는 시라기보다는, 웅변이라고 해야 옳을 것 같습니다. 제가 한 번 선생님의 시를 읽을 테니 들어보십시오.』

나의 시를 한 자도 틀리지 않게 읽어 내려갔다. 참으로 명석한 두뇌를 가졌다는 생각이 들었다. 그러면서 미당은 또 한 마디 덧붙였다.

『이번 선생님의 시는 웅변으로 성공했을지는 몰라도, 시로서는 성공할 수 없다고 봅니다. 자, 이젠 제 시를 한 번 들어보십시오.』

『시인부락』인가 하는 동인지에 실린 자기의 장시를 읽어 내려갔다.

『선생님, 저는 지금 서울에서 이렇게 하고 있습니다. 오늘도 선생님을 뵈었으니, 이만 돌아가겠습니다.』

이렇게 해서 미당과의 제2의 해후를 마쳤다.

6·25사변이 일어나고, 1·4후퇴 때 나는 상처한 몸이라 어린 아이들을 데리고 피난을 떠날 수 없었다. 모든 일은 하늘에 맡기고, 집에 머물러 있던 때이다. 어느 날 오후인데, 웬 사람이 우리 집 대문을 열고 뚜벅뚜벅 걸어오고 있었다. 누구인가 하여 어리둥절하고 있는데, 그는 나를 부르고 있었다.

『아니, 선생님, 저도 모르십니까? 서정주올시다.』

나의 손을 꽉 잡은 미당은 활짝 웃었다. 그때서야 나는 그를 알아차리고 반갑게 손을 흔들어 맞이하였다. 나는 안으로 들어가자고 했으나, 한사코 뿌리치면서 빨리 시내로 나가자고 했다. 아무런 영문도 모르고 대문 밖으로 나왔다. 대문 밖에는 河熹珠라는 사람이 같이 와 있었다.

『자, 희주! 자네가 앞장서게.』

미당은 호탕하게 웃으며 교동의 무슨 기생집으로 나를 안내하였다. 우리 셋은 그곳에서 밤이 새도록 술을 마시면서 많은 정담을 나누었다.

『선생님, 저는 전주에 온 것이 피난 온 것이 아니라, 종군 온 것입니다. 저와 함께 같이 가십시다.』

술이 거나하게 된 미당은 자기와 함께 종군할 것을 종용했으나, 나는 상처한 몸이고, 아직 나이 어린 아이들만 남아서 갈 수 없다는 뜻을 전했다. 이것이 미당과 세번째 해후였다.

세 번의 해후에서 미당에게 대인의 기질이 있음을 엿볼 수 있었다. 또한 시재에는 섬광이 있어, 모든 선배 시인을 능가할 수 있는 시적 역량도 풍부할 뿐만 아니라, 우리말을 가장 잘 살려서 쓰는 시인임을 깨달을 수 있었다. 그러면서도 누구나 다정다감하게 맞아주는 인간성을 지닌 폭넓은 시인이라 여겨졌다. 미당은 1·4후퇴 때 전주에 머물러 전고에서 교편을 잡으며, 가람, 석정, 구름재, 백양촌 등과 6개월쯤 친교를 맺다가 광주로 자리를 옮기었다.

—『표현』 제11집, 1986. 5.

序文

　이미 한 卷의 詩集쯤을 갖는다 해도 부끄러울 것은 姑捨하고, 마땅할 詩人이 많이 있다. 詩人 海剛도 그 중의 한 사람이다. 이제야 그가 詩集 하나를 가지게 된다는 것은 오히려 때늦인 느낌을 준다.

*

　詩人 海剛은 뜻과 같지 못한 環境 속에서 十年이 넘는 기—ㄴ 歲月을 오—즉 詩를 위하야 이바지한 사람이다. 이 事實만으로도 나는 더퍼놓고 그의 앞에 고개를 숙인다.

*

　내가 海剛의 詩와 이름을 대하기는 『朝鮮文壇』이 처음이다. 그때 나는 그의 詩를 愛讀하는 紅顔의 中學者이었다.

*

　그 뒤, 내가 처음으로 詩를 써서 發表하기 시작하던 昭和 六年頃, 그의 詩는 가장 華麗한 風彩를 자랑하였다. 말하자면, 그때 나는 그의 詩에서 배운 바가 적지 아니 한 사람이다. 그때, 所謂 어느 사람이 말한 『鎔鑛爐 弧』에 屬하는 그의 詩는, 世上에서 사랑과 미움을 함께 받고 있었다.

*

　그와 내가 처음 얼굴을 대하기는 지난 봄이 처음이다. 北鮮旅行으로 서울에 들려 나를 찾어준 것이었다. 두 사람은 서로 놀래었다. 그를, 그는 나를, 그는 내가 생각하던 것보다 너무 늙었고, 나는 그가 생각하던 것보다 너무 젊었었다.

*

　그때 두 사람은 少年처럼 寫眞을 찍고 헤여졌다. 헤여진 다음, 늘 글월을 받고 보내고, 보내고 받었다. 고독한 마음과 마음이 서로 끊이지 못할 情의 실마리를 얽어놓는 것이었다.

*

그는 南方에 살면서 南方型의 사람이 아니라, 北方型의 사람이었다. 그의 詩를 읽고 느끼는 것처럼. 이 詩集을 펴는 사람이면 누구나 느끼려니와, 그의 詩는 어느 것이나 그의 人品을 잘 나타내고 있다. 이것은 내가 말하지 않더라도, 읽는 사람 스스로가 느끼게 될 것이다.

*

오랫동안 벼르던 그의 詩集이 上梓되는 이때, 나는 그와 더부러 기쁨을 같이 하고저 한다. 그리고 내가 되지 못하게 신둥진 蕪辭를 늘어놓게 된 所以도 바로 여기에 있음을 말하야 둔다.

龍歲 榴夏

尹 昆 崗

序

詩人을 豫言者!라고 부르는 것은 정말인지 모른다. 詩人은 直感으로 歷史의 壁을 뚫어보고 未來를 占知하는 慧智의 人이기 때문이다.

내가 一九三一年에 歸國을 하며 文壇에라고 데뷰를 했을 때, 金海剛 先生은 이미 詩壇의 重鎭으로서『朝鮮日報』등의 日刊紙와『朝鮮之光』같은 一流誌에 金海剛 또는 金大駿이란 이름으로 많은 詩를 發表하고 있었다. 여기 詩集의 題名으로 나와 있는「東方曙曲」이란 詩篇도 읽었던 記憶이 새롭다.

그때 젊은 讀者의 한 사람으로서 내가 海剛 先生의 詩를 읽고 느낀 詩人像은, 어딘지 風貌가 堂堂한 巨人的인 豫言者라는 이미지가 그 호탕한 叙事風의 詩聯에 오벌업 되었다.

내가 個人的으로 海剛 先生을 만나 뵌 것은 解放이 되고 나서도 훨씬 뒤의 일, 아마 五六年頃 全北大學에 特講을 갔을 때였다고 記憶한다. 우리가 서로 만난 때는 둘이 다 이미 五十代의 人, 金 先生의 머리는 벌서 半白이 넘어 뵈었지만, 퍽 健康해 뵈고, 후리후리한 큰 키에 重厚한 人格을 對하여 나는 젊었을 때의 先生의 風貌를 聯想하면서 特別한 舊情을 느끼기도 하였다.

내가 海剛 先生을「豫言의 詩人」또는「太陽의 詩人」이라고 말하는데는 充分한 理由가 있다.

우선 先生이 詩壇에 登場하여 野心的으로 作品活動을 하던 時節, 具體的으로는 一九二八年代 以後 三十年代의 詩篇들을 읽었던 記憶을 더듬어서, 나는 이「豫言의 詩人」이란 말을 쓰고 있다. 이 年代라면 日帝 三十六年間의 虐政史가 下半期를 잡아들면서 保安法등의 惡法을 만들어 露骨的으로 우리 民族을 彈壓하기 시작하고, 뒤이어 所謂 滿洲事變등으로 日帝의 軍國主義가 아세아大陸을 虎視眈眈하던 時期, 우리 民族史로 볼 때는 앞으로 咫尺을 내다볼 수 없는 캄캄한 밤의 季節이었다.

이 季節다운 文學으로서 不安의 詩가 流行하고, 言語技巧의 詩가 登場하고, 純抒情詩運動도 일어났다. 그들이 三十年代의 詩史에서 非生産的이었다고 말하고 있는 것이 아니다. 내가 海剛 先生의 詩에 對하여 特히 말하고 싶어하는 것은 이 時期에 있어서 詩人으로서 그의 모랄과 信念같은 것, 아니 바로 내가 말하는 豫言者的인 詩精神이었다.

그 밤 속에서도 詩人은 近視眼的으로 밤을 詠嘆하는 대신에 새벽을 기다리고, 太陽을 노래하기를 끄치지 않았다. 海剛先生이 詩集의 題名을 『東方曙曲』이라고 한데도 커다란 意味를 賦與하고 있다고 보지만, 그밖에 이 詩集에서 讀者들은 詩人이 왜 그처럼 「새벽」과 「아침」이라든가, 「해」「太陽」「봄」「四月」「五月」「東方」과 같은 낱말들을 많이 愛用하고 있는가를 잘 생각해서 읽어야 할 것이다. 그만큼 詩人은 歷史的인 主題의 勢力으로써 詩語를 골랐다. 先生이 言語만의 技巧詩를 앵무새의 言語와 같이 淺薄한 것으로 본 理由도 理解가 되는 일이다. 나는 海剛 先生의 詩風을 叙事的이라고 말했다. 아마 이 말은 그가 歷史를 노래할 때나 祖國山川에 대한 頌詩등에 다 該當하는 말이 될 것 같다. 그러나 詩人의 後期의 詩에는 純抒情의 珠玉篇도 적지 않다.

눈을 뜨면
山이마에 뚜렷한 얼굴

눈을 감으면
물에 채어 부서지는 달 소리.

또한 「똘」「天眞」과 같은 童心을 主題로 한 絶唱도 있다. 이런 抒情詩에서도 어린이와 少年이 太陽과 함께 커가는 愛情을 담은 것이다.

一九五九年의 詩篇 「새싹에 부치는 노래」라는 頌詩가 있다. 그리하여 나는 이 詩人이 四十年 詩 生涯에 一貫한 詩精神을 읽는 것이다.

海剛 先生은 後半期는 거의 沈黙을 하다 싶이 寡作을 한 분. 이에 그 中에서도 信念의 詩篇만을 골라서 選集을 내는 이 貴重한 詩集의 앞 머리에, 내가 平素부터 先生의 作品에 대한 敬意를 表하여 序文에 代하게된 것은 한편 猥濫된 일이며, 分에 넘치는 光榮으로 생각해 마지않는다.

一九六八年 九月十五日
黑石洞 寓居에서
白鐵

文字普及歌

1. 사천년 잠들였든 어둠을 뚫고
   삼천년 이 땅에 울리는 소리
   배우자 배우자 배워야 산다
   어깨를 결우어 배워야 산다
   어깨를 결우어 배워야 산다
(후렴)
   공장에서나 들판에서나
   어른 아이든 모이는 대로
   한둘이면 한둘이 열이면 열식
   배우자 기역니은 우리 글부터
2. 내 것을 내 맘껏 내 못지니며
   내 살림 빛나게 내 못벌임은
   뜨고도 못가린 어둔 탓이다
   배워서 자돋힘 아는 것이 힘
   배워서 힘돋자 아는 것이 힘
3. 덩지큰 어둠 지옥 깨트려 붓고
   슳음이 서린 가슴 뒤집어 엎어
   악물고 부르지고 배워나가자
   봄새벽 놀애 같은 그날이 오리니
   봄새벽 놀애 같은 그날이 오리니
   —『조선일보』, 1931. 1. 1(「문맹퇴치가」 현상공모 2등 당선작)

익산 여산중학교 교가

1. 천호산 높이 솟아 푸른 그 정기
   마룻들 내려보면 옥야 삼천리
   호남땅 들어서면 바로 첫고을
   차림도 새로워라 배움에 요람
2. 산에서 나는 숫돌 이름도 여산
   굳은 뜻 푸른 서슬 빛나는 슬기
   마음을 한동이로 갈고 다듬어
   역사를 빛내리라 내 고을 자랑
3. 龍華에 피는 구름 지새는 달빛
   산천도 정다워라 맑은 종소리
   이상의 고운 날개 힘차게 치며
   자라는 대한의 힘 미더운 모습

(후렴)
   오— 장하도다 민주 대한에
   솟으리 우리 학원 여산중학교
   —1955. 9. 11

전주고등학교 응원가

노송 원두에 빛나는 전통
힘차게 휘날린다 승리의 깃발
보아라 용사들을 날래고 억센
무적을 자랑하는 전고 선수들
무쇠 같은 골격에 뛰는 돌 근육
적진을 엎누르는 당당한 기세
갈겨라 눌러라 힘을 다 내어
보기 좋게 싸워라 싸워 이겨라
동에 번쩍 서에 번쩍
우루루 우루루 우루루루룩
나가자 전고! 날려라 전고!
전고! 전고 전고! 만만세!
—1955. 9. 19

전주·동초등학교 교가

1. 노송대 푸른 언덕 맑은 하늘에
   천진이 무르녹는 즐거운 아침
   꽃씨를 뿌리어라 기를 올려라
   햇빛이 춤추는 곳 새싹이 핀다
2. 착하고 부진런한 어린이로서
   내나라 보람있는 일꾼이 되자
   자랑을 뽐내어라 종을 울려라
   샛별이 빛나는 곳 강산이 뛴다
(후렴)
   보아라 새아침을 뛰는 새빛을
   반듯이 우뚝 솟은 동초등학교
   —1959. 2. 7

全州의 노래

1. 발산에 돋는 해 기린의 달에 서운이 감도는 곳 일곱 뫼뿌리
   역사도 유규하다 백제 옛서울 비사벌 우리 전주 호남제일성
2. 한벽에 맑은 구슬 추천에 노을 지새는 푸른 요람 가멸한 인정
   물색도 아름답다 수려한 산천 비사벌 우리 전주 호남제일성
3. 차림도 새롭구나 거리거리에 넘치는 희망의 빛 벅찬 새숨결
   깃발도 선명하다 퍼지는 햇살 비사벌 우리 전주 호남제일성
(후렴)
   문화를 자랑하는 밝은 도시로 문화를 사랑하는 밝은 도시로
   빛나라 꽃피어라 호남제일성 호남제일성
   ―『전북일보』, 1959. 6. 9

우리들은 국산 애용

―문화연필의 노래

1. 외국산만 좋다 말자 마음마저 빼앗길라
   날로 달로 좋아지는 우리 국산 문화연필
   너도 나도 애용하자 깎기 좋고 쓰기 좋은
   우리 연필 한 자루가 나라 일꾼 길러낸다
2. 외국산만 좋다말자 우리들은 국산 애용
   손에 들고 쓸 때마다 애국심이 돋아나는
   문화연필 한 자루에 우리나라 빛이 나고
   우리 연필 한 자루가 나라 일꾼 길러낸다
   ―1959.

전주시민의 노래

1. 보아라 저 깃발 올리는 새 빛을
   비사벌 넓은 벌에 퍼지는 햇살
   푸른 잎 푸른 빛에 둘러 쌓인 곳
   물 좋고 인심 좋고 살기도 좋다
2. 승암에 돋는 해와 기린의 달에
   구비구비 감도는 추천의 구슬
   빛나리 빛으로만 맑은 그 슬기
   고운 정 한 송이로 사랑이 핀다
3. 차림도 새롭고나 거리 거리에
   넘치는 희망의 빛 벅찬 새숨결
   불타는 젊은 정열 모두 바치자
   새 나라 새살림에 어깨는 높다
(후렴)
   빛나리 꽃피어라 천세 만세를
   우리 전주 맑은 도시 호남제일성
   —1963. 3. 11

전주교육대학교 교가

1. 고달봉 우뚝 솟아 힘차게 물결치는
   푸른 메뿌리 퍼지는 햇살
   보아라 여기 드높이 휘날리는
   진리의 햇불이 (여기) 있다
   보아라 여기 찬연하게 꽃피는
   빛의 성좌가 (여기) 있다
2. 역사를 창조하는 새 나라 새 빛으로
   불타는 정열 하나로 태워
   빛나리 우리 대한의 상징으로
   이 땅에 크게 (빛나리) 빛나리
   겨레의 보람 영원한 자랑으로
   이 땅에 크게 (빛나리) 빛나리
(후렴)
   오— 교육대학교 교육대학교
   전주교육대학교 마음의 전당
   —1963. 4. 17

춘향의 노래

1. 광한루 오작교는 예런 듯 아쉬워라
   영주각 대수풀은 오늘도 새로워라
   임은 어디 가시고 하난 말이 없느뇨
   요천수 맑은 물에 노을만 타고 지고
2. 임 위해 지키신 뜻 천추라 변하리까
   송죽 같은 그 절개 만세라 변하리까
   부용당 어디메뇨 청사초롱 불 밝혀라
   한조각 붉은 마음 일월로만 빛나시라
3. 뵈온 적 없삽건만 뵈온 듯 기루워라
   꽃다운 그 이름 세세토록 전하리다
   굳은 비바람이라 꺼질 줄이 있으랴
   마음에 켜진 사랑 살아 계신 그 사랑

(후렴)
   오 춘향 춘향 겨레의 사랑이여
   전라도라 남원땅에 영원하신 사랑이여
   —1963. 4. 18

고창 해리중학교 교가

서 해 뛰노는 물결 희망은 넘치고
지평에 꽃피는 노을 정열은 불탄다
가슴아 용솟음쳐라 빛나는 젊은 힘
진리에 선봉이 되리 어깨는 드높다
빛으로 빛으로만 길이 길이 빛나라
오— 해리 해리 해리중학교
—1963. 11. 21

전주고등학교 찬가

1. 노송대 푸른 언덕 맑은 하늘에
   드높이 우뚝 솟은 우람한 전당
   삼천의 건아들아 힘을 내어라
   새나라 새 빛으로 피는 새 햇살
   새나라 새 빛으로 피는 새 햇살
   오오 전고 북중 전고 북중 만만세
2. 영예를 상징하는 솔잎 모표에
   역사를 자랑하는 빛나는 전통
   깃발은 휘날린다 높이 들어라
   힘차게 타는 햇불 진리의 햇불
   힘차게 타는 햇불 진리의 햇불
   오오 전고 북중 전고 북중 만만세
   —1964. 5. 17

전주중앙초등학교 교가

승암에 부신 햇살 눈부신 햇살
찬란한 웃음 속에 피는 새싹들
새나라 새 빛으로 새 자랑으로
피우리 꽃피우리 우리 대한을
빛나리 우리 학교 해뜨는 동산
전주 중앙 전주 중앙 해뜨는 동산
—1966. 1.

전주남초등학교 교가

1. 오르면 천경대라 바람이 높고
   내리면 학골이라 햇빛이 맑다
   즐겁게 사이좋게 배우며 놀며
   새나라 새싹으로 곱게 자라라
2. 스승님 가르치심 가슴에 심어
   부지런히 부지런히 쓰고 익히자
   학하고 씩씩하게 예의바르게
   새 희망 새 빛으로 곱게 자라자
(후렴)
   피어라 꽃피어라 활짝 피어라
   빛나는 우리 학교 남초등학교
   ―1966. 1.

전주 진북초등학교 교가

1. 비사벌 흘러내리는 물
   추천의 햇빛은 춤을 춘—다
   부풀은 새 희망의 천지는 무르녹아
   기쁨과 사랑으로 보금자리 펼쳤네
2. 진북의 높푸른 하늘에
   종소리 힘차게 울려 퍼진다
   손과 손 마주잡고 배우며 노래하며
   찬란한 웃음으로 꽃밭을 이루네
(후렴)
   오 빛나거라 꽃피는 동산
   오 즐거워라 꽃피는 진북
   —1966. 1.

완주 삼우중학교 교가

1. 모악산 바라보며 숨을 키우고
   흙내를 마시면서 뼈는 자란다.
   가슴에 타는 정열 꽃으로 피워
   내 마을 내 고장에 새 빛이 되리
2. 우곡에 퍼져가는 맑은 종소리
   검마재 언덕 위에 희망이 튼다
   진리와 사랑으로 마음을 닦아
   내 마을 내 고장에 새 빛이 되리
(후렴)
   오— 오 빛나거라 삼우중학교
   삼—우 삼우중학 삼우중학교
   —1967. 4. 13

완주 용진중학교 교가

1. 울창한 푸른 줄기 세차게 뻗어
   소양천 맑은 구슬 피는 새 희망
   울림도 우렁차게 흙을 달려라
2. 내 자랑 새 기쁨에 부푸는 가슴
   내 고장 내 하늘에 날리는 깃발
   차림도 씩씩하게 발을 맞춰라
(후렴)
   용처럼 나아가자 용진중학교
   내 힘으로 내 힘으로 알차게 살자
   슬기여 빛나거라 용진중학교
   —1970. 5.

완주군 개척의 노래

1. 대둔산 돋는 해와 추천의 달에
   살기 좋은 내 고을 후련한 산천
   산 좋고 물 좋으니 인심도 좋다
   피는 정 피는 살림 웃음이 피네
   피는 정 피는 살림 웃음이 피네
   만세라 영광누릴 내 고을 완주
2. 땀흘려 얻은 보람 밝은 얼굴로
   웃으며 저축하며 잘살아 보리
   내 살림 내 힘으로 키우고 키워
   커가는 나라살림 더욱 빛내리
   커가는 나라살림 더욱 빛내리
   만세라 영광누릴 내 고을 완주
3. 조상의 피와 얼이 서려있는 땅
   앞으로 천년만년 지켜갈 터전
   빛나는 호밋날에 새날이 온다
   사랑과 협동으로 힘을 다하자
   사랑과 협동으로 힘을 다하자
   만세라 영광누릴 내 고을 완주
   —1970. 9. 23

완산초등학교 개교 60주년 기념송

1. 보아라 완산에 피는 햇살을
   솟는다 새 나라 고운 새싹들
   뿌려라 노래를 꽃구름 속에
   빛나는 우리 학교 예순돌맞이
   이제는 내 고장에 손꼽는 학교
   내나라 내 고장에 손꼽는 학교
2. 나라를 되찾은 기쁨에 넘쳐
   불타는 가슴으로 쌓올린 동산
   태극기 물결치는 꽃다발 속에
   빛나라 우리 학교 예순돌맞이
   이제는 내 고장에 손꼽는 학교
   내나라 내 고장에 손꼽는 학교
   —1973. 3. 11

고창 해리고등학교 교가

1. 계선암 높이 솟은 푸른 하늘에
   감도는 푸른 구름 푸른 산줄기
   마음도 푸르러라 피는 새 아침
   새 나라 내 강산에 새빛이 되리요
   (후렴)
   오 깃발을 휘날린다 진리의 요람
   부르자 만세를 해리고등 만만세
2. 해 뜨는 청해벌에 맑은 종소리
   새 기쁨 새 희망이 부푸는 가슴
   신의와 근면으로 몸을 빛내고
   겨레 위해 창조하는 샛별이 되리요
   —1974. 6.

비사벌예술고등학교 교가

1. 청운이 감도는 청학대 푸른 하늘에
   펄럭인다 깃발은 맑은 새아침
   살려라 역사를 이 겨레 슬기와 멋을
   넘치는 새 희망에 가슴은 벅차다
2. 자주와 봉사로 꽃피울 아름다운 얼
   높이 뛴다 맥박은 창조하는 힘
   떨쳐라 이름을 내나라 자랑과 빛을
   흥겨운 새 가락에 강산은 춤춘다
(후렴)
   빛나거라 꽃별들아 비사벌 옛터에
   오오 우리 예술학교 해뜨는 요람
   —1974. 9. 15

초등학교 응원가

모교의 영예를 한 몸에 모아
당당히 출전한 우리 선수들
날래고 씩씩함이 천하의 무적
승리를 자랑함도 오늘이로세
싸워라 싸워라 싸울대로 싸워라
(이겨라 이겨라 모든 힘을 다하여)
돌격 돌격 천하에 무적이다
우리 학교 선수들 우리 학교 선수들
—1976. 9. 16

(작곡: 황덕철)

전주 豊南門 鍾銘

꽃다워라 조상의 얼 이 고장 풍남 하늘에
오오 다시 울릴 우람한 종소리여
높푸른 삼천리 온누리 방방곡곡
가슴에서 가슴으로 북녘하늘 저 끝까지
울어라 우렁차게 울어 울어
밝아오는 이 강산에 평화통일 가져오리
한 송이 무궁화로 만대 번영 이룩하리
—1977. 4. 17

전북의 노래

1. 노령에 피는 햇살 강산은 열려
   금만경 넓은 벌에 굽이는 물결
   복되라 기름진 땅 정든 내 고장
   억만년 살아나갈 정든 내 고장
2. 인정도 아름다운 마한 옛터에
   한 송이 무궁화로 피어난 겨레
   차림도 새로워라 피는 새살림
   새 희망 새 광명에 피는 새살림
3. 삼백만 도민들아 모두 나서라
   빛나는 민주문화 이 땅에 심어
   힘있게 보람있게 복되게 살려
   대한을 대한으로 복되게 살려

(후렴)
   깃발을 올려라 힘을 빛내라
   밝아오는 내나라 우리 대전북

전주사범학교 교가

1. 고덕산 푸른 줄기 어깨를 넘어
   역사도 유구한 호남의 웅도
   건국에 높은 자랑 허리에 띠어
   의기도 높을시고 사범의 건아
2. 만마탄 흘러내려 한벽의 구슬
   산천도 수려한 황성의 옛터
   이 강산 좋은 정기 한몸에 모아
   내 나라 크게 빛낼 사범의 건아
3. 종소리 우렁차게 열리는 아침
   기상도 새로운 대한의 하늘
   거룩한 민주 정신 고이 받들어
   날려라 높은 명예 사범의 건아
(후렴)
   장하다 우리 학원 빛나는 학원
   샛별 성좌 빛의 요람 전주의 사범

예수고등간호학교 졸업식가

1. 한아름 꽃다발을 가슴에 안고
   교문을 나서는 우리 언니들
   기쁨을 기쁨으로 축복합니다
   사랑의 천사로서 빛나주소서
2. 잊으랴 잊지 못할 모교의 사랑
   한 포기 풀잎에도 정은 새롭네
   스승님 거룩하신 은혜 받들어
   배움을 꽃으로만 피워주소서
3. 희망의 별을 헤며 한마당에서
   자라던 어진 모습 고운 그 순정
   가슴만 설레이며 뜨겁습니다
   서로들 몸과 마음 보중합시다

전주 완산초등학교 교가

1. 완산칠봉 푸른 정기 빛나도다 새 아침
   한벽에 부서지는 흐르는 구슬
   산천도 아름다운 호남에도 제일성
2. 착한 마음 어진 맵시 슬기롭다 아들딸
   배움의 꽃다발로 수레를 엮어
   금수레 은수레를 밀며 밀며 나아갈
(후렴)
   날로 달로 커가는 우리 꽃동산
   배우고 뛰어놀고 씩씩하다 그 모습
   빛나도다 완산학교 우리꽃동산

전주 금암초등학교 교가

1. 푸른 빛 아침 연기 띠를 두른 듯 펼쳤네
   금빛 날개 일곱 뫼뿌리
   맵시도 찬란커라 피는 샛별들
   천진이 무르녹는 대한의 새싹
2. 종소리 울려오는 푸른 언덕에 힘있게
   솟는 깃발 어린 꽃송이
   차림도 새롭거라 배움의 동산
   의좋게 자라나는 대한의 새싹
(후렴)
   굳세자 바르자 크게 뭉치자
   금암 우리 금암학교 즐거운 학교

전주 풍남초등학교 교가

완산 제일 기린봉
떠오르는 해차림도 새로워라
풍남 글동산 새나라 새 아들딸
새로운 기쁨 춤추며 노래하며
모여드누나 빛나라 새별 동무 배달 꽃송이
천신이여 영롱한 배달꽃송이

부　　록

김해강 시의 텍스트 검토

최 명 표

Ⅰ. 서론

문학 연구에서 한 작가의 개작 과정에 관한 연구는 중요하다. 그 이유는 문학 작품에 내재된 작가의 세계관의 변주 양상을 추적할 수 있을 뿐만 아니라, 개작 과정에서 불가피하게 드러나는 문학적 형상화의 변화 추이까지 살필 수 있기 때문이다. 이러한 개작 과정 연구의 중요성에 대해 르네 웰렉은 학문의 첫째 임무 중의 하나가 본격적인 문학 연구에 앞서 그러한 연구를 가능케 하는 예비 작업이라고 규정하였다.[1] 볼프강 카이저는 문학 작품을 학문적으로 다루는 작업에 착수하기 이전에 실행되어야 하는 조건을 문헌학적 전제라고 일컫고, 이것은 작품을 연구의 기초로 이용하는 모든 학문에 공통되는 조건이라고 말하였다.[2] 노드럽 프라이는 원본비평의 목표를 "작가의 원본과 수정본이 지니고 있는 최초의 순수성을 회복하고, 飜刻 과정에서 흔히 일어나는 와전에도 불구하고, 이러한 순수성을 보존하려는 것"[3]이라고 언급했다.

시작품의 결정본을 확정하기에 앞서 텍스트 외적 사실과 함께 텍스트를 검토하려는 의도는 "전기적 사실의 부족과 그것의 왜곡 가능성"[4]을 줄이기 위한 노력이다. 본고에서 논의하고자 하는 김해강이 생전에 창작한

1) R. Wellek · A. Warren, *Theory of Literature*, Penguin Books, 1970, p.57.
2) W. Kayser, 김윤섭 역, 『언어예술작품론』, 시인사, 1988, 39쪽.
3) N. Frye, 「원본비평」, 김인환 편역, 『문학의 해석』, 홍성사, 1981, 60쪽.
4) 전정구, 『김소월시의 언어시학적 특성 연구』, 신아, 1990, 22쪽.

작품과 발표·미발표의 시작품은 "무려 500여 편이 넘는다"[5]고 한다. 그러나 본 연구자가 그의 유고를 발굴하기 위해 유족과 접촉한 결과, 그들은 단 한 편의 원고조차 소장하지 않고 있었다. 단지 유족들은 그의 일기장만 소지하고 있는 것으로 볼 때, 그의 유고는 유실되었을 가능성이 크다. 더욱이 그의 유고는 사후에 자녀나 재혼한 부인이 아니라, 제자와 친지들에 의해 수습되었다. 이 점에서 그의 유고는 지속적으로 발굴되어야 할 이유를 갖는다.

그의 시집 발간이 늦어지면서 많은 작품이 수정되었고, 원문과는 달라진 부분들이 많이 발생하게 되었다. 본 연구자가 그의 창작원고, 발표작품 그리고 시집 수록 작품들을 비교한 결과, 상호 내용이 일부 다르거나 발표 당시에 누락된 부분이 검출되었다. 이러한 이유로 김해강의 발표작 중에서는 원문과의 꼼꼼한 대조 등 기초적인 작업이 선행되어야 할 필요성이 제기된다. 김해강 시의 결정본을 확정하기에 앞서 작품에 대한 원본 검토 과정은 필수적으로 요청되는 것이다. 이에 본고에서는 본 연구자가 입수한 김해강의 창작 노트와 가편집된 시집 등에 기초하여 원본비평을 시도하고자 한다. 이 작업은 결정본을 확정하기 전단계에 속하며, 선행연구 결과를 종합적으로 분석하는 과정을 포함한다.

II. 텍스트 개작 현황

1. 텍스트 검토의 필요성

김해강 시의 텍스트에 대한 검토 과정이 필요한 이유는 시집 발간의 지연으로 인해 많은 수정이 이루어진 채 시집에 수록되었다는 데 있다. 그는 세 번에 걸쳐 시집을 출간하려고 시도하였다. 그는 1930년 전주시회를 함께 이끌던 김창술과 함께 각 20편의 시를 모아 2인 시집 『機關車』를

---

5) 김해성, 『한국현대시인론』, 진명문화사, 1974, 275쪽.

출판하려고 시도하였으나, 일제의 사전검열을 통과하지 못하여 좌절되었다.[6] 아직까지 이 시집의 원본을 찾을 수 없으나, 카프의 대표시인이었던 김창술의 시적 성향과 당시까지 발표된 김해강의 시에 나타난 주제의식 등을 고려해 보면, 이 시집에 수록된 작품들은 민족해방과 프롤레타리아의 계급해방의식을 형상화한 작품으로 추측된다.

그 후에 김해강은 시집 『東方曙曲』과 『아름다운 太陽』의 발간을 시도하였다. 그가 발간하려고 했던 『東方曙曲』의 원본은 아직까지 발견되지 않았기 때문에 시집 발간의 사실 여부, 이 시집과 1968년판 동일 제목 시집 간의 내용과 편제 등을 비교할 수 없다. 당시 경제적으로 여유롭지 못했던 그의 처지에서 동시에 두 권의 시집 발행을 의도했다는 것은 쉽게 납득할 수 없다. 다만 분명한 사실은 김해강이 1940년 여름에 『아름다운 太陽』을 출판하려고 했다가, 조선총독부의 검열 과정에서 출판 불가 판정을 받고 무산되었다는 사실이다.[7] 이 점과 함께 그가 '나의詩『東方曙曲』集에서'라고 부기한 시 「太陽을등진무리」(『대중공론』, 1930. 3)와 시집 『東方曙曲』의 발간 시기 간의 시간차 등에 주목하여 추측컨대, '나의詩『東方曙曲』集에서'는 완결본을 의미하는 것이라기보다는, 차후 발간할 목적으로 단순히 가편집해 둔 상태를 가리킨다고 보는 것이 타당하다.

한편 『아름다운 太陽』은 178쪽 분량의 가쇄본이며, 총59편의 작품이 아래와 같은 체재로 수록되어 있다.

---

6) 이에 대해 김해강은 「나의 문학 60년」(『표현』 제11집, 1986, 318쪽)에서 1928년으로 기억하고 있다. 그러나 김창술의 「訃, 詩集『機關車』」(『중외일보』, 1930.9.17)와 김창술이 김병호에게 보낸 편지에서 "시집『機關車』는 일개월이 훨씬 넘어도 소식이 없읍니다."(김병호, 「죽어진 시집」, 『조선지광』, 1930. 8)라고 쓴 것으로 보아 1930년 7월경이 확실하다.

7) 이운용은 「일제 치하 김해강의 저항시」(『하남천이두선생화갑기념논총』, 1989, 57쪽)에서 김해강이 1942년 『東方曙曲』과 『아름다운 太陽』의 발간을 시도했다고 주장했다. 그렇지만 이 견해는 기초적인 자료 조사를 실시하지 않은 채 김해강의 기억(「나의 문학 60년」)에만 의존하여 생겨난 오류라 판단된다. 본 연구자가 소장하고 있는 『아름다운 太陽』의 표지에는 총독부의 검열 불가인이 선명하게 날인되어 있다. 또한 그의 시우였던 윤곤강은 『아름다운 太陽』의 「序文」에서 '龍歲 榴夏'라고 시기를 밝히고 있다. '龍歲', 곧 '용의 해'는 庚辰年인 1940년을 가리키며, '榴夏'는 석류꽃이 피는 여름을 의미한다. 따라서 김해강이 『아름다운 太陽』을 발간하려고 시도했던 시기는 1940년 초여름이 확실하다.

序詩 I 「선물」

序詩 II 「나의 宣言」(제목만 수록)

一. 「紅天夢」(제목만 수록)

二. 아름다운 太陽(I)

「오오 나의 옛 搖籃이여!」, 「오오 나의 母岳山아!」, 「太陽의 乳房」, 「戀春曲」,
「熱戀曲」, 「五月의 太陽」, 「六月의 萬頃江畔」, 「海邊暮影」, 「黃波萬頃에 익
어가는 가을」, 「가을의 香氣」

三. 아름다운 太陽(II)

「東方曙曲」, 「出帆의 노래」, 「오오 나의 太陽이여!」, 「光明을 뿌리는 騎士
야」, 「흰 모래우를 것는 處女의 마음」, 「黎明의 딸」, 「田園에 숨은 가을의
노래」, 「그대여! 새로운 노래의 都城을 쌓아 올리라」

四. 戀書를 태우며

「戀書를 태우며」, 「아름다운 술을 虛空에 뿌리노니」, 「自滅하는 肉의 洪水
時代」, 「마음의 香火」, 「魔女의 노래」, 「電燈ㅅ불 껏인 鋪道우에는」, 「太陽
을 등진 무리」, 「憂鬱華」, 「더위먹은 都會의 밤아」, 「그대들의 어깨에 花環
을 걸치워주노니」, 「歸路」

五. 純情의 별

「元朝吟」, 「五月」, 「꽃과 별」, 「待雨」, 「純情의 가을」, 「산길을 거르며」, 「내
마음 둘곳없어」, 「故鄕으로 도라가면서」, 「마음우에 색이는 墓誌銘」, 「오빠
의 靈前에 엎드려」, 「太陽같은 사나이여!」, 「부탁」, 「둘째번 부탁」, 「母性의
聖火」, 「안해에게」, 「아아 누나의 얼굴 다시 볼 수 없을까」, 「少女의 적은
서름」

六. 마음의 默華

「文學街의 化粧風景」, 「마음의 默華」, 「조카」, 「바다의 讚歌」, 「戀歌」, 「따
르릉·따르릉」, 「人間壁書」, 「慰詞」, 「紅燈夜嘯」, 「山上高唱」

* 「序文」/ 尹崑崗

김해강은 1950년 1월에 세번째로 시집 발간을 시도하였다.[8] 본 연구
자가 소장하고 있는 이 시집들은 그가 초기의 작품들을 3권으로 정선한
것이다. 그는 '海剛詩集'이라는 동일 제목 하에 1, 2, 3 별권으로 표기하

---

8) "달포 전부터 정리에 착수하였던 나의 시작들을 오늘 정선해 마쳤다. 제3시집까지 내놓아
보려는 것이다."(1950. 1. 7)—김해강시비건립추진위원회, 『청솔가지 위에 앉은 학의 시인
해강 일기초』, 탐진, 1993, 65쪽.

여 구분했다. 제1권의 제목은 『魂의 精華』이며, 1926년에 발표했거나 창작한 34편의 시를 수록하였다.[9] 제2권의 제목은 『昇天하는 목숨』이며, 1926년부터 1927년 사이에 쓴 작품 30편을 수록하였다.[10] 제3권의 제목은 『旭日昇天—새벽 詩人의 노래』이며, 1926년부터 1927년 사이의 작품 21편을 수록하였다.[11]

이러한 연속적인 시집 발간 실패는 김해강의 시에 대한 문단과 연구자들의 무관심을 초래하였다. 식민지시대에 "조선의 시단에서 죽어도 할 수 없고 죽어도 시와 함께 죽겠다는 니가 해강과 지용 두 사람밧게는 없는데, 지용과 같은 언어를 해강과 같은 건강한 생활과 정열에 결부시켜 놋는다면 이것은 정말 찬연한 시가 생겨나지 안흘가 한다"[12]고 칭송받던 그의 시작 활동은 경제적 가난과 친근한 문우들의 월북, 해방정국의 혼란, 그리고 개인 사정 등으로 둔화되었다. 해방 이전에 그는 주로 『조선일보』와 『동아일보』 등의 신문과 『비판』, 『대중공론』, 『조선문학』 등 카프 계열의 작가들이 편집에 관여하던 잡지에 작품을 집중적으로

---

9) 이 시집에 수록된 작품은 「魂」, 「나의 宣言」, 「한줄기 光明」, 「祝福할 날」, 「蜘蛛網」, 「님이 그리워」, 「屠獸場」, 「僞善者」, 「무서운 힘」, 「斷末魔」, 「愚婦의 설음」, 「生의 躍動」, 「봄비」, 「저무러가는 山路」에서, 「겨울달」, 「님이 오기를…」, 「넷들」, 「물방아」, 「아츰날」, 「조각달」, 「불타버린 村落」, 「조선의 거리」, 「낡은 어머니와 새 어머니」, 「첫녀름의 들ㅅ빗」, 「어린 죽엄을 눈압헤 그리고」, 「나는 우노라」, 「문허진 옛城터에서」, 「露宿하는 무리들」, 「호박꽃」, 「가을바람」, 「새벽은 왓도다」, 「落葉진 廢墟에서」, 「聚軍의 노래」, 「母校의 봄빗」 등이다.

10) 이 시집에 수록된 작품은 「大地巡禮」, 「默禱」, 「따에 무친 柱礎도 썩는 것인가」, 「都市의 겨울달」, 「貧妻」, 「陣頭에서」, 「斷腸曲」, 「오아시쓰」, 「눈나리는 大地」, 「斷崖」, 「雪月情景」, 「職工의 노래」, 「나븨의 亂舞」, 「農村으로」, 「새날의 祈願」, 「山村夜景」, 「밤ㅅ길을 것는 마음」, 「주린 者의 설노래」, 「봄을 맛는 廢墟에서」, 「목숨」, 「白日歌」, 「昇天하는 목숨」, 「목숨의 노래」, 「鎔鑛爐」, 「花瓶을 깨트리며」, 「첫녀름」, 「初夏夕咏」, 「祈雨」, 「巨人은 또 가다」, 「旅愁」 등이다.

11) 이 시집에 수록된 작품은 「旭日昇天」, 「昇天하는 旭日을 마지할 새날의 陣容」, 「太陽의 가슴을 쏘아」, 「세 가슴」, 「눈나리는 산ㅅ길」, 「惡魔」, 「熱砂의 우로」, 「都市의 斷末魔」, 「都市의 자랑」, 「故園의 녀름빗」, 「불붓는 地下線」, 「밤ㅅ都市의 交響樂」, 「春陽曲」, 「흰 모래 우를 것는 處女의 마음」, 「기다림」, 「昇天하는 旭日을 가슴에 안흐려」, 「넷벗 생각」, 「苦悶」, 「太陽의 입술에 입맛추는 령혼」, 「端陽敍懷」, 「都市의 녀름ㅅ밤」 등이다.

12) 이병각, 「김해강론」, 『풍림』 제5집, 1937. 4.

발표하였다. 이것은 그와 카프 간의 우호적 관계를 증명해 주는 한편, 그의 문학사적 위치를 '동반자 작가'로 범주화시키는 요인이 되었다. 해방후 그는 고향에 거주하면서 이전의 시작품을 수정하며 시집 발간을 고대하였다. 이런 사정으로 인하여 그의 시작품 중에서 대부분을 차지하는 해방 이전의 작품들은 수정되었고, 연구자들에게 그의 시 텍스트에 대한면밀한 점검을 요구한다.

2. 텍스트 개작 현황

김해강은 생전에 3권의 시집을 발간하였으며, 지금까지 발견된 작품은 연구자가 발굴한 작품을 포함하여 총342편이다. 그는 이중에서 172편의 작품을 3권의 시집에 묶었다. 이 중에는 제1시집과 제2시집에 11편이 중복 수록되었으므로, 실제 그가 시집에 묶은 작품수는 172편이다. 그는 자신의 작품 가운데 친일시를 비롯하여 총170편을 시집에 수록하지 않은 것이다. 제1시집 『青色馬』(명성출판사, 1940)는 『시건설』 동인이었던 김남인이 경영하는 출판사에서 공동시집의 형식을 빌려 출간하였다. 그러나 이 시집에 수록된 그의 작품들은 김남인의 도움으로 결행했던 국경지방의 기행시 12편에 국한되었다. 제2시집 『東方曙曲』(교육평론사, 1968)은 발간 당시까지의 작품 중에서 102편을 선별하여 묶은 시선집이다. 이 시집은 그가 재직했던 학교의 정년 퇴직 기념으로 교직원과 재학생들의 주선으로 발간하였다. 이 때 비로소 부분적이나마 일제시대에 발표한 시편들을 수록하였는데, 원문의 내용과는 상당한 차이점이 발견된다. 제3시집 『祈禱하는 마음으로』(합동인쇄소, 1984)는 한 제자의 도움에 의해 발간되었다. 그는 이 시집에 발간 당시까지의 발표작과 초기작 중에서 58편을 선별하여 수록했는데, 이 때에도 초기에 발표된 작품들이 부분적으로 수정되었다. 그가 시작품을 시집에 수록하면서 수정한 작품 제목, 부제, 어휘, 문장부호 등을 구체적으로 살펴보기로 한다.

(1) 전면 개작

김해강의 시작품 가운데 전면 개작되어 시집에 수록된 작품은 모두 3

편이다. 이 세 작품은 최초 작품과 내용이나 이미지가 매우 달라서 개작이라고 분류하기보다는, 새롭게 쓴 작품이라고 하는 편이 타당하다.

① 「새날의 祈願」(『동아일보』, 1927. 1. 1, 1933. 1. 8→『祈禱하는 마음으로』)
② 「흰 모래 위를 걷는 處女의 마음」(『신문예』, 1927. 11, 『개벽』, 1934. 12→『東方曙曲』)
③ 「사랑의 宣言書」(『동광』, 1933. 1→『祈禱하는 마음으로』)

그의 시 「새날의 祈願」은 신문사의 현상공모 입선작인데, 그는 동일지면에 재발표하면서 대폭 수정하였다. 「흰 모래 위를 걷는 處女의 마음」도 잡지사의 현상 공모 당선작인데, 그는 시집에 수록하면서 내용을 전면 수정하였다. 그의 생각에는 두 작품 모두 광복을 염원하는 주제의식과 시집 발간 당시의 상황이 부합되지 않는다고 판단하여 수정한 듯하다.

(2) 제목 수정

김해강의 작품 중에서 발표 당시의 제목을 수정하여 시집에 수록한 작품은 12편이며, 수정된 내용은 다음과 같다.

① 「큰힘이어!솟아나소서」(『동광』, 1932. 2)→「큰 힘이여 솟아나소서」(『東方曙曲』)
② 「더위먹은 都會의 밤아」(『비판』, 1932. 7)→「더위먹은 都會의 밤」(『東方曙曲』)
③ 「少女의 적은 설음」(『신여성』, 1933. 1)→「少女의 작은 슬픔」(『祈禱하는 마음으로』)
④ 「아름다운 술을 虛空에 뿌리나니」(『삼사문학』, 1934. 12)→「아름다운 술을 虛空에 뿌리노니」(『東方曙曲』)
⑤ 「光明을 뿌리는 騎士야」(『비판』, 1936. 3)→「빛의 騎士」(『祈禱하는 마음으로』)
⑥ 「마음의 香火」(『여인』, 1936)→「어떤 女人의 獨白」(『祈禱하는 마음으로』)
⑦ 「나의 宣言」(『시학』, 1939. 5)→「宣言」(『祈禱하는 마음으로』)
⑧ 「六月」(『동아일보』, 1939. 6. 2)→「五月」(『東方曙曲』)
⑨ 「明鏡臺의 아침」(『매일신보』, 1941. 10. 21)→「靈峯은 太古와 함께」(『東方曙曲』)
⑩ 「聖誕의 밤을 기리는 노래」(『전고』, 1954. 2)→「聖誕의 밤」(『東方曙曲』)

⑪「새해여 당신은 어떻게 오시려는가」(『전북일보』, 1960. 1. 5)→「당신은 어떻게 오시려는가」(『東方曙曲』)

⑫「성에꽃 속의 겨울」(『신동아』, 1975. 3)→「苦悶」(『祈禱하는 마음으로』)

①, ②는 김해강이 초기 작품에서 현저히 사용했던 감탄형 어미나 호칭 등을 삭제하거나 수정한 것으로 보인다. ③, ④는 그가 해당 작품을 시집에 수록하면서 현대식 표기에 맞도록 제목을 수정한 것으로 보인다. ⑤는 그가 작품의 시대적 의미가 감소했다고 판단하여 제목을 수정한 것으로 보인다. 식민지시대에는 광복을 염원하는 '광명'을 표제에 내세웠으나, 광복 후에 발간되는 시집에서는 색채 이미지를 강조하기 위해 '빛'으로 바꾼 것이다. ⑥은 그가 작품의 주제를 선명하게 드러낼 수 있도록 제목을 바꾼 것으로 보인다. ⑦은 그가 같은 제목의 다른 작품(「나의宣言」, 『조선일보』, 1926. 4. 7)과 구별하기 위해 수정한 것으로 보인다. ⑧은 그가 작품의 내용과 일치하지 않는 제목을 바로잡은 것으로 보인다. 이 작품의 시간적 배경은 5월인데도 불구하고 제목은 6월로 되어서 시간적 배경이 어울리지 않았었다. 또 그는 이 작품을 『東方曙曲』에 수록하면서 1부(1-2연), 2부(3-5연), 3부(6-9연)로 구분하였다. ⑨는 그가 다른 연작시편과의 통일감을 부여하기 위해 제목을 수정한 것으로 보인다. 이 작품은 그의 '금강8제' 중의 하나이다. 다른 작품들이 장소를 부제로 삼은 데 비해, 이 작품만 유독 어긋나 있었다. ⑩은 그가 제목이 너무 길다고 판단되어 수정한 것으로 보인다. ⑪은 그가 작품의 부제에 '새해'라는 말을 붙였으므로, 굳이 제목에서 되풀이될 필요가 없다고 생각하여 수정한 것으로 보인다. 이 작품은 신년시이므로, 굳이 새해라고 표기하지 않아도 그 의미가 충분히 드러났던 것이다. ⑫는 그가 출판사에서 임의로 고친 제목을 시집 『祈禱하는 마음으로』에 수록하면서 원래의 제목으로 바로잡은 것이다.[13] 그는 이 작품의 발표 당시 삭제된 첫 연도 함께 복원하였

---

13) "그 시는 歲前 서울 의정부에 머물러 있을 때 썼던 것으로서 「苦悶」이라는 제목이었는데, 「성에꽃 속의 겨울」이라고 고친 것은 그렇다 치더라도, 그 시의 主想이 될 수 있는 맨 첫 연을 떼어버렸다는 것은 온당치 못한 일이었고, 군데군데 詩語나 詞藻에 손질을 했다는 것이 어설프고 서투른 習作品같이 되어버려 불쾌한 느낌이었다."(1975. 2. 20)—김해강시비

다. 그리고 이 작품은 그의 시 「苦悶」(『조선일보』, 1927. 8. 19)과 제목은 동일하지만, 내용은 전혀 다르다.

(3) 부제 수정

김해강은 작품의 제목뿐만 아니라 부제를 수정하였는데, 그 내용은 다음과 같다.

①없음(「正月의노래」, 『조선일보』, 1928. 2. 24)→**새해되여正月이면 고요한첫새벽에정성되이불으던 나의正月노래**(「正月의노래」, 『비판』, 1932. 2)
②**그옛날에 이노래를 얼마나 힘차게 불럿든고!**(「五月의 太陽」, 『조선지광』, 1928. 7)→**삭제**(『東方曙曲』)
③**夏休에 故鄕을 차저 돌아가는 女學生 諸氏에게 정성으로 적은 이 한 篇의 詩를 씌워보냅니다**(「부탁」, 『신여성』, 1932. 8)→**夏休에 歸鄕하는 女學生들에게**(『東方曙曲』)
④**오오 너 아름다운 太陽이여!**(「光明을 뿌리는 騎士야」, 『비판』, 1936. 3)→**삭제**(『東方曙曲』)
⑤**내 어린 弟嫂의 産後病室에서**(「母性의 聖火」, 『신인문학』, 1936. 10)→**어린 弟嫂의 産後病室에서**(『東方曙曲』)
⑥**어떤 放蕩한 女人이 내 寢室밖에서 부르든 노래**(「마음의 香火」, 『여인』, 1936)→**삭제**(「어떤 女人의 獨白」, 『東方曙曲』)
⑦**人生에게 끼처진 적은 한 개의 課題를 세상에 보낸다**(「人間壁書」, 『풍림』, 1937. 4)→**삭제**(『東方曙曲』)
⑧**親喪을 거듭 當하고 나서 鬱鬱한 가운대 슬픈 날만 無聊히 보내든 것이 歲月은 빨러 於焉 三年.**
오늘밤 처음으로 벗에게 끄을려 달빛을 따라 나슨 것이 文學을 化粧한 紅燈의 저자였다.
點點한 文學街의 異色— 混線— 나의 心境에 비최여진 첫 信號는 무엇이었든가? 마침내 鐵筆을 뽑아 쓴 것이 이 諷刺詩 一篇이다.(「文學街의 化粧風景」, 『조선문학』, 1939. 5)→**…오늘밤 비로소 벗에게 끌려… 마침내 鐵筆을 뽑아 엮어본 것이 이 諷刺詩 一篇이다.**(『東方曙曲』)
⑨**詩人과 鸚鵡**(「幻想派의 詩」, 『동아일보』, 1940. 7. 12)→**鸚鵡와 詩人**(『東方曙

_____

건립추진위원회 편, 앞의 책, 250쪽.

曲』)

⑩고요한 밤 거룩한 밤 어둠에 묻힌 밤……主의 품에 안겨서 感謝 祈禱드릴 때 아기 잘도 잔다(「聖誕의 밤을 기리는 노래」, 『전고』, 1954. 2)→삭제(『東方曙曲』)

⑪없음(「獻詩10章」, 『추성』, 1961. 3)→보라/時針을/歷史의 指標를/젊은 슬기와 生命의 불/일곱 별처럼 찬란히 피어/그 毅然한 모습/그 崇高한 姿勢//萬世에 떨칠 빛으로/겨례의 자랑으로/勝利의 榮光/누리에 빛나리[14](『東方曙曲』)

⑫없음(「새해여 당신은 어떻게 오시려는가」, 『전북일보』, 1960. 1. 5)→새해에 부치는 노래(「당신은 어떻게 오시려는가」, 『東方曙曲』)

그가 부제를 대부분 삭제하게 된 이유는, 해당작품들이 발표된 연도와 시집에의 발간 연도 간의 시간차를 고려하여 부제가 무의미하다고 판단했기 때문으로 판단된다. ③과 ⑤는 부제의 취지에 맞도록 군말을 줄인 것으로 보이고, ⑪은 편집자가 삭제한 부분을 시집에 수록하면서 되살린 것으로 판단된다.

(4) 창작 관련 정보 삭제

김해강은 대부분 작품 끝에 창작일자와 장소 등을 표기해두었다. 그러나 그는 시집을 발간하면서 그것들을 삭제하였다.

鴨江旅舍에서(「客愁」, 『靑色馬』, 1940. 8. 30)→삭제(『東方曙曲』)
癸酉元旦에(「새날의 祈願」, 『동아일보』, 1933. 1. 8)→삭제(『祈禱하는 마음으로』)
1927. 9. 28作(「가을의 香氣」, 『조선지광』, 1927. 11)→삭제(『東方曙曲』)
1927年을보내며(「出帆의노래」, 『조선지광』, 1928. 1)→삭제(『東方曙曲』)
새世紀의曉頭에서서(「東方曙曲」, 『조선지광』, 1929. 1)→삭제(『東方曙曲』)

---

14) 이 작품의 발표지 『추성』에는 원문이 누락되어 있다. 이 내용은 김해강의 3남 김경석 생도의 육군사관학교 제17기 졸업기념탑인 '指北星'의 동판에 「건립사」라는 이름으로 새겨져 있다. 또 그 내용이 부분적으로 시집의 내용과 달리 새겨졌는데, 1961년 3월20일 건립하고 1981년 5월 1일 재건한 기념탑의 「건립사」 전문은 다음과 같다.
"보라 이 氣象을!/歷史의 指標를!/젊은 슬기와 生命의 불꽃/일곱 별처럼 찬란히 피어/그 毅然한 모습/崇高한 姿勢/萬世에 떨칠 빛/겨례의 자랑으로/勝利의 榮光/누리에 빛나리"

1929. 3.(「戀春曲」, 『조선문예』, 1929. 5)→삭제(『東方曙曲』)

舊稿 1927. 5月作(「昇天하는旭日을가슴에안흐려」, 『조선시단』, 1929.
　　12)→삭제(『東方曙曲』)

새世紀를바라보며(「天下의詩人이여」, 『조선지광』, 1928. 4)→삭제(『東方曙曲』)

1932. 1. 1(「큰힘이어! 솟아나소서!」, 『동광』, 1932. 2)→삭제(『東方曙曲』)

나의詩『東方曙曲』集에서(「太陽을등진무리」, 『대중공론』, 1930. 3)→삭제(東方曙曲』)

1939. 3.(「나의 宣言」, 『시학』, 1939. 5)→삭제(『祈禱하는 마음으로』)

1939. 5.(「文學街의化粧風景」, 『조선문학』, 1939. 5)→삭제(『東方曙曲』)

1939. 5.(「바다의 讚歌」, 『시학』, 1939. 8)→삭제(『東方曙曲』)

舊稿中에서(「海邊暮影」, 『조선지광』, 1928. 7)→삭제(『東方曙曲』)

1932. 2. 27(「東方黎明」, 『비판』, 1932. 4)→삭제(『東方曙曲』)

2. 28作(「人間壁書」, 『풍림』, 1937. 4)→삭제(『東方曙曲』)

5月作(「따르릉·따르릉」, 『조선문학』, 1936. 7·8)→삭제(『東方曙曲』)

1932. 7. 8作(「부탁」, 『신여성』, 1932. 8)→삭제(『東方曙曲』)

8月作(「오오 나의 옛 搖籃이여!」, 『낭만』, 1935. 12)→삭제(『東方曙曲』)

위에 나타난 것과 같이, 김해강이 작품의 끝에 부기했던 창작관련 정
보는 대부분 작품의 창작 시기와 장소였다. 그는 이러한 관련 정보가 시
집 발간의 연도와는 상당한 시간차를 갖기 때문에 특별한 의미가 없다
고 판단하여 삭제한 것으로 보인다. 하지만 그의 작품 세계를 온전하게
규명하기 위해서는 이와 같은 사소한 창작 관련 정보도 세심하게 취급
되어야 할 것이다.

　(5) 어휘 수정 및 삭제

　김해강은 발표된 작품을 시집에 수록하면서 부분적으로 어휘를 수정
하였다. 그의 어휘 수정은 고어의 현대어 표기, 부사어의 효과적 축약,
조사의 의도적 삽입 등으로 나타났다.

①풀 버혀 돌아오는(「黃波萬頃에 익어가는 가을」, 『동광』, 1931. 10)→풀 베어
　돌아오는(『東方曙曲』)
②해 뜨는 靑空을 이저버렷나니.(「헐리는 純情의 王都」, 『시건설』, 1936. 11)→
　해 뜨는 靑空을 잃어버렸나니(『東方曙曲』)

③한 **오콤**/두 **오콤**(「國境에서」, 『동아일보』, 1940. 3. 7)→한 **옴콤**/두 **옴콤**(『東方曙曲』)

④바람은 **사알랑 사알랑**(「春外春」, 『동아일보』, 1940. 5. 9)→바람은 **살랑 살랑** (『東方曙曲』)

⑤**좌악 좌악**(「豊年雨」, 『동아일보』, 1940. 7. 3)→**좍 좍**(『東方曙曲』)

⑥**덜넘**한 山이 말등을 넘는다(「胡馬車」, 『靑色馬』, 1940. 8. 30)→**덜름**한 山이 말등을 넘는다(『東方曙曲』)

⑦나뷔의 발톱에 **채이어**(「RESTAURANT」, 『靑色馬』, 1940. 8. 30)→나비의 발톱에 **채어**(『東方曙曲』)

⑧마음의 故鄕이 그리워(「마음의 故鄕」, 『靑色馬』, 1940. 8. 30)→**못내**/마음의 故鄕이 그리워(『東方曙曲』)

⑨그 靑春이 먼저→그**의** 靑春이 먼저(「헐리는 純情의 王都」, 『시건설』, 1936. 11)→『東方曙曲』)

⑩숫**제**(「異域의 밤」, 『靑色馬』, 1940. 8. 30)→숫**쩨**(『東方曙曲』)

김해강은 ①, ③, ⑥에서 고어를 표준어로 수정하고, ②에서는 시적 이미지가 식민지시대의 상실감을 비유한 '靑空'의 망각이 아니라, 상실이라는 의미를 강조하기 위해 수정하였다. ④에서는 바람이 속도감있게 불어오는 광경을 나타내려고 수정했고, ⑤에서는 비가 급박하게 내리는 소리를 강조하고자 수정했다. ⑦에서는 어휘형을 축약시켜 시적 속도감을 높였다. 그는 ⑧에서 고향으로 속히 돌아가고 싶은 간절한 마음을 드러내기 위해 부사어를 첨가했으며, ⑨에서는 조사를 삽입하여 대상을 한정하는 효과를 거두었다. 그는 ⑩에서 시적 정조를 강조하기 위해 해당 어휘를 된소리로 수정하기도 했다.

아울러 김해강은 시집에 수록하면서 어휘를 부분적으로 삭제하였다.

①산ㅅ골에 얼음 풀리니(「戀春曲」, 『조선문예』, 1929. 5)→**산골**에 얼음 풀리니 (『東方曙曲』)

②물ㅅ**결**을 삼키윗든(「흰모래우를것는處女의마음」, 『개벽』, 1934. 12)→**물결**을 삼키웠던(『祈禱하는 마음으로』)

③네 **거믄** 墓穴로 **다라**나버리라.(「헐리는 純情의 王都」, 『시건설』, 1936. 11)→ 네 墓穴로 **달아**나버리라.(『東方曙曲』)

④내, 한**다름**에 내**다러**(「都會」, 『靑色馬』, 1940. 8. 30)→한**달음**에 내**달아**(『東方
　曙曲』)

①과 ②는 표기법의 변화에 따라 사이시옷이 불필요하다고 판단하여
삭제한 것으로 보인다. ③에서는 '墓穴'이 상징하는 색상이 본래 검은색
이라는 사실 때문에, 불필요한 중복을 피하기 위해 삭제하였다. 그는 ④
에서 서정시의 화자는 1인칭이라는 점에서 불필요하다고 판단하여 어휘
를 삭제하기도 했다. 그는 이 작품에서 내달리고 싶은 화자의 조급한 마
음을 저해하는 '내,'를 삭제하여 운율적 효과를 거두었다.
　또 김해강은 발표된 작품을 시집에 수록하면서 한자어를 한글로 바꾸
거나, 한글을 한자어로 바꾸었다. 그의 시작품에는 불필요한 한자가 다
량으로 발견된다. 그의 한자어 남용은 시의 가독성을 저해하는데, 그것
은 그가 1920년대의 시작 초기부터 시적 전언의 직접적 표현을 중시한
데서 유래한다.

①**盡湯**한 歡樂의世界(「白滅하는 肉의 洪水時代」, 『대조』, 1930. 4)→**震宕**한 歡
　樂의 世界(『東方曙曲』)
②表情을 잃은 그의 눈**瞳子**―(「母性의 聖火」, 『신인문학』, 1936. 10)→表情을
　잃은 눈**동자**(『東方曙曲』)
③하늘 한**幅**을 선뜻 도려내어(「선물」, 『동아일보』, 1939. 7. 9)→하늘 한**쪽**을
　선뜻 도려내어(『東方曙曲』)
④본래가 **音齒**할줄을 모르는(「바다의 讚歌」, 『시학』, 1939. 8)→본래가 **인색**할
　줄을 모르**고**(『東方曙曲』)
⑤그렇다고 **林檎**을 따먹는 **禁斷**의 동산은 더구나 아니었다.(「RESTAURANT」,
　『靑色馬』, 1940. 8. 30)→그렇다고 **능금**을 따먹는 **금단**의 동산은 더구나 아
　니었다.(『東方曙曲』)
⑥새빨간 불을 **吐**하는(「北方은」, 『靑色馬』, 1940. 8. 30)→새빨간 불을 **吐**하는(『
　東方曙曲』)

①은 그가 한자어를 잘못 사용했다고 판단하여 바로잡은 경우인데,
이 한자어 역시 오용된 것이다. 국어사전의 용례를 살펴보면 '진탕'은
'―宕'으로 쓰일 뿐, '盡―'이나 '震―'을 사용하지 않는다. ②, ④, ⑤는 그
가 불필요한 한자어로 판단되어 삭제한 것으로 보인다. 그가 ③을 수정

한 것은 한글로 표기하여 대상을 구체적으로 한정시키고 선명한 이미지
를 수반하게 된 경우이다. ⑥은 한자로 표기하여 불길이 마치 솟아오르
는 듯한 느낌을 갖도록 수정한 보기이다.

(6) 복자 복원

식민지시대에 발표된 작품들의 복자 복원 사례는 카프 계열 시인들의
작품에서 현저하게 나타난다. 그들은 전향하거나 시집을 간행할 무렵에
삭제된 부분을 상당 부분 복원하거나 수정하여 수록하였다. 그러나 복자
의 복원은 "임화의 경우처럼 자의와 시대상황 변화가 작용해서 오히려
부정적인 결과를 초래하기도"[15] 한다는 점에서, 주의깊게 살펴보아야 할
것이다. 김해강은 이미 발표된 작품을 재발표하거나 시집에 수록하면서
발표 당시의 복자를 복원하였다.

> ①이짜 복판에 ××××××! ×××××××!(「正月의노래」, 『조선일보』, 1928.
> 2. 24)→이짜 복판에 **터지는 큰소리! 한울이터지는 소리!**(『비판』, 1932. 2)
> ②쏘한번 ×고야 말걸! ××××!(「正月의노래」, 『조선일보』, 1928. 2. 24)→쏘한
> 번 오고야 말걸! **그날이여!**(『비판』, 1932. 2)
> ③×××집어삼키소(「正月의노래」, 『조선일보』, 1928. 2. 24)→**폭탄**을 집어삼키
> 소.(『비판』, 1932. 2)
> ④그리하야 혈맥이 굳어가는 이×의 골작이와 저자에 호흡을 ××쳐 줄(「큰힘
> 이어! 솟아나소서」, 『동광』, 1932. 2)→血脈이 굳어가는 이 **땅**의 呼吸을 **불불
> 쳐** 줄(『東方曙曲』)
> ⑤담배○○나왔다고서(「따르릉·따르릉」, 『조선문학』, 1936. 7·8)→무엇입네
> **조사**나왔다구서(『東方曙曲』)

①, ②, ③은 작품을 재발표하면서 복자된 부분이 되살아난 것이다.
이것은 김해강이 복원한 것이 아니라, 일제의 검열관이 혼선을 일으켜서
삭제를 지시하지 않은 것으로 보인다. ④는 그가 시집에 수록하면서 복
자를 드러낸 것이고, ⑤는 복자 처리된 부분(발표지면에 ○으로 표기됨)
을 드러내면서 원문을 수정한 사례이다. 이것은 발표 당시에 유행했던

---

15) 김재홍, 『한국 현대시의 사적 탐구』, 일지사, 1998, 67쪽.

담배 경작 사실이 시집 발간연도에 어울리지 않는다고 생각하여 수정한 것으로 추측된다.

(7) 문장부호 수정

김해강은 발표한 작품을 시집에 수록하면서 문장부호를 수정하여 부수적인 시적 효과를 노렸다.

①종질·종질·종지루리— 종질·종질·종지루리·루리···(「五月의 太陽」, 『조선지광』, 1928. 7)→종질 종질 종지루리··종지루리 루리 루리··(『東方曙曲』)

②둥 두리 둥 둥 둥···(「東方曙曲」, 『조선지광』, 1929. 1)→둥 두리 둥 둥 둥···(『東方曙曲』)

③여름해는 길기도 길어······(「待雨」, 『동아일보』, 1939. 6. 30)→여름 해는 길기도 길어—(『東方曙曲』)

④鴨江의 밤!(「客愁」, 『동아일보』, 1940. 3. 28)→鴨江의 밤(『東方曙曲』)

⑤떠 도는 마음!(「異域의밤」, 『靑色馬』, 1940. 8. 30)→떠도는 마음(『東方曙曲』)

⑥쩟 쩟 쩟······(「胡馬車」, 1940. 8. 30)→쩟 쩟 쩟···(『東方曙曲』)

①, ②, ③, ⑥은 그가 음성상징어의 시각 효과를 높이기 위해 문장부호를 수정한 것으로 보인다. 음성상징어는 원시적인 수사법에 지나지 않지만, 문맥의 상황에 따라 새롭게 재생될 수 있다. 특히 의성어는 복잡한 시작품의 부수적인 일부분을 구성할 때를 제외하고는 거의 중요성을 차지하지 않는다. 하지만 "의미전달을 돕는 다른 장치와 의성어가 결합했을 때, 우리는 그것을 포착함으로써 시를 읽는 가장 큰 즐거움의 하나인 미묘하고 아름다운 효과를 느낄 수 있"16)는 것이다. ①은 종달새의 울음소리가 단속적으로 들리지 않고 연속되는 느낌을 준다. ②는 북소리의 여운이 멀리까지 확산되는 모습을 표현하기 위해 수정한 것이다. ③은 여름 한낮의 해의 길이가 길다는 느낌을 표현하고자 고친 경우이다. ④와 ⑤는 불필요한 문장부호를 삭제한 경우이다.

---

16) L. Perrine, 조재훈 역, 『소리와 의미』, 형설출판사, 1998, 427쪽.

(8) 오식 수정

긴해강의 작품 중에는 시집의 수록 과정에서 오식된 경우가 있다. 예컨대 작품 제목이 오식된 경우로는 「아름다운 太陽」을 들 수 있는데, 이 작품은 『東方曙曲』에 수록되면서 「다름다운 太陽」으로 오식되었다. 또 그는 발표된 작품과 『靑色馬』에 수록된 작품 중에서 오식된 부분을 『東方曙曲』에 재수록하면서 바로잡았다.

①잊으섯습니까.(「꽃과 별」, 『동아일보』, 1939. 5. 31)→잊으셨읍니까.(『東方曙曲』)
②普信閣 잉경을 따려보리.(「都會」, 『靑色馬』, 1940. 8. 30)→普信閣 인경을 따려나 보리.(『東方曙曲』)
③칼날의 陵線, 心臟을 짓밟으며, 피의 陵線(「언제나 빛나야 할 太陽이기에」, 『전북신문』, 1966. 6. 25)→칼날의 稜線, 心臟을 짓깨물며, 피의 稜線(『祈禱하는 마음으로』)

①은 발표지에서 오식된 것을 바로잡은 경우이고, ②는 『靑色馬』에 수록되면서 오식된 것을 바로잡은 경우이다. ③은 본래 원고의 '짓씹으며'가 발표 과정에서 '짓밟으며'로 오식된 것이다. 그러나 그는 시집에 수록하면서 '짓밟으며'를 '짓씹으며'가 아닌 '짓깨물며'로 수정하였다.[17]

이 외에 그의 작품 중에서 오식된 어휘를 시집에서 모두 추출하면 다음과 같다.

① 『東方曙曲』
말없이 호을로 앉아→말없이 호올로 앉아(「金剛의 달」 4연 2행)
書帖을 던져버렸다→書帖을 던져버렸다(「玉韻을 밟으며」 6연 2행)
金비눌 銀비눌을→金비늘 銀비늘을(「金사다리·銀사다리」 6연 1행)

---

17) "『전북일보』에 발표된 나의 시 「언제나 빛나야 할 太陽이기에」에 있어 오식이 세 군데나 있었다. '稜線'이란 '稜'자를 두 군데나 '陵'으로 오식을 했고, '心臟을 짓씹으며'를 '—을 짓밟으며'로 되어 있다. 전자에 있어선 글자가 오식일 뿐이지 뜻을 상함이 되는 것은 아니지만, 후자에 있어선 '씹으며'가 '밟으며'로 되어 뜻이 전연 달라져버렸을 뿐만 아니라, 말이 되질 않는 것이다."(1959. 6. 25)—김해강시비건립추진위원회 편, 앞의 책, 121-122쪽.

두 팔 벌이고→두 팔 벌리고(「몸은 虛空에 실려」 3연 1행)
울려라 북을 쉬북을→울려라 북을 쇠북을(「東方曙曲」 12연 3행)
움직이는 畵面이→움직이는 畵面이(「더위먹은 都會의 밤」 3연 5행)
냉혹한 畵面이냐→냉혹한 畵面이냐(「더위먹은 都會의 밤」 4연 5행)
톱날같은 畵法으로→톱날같은 畵法으로(「더위먹은 都會의 밤」 5연 2행)
아무나 붙들고→아무나 붙들고(「사랑이여」 4연 3행)
한 줄기 꾿꾿한 動脈은→한 줄기 꿋꿋한 動脈은(「사랑이여」 17연 2행)
그때었다→그때였다(「길잃은 使徒처럼」 17연 1행)
봄 씨앗도 뿌렷다→봄 씨앗도 뿌렸다(「後方消息」 5연 1행)
모슬은 이지러지고→모습은 이지러지고(「續·戀春曲」 4연 1행)
그러나 부딋치는 瞬間→그러나 부딪치는 瞬間(「MYSTERY」 2연 1행)
일곱 빛갈 무지개가→일곱 빛깔 무지개가(「祝婚」 9연 1행)
갓 피어난→갓 피어난(「四月과 같은 나의 少女여」 3연 2행)
해는 떳다건만→해는 떴다건만(「獻詩 10章」 1연 2행)
목청은 우렁찻거니→목청은 우렁찼거니(「祝『光榮』」 1연 4행)
파라란 하늘→파아란 하늘(「뜰(六月)」 2연 2행)
멀리 내어다 보이는→멀리 내려다 보이는(「白夜行」 5연 2행)
聖畵 한 幅을→聖畵 한 幅을(「빛나는 純情의 王都」 2연 3행)

② 『祈禱하는 마음으로』
복사꽃이었던만→복사꽃이었건만(「無心」 3연 2행)
이쩌면→어쩌면(「靑蓋瓦 용마루 너머」 17연 1행)
한 머리→한 마리(「淸道院 옛 고갯길에서」 6연 2행, 7연 5행)
劫에 질린 運轉士→怵에 질린 運轉士(「어느 停年退職者의 老後」 9연 2행)
뒤었읍니다→뒤였읍니다.(「어느 停年退職者의 老後」 18연 2행)
꾀꼬리 살아진고→꾀꼬리 사라지고(「戀春賦」 2연 1행)
푸른 그느속→푸른 그늘속(「五月의 求婚」 3연 2행)
띠끌 濛濛한 萬里라→티끌 濛濛한 萬里라(「東方의 處女」 2연 4행)
甲冑에 愉快로운→甲冑에 愉快로운(「太陽의 꽃다발」 6연 2행)
聰聰히 밤하늘에→葱葱(叢叢, 총총)히 밤하늘에(「마음의 默華」 2연 3행)
한 창 한 창 原稿紙를→한 장 한 장 原稿紙를(「마음의 默華」 3연 1행)
줄만 고르다가 고→줄만 고르다가(「사랑의 宣言書」 2연 1행)
칼날의 陵線을→칼날의 稜線을(「언제나 빛나야 할 太陽이기에」 4연 2행)
피의 陵線을→피의 稜線을(「언제나 빛나야 할 太陽이기에」 13연 1행)

기꺼히→기꺼이(「마음과 마음을 華奢한 한송이 웃음의 꽃으로」 8연 5행)

으젓코야→의젓코야(「빛나리 사랑의 星座에 켜진 大韓의 샛별이여」 3연 1행)

이와 같이 그의 시집에서 추출된 오·탈자는 출판사의 조판 과정에서 이루어진 실수로 판단된다.

(9) 원문 삭제 작품

김해강의 작품 중에는 발표 과정에서 원문이 삭제된 채 실린 작품이 있다. 그 이유는 한정된 지면 속에 해당 작품을 게재해야 하는 편집 사정 때문이었을 것이다 곧 작품의 부분적 수정과 삭제는 비단 김해강에게만 국한되는 것이 아니라, 당시의 다른 작가들에게도 적용되었던 보편적 현상이었다. 연구자가 소장하고 있는 자료를 토대로 그의 작품 중에서 활자화되지 못한 부분(진한 글씨)을 포함하여 전문을 제시하면 다음과 같다. 단, 그의 작품 중에서 「달나라」는 선자였던 주요한에 의해 자의적으로 수정 및 삭제되었다.

①차저갈거나차저가달나라를/아름다운꽃웃음사랑가득한/곱고도고흔月宮仙女들사는/밝고도맑고맑은저달나라로/차저갈거나차저가나의님이여!//
님이여고흔님나의님이여/당신이万一에그곳에게신다면/달나라가는길이이곳에셔부터/十万里몟十万里된다고해도/갈여네나는갈그린님보려//
님그린어린가삼이붉은마음/당신을못보면은나는못살리/차저가자차저가그린님게신/玉으로달집지은저달나라로/별님의계무러가자별나라것처//
그리워라달나라나는그리워/그린님곱게게신저달나라가/自由롭게平和로히꽃웃음속에셔/사랑으로사라가는저달나라가/그리워라그리워나는기르워 ─「달나라」, 『조선문단』, 1925. 11)[18]

---

18) 김해강은 「나의 문학 60년」(317쪽)에서 「달나라」의 후반부가 누락되어 게재된 것에 대해 불만을 피력했는데, 참고로 발표된 원문은 다음과 같다
"차저갈거나 달나라를/아름다운꽃웃음 사랑가득한/仙女들사는 저달나라를/님이여 나의님이여!/당신이 그곳에게신다면/十萬里 百萬里 된다고해도/마다하릿가/그리워라! 나는그리워/그린님게신 저달나라가/自由롭고平和로운 저달나라가/그리고기리워라"

②찬바람가득찬/쓸쓸한겨을날夕陽이러라/黃昏의엷은푸른빗이/이골작저골작이에/가만히퍼지기始作하는대/煙氣에잠긴먼山村에/불이써젓다반짝어렷다함은/가난한집의밥쓰리는/솔방울의불이나아닌거나!//검푸른찬한울에/별들은한아식둘식/쌈박거리기始作하는대/**소를모라가든/牧童의한가한노래소리는/가늘게저편산모롱이로사라저가고/찬바람만쓸쓸하게도/벌거버슨야윈나무ㅅ가지들/울릴쑨이다**//어둠은점점지터가는대/**왼終日疲勞와싸우든/樵軍들의담배불은/쌕금쌕금갓가워오고/길일흔벍어숭이어린아이는/목이잠긴우는소리로/『엄마』『엄마』連呼하며/덜덜썰면서/어둠속을터벅거린다/아―어둠속찬별빗아래에/지향업는이몸의쪼각마음을/그무엇에부칠것인가?!/**이밤의모든光景은/다―내心事를/그려노흔것이아닌거나! ―「저무러가는山路에서」, 『조선일보』, 1926. 3. 11)

③나는본다/부드럽고弱한풀쑤리가/큰바위미테눌려잇스면서도/쓴어지거나익개여지지도안코/도로혀큰바위를/써바처넘겨트리고/쌍우의大氣中에/싹을터내려고/이리저리괴운차게써더나감을!/그리하야엇더한큰作用을니르키려는/**偉大한『힘』이움즉이고잇슴을!/오―나는보노라/쏘나는보노라/집채덩이가튼큰바위에/쑤리를박은소나무를!/누가그쑤리를弱하다할가?/마츰내바위는짜개지고부서지고만다/굿세고큰바위거늘!/한개軟弱한쑤리거늘!/아―그무슨까닭일거나!//**가슴가온대피가쒸는사람들아/오―젊은이들아듯거라/死塊!바위가아모리크고/굿세다한들/피가식고심줄이쓴어진/한개死物이어니―한낫적은쑤리라할지언정/**『生』의偉大한힘을?/大氣와融和가되어움즉이는/血管에피가쒸는生命의힘을?/오―엇지조곰인들抵抗할수잇스랴!/抑壓을하고能히견듸랴!//가만히가슴에손을대보라/우리의心臟엔피가쒸지안는가?//우리의『生』을빗낼『힘』의움즉임이여!/누르는魔障을터씩리고/**튀여소슬/무서운『生』의힘이여! ―「무서운힘」, 『조선일보』, 1926. 6. 22)

④내아즉철몰랏슬/겨우열살넘은어린째러라/칠판아래한숨지여가며/이나라!이쌍주인닐헛슴을/쑥쑥써러지는더운눈물을/주먹으로씨서가며/痛嘆하던그님이여!/아!지금은어대게신거나!/이쌍을다시차저/自由롭게활개치며/光明한太陽아래/즐겁게살려면은/『잘배워라!』『쯧을굿게가지라!』/『눈을크게쓰라!』/주먹을쥐고바르르썰며/목이맛치는强한소리로/책상을치며/내어린靈을쌔우처주든/아―그님이여!/지금은어데게신거나!/생각스록더욱그리워!//이쌍을다시새롭게빗내려면/暗黑한險路에서헤매이며우는/불상한生靈들!/同族의生命을다시살리려면/『惻弱한者가되지마러라』/불로도쒸여들고/물로도쒸여들어가는/『쓰거운精神을길우워라!』/『산氣像을가저라!』/山으로가서나들로가서나/틈만잇스면밤에나낫

에나/熱情에타는眼光으로/늘─우리를指導하여주시던/아─그님이여!/지금은어
대게신거나!/간절히도그리운그님이여!//지금은들으니/밤낮으로그리워하든그
님은/**恨만흔이쌍을버리시고/먼北國눈날리는찬나라로/써나가신지가/벌서數年**
이라하니/아!님이여!각가지로닥치는/그苦生이엇더하리!/긴한숨으로南天을바
라고/더운눈물로얼언쌍을/눅이신적은그몃번이시랴!/아!얼골은얼마나야위엿스
며/몸은얼마나늙으섯스랴!/송굿으로씰리는듯한이마음!/쑥쑥써러지는더운눈
물!/아!님이여!平安하신가?! ─「님이그리워!」,『조선일보』, 1926. 6. 24)

(10) 원문 정정 작품

김해강의 작품 중에는 편자에 의해 잘못 인용된 작품이 있다. 그 대
표적인 사례로는 임화에 의해 잘못 인용된 「山上高唱」(『시건설』, 1936.
9)이 있다.

'가나다서점'엘 들렀더니, 김용호 씨의 편찬으로 된 『한국시인선집』 상권이
나와있었다. 나의 시 두 편이 실려있는데, 「내 家族과 내 詩」, 그리고 「山上
高唱」. 헌데, 한가지 우수운 일이라고 할까?
「山上高唱」에 있어서, 나의 것 아닌 남의 시 일련이 덧붙어 있는 것이다. 나
의 시는
'蒼月을 쏘아 떨어뜨릴
해 뜨는 가슴에 와 안기라'
거기에서 끝나는 것이고 그 다음에 붙어 있는 '南쪽 하늘밑에 숨쉬는 黃海
바다'란 행부터 이하 5, 6행은 나의 것이 아닌 것이다. 본래 「山上高唱」이란
시는 『시건설』지에 발표되었든 것인데, 그것을 임화가 『한국시인선집』을 간
행했을 때, 부주의한 탓으로 내 시의 말련인 것처럼 오철을 해놓은 것이다.
'南쪽 하늘밑에 숨쉬는 黃海바다'로부터의 수 행은 『시건설』지에 실렸던 김
우철이란 시인의 시 끝 구절이었던 것이다. 그랬던 것이 김소운 씨의 일역
으로 된 『한국시인집』에도 그대로 잘못 그것까지 번역되어 나왔고, 그 뒤
정인섭 씨가 영문으로 『역시집』을 냈을 때에도 역시 그러했고, 서울대학 국
어부에서 간행한 『고등국어부독본』에도 그렇게 찍혀 나왔던 것이다.[19]

김해강이 지적하고 있는 오류는 임화가 『현대조선시인선집』(학예사,

─────────────────────
19) 김해강, 「一杯 一杯 復一杯」, 『자유문학』, 1958. 9.

1939)의 편찬 과정에서 「山上高唱」의 원문을 오용한 실수를 가리킨다. 참고로 임화가 잘못 인용한 부분(진한 글씨)을 포함하여 이 작품의 전문은 다음과 같다.

山도 들도 마을도 저자도/한결같이 눈속에 고요이 잠든/오오 푸른 月光이 굽이처 흐르는/白色의搖籃이여!//골짝을 지나 비탈을 돌아/그리고 江뚝을 넘어 들판을 꿰어……/끝없이 뻗은 두줄의 수레바퀴./달빛에 빛나는 두줄의 수레바퀴.//오오 발아래 엎어저 꿈꾸는 大地여!/네 病알튼 乳房을 물고/네 싸늘한 품에 안겨 보채는 야윈 떡아기들./가늘게 떨리는 그들의 숨ㅅ결우에/너는 무슨 譜表를 꼬자주려느냐./내搖籃의 어린딸들이여!/눈덮인 집웅밑에는/꿈길이 아직도 멀구나./내마음 파랑새 되여/그대들의 보채는 숨ㅅ결우에/봄소식을 물어나르리!//蒼空을 떠받고 氣차게 서있는 母岳/白波을 거더차고 내닷는 邊山의連峯./오오 발아래 엎어저/새벽을 숨쉬는 大地여!/달려와 내가슴에 안키라./蒼月을 쏘아 떨어트릴/해 뜨는 가슴에 와 안키라./**南쪽 하늘 밑에 숨쉬는 黃海바다—/구름이 白薔薇인양 피여오르는 곳/그리로 흘러가면 달밤의 詩畵가 있을 듯싶어/江畔의 모래톱을 五里나 따라갓네만/그밤 나홀로 들은 건/鄕愁에 빠진 기럭이 한마듸 우름……/간간이 들려오는 商船의 허거푼 『BO』였읍네.**//

김해강은 이 작품의 오류를 지적하고, 『東方曙曲』에 원문대로 수록하였다. 이 작품은 최초 발표 지면에서 타인의 작품이 부분적으로 추가된 것이 아니라, 편자에 의해 일방적으로 잘못 인용된 것이다. 하지만 편자의 실수가 후대의 편자들에 의해 반복적으로 재생산되었다는 점에서, 원문 확인 과정의 중요성을 시사하고 있다.

3. 친일시 텍스트

김해강 시의 텍스트 확정 과정에서 반드시 검토되어야 할 작품들이 친일시이다. 그의 작품 중에서 친일시 논의의 대상 작품은 「돌아오지안는아홉將士」(『매일신보』, 1942. 3. 13), 「濠洲여」(『매일신보』, 1942. 3. 27-28), 「印度民衆에게」(『매일신보』, 1942. 3. 5-6), 「아름다운 太陽」(『조광』, 1942. 6) 등 네 편이다.[20] 이 중에서 일제의 진주만 침공시 전사한 일본 해군의 무공을 칭송한 「돌아오지안는아홉將士」, 호주의 영연방 탈퇴를 촉구한 「濠洲여」, 인도 국민들에게 일제의 대동아공영권으로의 편입을 강조한 「印度民衆에게」는 명백한 친일시이다. 하지만 「아름다운 太陽」의 친일/비친일 성향에 대해서는 상이한 견해가 존재한다. 동일한 작품을 대상으로 상반된 성향을 동시에 적출하는 연구자들의 모순된 태도는 당혹스럽다. 이와 같은 논리적 충돌은 연구자의 접근 자세에서 기인한 것으로 보인다. 양측은 모두 작품의 발표된 원본과 시집에 수록된 수정본을 비교하지 않은 채, 시집의 수록 작품만 검토한 뒤 의견을 제출한 것이다.[21] 이에 발표된 원본을 인용하고, 수정된 내용을 비교하면서 이 작품의 친일성을 규명하기로 한다.

포도 넌출 기어오르는 울 너머로
화안하게 트이는 푸른 하늘

안개를 떠들고
金色을 깨물며

좌알 좌알
旗폭은 흘러 흘러……

---

20) 김해강의 친일시에 관해 임종국(『친일문학론』, 평화출판사, 1966, 473쪽)은 「아름다운 太陽」, 「돌아오지안는아홉將士」, 「濠洲여」 등 세 편을 친일시로 분류했으나, 그 기준은 제시하지 않았다. 오세영(『20세기 한국시 연구』, 새문사, 1991, 242 및 258-262쪽)은 김해강의 시 「아름다운 太陽」과 「印度民衆에게」를 친일시로 분류했지만, 「돌아오지안는아홉將士」와 「濠洲여」를 친일시 논의에서 누락시켰다. 김규동과 김병걸(『친일문학작품선·2』, 실천문학사, 1986, 383쪽)은 「아름다운 太陽」, 「濠洲여」, 「돌아오지안는아홉將士」 등 3편을 친일시로 가름했으나, 「印度民衆에게」를 누락하였다. 박경수(『한국근대문학의 정신사론』, 삼지원, 1993, 149-154쪽)는 「아름다운 太陽」과 「돌아오지안는아홉將士」를 친일시로 분류하였다. 이탄(『한국대표시인연구』, 영언문화사, 1998, 296쪽)은 김해강의 친일시 시비는 근거가 없다고 주장하면서, 임종국의 저서에 나타난 근거의 누락을 비판했다. 김재용(「친일문학 작품 목록」, 『실천문학』, 2002. 가을호, 130쪽)은 「돌아오지안는아홉將士」, 「濠洲여」, 「아름다운 太陽」을 친일시 목록에 등재하였다.
21) 박경수(앞의 책, 149쪽)는 이 작품을 전쟁 찬가로 분류하고 있는데, 그것은 기초 자료의 검토를 생략한 채 제출한 의견으로 보인다.

四月!
아침이 능금처럼 香氣로울 때

아직도 조름이 이슬진 눈 뚜껑을 부비며
착한 내 아들과 딸들—

天眞한 꽃숭이들은
분주스러이 窓살을 두드립니다.

대굴 대굴
水晶알 처럼

꾀꼬리 黃金 譜表를 떨어트리는
뜰!

앵도꽃 빠알갛게 타고
난초잎 파아랗게 터지는
앞 뜰!

『엄마.
나, 저 해를 꼭 따주우.』

『아빠가 뭐라든?
크면 따준대두 그래』

『아빠는 거즛말장인걸 뭐!』

國旗를 손에 흔들며
어매등에 매달린
착한 내 아들과 딸들—

太陽과 함께 커가는
내 아름다운 家族의 적은 손을 꼬옥 쥐여줍니다.

太陽과 함께 커가는
내 아름다운 家族의 어린 볼을 사뭇 부벼줍니다.
— 「아름다운 太陽」 전문

이 작품의 친일성을 부정한 대표적인 견해는 이운용에게서 찾아볼 수 있다.[22] 그 외의 논자들은 근거를 제시하지 않았거나, 이 작품을 친일시 편에서 누락시키고 있으므로, 그의 견해를 집중적으로 비판하여 친일적 자질을 드러내기로 한다. 이운용은 김해강이 자선시집 『東方曙曲』에 이 작품을 수록했다는 점을 중시하여 이 작품이 친일시라면 김해강이 시집 에 수록했겠느냐고 반문하였다. 그러나 김해강은 이 작품을 시선집 『東 方曙曲』에 수록하면서 문제가 될 만한 내용을 수정했을 뿐만 아니라, 다 른 친일시 3편도 수록하지 않았다.

둘째, 그는 시적 성향면에서 이 작품은 김해강의 시작 동기인 "被壓迫 民族의 鬱憤한 情緖"(「後記」, 『東方曙曲』)와 맞지 않는다고 주장했다. 그러 나 이 시집의 앞 부분은 금강산의 절경을 노래한 기행시편들이 차지하고 있을 뿐만 아니라, 등단 초기에 보여주었던 '被壓迫民族의 鬱憤한 情緖'를 형상화한 작품이 아니라 향수 등 서정적 작품들이 다수를 차지하고 있다. 또한 시집과 작품 발표 연도 사이의 20여년 편차는 시인의 감정을 정리하 기에 충분한 기간이다. 김해강이 밝힌 시작 동기는 존중되어야 하지만, 시 차와 시집의 전편을 검토하지 않은 채 시인의 주장을 전적으로 수용하는 것은 바람직한 태도라고 할 수 없다.

셋째, 그는 김해강이 자신과의 대담에서 친일시 창작을 단호히 부정했 다는 증언을 내세웠다. 그러나 이 증언은 친일시편의 발굴로 인해 그의 허언으로 판명되었다. 또한 김해강은 임종국의 『친일문학론』(1966)이 발간 될 당시, 공립 고등학교 국어 교사 신분으로 시작활동을 하고 있었다. 그 러므로 2년 후 정년퇴임 기념 시선집 『東方曙曲』을 발간했던 김해강은 임 종국의 저서를 읽었거나, 발간 사실을 알고 있었을 가능성이 크다. 곧 그

---

22) 이운용(앞의 글, 57-78쪽)은 김해강의 친일시 창작 자체를 부정하고, 도리어 그를 저항시 인으로 규정하였다. 또 이탄(앞의 책, 296쪽)은 김해강의 친일시 시비는 근거가 없다고 주 장했지만, 정작 자신도 근거를 제시하지 않았다.

는 자신이 친일시를 발표했다는 사실이 드러나면 입게 될 사회적·도덕적 타격을 모면하기 위해 친일시 발표 사실을 은폐했을 것이다.

넷째, 그는 1942년 김해강이 검열에 걸려 발간하지 못한 시집의 제목이 『아름다운 太陽』이었으므로, 이 작품은 친일시가 아니라고 주장하였다. 그러나 앞서 설명했듯이, 이 시집의 발간 기도 시기는 1940년 초여름이다. 이운용은 이 시집의 편제를 검토조차 하지 않은 채, 동일한 제목의 시작품이 수록된것처럼 일방적으로 판단한 것이다. 이 시집에는 제목과 동일한 작품은 수록되지 않았으며, 단지 이 시집의 2, 3부의 제목으로 사용되었을 뿐이다. 따라서 이 작품과 시집명은 동일한 어휘라는 사실 외에는 아무런 연관도 없다.

다섯째, 객관적 사실 외에 작품의 미적 측면에서 살펴보아도 이 작품의 친일적 자질은 분명하게 드러난다. 김해강은 발표 당시의 원문 "國旗를 손에 흔들며/어매등에 매달린/착한 내 아들과 딸들—"을 "다투며 어매등에 매달려/貴여운 재롱을 피우는 착한 내 어린 아들과 딸들"로 수정하였다.23) 이 중에서 특히 문제되는 부분은 첫 행의 "國旗를 손에 흔들며"이다. 시의 전체 문맥상 '國旗'는 매우 중요한 단어이다. 국기는 '太陽'과 함께 작품 발표 시기가 전시하의 식민지시대라는 사실과 결부되어 자연

---

23) 김해강은 이 작품을 『東方曙曲』에 수록하면서 두 연을 개작하였다. 하나는 9연의 3행을 "앵두꽃 빠알갛게 타고/난촛잎 파아랗게 터지는 앞 뜰"과 같이 2행으로 가름하였다. 이것은 다른 연과의 통일성을 유지하기 위해 수정한 것으로 보인다. 다른 하나는 3행으로 나뉘어졌던 13연을 2행으로 고쳤다. 이것 역시 다른 연과의 균형을 유지하기 위한 의도로 보인다. 그런 점에서 그가 두 연의 행가름을 3행에서 2행으로 통일한 것은 수정이라기보다는, 인쇄 과정에서 잘못된 행가름을 바로잡은 것으로 보는 것이 타당하다. 그는 이외에 13연의 내용과 함께 어휘와 문장부호 등을 다음과 같이 수정하였다.

"포도넌출(1연 1행)→포도 넌출, 金色을 깨물며─(2연 2행)→金色을 깨물며, 조름(5연 1행)→졸음, 내 아들과 딸들─(5연 2행)→내 어린 아들과 딸들, 대굴 대굴(7연 1행)→대굴 대굴, 水晶알 처럼→水晶알처럼, 떨어트리는(8연 1행)→떨어뜨리는, 앵도꽃(9연 1행)→앵두꽃, 난초잎(9연 2행)→난촛잎, 엄마.(10연 1행)→엄마, 따주우.(10연 2행)→따주우, 아냐(11연 1행 첨가), 거즛말장인걸(12연 2행)→거짓말장인길, 적은 손을 꼬옥 쥐어줍니다.(14연 2행)→고 작은 손을 꼬옥 쥐어줍니다, 내 아름다운 家族의 어린 볼을(15연 2행)→내 아들과 家族의 고 예쁜 볼을, !(4연 1행, 5연 2행, 8연 2행, 9연 3행, 11연 2행, 12연 2행)→삭제"

스럽게 일장기를 연상시킨다. 또 그의 시 「濠洲여」에 나타난 "손에손에 日章旗를 높히 흔들며/머리우에 써오르는 亞細亞의 아름다운 太陽을/天眞한 우슴으로 노래하지안느냐."라는 구절을 연상하면 친일적 자질이 절로 드러난다. 김해강에게 '日章旗國旗'는 아시아인의 머리 위로 떠오르는 '아름다운 太陽'과 등가물이었던 것이다. 또한 이 무렵 발표된 주요한의 「銘記하라 12月 8日」(『신시대』, 1942. 1)에서 "12月 8日/亞細亞 붉은 太陽이 世界를 비추려 떠오른 날을"과 연결하면, '아름다운 太陽'은 자연히 일본의 국기를 상징하게 된다. 이 어휘에 유의하여 시의 문맥을 재구성하면, 일제의 군국주의적 만행이 거듭되어 식민지 정책이 성공할수록 "착한 내 아들딸"과 "내 아름다운 家族"은 잘 자라게 된다. 곧 일제의 식민정책이 성공해야 우리 가족과 민족이 발전하게 되고, 본연의 '아름다운' 성질을 유지할 수 있게 되는 것이다. 이것은 '중심의 복제'이다. 우리는 이 작품을 통해 식민주의자들이 조작한 지배 담론의 일상화된 사례를 살펴볼 수 있다. 곧, 이 작품은 "진정한 역사적인 내용들은 돌출적인 사건이나 위대한 역사 인물을 통해서가 아니라, 눈에 띄지 않는 일상속에서 나타난다"[24]는 식민담론의 문학적 토착화 형식을 확인시켜준다.

만일 발표한 원문을 대조하지 않고 발간 시집 『東方曙曲』에 수록된 내용을 텍스트로 선정하면, 작품의 문맥상 친일적인 요소를 전혀 찾아볼 수 없다. 오히려 시적 이미지는 그의 시 「내詩와내家族」(『靑色馬』, 1940. 8. 30), 「天眞·1」(『동아일보』, 1940. 6. 2), 「天眞·2」(『동아일보』, 1940. 6. 12), 「天眞·3」(『동아일보』,(1940. 6. 14) 등과 같이, 밝고 화목한 가정의 모습을 발견하게 된다. 그러나 문학 연구에서 "식민지시대의 문학을 사적으로 논의하는 텍스트는 본질적으로 그러한 상황 하에서 쓰여진 작품 텍스트를 보다 우선적으로 보아야"[25] 한다는 점에서, 이 작품의 친일성은 수정본이 아닌 원본을 대상으로 구명되어야 할 것이다. 더욱이 친일시 논의와 같은 예민한 문제를 거론할 경우, 원문 대조 과정은 우선적으로 전제되어야 할 기본적인 절차이다.

위와 같이 김해강의 시 「아름다운 太陽」은 명백한 친일시이다. 이 작품

---

24) H. Steinmetz, 서정일 역, 『문학과 역사』, 예림기획, 2000, 47~48쪽.
25) 이재선, 「일제의 검열과 『만세전』의 개작」, 권영민 편, 『염상섭연구』, 민음사, 1987, 295쪽.

은 그의 다른 친일시편들보다도 훨씬 기술적인 세련미가 두드러진 작품으로, 일제의 식민주의가 조작한 식민지적 무의식의 결과 생성된 친일 의식이 내면화된 한 가정의 단란한 모습을 형상화하고 있다. 이 작품을 친일시로 분류하기를 반대하는 주장은, 작품의 원문과 수정된 내용을 대조하는 기본 과정을 거치지 않은 데서 파생된 필연적인 오류이다. 그와 함께 친일시편을 발표한 시인의 비친일적 성향을 내포한 작품까지 일방적으로 친일시로 범주화하려는 연구 자세는 지양되어야 한다. 그러나 무엇보다도 친일시 논의에서 더욱 바람직한 태도는 원문에 대한 철저한 자료 조사와 당해 작품의 친일 성향 등에 관한 객관적인 검증 자세일 터이다.

Ⅳ. 결론

이상에서 검토한 결과를 토대로 김해강 시의 텍스트는 시집 발간의 지연으로 인해 상당 부분 수정되었다. 그 내용은 시인의 자의에 의한 수정과 편집자 등 타의에 의한 수정으로 이분할 수 있다. 먼저 김해강이 수정한 사례는 전면 개작, 제목 수정, 부제 수정, 창작 관련 정보 삭제, 어휘의 수정 및 삭제, 복자의 복원, 문장부호 수정, 오식 수정 등으로 구분된다. 그리고 타인에 의한 수정은 작품의 선자와 편집자에 의해 원문이 수정되었거나, 편자에 의한 원문 오용으로 나눌 수 있다.

이와 함께 그의 시 텍스트에서 친일시는 원문 대조 과정 등 기본적인 연구 절차를 무시한 연구자들에 의해 완전한 검토가 이루어지지 못했다. 특히 그의 시 「아름다운 太陽」은 친일 성향이 내면화된 세련된 작품임에도 불구하고, 선행 연구자들은 발표된 원문과 수정본의 비교 검토 과정을 생략한 채 일방적인 논의를 전개해 왔다. 본고에서는 이 작품은 물론이고, 시집에 수록된 그의 모든 작품과 본 연구자가 입수한 창작원고, 가쇄본 등을 토대로 원본 비평을 시도하였다.

（해설）

민족 현실과 시적 긴장의 표정
—김해강의 시세계

최 명 표

I. 서론

海剛 金大駿(1903-1987)은 1925년부터 60여년간 활발하게 작품 활동을 전개하였다. 그는 등단 초기(1925-1935)에 신경향파의 영향과 카프와의 우호적 관계 속에서 서술적 요소가 강하게 드러나는 리얼리즘시를 발표했는데, 그것은 식민지 현실을 충실하게 반영하고, 조국의 광복을 염원하는 강렬한 의지의 표현이었다. 이 시기에 그는 김창술, 백철, 윤곤강 등과 친밀하게 교유하면서, 리얼리즘 계열의 작품을 다량으로 발표하였다. 중기(1936-1945)에 이르러 그는 김남인과 공동 시집『靑色馬』발간을 계기로 서정적인 작품 성향을 나타내기 시작하였고, 시형태의 안정성을 확보하게 되었다. 후기(1945-1987)는 그가 해방 이후 시집『東方曙曲』과『祈禱하는 마음으로』를 발간하고 사망하기까지의 시기가 해당된다. 이 무렵에 그는 사회 현실에 대한 관심을 부분적으로 표출하면서, 자아를 성찰하고 전통적인 서정시를 썼다.

그 동안의 연구 동향은 중앙 문단에서 활동하는 소수의 시인들에게 집중되는 추세를 보였으며, 김해강처럼 지방에 거주하며 작품 활동을 했던 시인들에게는 비평적의 관심이 적었던 것이 사실이다. 특히 해방 이후 한반도에서 전개된 특수한 정치 상황은 일제의 식민 통치에 맞서 계급해방을 노래했던 김해강에게 침묵을 강요하였다. 그의 시적 우군이었던 카프 계열의 시인들이 대부분 월북한 이후에 그는 발표지면을 상실하면서 비평적 논의선상에서 멀어져갔다.

II. '도수장' 같은 현실의 시적 탐구

1920년대 중반의 비평을 주도했던 신경향파의 영향권하에서 문학활동을 시작했던 김해강은 당대의 식민지 현실을 충실하게 반영하는 리얼리즘시를 추구하였다. 당대의 현실을 '쫓김'으로 파악한 그는 식민지 현실을 타개하기 위한 시적 대응 전략을 다각도로 모색하기에 이른다. 그는 민중들의 현실적 삶의 단면들을 포착하여 작품화하는 한편, 시작품에 조국의 광복을 염원하는 의지를 용해시켜 나갔다. 민족 구성원들의 '쫓김' 현상을 다양한 국면에서 묘사한 그는, 농민의 계몽과 노동자의 계급적 연대를 통해 조국 광복의 '새날'을 기대하며 치열한 시작 활동을 전개하였다.

그의 초기시에서는 시적 자아와 현실적 자아가 뚜렷하게 구분되지 않는다. 그것은 일제에 의해 조성된 강고한 식민지 현실이 시적 자아가 차지할 심미적 거리를 선점했기 때문이었는데, 그의 시작품에서는 일제가 지배하는 세계에 대항하는 관념을 주관적으로 서술하는 방식으로 나타났다. 그는 당대의 식민지 세계를 '아와 피아와의 투쟁관계'로 파악하고, 부정적이고 비극적인 현실을 타개하려는 의지를 드러내고자 노력하였다. 더욱이 그가 식민지 현실을 발견하고, 이른바 '선시적'인 시인의 사회적 책무성에 대해 고뇌했던 것은 시대의 형편 때문이었다.

나는보앗지요
죽엄을向하야屠獸場으로
쓸려가는소들을

엇던놈은
제가죽으러가는줄을
미리알엇는지
『엄마―』를連呼합되다
悲鳴의그소리로!

樂園에차저가는드시

발을가볍게쩨여노흐며
졸졸짜러가는
順良한놈도잇습듸다

그러나그러나
悲鳴하든놈도
順良하게짜러가든놈도
마츰내는
모질고무지한독긔ㅅ등에마저
無慘히도쓰러저죽고맙듸다
　　　―「屠獸場」부분

　김해강이 인식하고 있는 당대 현실의 불모성을 선명하게 드러내주는
작품이다. 그는 식민지 조국을 '屠獸場'으로 파악하고, 우리 민족을 "죽엄
을向하야屠獸場으로/끌려가는소"로 비유하였다. 이에 대척되는 일제는 "모
질고무지한독긔"를 가진 포악한 도살자로 표상되었다. 이러한 비유는 일
제에 대해 "힘업는弱者"인 한국 민중의 비참한 현실을 극명하게 대비시
키면서, 조국을 강점한 일제에의 적개심을 강렬하게 표출하는 데 기여하
였다. 이 작품은 일제의 식민 통치 정책이 전국면에 걸쳐 침투되어가던
비참한 상황을 '도수장'과 같이 극한상황으로 인식하면서, 그에 대한 저
항과 타개 의지를 형상화했다는 점에서 시사적 의미가 드러난다.
　그가 "모진가시손이쌔더잇"는 이땅의 현실적 조건을 타파하는 방법으
로 "태워버리라"고 주장하는 일소의식은 시와 현실간의 거리를 무화시키
는 환각에 의해서만 가능하다. 시인의 실존적 기반인 대지가 휩쓸리고,
현실적 공간의 은유인 '도수장'이 태워지면, 시뿐만 아니라 시인의 존재
가치도 자동적으로 소멸하게 된다. 그러한 사실을 익히 알고 있으면서도
김해강은 메저키즘적인 파괴행위를 통해 강고한 현실을 혁파하려는 적
극적인 환각 체험을 시도하고 있다. 이런 측면에서 그에게 식민지는 종
주국에 의해 일방적으로 기획되고 점령당한 공간으로, 오로지 타파되고
극복되어야 할 이질적인 세계였을 뿐이다.
　일제에 의해 강점된 국토는 시인들에게 잃어버린 고향을 그리워하는

귀소 본능을 일깨워 주었다. 하지만 식민지시대라는 특수성을 전제하는 당대의 고향은 원시적 평화가 존재하는 공간이라는 본래적 의미를 상실한 곳이었으며, 귀소본능은 식민지라는 정치적 조건이 제거되지 않는 실현 불가능한 의식현상이었다. 고향은 오로지 시인의 의식 속에서만 원래의 형상으로 존재할 수 있었으며, 현실적으로는 돌아가기 싫은 고통의 공간이었다. 더욱이 식민지시대라는 극한상황 속에서 피식민지인으로 생존해야 하는 김해강에게 고향은 외세의 의해 유린되기 이전의 추억이 고스란히 간직된 곳이기 때문에, 유년기로의 회귀의식은 포기할 수 없는 원형으로서의 욕망과 같았다.

김해강은 시간 차원에서 복고적 시간 개념에 입각하여 유년기의 추억을 회상한다. 아스라한 과거로의 회귀를 꾀하는 방어기제는 식민지 현실로부터의 일탈을 가리키면서, 동시에 시대적 고통으로부터의 해방의식을 드러내준다. 그러나 그의 귀소 본능은 정치적 현실로 인한 추억의 훼손 상태로 인해 온전한 회귀가 이루어지지 못한다. 그의 시작품에 나타나는 고향상실의식은 실제적 차원과 상징적 차원에서 이루어진다. 실제적 차원에서는 유년기의 추억이 남아있는 고향에 대한 기억의 연장으로 나타난다. 상징적 차원에서는 개인적 추억이 집단 정서로 변주되어 사회적 상상력의 공간인 조국 광복의 열망으로 나타난다. 고향의 이중적인 의미는 식민지시대 전기간 동안 그의 시적 사유체계를 지배하게 된다.

> 오오 옛자최를 다시 더듬어보려 발ㅅ길을 떼여놓는 마음!
> 저자복판에 소스랗게 우뚝 솟은 豊南의門樓는
> 有情한양 발돋음하여 옛얼굴 보여준다만
> 붙들고 속사정모해보는것이 아숩기 그지없다.
> ─「오오 나의옛搖籃이여!」 부분

고향의 의미가 '요람'으로서의 공간으로 드러난 작품이다. 그가 찾아가고자 하는 유년기의 요람은 단순한 행복의 원형이었기 때문에, 현실적으로 되돌아갈 수 없는 곳이었다. 김해강은 시대적 질곡으로부터 잠시라도 안식할 수 있는 정신적 귀의처로 끊임없이 고향을 그리워한다. 시작품에서 고향의 장소감이 회상 주체에 의해 올바로 미래에 투사되지 못하고,

그냥 과거의 사실로만 기억될 때 고향은 퇴행의 공간이 된다. 그러나 그에게 고향은 현재적 상실감을 치유하기 위한 미래적 전망을 획득하는 역사적 장소로서의 성격을 갖는다. 이 점은 다른 시인들의 고향의식과 변별되는 특징인데, 고향은 그에게 '廢都', 곧 후백제의 수도로서의 상징적 의미를 띠게 되어 멸망한 조국의 운명과 현재적 시간이 공존하면서 빚어내는 슬픈 기억을 체험하게 만드는 매개항이 된다.

이와 같이 고향은 김해강에게 단순한 향수의 공간이 아니라, 외세에 점령된 역사적 의미를 띤 공간으로 인식되었다. 고향은 조속히 회복되어야 할 원시적 평화의 공간이면서, 식민지시대의 종말을 갈망하는 역사적 상상력의 원천이기도 했다. 고향의 원형 회복을 위한 김해강의 노력은 고향에서 '쫓기여가는者'들이 새롭게 정착한 도회지의 실태에 대한 탐구로 연결되었다. 도시는 식민지시대의 모순과 허위의식이 충만한 타락과 환멸의 공간이었다. 도시는 향수의 이중적 의미, 곧 고향으로의 귀소 본능과 조국의 광복의지가 존재할 수 없는 곳이다. 오직 식민 자본주의가 제시하는 순응적 질서체계에 신속히 편입하는 것만이 시대적 과업으로 문제시 될 뿐이었다. 그는 식민지 종주국에 의해 기획된 도시의 타락상을 묘사함으로써 고향에의 회귀 본능과 식민자본주의로부터의 탈출 욕망을 의식적으로 드러내려고 시도하였다.

> 白魔와 같은 우슴을
> 하하하 터트리며,
> 白魚와 같은 손ㅅ등으로 철석!
> 당신들의 두터운 빰을 보기좋게 붙쳐줄때
> 황소와 같은 가쁜 呼吸으로
> 으스러저라 턱을 받는
> 아! 당신들의 肉體는
> 그만 淫虐한 구렁에 빳어 허우적이고 마는구려!
> ─「紅燈夜嘯」 부분

일제의 식민자본주의는 식민지의 원주민 여성들을 도시의 주변부에 위치시켰다. 여성들의 직업 선택 기회는 남성들에 비해 상대적으로 열악

했기 때문에, 얼마 안 되는 생계수단으로 매춘을 비롯한 유흥공간으로 편입되었다. 김해강은 1920년대 후반부터 일제에 의해 유입되기 시작한 카페, 바, 다방, 레스토랑 등으로 흘러들어 간 여성들을 집단 화자로 설정하고, 식민지 종주국이 기획한 도시의 이면에 은폐된 야만스런 모순 구조를 폭로하였다. 작품 속에서 매춘부들은 성을 착취하는 남성들을 향해 강력한 반항의지를 표출하고 있다. 남성의 완력에 능욕되는 매춘 여성들은 마치 '屠獸場으로쓸려가는소'처럼 식민지 원주민들의 비참한 처지와 대응한다. 그는 일본 제국주의를 "人肉을씹는무서운 餓鬼"(「魔女의 노래」)로 비유하고, 당당한 태도로 자신의 처지를 변호하고 있다. 그것은 한국을 점령하여 도리어 발전시켰다는 일제의 근대화 기여론을 빗댄 것이다. 그는 매춘부들을 "선웃음을 치며 사나이들을 낚는 魔女"라고 비난하는 척 위장하고, 정작 일제에 의해 타락한 조국의 실상을 대변하고 있는 것이다. 그런 측면에서 김해강이 도시의 주변부 인물로 전락한 여성들에게 관심을 기울인 점은 강조될 필요가 있다.

한편 김해강은 암울한 식민지 현실을 형상화하면서 민족해방을 낙관하는 역사적인 신념을 드러냈다. 역사의 발전을 신뢰하는 그의 미래적 전망은 시적 신념에서 비롯된 것이다. 이러한 민족해방의 신념은 그로 하여금 끊임없이 발전하는 역사의 원동력을 신뢰하게 만들었으며, 시작품에서는 조국 광복의 '새날'을 기원하는 방식으로 형상화되었다. 특히 그는 바다를 통해 님이 부재하는 현실적 조건을 타파할 수 있는 밝은 세계를 향해 출항하는 의식을 보여주었다. 그것은 일제의 탄압 국면이 강화되면서 더 이상 조국의 상징으로서의 '님'을 노래할 수 없는 현실에서 비롯된 것이다. 현실적 제약이 없는 세계로 나아가는 그에게 바다는 더 이상 "투―웅 퉁 투―웅 퉁 玉가루를 부시는 곳"(「가을의香氣」)이 아니라, 살아 움직이는 생명체였다. 그는 현실의 질곡을 '삼켜버리는' 바다 같은 초월적 차원의 님을 원했던 것이다. 그러므로 그의 시에 나타나는 바다 이미지는 시련과 출발점을 가리키면서, 수평선 너머 존재하는 님을 찾아가는 출항자의 역사적 진보의식을 담보해준다. 그의 작품 속에서 바다는 태양이 떠오르는 아침이라는 시간적 배경과 결합되어 밝음과 희망, 패기, 의욕, 동경 등이 복합적으로 강조되는 특징을 보여준다.

여보소들— 해는 한울을 올으네,
둥실 둥실 둥실 둥실 · · ·
어— 내 젊은 가슴에도 해가 올으네,
둥실 둥실 둥실 둥실 · · ·

바다는 춤추네, 금ㅅ빗을 실ㅅ고,

추을렁—출렁 추을렁—출렁 · · ·
어— 내 젊은 가슴에도 금 물ㅅ결 니르네 추을렁—출렁 추을렁—출렁 · · ·
바다ㅅ바람에 아츰 해ㅅ발을 쪼각 쪼각번득이며,
돛대 우에 놉히 매달린 긔ㅅ발은 펄럭인다 퍼얼럭—펄럭 퍼얼럭—펄럭 · · ·

바다라도 陸地라도 드쉬려는 큼 숨 쉬는젊은가슴들엔,
불ㅅ덩어리 활활 거린다, 해ㅅ덩어리 녹아 구을른다.

오—젊은이를 그득 실은 배는 쩌난다 陸地를 쩌난다,
북ㅅ소리—둥 둥 북ㅅ소리—둥 둥 배는 쩌난다.

바다를 두 쪽에 내 갈르며
새날을 가저 올 젊은이를 그득 실은 배는쩌난다.

陸地에 남은 수만흔 사람의 祝福하는 소리를마시며,
불 붓는 얼골에 구리 북채를 들어 북을 둥둥 울리며 배는 쩌난다.
　　　　　　　　—「出帆의 노래」 전문

　이 작품은 역사의 새 아침을 향해 힘차게 나아가고자 하는 열망을
해의 이미지에 의탁한 시이다. 그는 이 작품에서 깃발의 흔들림과 파
도의 물결 등을 시각적으로 표현하였다. 일출 광경을 "둥실 둥실 둥실
둥실··"로 표현하여 아침 바다에 서서히 솟아오르는 태양의 모습을
보여주려고 했고, 파도치는 모습을 "추을렁—출렁 추을렁—출렁··"으
로 표현하여 파도가 계속해서 물결치는 모습을 포착하였으며, 깃발이
바닷바람에 흔들리는 모습을 "퍼얼럭—펄럭 퍼얼럭—펄럭··"으로 표
현하여 이러한 움직임들이 반복되는 장면을 문장부호를 이용해서 효과

적으로 나타내었다. 또 이것들이 움직임으로써 일어나는 소리와 항해하는 사람들의 북소리가 상호 교차하면서 협화음을 낼 수 있도록 장치하였다. 출범을 전제로 한 북소리와 파도소리, '祝福하는 소리'는 깃발의 심상 안에서 통합되고, 바다는 출항자의 의지를 표상한다.

그의 시작품에 출현하는 태양 상징은 밝고 건강한 성격을 띠고 민족해방의지를 드러내준다. 그것은 태양의 영원불멸성과 밝음의 내포로부터 유래하며, 상대적으로 어둠의 세계로 표현된 식민지시대의 질곡을 혁파하려는 적극적인 결의를 함의하고 있다. 그가 태양 상징을 동원하게 된 것은 초자연적인 힘에 의지하여 식민지 현실을 혁파하려는 염원을 드러내려는 의도의 소산이다. 하지만 시대 형편은 그의 시적 열망을 현실적으로 대체하도록 허용하지 않았다. 이에 그는 풍자를 통한 우회 전략을 선택하여 현실 타파 의지를 내면화시키기에 이른다.

> 따르릉 따르릉……
> 방울이 울리네야, 방울이 울리네야
> 개뚝을 넘어—新作路를 넘어—
> 방울이 울리네야 방울이 울리네야.
>
> 따르릉 따르릉……
> 흰둥이 누렁이 꺼멍이는
> 마을어구에 쭈런이 나와서서 컹컹 짖는구나 야.
> 『오오 親愛하는벗이여! 잘도 오네야』하고 첫인사가 반가워서—
> ─ 「따르릉·따르릉」 부분

그는 이 작품을 통해 풍자의 대상이 된 '무슨 나리'를 맘껏 조롱하고 있다. 담배조사를 하러 나온 '무슨 나리'가 잘난 체 하는 모습을 어리석게 보이도록 해서, 그의 만행뿐만 아니라 식민지시대의 모순된 왜곡 상태를 비꼬고 있다. 이 시 속에서 '자전거'는 공무를 집행하는 교통수단에 지나지 않지만, 권력의 담당자인 나리를 수행하는 권력의 상징물이다. 김해강은 이 점에 착안하여 자전거의 "따르릉 따르릉" 소리와 그 소리를 듣고 나온 "흰둥이 누렁이 꺼멍이"의 방울소리를 등치시키고 있다.

더욱이 개들이 "마을어구에 쭈런이 나와서서 컹컹 짖는" 행위를 통해 자전거를 탄 나리들의 만행을 비웃으면서, 나리로 환유된 식민지 종주국의 법집행 행위를 조롱하고 있다. 나아가 강아지들의 짓는 행위를 『오오 親愛하는벗이여! 잘도 오네야』라는 대화체로 처리함으로써, 담배조사원과 강아지들을 동격으로 취급하는 기지를 발휘하였다. 이렇게 조성된 웃음은 세계를 리얼리스틱하게 접근하는 데 필수불가결한 대담성의 전제조건을 마련하는 하나의 본질적인 요소라는 점에서, 그는 이 작품을 통해 식민지시대의 전형적인 비애를 보여주고 있다.

또 이 작품에서는 그의 시적 기법이 변모되는 징후가 포착된다. "따르릉·따르릉……"에서 보는 것과 같이, 자전거 방울 소리를 상징하는 '따르릉'의 음절수효만큼 점을 찍어서 시각적 효과를 노리고 있다. 그것은 자전거 방울 소리를 여음으로 처리하여 "한바탕 난리를 치루"는 동네 사람들의 표정을 전경화시키고, "우리동리를 고삿고삿 뒤지"는 담배조사원들의 '가진 몽리'를 후경화시키고 있다. 그것은 한낱 조사원에 지나지 않는 '무슨 나리'의 행패를 희화화함으로써, 작품의 풍자적 어조를 강화시키는 데 기여하고 있다. 이 방법은 카프가 해체된 1930년대 중반을 고비로 김해강이 시의 형식적 측면에 대해 관심을 기울이기 시작했다는 증거이다. 연이어 그는 당시의 문단 행태를 풍자하였다.

『계집애들아. 네 우슴이 참이냐? 거즛이냐?
　네 良心이 썩기전에 네 허리를 감은 貞操帶를 새걸로 갈어 차거라』

恍惚한 色彩로
紅燈의 저자에 化粧을 하고 나선 現代의文學!
文學을 賣淫식히는 더러운 流行!
거리의 꼽사둥이처럼
聰明한 作家의 이마에 지저분하게 부처놓은 쪼각 正札!
얼마나 보기만도 눈이 부신 天外의奇觀이냐?
鍾路복판에
그들의功績을 永世 不忘하는 頌德碑나 세워 줄까?
　　　—「文學街의 化粧風景」 부분

그는 이 작품에서 작가들이 일신의 영달을 위해 핍박받는 민중들의의 정서 표현을 포기하고, 문학적 신념을 훼손하는 행위를 고발하고 있다. 구체적으로 일제는 1937년 7월 7일 중일전쟁을 일으키고, 1938년 7월 22일 부민관에서 전국전향자대회를 개최하였다. 이에 앞서 박영희는 1934년 벽두에 이라는 글에서 '얻은 것은 이데올로기이며 상실한 것은 예술 자신이었다'(「최근 문예이론의 신전개와 그 경향」)는 전향 선언을 발표하고, 백철은 이른바 신건설사 사건으로 구속되었다가 집행유예로 풀려나면서 「출감소감—비애의 성사」을 발표하고 전향하였다. 김해강은 시적 동지관계로 여겼던 카프 작가들이 전주교도소에서 영어생활을 하던 중에 각개격파되어 전향서를 쓰는 것을 보고 착잡한 감회를 가졌을 것이다. 더욱이 그들이 상경하여 전향자대회에 집단 참석하는 광경을 보면서, 문단에 유행하던 전향을 "文學을 賣淫식히는 더러운 流行"으로 희화화했다. 그는 이 대회에 참석한 작가들 앞에 놓인 명패를 가리켜 "聰明한 作家의 이마에 지저분하게 부처놓은 쪼각 正札"이라고 표현함으로써, 변절한 그들의 "눈이 부신 天外의奇觀"을 한층 비극적으로 조롱하고 있다.

　김해강은 전향자 대회를 통해서 자신과 상보적 관계를 유지했던 카프 지도부의 문학적 파탄을 목격하고, '點點한 文學街의 異色'에 대해 혼란을 일으키기 시작했다. 김해강은 당대의 절망적인 식민지 상황과 일제에게 회유되어 분열된 문단의 실태를 관망하면서 갖게 된 참담한 심정을 이 작품에서 토로하였다. 그는 일제의 군국주의 체제가 강화되면서 현실세계에 대한 비판의식을 내면화시키게 된다. 그가 이 시기의 시작품에서 여급들의 삶을 산책자의 시선으로 묘사한 것, 풍자의 기법을 채택한 것 그리고 일제의 검열을 피하는 방편으로 시어 선택에 주의를 기울이게 된 것 등은 시적 성향을 변모시킨 주된 요인이었다.

　그는 이 시기에 첫 시집 『靑色馬』를 간행했는데, 그 시집에는 식민지 조국을 유랑하면서 체험했던 서정이 비극적으로 형상화되었다. 변방은 정치의 중심부로부터 소외되어 있으며, 타국과 접경을 이루는 문화의 접점지대이다. 그러므로 변방의 정서는 매우 복합적인 성격을 띤다. 국토의 주변부에 위치해 있기 때문에 갖게 되는 소외감과 권력의 중심부로부터 떨어져 있다는 상대적 박탈감이 상호작용하여 형성된 변방의식은 내방객에게 국외자의 시선을 제공한다. 김해강이 체험한 변방의식도 예외일 수 없었다. 그는 타향에서의 장기 체류 중에 얻게 된 시간적 여유를 활용하여 자신의 시에 대한 반성을 시도한다. 그것은 음성상징어를 효과적으로 사용하여 시적 이미지를 극대화하려는 모습으로 나타났다.

> 휘익
> 휘익
>
> 虛空에 뱀이 논다.
> 虛空에 뱀이 소리를 그린다.
>
> 쩟!
> 쩟 쩟 쩟……
>
> 눈 위에 굽이 튄다.
> 눈 위에 굽이 바람을 튀긴다.
>
> 『쾌쾌 취바』
> 『어―이 쾌춰』
>
> 뒤우뚱
> 덜넘한 山이 말등을 넘는다.
> 고불탕
> 언덕 길이 直線을 뺄고 뒤로 뒤로 다라난다.
>
> 짤
> 랑 랑 랑 랑 랑……
>
> 힌 하늘
> 힌 江
> 끝 없이 퍼지는 地坪―
> ――「胡馬車」 부분

김해강은 이 작품에서 소리의 회화적 표현을 보여준다. 1연에서는 '휘익' 소리를 지르며 虛空에 뱀이 노는 모습을 소리로 '그리고' 있다. 2연에서는 '쩟!' 소리에 의해 눈 위에 말발굽이 튀면서 바람을 '튀긴' 모습을 소리로 들려주고 있다. 더욱이 "쩟!/쩟 쩟 쩟 쩟···"이라는 행갈이와 느낌표와 말줄임표를 효과적으로 사용하면서, 눈길을 달리는 말발굽을 시각적으로 포착하였다. 그러한 표현은 7연에서도 반복적으로 출현한다. 말방울 소리를 "짤/랑 랑 랑 랑 랑······"처럼 두 행으로 나누어 처리함으로써, 여음의 효과를 거두고 있다. 이 소리는 달리는 말이 사라지는 모습을 암시하면서, 화자의 묘사적 시점이 이동중이라는 사실을 보여준다.

국경지방에서 기행시편들을 발표하기 전까지 그의 시에 나타난 언어들은 대부분 정제된 가공의 언어가 아니라, 현실의 구체적 삶에서 인용된 구술적인 언어들이 대부분을 차지하고 있었다. 사실 그가 활용한 시어들은 다소 평면적이고 관념적인 진술로 인해 시적 긴장감과 정제미가 떨어지는 느낌을 감출 수 없었다. 그렇지만 김해강은 여행 중에 만주라는 변방 지역까지 미치는 일제의 절대적 세력을 확인하고, 식민지시대의 서정성이 갖는 의미를 천착하게 된다. 그것은 일제의 지배가 종식되지 않는 한 비극적인 모습으로 귀결될 수밖에 없었다. 그가 이 작품에서 '봄'을 "푸른 하늘 보다도 머언 곳"에 있는 것으로 파악하고, 김남인과 함께 『시건설』의 폐간에 합의하게 된 것도 결국 이러한 세계 인식에 기인한 것이다. 그는 변방에 장기 체류하는 동안에 식민지의 시대적 조건이 불식되지 않고서는 서정 또한 사회적 의미를 내포하며 비극적으로 형상화될 수밖에 없다는 사실을 깨닫게 된다. 이 시기의 작품에 용해된 서정성이 초기시에 비해 더욱 두드러져 보이는 것도 이러한 시대상황으로부터 비롯된 것으로 보인다.

그는 금강산 연작시에서도 국경지방의 여행시편에서 모색했던 안정된 시형태를 보여준다. 이 연작시편들은 모두 여행 장소를 나타내는 부제를 갖고 있어서, 기행시로서의 특징을 보여준다. 또 금강산의 비경을 보고, 관례적인 영탄과 감흥을 표현하는데 그치지 않고, 자연을 인격화하고 인간의 서정적 조응을 드러내는데 초점을 두었다. 그는 금강산에서 "물에 채어 부서지는 달 소리"(「金剛의 달」)를 듣게 된다. 이 표현은 빛을 소리로 표현해낸 공감각적 이미지로서, 당대의 시작품에서도 유례가 드문 빼어난 비유이다. 이전의 시작품에서는 찾아볼 수 없었던 이미지는 일상적 삶에 피로한 시정신을 안식하도록 만들어주었고, 그는 자연의 위용 앞에서 식민지시대의 긴장된 조건을 잊은 채 현실로부터 일정한 거리를 유지하게 되었다. 금강산의 경치를 감상하면서 식민지 현실의 상황과 일정한 거리를 유지하던 그는 '麻衣太子墓를 지나면서' 감정의 동요를 일으킨다.

　　골짝을 예는
　　바람결처럼
　　歲月은 덧없어
　　가신 지 이미 千年.

　　恨은 길건만
　　人生은 짧아
　　큰 슬픔도 지내나니
　　한 줌 흙이러뇨.
　　　　─「가던 길 멈추고」 부분

　그는 신라 말기에 천년사직의 멸망해가는 모습을 보고 금강산으로 입산했던 마의태자의 묘소 앞에서, 세속적 영화의 무상함을 노래하고 있다. 그는 이 작품을 통해 유한한 인간의 죽음과 자연의 무한성에 직면하게 된다. 죽음은 식민지 조국의 해방을 염원하는 미래에의 낙관적 신념을 강조했던 초기시에서 끊임없이 부정되었던 실존적 조건이었다. 그러나 여행 중에 마주친 범상찮은 한 인간의 죽음 앞에서, 여행과 인간의 생애가 유사한 구조를 이루고 있다는 사실을 확인하게 된다. 그것은 출발과 귀의의 순환 과정에 대응하면서, 그로 하여금 인간의 실존적 자각을 갖게 한다. 이것은 시작 초기부터 현실과 이상향을 넘나들던 그의 시적 편력이 직면하게 되는 필연적 여정이었다.
　김해강은 마의태자에게 조의를 표하는 동안에 식민지 권력의 조속한 퇴각을 기원하는 한편, 일상적 명리로부터의 초월 의지를 다짐하였다. 금강산 연작시들을 쓰면서부터 김해강은 예전의 작품에서 보여주었던 현실에 대한 직접적 대응을 지양하고 서정적인 세계에 본격적으로 침잠하게 된다. 그의 자연관은 자아와 자연의 동일화를 지향하는 동양적인 자연관을 표상하고 있다. 그것은 여행이 본질적으로 갖는 속성, 곧 자아와 세계 사이에 놓인 거리를 인식하게 되는 계기라는 점에서 비롯된다. 그에게 식민지시대의 고통이 심할수록 그로부터 해방되려는 강한 욕망을 갖게 되고, 그 욕망은 자연이라는 영원하고 객관적인 대상을 향해 토로되었던 것이다. 그가 국경지방과 금강산을 기행하면서 망국민의 슬픔을 자연에 의탁하는 동안, 일제는 세계대전을 준비하면서 식민지 원주민에 대한 탄압의 강도를 더욱 높여갔다.

일제의 폭압이 강화되면서 김해강은 창씨개명(東方時昌)하고, 친일시 「印度民衆에게」, 「돌아오지안는아홉將士」, 「濠洲여」 그리고 「아름다운 太陽」을 발표하였다. 이 중에서 「아름다운 太陽」은 앞의 세 편보다도 훨씬 기술적인 세련미가 두드러진 작품으로, 친일 의식이 내면화된 한 가정의 단란한 모습을 보여주고 있다. 그의 친일시 창작은 자발적 성격이 강하다. 그러나 그는 친일시편들을 창씨개명한 이름이 아닌 종래의 관습대로 김해강으로 발표하면서, 조국이 광복되는 순간까지 절필함으로써 자신의 허물을 반성하는 모습을 보여주었다.

Ⅲ. '학'도 아닌 학의 시인

일제의 포악한 통치 하에서 식민지시대를 보낸 김해강은 해방을 맞아 자아를 성찰하는 기회를 갖게 된다. 그는 혼란한 해방정국의 추이를 관망하면서, 일제 말기에 친일시를 쓰면서 파탄된 시적 신념을 복원하는데 많은 시간을 할애하였다. 따라서 이 시기의 작품 발표는 예전과 달리 현저하게 감소되는 추세를 보였다. 그가 시적 신념을 재정립할 무렵 조국은 판이한 이데올로기가 충돌하는 골육상쟁의 전란을 겪게 되었다. 여느 시인들의 경우와 마찬가지로, 조국의 해방과 동일 민족 간의 전쟁이라는 역사적 사건은 그의 내면 속에 커다란 상흔을 남겼다. 그는 조선문학가 동맹의 문학가대회에도 불참했을 뿐만 아니라, 문단의 어느 단체에도 가담하지 않은 채 혼란이 진정되기를 기다렸다. 이 혼란기가 정세 변화의 영향으로 수습된 뒤에, 그는 추대에 의해 문총 전북지부장을 맡는 등 시작활동을 재개하였다. 그가 문총에 관여하기 시작한 요인 중에는 해방 이전에 친교를 나누었던 대부분의 작가들이 월북을 선택한 것과 달리, 고향을 떠날 수 없었던 개인적 이유가 상당 부분을 차지한다. 아울러 그것은 식민지시대에 지녔던 계급적 세계관이 안고 있는 이념적 불철저성을 반증해주는 행위이기도 했다.

이후에 그는 해방기로부터 이어지는 일련의 정국 불안 속에서 자신의 시작생활을 반추하고, 갈등없는 세계를 염원하면서 휴머니즘에 입각하여 인간의 존엄성을 추구하게 되었다. 그는 인간 본연의 성정을 동심으로 파악하고, 평화스러운 동심의 세계에서 노년기의 고독을 극복하고자 했다. 후기에 접어들어 그는 시집 『東方曙曲』(1968)과 『祈禱하는 마음으로』(1984)를 발간하였다. 그러나 이 시집에 수록된 대부분의 작품들이 일제시대에 발표되었다는 사실을 고려하면, 후기에 들어서 그의 과작이 두드러진다. 김해강은 이 시기에 자신의 시적 성취에 관한 성찰의 표정을 보여준다. 시작의 정열을 지녔던 옛 시절을 돌아볼수록, 그의 현재적 모습은 공허해진다. 왜냐하면 그는 현실적으로 초기의 시작활동에 상응하는 대접을 문단으로부터 받지 못하고 있을 뿐만 아니라, 외롭고 가난한 세월 속에서 시를 쓰는 교사로 머물고 있기 때문이다. 그는 평생 동안 '시가 없는 생활, 그것은 바로 질식을 의미하는 것'이라는 신념으로 시쓰기를 생활화했지만, 시쓰기야말로 자신과 세계 사이의 불화를 초래하는 직접적 원인이라는 현실적인 문제사태에 직면하게 된다. 곧 세상 사람들은 그를 '鶴의 시인'이라고 부르며 경의를 표하지만, 그 면류관이 세상과의 단절 상태를 은유한다는 사실을 깨닫게 된 것이다. 그로 인해 파생되는 세계로부터의 고독한 존재 상태는, 세속적 실리를 추구하지 못한 자신의 순백함을 자탄하는 음성을 낳는 원천이다.

鶴도 아니면서 鶴으로만 살아야 하는가.

춤을 모르는 鶴으로만 살아야 하는가.
날만 새면 뭇 참새
떼 지어 지절대도
조으는 체 鶴으로만 살아야 하는가.

비바람
번개가 날리고 우뢰가 흘러도
千年인 양 鶴으로만 살아야 하는가.

汚辱과 虛華의 도가니 속
어지럽고 시끄러운 失意의 나날에도
閑暇한 손님같이 학으로만 살아야 하는가.

어디를 가나
市場마다 惡貨가 판을 치고
흙탕물 滔滔히 거리를 휩쓸어도
傲然히 鶴으로만 살아야 하는가.
　　　　— 「鶴으로만 살아야 하는가」 부분

　　그는 근본적으로 자신을 '鶴'으로 규정하는 세인들의 이목을 싫어한다.
그는 이 작품에서 "鶴도 아니면서 鶴으로만 살아야 하는" 자신의 처지를
부정하고 싶은 욕망을 드러내고 있다. 그는 학춤을 출 줄 모르는 자신을
"춤을 모르는 鶴"으로 자리매김하고, 세상 사람들이 부르는 선비로서의
삶보다는 현실 세계에 충실한 생활인으로 살아가기를 희망한다. 그러나
세인들이 규정한 '鶴의 시인'이라는 표찰을 떼어내는 방도를 마련하지 못
한 그로서는 "閑暇한 손님같이" 학으로 살아갈 수밖에 없다. 그러므로 이
작품은 자신의 의지와는 배치되는 삶을 살아야 하는 한 시인의 사회적
존재에 대한 성찰의 기회를 제공해준다. 또 이 작품은 그가 자선시집 『
東方曙曲』의 「後記」에서 언급한 대목을 시적 진술로 바꾼 것이라고 해도
과언이 아닐 정도로 두 작품 간의 정조와 주제가 유사하다.
　　노년기에 접어들수록 더해 가는 현실 세계와의 거리감은 그에게 적막
한 고독감을 안겨주었다. 이러한 외로움은 그에게 시쓰기가 현실적 삶의
실패자로 낙인찍는 주요 원인으로 작용하여 "詩를 썼다는 것이 마치 못

추는 춤을 춘 것만 같"다는 한스러운 고백적 진술을 낳게 한다. 이렇게 끊임없이 자신의 시쓰기 활동에 대해 성찰하는 그의 사유 습관은 시적 감수성이 둔화되어 가는 노년기의 고독과 맞물리면서 자탄의 심정을 불러온다. 그는 노후에 접어들면서 자신의 시작 60년을 회고하고, 젊은 시절에 "꺼질 줄을 모르며" 타올랐던 시심을 그리워하면서 현재의 '잃어버린 詩心'(「잃어버린 詩心」)을 안타까워하였다.

그는 동심을 통해 전후에 불어닥친 정체성의 혼란을 바로잡는 한편, 심리적 안정을 얻으려고 노력했다. 특히 인간의 존재를 부정하는 전쟁 체험은 김해강으로 하여금 인간의 원시적인 성정, 곧 동심을 지키는 일이 얼마나 소중한지를 깨닫게 된 계기였다. 동심은 그의 시적 지향이면서 곤궁한 현실로부터 입은 심리적 상흔을 치료할 수 있는 영원한 안식처였다. 또한 김해강처럼 일제시대와 해방 정국 그리고 한국전쟁 등의 혼란한 시대를 몸소 체험한 세대로서는, 현실의 무게가 자신의 이상적 꿈을 억압할 적마다 동심을 추구하며 시대를 견딜 수 있었다. 동심은 그에게 순진무구한 성정을 가진 사람들만이 도달할 수 있는 지극한 세계였으며, 모든 사람들에게 권유하고 싶은 "비를 맞는 싹트는 봄풀"처럼 구체적인 모습이었다. 동심의 세계를 동경하는 그의 내면의식은 "純情의 나라"를 그리워하는 노년기의 심정을 통해 더욱 심화되어 나타난다.

눈물을 눈물로, 웃음을 웃음으로
아름답게만 아름답게만 살아갈 수 있는
純情의 나라가 그립습니다.
구김없는 화안한 얼굴로
푸른 하늘처럼 활개 펴고 살아갈 수 있는
純情의 나라가 그립습니다.
千사람 萬사람이 모여도
한 숨결 한 가슴으로 自由로울 수 있는
純情의 나라가 그립습니다.
天眞한 모습을 하나로 지켜 永遠한 祝福을 즐길 수 있는
純情의 나라가 그립습니다.
　　　　—「童心」부분

그가 작품 속에 그린 것과 같이 "눈물을 눈물로, 웃음을 웃음으로", 곧 현상을 가감없이 수용할 수 있는 것은 동심을 소유한 사람에게만 가능한 일이다. 그런 부류에 속한 사람들은 동심을 소유하였으므로 "아름답게만 아름답게만 살아갈 수 있는" 사람들이며, 복잡한 사회현상에 의연히 대처하면서 "푸른 하늘처럼 활개 펴고 살아갈 수 있는" 사람들이다. 그가 동경하던 동심의식의 실체는 현실세계로부터의 도피와 심리적 퇴행의 행동적 외면화가 아니라, 삶과 꿈이 일체화되는 가장 이상적인 시간이며 공간이었던 것이다. 자연과 세계의 분리가 이루어지지 않은 동심의 세계는 그가 시쓰기를 시작한 이래 줄곧 동경하였던 시적 궁극이었다. 그것은 곧 "구김없는 화안한 얼굴로" 모든 사람들이 "한 숨결 한 가슴으로 自由로울 수 있"고, "天眞한 모습을 하나로 지켜 永遠한 祝福을 즐길 수 있"는 '純情의 나라'였던 것이다.

그는 이 외에도 동심의식의 연장선상에서 초·중·고등학교의 교가 등을 작사하였다. 또 그는 각종 기념시를 집중적으로 창작하였는데, 그것은 그가 전주지방에서 원로시인으로 존경받고 있었음을 말해주는 표지이다. 그는 제자나 친지, 후배시인들에게 여러 편의 축시를 남기기도 하였으며, 각급 학교의 교가를 작사하는 등 시작 외의 일에 힘을 기울였다. 이러한 처신은 결과적으로 그의 문단 소외를 가속화시키게 되었고, 식민지 시대의 활발한 활동에 부합되는 시사적 위상을 부여받지 못한 원인으로 작용하였다.

Ⅳ. 결론

김해강은 1920년대에 등단한 후 식민지 현실에 기초한 비극적 세계관에 입각하여 세계와의 대결 구도를 확립하고, 리얼리즘 시를 활발하게 발표하였다. 그가 이 때 발표했던 시작품들은 대부분 일제에 의해 주권이 침탈된 시대 상황을 작품 속에 반영한 내용이 주를 이루었다. 그는 당대의 사회적 모순을 시작품 속에 수용하는 과정에서 시대상황의 긴박감 때문에 언어의 조탁이나 기교의 실험보다는 서사적 상황을 서술하는데 노력하였다. 그는 일제의 군국주의가 극성을 부리던 1920-30년대의 암울한 현실 앞에서 대다수 시인들이 개인적 정서의 시적 표현이라는 소극적 창작행위에 그쳤을 때, 정열적인 시정신으로 민족해방의지를 표명하였다. 그는 시작 활동을 전개한 이후 시를 현실의 반영물로 보고, 시와 사회 사이의 긴장관계를 잃지 않았다. 일제의 집요한 탄압에 직면하여 많은 작가들이 사소한 일상적 세목이나 서정성을 작품화하는데 집중했을 때에도, 그는 미래에의 진보적 신념을 바탕으로 웅건한 목소리로 계급해방과 민족해방을 노래하였다.

일제시대의 문학활동이 대부분 일정한 집단이나 조직체를 중심으로 이루어졌던 데 비해, 김해강은 등단 초기부터 개별적 존재로 카프와 우호관계를 형성하면서 리얼리즘시의 한 국면을 담당했다는 점에서 그의 시사적 위치가 부여되어야 할 것이다. 그가 시 전문지 『시건설』지를 주재하면서 1930년대 후반 서정시 운동의 한 축을 타개했다는 점에서도 그의 문단활동은 조명되어야 할 것이다. 또 식민지시대에 가장 활발한 시작활동을 했던 그의 시적 성과는 해방 이후에 대두된 리얼리즘 시인들에게도 일정한 영향을 끼쳤다는 사실도 간과되어서는 안 될 것이다. 평생 동안 '아무런 명예도 갖지 않은 것'을 도리어 자신만이 가진 '명예'로 생각하고, 세속의 허명과 물욕을 초월했던 그에게 시쓰기는 생활화된 일과였다. 그는 일제시대에 시작생활을 전개한 이래 일생 동안 사회적 현실에 대한 시적 긴장감을 잃지 않았으며, 일상적 삶 속에서도 철저하게 시인으로서의 본분을 지키려고 노력하였다. 그런 측면에서 지금까지 한국의 근대시사에서 적정한 위치를 차지하지 못했던 그의 시세계는 정당하게 재평가되어야 할 것이다.

김해강 연보

1903. 4. 16 전주시 전동 182번지에서 아버지 金聲曄과 어머니 金聲嬅의
3남 1녀 중 장남으로 출생(그의 형제로는 大玉, 大鎔, 明培가 있음)

1916. 부친이 학감으로 있던 천도교 계통의 창동학교를 졸업함

1919. 3. 1 서울 보성중학교 3학년 재학 중 3·1독립만세운동에 가담하였
다가, 3월 8일 일경에 쫓겨 낙향함

1920. 1. 10 李順珠(1900. 6. 6생)와 결혼

1921. 5. 25 장남 元錫 출생

1922. 4. 전주 신흥고등보통학교를 졸업하고 상경하여 천도교 중앙총부
종학원에서 춘원 이광수로부터 철학강의를 받음

1922. 8. 15 차남 亨錫 출생

1925. 4. 전주사범학교 특과를 졸업하고 진안보통학교 교사로 부임. 이
해부터『조선일보』,『신문예』등에 시작품을 투고하기 시작함

1925. 4. 18 장녀 雲貞 출생

1927. 1. 1『동아일보』의 문예 작품 현상 공모에 시「새날의 祈願」이 당
선되고, 11월호『신문예』에 시「흰모래우를 것는 處女의마음」이 1등
없는 2등으로 당선됨

1927. 4. 19 차녀 雲英 출생

1930. 7. 김창술과 함께 각 20편씩을 모아서 2인시집『機關車』를 출판
하려 하였으나 좌절됨

1931. 전주제2보통학교(현 전주교대부설초등학교) 교사로 부임함

1931. 1. 19 3녀 雲淑 출생

1935. 嵐人 金益富와 함께 우리나라 두번째 시 동인지『詩建設』지를 발
간하며, 재정은 남인이 담당하고 편집은 해강이 주재함

1937. 2. 1 3남 庚錫 출생

1939. 3. 31 군산제일보통학교로 발령나자 사표를 제출하고, 전라북도청

이재과에 근무함

1939. 6. 25 4남 恒錫 출생

1940. 8. 30 김익부와 공동시집 『靑色馬』(명성출판사)를 발간함

1941. 10—1942. 금강산과 중강진 유역을 여행하고, 『동아일보』와 『조선일보』가 강제 폐간되자 남인과 함께 『시건설』을 종간하기로 결정함

1942. 시집 『東方曙曲』과 『아름다운 太陽』을 출간하려다가 일제에 의해 좌절됨

1944. 전주임업주식회사에 근무함

1945. 전주사범학교 교사로 부임하고, 9월 김창술 등과 조선프롤레타리아문학동맹에 가입함

1945. 9. 23 부인 사망

1947. 2. 16 채만식(대표), 이병기, 김창술, 신석정 등과 '전라북도문화인연맹'을 창립함

1952. 전주사범학교를 사임하고, 전주고등학교로 교사로 부임함

1957. 제1회 전라북도문화상을 받음

1958. 1. 31 韓愛女(1919. 5. 8생, 일명: 淑賢)와 재혼

1958. 10. 6 4녀 禮和 출생

1959. 7. 3 전주시 '남문대종건립위원회' 이사 위촉

1959. 12. 신석정 등과 '전주문학회' 해체 후 '문인의 집'을 재발족시켰다가 4·19후 해체함

1961. 4. 1 5녀 貞和 출생

1962. 예총 전라북도 지부장에 추대됨

1963. 2. 10 예총 전라북도 지부장에 재추대됨

1963. 8. 14 전주시민의 장(문화장)을 받음

1968. 9. 30 전주고등학교 정년퇴임기념 시선집 『東方曙曲』(교육평론사)을 제자와 교직원들로부터 봉정받음

1981. 남산문화재단으로부터 남산문화상을 받음

1984. 4. 30 제자(陸基昌)의 도움으로 제3시집 『기도하는 마음으로』(합동인쇄소)를 발간함

1987. 5. 21 서울에서 85세로 타계하여 용인 천주교묘지에 안장됨

1993. 4. 16 전주사범학교와 전주고등학교 제자 및 후배 문인들이 '김해강시비건립추진위원회'를 조직하여 전주 덕진공원에 시비를 건립하고, 유고일기초 『청솔가지 위에 앉은 학의 시인 해강일기초』(탐진)를 발간함

　o 아호: 嵐峯, 海剛, 碧虛

김해강 작품 목록(시)

* 작품명만 확인하고 원문은 찾지 못한 작품

발표일자	작 품 명	발표지	수록시집	비 고
1925. 07. 24	「天國의鍾소리」	조선일보		
08. 21	「한낮(正午)」	〃		
09. 01	「朝露」	〃		
09. 04	「님생각」			
09. 04	「오―붉덕물아!」			
09. 12	「天眞夫人의게 보내는 편지中에서」			
11.	「달나라」	조선문단		
1926. 01. 22	「屠獸場」	조선일보		
01. 31	「아츰날」	〃		
02. 11	「蜘蛛網」	〃		
02. 19	「녯들」	〃		
02. 21	「님이오기를!」	〃		
02. 24	「僞善者」	〃		
03. 01	「겨을달」	〃		
03. 11	「저무러가는山路에서」	〃		
03. 11	「生의躍動」	〃		
03. 14	「斷末魔」	〃		
03. 16	「물방아」	〃		
03. 28	「봄비」	〃		
03.	「흙」	조선문단		
03.	「나는울엇습니다」*			
03.	「나그내의마음」*			
04. 07	「나의宣言」	조선일보		
04. 19	「쪼각달」	〃		
05. 01	「불타버린村落」	〃		
05. 30	「조선의거리」	〃		
05. 31	「낡은어머니와새어머니」	〃		
05.	「祝福할날」	신여성		
06. 01	「첫녀름의들빗」	조선일보		

발표일자	작 품 명	발표지	수록시집	비 고
1926. 06. 22	「무서운힘」	조선일보		
06. 24	「님이그리워!」	〃		
06. 24	「어린죽엄을눈압헤그리고」	〃		
06. 27	「나는우노라」	〃		
06. 28	「愚婦의설음」	〃		
07.	「나븨의亂舞」	신여성		
08. 21	「故園의녀름ㅅ빗」			
08. 30	「아츰날의讚美者」	조선일보		
08.	「農村으로」	신여성		
09. 01	「露宿하는무리들」	조선일보		
09. 11	「가을바람」	〃		
09. 29	「호박꼿」	〃		
10.	「한줄기光明」	신여성		
11. 28	「都市의겨울달」	조선일보		
11. 30	「都市의자랑」			
11. 30	「都市의斷末魔」			
11. 30	「落葉진廢墟에서」			
12. 05	「짜에무친柱礎도썩는것인가」	조선일보		
12. 11	「새벽은왓도다」	〃		
12. 13	「熱砂의우로」			
12. 16	「눈나리는大地」	조선일보		
12. 17	「默禱」	〃		
12. 23	「雪月情景」	〃		
12. 26	「貧妻」	〃		
12. 26	「陣頭에서」	〃		
12. 31	「斷腸曲」	〃		
1927. 01. 01	「새날의祈願」	동아일보	祈禱…	『동아일보』(1933. 1. 8) 수정 발표
01. 04	「魂」	조선일보		
01. 05	「斷崖」	〃		
01. 11	「馬耳山」*			
01. 11	「黃穹에」*			

발표일자	작 품 명	발표지	수록시집	비 고
1927. 01. 11	「醉한들」*			
01. 23	『오아시쓰』	조선일보		
01. 25	「길을차저도라가라어미품에」*			
01. 25	「시들어가는옷」*			
01. 25	「조선은운다」*			
02. 05	「눈나리는산ㅅ길」			
02. 05	「太陽의가슴을쏘아」			
02. 06	「職工의노래」	조선일보		
02. 09	「세가슴」			
02. 10	「惡魔」			
02. 12	「大地巡禮」	조선일보		
02. 12	「正月보름을맞는노래」*			
02. 18	「불」*			
02. 18	「丹楓」*			
02. 18	「마음」*			
02. 18	「달」*			
02. 20	「望月」*			
02. 27	「母校의봄빗」			
02.	「문어진 옛ㅅ城터에서」	조선문단		
03. 05	「불붓는地平線」			
03. 05	「昇天하는旭日을마지할새날의陣容」			
03. 14	「山村夜景」	조선일보		
03. 15	「밤ㅅ길을것는마음」	〃		
03. 18	「주린자의『설』노래」	〃		
03. 21	「밤ㅅ都市의交響樂」			
03. 30	「목숨」	조선일보		
04. 05	「春陽曲」			
04. 29	「聚軍의노래」	조선일보		
05. 10	「봄을맞는廢墟에서」	〃		
05. 19	「白日歌」	〃		
05. 22	「첫녀름」	〃		
05. 30	「기다림」	〃		
05. 31	녯벗삼아	〃		
06. 01	太陽의 입술에 입맞추는 령혼	〃		

발표일자	작 품 명	발표지	수록시집	비 고
06. 02	鎔鑛爐	조선일보		
06. 08	端陽余又小	〃		
06. 11	花甁을 씨새트리며	〃		
06. 19	昇天하는 목숨	〃		
06. 21	祈雨	〃		
06. 25	約夏夕口永	〃		
07. 13	人은 씨ㄱ가다	〃		
07. 31	噴火口(-)	〃		
08. 19		〃		
08. 20	목숨의 노래	〃		
08. 24	日昇天	〃		
08. 27	都市의 녀름날	〃		
09. 07	가을물ㅅ소리	〃		
09. 07	가을 색시	〃		
09. 11	가을ㅅ밤	〃		
10. 16		〃		
1927. 10. 29	「어머님墓前에서」	조선일보		
11. 04	「秋夜月」*			
11. 18	「젊은안해여」*			
11. 18	「첫汽笛」	조선일보		
11. 25	「오오─아가울지마라」*			
11. 25	「歸帆」*			
11. 26	「깃븜」*			
11.	「가을의香氣」	조선지광		
11.	「힌모래우를겻는處女의마음」	신문예	東方曙曲	『개벽』(1934. 12)수정발표
1928. 01. 21	「廢都이八景」	조선일보		
01.	「出帆의노래」	조선지관	東方曙曲	
02. 24	「正月의노래」	조선일보		『비판』(1932. 2) 수정발표
04. 13	「省墓우길에서」	조선일보		
04.	「天下의詩人이여!」	조선지광	東方曙曲	
05. 16	「그대여」	중외일보		
06. 02	「農民禮讚」	동아일보		

발표일자	작 품 명	발표지	수록시집	비 고
07.	「海邊暮影」	조선지광	東方曙曲	
07.	「五月의太陽」	〃		
09. 12	「七月밤」	동아일보		
09. 21	「農土로돌아오라」	조선일보		
11. 04	「물레방아」			
11. 04	「街上咏嘆(一)」			
11. 05	「파무친音響이울릴째」			
12. 05	「迎春詞」			
12.	「東天紅」	조선시단		
12.	「秋宵病吟」	〃		
1929. 01. 10	「街上咏嘆(二)」			
01. 10	「大都情景」			
01. 20	「太陽昇天曲」			
01.	「東方曙曲」	조선지광	東方曙曲	
03. 08	「어대로가나!」	조선일보		『비판』(1932.2) 수정발표
03. 19	「어머님」	동아일보		
04. 10	「太陽을등진무리」	〃	東方曙曲	『대중공론』(19 30. 3)수정발표
04. 18	「北行列車」*			
04. 20	「咀呪할봄이로다」	동아일보		
05. 03	「봄밤의情調」	〃		
05.	「戀春曲」	조선문예	東方曙曲	
06.	「東方의 處女」	〃	祈禱…	
06.	「五月의音響」*	〃		
06.	「大道上으로!」	조선지광		
09.	「歸路」	〃		
11.	「暴馳時代」			
12.	「昇天하는旭日을가슴에안흐려」	조선시단	東方曙曲	
1930. 01.	「魔女의노래」	〃	〃	
01.	「愛頌」	조선강단		
01.	「光明을캐는무리」	조선지광		
02.	「나의詩는」	동아일보		
02. .	「誓」	〃		

발표일자	작 품 명	발표지	수록시집	비 고
03.	「太陽을등진무리」	대중공론		
03.	「熱戀曲」	신조선		
04.	「白滅하는肉의洪水時代」	대조	東方曙曲	
04.	「過渡期의『愛史』一節」*	대중공론		
05.	「精進」	대조		
06.	「아아누나의얼굴다시볼수업슬까」	별나라		
07.	「薰風에 날리는五月의긔폭」	대조		
07.	「누나의臨終」	대중공론		
08.	「歸心」	대조		
08.	「六月의萬頃江畔」	음악과시		
09.	「해돗는北方의荒原」	대중공론		
?	「눈」			
1931. 03.	「變節者여!가라」	동광		
10.	「黃波萬頃에 익어가는 가을」	〃	東方曙曲	
1932. 01.	「千九百三十二年」	〃		
01.	「몸을밧치든최초의그밤」	시대공론		
02.	「큰힘이어! 솟아나소서」	동광	東方曙曲	「큰 힘이여 솟아나소서」로 개제
02.	「正月의노래」	비판		
02.	「어대로가나!」	〃		
03.	「그대여! 새로운노래의 都城을 쌓아올리라」	동광		
03.	「麗人의 노래」	비판		
04. 06	「아들아딸들아」			
04.	「東方黎明」	비판	東方曙曲	
05. 22	「비맛는五月의江山」			
06.	「早春哀歌」	제일선		
06.	「五月의노래에合唱을하며」	〃		
06.	「北風이怒號할때」	비판		
07. 22	「令孃의絶緣狀」			
07.	「더위먹은都會의밤아」	비판	東方曙曲	「더위먹은都會의 밤」으로 개제
08. 27	「옵바가 보내는 第一信」			
08.	「부탁」	신여성	東方曙曲	

발표일자	작 품 명	발표지	수록시집	비 고
09.	「慰詞」	비판		
11.	「田園에숨은가을의노래」	신여성	祈禱…	
12. 22	「기대리는그밤」	조선일보		
12.	「둘쨋번부탁」	신여성	東方曙曲	
	「紅燈夜嘯」	여인		
1933. 01. 08	「새날의 祈願」	동아일보	祈禱…	
01. 24	「젊은脈搏을울리라」	조선일보		
01.	「째여진喇叭을부는者여」*	비판		
01.	「少女의적은설움」	신여성	祈禱…	
1933. 01.	「勞人의밤」*	비판		「少女의 작은 슬픔」으로 개제
01·02	「사랑의宣言書」	동광	祈禱…	
02.	「그대들억개에花環을걸치어주노니」	전선		
03.	「그대여!가거라어여쁜會娘이여」*	〃		
06.	「告白」*	〃		
06.	「灰色에물들여진情緖」	비판		
12.	「金笠의詩」*	동광		
1934. 01·02	「元朝吟」	조선일보		
06.	「太陽가튼나의사나이여!」	문학창조		
12.	「흰모래우를것는處女의마음」	개벽	東方曙曲	
12	「아름다운술을 虛空에뿌리노니」	삼사문학	〃	「아름다운 술을 虛空에 뿌리노 니」로 개제
1935. 02.	「戀書를 태우며」	개벽		
04. 18	「太陽의 꼿다발」	조선일보	祈禱…	
08.	「새벽의乳房」	조선문단		
11.	「오빠의 靈前에 엎드려」	비판		
12.	「오오 나의옛搖籃이여!」	낭만	東方曙曲	
12.	「오오 나의母岳山아」	조선문단	〃	
1936. 01.	「靑空을머리에이고」	학등		
03.	「光明을 뿌리는 騎士야」	비판	祈禱…	「빛의 騎士」로 개제
05.	「마음우에색이는墓地銘」	조선문학		

발표일자	작 품 명	발표지	수록시집	비 고
07·08	「따르릉·따르릉」	조선문학	東方曙曲	
09.	「山上高唱」	시건설	〃	
10.	「母性의 聖火」	신인문학	〃	
10.	「電燈불꺼진 鋪道우에는」	조선문학	〃	
11.	「헐리는純情의王都」	시건설	靑色,東方	
?	「마음의 香火」	여인	祈禱…	「어떤 女人의 獨白」으로 개제
1937. 01.	「憂鬱華」	조선문학	東方曙曲	
01.	「山길을거르며」	풍림	〃	
1937. 03.	「紅天夢」	조선문학		
04.	「人間壁書」	풍림	東方曙曲	
12.	「아침은 나를 부르나니」	시건설		
?	「憂鬱放逐」	비판	東方曙曲	
?	「내 마음 둘 곳 없어」	중앙시보	〃	
1938. ?	「純情의 가을」	〃	〃	
?	「草笛을 불며」		〃	
1939. 05. 31	「꽃과별」	동아일보	〃	
05.	「나의宣言」	시학	祈禱…	「宣言」으로 개제
05.	「文學街의 化粧風景」	조선문학	東方曙曲	
06. 02	「六月」	동아일보	〃	「五月」로 개제
06. 10	「벗이여」	동아일보		
06. 30	「待雨」	〃	東方曙曲	
07. 09	「선물」	〃	〃	
07. 11	「戀歌」	〃		
08.	「바다의 讚歌」	시학	東方曙曲	『전북일보』(196 2.5.19) 재발표
10. 28	「天癎」*	백지		
?	「黎明의 딸」	동광신문		
?	「오오 나의 太陽이여」	중앙시보		
?	「마음의 默華」	백광	祈禱…	
?	「四月」		東方曙曲	
?	「뜰(六月)」		〃	
?	「조카」	비판	〃	

발표일자	작 품 명	발표지	수록시집	비 고
1940. 03. 07	「國境에서」	동아일보	靑色,東方	
03. 16	「마음의故鄕」	〃	〃	
03. 28	「客愁」	〃	〃	
05. 09	「春外春」	〃	東方曙曲	
06. 02	「天眞(Ⅰ)」	〃	〃	
06. 12	「天眞(Ⅱ)」	〃	〃	
06. 14	「天眞(Ⅲ)」	〃	〃	
06.	「故鄕으로 도라가면서」	시건설		
07. 03	「豊年雨」	동아일보	東方曙曲	
1940. 07. 12	「幻想派의 詩」	동아일보	東方曙曲	
08. 30	「胡馬車」		靑色,東方	
08. 30	「北方은」		〃	
08. 30	「내詩와내家族」		靑色馬	
08. 30	「鴨綠江의四月·봄」		〃	
08. 30	「帽兒山」		靑色,東方	
08. 30	「都會」		〃	
08. 30	「RESTAURANT」		〃	
08. 30	「異域의밤」		〃	
1941. 04. 03	「燈불있는마을」	매일신보	東方曙曲	
04. 05	「D驛頭에서」	〃	〃	
04. 06	「失香」	〃	〃	
04. 12	「나의밤」	〃	〃	
10. 20	「마음은 하늘과 함께」	〃	〃	
10. 21	「明鏡臺의 아침」	〃	〃	「靈峰은 太古와 같이」로 개제
10. 24	「金剛의 달」	〃	〃	
10. 28	「玉韻을 밟으며」	〃	〃	
10. 29	「마음의 戀人」	〃	〃	
10. 30	「金사다리·銀사다리」	〃	〃	
10.	「가던길 멈추고」		〃	
10.	「몸은 虛空에 실려」		〃	
1942. 03. 5-6	「印度民衆에게」	매일신보		
03. 13	「돌아오지안는아홉壯士」	〃		
3. 27-28	「濠洲여」	〃		
06.	「아름다운 太陽」	조광	東方曙曲	

발표일자	작 품 명	발표지	수록시집	비 고
1946. 01. 01	「새 나라 아들딸에게」		祈禱…	
03. 01	「이 땅에 永遠히 빛날 거룩한 이날」	전북일보	〃	
1948. 03. 01	「偉大한 民族의 날」	〃	〃	
03. 10	「높으심 받들고자」		〃	
?	「自畵像」	교육순보학	〃	
1949. ?	「孤獨에의 노래」		〃	
1950. 01. 01	「빛나는 純情의 王都」	전북일보	東方曙曲	
03. 21	「民族의 絶叫」*			
03. 26	「3月의 노래」*			
?	「마음의 祖國」	전라신보	祈禱…	
?	「純情序曲」	전라민보	〃	
?	「戀春賦」	전라신보	〃	
1951. ?	「슬픔」		東方曙曲	
1952. ?	「마음」	병우	〃	
?	「너를 사랑하려고」	현대시	〃	
1953. 02. 03	「懷憶 三十年」	전북일보		
05. 05	「五月」	〃		
06. 03	「五月의 求婚」	〃	祈禱…	
1954. 02. 25	「祝婚」	새벽		
02.	「聖誕의 밤을 기리는 노래」	전고	東方曙曲	『사상계』(1959. 1)수정 발표
?	「나의 집 작은 庭園 한 모퉁이에는」	국어문학	〃	
1956. 08.	「紅薔薇와 해」	자유문학	東方曙曲	
?	「花壇 앞에서」	학등	祈禱…	
1957. 08. 16	「하늘 한자락 어깨에걸치고」	전북일보		
1957. 12.	「길 잃은 使徒처럼」	문학예술	東方曙曲	
1958. 02.	「詩를 못 쓰는 詩人」	현대문학	〃	
02.	「頌」	전고	〃	『현대문학』(195 9. 1) 재발표
03. 19	「무제」			
04. 29	「祝壽」			
04.	「白夜行」	현대문학	東方曙曲	
04.	「四月과 같은 나의 少女여」	자유문학	〃	
06.	「MYSTERY」	현대문학	〃	

발표일자	작 품 명	발표지	수록시집	비 고
07. 25	「戲作3首」			
08. 15	「사랑이여」	전북일보	東方曙曲	『자유문학』(195 8. 11) 재발표
10.	「木蓮說話」	현대문학	〃	
?	「弔花」	현대시	〃	
1959. 01. 01	「내 虞美人草야」	전북일보	東方曙曲	자유문학』(1959. 10) 재발표
01.	「聖誕의 밤」	사상계	〃	
01.	「頌」	현대문학	〃	
05.	「山을 바라보라 山을」	자유문학	〃	
05.	「별이 피는 窓가에서」	추성	〃	
06. 25	「언제나 빛나야 할 太陽이기에」	전북일보	祈禱…	
12.	「情熱의 花瓣」*			
	「宇宙 最大의 悲劇」	자유문학	東方曙曲	
1960. 01. 04	「임께서 오시는 날은」	삼남일보	〃	
01. 05	「새해여 당신은 어떻게 오시려는가」	전북일보	〃	『추성』(1960. 3) 재발표
02.	「全高頌」	전고		
03.	「당신은 어떻게 오시려는가」	추성	東方曙曲	
09.	「어머니를 기리며」	신흥		
11.	「微吟 三章」	〃	東方曙曲	
1961. 02.	「아침은 너를 부르나니」	전고		
03.	「戲詩 10章」	추성	東方曙曲	
03.	「續・戀春曲」	현대문학	〃	
1964. 12.	「銘」	전고		
1965. 10. 15	「祈求」	현대시학	祈禱…	
06.	「祝『光榮』」	전북일보	東方曙曲	
1967. 01. 04	「새해는 童心에서」	삼남일보	〃	
10. 15	「이 나라 이 고장 빛의 搖籃이여」		〃	
1968. 09. 30	「後方 消息」		東方曙曲	
09. 30	「戀」		〃	
09. 30	「慕情」		〃	
09. 30	「너와 함께 있으면」		〃	
09. 30	「나는 蘭草옆에」		〃	

발표일자	작 품 명	발표지	수록시집	비 고
09. 30	「슬픈 季節」		〃	
09. 30	「齡」		〃	
09. 30	「吊花詞」		〃	
1969. ?	「鶴으로만 살아야 하는가」	월간문학	祈禱…	
1970. 01.	「이젠 어디를 向해 발을 떼어 놓을 것인가」	신동아	〃	
06.	「三돌이」	농민문화	〃	
07.	「青山胡蝶」	현대문학	〃	
1971. 10.	「잠 안 오는 밤」	월간문학	〃	
02. 06	「내 마음의 鄕土」*	향토		
?	「頌壽」			박종화고희기념시
1972. 01.	「青蓋瓦 용마루 너머」	월간문학	祈禱…	
06.	「淸道院 옛 고갯길에서」	〃	〃	
12.	「秋心」	신동아	〃	
?	「八月의 脚線」	동아일보	〃	
1973. 10.	「구름재 朴炳淳님 第二詩集 『별빛처럼』 出版記念頌」	문을 바르기 전에		박병순 시집 축시
12.	「菊花 한아름 가슴에 안고」*	한국문학		
1974. 09. 21	「다시 불러보는 戀歌」*			
10. 07	「뜰」*			
?.	「저 山을 바라보며」	월간문학	祈禱…	
1975. 01. 01	「마음과 마음을 華奢한 한 송이 웃음으로」	원광대신문	〃	
03.	「성에꽃 속의 겨울」	신동아	〃	「苦悶」으로 개제
1975. 04. 20	「記念頌」		〃	『동아일보』창간 50주년 기념시
1977. 01.	「노래를 사랑하는 구름재 박병순 님에게」	새눈 새맘으로 세상을보자		박병순 시집 축시
01.	「『새눈 새맘으로 세상을 보자』에 부쳐」	〃		〃
07.	「偶吟 三章」*	시와의식		여름호
11.	「賀 壽筵」	구름재시조전집		박병순고희기념시
11.	「큰 한 송이 無窮花」	시조문학		가을호
12.	「老松原頭에서」	전북문예	祈禱…	

발표일자	작 품 명	발표지	수록시집	비 고
1977. 12.	「碧虚 先生」	문학사조	祈禱…	
?	「老後」	시와 의식	〃	
1978. 02.	「그대들 『東山』의 새싹, 이 겨레 어린 太陽이여」	동산	〃	동산고 교지
06.	「사랑의 詩人」	밀물		이운용시집
12.	「어느 停年退職者의 老後」	전북문예	祈禱…	
1978. ?	「父情」	신동아	〃	
1979. 09.	「思母의 章」	유네스코 전북	〃	
10.	「失意의 章」	신동아	〃	
1980. 02.	「빛나리 사랑의 星座에 켜진 大韓의 샛별이여」	청학	〃	성은여고 교지
02.	「情」	한국시조 큰사전		
10.	「祈禱하는 마음으로」	세계의문학	祈禱…	가을호
10.	「無聊한 老後」	〃	〃	〃
10.	「寶玉으로 빛나는 友情이여」	노령	〃	
12.	「새삶의 章」	〃	〃	
?	「嗚咽의 章」	표현	〃	
1981. 08.	「詩心」	노령	〃	
10.	「오오 벗이여 벗이여」	〃	〃	
?	「잃어버린 詩心」	〃	〃	
?	「無心」	표현	〃	
1982.	「기다림」	신동아	〃	
1983. 05.	「해뜨는 五月의 山河여」	노령		
1984. 02.	「玉流頌」	옥류	祈禱…	방통고 교지
04. 30	「香氣로운 五月의 太陽처럼」		〃	전주대 개교 17주년 기념시
?	「눈물」		〃	
1985. ?	「贈號」	한국시조 큰사전		
	「장천리 玄圃님을 찾아갔다가」	〃		
1986. 11.	「童心」	표현		
11.	「生涯」	〃		

○ 靑色: 『靑色馬』, 東方: 『東方曙曲』, 祈禱…: 『祈禱하는 마음으로』

김해강 작품 목록(산문)

발표일자	작품 명	발표지	비 고
1929. 03.	「警戒 一言」	문예공론	평론
1930. 01.	「健實한 作家, 權威잇는 評壇」*	조선문단	〃
01.	「正初漫筆」		미발표
05.	「프로 文藝로」*	대조	전문삭제
10.	「自覺과 意識 問題」	대중공론	평론
1931. 07.	「焦悶으로부터 激勵에」	동광	〃
1933. 10.	「低級한 評壇」	조선문학	〃
1934. 01. 19	「大衆의 感情을 基調로」	조선일보	〃
1936. 01.	「내가 只今 中學生이라면?」	학등	설문
1937. 03.	「傳統의 固有와 낡은 詩形」	풍림	평론
05.	「鄕愁 說問, 日記 說問, 敎育說問」	조광	설문
12.	「人間의 知性」*	청색지	
1939. 07.	「創作 日記」	조선문학	일기
1940. ?	「사랑의 黎明」*	동광신문	소설
?	「張雪羅」*	〃	〃
1941. 02.	「낡은 詩帖에서」	조광	수필
1946.	「썩은 개살구」*	전북공론	소설
1950. 01. 15	「새해에 부치는 말」	전북일보	수필
1952. 05. 21-22	「感情의 高空線」	〃	〃
1953. 01. 10	「새해맞이」	〃	
02. 10	「詩神이 보내준 아름다운 선물」	〃	필명: 碧虛
04. 04	「하나의 가슴」	〃	수필
10. 13	「돌아온 S에게」	〃	〃
12.	「詩心 禮讚」	전고	〃
1954. 08. 17	「바다의 戀歌」	전북일보	〃
1955. 12.	「幸福 說問」	전고	설문
1958. 09.	「一杯 一杯 復一杯로」	자유문학	일기
1959. 09. 07	「가을과 思索」*	전북일보	수필
1959. 10. 25	「독서 설문」	〃	설문
1962. 02.	「詩와 人生」	전고	수필
1966. 12.	「서문」*	한라산	박상남 소설집
12.	「지상 좌담회」*	자유문학	
1968. 09. 30	「後記」	동방서곡	
1986. 05.	「나의 문학 60년」	표현	회고록

김해강 작품 목록(작사 및 기타)

구분	작 품 명	비 고
작사	「문자보급가」(응모자: 이순주)	『조선일보』, 1931. 01. 01
〃	「도립의원부속간호고등학교 교가」*	1950. 06. 22
〃	「방공가」*	1950. 10. 06
〃	「익산 여산중학교 교가」	1955. 09. 11
〃	「전주고등학교 응원가」	1955. 09. 19
〃	「해와 달에 관한 전설」*	1958. 08. 10(동요)
〃	「전주동초등학교 교가」	1959. 02. 07
〃	「전주의 노래」	1959. 06. 09
〃	「문화연필의 노래」	1959.
〃	「전주시민의 노래」	1963. 03. 11
〃	「전주교육대학교 교가」	1963. 04. 17
〃	「춘향의 노래」	1963. 04. 18
〃	「고창 해리중학교 교가」	1963. 11. 21
〃	「전주고등학교 찬가」	1964. 05. 17
〃	「전주중앙초등학교 교가」	1966. 01.
〃	「전주남초등학교 교가」	1966. 01.
〃	「전주진북초등학교 교가」	1967. 02. 06
〃	「완주 삼우중학교 교가」	1967. 04. 13
〃	「완주 용진중학교 교가」	1970. 05.
〃	「완주군 개척의 노래」	1970. 09. 23
〃	「전주 완산초등학교 개교 60주년 기념송」	1973. 03. 11
〃	「고창 해리고등학교 교가」	1974. 06.
〃	「비사벌예술고등학교 교가」	1974. 09. 15
〃	「초등학교 응원가」	1976. 09. 16
鐘銘	「전주 풍남문 종명」	1977. 04. 17
작사	「大韓頌」*	
〃	「전북의 노래」	
〃	「전주사범학교 교가」	
〃	「예수고등간호학교 졸업식가」	
〃	「전주 완산초등학교 교가」	
〃	「전주 금암초등학교 교가」	
〃	「전주 풍남초등학교 교가」	

김해강 연구 자료

김해강·김남인, 『청색마』, 명성출판사, 1940.

김해강, 『동방서곡』, 교육평론사, 1968.

김해강, 『기도하는 마음으로』, 합동인쇄소, 1984.

김해강시인시비건립추진위원회 편, 『해강일기초』, 탐진, 1993.

김　종, 「'태양'의 풍속과 '로망스'성의 시」, 『표현』 제11집, 1986. 5.

김남인, 「수공업생산의 『시건설』」, 『조선문학』, 1939. 3.

김미영, 「김해강시연구」, 서강대대학원 석사 논문, 1990.

김병호, 「최근 동요평」, 『음악과 시』, 1930. 8.

＿＿＿, 「죽어진 시집」, 『조선지광』, 1930. 8.

김성윤 편, 『카프시전집·Ⅰ-Ⅱ』, 시대평론사, 1989.

김안서, 「최근의 시평, 추절의 시단 산책」, 『삼천리』, 1931. 11.

＿＿＿, 『빙화』와 『청색마』, 『조광』, 1940. 12.

김팔봉, 「조선문학의 현재의 수준」, 『신동아』, 1934. 1.

＿＿＿, 「카프문학」, 『동아일보』, 1968. 5. 29-6. 1

＿＿＿, 『김팔봉문학전집·Ⅰ-Ⅱ』, 문학과지성사, 1988.

김해성, 「김해강론」, 『전북문단』, 1989.

＿＿＿, 「선학 같은 호남의 거목시인 김해강」, 전북애향운동본부 편, 『나라
　　　를 위하여 전북을 위하여』, 신아출판사, 1990.

＿＿＿, 『한국현대시인론』, 진명문화사, 1974.

박병순, 「스승 해강 김대준 선생님」, 『표현』 제11집, 1986. 5.

＿＿＿, 「저항시인 전주 순토배기 김해강 스승님을 추모함」, 『전북문단』 제
　　　4호, 1989.

박영희, 「한국현대문학사」, 『사상계』, 1959. 5.

박팔양, 「구월의 시단」, 『중외일보』, 1929. 10. 9-10. 16

배상철, 「5월호 시평」, 『대조』, 1930. 6.

_____, 「木局水體의 김대준」, 『중외일보』, 1930. 8. 9

_____, 「조선시인근작총평」, 『대조』, 1930. 8.

백 철, 「서」, 김해강 시집 『동방서곡』, 교육평론사, 1968.

_____, 「신춘문예평」, 『신동아』, 1933. 3.

_____, 『신문학사조사』, 신구문화사, 1992.

서범석, 『한국농민시연구』, 고려원, 1991.

_____ 편, 『한국농민시』, 고려원, 1991.

손재봉, 「정월 시평 기타·2」, 『조선일보』, 1930. 2. 6

신고송, 「최근시작개평·3」, 『조선일보』, 1930. 5. 9

신은경, 「김해강론」, 『서강어문』 제5집, 서강어문학회, 1986.

안 막, 「조선프롤레타리아예술운동약사」, 『사상월보』, 1932. 10.

안함광, 「농민문학 문제 재론」, 『조선일보』, 1931. 10. 20-11. 1

양주동, 「시단월평」, 『문예공론』, 1929. 6.

앵봉산인, 「조선프로예술운동소사·1」, 『예술운동』, 1945. 12.

유수춘, 「조선현대문예사조론」, 『조선일보』, 1933. 1. 1-5

윤기정, 「천구백이십칠년 문단의 총결산―그 발전 과정의 검토문」, 『조선지광』, 1928. 1.

이기반, 「김해강연구」, 『논문집』 제7집, 영생대학교, 1978.

_____, 「김해강의 생애와 문학예술의 재조명」, 『전북문단』 제4호, 1989.

_____, 「김해강의 인간과 시정신」, 『표현』 제11집, 1986. 5.

_____, 『한국현대시연구』, 창문각, 1981.

_____, 「영원한 태양의 시인」, 『전라』, 1990. 9.

_____, 「김해강의 저항시」, 『교육논총』 제10집, 전주대학교, 1995.

_____, 「김해강의 서정시」, 『소라허형석박사화갑기념논총』, 태학사, 1996.

이병각, 「김해강론」, 『풍림』, 1937. 1.

이운용, 「일제치하 김해강의 저항시」, 『하남천이두선생화갑기념논총』, 1989.

_____ 편, 『태양의 시, 학의 시인 김해강』, 대흥정판사, 1992.

_____, 『언어와 시정신』, 신아출판사, 1997.

이　탄, 『한국대표시인연구』, 영언문화사, 1998.

이하윤, 「1930년 중의 문단」, 『별건곤』, 1930. 1.

이해문, 「중견시인론」, 『시인춘추』, 1938. 1.

임　화, 「33년을 통하여 본 현대조선의 시문학」, 『조선중앙일보』, 1934. 1.
　　　 1-1. 12

임　화 찬편, 『현대조선시인선집』, 학예사, 1939.

임종국, 『친일문학론』, 평화출판사, 1966.

전정구, 「김해강의 초기시 연구―해방 이전의 시를 중심으로」, 『현대문학
　　　이론연구』 제15집, 현대문학이론학회, 2001.

정노풍, 「신춘시단개평·7」, 『동아일보』, 1930. 2. 18

_____, 「신춘시단개평·9」, 『동아일보』, 1930. 2. 20

_____, 「3월 시단 개평」, 『대조』, 1930. 4.

최기석, 「김해강시연구」, 경희대교육대학원 석사 논문, 1994.

최명표, 「단편서사시론」, 『한국문학논총』 제24집, 한국문학회, 1999.

_____, 「김해강의 서한체시 연구」, 『현대문학이론연구』 제13집, 현대문학이
　　　론학회, 2000.

_____, 「김해강시연구」, 전북대대학원 박사 논문, 2001.

_____, 「김해강의 농민시 연구」, 채만묵선생정년기념논총간행위원회 편, 『
　　　호남문학연구』, 한국문화사, 2001.

_____, 「김해강 초기시의 여성 이미지」, 『한국언어문학』 제47집, 한국언어
　　　문학회, 2001.

_____, 「매춘의 사회시학적 연구―김해강의 시를 중심으로」, 『국어국문학』
　　　제130집, 국어국문학회, 2002.

_____, 「여성으로서의 '살아가기'와 '살아내기'―김해강의 여성시론」, 『시작
　　　』, 2004. 봄호.

김해강 시전집

인쇄일 초판1쇄 2006년 11월 22일 / **발행일** 초판1쇄 2006년 11월 30일 / **지은이** 최명표 편/
발행처 국학자료원 / **등록일** 제324-2006-0041호 / **총무** 한선희, 손화영 /
영업 정구형 / **편집** 김은희, 이혜선, 이초희 / **인터넷** 권종현 이재호 / **물류** 박지연, 박홍주, 김종효
서울시 강동구 암사동 463-25 2층 / Tel : 442-4623~4 Fax : 442-4625
www.kookhak.co.kr / E-mail : kookhak2001@hanmail.net
ISBN 89-958827-5-1 *94800 / **가격** 50,000원